suhrkamp taschenbuch 3223

Ernst Quispel, auf die Vierzig zugehend, verheiratet, werdender Vater, betreibt in Amsterdam eine Anwaltskanzlei und arbeitet an seiner Karriere. Dieses bürgerliche Leben wird auch nicht zerstört durch Quispels Quartalstrinkerei. In solchen Phasen zieht er von einer Kneipe zur nächsten, versucht er, seine Depressionen loszuwerden, will er aller Welt sein Glücksgefühl vermitteln, seiner unbändigen sexuellen Lust nachgehen. Trinken ist für Quispel das Mittel, um die fade Welt wieder prickelnd zu machen. Im April 1985 wird er im Verlauf einer Trinkperiode in Ereignisse verstrickt, die seine ganze Existenz in Frage stellen. Der Kontakt mit den »Hähnen«, einer Gruppe Amsterdamer Jugendlicher mit rotgefärbtem Haarkamm, deren juristischer Berater er wird, bringt ihn in eine verhängnisvolle Zwickmühle. Bei der gewaltsamen Räumung eines von den »Hähnen« besetzten Gebäudes kommt einer von ihnen zu Tode. Will Quispel die Wahrheit über diesen Tod ans Tageslicht bringen, muß er auch die Wahrheit über sich selbst eingestehen.

Adrianus Franciscus Theodorus van der Heijden ist 1951 geboren. Er zählt zu den bedeutendsten niederländischen Autoren.

Im Suhrkamp Verlag erschienen die Romane *Ein Tag, ein Leben* (1992), *Der Anwalt der Hähne* (1995), *Der Widerborst* (1993, st 2628), *Fallende Eltern* (1997), *Die Drehtür* (1997) und *Das Gefahrendreieck* (2000).

A. F. Th. van der Heijden

Der Anwalt der Hähne

Roman

Aus dem Niederländischen von
Helga van Beuningen

Suhrkamp Verlag

Titel der Originalausgabe: *Advocaat van de hanen*
Die Übersetzung dieses Buches wurde gefördert vom
Nederlands Literair Produktie- en Vertalingenfonds
Umschlagfoto: Hary Gruyaert/Magnum/Focus

Der Roman *Fallende Eltern* ist, wie der Roman
Der Anwalt der Hähne,
und das Intermezzo *Der Widerborst*,
Teil des großen, vielbändigen Romanzyklus
»Die zahnlose Zeit«,
eines Welttheaters, dessen einzelne Teile
dank ihrer Akteure aufeinander Bezug nehmen,
aber zugleich – wie andere große Romane
aus den Zyklen der Literatur auch –
vollkommen selbständig und in beliebiger Reihenfolge
gelesen werden können.

suhrkamp taschenbuch 3223
Erste Auflage 2001

Druck: Ebner Ulm
Printed in Germany
Umschlag nach Entwürfen von
Willy Fleckhaus und Rolf Staudt

1 2 3 4 5 6 – 06 05 04 03 02 01

Comb down his hair; look, look! it stands upright,
Like lime-twigs set to catch my winged soul

Shakespeare, *King Henry VI.*

Für Minchen, für Totó

ERSTES BUCH

Die Euphorie

Die geharnischte Katze

Montag, 29. April 1985

Er hätte besser daran getan, allein seinem Geruchs- und seinem Geschmackssinn zu trauen, und auch nur so weit, wie sie ihn seine eigene Verrottung riechen und schmecken ließen: Was sein Ohr auffing, war durch Angst bis zur Unkenntlichkeit verzerrt, unter seiner Berührung erhielten die Dinge auf der Stelle eine andere Haut, während seine Augen, sogar weit geöffnet, kaum mehr etwas anderes sahen als das Schauspiel, das sein vergiftetes Hirn für sich selbst inszenierte.

»Weg da. Weg, sag ich.«

Der erste verschaffte sich Zugang durch das Souterrainfenster, der zweite, indem er die Eingangstür mit einer Brechstange aufstemmte, woraufhin ein Dritter und ein Vierter sich an einem Seil im Lichthof herunterließen, an dem die Schlafzimmerfenster lagen. »Ksstt ... haut ab! Laßt mich in Frieden.«

Nein, es war kein Traum. Er träumte nicht. Er schlief nicht. Er war schmerzhaft wach. Er hörte sie ins Haus eindringen, einen nach dem anderen, zum Teil auch zu mehreren zugleich, konnte ihnen aber mit dem Gehör schon bald nicht mehr folgen. Immer wieder verlor er die Spur der Geräusche, und dann war es wieder still – bis erneut irgendwo ein Fenster aufgehebelt wurde. »He, ihr da. Macht, daß ihr wegkommt!«

Nicht der unmittelbar auf eine wochenlange Sauferei folgende Kater ist die Geißel des periodischen Alkoholikers, sondern der Kater danach, wenn die Schadstoffe noch eine Weile im Körper verharren und vornehmlich das Gehirn vergiften und verwüsten, bevor sie ausgeschieden werden. Als er einem Freund gegenüber die Plage des Quartalssaufens einmal pseudowissenschaftlich als »Dipsomanie« bezeichnet hatte, nannte dieser ihn spöttisch ein paarmal Dip. Seitdem hieß er für immer mehr Leute Dip. Als Kind, in einem Alter, in dem Selbstverständlichkeiten zeitweilig wieder rätselhaft werden, hatte er geglaubt, aus seinem Namen einen Imperativ herauszuhören: Ernst Quispel. Als ob der Ernst zum »Kwispeln«, zum Schwanzwedeln, ermahnt werden müsse. Ein paar Klassen weiter hatte er entdeckt, daß dieser Imperativ genausogut als Ermunterung aufgefaßt werden konnte, die Peitsche zu schwingen – was dem Jungen leichte Schauder einjagte. Bald war der Name wieder einfach eine Aneinanderreihung erkennbarer Laute geworden. Erst Jahre später, als seine periodische Trunksucht in Erscheinung zu treten begann, hatte er darin jene beunruhigende Doppeldeutigkeit wiedergefunden.

»Verpißt euch. Verpißt euch, sage ich.«

Die Wochen des entzückten Schwanzwedelns lagen hinter ihm. Jetzt schlug unvermeidlich die Peitsche zu. Was er in kleinen Bächen den Rücken hinunterrinnen spürte, konnte ebensogut Blut sein wie Schweiß. Gestern, Sonntag, war sein erster enthaltsamer Tag gewesen. Er hatte sich vor seiner Frau versteckt, in der Abgeschiedenheit gebrochen, gewimmert, heilige Eide geschworen ... Aber er war nicht in die Versuchung geraten, mit einem kräftigen Nachmittagsschluck sein Leiden zu kurieren, woraufhin die Austreibung einen Tag später wieder von vorn hätte beginnen müssen. Möglicherweise war er sogar zu krank gewesen, um an Alkohol als Medizin zu denken. Das Bedürfnis danach hörte nach drei oder vier Wochen irgendwie auf, egal, ob er Schmerzen hatte oder nicht.

Quispel war am Sonntagabend zur gewohnten Zeit, halb zwölf, mit Zwanet zusammen zu Bett gegangen. Er hatte der Nacht mit Schrecken entgegengesehen, Schlaflosigkeit, Grübeleien, Gewissensbisse, Ängste, mögliches Zittern, Halluzinationen befürchtend, all das, was er von früheren Malen her so gut kannte. Diesmal schien es weniger schlimm. Er schlief sofort ein, wurde aber genauso schnell wieder wach. Der kurze Schlaf war eine Falle gewesen. Während er so entspannt wie möglich auf dem Rücken lag, versuchte Quispel, die Bilder der letzten Tage auf Distanz zu halten. Das letzte, woran er sich erinnern konnte, war ein Riesenfeuer, am Sonntagmorgen in aller Frühe, als er die Stadhouderskade entlang, Gott weiß woher kommend, nach Hause wankte. Es war das Gebäude des Amtes für Parkraumverwaltung, aus dem die Flammen schlugen. In seinem Suff hatte Quispel das Schauspiel voll kindlicher Aufregung genossen, jetzt aber, im Bett, war er sich nicht mehr so sicher, ob er nicht selbst Schuld an der Brandstiftung trug. Er bekämpfte diese Vorstellung mit Erfolg und dachte: Es ist weniger schlimm als sonst, ich bin bei vollem Verstand.

Danach hatte er eine Weile leisem Herumgetappe gelauscht. Es klang wie das Füßescharren von Mönchen, die sich zum Chorgesang formieren. Plötzlich spürte er, daß mindestens zehn Elefanten im Halbkreis um sein Bett standen. Sie waren fast geräuschlos näher gekommen, ohne den Holzfußboden unter ihrem Gewicht zum Knarren zu bringen. Allenfalls hatte einer kurz mit den Ohren gewedelt, die aussahen wie eingerissene Palmblätter. Er konnte sie in der Dunkelheit nicht sehen, denn ihre Haut, wußte er, war schwarz.

Quispel setzte sich auf. Um sich Gewißheit zu verschaffen, wartete er, bis ihr Elfenbein im Dunkel aufschimmern würde. Das geschah nicht. Da wußte er: Sie haben keine Stoßzähne mehr. Zu beiden Seiten ihrer Mäuler waren schwarze Löcher, bullaugengroß. Ganz bekümmert standen sie da, mit schwer herabhängendem Rüssel, reglos. Jeden Moment konnten sie in ein herzzerreißendes Trompeten ausbrechen.

Möglicherweise war sein Geist durch ein Detail, die fehlenden Stoßzähne, wieder etwas klarer geworden. Die Elefanten, deren Anwesenheit er so intensiv gespürt hatte, bildeten die Kulisse in einem von Albert Egberts' Theaterstücken. *Benjamin, Sohn der Rechten Hand und der Rubella.* Quispel war bei der Premiere gewesen. Die Ebenholzelefanten des Prinzgemahls ... Als ihm das alles wieder bewußt war, waren sie aus dem Schlafzimmer verschwunden.

Seine Tante Isabel wurde nie müde, ihm zu erzählen, wie er als Baby einmal vor lauter Schreck über seinen eigenen Wind losgeschrien hatte. Daran schien sich wenig geändert zu haben: Auch als Erwachsener ließ er sich, wenn er seine Trinkphase hinter sich hatte, noch gelegentlich Angst einjagen durch den unerwarteten Ausstoß dessen, was sich an Üblem und Giftigem in ihm angesammelt hatte, und zwar nicht so sehr in seinen Eingeweiden als vielmehr im Geist. (Er hatte so heftig in seinem Kinderwagen unter dem Pfirsichbaum geschrien, daß die vor dem hochgeklappten Verdeck gespannte Schnur mit den kiesgefüllten Spielzeugfiguren schaukelten und rasselten. Ein Foto aus dieser Zeit zeigt ihn, im Wagen sitzend, die Haare zu einer Tolle hochgekämmt und mit einem blauen Auge, denn besagte Tante Isabel, damals ein tolpatschiger, knapp sechzehnjähriger Backfisch, hatte ihn aus ihren lackierten Pfoten auf den Plattenweg fallen lassen.)

Aus dem Keller, wo sich in dem alten Fliegenschrank der Mäuse wegen mehrere Eulen eingefunden haben mußten, war andauerndes Geraschel zu hören, aber spuken tat es in erster Linie über seinem Kopf, in dem im Halbgeschoß gelegenen Zimmer des Hinterhauses. Dort schlossen als Folge des Schrumpfens der alten Dielenbretter Federn und Nuten so schlecht, daß der Boden an den Stellen, an denen am Tag ein Fuß schwer aufgetreten war, manchmal bis tief in die Nacht hinein weiterknackte, als ob da noch immer jemand herumginge. Zwanet, die jetzt fest schlafend neben ihm lag, hatte am späten Abend noch, hochschwanger und träge, etwas in dem Raum umgestellt, der in Kürze als Kinderzimmer dienen sollte. Demnach waren es ihre Schritte, die endlich, Stunden später, vom ausgetrockneten Holz preisgegeben wurden. Und trotzdem vermochte dieses Wissen Quispels Überzeugung nicht zu entkräften, über ihrem Bett mache sich ein

Eindringling zu schaffen. Er konnte, die neue Raumaufteilung vor Augen, sogar genau verfolgen, wie der Unbekannte sich durch das Zimmer bewegte. Horch, jetzt bog er mit einer Bewegung um das Bettchen, die den Himmel zum Flattern brachte ... beugte sich über die Kommode ... Das Knacken hörte auf.

Quispel lag mit aufgestützten Ellbogen und unwillkürlich weit geöffnetem Mund halb aufgerichtet im Bett. Er spürte, wie die Finsternis ihm in Gestalt einer dicken, kalten Masse am Zäpfchen vorbei in die Kehle drang, traute sich aber nicht zu schlucken. Und, als wäre das noch nicht genug, stellte er sich zusätzlich diese Masse als kaltes Pferdeglied vor. Er lauschte mit den Ohren, den Nasenlöchern, dem Mund, den Poren. Das Knacken kehrte nicht wieder. Dafür war im Flur zur Haustür für einen Moment ein vertrautes Geräusch zu hören: das Klappern einer losen Marmorfliese am Fuß der Treppe zum Zimmer im Zwischengeschoß. Es klang weich und dumpf, wie wenn eine Katze darüberläuft. Die Leute von oben hatten zwei Katzen, von denen die eine nachts oft herunterkam, um zwischen Quispel und Zwanet auf dem Bett zu schlafen. Für diesen Castro ließ Zwanet abends absichtlich die Schlafzimmertür offen.

»Ich bin jetzt völlig klar und ruhig«, sagte Quispel sich. Er formulierte den Gedanken sorgfältig Wort für Wort mit lautlosen Lippenbewegungen. »Die Krise ist vorbei. Wenn Faulpelz Castro wie üblich in der Beuge von Zwanets angewinkelten Beinen liegt, dann habe ich so gut wie sicher einen Einbrecher im Flur gehört. Irgendeinen Junkie vom Zeedijk ... Aber es war natürlich dieser faule, kastrierte Freßsack von oben.«

Quispel tastete so ruhig, wie er seiner Meinung nach war, mit zitternden Händen über die Decke. An der Stelle, an der er auf den Katzenkörper zu stoßen fürchtete, der vielleicht leise knistern würde, kratzten seine Nägel über eine harte, hubbelige Kruste voller Riffel und Spitzen. Er berührte, so war Quispel sofort klar, in der Tat Castros Pelz, allerdings überzogen mit unzähligen kleinen Schneckenhäusern, die sich mit dem Schleim ihrer Bewohner als geschlossener Panzer auf der Haut festgesetzt hatten. Seine heftig zitternde Hand hob und senkte sich leicht im Atemrhythmus der Katze, lange genug, um zu spüren, wie ihre Körperwärme durch die gelatinegefüllte Kruste drang. Dann glitten seine Finger über die doppelte Windung der Schlange.

Ganz oben in seiner Brust quietschte oder knirschte etwas: Sein Atem, abgeschnürt durch das plötzliche Dröhnen seines Herzens, blieb in der trockenen Kehle stecken wie ein Fahrrad im Heidesand. Hatte er trotzdem geschrien, als er den Arm zurückzog? Zwanet entfuhr, als Antwort, ein kindliches Stöhnen, aber wacher wurde sie nicht. In seinen Fingerspitzen brannte das feine Relief der Schlangenhaut.

Sein Entsetzen löste eine idyllische Erinnerung aus, klar und überwältigend wie eine Vision. Er ging mit Zwaantje in der Provence über ödes Grasland, nicht weit von dem Landhaus, in dem sie für eine Weile wohnten. An der Spitze jedes Grashalms klebten mehrere kleine weiße Schneckenhäuser. »Hochhäuser für Schnecken«, hatte Quispel bemerkt, aber Zwanet mußte trotz der Sommerhitze an Weihnachten denken. »Es sieht aus wie Misteln, wenn man durch die Wimpern schaut.«

»Du hast dafür ja auch die richtigen Wimpern. Ich nicht.«

Abends, als sie draußen aßen, war die Katze des Hausbesitzers gekommen. Griselle. In ihrem Fell klebten nach einer spielerischen Jagd auf Grillen Dutzende kleiner Schnecken. Zwanet hatte versucht, sie herauszupulen, aber Griselle war ihr entwischt. Am nächsten Tag sahen sie die graue Katze, noch immer in ihrem Wams aus Perlmuttknöpfen, mit einer bestimmt fünfzig Zentimeter langen Schlange kämpfen.

Es war eher ein Tanz, ein grausames Ballett. Griselle, wie eine gestiefelte Katze auf den Hinterbeinen, drehte Pirouetten, zwischen den Zähnen den Kopf des Reptils, das in perfekt weitergeschwungenem S auf Brust, Bauch und Zitzen der Katze eindrosch, genau da, wo sie – Rätsel der Mutterschaft – so empfindlich war und keine Berührung duldete. Der Kampf endete vorläufig in unübersichtlichem Herumgewirbele. Die Schlange lag scheinbar besiegt im Staub, zur sichtlichen Enttäuschung der Katze, die dieses Spiel auf Leben und Tod noch gern eine Weile fortgesetzt hätte.

Die Schlange stellte sich tot. Griselle, den Kopf schief gelegt, stupste zur Wiederbelebung ein paarmal mit der Pfote gegen den zusammengekrümmten Leib. Als ihre Aufmerksamkeit nachließ, schoß das Reptil plötzlich hinter ein Fahrrad, das mit sonnenporösen Reifen an einem Schuppen lehnte. In dem schmalen Raum zwischen Fahrrad und Wand gab es daraufhin ein noch viel unübersichtlicheres Gewirbel, bei dem infolge der geringen Bewegungsfreiheit der Katze der Lenker gegen die Steine knallte. Jetzt offenbarte sich ein Wunder. Aus einem Winkelriß im Kettenkasten tauchten mit verärgertem Brummen etliche Bienen auf, die da drinnen, zwischen Zahnrad und Kette, mit dem Bau einer Wabe begonnen hatten.

Als Zwanet, unter deren Schutz alle Tiere, nicht nur die Katzen, fielen, den ungleichen Kampf nicht länger mitansehen konnte, scheuchte sie Griselle hinter dem Fahrrad weg. Auf der Flucht hing der grauen Katze ihre sich windende Beute aus dem Maul.

Die Erinnerung, die alles hatte erklären können, besaß für Quispel in seinem Zustand keinerlei Überzeugungskraft. Die Bilder, so scharf sie auch sein mochten, beruhigten ihn nicht; im Gegenteil, sie bestätigten lediglich, daß ganz nah, an den Beinen seiner Frau, eine Katze in einem Küraß aus aneinandergefügten Schneckenhäusern ruhte, verbissen in eine Schlange, die jeden Moment aus ihrer Betäubung erwachen konnte.

Der Eindringling war vergessen. Quispel starrte in das gleißende Licht der Provence, sah die Idylle, empfand jedoch nur Entsetzen. Sprünge, wie Griselle sie machte, hatte er bei diesen calvinistischen Katzen daheim nie gesehen: in hohem Bogen über einen Lavendelstrauch voller Hummeln hinweg. Manchmal warf sie sich auch, alle viere von sich gestreckt, in die Luft, um nach einem scheinbar ziellos umhergaukelnden Schmetterling auszuholen – in einer so karikaturistischen Manier, wie Quispel es nur einmal bei einer Baseballhandschuhe tragenden Katze in einem Zeichentrickfilm gesehen hatte. Zwanet war ganz vernarrt in sie.

In dieser Umgebung hatten sie sich zu einem Kind entschlossen. »Gut, dann hören wir heute noch mit dem Trinken auf«, sagte die allzeit vergnügte Zwaantje. »Kein Alkohol mehr. Wir müssen innerlich ganz sauber werden. Nein, morgen ... morgen hören wir auf. Heute abend das letzte Glas Wein, um es zu feiern.« (Nur Zwanet trank dort hin und wieder ein Glas Wein.)

Am nächsten Tag schien alles in ihrer Umgebung – die ganze Landschaft, all ihre Facetten – auf Anordnung ihres Glücks nach sublimen ästhetischen Gesetzen neu geordnet. Wenn ein Vogel aus einem Strauch auf einen Baum flog, war keine Willkür und kein Chaos im Spiel, nur Anmut, Raffinement, Schönheit. Alle Dinge fielen auf ihren Platz oder waren auf dem Weg dorthin.

Wenn er sich, wie auch an jenem Tag, mittags mit Zwanet zum Essen in die Stadt aufmachte – zu Fuß, es gab kein öffentliches Verkehrsmittel –, mußten sie eine schmale Asphaltstraße benutzen, auf der ein Autofahrer bei Gegenverkehr so weit zurückfahren mußte, bis der Straßenrand breit genug zum Ausweichen war, es sei denn, er schaffte es, den anderen Fahrer dazu zu bringen. Fußgänger hatten sich flach an eine alte Mauer zu drücken, damit der Verkehr vorbeikonnte.

Nicht weit vom Bauernhof hielt Quispel plötzlich seiner Frau mit einer Hand die Augen zu und schob sie mit der anderen unsanft weiter. »Nicht schauen!«

Sie fing laut an zu weinen, denn sie hatte es bereits gesehen. Am Straßenrand lag sonnen- und blutüberströmt eine graue

Katze. Quispel sah jetzt auch den Fleck, den Griselle auf dem Asphalt hinterlassen hatte, als das Auto sie überfuhr. Der Fahrer mußte den verstümmelten Körper ins Gras gelegt oder geworfen haben.

Zwanet war abgewandt stehengeblieben, weinend. »Ernst, schau, ob sie noch lebt. Vielleicht kann man ihr noch helfen. Ernst?«

Aus der Entfernung, und zudem aus den Augenwinkeln, stellte er fest, daß sie tot war. Ernst ging zu seiner Zwaantje, legte den Arm um sie und schob sie sanft auf dem Chemin de Bouenhoure weiter. Sie aßen nichts an jenem Mittag. Sie liefen nur in der Stadt herum, immer denselben Weg.

So naß er außen auch war, die Haut voll stinkendem Schweiß, so trocken schien er innerlich. Er mußte sich Gewalt antun, damit er nicht an das ängstliche Mädchen von vor ein paar Jahren dachte, die vom ausgiebigen Transpirieren über und über glitschig war, aber zu trocken und spröde, um in sie einzudringen. Um dieser Zwangsvorstellung – der soundsovielten – keine Chance zu geben, konzentrierte er sich auf so etwas Harmloses und Menschliches wie seinen Durst, und was sich dagegen tun ließe. Denn wenn er sich bis weit unterhalb seines Zwerchfells, bis tief in die Lungenspitzen hinein, ja, sogar bis in die Därme zugekorkt fühlte, so kam das von seiner völlig ausgetrockneten Mundhöhle, die nicht beim Zäpfchen endete, sondern mit seinen Eingeweiden eins zu werden schien. Die Körperflüssigkeit sickerte in die falsche Richtung.

Noch bevor er seine Zunge mit dem Ende eines alten Hosengürtels hatte vergleichen können, *war* seine Zunge das Ende eines solchen Gürtels. Ausgelaugt, rissig, hier und da tiefer gefurcht; glänzend nur noch an den Stellen, wo er speckig war. Der Gürtel war beim Kauf störrisch gewesen, durch die Benutzung geschmeidig geworden und jetzt wieder störrisch, nun aber vom Alter. Wenn Quispel das spitz zulaufende Lederstück – oben geborsten, unten ausgefranst –

zu bewegen versuchte, um so die Speicheldrüsen in Gang zu setzen, glaubte er es krachen zu hören, während das Ding, denn ein Ding war es, sich kaum einen halben Zentimeter zum Gaumen hochwölbte. Er hatte keinen Speichel mehr.

Wasser ... Wasser konnte ihn vielleicht noch retten. Vom Vortag, als er hier mit allen möglichen Tabletten gegen seinen Kater gekämpft hatte, mußte noch ein halbvolles Glas neben dem Bett auf dem Boden stehen, da war er sich sicher. Er durfte nicht einfach unbesonnen mit seiner zittrigen Hand danach greifen, denn dann konnte er es umstoßen. Die Wasserpfütze würde – unter dem Bett lag die Steckdose mit den Steckern der Bettlampen – das gesamte Zimmer unter Strom setzen. Nein, er mußte seine Hand behutsam, von oben, mit der empfindlichen Handfläche nach unten zu ihm senken.

Ein Wunder. Seine Hand landete genau auf dem Glas. Der Rand drückte sich leicht in seine Handfläche, an die etwas Klebrig-Laues stieg. Dies konnte kein Wasser sein.

Wäre die Zunge nicht so ausgelaugt gewesen, dann hätte Quispel vielleicht sogar die kleinen Löcher, die das Leder perforierten und bis fast zur Spitze liefen, fühlen können. So aber fühlte er nur ganz hinten, dicht beim Zäpfchen, die Rille, die quer über die Zunge lief. Hier hatte jahrelang die Schnalle gedrückt – eine Schnalle mit einem hohlen Röhrchen, das beim Engerschnallen des Gürtels mitrollen konnte. Dort war das Leder schwarz geworden. Als ob seine Zunge ein Brandmal habe, länglich, ähnlich jenem an einem Tischrand, auf dem eine vergessene Zigarette sich selbst zu Ende geraucht hat. Gut ein Jahr lang war der Gürtel dort zu stramm angezogen gewesen, hatte der Dorn der Schnalle seine lebende Zunge durchstochen. Nachdem vor drei Wochen der Dorn gelöst und die Schnalle klirrend weggerollt war, hatte seine Zunge viele Tage in Folge in Freiheit reden, lachen, zischen, schnalzen, küssen, lecken können ... und jetzt war sie verdorrt. Da hinten, am Zäpfchen, war die Zunge bereits so durchgewetzt, daß sie abzubrechen drohte. Erst würde sie bis zur Mitte einreißen, bis zum Loch ... dann bedürfte es nur noch eines unbesonnenen Wortes, eines Fluchs, und sie würde lose in der Mundhöhle liegen, bereit, ausgespuckt zu werden.

Zurück, an der Leiche vorbei, traute Zwanet sich nur im Taxi. Als sie sich der Stelle näherten, rückte sie dicht an Ernst heran und verbarg ihr Gesicht, um nicht hinausschauen zu müssen. Ernst sah, daß der Kadaver noch dalag.

»Solange wir hier sind, will ich nicht mehr nach Aix«, sagte Zwanet bestimmt.

Zwei Tage später, als ihre Vorräte aufgebraucht waren und sie beschlossen, zum Einkaufen doch in die Stadt zu gehen, war die Katzenleiche verschwunden. Nur ein schwarzer Fleck verwies darauf, wo das Tier überfahren worden war.

»Gott sei Dank. Sie haben sie weggenommen.« Ernst und Zwanet atmeten im wahrsten Sinne des Wortes auf: Die mit Duftwasser getränkten Taschentücher, die sie bereits vorsorglich an ihre Nasen gedrückt hatten, konnten weggesteckt werden.

Obschon Zwanet weiter um den Verlust trauerte, vergaßen sie das gräßliche Erlebnis an dieser Stelle doch rasch. Es war daher wie ein Schlag ins Gesicht, im Hinblick auf den Anblick und den Gestank, als einige Tage später der Kadaver offensichtlich zurückgelegt (oder -geworfen) war – ungefähr an dieselbe Stelle, wenn auch nicht auf den Randstreifen, sondern auf den Asphalt, wo die Katze noch einmal überfahren worden sein mußte. Ein Autoreifen hatte den kleinen Kopf geknackt; Ober- und Unterkiefer mit den spitzen Zähnen waren zu einem widerwärtigen Grinsen ineinandergedrungen, zu dem die zu ausgequetschten Schlitzen deformierten Augen das Ihre beitrugen. Der Besitzer des nächstgelegenen Gartens hatte die Leiche wohl in seinen Büschen liegen sehen und auf die höhergelegene Straße zurückgeworfen. Unter der unbarmherzigen Sonne hatte der Verwesungsprozeß erst richtig eingesetzt und quer über die Straße eine Mauer des Gestanks gezogen, die Ernst und Zwanet durchbrechen mußten.

Jemand hatte den Kadaver entfernt, jemand anders hatte ihn zurückgelegt. Anstatt ihn irgendwo zu begraben, kurbelten die Anrainer beim Näherkommen an diesen Gestankwall lieber die Autofenster hoch. Zwanet und Ernst waren gezwungen, sich jetzt sowohl für den Hin- als auch für den Rückweg ein Taxi zu nehmen. Anfangs spürten sie noch manchmal, wenn das Auto holpernd über Griselles Reste fuhr wie über einen Kopfstein, doch das ließ nach, je mehr diese breitgewalzt wurden. Der Gestank blieb. Ernst sah Zustände ähnlich denen in einem israelischen Film voraus: Dorfbewohner, die vor dem Tor der Truppenunterkunft den Kommandanten inständig anflehten, den stinkenden Kadaver eines Esels wegzuschaffen, der aus politischen und diplomatischen Gründen in einem Streifen Niemandsland liegenbleiben sollte. All das sah Quispel, halb sitzend, halb liegend im Bett, bis ins kleinste Detail, im richtigen Licht, vor sich. Er erinnerte sich sogar noch genau, wie Zwanet, für ihre Verhältnisse außerordentlich heftig, auf die selbstsüchtigen Villenbewohner geschimpft hatte, die den Chemin de Bouenhoure benutzten, insbesondere auf den »Nachbarn«, der die tote Katze zurückgeworfen hatte.

»Nur an sich selbst denken ... an das eigene läppische Stück Land. Die Leute müssen ja selber stinken. Und merken's noch nicht mal.«

Aber hatte der Nachbar es getan?

Nein, so wußte Quispel inzwischen, es war nicht der Nachbar gewesen, und auch nicht dessen Hund oder der Hund von jemand anders. Und ebensowenig hatte ein Raubvogel, von denen er manchmal einen reglos über der trockenen Landschaft hatte stehen sehen, den Kadaver mit den Fängen gegriffen und – zu schwer! – wieder fallen gelassen.

Er mußte es selbst getan haben, eine andere Erklärung war nicht möglich. Er, Ernst Quispel, hatte Griselles stinkende Überreste an die Stelle zurückgelegt, an der Zwanet auf dem Weg nach Aix-en-Provence zwangsläufig vorbeikam. Um sie zu quälen. Um sie zu demütigen. Das war ihm vorher nicht klar gewesen, all die Monate nicht. Jetzt war es ihm klar.

Es war keine Erinnerung (er würde sich nie daran erinnern), es war eine Schlußfolgerung. Er brauchte sein Gedächtnis nicht anzustrengen, er brauchte die Tat nur aus dem Wirken seines verdorbenen Gehirns herzuleiten, das zu noch mehr imstande war.

»Entschuldigung, Zwanet, entschuldige«, flüsterte Quispel. Er weinte vor Reue. Seine Tränen stanken.

Die gefütterten Vorhänge ließen nichts von dem spärlichen Nachtlicht, das sich im Lichthof zu sammeln vermochte, ins Schlafzimmer dringen. Wie ein Kind, das sich im Dunklen fürchtet – nein, noch ängstlicher, als ein Kind je sein konnte –, stieg Quispel am frühen Morgen aus dem Bett, um sie ein Stück weit zu öffnen. Mitten durchs Zimmer fiel ein Streifen schwachrosa Licht, der gerade noch den Sims des alten Kamins erreichte. Er machte die Stelle sichtbar, an der früher eine bemalte Tafel in den Umbau eingelassen war. Auch da drang also die blinde Mauer, in einen schwarzen Rahmen eingefaßt, ins Zimmer ein. Quispel hatte mal ein Bild von Klee gesehen, *Revolution des Viaduktes*, in dem Viadukte verschiedener Größe, getragen von steinernen Füßen, auf den Betrachter vorrückten. Hier im Schlafzimmer waren die Wände schon die ganze Nacht im Anmarsch.

Der Lichtschein mußte von den violetten Neonröhren stammen, die die Leute von oben manchmal die ganze Nacht hindurch in der ersten Etage des Vorderhauses über einem Kasten mit exotischen Pflanzen brennen ließen. Es war die Art von Licht, die in Diskotheken Jacketkronen entlarvt, Staubkörner auf einem Pullover in irritierender Weise sichtbar macht und das Weiße im Auge sowie Tennisschuhe fast fluoreszierend aufleuchten läßt. Dieses seine Umgebung entseelende Licht machte Quispels Gedanken noch schwärzer, aber er traute sich nicht, die Vorhänge gleich wieder zuzuziehen: Die Dunkelheit kam ihm noch unerbittlicher vor als dieser violette Schimmer.

So leise wie möglich, um Zwanet nicht zu wecken, schob

Quispel das Fenster ein Stück hoch und kniete sich hin, um die kühle Nachtluft tief einzuatmen. Obwohl er noch immer zitterte, machte es ihn ruhiger, und sein Durst kam ihm weniger schlimm vor. Nachdem er eine ganze Weile so verharrt hatte, wurde er sich eines keuchenden, eher röchelnden Geräuschs bewußt, das nichts Menschliches mehr hatte, aber genausowenig zu irgendeinem Tier paßte. Es klang wie unwirklich verzögerte Atemzüge mit blechernen Nebengeräuschen, und so füllte es den Lichthof.

Gänsehaut zog mit solcher Macht und Geschwindigkeit zwischen seine Schulterblätter, als verhorne die Haut da plötzlich, werde zu einer dicken Schwiele mit einem messerscharfen Ausläufer in Richtung Nacken und Hinterkopf. Erst als das unirdische Atmen aufhörte und, anfangs noch stokkend, das Gebrüll eines Kleinkindes einsetzte, fiel es ihm wieder ein: Die Leute oben hatten wegen der Bronchitis ihres kleinen Sohnes das Babyphon voll aufgedreht, und das anscheinend dicht am offenen Fenster.

»Ruhig jetzt. Ich habe den Tatterich«, flüsterte er und versuchte zu grinsen. »Das ist alles völlig normal. Ich muß da nur durch.«

Quispel zog die Vorhänge wieder zu, aber nicht ganz. Ein dünner Streifen des violetten Lichts blieb sichtbar. Er ging zurück ins Bett. Die durchgeschwitzten Laken fühlten sich ekelhaft naß und kalt an und stanken zudem. »Mein Gott, das ist reinstes Ammoniak. So schlimm hat's mich noch nie erwischt. Ich hätte auch tot sein können.« Halb aufgerichtet in den Kissen, die Decke nur bis zur Brust hochgezogen, lauschte er dem Weinen des Kleinen und empfand es fast als Wohltat. Kurz darauf die beruhigenden Worte der Mutter, blechern verzerrt durch den Lautsprecher des Babyphons.

Moment mal ... das Ding da ... war das schon vorher dagewesen? Hatte er schon eine ganze Weile darauf geschaut, ohne es zu sehen? Dicht über dem Fußende des Bettes glühte im Schein der Neonröhren ein Fächer aus spitzen blauen Flammen. Es ähnelte dem Inneren eines Durchlauferhitzers, der auf voller Stärke brennt, wenn auch mit einem erstarrten Feuer. Ein Licht, das sich nicht ausbreitete ... an den Flammen klebenzubleiben schien ... Und, da! Sich hinter dem Holzbrett am Fußende aufrichtend, wurde jetzt auch ein rosa Fächer aus erstarrtem Feuer sichtbar.

Die lose schwebenden Fächer bewegten sich sanft, zuweilen leicht schaukelnd aufeinander zu und entfernten sich dann wieder mit einem Ruck. Hin und wieder überlappten sie sich teilweise. Zwei Damen in einer dunklen Opernloge.

Auch Geräusche waren, weit jenseits des Fußendes, zu hören, leise zischelnde und schnarrende Töne, die zusammen eine Art Flüstern bildeten – nicht von Menschen, da war er sich sicher. Nach langem Starren sah Quispel dicht unter den Fächern flache Gesichter sich bilden, die ebenfalls kaum etwas Menschliches hatten; Gesichter wie unter einem Nylonstrumpf. Übertrieben menschlich, da sarkastisch, war dagegen die Stimme, die in fast normaler Lautstärke sagte: »Hör zu, *Meester* Quispel« (wobei sie »Meester«, den akademischen Titel eines Juristen, verachtungsvoll in die Länge dehnten), »wag's ja nicht, die Klappe zu halten, verstanden?«

Wieder stöhnte Zwanet wie ein kleines Mädchen, ohne aufzuwachen.

»Einfach das Maul auftun«, fügte eine andere Stimme hinzu, die wie die eines gerade in den Stimmbruch gekommenen Jungen klang. »Das Maul auftun, und nix weiter. Ganz einfach.«

»Was ist ... wer ist da?« Quispels Stimme klang eine Spur lauter als flüsternd. Seine Kehle war noch immer so ausgedörrt, als ob ihm ein langer, gesplitterter Holzspan im Kehlkopf stäke. »Worüber soll ich sprechen?«

»Komm, mach jetzt bloß keinen auf dämlich, Meester Quispel«, sagte die erste Stimme, wieder mit diesem anzüglich gedehnten *Meester*. »Das hilft uns 'nen Scheißdreck weiter.«

»Das Maul auftun, Himmelarsch. Einfach 's Maul auftun: So simpel ist das.«

»Ich weiß von nichts.« Der Splitter bohrte sich mit all seinen Widerhaken noch tiefer in seinen Rachen.

»Hauptsache, wir wissen, was der Meester nicht weiß. Nicht alle haben letzte Woche die Vergeßpille geschluckt.«

»Maul auf bei den Typen.« Das war wieder der Stimmbruch. »Oder muß es noch mehr Tote geben?«

»Ich weiß wirklich nicht, wovon ihr ... Laßt mich doch in Ruhe.« Der Splitter hatte seine Stimmbänder fast durchschnitten.

»Maul auf, du Sack. Sonst ...«

»Stopp, Loek, Meester Quispel-de-Mispel möchte erst noch mal drüber nachdenken. Komm, wir geh'n. Der Meester wird schon noch reden. Mit oder ohne Robe über'm Arsch. Keine Bange!«

»Okay. Wir soll'n den Meester übrigens noch von Dr. Duweißtschon grüßen.«

Die leuchtenden Kämme aus aufgestelltem, gestärktem Haar schwebten fast gleichzeitig hoch und tanzten dann hintereinander aus dem Zimmer. Die Stufen zur Beletage knarrten kurz, woraufhin schweres Schuhwerk über den Marmor Richtung Haustür hallte. Während Quispel auf das Zuschlagen der Tür wartete, krähte irgendwo auf einem Innenhof oder in einem Hintergarten der Hahn, den er, wenn er früh aufstand, öfter hörte. Die Tür fiel nicht ins Schloß. Quispel hatte nie herausbekommen, wo er genau steckte, der Hahn. Auf jeden Fall jenseits der Zandstraat. Vielleicht hinter dem Haus von Heiligedag, dem Filmregisseur; es würde ihn nicht wundern.

Noch einmal krähte der Hahn. Quispel hatte keine Tür zuschlagen hören.

Huren am Fenster

Donnerstag, 11. April 1985

Als Quispel mit dem Kopf gegen die Schaufensterscheibe stieß, drang ihm gleichzeitig mit dem Schmerz ins Bewußtsein, daß er schon mindestens dreimal in ein und derselben Straße vor einem Modegeschäft stehengeblieben war, um sich die ausgestellten Krawatten anzuschauen.

»O, Scheiße.« Der Aufprall war hart, machte ihn nicht nur durch die Tränen, die ihm in die Augen sprangen, für einen Moment blind. Aber so laut er auch fluchte, er empfand keine echte Wut, die bei physischem Leiden doch immer sein Morphium war. Wahrscheinlich fluchte er lauter, um sie nachträglich noch zu wecken. Die Wut blieb aus. Der unerwartete Kopfstoß war nicht einmal imstande, das Jauchzen, das schon den ganzen Nachmittag in seiner Brust erklungen war, zum Verstummen zu bringen. Nein, durch diesen Schlag und seine ausbleibende Wut wurde er sich der Orgel in seinem Herzen erst richtig bewußt.

»Scheiße ... verdammte Scheiße.« Immer mehr Geschäfte hatten diese weitmaschigen Rollgitter, die einen halben Dezimeter hinter der Scheibe heruntergelassen wurden. Psychologisch falsch, denn die Bewohner dieser einbruchgesicherten Stadt waren schon seit Jahren daran gewöhnt, die Nase tief in eines dieser eisernen Fischnetze zu stecken, um so die Spiegelung ihrer eigenen Gestalt auszuschalten und eine um so bessere Sicht auf die Quarzuhren, die synthetischen Regenmäntel, das Gipsgebäck zu haben. Wer sich vorbeugte, schätzte instinktiv den Abstand zum Rollgitter, nicht zur Scheibe, und wenn sich die Scheibe zufällig auf der falschen Seite befand, dann rumste es unvermeidlich.

Quispel versuchte noch einmal, seine Wut anzustacheln. »Himmelherrgott, diese Ärsche. Diese Deppen mit ihrer jämmerlichen Einbruchsicherung. Autsch!«

Einige der Neuerer unter den Ladenbesitzern hatten, offenbar aus Angst, der Beulen wegen potentielle Kunden zu verlieren, Aufkleber mit den Worten DENKEN SIE AN IHREN KOPF! in nicht weniger als vier Sprachen an ihre Schaufenster geklebt. Auf einem fluoreszierenden Sticker las Quispel durch seine Schmerzestränen den stumpfsinnigen Text, den man wohlweislich unübersetzt gelassen hatte:

PAS OP UW HOOFD
IN DE P. C. HOOFT

Quispel unternahm noch einen letzten Versuch, seine Wut zu retten, indem er sich vorstellte, wie dieser Text in gemeinsamer Beratung mit dem Geschäftsinhaberverband *Goud-Zuid* (dem die eine, teure Hälfte der Straße angeschlossen war und der andere, weniger schicke, neidische Teil nicht) zustande gekommen war. Zweifellos hatten sie einen Werbetexter damit beauftragt, so einen langen Lulatsch in Anzug mit Weste – aber, um das Künstlerische herauszustreichen, ohne Krawatte – und mit einem Diplomatenkoffer, der nie etwas anderes enthielt als vier Kreditkarten in der »praktischen« Einsteckmappe und eine ehebrecherische Zahnbürste. Himmelherrgott, diese Stinker. Außerdem konnten so nachts vorbeiziehende grölende Saufbrüder, denen es wieder nicht gelungen war, vor Kneipenschluß eine Frau aufzureißen, doch noch auf ihre Kosten kommen: ein einziger Tritt kurz oberhalb des Simses, und die große Scheibe fiel wie ein losgerissener Vorhang in sich zusammen. Wieso war hier übrigens das Gitter schon unten? Es war noch nicht einmal halb fünf, und es war langer Donnerstag. Quispel suchte aus Neugier nach einem Schild *Wegen Todesfall geschlossen*, aber so etwas las man heutzutage selten oder gar nicht mehr in Amsterdam, und schon gar nicht in der P. C. Hooftstraat, in der ein Bestattungsunternehmen sich als Sponsor höchst lebendiger Künste aufspielte.

Als Sechsjähriger hatte Ernst einmal eine Ladentür ins Gesicht bekommen, die ein Vertreter, unter dessen Arm er in das Geschäft hatte witschen wollen, mit Schwung hinter sich zuknallte. Ernst glaubte sich sicher zu sein, daß der Mann ihn gesehen hatte, und legte das Zuschlagen der Tür als Absicht aus. Noch bevor die Tränen kamen, begann seine Augenbraue anzuschwellen. Als er da vor dem Eingang stand und heulte, halb blind vor Schmerz und Schwellung und Tränen, tauchte plötzlich die Frau vom Lebensmittelladen mit einem großen Käsemesser vor ihm auf, das sie ihm an die Stirn drückte. Der Schmerz wurde heftiger. Er dachte: *Jetzt schneidet sie gleich*. Die Welt war nicht mehr die Welt. Erst hatte ein Unbekannter ihm mutwillig eine Glastür ins Gesicht geknallt, und jetzt mußte er seiner Tränen wegen weiter gezüchtigt werden – mit einem Messer. Er kam nicht darauf, daß die Frau die kalte Klinge nur deshalb an die Beule legen wollte, um ein weiteres Anschwellen zu verhindern oder um wenigstens den Schmerz zu lindern. Schreiend, stolpernd rannte er weg, die Frau mit dem Messer hinter ihm her.

Wenn man sich den Kopf an einer Schaufensterscheibe stößt, verursacht das einen den Schädel durchpflügenden Schmerz, der immer ohnmächtigen Zorn auslöst, doch diesmal glaubte Quispel seiner eigenen Wut nicht. Der Stoß ließ ihn sonderbar unberührt, und es war, als wolle er mit seinem halb unterdrückten Geschimpfe etwas anderes ersticken: ein unerklärlicherweise in seiner Brust aufflammendes Gefühl der Freude zum Beispiel.

Das beunruhigte ihn.

Am meisten beunruhigte ihn sein Gelure nach diesen auffälligen italienischen Krawatten. *Luren am Fenster* – so hieß eine Mundartsendung im Radio, die er sich als schon etwas größeres Kind angehört und insgeheim »Huren am Fenster« genannt hatte. Es war nicht nur eine harmlose Verdrehung: Er war überzeugt davon, dies sei der eigentliche Titel, der ihn so heftig erregte. Und dieses »Luren« am Fenster, bei dem er sich in der P. C. Hooftstraat ertappt hatte, beunruhigte ihn um so mehr, als es die Huren mit einschloß.

Verdächtig war auch, daß er auf seinem Weg vom Untersuchungsgefängnis zur Innenstadt nicht wie gewöhnlich die Strecke über den Museumplein und die Spiegelgracht gewählt hatte.

Im übrigen war er nicht der einzige, der heute sein Revier verließ. Auf der gegenüberliegenden Straßenseite ging der alte Herr vom Bahnhof Haarlemmermeer. So nannte Quispel ihn, »den alten Herrn vom Bahnhof Haarlemmermeer«, denn er kannte seinen Namen nicht, auch wenn er schon gelegentlich gehört hatte, wie einer ihn mit Onkel Franzos' ansprach. Das Viertel rund um den ehemaligen Bahnhof, das war sein Revier. Möglicherweise wohnte er dort irgendwo bei einer Tochter, die ihn tagsüber an die frische Luft schickte, obgleich seine teure Kleidung auf ein anderes Milieu hindeutete. Quispel begegnete ihm manchmal im Fischladen *Huis van Haring* gegenüber dem ehemaligen Untersuchungsgefängnis II, wo der Alte selten etwas anderes zu sich nahm als einen Becher Milch. Er hatte immer dasselbe in graues Packpapier eingewickelte Postpaket bei sich, mit dem ihn die Bus- und Taxifahrer, die sich hier ihren jungen Matjes holten, aufzogen. »Na, das Postamt schon wieder nicht gefunden, Opa?« Natürlich hielten sie ihn für senil, doch die scharfen Antworten des Alten sprachen eine andere Sprache.

Was tat der hochbetagte Aristokrat so weit außerhalb seines Reviers? Ob er sich hier seine Anzüge schneidern ließ? Wie immer war er äußerst vornehm gekleidet. Den Mantel trug er wegen der Frühlingswärme über dem Unterarm, so daß Quispel anfänglich dachte, der Alte habe sein ewiges Päckchen diesmal zu Hause gelassen (oder endlich zur Post gebracht). Als aber eine beleibte Dame, die sich gerade nach dem Lokalgigolo umsah (»Ihr Gigolo Werner«), mit ihrem Hund gegen den Alten prallte, sah Quispel das Päckchen, das dieser stets an einer Schlaufe der Paketschnur am Handgelenk trug, unter dem Mantel baumeln. In das Gesicht des Aristokraten kerbte sich ein verärgerter Zug. Kerzengerade, aber mit den Schlurfschritten eines Hochbetagten, setzte er seinen Weg in Richtung van Baerlestraat fort.

Quispel ging die P. C. Hooftstraat in der entgegengesetzten Richtung hinunter, nicht schnell, aber ohne noch irgendwo stehenzubleiben. Trotzdem, so sehr er auch an nüchterne Dinge zu denken versuchte, an die laufenden Fälle, das Untersuchungsgefängnis, Albert Egberts' Majestätsbeleidigung ... die heimliche Freude, die mit viel Blech falsch in seiner Brust schmetterte, ließ sich nicht unterdrücken. Huren am Fenster – er war gewarnt.

Ernst Quispel hatte schon immer, von Kindesbeinen an, eine stille Absprache mit sich selbst. Wenn das Leben etwas völlig Einmaliges und Endliches war – und das war es ja –, dann durfte seine Aufmerksamkeit niemals nachlassen. So hatte er es schon als Junge für sich formuliert. *Aufmerksamkeit nie abschlaffen lassen. Angespannt bleiben. Nicht lasch werden.*

Das Leben, so banal oder mies oder schal es sich ihm auch präsentierte, mußte unaufhörlich durch ihn hindurchziehen, sei es trübend, sei es klärend: Das spielte keine Rolle, solange er dafür nur offen war. Die Welt durfte nie zu selbstverständlich werden. Nie durfte das Befremden über so viel organisierte Willkür verschwinden und ebensowenig die Wut darüber. Wer auch nur für einen Moment aus dem Auge verlor, daß das Leben etwas unwiderruflich Vergängliches war und daß man die Welt im Verlaufe dieses Lebens nur zu einem ganz kleinen Teil genießen konnte, der drohte in animalischem Wohlbehagen, in Apathie zu versinken – Quispel zufolge die größte Sünde. Er war der Ansicht, er müsse wachsam bleiben, sogar wenn er schlief.

Albert Egberts hatte ihm einmal seine Kunst eines »Lebens in die Breite« erläutert, das Verewigen eines unteilbaren Moments, das Anhalten der Zeit ... Doch das ging Quispel alles zu weit. Es war ein unerreichbares Ideal. Nur theoretisch zu realisieren. Er hielt es für eine zu bequeme Entschuldigung, um dann eben doch wieder in der normalen, irdischen Zeit ... in die Länge sozusagen ... drauflos zu leben. Nicht umsonst hatte sich Egberts ins Heroin geflüchtet. Nein, was

Quispel wollte, war erreichbar, wenn auch unter großer Anspannung. Er konnte sich damit abfinden, daß die Zeit zur Neige ging, allerdings nur, indem er auf des Messers Schneide lebte.

Wenn Quispel gelegentlich spürte, daß seine Aufmerksamkeit für die Dinge nachließ, verstand er es in der Regel, sich rasch wieder zur Ordnung zu rufen. »Paß auf, Ernst. Es geht vorbei ... vorbei ...« Und dann richtete er sich stolz auf, fühlte, wie er wuchs und durchlässig wurde. Ganz durchsiebt wurde er dann von den Pfeilen, die die Wirklichkeit für ihn in petto hatte, solange er nur bereit war, die Zielscheibe für sie abzugeben.

Heute war einer dieser seltenen Tage, an denen seine normale Aufmerksamkeit nicht funktionierte, ohne daß er sie wieder schärfte. Seine Selbstermahnungen, die sich automatisch in ihm geregt hatten, ließen ihn unbeeindruckt. Nicht, daß sein Geist und seine Sinne allmählich abstumpften oder sich verengten – im Gegenteil, alle Fenster standen weit auf. Nein, das Geheimnis war, daß es keiner Anstrengung mehr bedurfte, Eindrücke zu sammeln; die Welt drängte sich ihm bereits in ausreichendem Maße auf. Die Dinge flogen ihm nur so zu, bereit, zermahlen zu werden: nicht zu Wissen, wie sonst, sondern zu Glück. Das war möglich, weil die Außenwelt sich ihm anders – einseitiger und zugleich intensiver – präsentierte als gestern, vorgestern. Sie zeigte sich von ihrer besten, ihrer schönsten Seite, die Verführerin. Sie wollte etwas von ihm. Er ließ sich becircen, wurde blind für ihre weniger schmeichelhafte, ihre dämonische Seite.

Seine Selbstermahnungen klangen bereits schwächer.

Auf der Stadhouderskade kam die Rush-hour vorsichtig in Gang, doch hier bedeutete das noch nicht viel mehr als die Zunahme der Autos und ein größeres Verkehrschaos. Erst als er sich dem Leidseplein näherte und von immer volleren Straßenbahnen und von Fußgängern überholt wurde, die nichts von Spaziergängern an sich hatten, packte ihn, wie er es nannte, der Rush-hour-Rausch. Neuerliche Beunruhigung. Rush-hour-Rausch, das bedeutete: Lust auf ein Glas – nicht des Glases, sondern des Betretens einer bereits voller werdenden Kneipe wegen, in der man, sozusagen auf die Schnelle, noch im Mantel, einen Aperitif nimmt und dabei zufrieden feststellt, daß niemand darauf erpicht ist, schnell wieder zu gehen. Der Mantel wird aufgeknöpft, die eben gekaufte Abendzeitung verschwindet zusammengefaltet in der Tasche, der Diplomatenkoffer (der wie ein ungeduldiger Hund sein Herrchen rechtzeitig am Handgelenk hätte hinausziehen müssen) steht plötzlich, zwischen die Fußknöchel seines Besitzers geklemmt, auf dem Boden. Das genießen: das Stimmengewirr, die feuchter werdende Wärme, die den Rücken unter dem Regenmantel schwitzig macht und zum Jucken bringt, das immer lauter tönende Gelächter ... und dann, noch bevor, angeführt durch die Gewissenhaftesten, die große Kneipenflucht einsetzt, zahlen und nach Hause gehen mit einem Alkoholnebel, gerade leicht genug, um in der frischen Luft zu verfliegen.

Nun, was das Zahlen anging ... er hatte kaum noch Bargeld in der Tasche. Die Jungs im Untersuchungsgefängnis verstanden es immer, ihm kleine Beträge abzuschwatzen, und da konnte einiges zusammenkommen. Schecks hatte er zwar dabei, aber zwei Schnäpse in einer Kneipe mit Scheck bezahlen, das war albern.

Wenn er jetzt mitten auf dem Leidseplein stehenblieb und auf seine Armbanduhr schaute, konnte Quispel sich mühelos einreden, er tue das, um sich wieder einmal an all den kleinen Sonnen und Monden und Sternen zu erfreuen, die in das Zifferblatt eingelassen waren (Geschenk von Zwanet zu seinem letzten Geburtstag), und nicht, um beispielsweise zu schauen, ob seine Bank noch geöffnet war.

Fünf vor fünf. Die Zweigstelle am Dam, wo sein Konto geführt wurde, schloß um fünf. Das hatte sich also schon erledigt.

Erleichtert bog er in die Leidsestraat.

Auffällig, sogar flippig, aber nicht knallig: so hatte er sie am liebsten. Sie lagen fächerförmig im Schaufenster und deckten das gesamte Farbspektrum ab, ohne sich auch nur im leisesten zu beißen. Bei einer etwas abseits liegenden war der breite Teil mutwillig umgeschlagen, so daß das in die Naht eingenähte Etikett sichtbar war. *Scondinzoli / Firenze / vera seta.*

Zum Teufel, stand er schon wieder da und starrte auf diese dämlichen Krawatten. *Il Bigatto / Roma / Cravatta de seta.* Geh weiter, du Idiot.

Vielleicht hing es mit seinem verringerten Appetit (der nichts mit Lustlosigkeit zu tun hatte) zusammen, daß er seinen Hüftspeck verlor und neue Sachen ihm natürlich besser stehen würden. Eine beruhigende Erklärung. Wieso aber dieser umgekehrt proportional zur gesteigerten Lebenslust nachlassende Appetit? Er wußte, und er wußte noch nicht. Seine Unruhe war ein Chor goldener Stimmen.

Quispel wollte schon den Rokin in Richtung Grimburgwal überqueren – wo er, bevor er zu seiner Wohnung gelangte, nur noch zusehen mußte, wie er gefahrlos am Nes mit seinen Theaterkneipen vorbeikam –, als ihm einfiel, daß die Bankfiliale am Dam am langen Donnerstag immer bis sieben Uhr geöffnet war. »Dann sollte ich mir gleich etwas Bargeld besorgen«, murmelte er und trat zurück auf den Bürgersteig. »Für die kleinen Einkäufe am Samstag. Dann brauche ich das morgen nicht mehr zu tun.« Doch die jauchzende Ungeduld, die Quispel, so sehr er sich auch zwang, den Rokin ruhig hinunterzugehen, in seine Beine dringen fühlte, sprach eine andere Sprache. Falls es eine Sprache war und nicht viel eher das ausgelassene Bellen eines Hundes, der sich nach etlichen Vorwärtssprüngen jedesmal unsicher umschaut, ob Herrchen genauso gutgelaunt und mit solch überschäumender Fröhlichkeit einverstanden ist. Und tatsächlich: Herrchen hatte Bedenken.

Vor den beiden Schaltern der »Schnellkasse« standen die Kunden in einer langen Doppelreihe, wahrscheinlich zum größten Teil Leute, die geglaubt hatten, noch schnell vor der normalen Bankschließzeit um fünf Geld abheben zu können. Inzwischen war es Viertel nach fünf.

Seit der Umstellung auf Computer war die Schnellkasse nur noch dem Namen nach eine Schnellkasse: Quispel hatte reichlich Zeit, sich auszurechnen, wieviel Bargeld er wohl »für die Kleckereinkäufe« benötige. Er kam auf zweihundertfünfzig Gulden. Außerdem konnte es nicht schaden, etwas Taxigeld in Reserve zu haben, denn auch wenn Zwanet noch nicht soweit war ... bei ihrem Zustand konnte man nie wissen.

Mit jedem Platz, den Quispel in der Schlange vorrückte, erhöhte er den abzuhebenden Betrag um mindestens zweihundert Gulden. »Ich laß' mir Hunderter geben«, sagte er sich, »das muß reichen. Wenn ich mir jetzt kleine Scheine geben lasse, heißt das, den Teufel zu versuchen.« Im selben Moment erschrak er über diesen Gedanken, der schon das reine Eingeständnis war.

Schaute er nach links, so sah er den Nieuwendijk; rechts von ihm lag der Damrak; und wenn er über die Schulter schaute, konnte er durch die großen Scheiben den Dam sehen. Die Rush-hour nahm noch zu. Viele der mit schnellen Schritten und besorgten Mienen vorbeigehenden Männer eilten nicht nach Hause, sondern in ihre Kneipe. Noch stärker als auf dem Leidseplein regte sich jetzt bei Quispel das Bedürfnis, Kneipenluft zu schnuppern – notfalls nur für einen Augenblick. In *De Drie Fleschjes*, gleich hinter der Nieuwe Kerk, hatten sie jedenfalls keinen Schrottwodka. Und wenn man die Jungs hinter der Bar lieb ansah, dann bekam man seinen Stolichnaya oder Krimskovskaya in einem mit mattem Eis überzogenen Kelch aus dem Gefrierschrank, in dem auch der alte Genever aufbewahrt wurde. Nichts war göttlicher, als sich vor der niedrigen Bar hinzuknien und beim Schlürfen des ersten Schlucks den frostigen Glasrand an den Lippen brennen zu fühlen. Kaum weniger göttlich war es, danach, während der Magen in Glut geriet, die Eisschicht in dünnen

Schlieren langsam zum Fuß des Glases sinken zu sehen. Was übrigblieb, war ein nasser, kalter Schnaps fast ohne Aroma oder Geschmack, dafür unfehlbar in der Wirkung.

»Na gut, einen von den acht Hundertern lasse ich mir schon mal in klein geben. Einen Fünfziger, einen Fünfundzwanziger, zwei Zehner, und für den Fünfer gönne ich mir einen Wodka. Das muß reichen.«

»Wie bitte?« Der breite Herr vor ihm drehte sich um.

»Nichts, nichts. Ich habe nur ein bißchen rumgeknurrt, wie lange das hier dauert.«

Als er an die Reihe kam, hatte Quispel seinen Betrag in einer Art introspektivem Kuhhandel auf fünfzehnhundert Gulden erhöht.

»Was darf's sein?« Das Mädchen, das sich hinter der kugelsicheren Scheibe an ihn wandte, hatte er da noch nie gesehen. Irgendwie machte es ihn freier.

»Bitte zweitausend Gulden von meinem Privatkonto«, sagte Quispel – nein, hörte er sich selbst sagen, und sogar noch übertrieben deutlich artikuliert. Da hast du's. Jetzt aber aufpassen. Krawatten, Himmelherrgott. Italienische.

Das Mädchen tippte den Betrag ein. »Ihre Kontonummer?«

Quispel nannte die Zahlen, aus denen sich seine Kontonummer zusammensetzte. Die grünlackierten Nägel des Mädchens tickten auf die Tasten. Es dauerte lange, bis das »Okay« auf ihrem Schirm erschien. »Können Sie sich aa-ausweii-sen?« fragte sie in ihrem gedehnten Amsterdamer Akzent, eher aus Langeweile als aus Besorgnis um seinen Kontostand. Beim Abheben von Beträgen von mehr als tausend Gulden konnte man durchaus, auch als Stammkunde, nach einer Legitimation gefragt werden, wenngleich Quispel das bisher noch nie passiert war. Er hatte seinen Paß in der Innentasche, das war nicht das Problem –, doch diese kleine Unregelmäßigkeit, diese leichte Störung in dem, was sich, stärker als er selbst, unaufhaltsam in Gang gesetzt hatte, mußte er schon aus Gründen der Selbsterhaltung als Zeichen auffassen. Die Beule an seiner Stirn fing plötzlich wieder zu brennen oder zumindest zu kribbeln an, vor Schmerz. Luren am Fenster.

»Nein, wieso?«

»Bei Beträgen über tausend Gulden, Mijnheer, müssen Sie sich nun einmal aa-ausweii-sen, Mijnheer.«

Es war schwer, seine Erleichterung von einer gleichzeitigen Verdüsterung jener heimlicheren, falschen Stimmung zu unterscheiden. »Gut, dann nehme ich ...«

Genau in diesem Moment kam, mit einem an den Busen gedrückten Stapel Mappen, das Mädchen vorbei, das ihn meistens bediente. Sich auf ihrem Stuhl zurücklehnend, rief die Bankangestellte an seinem Schalter, noch immer genauso gelangweilt: »Else, kennst du diesen Heeern?«

Das Mädchen erkannte ihn lächelnd. »Natürlich. Das ist Mijnheer Quispel, der Anwalt. Kein Problem. Für den bürge ich.«

Und auch noch zwinkern, die Teufelin.

»Wie hätten Sie die zweitausend denn gern?«

Wieder hörte Quispel sich, sehr überzeugend, eine völlig andere Antwort geben als die, die er für sich repetiert hatte. »Fünf Hunderter. Zehn Fünfziger. Vierzig Fünfundzwanziger. Dreißig Zehner. Und vierzig Fünfer.« Es war soweit: Er hamsterte Handgeld.

»Das sind aber zweitausendfünfhundert, Mijnheer.« Es klang etwas weniger gelangweilt.

»Genau das, was ich brauche.«

»Wie Sie wünschen.« Sie griff in die Fächer. »Puh«, machte sie. »Darf ich die Banderolen dranlassen?«

»Von mir aus.«

Sie zählte ihm die Hunderterscheine vor. Den Rest bekam er in Zehnerpäckchen. Das hämische Jauchzen in seiner Brust war unerträglich.

»Noch 'n Umschlag?«

»Lieber zwei. Lieber vier.«

Quispel stopfte das Geld in die orangen Umschläge und

machte dem nächsten Kunden Platz, den er leise und verschämt fragen hörte: »Juffrouw, könnten Sie, bevor ich einen Betrag nenne, erst mal nachschauen, wieviel ich noch auf dem Konto habe?«

Bewirkte die sich plötzlich aufdrängende Häßlichkeit von Amsterdams Hauptplatz, daß er, als er wieder im Freien stand, mit einemmal zögerte?

Abgerissene Stadttauben marschierten auf halb zerfressenen Füßen ungeordnet von einem Bluessänger weg, dessen E-Gitarre in der Lautsprecherbox zu jaulen begann, die dem Mann als Sitzgelegenheit diente. Frühling, ja. Vor den Drehtüren von *De Bijenkorf* lagen umgefallene Fahrräder auf einem Haufen. Der Stil des Kriegsdenkmals kam Quispel zum erstenmal hoffnungslos antiquiert vor. Dahinter lehnten sich noch ein paar authentische Häuser aneinander; ansonsten war die ursprüngliche Bebauung verschwunden. Sogar der Palast gehörte im Grunde schon zu den Neubauten …

Ach, einen Schnaps trinken zwischen den Börsenschnöseln in *De Drie Fleschjes* oder sonstwo, nur einen kleinen Schnaps, das war für ihn ja undenkbar. In den Innentaschen seines Jacketts störten die mit Banknoten gefüllten Umschläge. Daheim wartete seine schwangere Frau. Quispel wandte sich von der Nieuwe Kerk und *De Drie Fleschjes* ab und ging Richtung Denkmal.

In der Damstraat tobte das Mittelalter. Zumindest herrschte dort das Altpariser Straßenbild, ähnlich dem von Filmen wie *Der Glöckner von Notre-Dame*. Junge Alkoholiker in zeitlosen Lumpen. Vergammelte Mädchen mit hohlen, stumpfen Augen, in alten Klamotten. Aus dem Gegröle der Besoffenen waren auch deutsche und amerikanische Fetzen herauszuhören. Viele entblößte, ungewaschene Oberkörper, die bei aller Magerkeit ungesund aufgeschwemmt wirkten. Die Tätowierungen allesamt schlampig hingehauen. Ein schmieriges Tuch um einen schmutzigen Hals.

Alles drängte sich um die Bänke auf den Brücken, die wie

kleine Hügel aussahen. Auf dem Bürgersteig Mosaike aus zertrümmerten Flaschen. Männer mit roten Lippen vom Johannisbeergenever, der ihnen bisweilen in dünnem Strahl aus dem Mundwinkel lief oder zwischen schwarzen Zähnen wieder hinausschoß. Unartikuliertes Herumgezoffe. Kraftlos erhobene Fäuste. Eine lallende Liebeserklärung hinter fettigem Zottelhaar (morgen würden sie sich nicht mal wiedererkennen).

Wo die Bank der schlimmsten Säufer gestanden hatte, ragten jetzt nur noch die Bolzen hervor, mit denen sie im Bürgersteig verankert gewesen war. Abmontiert, aus Protest, von umwohnenden Bürgern. Die Trinker hatten zwischen den Bolzen, auf den Gehwegplatten, ihre Stammplätze eingenommen, nicht weniger heimisch, nicht weniger erregt als sonst.

Das alles wirkte noch schmuddeliger durch die Aprilsonne, die von den Grachten her die Straße verschattete, die Brücken jedoch noch voll beschien. Wieso gewann bloß seine heimliche Stimmung, oder wie sollte er sonst dazu sagen, gerade in dieser heruntergekommenen Umgebung wieder falsch jubelnd an Kraft?

Sir, never marry her

Montag, 29. April 1985

Quispel ging im Morgenmantel durch den Flur, den Schlüsselbundring um den Finger, und wußte nicht, was er davon halten, was er hoffen sollte. Daß alles nur eine Entzugsvision gewesen war? Wenn die Haustür noch zweimal abgeschlossen war, konnten keine Feuerkämme hiergewesen sein: Um dieses Schloß zu öffnen, brauchte man einen speziellen Steckschlüssel, von dem es nur zwei Exemplare gab. Einer befand sich in Quispels Besitz, den anderen hatte sein Vermieter.

Die Innenseite der Tür war die reinste Landschaft aus nicht mehr benutzten Schlössern, und dazwischen alle möglichen Haken, an denen man Ketten befestigen konnte. Das Unechte an dieser majestätischen Tür – eine Unechtheit, die trotz des Alters auf das gesamte Haus zutraf – bestand darin, daß sie auf dieser Seite über viele Farbschichten hinweg mit einer Art flüssigem Furnier gestrichen war, in das der Pinsel eine authentisch wirkende Maserung gebracht hatte. An einigen Stellen, wo Ketten unzählige Male ein- und ausgehakt worden waren, blätterte die künstliche Holzschicht immer mehr ab, so daß als unerwartete Schichten einer Eichentür höchst unterschiedliche Farbtöne zum Vorschein kamen.

Quispel öffnete das Sicherheitsschloß. Die schwere, aus zwei Teilen bestehende Tür, die durch vertikale Riegel nicht ganz exakt schließend verbunden waren, schwang klappernd auf. Das Kupferschild über dem Briefkasten warf einen Lichtfleck auf die Flurwand. *Vlacq & Quispel Rechtsanwälte*: Die erste Lüge des Tages.

Daß die Haustür nicht abgeschlossen war, brauchte noch nicht zu bedeuten, daß diese Glatzköpfe mit den Hahnenkämmen wirklich in seinem Schlafzimmer gewesen waren. (»Maul auf. Reden.« »Ich weiß von nichts.« »Komm, komm, Meester Quispel, wir haben letzte Woche nicht alle die

Vergeßpille geschluckt.«) Olree ging manchmal früh aus dem Haus und schloß dann, jedenfalls wenn es schon hell war, nicht wieder ab. Quispel suchte fröstelnd das jenseitige Ufer der noch grauen und ruhigen Gracht nach dem Auto seines Vermieters ab, konnte es aber nicht entdecken. Das einzige Leben am Kloveniersburgwal regte sich in einer Gruppe Möwen, die sich auf die aufgerissenen Müllsäcke der Kneipe weiter hinten stürzten. Die Straße war mit den kompletten Schalen ausgepreßter Orangen übersät, und Quispel glaubte, ihren intensiven Geruch riechen zu können. »Mein Frühstück.« Auf der anderen Seite, wo die Straße als Anlauf zur Brücke Schwung holte, war auf dem Pflaster eine durchgehende Kreidelinie zu sehen, wie sie in Filmen um den Körper eines Opfers gezogen werden. Quispel wußte nichts von einem frischen Unfall. Er mußte an die Kripobeamten denken, die hier vor zwei oder drei Wochen mit gezogener Pistole jemanden festgenommen hatten ... Zwanets Angst ... Es waren keine Schüsse gefallen.

Oder bildete er sich nur ein, daß diese bizarre, vielleicht achtlos von einem Kind gezogene Linie den Umriß eines liegenden menschlichen Körpers darstellte? Die Halluzinationen waren zwar verschwunden, doch ihre Stelle hatte der Zwang eingenommen, allem, auch dem harmlosesten Gegenstand, eine bedrohliche Bedeutung beizumessen.

Die Redaktionsräume von *Nederland op Zondag*, in dem Backsteinkoloß an der Ecke Raamgracht/Kloveniersburgwal, lagen in tiefer Ruhe; bei einer Sonntagszeitung setzte die Hektik erst um die Wochenmitte ein. Es brannten nicht einmal mehr irgendwelche Neonlampen.

Er gäbe etwas dafür, wenn er so über das Geländer der Eingangsstufen gelehnt stehenbleiben und die kalte Luft wie ein Gegengift in sich einsaugen könnte, mochte es auch noch so langsam wirken. Aber in seinem derzeitigen Zustand – zitternd, die Angst noch im Gesicht – wollte er auf keinen Fall dem Nachbarn von oben unter die Augen kommen, denn ob die Tür nun abgeschlossen war oder nicht: gut möglich, daß er noch nicht weg war. In dem Fall waren die Hahnenkämme …

Quispel ging die Steinstufen hinunter. Er stand vor dem geschlossenen Souterrainfensterladen, der erst kürzlich so glänzend grachtgrün gestrichen worden war, daß er sich darin spiegeln konnte. Um den langen, mittelalterlich anmutenden Schlüssel in das tiefe Schloß stecken zu können, mußte er erst zwei Vorhängeschlösser und einen Eisenbügel entfernen. Der Fensterladen hatte genau in der Mitte eine vertikale Ritze, wo er sich aufklappen ließ. Der rechte Flügel schwang nach dem Herumdrehen des Schlüssels von selbst auf; um auch die linke Hälfte zu öffnen, mußte ein im Boden verankerter Riegel herausgezogen werden. Diese Handgriffe waren eigentlich zuviel für ihn. Er führte sie äußerst langsam und konzentriert aus. Seine Hände zitterten so sehr, daß er sich wunderte, wie sich unter diesen ziellos flatternden Fingern Türen öffnen konnten.

Quispel klappte den Laden um und öffnete ihn so weit wie möglich. Diesmal ärgerte er sich nicht nur einfach wie sonst über die kleinen Fenster dahinter, deren Holz noch immer erst den Mennigeanstrich aufwies, nein, jetzt war es richtige Panik – Panik wegen des Chaos. Kleine Risse im ausgetrockneten Kitt versinnbildlichten die Ohnmacht. Nie mehr würde die Welt in Ordnung kommen.

Weil sich die Fensterflügel nur von innen öffnen ließen, mußte Quispel wieder die Steinstufen hinauf, durch den Flur und die beiden kleinen Holztreppen hinunter, um durch die Küche ins Souterrain zu gelangen. Im Vorbeigehen sah er angewidert, erneut in Panik geratend, zu dem Fleck über der Spüle, wo sich der frische Stuck mit durchgesickertem schmutzigen Regenwasser vollgesogen hatte.

Zwischen der Küche, die das Gebäude mit dem Hinterhaus verband, und dem Souterrainteil an der Vorderseite, wo er sein Büro eingerichtet hatte, lag ein kleiner Flur mit einer Duschzelle links und dem Heizkessel rechts. Die Hitze schlug ihm entgegen. Erst duschen? In seinem Zustand, so wußte er, würde es ihn nicht reinigen. Und auch nicht erfrischen. Trotzdem hängte Quispel seinen Morgenmantel und den stinkenden Schlafanzug an einen Haken und drehte die Hähne auf.

Nicht genug damit, daß das warme Wasser ihn nicht reinigte oder erfrischte, es war, als ob seine Eingeweide dadurch, daß der getrocknete Schweiß mit viel Seife weggespült wurde, erst richtig die Gelegenheit bekamen zu stinken. Immer schmutziger wurde er in dem gefliesten Raum. Auch ängstigte ihn, was sonst nie der Fall war, die Nähe des Heizkessels, der jedesmal brüllend ansprang und dann einen Block widerlicher Wärme in die Duschzelle schob. Jeden Moment erwartete er eine Explosion. Schnell trocknete er sich ab und flüchtete nackt ins Schlafzimmer.

Zwanet schlief noch. Gern hätte er sie um ihrer beruhigenden Gegenwart willen geweckt. Gleichzeitig war er unsicher ob ihrer Haltung gegenüber ihm, dem Sünder. Aus Angst, erneut mit allen Spukgestalten dieser Nacht konfrontiert zu werden, raffte er rasch seine Kleider zusammen, um sie im Büro anzuziehen.

Die Luft, die ihm nach dem Öffnen der niedrigen Tür entgegenschlug, war nicht nur kalt und feucht, sondern auch durch und durch abgestanden. Unter einem schmalen, vom Teppichboden ordentlich abgedeckten Umbau verlief ein antiker Abfluß, der durch einen Riß, vor allem nach schweren Regenfällen, einen fauligen Geruch in den Raum blies; dieser blieb hängen, solange nicht gelüftet wurde. Das Büro war gut zwei Wochen nicht mehr benutzt worden, weder von Quispel noch von seinem Kompagnon John Vlacq, der sich bereits seit fast einem Monat in Italien aufhielt, um an seiner Dissertation über die Roten Brigaden zu arbeiten.

Ernst drehte an den Heizungsknöpfen mit einer so heftig zitternden Hand, daß die Radiatoren dröhnten. Es war ihm eigentlich ganz recht, daß sie noch kalt waren: So lieferten sie einen harmlosen, physischen Grund für sein Frösteln. Das Anziehen bereitete ihm Mühe. Er war zu schwach, zitterte zu stark, um auch nur einen Augenblick auf einem Bein stehen zu können. Gut die Hälfte der Knöpfe bekam er nicht in die Knopflöcher. Das Zubinden der Schnürsenkel mußte auf später verschoben werden. Seine Kleider rochen noch immer nach Rauch und Kneipe. Selbst die einigermaßen erhebenden Schrecken des Deliriums, ebenso persönlich und unveräußerlich wie ein Traum, stellten sich jetzt nicht ein. Was blieb, war ein ordinärer, dumpfer Kater, der keine Ähnlichkeit mehr mit echtem Leiden hatte. Unbehagen. Ekel. Reue. Alles dumpf, bleischwer.

Quispel öffnete die kleinen Fenster zur Straße. Der Verkehr kam langsam in Gang. Hin und wieder glitt – leicht schräg, von der Brücke herunter – ein frühes Auto vorbei. War es ein Lastwagen, so nahm er für einen Augenblick das spärliche Tageslicht aus dem Raum. Ernst knipste die Lampen über den Schreibtischen an und versuchte, nicht auf die ungeöffnete Post zu schauen, die Zwanet für ihn auf einen Stapel gelegt hatte. Er stellte und legte einige Gegenstände an ihren Platz. Oder verschob er sie nur ohne Plan? Unter den Lampen, sah er, löste sich Staub von den berührten Dingen. Er stieg lautlos von seinem Platz auf und regnete an einer anderen Stelle herab. Noch nie war ihm so anschaulich geworden, daß alle mehr oder weniger festumrissenen Gegenstände sich in fortwährender Auflösung befanden. Er sah, wie es vor seinen Augen geschah. Er konnte spüren, wie ihm der Sprühregen wertlosen Abfalls an die Hornhaut schlug. Hier ... hier ... reiß ein Stück Papier entzwei, einen Umschlag, und schau: Du glaubst, du hättest aus eins zwei gemacht. Aber schau richtig ... hier, zwischen den beiden Hälften: dieser ganze ekelerregende Nebel aus Staubkörnchen ... Jeder benennbare Gegenstand besaß eine fransige Kontur, einen unregelmäßig gezackten Rand, an dem sich die Form in nicht weiter zerlegbares Pulver verflüchtigte. Sogar das elektrische Licht, das in all diesem Abfall herumstocherte, befand sich auf dem Weg zum Ende. Man brauchte nur auf das endgültige Reißen des Glühfadens zu warten.

Es war genau so, wie ein alter Philosoph es dargestellt hatte: Die Welt bestand aus nichts anderem als aus Atomen, die, mehr oder weniger miteinander verkettet, zusammen wie eine Art Regenvorhang durch den Raum fielen, ohne auf Reibung zu stoßen. Ein glitzernder, schwerer, senkrecht fallender Vorhang aus allerfeinsten Tröpfchen, der bestenfalls mit so etwas wie einem Regenbogen beseelt war. Selbst die Farbabstufungen waren eine Illusion ...

Zusammenballungen von nichtswürdigen Teilchen, die sich jederzeit wieder lösen konnten.

Natürlich, der Kosmos insgesamt befand sich in Auflösung, bestand seit dem Urknall sogar nur dank dieser Auflösung ... Durch all die Kometen- und Asteroideneinschläge war die Erde einem ständigen Hagelschlag ausgesetzt, auch wenn wir die Einschläge möglicherweise als äußerst träge empfanden. Mit etwas Glück bewegten sich die Menschen »zwischen den Tropfen«, mußten aber zuschauen, wie sie auf der pockennarbigen Wange ebendieser Erde zurechtkamen. Sie befanden sich selbst in Auflösung ... auf dem Weg zur Pockennarbigkeit ... Sie lösten sich unaufhörlich in kleine Partikel auf. Vom Körper fielen ständig dickere und dünnere Haare ab. Ob er wollte oder nicht, Quispel mußte an die Rückseite seines Hemdes denken, das er eben mit soviel Mühe angezogen hatte: die kringeligen Haare, die hier an der Innenseite klebten! Und er trug diesen Abfall zwischen den Schulterblättern mit sich herum! Körper verstreuten ringsum Tonnen von Hautschuppen. Die Menschheit würde noch ersticken in all dem Staub.

Mit Kleidern hielt man das Ganze nicht zusammen. Wozu sonst diente der Körper als zum Färben der Innenseite unserer Kleidungsstücke, unserer Unterwäsche? Wie mit der flachen Seite einer Holzkohle machten wir die Innenseite unseres Hemdkragens zu einem Teil des Gemäldes. Schwarze Striche, mit plumpem Künstlerdaumen absichtlich verwischt ... Und der Schweiß, der, auf der Palette einen Ton heller als Urin, den Stoff unter den Achseln gelb färbte und an den Rändern eines Unterhemds ... Der schlecht geschnittene Nagel, der den Zeh daneben zum Bluten brachte, so daß ein braunroter Fleck an der Socke sichtbar wurde ... Der Anus war ein Pinsel, der langsam malte. Ein Pinsel wie ein kleiner, straffer Mund, der die Wäsche ansog ... Ein Stück weiter ein Strich in gebrochenem Weiß. So sah Quispel sich selbst als ein im Entstehen begriffenes Gemälde, als schmuddeligen Abdruck seines eigenen Körpers, etwa so, wie Christus' Bildnis nur aus dessen Schweiß und Tränen und Blut in Veronikas Tuch sich abzeichnete.

Es gab niemanden, der sich stärker in Auflösung befand als Quispel. Sein Magen wollte durch den Mund hinaus. Sein Gehirn kam ihm so verrottet vor, daß er es ins Taschentuch hätte schneuzen können. Sein gesamter Körper befand sich in Auflösung, wurde nur noch von einem Ekelzentrum wie von einem Magneten zusammengehalten. Quispel hatte die Empfindung, anders als die Gegenstände in seiner Umgebung nach innen abzubröckeln, in lauter Einzelteilen ins schwarze Loch seines Ekels zu stürzen. Sein Körper implodierte. Er spürte sich nicht mehr. Er spürte nur noch dieses ziehende, saugende Loch in sich gähnen. Es sog seine Wangen hohl, zog das Blut unter der Haut weg, nahm ihm die Stimme: Beim erstbesten Versuch zu sprechen würde er sich als stumm erweisen.

Musik. Musik würde den bitteren Geschmack vertreiben. Nachdem er ein paarmal danebengegriffen hatte, drückte sein bebender Finger auf den Knopf des Tuners. Er hörte den letzten Rest der Nachrichten.

»... Ausschreitungen und Zerstörungen tritt der Ausschuß für Öffentliche Ordnung des Amsterdamer Magistrats zu einer Sondersitzung zusammen. Das waren die Sieben-Uhr-Nachrichten.«

»Guten Morgen, liebe Hörerinnen und Hörer. Unser Montagmorgenkonzert beginnt mit der vierzehnten Sinfonie von

Wolfgang Amadeus Mozart, KV 114, in A-Dur, gespielt von The Academy of St.-Martin-in-the-Fields unter Leitung von Sir Neville Marriner ...«

Nachdem er die Fensterflügel wieder geschlossen hatte, ließ Ernst sich von Mozarts kleiner italienischer Sinfonie berauschen. Ganz kurz hatte er befürchtet, von jeglicher Musik abgeschnitten zu sein, aber nein, sogar dieses fast zu fröhlich lodernde Feuer nahm ihn auf, tröstete ihn, sagte ihm, es werde schon wieder alles in Ordnung kommen.

Es währte zu kurz. Er hätte es gern festgehalten. Es war vorbei. Bei der Absage hörte er die Stimme klar und deutlich sagen: »... Sir, never marry her.«

Sofort setzte das Zittern wieder ein. Im nächsten Augenblick wußte er, daß die Stimme den Namen des Dirigenten wiederholt haben mußte – Sir Neville Marriner –, aber es war passiert: Sir! Never marry her! So hatte er es verstanden, also war es die Wahrheit. *Komm bloß nicht auf die Idee, sie zu heiraten ...!*

Er wollte gar nicht an die Zwanet von vor ihrer Heirat denken, an die geschlagene Zwaantje, die sich nach Kanada abgesetzt und als *nanny* und später als Zimmermädchen in einem Hotel auf ihre Weise Buße getan hatte. Doch da hatte er sie schon vor sich, als Zwanzigjährige, und jetzt mußte er angeekelt, aber auch bis zum Mitleid erstickt an alle Zimmermädchen aller Hotels dieser Erde denken. Was konnten Menschen sonst für sie sein als auslaufende Wesen? Die nassen Flecken, die halb getrockneten, die verkrusteten... die frischen morgendlichen Ergüsse... die jeden Tag neuen, nie ganz übereinander passenden Kleckse auf der Matratze. Quispel war wieder bei der Auflösung angelangt. Der Mensch zerfiel in Staub und Feuchtigkeit. Jedes Hotelzimmer war ein möbliertes Sieb, in dem noch schwach lebende Körper zum Abtropfen lagen, und den Boden unter dem Sieb wischte ein keusches Mädchen auf Knien. Die Menschen über ihr taten Dinge, die sie als Liebe bezeichneten, die jedoch keinem anderen Zweck dienten, als sich auszuwringen. Quispel weinte vor Mitleid, ohne die Nässe, die aus seinen Augen floß, für Tränen zu halten. Auflösung.

Er schluchzte. Wenn Alkohol das Gehirn angriff, warum bewahrte ihn das Gift dann nicht vor solchen Gedanken, warum tötete es dieses Denken nicht ab? Oder waren es Hirngespinste, die wie Staubweben in einer Ecke trieben, während es kaum noch Reste eines Hirns gab, an das sie sich heften konnten?

Aus lauter lähmendem Widerwillen drückte sich Quispel so lange wie möglich um die Zeitungen herum, die Zwanet für ihn gesammelt hatte, Morgenblätter neben den Nachmittagszeitungen. Die neuesten, die von Sonnabend, lagen obenauf. Er konnte von jeder Zeitung nur eine Viertelseite lesen: den rechten oberen Teil. Das Morgenblatt:

ne Anzeichen von Mißhandlung
ot in Zelle

Die Abendzeitung:

ißhandlung?
r tot
izeizelle

Quispel legte dasselbe Verhalten an den Tag wie bei Briefen, die er im Verdacht hatte, eine schlechte oder unangenehme Nachricht zu enthalten. Er schob sie ungeöffnet beiseite, machte lange einen Bogen um sie, räumte sie schließlich weg. »Wenn ich ihn nur lange genug im Umschlag lasse, dann wird der Inhalt schon an Gewicht verlieren.«

Im Klassikprogramm gab es eine pastorale Sendung ohne Musik. Quispel suchte aus Angst, seine Gedanken würden sich wieder an der Auflösung festbeißen, verzweifelt nach Ablenkung. Er hatte hier keine Bücher, keine Gedichte, keinen Shakespeare. Nicht einmal die Theaterstücke von Albert Egberts, denn die hatte er im Untersuchungsgefängnis in der Havenstraat liegenlassen, so daß sie inzwischen vielleicht in einem Müllcontainer gelandet waren. Er war sich auf einmal nicht mehr so sicher, ob er *Benjamin* nicht widerlicher fand als die Anklage wegen Majestätsbeleidigung ... Jetzt hatte die Auflösung auch seinen Geschmack und sein Rechtsgefühl erfaßt. Wo würde das enden? Er mußte seine Gedanken auf etwas anderes lenken, und zwar sofort.

Ernst griff sich *Het Devies* vom Stapel, schlug die Zeitung auf und blätterte mit fest zugekniffenen Augen, wie ein Blinder die Seiten zählend, direkt bis zu Wrongels Glosse. Er wollte von den Nachrichten nichts wissen. Er kannte die Nachrichten.

Trotzdem drang ihm, so sehr er sich auch auf die Wrongel-Glosse konzentrierte, eine fettgedruckte Schlagzeile und darin die Worte »Brandstiftung« und »Verwüstungen« in die Augenwinkel.

Tüten kleben

Es herrschte ein derart umwerfendes Frühlingswetter (Geburtstag der Königin in den fünfziger Jahren), daß man glatt sein Alter vergessen konnte. Fast Sünde, aus der Morgensonne über mehrere Stufen ins künstliche Licht des Souterrains hinunterzugehen, wo mein Verleger sein Magazin hat.

»Sie kommen wegen Ihrer Belegexemplare der Nachauflage«, wußte Koos, der Magazinleiter und treue Wachhund von bestimmt einem Viertel der niederländischen Literatur. »Soll ich Ihnen alle zehn einpacken?«

»Hm, nein, fünf sind genug.«

»Was soll ich mit den restlichen fünf machen?«

»Tja ...« Eigentlich war es kein Tag für solche Probleme. Jetzt, wo sich meine Augen etwas besser an das gelbliche Dämmerlicht gewöhnt hatten, sah ich, wie weiter hinten im Lager ein trotz seiner Markenkleidung etwas gammeliger junger Mann mit zitternden Händen Exemplare seines Gedichtbändchens in die Taschen seines viel zu modischen Regenmantels stopfte. Zumindest ging ich davon aus, daß es keine Nachauflagenexemplare waren, denn der Dichter kam mir nicht bekannt vor. Es war noch früh am Tag. Ich hielt es für nicht ausgeschlossen, daß er aus dem Nachtleben direkt zu seinem Verleger gegangen war.

»Und die restlichen fünf? Sollen die vorläufig hierbleiben?« fragte Koos noch einmal.

Nun habe ich mich bei Ihnen schon öfter darüber beklagt, daß ich, seit ich regelmäßig als Augapfel des Bussumer Zyklopen zu sehen bin, viel zu schnell auf der Straße erkannt und angesprochen werde, wenngleich ich es bei Vertretern der jüngsten Generation immer häufiger erlebe, daß sie mir einfach zurufen: »He, schieß mal den Ball zurück, Opa.« Oder, wenn ich von mir aus den wegrollenden Ball aufheben will, mit hörbarem Zweifel an meiner Wurfkraft und meinem Richtungsgefühl: »Laß liegen, Alter. Laß bloß die Finger davon.«

Unser Dichter – ich schätzte ihn auf Mitte dreißig – stammte noch aus einer Generation, die beim Hören von *Is that all there is?* ausruft: »Ist Wrongel im Fernsehen?« Oder: »Wenn ich die Melodie höre, sehe ich sofort dieses schwermütige Gesicht vor mir.« Er erkannte mich also und drückte sich noch etwas herum. So schummrig es auch war, ich sah doch, daß er sich anschickte, etwas zu sagen. Es würde wohl nichts Erhebendes sein.

»Und die restlichen fünf Bücher, holen Sie die später?« fragte Koos jetzt schon zum drittenmal, wenn auch mit viel Sinn für Variation.

»Ja, tja«, sagte ich hilflos und zuckte mit den Achseln. War der untätig herumstehende Dichter daran schuld, daß mir die richtige Antwort nicht einfallen wollte?

»Ja, die können solange hierbleiben«, sagte ich zögernd.

»Sonst lassen Sie sie ja doch nur in der Straßenbahn liegen.« Das war er, der Dichter. Im Gegensatz zu vorhin hatte ich plötzlich ganz stark das Gefühl, daß dieses unterirdische Gewölbe doch besser zu meinem Alter paßte als das sonnenüberflutete Grachtenufer draußen, auf das sich dieser Liebling der Musen jetzt zubewegte. Das Sonnenlicht, das nur bis zu den Stufen reichte, war nicht so freundlich zu seinem Gesicht, wie es das Licht der Nachtlokale möglicherweise gewesen war. Aber er war noch jung und konnte es sich leisten.

»Auf Wiedersehen«, sagte er mit einem Grinsen, das nichts anderes als ein stark alkoholisiertes Lächeln sein konnte, allerdings durchaus nicht unfreundlich, während ich in Fortsetzung seiner vorherigen Bemerkung eher ein »Lebewohl« erwartet hätte.

»Ja, auf Wiedersehen«, sagte ich. Koos und ich sahen ihm nach, wie er mit seinen Taschen voll Lyrik zur Straße hinaufstieg. Seine Muse mußte gleichzeitig, fürs selbe Gehalt sozusagen, sein Schutzengel sein, denn es lag wahrhaftig nicht an ihm, daß er von dem in voller Fahrt heranbrausenden Auto nicht überfahren wurde.

»Publiziert dieses Genie auch hier?« fragte ich den Magazinmeister.

»Nicht daß ich wüßte. Der Herr ist Anwalt«, sagte Koos nicht ohne Respekt.

»Aha. Aber anscheinend verteidigt er keine alten Leute.«

»Er hat sich gerade Bücher von Egberts geholt. Den verteidigt er.«

»Ach ja, die Majestätsbeleidigung«, gab ich mich gebildet. »Na, dem Autor kann man dann ja nur alles Gute wünschen. Er wird's brauchen, bei so einem Anwalt.«

»Och«, sagte Koos, denn er hat noch was von einem Sozialisten von altem Schrot und Korn, »es wird wohl nicht aufs Tütenkleben hinauslaufen wie bei Domela Nieuwenhuis.«

»Stärkekartons, Koos. Stärkekartons waren es. Wir müssen endlich von den Tüten weg.«

Ein paar Stunden später sah ich unseren Dichter, pardon:

Anwalt in einem ganz anderen Stadtteil wieder, als er gerade in offensichtlich alkoholisiertem Zustand von zwei Ordnungshütern über die Straße geleitet wurde. Ich weiß nicht, ob er mich sah, doch das wird er mit seinem »Auf Wiedersehen« sicherlich nicht gemeint haben.

Ich dachte: Sieh mal einer an. Und fühlte mich gleich ein Stück jünger.

Wrongel

Morgens Dichter, nachmittags versoffener Anwalt. Quispel spürte wieder, wie seine Augen feucht wurden, aus Selbstmitleid darüber, was an diesem Tag rettungslos untergegangen war. Seine goldene Trinkperiode. Jemand hatte bemerkt, wie er aus dem Sonnenschein in einen Pfuhl des Verderbens und Elends trat. Es stand in der Zeitung. Er schämte sich. »Abhanden«, habe ich gesagt. »Sonst kommen sie Ihnen in der Straßenbahn ja doch nur abhanden.« Es sollte keine Anspielung auf sein Alter sein. Er mußte das wiedergutmachen. Er hatte noch so vieles gutzumachen.

Die gefleckte Katze der Nachbarn von oben hatte in Quispels Büro ihren Stammplatz in einem Postkorb. Er stand unter einer Bürolampe, die stärker und damit wärmer war als die auf den anderen Schreibtischen, mit dem einzigen Nachteil, daß er sich gleich neben dem Telefon befand, dessen Geklingel sie verabscheute. Die Katze hatte gelernt, daß ein kräftiger Pfotenhieb gegen den Hörer, der diesen einen knappen Zentimeter von der Gabel hob, den grausamen Apparat zum Schweigen bringen konnte. Das hatte Quispel schon um etliche beruflich interessante Anrufe gebracht und ihn eine Menge unglaubhafter Erklärungen gegenüber den beharrlicheren Anrufern gekostet.

Quispel, schuldbewußt über das Porträt gebeugt, das Wrongel von ihm gezeichnet hatte, erschrak doppelt: erst über das laute und anklagende Klingeln des Telefons und dann über die Katze, die sich mit böse gekrümmtem Rücken erhob und empört miauend einen langen Klingelton mittendrin abbrach. Noch vor der rotgefleckten Rosita selbst sah Quispel ihren Schatten auf der Wand, riesengroß und mit hohem Buckel wie die Silhouette eines Dromedars, das sich im Morgenrot erhebt. Er hatte die Katze nicht hereinschleichen sehen und auch sonst nichts von ihrer Anwesenheit bemerkt. In wenigen Schritten war er am Telefon. Das Herz klopfte so hoch und heftig, daß seine Schlüsselbeine schmerzten, und er starrte mit halb herausquellenden Augen auf den Apparat. Auf seiner Stirn begann feinster Glasstaub zu glitzern. Rosita drehte sich raschelnd ein paarmal in dem Ablagekorb um die eigene Achse und legte sich dann seufzend wie ein Hund wieder hin. Die Uhr zeigte zehn nach halb acht: noch lange keine Bürozeit. Sein Privatanschluß hatte eine andere Nummer ...

Als er merkte, daß seine Beine wacklig wurden, zog Quispel einen Stuhl vom Schreibtisch und setzte sich, die Augen starr auf den Apparat gerichtet. Er spürte, wie ihm der Schweiß neben der Nase hinunterrann, wischte ihn aber nicht weg. Ein Tropfen verschwand im Katzenfell. Es gab zwei Möglichkeiten: Der Mandant, oder wer es auch sein mochte, folgerte, daß Quispel den Hörer selbst von der Gabel genommen hatte, weil er so früh noch nicht gestört werden wollte; oder der Anrufer, vielleicht jemand vom Gericht, ging davon aus, daß die Verbindung aus einem unerforschlichen Grund vorzeitig unterbrochen worden war, und nahm sich vor, noch einmal zu wählen.

Noch lange vor acht Uhr morgens ... was konnte ein Anruf zu diesem Zeitpunkt denn sonst schon bedeuten, als daß er zur Ordnung gerufen wurde? Gräßliche Klagen würden auf ihn einprasseln. Quispel dachte an die tote Katze dieser Nacht. Was sollte er tun, falls es wieder klingelte? Diese lebende Katze gewähren lassen? Das Telefon schwieg. Möglicherweise waren sie jetzt persönlich zu ihm unterwegs ... Die ganze Nacht über hatte er ungereimte und groteske Anschuldigungen zu schlucken bekommen; jetzt, bei Tageslicht, würden sie konkreter formuliert ... und mit Strafe belegt werden ...

Ernst erschrak wieder, diesmal über die Schiebetür im Flur, die die Treppe nach oben abschloß. In dem Getrampel auf den Marmorfliesen über sich erkannte er die Schritte seines Vermieters, der sich zur Arbeit aufmachte. Der Kerl knallte die Tür immer zu laut zu. Kurz darauf sah Quispel seine Füße in langweiligen *bcbg*-Socken und -Schuhen die Steinstufen hinunterrennen. Wegen der Verbissenheit, mit der er zu seinem Tagewerk eilte, nannte Zwanet ihn auch Arbeit Adelt. Das bedeutete, daß nicht Olree die Tür aufgeschlossen hatte.

Wie immer am Tag nach dem schlimmsten Kater begann ihn als Unterströmung der üblichen Verzweiflung so früh schon eine sinnlose Geilheit zu quälen, die sich zusammen mit dem Gift langsam würde abbauen müssen, denn es gab keinerlei unmittelbare Befriedigung für sie. Die obszönen Visionen dabei malten eine weitaus plastischere Brunst aus als die normale, nicht von Gift genährte. Es quälte ihn die wahrscheinlich letzte Frau, an die er sich, nachdem die Euphorie vorbei war, in seinem Suff geklammert hatte. Buchstäblich geklammert, denn er erinnerte sich (oder, besser gesagt, seine Handflächen erinnerten sich) nur an die verschiedenen Stoffe, aus denen ihr imposanter Mantel bestand. Ihr Gesicht blieb anonym und ohne Relief im Schatten einer weiten Kapuze, die ihn an Nonnen erinnerte, an verschleierte Frauen. Die Kapuze – filzartig, vielleicht auch aus Wildleder – war, so weit es ging, über den Kopf gezogen, so daß Ernst mit seinem Gesicht unter den Rand tauchen mußte, um sie küssen zu können. In der Tiefe der Kapuze begegnete seine Zunge der ihren, die geschwollen und glatt und schleimig war. Durch das Aneinanderstoßen ihrer Köpfe glitt das Kleidungsstück etwas zurück. Auch jetzt, da Licht auf ihr Gesicht fiel, das speichelnaß war und glänzte, kam es ihm vor wie eine große Zunge.

Ihr übrigens rauhhaariger Mantel hatte Aufschläge aus Wildleder (oder Filz), die sich, je fester sie sich an ihn drückte, immer weiter nach außen stülpten, so daß sie immer größer zu werden schienen. Wenn die beiden auseinanderklaffenden rauhhaarigen Mantelränder die großen Schamlippen darstellten, dann bildeten die Aufschläge die kleinen, samtenen.

Unter dem Mantel, so erinnerte er sich, war sie nackt. Aber wie war das möglich? Hatte sie ihn mit nach Hause genommen, sich dort aus- und den Mantel dann wieder angezogen? Stellte das Kleidungsstück einen unentbehrlichen Stimulus für sie dar? (Er erinnerte sich an das Mädchen aus seiner letzten Trinkperiode, das ihm von einem Jungen erzählt hatte, der nach dem Discobesuch irgendein Stück Pelz aus dem Handschuhfach gekramt hatte: »Würdest du mich damit befriedigen?«) Unter dem Mantel war sie ein Strudel aus feuchtem Fleisch. Achseln, Brüste, Bauchfalten, Nabel, Schenkel – alles glitschig vom eigenen Schweiß und Speichel, alles bewegend, rollend, kreisend. Im Zentrum des Strudels, dort, wo seine Finger durch Zentrifugalkräfte hingesogen wurden, stieß er auf *Nackt in haarigem Kapuzenmantel* en miniature. Eine Replik. Die aufklaffenden haarigen Ränder, die sich nach außen stülpenden Aufschläge, ja, sogar die kleine samtene Kapuze, die ein anonymes Köpfchen bedeckte – alles war im kleinen vorhanden, einschließlich des Strudels nasser Falten.

Wie eine Salome, der das abgeschlagene Haupt Johannes' des Täufers präsentiert wird, packte sie, als wäre er ein loser Gegenstand, mit langen, knochigen Fingern Quispels Kopf fest an den Haaren und dirigierte ihn zu dem kleinen Bildnis unter dem Mantel. Ernst stieß mit der Zunge auf die samtene Kapuze ein und brauchte hier nicht beide Hände für den Versuch, ein Gesicht zu enthüllen: eine Bewegung seines Daumens war genug. Seine Zunge erwies sich als viel zu groß und viel zu plump für das unkenntliche Gesicht der kleinen Elfe, die, kaum größer als ein Schmetterling, in Pelz und Samt gehüllt dakauerte. Sie würde noch ertrinken in seinem Speichel …

Äußerst bereitwillig hatte er ihrer Lust gedient, ohne in seiner Trunkenheit selbst Lust zu empfinden. Jetzt, zwei Tage später, sah er sich voll erotischen Schmerzes der Erinnerung ausgeliefert, ohne an diesen Strudel aus Fleisch gelangen zu können. Die sexuelle Pein war so heftig, zerriß ihn so, daß er sich – zum erstenmal – fragte, ob es ihm im Grunde nicht darum ging, die Trinkperiode, die Verlotterung, der ganze Schmutz ... Ja, wenn die Sache einen Sinn hatte, einen Zweck, dann war vielleicht diese verzweifelte Geilheit der Zweck. Jedenfalls bezog er daraus die Kraft, mit seiner eigenen Frau ins Bett zu gehen.

Gleich nach Beginn von Quispels offizieller Bürozeit (neun Uhr) klingelte das Telefon wieder. Ernst wartete, bis die Katze, die sofort aufgesprungen war und einen Buckel machte, zuschlagen würde. Aber gerade diesmal starrte Muschi den Apparat nur an. Schließlich nahm Ernst ab, und während Rosita ihn von ihrem Platz unter der Lampe weiter anstarrte, sagte er heiser: »Vlacq und Quispel.«

Es kam ihm selbst wie eine üble Lüge vor. Vlacq war nicht da, Quispel auch nicht. Jetzt kam's. Ach, einfach kommen lassen.

»Noppen«, sagte eine Männerstimme. »Spreche ich mit Meester Quispel?«

Noppen. Woher war ihm dieser Name so vertraut?

»Quispel, ja. Von Vlacq und Quispel.« Immer gut, eine Lüge zu wiederholen.

»Nehmen Sie's mir nicht übel, Meester Quispel, daß ich vorhin schon versucht habe, Sie anzurufen, und Sie da wahrscheinlich gestört habe.« Die Stimme klang dumpf, matt, widerstrebend. »Ich brauche Sie natürlich nicht zu fragen, ob Sie es schon gehört haben ... mit meinem Sohn.«

Für einen Moment blieb es still. Noppen, Nop, Dr. Nop. Jetzt hatte er's. »Äh ... nein.«

Quispel meinte damit: Davon weiß ich nichts. Der Mann verstand es jedoch offensichtlich als »nein, das brauchen Sie mich nicht zu fragen«, denn er sagte: »Gut, dann gibt's also weiter nichts zu erklären, auch wenn vieles natürlich noch unklar ist. Meester Quispel, darf ich Sie um einen kleinen Rat bitten? Schon das ganze Wochenende werden wir, meine Frau und ich, mit Anrufen von der Polizei und der Justiz überschüttet. Jedesmal wieder andere Beamte. Es hört sich alles sehr besorgt und mitfühlend an, was sie sagen, aber es läuft doch immer auf denselben Ratschlag hinaus ... na ja, Ratschlag natürlich in Anführungszeichen ... den Rat nämlich, Kieltje – Kiliaan, meine ich – so schnell wie möglich zu beerdigen. Und das auch noch nachts.«

»Die rufen nachts einfach weiter an?«

»Nein, nein. Ich meine, sie wollen, daß er nachts beerdigt wird.«

Auflösung, Auflösung. Die Welt zerbröckelt an der Außenseite, ich zerbröckele innerlich. »Welchen Grund geben sie dafür an?« Es wunderte Quispel, einen Satz wie diesen einfach so, verständlich, formulieren zu können.

»Sie möchten verhindern, daß Kiliaan zum Märtyrer der ... ja, wovon eigentlich? ... gemacht wird. Der eine sagt ›der Hausbesetzerszene‹, andere sprechen von ›der Punkszene‹.«

Die Dreckskerle. Unter der Erde wollten sie ihn haben, so schnell wie möglich, am besten nachts. Bloß kein Ärger. Unklarheit, Nebel ... natürlich.

»Ist die Obduktion denn schon erfolgt?« Diese Fragen stellen zu müssen. Sie stellen zu können ...

»Angeblich ja.«

Ja, natürlich: Im Schnellverfahren, möglichst oberflächlich. Der Telefonhörer in seiner Hand fühlte sich plötzlich eklig und klebrig an, als er sich unvermittelt daran erinnerte, was die Frau mit dem Mantel vorgestern von ihm verlangt hatte. Bauchreden. Er mußte die Nummer wählen. Das hohle Stimmchen aus der Tiefe ihres Schoßes. »Hloo ... uh-eend oh-nig.« Der erstickte Wetterbericht auf 003.

»Aber was meinen Sie, Meester Quispel, was soll ich tun?« fragte Noppen jetzt etwas weniger tonlos.

»Nachts beerdigen, das ist doch gar nicht gestattet, oder?« (Nein, überlaß das nur der Polizei.)

»Sie kümmern sich um die Ausnahmegenehmigung. Sogar

ein Aggregat für die Notbeleuchtung wird besorgt, haben sie mir versichert.«

Genau, was ich dachte. Sparen weder Kosten noch Mühe. Aus der nächtlichen Dunkelheit rin in die ewige Erdfinsternis. Sand drüber. Er sagte: »Ja, Mijnheer ... äh ... Noppen, dann sollten Sie das wohl tun. Ihnen wird nichts anderes übrigbleiben.«

»Nein?«

»Wollen Sie denn, daß Ihr Sohn als falscher Märtyrer mißbraucht wird? Daß seine Beisetzung entweiht wird?« Der ranzige Schleim, den er am Telefonhörer zu riechen, zu schmecken glaubte, mußte aus seinem eigenen Mund stammen, das war die einzige Möglichkeit.

»Auf gar keinen Fall. Aber ... ach ja, es wird wohl nichts anderes übrigbleiben. Sie haben recht.«

»Die Entscheidung müssen natürlich Sie treffen. Ich habe Ihnen nur einen Rat gegeben. Darf ich Ihnen zum Schluß noch einmal ausdrücklich mein Beileid aussprechen?« Worte, die ohne Stocken aus seinem kaputten Hirn kamen. Ein Wunder.

»Halt, Meester Quispel, legen Sie noch nicht auf! Ich bin noch gar nicht dazu gekommen, mein Hauptanliegen ...«

O, Scheiße. »Ich höre.«

»Mein Anliegen, ich meine, unser Anliegen, von meiner Frau und mir, wäre folgendes: Würden Sie uns in dieser ... äh ... Angelegenheit, will ich mal sagen, in dieser Angelegenheit, bei der so vieles unklar ist, vertreten? Unsere Interessen wahrnehmen? Wir schaffen es alleine nicht.«

Scheiße, und noch mal Scheiße. Gab es das, daß einem kalter Schweiß ausbricht? Nicht erst warm und dann rasch abkühlend, sondern beim Austreten aus der Pore bereits kalt? Zeit gewinnen. Er konnte jetzt nicht klar denken. »Wie sind Sie gerade auf mich gekommen?«

»Sie haben sich doch, Meester Quispel, von Anfang an für diese Sache ... für das alte Gefängnisgebäude ... eingesetzt. Bei jedem Bericht darüber las ich Ihren Namen. Also dachte ich ... dachten wir ...«

Dachtet ihr ... dachten sie ... Er hatte sich doch an den Schreibtisch gesetzt? Wieso wurde ihm jetzt schwindlig vom Stehen? Die Übelkeit, der eigene Gestank, der Schweiß – alles war noch, oder wieder da, und zwar verstärkt. Gleich, bald würde er ja oder nein sagen müssen, unvermeidlich. Zwei Worte waren nicht genug als Auswahl. Die gefleckte Katze hatte sich wieder im Postkorb zusammengerollt. Quispel sagte: »Diese Sache war noch ein Erbe aus der Zeit, als ich mich aktiv – und idealistisch, wenn Sie so wollen – für solche Kindereien eingesetzt habe. Das ist vorbei. Es hat zu gar nichts geführt. Es hat alles nichts genützt.«

»Aber Mijnheer Quispel! Hier geht es doch um was anderes. Es hat einen Toten gegeben. Mein Sohn ist gestorben! Wir brauchen Sie ...«

»Sie brauchen einen Anwalt, das verstehe ich. Aber ich habe gerade so viele andere Fälle. Ich bin völlig überlastet. Außerdem haben mich all diese Bewegungen enttäuscht. Ich möchte lieber nicht daran erinnert werden.«

»Aber Meester Quispel, Sie, gerade Sie kennen die ganze Geschichte ... von innen sozusagen. Sie haben die Jungs persönlich ... Haben Sie meinen Sohn persönlich gekannt? Kiliaan Noppen.«

»Der Name hat mir, als ich ihn in der Zeitung las, nichts gesagt. Sie hatten meist so komische Spitznamen ...«

»Ich weiß nicht, ob er einen Spitznamen hatte. Er hätte ihn mir bestimmt nicht verraten. Aber das Foto ... das Foto, das in allen Zeitungen steht. Haben Sie ihn darauf nicht erkannt?«

Quispel warf einen Blick in Richtung des Stapels zusammengefalteter Zeitungen. Er sah nur halbe Schlagzeilen, keine Fotos. »Das ist so unscharf ... Nein, das Foto hat mir gar nichts gesagt.«

»Sie müssen ihn gekannt haben.«

Weil wieder ein Teil des Tageslichts aus dem Büroraum weggenommen wurde – nicht nur für einen Moment, durch ein vorbeifahrendes Auto, sondern länger –, drehte sich Quispel, der sich mit einer Gesäßbacke auf den Schreibtisch gesetzt hatte, automatisch zur Straße um. Vor dem kleinen Fenster hockte ein Junge mit einem derart weit abstehenden gestärkten Haarkamm, daß er, um seine Kopfzier nicht zu beschädigen, das Gesicht seitlich an die spiegelnde Scheibe drücken mußte, um schräg hineinschauen zu können. Ernst bekam den Kamm also in voller Größe zu sehen, umgeben von Licht. Er war nicht gefärbt, nein, naturblond, aber deswegen nicht weniger furchterregend. Für einen Moment spürte Quispel, wie sein eigenes Haar in die Höhe fror. Auch wenn es nicht der richtige Augenblick dafür war, mußte er doch an das Bild der Edelleute denken, die von einem brennenden Schiff springen, aus *The Tempest*, ein Bild, das ihn eigentlich nie besonders berührt hatte. Als erster sprang der Sohn des Königs, Ferdinand, »*sein Haar emporgesträubt wie Binsen, nicht wie Haar* ...«

With hair up-staring, – then like reeds, not hair

Jetzt, vielleicht wegen der Gänsehaut, die ihm den Nacken entlang, Schuppen absprengend, über den Schädel zog und zwischen den Haarwurzeln das Gefühl auslöste, die Haare würden ihm zu Berge stehen, erst jetzt ging ihm Shakespeares Bild in seinem ganzen Reichtum auf. Es suggerierte nicht nur das flammende Schiff, sondern nahm auch schon vorweg, was mit einem passiert, der aufrecht ins Wasser springt, wodurch die Haare hochfliegen und sich fächerartig spreizen – tatsächlich wie Binsen. So blieb trotz des größtmöglichen Kontrastes sogar während des Sprungs aus dem Feuer durch die Luft ins Wasser ein und dasselbe Bild in Kraft. Fürwahr eines, das allen Elementen trotzte.

»Bitte, würden Sie mir eine Antwort geben«, sagte Noppen drängend, fast flehentlich.

Quispel sah, wie sich das Knie des vor dem Fenster hockenden Jungen knochig durch einen Riß in seiner Jeans drückte. Einige parallel laufende blaue Fäden, die sich über der Haut spannten, ließen ihn an einen Glatzkopf denken, der sich die letzten Haare äußerst penibel über den Schädel gekämmt hat. Der Junge hatte seine gewölbte Hand zwischen linke Schläfe und Scheibe geschoben. Quispel atmete den Geruch seines eigenen trüben Schweißes ein. Er hatte das Gefühl, wenn er ja sagte, wäre er auch sofort von der bedrohlichen Gestalt an seinem Fenster erlöst.

»Vielleicht ...« sagte Quispel langsam, um seine Stimme zu größerer Festigkeit zu zwingen, »vielleicht können wir mal persönlich darüber sprechen. Morgen zum Beispiel.« Er ließ kein Auge von den Scheiben.

»Lieber heute. Die Beerdigung ist schon morgen abend, wenn wir uns dem Wunsch der Behörden fügen.«

»Heute ... das wird kaum gehen.«

Hinter dem hockenden Jungen tauchten zwei weitere Beine auf, und im nächsten Augenblick fuhr ein zweiter Hahnenkamm knisternd an Quispels Scheibe entlang – diesmal ein grüner, nein, eher türkiser. Zwei starre Augen schauten schräg herein.

Hell is empty.
And all the devils are here.

»Oder, warten Sie mal ... Kann ich heute nachmittag zu Ihnen kommen, damit wir uns eingehender über die Sache unterhalten?«

»Ausgezeichnet.« Der Mann sagte es erleichtert, aber dumpf, ohne Begeisterung.

»Um drei?«

»Ja, prima.«

Quispel notierte sich die Adresse und legte auf. Als er wieder aufsah, waren die Schlakse mit ihren hochstehenden Haaren verschwunden. Geblieben war ein nebliger Fleck auf der Scheibe. Zuerst dachte Quispel an eine vom Atem beschlagene Stelle, aber als sich der Nebel nicht verziehen wollte, beschloß er, es müsse ein Fettfleck sein.

De Kloov

Donnerstag, 11. April 1985

Mitten auf der Brücke über den Kloveniersburgwal stand irgend so ein Weib und kreischte, daß sie Gott sei. Jeder, der in Amsterdam ein Kunststück zum besten geben wollte, konnte mit einer Schar von Zuschauern rechnen, dieses Schauspiel jedoch sah sich – vielleicht aus Ehrfurcht – niemand an. »Ich bin Go-o-...ott!« Die Leute machten einen diskreten Bogen um sie.

Quispel dagegen blieb stehen, allerdings am Brückengeländer, mit dem Rücken zum brüllenden Gott. Da lag De Kloov. Es bedurfte langer Dienstjahre und namhafter Großtaten, bevor man den Kloveniersburgwal De Kloov nennen durfte. Es war dasselbe wie beim Boulevard Saint-Michel in Paris, den auch nur Eingeweihte aus der Stadt selbst als *Boul' Mich'* bezeichnen durften. Jeder andere, der das wagte, war ein Snob.

Wenn er von der Damstraat und der Oude Hoogstraat her kam, mußte Quispel hier immer kurz stehenbleiben, um sich sein Haus aus der Entfernung anzusehen. Es befand sich in einer noch intakten Reihe alter Fassaden zwischen der schmalen Zandstraat und der Raamgracht. Im selben Abschnitt lag das Lokal *De Engelandvaarder*, das seinen Namen einem Kriegsroman verdankte, in dem der Englandfahrer im letzten Augenblick nicht nach England fuhr. Ein Lokal also der guten Vorsätze, aber auch mit klebenden Barhockern. *De Engelandvaarder* hatte von der Stadtverwaltung nie Raum auf der Straße zugewiesen bekommen; trotzdem waren nahe der Gracht planlos Tische und Stühle aufgestellt, die zum Großteil unbesetzt waren. Fünf oder sechs Zecher drängten sich, um noch etwas Sonne abzubekommen, auf den Eingangsstufen vor dem Lokal.

Zwei Häuser weiter in Richtung Raamgracht, wo die

Straße sacht Schwung holte als Anlauf zur Brücke, saß Zwanet auf einem Peddigrohrstuhl dicht am Wasser. Ein aufgeschlagenes Buch lag umgedreht wie ein kleines Dach auf ihrem Spitzbauch. Das Gesicht war, die Augen geschlossen, zur Sonne gewandt, die tief über Rusland hing. Das unmotivierte – und daher schmerzliche – Freudengefühl, das ihn schon die ganze Zeit plagte, wandte sich begierig diesem Bild einer sich sonnenden Zwanet zu.

»Hier sehen Sie Gohohott . . .!« ertönte es zum x-ten Mal, diesmal mit einem Schluchzer. Quispel ging ohne Eile die Straße entlang auf seine Frau zu. Im Vorbeigehen hörte er die Zecher lachend den hysterischen Auftritt des Weibsbilds auf der Brücke kommentieren.

Absichtlich geräuschlos näherte sich Quispel seiner Zwaantje, die lächelte, als höre sie ihn doch näher kommen. Das Grübchen in ihrer Wange, verursacht durch einen jahrelang fehlenden Backenzahn, war ganz natürlich und selbstverständlich – auch wenn das symmetrische Gegenstück fehlte – ein Teil ihrer Schönheit. Vor ihrem Ohr bildete feiner hellblonder Flaum einen hauchzarten Backenbart, der nur in vollem Sonnenlicht sichtbar wurde.

»Ultraviolette Strahlung«, sagte er dicht an ihrem Ohr.

Ihr Lächeln wurde breit. »Vitamin D«, sagte sie und schlug die Augen auf.

Quispel zog ihren Kopf zu sich und küßte sie. Es gab ihm, wie immer in dieser Position, ein seltsames Empfinden: als habe sie plötzlich eine schlaffe Ober- und eine straffe Unterlippe.

»Woher hast du die Beule? Du hast einen Mordsknubbel über der Augenbraue.«

Ernst betastete seine Stirn. »Ach, das ist nichts. Eine Warnung . . . daß ich mal zum Augenarzt muß. Ich werde langsam kurzsichtig.«

»Hol dir einen Stuhl von drinnen. Dann kannst du gleich sehen, wie die Küche geworden ist.«

»Dann mußt du meine Hand loslassen.«

»Laß aber irgendwas von dir da.«

»Du trägst schon den ganzen Tag was von mir mit dir herum.«

»Wart mal ... sie sind wieder da.«

Mit der Zeigefingerspitze berührte sie sanft die Härchen, die aus seiner Nase wuchsen, und schauderte dabei ein wenig wie ein kleines Mädchen. Ernst überlief eine Gänsehaut. »Zwanet, bitte.«

»Ich muß einfach. Ich kann es nicht lassen. Früher bei meinem Vater auch ...«

Es war eine ihrer kindlichen Anwandlungen, die zuweilen einen gewinnenden Sprung in den Panzer ihrer Schönheit machten. Ernst nahm sich vor, die Härchen in seiner Nase zu entfernen. Er hatte dafür eine kleine deutsche Spezialzange, die Zwanet »gruselig« fand.

»Ich habe heimlich an dir geschnuppert«, sagte sie, »aber ich kann nichts entdecken. Bist du heute nicht im *Huis van Haring* gewesen?«

»Nein. Ganz bewußt nicht. Wenn du's schon riechst, dann erwartest du, daß ich dir auch einen Matjes mitbringe. Das ist jetzt nicht gut für dich.«

»Mich gelüstet es noch mehr danach als früher.«

»Es ist nicht gut für dich.« (Er war etwas erschrocken über dieses »an dir geschnuppert«. Hatte er – schon jetzt – ein schlechtes Gewissen?)

Ernst ließ zwei Autos und ein Fahrrad vorbei und ging dann zu dem Haus hinüber, von dem er außer dem Hinterhaus auch die Beletage und das Souterrain gemietet hatte. Er stieg die Steintreppe zur Eingangstür hinauf, über der eine weißgestrichene Frauenbüste mit viel zu vollkommenen Brüsten stolz auf die Gracht blickte. Nie konnte er es lassen, kurz einen liebkosenden Blick auf das Kupferschild über dem Briefkasten zu werfen. Ein Kollege hatte mal gemeint, ihm sei Erfolg von vornherein sicher, da in den beiden Namen etwas von »Glanz und Gloria« mitschwinge.

Vlacq & Quispel
Rechtsanwälte

Das letzte Volendamer Frauchen aus einem ganzen Putzheer, das früher allwöchentlich in die Amsterdamer Grachten ausgeschwärmt war, kam noch jede Woche her, um das Kupfer auf Hochglanz zu bringen. Türknauf, Klingel, Briefkasten und ... he, das sah er erst jetzt: Sein Schild war mit kleinen grünen Flecken ungleichmäßig übersät, an denen das Kupfer oxydiert war. Eine solche Unregelmäßigkeit würde ihm sonst die Laune verderben; jetzt fragte er sich nur, ob es vielleicht von dem Hagelschauer neulich kam.

Ein Lederkissen verhinderte, daß die Tür ins Schloß fiel. Schon im Flur roch Quispel die üble Fahne des Stukkateurs oder, besser gesagt: eine penetrante Mischung aus Geneverdunst und Alkoholikerschweiß. Der Schwarzarbeiter hatte ihn am Morgen auf die Ornamente im Flur aufmerksam gemacht. »Da sin mein Bruder un ich auch noch drauf spezialisiert, um so was wieder herzurichten.« An den Wänden und der Decke waren die verflochtenen Zweige, die Lilien, die Lorbeerkränze so oft weiß übertüncht worden, daß der Gesamteindruck eines verschneiten Gartens entstanden war.

Während er sich über die vielen Kinderwagen, Fahrräder und Baumaterialien zu ärgern versuchte (aber das gelang ihm nicht recht), die die Leute von oben im gemeinsamen Flur stehengelassen hatten, sog Quispel andächtig den sauren Kneipenmief ein. Er war ihm nicht unangenehm, merkte er, und das irritierte ihn. »Was für ein Gestank«, sagte er daher zu sich. Aber Moment mal ... ich bin heute morgen selber in einer Kneipe gewesen, mit dem Stukkateur, weil der darauf bestand. Ohne weiter nachzudenken, war er in einer Kneipe gewesen!

An die Zwischentür gelehnt, schloß Quispel die Augen und

versuchte, den Hergang zu rekonstruieren. Zwischen neun und zehn war er mit dem verkaterten Mann, der unterwegs ständig Tauben zu überfahren versuchte (»Ich fahr so viel' wie möglich von denen kaputt, Scheißviecher«), in einem Gewerbegebiet am Stadtrand gewesen, um das Material zu besorgen. Im Büro des Baustoffladens gab der arbeitslose Stukkateur an, er habe »drei Sack Stuckgips« eingeladen. Es waren fünf. Quispel, der ihm nicht in den Rücken fallen wollte, bezahlte drei. Auf dem Rückweg bestand der Mann, ohne die Tauben aus dem Auge zu verlieren (»Wenn ordentlich Blut und Federn anner Stoßstange kleben, dann weiß ich wenigstens, dasses echt ist ... dasses nich am Schnaps liegt«), darauf, einen Teil des eingesparten Geldes in seine Stammkneipe zu tragen. Er parkte vor einem Lokal in Amsterdam-Ost. Quispel, noch etwas verdattert wegen des Diebstahls, war mit hineingegangen. Trotz der frühen Stunde griff der Stukkateur gleich zum Genever. Quispel trank einen dünnen Kaffee. Sein Kumpan fing an, einen alten Mann anzustänkern, der sich als sein Vater entpuppte. Auf jede Anpöbelei seines Sohnes antwortete der Alte: »Der Teufel soll dich holen, Himmelsakrakruzitürk!«

Hatte vielleicht dieser unfreiwillige Kneipenbesuch diese Unruhe in ihm gestiftet, die sich erst im weiteren Verlauf des Tages voll entfaltete?

Am Ende des Flurs ging Quispel die beiden kleinen Treppen zur Küche hinunter. Sogar hier war, den Geruch der noch feuchten Wände überdeckend, der saure Schweiß- und Genevergestank zu riechen. Trotzdem hatte der Mann anscheinend mit sicherer Hand gearbeitet. Fachmännisch.

Die Küche bezog ihr Licht von oben, durch eine Art Bullaugen aus Plexiglas, die aber nirgends befestigt waren und von Hand aufgeklappt werden mußten. Quispel kletterte auf einen Stuhl, nahm die Lukendeckel einen nach dem anderen ab – eigentlich waren es durchsichtige Hüte – und legte sie auf das Flachdach.

Aus dem Wohnzimmer trug er einen Rattanstuhl hinaus.

»Einen Gestank hat der Mann da verbreitet! Man könnte meinen, er hat seinen Gips mit Alkohol angerührt.«

»Nicht auszuhalten«, sagte Zwanet, die Hand vor dem Mund. »Irgendwann dachte ich, er hat sich irgendwo, in einem geheimen Winkel, übergeben. Also, ich schnüffelnd rumgewackelt ... hier geschaut, da geschaut ... und tatsächlich, der Geruch wurde immer stärker. Ich kam der Quelle immer näher. Aber was glaubst du? Die Quelle war der Mann selbst! So einer ist dermaßen durchtränkt von Alkohol, der schwitzt den ganzen Tag nichts anderes aus.«

Wenn gerade mal kein Verkehr an der Gracht war, konnten sie hören, wie am »Schuhkarton« weitergebaut wurde. »Ich bin Go-o-ott!« schallte es noch einmal von der Brücke.

Zu ihren Füßen, schon halb im Schatten, lag fest vertäut der Motorkahn ihres Vermieters Rik Olree. Schon seit Wochen lag das Boot da, voll beladen mit herausgerissenem Holz und Müll und altem Gerümpel aus dem Keller unter dem Hinterhaus, in dem sich die Quispels ein Badezimmer mit runder Wanne einrichten wollten. Olree, der sich keine Gelegenheit zur Wertsteigerung seines Hauses entgehen ließ, hatte nur allzugern seine Einwilligung erteilt. Für die Lagerung des ganzen Krams hatte er seinen Kahn zur Verfügung gestellt, doch als es auf die Weiterbeförderung zu den Abfallcontainern ankam, ließ der gewiefte Rik sie hängen. Das Boot, das sonst immer unter der nächsten Brücke festgemacht war und in dem morgens gelegentlich deutsche Touristen in Schlafsäkken anzutreffen waren oder Penner ohne Schlafsäcke, lag mittlerweile durch das Regenwasser, das sich darin gesammelt hatte, ziemlich tief im Wasser. Ernst öffnete den Mund, um zum x-tenmal seinem Herzen Luft zu machen, aber wieder merkte er, daß es ihm an der rechten Wut fehlte.

»Was wolltest du sagen?«

»Nichts ... nichts.«

»Doch.«

»Na ja, das, was sich schlecht sagen läßt. Liebe ... Glück ...«

Es war nicht einmal gelogen. Genau das war es, was seinen stets leicht zu erregenden Zorn verdrängte. Quispel dachte an die Geldbündel, die hier und da störend in seiner Kleidung steckten. Bei jeder Bewegung konnte er das Papier leise knistern hören.

»Du sitzt ja so angespannt auf der Stuhlkante«, sagte Zwanet. »Lehn dich doch bequem zurück.«

Amüsiert beobachteten sie die Motorboote auf dem Weg zum Nieuwmarkt. Sie wurden von Ahnungslosen gesteuert: Weiter oben endete die Gracht an dem Platz mit dem Waaggebouw, sah man einmal von einem kleinen Tunnel ab, durch den noch nicht mal ein Holzschuh mit einem Segel käme. Es war immer dasselbe Bild: Schneidig durchschnitt das Boot das Wasser in Richtung Nieuwmarkt; in unsicherem Zickzackkurs, mit stotterndem Motor, kehrte es kurz darauf zu der Stelle zurück, wo die Quispels saßen. Im Boot wurde beratschlagt. Wenn es ursprünglich von der Amstel gekommen war, entschied man sich meist für die Raamgracht, die Zugang zu einem ganzen Wasserstraßennetz bot.

In der Gracht schwamm eine Ente mit sieben oder acht Jungen auf ein Stück Verpackungsmaterial zu, das weiß wie eine Eisscholle auf dem Wasser trieb. Die kleinen Enten kletterten aufgeregt piepsend der Reihe nach darauf und ließen sich treiben. Als sich zu viele von ihnen auf einer Seite drängten, kippte das Floß, und sie landeten wieder alle im Wasser, woraufhin sie es unter lautem Gepiepse erneut enterten. Die Mutter paddelte nachsichtig um sie herum.

»Das ist ja zum Piepen«, sagte Zwanet. »Wie steht's im Untersuchungsgefängnis?«

»Da tut sich wenig. Die Jungs denken gar nicht daran, das Gebäude zu räumen. Morgen ist Versammlung. Da könnte es heiß hergehen.«

Aus der Richtung von *Nederland op Zondag* näherte sich über die Brücke lautstark eine Gruppe von Journalisten. Sie schoben ihren Chefredakteur, der vorübergehend im Rollstuhl sitzen mußte, aufgekratzt vor sich her. Der Wagen fuhr mit eigener Kraft die Brücke hinunter, wobei er auf seinen kleinen Rädern beängstigend schwankte. Der ein Meter achtundneunzig große Reporter, der des öfteren den Kopf zum Fenster von Quispels Büro reinstreckte, um zu fragen, ob es »was Neues« gebe, rief quer über die Straße, damit seine Kollegen auch merkten, welch gute Kontakte er besaß: »Gibt's was Neues in Sachen Majestätsbeleidigung, Meester Namensvetter?«

Der lange Journalist, zugleich Übersetzer, hieß ebenfalls Quispel und hatte dieselbe Hausnummer, wenngleich am Groenburgwal, was schon häufig zu Mißverständnissen geführt hatte. So hatte Quispel einmal einen Anruf von einem Verleger bekommen, der fragte, in welcher Form er »den Vorschuß für die Übersetzung« haben wolle. »Wenn's Ihnen nichts ausmacht, gern in natura«, hatte Ernst geantwortet. »Bei *De Logie* in der Beethovenstraat haben sie bestimmt noch einen Karton '78er Château Palmer.«

Besagter Wein, der schon damals an die sechzig Gulden pro Flasche kostete, war tatsächlich in einer hübschen Kiste geliefert worden. Als Ernsts Namensvetter wieder einmal seinen neugierigen Kopf reinstreckte, hatte er ihn hereingebeten und ihm ein Glas Wein angeboten. Der Journalist beziehungsweise »Publizist« rühmte den kostbaren Palmer mit jedem Glas lauter, ohne zu wissen, daß er sein eigenes Honorar vertrank.

»Die Staatsschutzbehörde hat noch keine offizielle Anklage erhoben«, rief Quispel zurück. »Soweit ist also noch nichts los.«

Meistens hielt er sich mit Informationen zurück, denn er wurde regelmäßig falsch zitiert – was natürlich daran lag, daß seine Äußerungen erst später, in der Kneipe, notiert wurden. Sehr viel machte das natürlich bei einer Sonntagszeitung nicht aus, die hauptsächlich auf Bahnhöfen und an Kirchentüren verkauft wurde.

Die Gruppe näherte sich *De Engelandvaarder*. Der Chefredakteur wurde von seinen Mitarbeitern mitsamt Rollstuhl im Triumph, unter Juhu, die Steintreppe zum Lokal hinaufgetragen.

»Zwanet, jetzt sag mir doch bloß mal, wo findet man so eine Solidarität mit Vorgesetzten sonst noch? So eine Herzlichkeit auch nach Feierabend?«

»Was war das mit der Majestätsbeleidigung?«

»Ich habe mit unserem alten Freund Albert Egberts gesprochen ...«

»So?«

»Er hat auch eine Arbeitszelle im Untersuchungsgefängnis ... schon seit gut einem Jahr, aber ich weiß es erst seit kurzem. Er schreibt dort an seinen Theaterstücken. Ich wollte es dir eigentlich nicht erzählen, aber ich war neulich bei der Premiere seines neuen Stücks. *Benjamin* ... eine Art Königsdrama, in dem unser Königshaus eine Rolle spielt, unschwer zu erkennen. Und nicht eben schmeichelhaft. Da steckt auch einiges an deftigen Späßen drin ... Er hatte mich gebeten zu kommen, weil er schon damals Unrat witterte. Bei der einen Aufführung ist es denn auch geblieben. Jetzt droht ihm eine Anklage wegen Majestätsbeleidigung. Er hat mich gebeten, falls es dazu kommt, ihn wieder zu verteidigen.«

»Tust du das?«

»Tja ... ich habe damals vor Gericht groß rumgetönt über sein Talent, das man durch Bestrafung nicht einengen dürfte. So etwas zieht Verpflichtungen nach sich. Fast verdächtig, nicht wahr, soviel Fürsorge für einen alten Rivalen?«

»Ihr seid nie Rivalen gewesen«, sagte Zwanet kühl.

Ernst tat, als habe er es nicht gehört. »Aber ... eine Hand wäscht die andere. Ich habe vorgeschlagen, daß er dann eben das Libretto für Seijffardt schreiben soll. Dann ist dem auch wieder geholfen. Er wollte es versuchen. Er hat keine Erfahrung mit Musiktheater.«

»Wann ist er eigentlich entlassen worden?«

»Ach, schon Ende '81. Er hat erst drinnen richtig mit Schreiben angefangen. Die werden's wohl mit guter Führung verwechselt haben.«

»Und was hat er seitdem gemacht?«

»Das klingt ja fast eingeschnappt. Als ob du's ihm übelnimmst, daß er dich nicht persönlich auf dem laufenden gehalten hat ... Alles, was ich weiß, ist, daß er zwei Jahre lang beim Gesundheitsamt gearbeitet hat. In der Abteilung Ungezieferbekämpfung, als Beifahrer. Leute, die ihn in der Zeit kannten, sagen, daß er permanent nach Leichen roch.«

»Davor etwa nicht?«

In ihrer Nähe, an einem Tisch vom *Engelandvaarder*, hatte ein Mann Platz genommen. Er hatte sich drinnen nicht erst etwas zu trinken geholt; vielleicht dachte er, er würde draußen bedient. Der Mann hielt eine zerknautschte Supermarkttragetasche vor der Brust, halb geöffnet, und sprach von Zeit zu Zeit gedämpft hinein. War da eine junge Katze drin? Ein Hundewelpe? Quispel spitzte die Ohren. »Ja, ich sitze hier genau um die Ecke der Raamgracht«, verstand er. »Und sag mir mal, ob wir anderes Wetter bekommen. Ende.«

Zwanet nickte in seine Richtung. »Erst dieses verrückte Weib auf der Brücke und jetzt das. In so 'ner Stadt leben doch offensichtlich immer mehr Verrückte, als man auf den ersten Blick meint.«

Aus der Plastiktüte drang ein Rauschen. Quispel sah, daß eine Antenne herausragte. »Sie kommen, Harry«, ertönte es in der Tüte. »Sie fahren jetzt die Raamgracht runter. Gelber Renault. Sie müssen gleich um die Ecke kommen. Lasse mal ins schwarze Loch schauen, wennste willst. Ende ... Over.«

Harry stand auf und ging zu dem Baum an der Brücke. Ohne daß sich ein Blatt bewegte, war es plötzlich, als störe ein Windstoß die idyllische Szene an der Gracht. Ein Mann kam aus Rusland mit flatternder Lederjacke über die Brücke gerannt. Zwanet sagte mit abgewandtem Kopf und einem Anflug von Weinerlichkeit in der Stimme: »Ach, du lieber Gott, Ernst ... nicht hinschauen. Jetzt hockt der Kerl da mit einer Pistole.«

Sie legte die Hände mit weit gespreizten Fingern auf ihren

Bauch, als wolle sie ihn aus der Gefahrenzone schieben. Natürlich schaute Ernst hin. Tatsächlich sah er den Harry von eben mit einer langen, flachen Pistole am Fuße des Baums knien. Als – nicht besonders schnell – ein gelber Renault-Lieferwagen um die Ecke bog, stürzte der Mann mit zwei Schritten zur Straßenmitte und zielte beidhändig auf den Fahrer, der mit einer Miene, an der sich nichts ablesen ließ, sofort stoppte. Unterdessen hatte der Sprinter, jetzt ebenfalls mit einer Pistole herumfuchtelnd, den Renault erreicht und hielt – breitbeinig – durch das Rückfenster den Beifahrer in Schach. Ein dritter Kripobeamter, der von der Raamgracht kam, öffnete die Autotür und zog schweigend den Fahrer heraus. Dieser wurde, Gesicht nach vorn und die Hände auf dem Dach, an sein Auto gestellt und durchsucht, woraufhin ihm die Arme mit Handschellen auf dem Rücken gefesselt wurden. Dem Beifahrer wurde die gleiche Behandlung zuteil. Sie fuhren weg, alle fünf in dem Renault, wenn auch mit einem anderen Fahrer, die ganze Operation hatte keine zwei Minuten gedauert.

»Das ging fix«, sagte Ernst.

Zwanet ließ ihren Bauch los. »Ich sah schon Zustände wie in Sarajevo vor mir.«

Die Sonne verschwand hinter Rusland.

»Ich hatte mir gedacht«, sagte Zwanet, »jetzt, wo unsere Küche auf dem Kopf steht, könnten wir uns doch das Tagesmenü im *Engelandvaarder* zu Gemüte führen. Der Koch da ist ein verkrachter Maler, scheint aber keineswegs schlecht zu sein.«

In Quispel begann etwas zu glühen und zu kribbeln. Also bedeutete der Weg nach Hause nur einen Umweg zur Kneipe. Noch wehrte er sich.

»Liebste, du weißt, daß ich Kneipen nicht ertragen kann. Ich werd da so unruhig.«

»Ach, Ernst, dieses eine Mal ... Der Stukkateur hat den Gasherd von der Wand abgerückt und war zum Schluß zu betrunken, um ihn wieder anzuschließen. Ich kann noch nicht mal einen Topf Wasser aufsetzen. Na komm schon, ich bin doch bei dir.«

Zwanet hatte das schwanenartige Profil Silvana Manganos, wie Visconti es in seinen Filmen noch eigens ausgeleuchtet hat. Jetzt, schwanger, ähnelte sie mit ihrem vorgeschobenen Bauch, diesem Bug mit der verborgenen Galionsfigur, noch mehr einem Schwan. Mit ihren kleinen Füßen paddelnd, die Arme in dem Versuch, das Gleichgewicht zu wahren, halb nach hinten gestreckt, segelte sie vor Ernst her zum *Engelandvaarder*. Die Galionsfigur existierte bereits; sie brauchte nur noch entbunden zu werden.

Oben auf der Treppe zum Lokal blieb sie kurz stehen und stemmte die Hände in den Rücken. Liebe Zwaantje ... ach, sie war kein Mädchen mehr. Quispel fühlte sich auf einmal schuldig. Er hatte das Gefühl, er würde, indem er selbst älter wurde, ihre Zeit mit auffressen. Wie gern hätte er sie vor dem Verstreichen der Zeit bewahrt! Aber beim Sammeln von Zeit für sie kam er sich wie ein Kind vor, das versucht, Wasser aus dem Hahn in einem Waschlappen aufzufangen.

Es war voll im *Engelandvaarder*. Bis ganz hintenhin, wo früher die Lesetische standen, saßen die Essenden. An der Bar standen gut und gern zwölf Journalisten von *Nederland op Zondag* um ihren Chefredakteur herum, der irgendwo da unten auf ihre Knie sah, und tranken Schnaps. Wie gern hätte Quispel mitgehalten. Aber nein, er bestellte an der Bar zwei Tagesmenüs, einen Weißwein für Zwanet und ein Mineralwasser für sich selbst. Im Vorbeigehen stieß er seinen Namensvetter an. »Ihr benebelt euch hier, während sie gerade bei euch vor der Tür ein paar Heroinkuriere hopsgenommen haben.«

»Das ist nichts Neues«, rief der Chefredakteur zu ihm hinauf.

Quispel ging quer über die »Wälle« in Richtung der großen Straßenbahnlinien. Hätte er sich für einen Taxiplatz entschieden, zum Beispiel den am Rembrandtsplein, dann wäre er von vornherein verloren gewesen. Wenn er die Linie 2 nahm, konnte er die Haltestelle nahe der P. C. Hooftstraat immer noch ignorieren und würde vielleicht bis zum Amstelveenseweg und dem ehemaligen Untersuchungsgefängnis sitzen bleiben.

Im ruhigen Teil des Oudezijds Achterburgwal hielt ein Taxi vor einem hohen Patrizierhaus. Ein altes Ehepaar stieg aus. Türen schlugen zu, woraufhin das leere Taxi auf Quispel zufuhr – langsam; fragend, so schien es.

Es war nicht einmal ein theatralischer Schluchzer, den er in sich aufsteigen fühlte. Er drang in einer Art Urform in zwei verschiedenen Kanälen nach oben, dieser Schluchzer, aus der Brust und aus dem Rückgrat. Die beiden heißen Ströme fanden einander ganz oben in seiner Nase, noch höher: in seiner Stirn. Ernst kam sich vor wie ein bis zum letzten keusch gebliebenes Mädchen, das sich dann aber doch noch – traurig und glücklich zugleich – dem Verlangen ihres Freundes ergibt. Quispels Schluchzer war der dieses Mädchens.

Er ergab sich – und empfand Mitleid mit sich selbst. Das Taxi hielt bereits.

»Zur P. C. Hooftstraat bitte.«

»P. C. Hooft ... Welche Höhe?«

»Ach, irgendwo in der Mitte. Ist egal.«

Art. 67a

Montag, 29. April 1985

Ein Strammer Max oder Pommes mit Mayonnaise ... Wie immer, wenn der übelste Teil des Katers hinter ihm lag, schwelgte Quispel in Tagträumen über fettes Essen. Es mußte etwas mit seinen vom Alkohol zerfressenen Magenwänden zu tun haben. Gleichzeitig wußte er, daß ihm von derlei Speisen, sollte er sie wirklich zu sich nehmen, jetzt nur schlecht würde. Als er unter dem Oudemanhuispoort durchging, wo es etwas voller war, wunderte er sich plötzlich darüber, daß alle Welt einfach aufrecht ging – auf zwei Beinen. Ihm wurde schwindlig bei dem Gedanken, daß niemand hinfiel – und fiel dadurch um ein Haar selbst.

Als ob es sich um Markierungen seines Weges handelte, stieß er alle fünfzig Meter auf dem Bürgersteig oder dem Asphalt auf die Kreidekontur eines liegenden menschlichen Körpers. Jedesmal wurden andere Haltungen suggeriert: gespreizte Beine, angewinkelte Beine, ein Arm ausgestreckt, beide Arme ausgestreckt wie Christus am Kreuz, Embryohaltung ...

In der Leidsestraat holte er sie ein. Es waren die beiden, die vor seinem Büro Posten bezogen hatten. Nach jeweils vierzig, fünfzig Metern legte sich einer auf den Boden, in wechselnder Haltung, woraufhin der andere mit einem faustdicken Kreidestück die Umrisse nachzog. Aus dieser Aureole erhob sich der Tote dann wieder, um sich eilends zur nächsten Kreuzung zu begeben und erneut zu Boden zu stürzen. An jeder Straßenecke wurde Quispel an den Toten erinnert. Sein Fuß fuhr durch die Kreide. Sie hatten ihren Toten durch die ganze Stadt geschleppt. An jeder Kreuzung hatten sie ihn wie einen zu schweren Mehlsack von den Schultern gleiten lassen.

Dieser Kreuzweg leerer Kreidefiguren endete vor dem Gerichtsgebäude an der Prinsengracht. Bei den meisten war der Umriß des Hahnenkamms auffallend großzügig geraten. Bei einigen war eine Art bohnenförmiger Enklave dazugezeichnet. Hier stimmte etwas nicht: Die Ratte war ja schon geraume Zeit vor seinem Tod weggelaufen. Das Tier lebte wahrscheinlich noch, irgendwo in einem Abflußrohr in der Vaartstraat.

Es endete immer schlecht. In der letzten Woche ging es schief. Manchmal schien es, als habe er ein volles Jahr damit zu tun, die Spuren seiner dreiwöchigen Zechtour zu beseitigen, den Schaden wiedergutzumachen, Reuegefühle auszuschwitzen.

Er brauchte nur an eine x-beliebige Periode seiner Dipsomanie zu denken, und schon sah er helles Licht, das tintenschwarze Schatten warf. Der Exzeß vom Sommer 1980 folgte dem von '79 kaum ein halbes Jahr später. Für ihn war es die Große Regeneuphorie, denn im Juni und Juli hatte es fast ununterbrochen geregnet. Der Regen sang von seinem Glück. Quispel empfand es fast als Störung, als das Wetter um den 21. Juli herum umschlug. Es kam ihm als Beleidigung seiner glückseligen Stimmung vor, daß die Tropfen an den Kneipenfenstern nicht länger eine Spur bis zum Fenstersims zogen, sondern glitzernd an der Scheibe haften blieben, bis die Sonne sie trocknete. Vielleicht war sein Mißmut über die staubigen Streifen, die sich durch seine Aussicht zogen, über den Sonnenschein, der sogar die hartnäckigsten Stammgäste ins Freie rief, ein erstes Anzeichen dafür, daß die Euphorie abzuklingen begann. Als er Albert Egberts das *De Hondt* an der Amstel betreten sah, gelang es ihm jedenfalls noch, sich zu großer Begeisterung und Fröhlichkeit aufzuschwingen. Albert war ernst, nervös.

»Ernst, bist du Dip?«

»Ich bin von Kopf bis Fuß dein Dip. Aber ich weiß, was ich sage.«

Es war Monate her, seit er Albert zuletzt gesehen hatte – auf den Barrikaden im Umkreis der Vondelstraat, im März.

Quispel war damals erschrocken über Egberts' desolaten und abgestumpften Zustand. Er hatte ihn befreien müssen, als viele Hände das Auto, in das sich Albert gesetzt hatte, um das Radio auszubauen, zu einer brennenden Barrikade schoben. Quispel hatte noch gesehen, daß er sich beim Näherkommen der Leute automatisch unter das Armaturenbrett fallen ließ. Die Barrikadenbauer mußten glauben, daß es sich um ein leeres, geparktes Auto handelte. Es kostete Ernst größte Mühe, das wütende Knäuel der mit Sturmmasken und Halstüchern maskierten Jungen dazu zu bewegen, für einen Moment von dem Auto abzulassen. Quispel hatte die Tür geöffnet.

»Beeil dich, Albert ... Sonst wirst du gleich merken, daß du in einen Ofen gekrochen bist anstatt in ein Auto.«

Mühsam, mit steifen Gliedern, kletterte Egberts heraus. Gemeinsam schauten sie zum Scheiterhaufen. Der Renault wurde über eine Art Rampe aus Backsteinen geschoben, bis er auf der Barrikade quer über die Constantijn Huygensstraat stand. Die Flammen krochen sehr elegant über die Karosserie und das Chassis und fanden sich irgendwo am Auspuffrohr, so daß sich ein magisches Feueroval schloß. Die Reifen gerieten in Brand und sonderten dünne Säulen von stinkendem schwarzem Rauch ab. Kurz darauf explodierte das Auto, wobei es mit einem Ruck zurücksprang und recht kippelig am Rand der Barrikade landete. Im Schein der Flammen sah Ernst, wie groß Egberts' Pupillen waren. Albert grinste.

»Damit hättest du ein nettes Problem gehabt. Einbrecher in feuerfester Kiste von Einbrechern gestohlen. Wer ist der Dieb.« Er sprach zu langsam.

Trotz der vom Scheiterhaufen ausstrahlenden Hitze fröstelte Albert. Er brauchte dringend etwas. Ernst steckte ihm schweigend hundert Gulden zu, ohne ihn anzusehen. Als er die Reaktion des anderen aus den Augenwinkeln prüfen wollte, war der bereits lautlos verschwunden.

»Hör zu. Ich vertraue dir kein Geheimnis an, denn was ich dir jetzt sage, muß unbedingt an die Öffentlichkeit.«

»Ich höre.«

»Gibt es in den Niederlanden politische Morde?«

»Kaum. Unter Ausländern, hier bei uns, schon. Sporadisch.«

»Du kennst Baartscheer.«

»Wie ich den Teufel kenne. Das heißt, ziemlich gut.«

»Ich will ihn erschießen.«

»Hast du persönlich was gegen ihn?«

»Ja, auch. Aber es ist in allererster Linie, sag ruhig: ausschließlich, als politischer Mord gedacht. Ich erschieße ihn aus Protest gegen seine üblen Praktiken.«

Wie kam dieser drogensüchtige Monomane so urplötzlich zu einem solchen Sendungsbewußtsein? In dem Moment stellte sich Quispel diese Frage jedoch nicht. Alberts Vorhaben ließ das Jubelgefühl wieder auflodern. Es war nicht ausgeschlossen, daß er sich da schon vornahm, den politischen Mörder zu gegebener Zeit zu verteidigen.

»Ich darf als Anwalt natürlich nicht ›bravo‹ sagen, aber: wenn du nur wüßtest, wie's in meinem Herzen in diesem Moment aussieht. Ich spüre es schon sehr lange ... es hängt was in der Luft. Etwas, was uns alle umfängt. Wir sind dabei, uns selbst zu befreien.«

»Mich braucht keiner zurückzuhalten, und ich brauche auch keine Ermunterung. Ich will von dir nur wissen, was das Strafrecht dazu sagt. Gelten die gleichen Bestimmungen wie bei einem normalen Mord?«

Quispel schätzte das Strafmaß bewußt niedrig – was natürlich auch eine Ermunterung bedeutete. Albert schien keineswegs zufrieden mit der geringen Strafe. Er hatte an diesem Tag etwas Fanatisches, und Quispel erkannte diesen Fanatismus mit Freude. Albert verstand, was Märtyrertum war, daß menschliches Verständnis von seiten des Gerichts hier nicht angebracht war.

Im *De Hondt*, das Baartscheer eine Zeitlang als Basis

gedient hatte, erfuhr Egberts, daß »Arend-Jan von der Viking Jugend« sein Quartier ins *De Huyschkaemer* in der Utrechtsestraat verlegt hatte. Und da zog Albert, mit Quispels Segen, hin.

Alberts Anruf erreichte Quispel nach dem definitiven Ende seiner Trinkperiode, während der Schrecken der Nachwirkungen. »Ich habe geschossen.«

Quispel begann zu zittern. *Ich habe ihn ermutigt. Ich habe ihn nicht zurückgehalten. Ich bin mitschuldig. Ich kann diesen Fall nicht übernehmen.*

»Tot?«

»Verletzt. Nicht allzu schwer.«

»Mit der Smith & Wesson?«

»Vier Kugeln. Aber keine tödlich.«

»Ich kann nichts für dich tun. Ich habe ja davon gewußt.«

»Hör zu, Dip. Du brauchst nur pro forma mein Anwalt zu sein. Du brauchst dir kein Bein auszureißen. Mildernde Umstände sind nicht nötig. Hauptsache, die ganze Zeit ist klar, was mein Motiv war: die Aufmerksamkeit auf Rassismus und Fremdenhaß in Amsterdam zu lenken, die besser organisiert sind, als Politik und Presse zugeben wollen.«

Quispel war Egberts' Anwalt geworden. Dessen Märtyrerrolle wurde übrigens kein Erfolg. Die Zeitungen widmeten den Schüssen zwar viel Aufmerksamkeit, zogen die Gefährlichkeit von Baartscheers Neofaschismus und damit die Notwendigkeit von Egberts' Tat jedoch in Zweifel. Für die einen war Albert Egberts ein Junkie, der sein Unterscheidungsvermögen eingebüßt hatte, für die anderen zwar ein »Märtyrer«, freilich einer, der sich besser ein weniger obskures Opfer gesucht hätte. Von seiten etlicher Ausländerorganisationen hieß es sogar, der Sache des Antirassismus sei geschadet worden und die Gegenpartei habe dort in Onze Lieve Vrouwegasthuis einen Märtyrer hinzugewonnen, der mit seinen Stigmata höchst zufrieden sein könne. Insoweit es heilbare Wunden betraf, machten sie jedenfalls nicht viel her.

Während Albert in Untersuchungshaft saß und der Untersuchungsrichter sich mit den Ermittlungen befaßte, erholte sich Quispel von seinen Exzessen. Wenn er Albert in dessen Zelle (oder in einer speziellen Besucherzelle) aufsuchte, redeten sie meistens völlig aneinander vorbei. Sie waren nicht dieselben Gesprächspartner wie im *De Hondt*. Quispel wollte die Mindeststrafe rausschinden, Albert verlangte die Strafe, die auf seiner Tat stand. Der Fall konnte Quispel unmöglich Ruhm eintragen.

»Warum hast du mich denn gebeten, Albert?«

»Weil ich sonst einen Wildfremden zugewiesen bekommen hätte. Ich hatte geglaubt, du wüßtest besser, was ich wollte: die Höchststrafe, womit die ganze Sache eben nicht als Bagatelle abgetan worden wäre. Na schön, für dich ist keine Glanzrolle drin. Aber deine Begeisterung, Ernst, damals in der Kneipe, die schafft doch einige Verpflichtungen.«

Wie so oft als Folge dieser rauschhaften Wochen war er jetzt kompromittiert.

Hatte er schon die ganze Zeit vorgehabt, zum Gericht zu gehen? Oder hatten ihn die Kreidelinien dorthin geführt?

In der Eingangshalle erfuhr Quispel von einem Kollegen die Ergebnisse der Sondersitzung des Magistrats zu dem turbulenten Wochenende. »›Härteres Vorgehen.‹ Ja, mein Freund, sogar die kleinen linken Parteien haben sich brav hinter den Bürgermeister gestellt.«

»Härteres Vorgehen. So, so. Dann werde ich ja einen harten Stand gegen sie haben. Ich will nämlich versuchen, die Festgenommenen freizubekommen.«

»Oh, du schaffst das garantiert. Die Freilassung hast du schon in der Tasche.«

»Na ja ... Weißt du, in Leiden arbeitet eine Kollegin von uns an einer Doktorarbeit über die Prognosen von Anwälten in bezug auf richterliche Entscheidungen. Und was glaubst du? Wir sind zu optimistisch! Wir schätzen unsere Chancen zu hoch ein!«

»Ich weiß. Mich hat sie auch befragt. Im übrigen: Glaub bloß nicht, daß es für sie selbst negativ ausgeht. Was hast du gedacht? Auf den vorausschauenden Blick unserer geschätzten Kolleginnen ist weitaus mehr Verlaß als auf den von uns Männern ...«

»Ebendarum. Ich bin vorsichtiger geworden.«

Wie ärgerlich. Während des kurzen Gesprächs hatte Quispel gespürt, wie an seiner Oberlippe ein Fieberbläschen durchbrach oder vielleicht sogar eine ganze Reihe von Bläschen. Er betastete die glühende Stelle mit der Fingerspitze, verabschiedete sich und machte sich auf den Weg zum Untersuchungsrichter. Er hatte keine Lust, Freilassung aufgrund »schlechter Behandlung der Inhaftierten« zu beantragen. Das brachte die Richter zum Gähnen. Wie oft hatte er selbst nicht schon nach einer Unterredung mit einem Mandanten eine gute halbe Stunde in einer Zelle gewartet, bis der Wärter sich endlich bequemte, die Tür aufzuschließen? Beschwerden änderten nichts. Quispel hatte sich meist in das oft unangenehme, schweigende Beisammensein mit seinem Mandanten, nachdem längst alles besprochen war, geschickt.

Auch während der Debatte mit dem Staatsanwalt in Gegenwart des Untersuchungsrichters griff sich Quispel ständig an die Lippe, als ob er die Unebenheiten eindrücken wolle. Der Staatsanwalt hatte natürlich die Fortdauer der Untersuchungshaft gefordert. »Hier liegt eindeutig – ich zitiere Artikel 67a des Strafgesetzbuchs – ›ein gewichtiger Grund im Sinne der öffentlichen Sicherheit, welcher die sofortige Freiheitsentziehung erfordert‹ vor. Es kann dem Untersuchungsrichter nicht entgangen sein, daß öffentliche Gebäude in Brand gesteckt worden sind. Wenn das kein gewichtiger Grund im Sinne der öffentlichen Sicherheit ist, um diese Individuen festzuhalten ...«

»Moment mal«, sagte Quispel, entschlossen, sich selbst davon zu überzeugen, daß er in die normale Welt zurückgekehrt war. »Der Staatsanwalt spricht von Landfriedensbruch. Darauf steht eine Höchststrafe von vier Jahren. Für eine

Fortdauer der Untersuchungshaft müßte das angedrohte Strafmaß mindestens zwölf Jahre betragen. Aber vielleicht hat der Herr Staatsanwalt jeweils drei Festgenommene zusammengezählt und die Gesamtzahl dann durch drei geteilt. Ganz wie Sie wollen. Mir ist alles recht.«

Der Untersuchungsrichter lächelte, aber der Staatsanwalt zeigte sich irritiert. »Ich bin noch nicht fertig. Artikel 67a führt darüber hinaus als Haftgrund an, ich zitiere aus dem Gedächtnis: ›... begründete Fluchtgefahr‹. Jeder weiß, daß Hausbesetzer nie ihre Adresse preisgeben. Das interpretieren wir als Nichtvorhandensein eines ständigen Wohn- oder Aufenthaltsorts. So kann die Flucht gemäß Artikel 67a durch Untertauchen höchst erfolgreich werden.«

»Ja, Herr Richter, das war mir beim Lesen der Zeitungen bereits aufgefallen: Darin ist unbesehen die Rede von ›Krakern‹. Das hängt wohl mit dem Auslösen des sogenannten ›Krakeralarms‹ zusammen. Möglicherweise sind ein paar Hausbesetzer bei der Räumung aufgetaucht. Aber die meisten Festgenommenen haben ihre zwanzig Gulden im Monat für ihre Zelle gewissenhaft bezahlt und bei ihrer Festnahme ebenso gewissenhaft die Adresse ihrer Eltern angegeben.«

Der Staatsanwalt versuchte es noch mit »begründeter Wiederholungsgefahr«.

»Ganz zu Ihren Diensten«, sagte Quispel höhnisch. »Aber dann müßte es sich ja um die Wiederholung einer Freveltat handeln, auf der eine Strafe von mindestens sechs Jahren steht. Auf Landfriedensbruch stehen, ich wiederhole es noch einmal, maximal vier Jahre.«

»Gut, dann machen wir eben Aufwiegelung gegen die Staatsgewalt daraus«, sagte der Staatsanwalt scharf. »Hier scheint tendenzielle Wiederholungsgefahr gegeben zu sein.«

»Fünf Jahre«, rief Quispel und streckte die fünf Finger seiner Rechten in die Höhe. »Dann fehlt Ihnen immer noch ein Jahr.«

Jetzt war der Staatsanwalt wirklich böse. Er spielte seinen letzten Trumpf aus. »Ausgezeichnet. Meester Quispel sagt fünf. Ich sage fünf ... vier ... null. Artikel 540 des Strafgesetzbuchs, Herr Richter. Versuchen Sie mich mal davon zu überzeugen, daß es in dem vorliegenden Fall nicht um ›Ertappen auf frischer Tat bei einer strafbaren Handlung, durch die die öffentliche Ordnung ernstlich gefährdet ist‹ geht. In dem Fall kann ein Tatverdächtiger sehr wohl in polizeilichen Gewahrsam genommen werden, auch wenn gemäß allen von Meester Quispel vorgetragenen Argumenten eine Untersuchungshaft nicht zulässig ist.«

Der Staatsanwalt schlug die Arme übereinander. Jetzt ergriff der Untersuchungsrichter das Wort. »Oh nein, keineswegs«, sagte er, wobei er erregt näher an seinen Schreibtisch rückte. Seine Wangen bebten. »Kein einziger Richter wird sich noch auf Ihren Artikel 540 einlassen. Ich denke, dafür müßten Sie schon ungefähr dreißig, vierzig Jahre zurückgehen. Vielleicht noch weiter. Vergessen Sie's.«

Wenn Ernst, und sei es auch noch so kurz, die Augen schloß, wimmelte es von offenen Wunden auf seiner Netzhaut. Eine Girlande von immer wieder anderen Rosen: geschlossenen, halb geöffneten, verblühten ... hellroten, dunkelroten ... Auch eiternde Brandwunden sah er, von der Farbe verrotteter Blütenblätter. Je fester er die Augen schloß, um so klarer sah er die Wunden. Sie waren nicht echt, sondern von der Lono fachmännisch aus rotem und braunem Wachs nachgebildet. Daß sie unecht waren, Imitation, machte sie um so ekelerregender. Um sein Gesicht aus diesem Strauß halberstarrter Wachsblumen zu heben, mußte er die Augen öffnen, und so wurde verhindert, daß er beim Überqueren der Leidsestraat unter eine Straßenbahn geriet.

Quispel befand sich auf dem Weg ins Prinsengracht-Krankenhaus, wo er sich mit einigen anderen Anwälten einfinden sollte, um die Verletzungen eines kleinen Heers von Polizisten auf ihre Echtheit hin zu überprüfen. Es ging das Gerücht, ein Teil der Mobilen Einheit habe sich von der Lono, der Landesorganisation zur Nachbildung von Opfern, »verletzen« lassen, um der öffentlichen Meinung den Ernst der Lage klarzumachen. Die Verletzungen konnten auch dazu gedient haben, die Inhaftierten länger festzuhalten. Quispel hatte von gräßlichen Videoaufnahmen gehört, die das Fernsehen zum Teil ausgestrahlt hatte. Verletzungen durch Steine und Molotowcocktails ... Die Kollegen hatten über die Vermutung gelacht. »Wie hieß das Ding noch gleich ... Lono?« Quispel konnte vor allem nicht glauben, daß ein Krankenhaus sich für die Aufnahme von falschen Opfern hergäbe. Daß er die Sache trotzdem persönlich in Augenschein nehmen wollte, beruhte auf seinen eigenen Erfahrungen mit der Lono.

Als Student hatte er sich mal, um seine Finanzen etwas aufzubessern, am nationalen Zivilschutzübungstag von Angehörigen der – sehr idealistischen – Landesorganisation zur Nachbildung von Opfern »behandeln« lassen. Fast obszön, wie eine etwa vierzigjährige Dame sorgfältig eine große, offene, blutrote Wunde auf seiner Brust angebracht hatte. Wahre Künstler, diese Wundbildner; vom rechten Weg abgekommene Maskenbildner für realistisches Theater. Quispel wurde mit etlichen anderen Studenten in eine verlassene Fabrikhalle gelegt. Die Zivilschutzleute waren natürlich einfache Amsterdamer Burschen, die's auch nur für einen freien Tag und das Bier hinterher taten. Feixend erschienen sie in der Halle.

»Was für ein Schlachtfeld ...«

»Schau mal, da. Den mit seim Gedärm inner Hand.«

»Nix mehr zu machen. Kannste liegenlassen.«

Die Jungs vom Zivilschutz kriegten nichts auf die Reihe. Sie konnten nicht mal eine Armschlinge knüpfen, und eine blutende Schlagader banden sie an der falschen Seite der Wunde ab. Aus dem Abtransport eines Verletzten auf der Trage machten sie eine Slapsticknummer. Ernst taten die Damen und Herren von der Lono leid, die soviel Können und Präzision und Menschenliebe in ihre Arbeit gesteckt hatten. Sie waren enttäuscht, ja, sogar wütend. »Die haben nichts gelernt.« Alle Bandagen, geschienten Beine, Pflaster wurden für nicht in Ordnung befunden. Einige hatten nicht mal gelesen, was auf der Karte stand, die man den Verletzten angeheftet hatte. »Komplizierter Beinbruch.« »Tiefe Fleischwunde mit Infektion.« »Erstickungserscheinungen.« »Gequetschte Rippen.« »Schädelbasisfraktur.« »Verbrennung dritten Grades.«

Daß die Wunden beängstigend realistisch waren, merkte Ernst eigentlich erst, als er gemeinsam mit den anderen Opfern in einem offenen Militärlastwagen zum Abschminken in eine Schule gebracht wurde. Er erkannte es an den Reaktionen, den Gesichtern der nachfolgenden Autofahrer.

Aus diesem Grund war Quispel neugierig auf die Verletzungen der Polizisten im Prinsengracht-Krankenhaus. Er wollte außerdem einen Hahnenkamm besuchen, der dort mit einer Schußwunde am Arm lag. Er hatte den Staatsanwalt bereits ersucht, ein Strafverfahren gegen den Beamten einzuleiten, der den Schuß abgefeuert hatte. An diesem Morgen, wußte Quispel, hatte es schon parlamentarische Anfragen zu diesem Fall gegeben. In Gedanken formulierte er einen Brief an den Bürgermeister, in dem eine Entschädigung für das Opfer gefordert wurde.

Vor dem Zimmer des Jungen wartete Roxane. Sie hielt ihm die Faust dicht unters Kinn und öffnete sie. Auf ihrer Handfläche lagen zwei Kugeln. »Hier, Schnüffler, tu was damit.«

Die Kugeln waren verformt. Rotbraunes Pulver klebte daran.

»Wo hast du die her?«

»Hab ich aus der berüchtigten Mauer des Untersuchungsgefängnisses rausgefummelt, die sowieso am Abbröckeln ist.«

»Wohl mit deinem Klappmesser, hm? Saßen sie tief?«

»Die eine steckte richtig tief drin, ja. Die andere praktisch an der Oberfläche.«

»Dann muß die seinen Arm durchschlagen haben. Hier im Krankenhaus haben sie keine Kugel gefunden.«

Roxane ließ die Kugeln in die Tasche seines Regenmantels gleiten. »Kluges Kerlchen. Also, mach was damit. Aber keine halben Sachen. Sonst schick ich meine abgeschnittene Jeans an deine Frau. Auf der Innenseite ist so ein Fetzen viel heller als außen. Genug Platz, um mit dem Kuli 'ne ganze Geschichte draufzuschreiben. Inklusive der entsprechenden Pfeile und so.«

Drinnen hörte sich Quispel die Geschichte des verletzten Jungen an.

»... spür ich 'nen Schlag an meim Arm. Komischer Warnschuß. Hat haargenau gezielt, der Bulle. Nix, von wegen Notwehr. Daß ich nicht lache.«

Auf dem Weg in die Lomanstraat, in der die Familie Noppen wohnte, machte Quispel einen kleinen Umweg zum *Huis van Haring* in der Havenstraat. Nein, nicht weil er Appetit auf irgend etwas gehabt hätte. Der Geruch allein schon verstärkte seinen Ekel.

»Ah, Meester Quispel ... Mit Brötchen oder pur?«

»Ich wollte nur mal die Lage in Augenschein nehmen, wenn's recht ist.«

»Aber bitte sehr. Ich verkauf genug Heringe an die ganzen Mannschaften, die hier postiert sind. Kann's kaum allein schaffen.«

Überall Kombis – mitten auf dem Kreisel, in den Seitenstraßen, rings um das ehemalige Untersuchungsgefängnis ... Das Gebäude selbst sah kahl und bedrohlich aus, seit die Pappeln umgesägt waren. Ganze Reihen von Angehörigen der Mobilen Einheit saßen auf den Bordsteinen in der Sonne.

»Prima saubergefegt. Prima Arbeit.« Das war die Stimme des alten Aristokraten, der gerade das *Huis van Haring* betrat, um seinen Becher Milch zu trinken. »Jetzt ist wieder Ruhe eingekehrt. Alles unter Kontrolle.«

Quispel, der sich wunderte, den alten Herrn hier putzmunter anzutreffen, drehte sich nach ihm um. Er hatte sein

Päckchen nicht dabei; es hing nicht an seinem Handgelenk, lag auch nicht auf der Theke. Ernst bemerkte jetzt auch te Siepe, der mit mißmutiger Miene zur anderen Straßenseite hinüberschaute. »Vorbei, Clemens. Drummer, Zuckerwasser, Mandelkuchen, alles weg. Was wirst du jetzt machen?«

»Vielleicht wissen sie im Gemeindehaus was anderes für mich.«

Langer Donnerstag

Donnerstag, 11. April 1985

»Probleme, Mijnheer?«

»Alles nach Wunsch, Mijnheer?«

»Kommt die Größe hin, Mijnheer?«

Jetzt, da Quispel vor dem Spiegel in der Umkleidekabine stand und sich eine Hose nach der anderen reichen ließ, fiel ihm noch mehr auf, wie sehr er in den letzten Wochen abgenommen hatte. Endlich kamen wieder Hosen in Betracht, die nicht gekürzt zu werden brauchten. Er ließ sich so viele bringen aus Freude am Anprobieren, aus Triumph über die wiedergewonnene Schlankheit. Er besaß einen ganz neuen Körper, was es noch leichter machte, vorübergehend in ein anderes Leben zu wechseln. Der Übergang verlief fast zu fließend.

»Stimmt die Größe, Mijnheer?« erklang die gelangweilte, laszive Stimme auf der anderen Seite des Vorhangs.

»Perfekt. Ich kann mich gar nicht sattsehen. Fast zu schade, sie wieder auszuziehen.«

Kokettes Auflachen. »Lassen Sie sich ruhig Zeit.«

Es konnte noch gar nicht so lange her sein, daß er sich mit John Vlacq ziemlich in die Wolle gekriegt hatte über das, was Quispel selbst immer hartnäckig seinen Embonpoint nannte. Es mußte kurz vor Johns Abreise nach Italien gewesen sein, vor zwei, drei Wochen.

»Wenn du ›Embonpoint‹ sagst, Dip, anstatt dick oder schwer oder beleibt oder meinetwegen auch korpulent ... also, wenn du auf deine unnachahmliche Art ›Embonpoint‹ sagst und dabei kurz auf den Zehen wippst ... sei mal ehrlich, Dip: Drückt dich der Bund dann weniger?«

John Vlacq war grazil, klein, zart, rosig, tipptopp frisiert und gepflegt. Quispel hatte Feinde seines Kompagnons auch schon von »ondulierter Garnele« sprechen hören, fand selbst allerdings, daß John mit seinem schmalen Hohlkreuz, dem spitzen, schnutenähnlichen Gesicht und den an den Ohren höckrigen Wangen eher Ähnlichkeit mit einem Seepferdchen besaß. So bewegte er sich auch: gleitend, schwebend, mit unbeweglichem Oberkörper und so, als ob seine kurzen Beine nicht an der Fortbewegung beteiligt wären. Diese rosige, durch eine Dauerwelle vervollkommnete Zartheit löste das Bedürfnis aus, ihn leicht anzukratzen, ein bißchen anzuknacksen, ebenso wie ihn besorgt in Watte zu packen. Im Laufe des Gesprächs hatte Quispel sich durch Vlacqs mildes Genecke einigermaßen in die Verteidigung drängen lassen. Seine Veranlagung zur Korpulenz betrachtete er als das Ungerechteste, was ihm widerfahren war.

»Moment mal, Johnny, Moment. Noch sind es die Schwulen, die beim Körperkult den Ton angeben. Gut gebaut bedeutet bei euch: schlank, am liebsten dünn, ohne ein Gramm Reservespeck. Bis in zwei, drei Jahren, wenn diese neue schwarze Beulenpest weiter um sich greift – und nicht nur in euren Reihen –, diese tolle schlanke Linie etwas Doppeldeutiges, etwas Verdächtiges bekommt. ›Ist der jetzt eigentlich schlank oder ist er *mager*? Gesund mager oder *ungesund* mager? Bloß zu fanatisch Pfunde runtergehungert oder ... steckt ihm schon was in den Gliedern?‹ Kursivierung von mir, E. Q.«

»Dip ...! Dip, du gehst zu weit. Du bist wirklich widerwärtig.«

»Nein, Johnny, bald wollen wir wieder wohlgenährt und unverdächtig gut gepolstert sein. Heinrich Heine rief einmal während seiner Krankheit aus und bezog sich dabei auf die Zeit davor: ›In der Tat, ich war damals noch gesund und feist, ich stand im Zenith meines Fettes ...‹ Er meinte damit: Und sieh mich jetzt an. Heine litt zwar nicht an der Pest des zwanzigsten Jahrhunderts, sondern an der des neunzehnten. Aber was spielt das schon für eine Rolle? Es ist die gleiche Pest, die in immer wieder neuem Gewand erscheint.«

»Dip, ich warne dich.«

»Bald, Johnnyboy, wart's nur ab ... bald, wenn die Krankheit erst so richtig um sich greift – auch unter den Heteros, ohne Ansehen der Person –, werden wir wieder stolz auf unseren Fettrand sein. Paß nur auf. Dann wird er sich als Goldrand erweisen. In fünf Jahren ... was sage ich? in vier! ... ist der Embonpoint wieder in Mode. Dann bekommt man diese piekfeinen Anzüge allenfalls noch in der Spezialgröße ›Haut und Knochen‹ und ansonsten nur in gesund großen Größen. Dann können die Überlebenden ihre geerbten silbernen Uhrketten wieder hervorholen. Dann gibt's wieder Bäuche zu umspannen.«

»Weißt du eigentlich, Dip, wie oft du während deiner widerwärtigen Rumgifterei die Hose hochgezogen hast? Wenn du mich fragst, bist du wie ein Irrer am Abnehmen.«

Es stimmte. In den darauffolgenden Wochen sollte er nur noch mehr an Gewicht verlieren. Der Appetit blieb auf eine angenehme, prickelnde Art und Weise aus. Seine Gier nach Leben, seine *lust for life*, stand, eher als seine Trunksucht, dem Appetit im Wege. In seinem Magen schwelte ein Feuer. Ein zusätzlicher Genuß. Erst ganz am Ende der Nacht, so gegen vier, fünf Uhr, aß er irgendwo ein Gyrosbrötchen in der Nähe des Rembrandtsplein oder am Ferdinand Bolplein. Er stillte den »Hunger« eines ganzen Tages; gleichzeitig war es sein Frühstück für den nächsten Tag.

Und dennoch, so gefährlich es auch war, dieses bodenlose Trinken, dieses verschwenderische Hinunterspülen der Vitamine des B-Komplexes – er mußte es, zumindest solange die Euphorie anhielt, nie mit einem Kater büßen. Die Kater kamen erst später; so weit reichte sein heutiges Bewußtsein nicht.

Daraus mußte er einfach schließen, daß derart absurde Glücksgefühle einem Menschen, abgesehen von selbstzerstörerischen Tendenzen, eine größere Widerstandskraft verliehen.

Quispel streckte einen Arm durch den Vorhangspalt und bat den Verkäufer um eine Schere. Er schnitt die Plastikstiele der Preisschilder und Waschanleitungen aus den Sachen, denn er wollte sie gleich anbehalten. Die Preisschilder gab er zusammen mit der Schere der Parfümwolke hinter dem Vorhang zurück.

»Machen Sie schon mal die Rechnung fertig.«

Quispel wuchs bereits in seine Rolle hinein. Einen der beiden Spiegel, der sich als schwenkbar erwies, verstellte er so, daß er sich sowohl von vorn als auch von der Seite sehen konnte. In den neuen Klamotten störte ihn sein Stoppelbart, der schon kein *five o'clock shadow* mehr war.

Er zahlte mit Geld aus einem der Umschläge. Der Verkäufer legte routiniert, mit spitzen Fingern, die hier und da noch einen Fussel oder ein Haar wegzupften, seine getragenen Kleider zusammen und steckte sie in eine silberfarbene Plastiktüte mit dem Geschäftslogo. Ernst wand sich die Nylonkordel um die Hand und trat über die Matte mit den Worten GOUD-ZUID wieder auf die P. C. Hooftstraat hinaus.

In jedem der folgenden Geschäfte der P. C. Hooftstraat bekam er die gekaufte Krawatte in einem anderen länglichen Kuvert mit. Horizontale Kuverts, vertikale; vergoldete, versilberte; der meist italienische Markenname in immer wieder anderen Lettern, von Art déco bis sachlich-streng. Während er von Geschäft zu Geschäft ging, versuchte Quispel sein übliches unterdrücktes Herumgenörgel wiederaufzunehmen. »Modehäuser mit dem Alleinverkaufsrecht für exquisite italienische Marken, jaja, aber um reinzukommen, muß man erst mal an Ständern mit Ausverkaufsklamotten vorbei.«

Es funktionierte nicht. Seine gute Laune war nicht unterzukriegen. Und außerdem stand nur bei zwei Geschäften Ausverkaufsware draußen, und in die wollte er gar nicht.

Seine letzte Krawatte an diesem Abend, die schönste, eine Moss, kaufte er in dem Laden, der am Nachmittag aus welchen Gründen auch immer geschlossen gewesen war und an dessen Schaufensterscheibe er sich den Kopf gestoßen hatte. Selbst die Beule klopfte jetzt vor Erregung und Glück, nicht vor Schmerz. Inzwischen wußte er, daß dieser Gongschlag die hinreißendsten Tage seines Lebens eingeläutet hatte.

»Heute mittag hattet ihr zu. Was für eine Überraschung, daß ...«

»O nein, Mijnheer, Sie täuschen sich. Wir hatten heute nachmittag wie üblich geöffnet.«

»Ich bin hier heute mittag mit dem Kopf an die Scheibe gedonnert. Das Rollgitter war unten.«

»Ach, waren Sie das? Ganz schöner Knall. Aber das Rollgitter war wirklich oben.«

Im Schuhgeschäft Weisz auf der anderen Straßenseite fand er nicht, was er suchte. »Schuhe mit etwas höherem Absatz finden Sie in unserer Filiale am Nieuwendijk. Da haben wir ein ganzes Warenlager mit den schönsten italienischen Herrenschuhen. Absätze in allen Größen. Von leicht erhöht bis hin zu Stelzen. Eine Fundgrube, Mijnheer. Da, wo der Nieuwendijk die Biegung macht, nicht vergessen.«

Bei Weisz am Nieuwendijk wurde gerade mit dem Geschäft in der P. C. Hooftstraat telefoniert. Der alte Herr sprach mit seinem Sohn am anderen Ende, als hätte er ein Kind vor sich. »Du tust, was dein Vater sagt. Du verkaufst die P. C. Hooftstraat, und dann kannst du noch einen guten Preis dafür bekommen ...«

Der andere Sohn führte Quispel im italienischen Schuhlager herum. Der Mann öffnete Kartons, streichelte das Leder mit feuchten Augen. »Ich habe zu viele davon«, sagte er melancholisch. »Vater ist der Ansicht, daß ich Platz schaffen muß. Ich kann Ihnen jedes zweite Paar zum halben Preis lassen.«

Überladen mit Kartons, aus denen das Seidenpapier flatterte, kehrten sie ins Geschäft zurück. Quispel probierte ein Paar nach dem anderen an. Mitglieder der Familie Weisz schleppten unaufhörlich neue Schuhe herbei. Quispel ging von Spiegel zu Spiegel, mal hochgestöckelt, mal mehr am Boden. Manchmal wechselte er die Krawatte dazu. Das alte Muttchen, das mit verschränkten Armen auf einem Stuhl mitten im Laden saß, als wäre es ihre Wohnstube, gab von Zeit zu Zeit wehmütige Kommentare von sich. »Ach, es ist doch eine Freude, einen Kunden edle Schuhe anprobieren zu lassen, der so charmant gekleidet ist. So etwas sieht man heutzutage kaum noch.«

Mit zwei Paar neuen Schuhen, von denen er das eine (mit halbhohem Absatz) gleich angelassen hatte, stand Quispel zwanzig Minuten später wieder an der Biegung des Nieuwendijk. Auf dem Weg zum Hauptbahnhof hielt er sich beim Fixieren der Passanten noch etwas zurück: Zuerst mußte er zusehen, daß er seine alten Klamotten loswurde; noch war er nicht frei. Sein Glück hatte aber bereits so etwas wie Federn in die neuen Absätze montiert; er war fast schwerelos.

In einer Drogerie kaufte er Einmalrasierer und anderes Rasierzeug, auch einen Spiegel. Er rasierte sich in der Toilette eines Coffee-Shops mit kaltem Wasser, das er aus dem Spülkasten auf Pinsel und Klinge strömen ließ. Er tat es voller Ungeduld, aber mit fester Hand. Es gab nicht die kleinste Wunde. Der Spiegel stand hinten auf der Brille. Quispel kniete auf einem kleinen Teppich aus sauberem Toilettenpapier davor. Er hatte das Gefühl, notwendige Rituale zu vollziehen, die zu Hause nicht den gleichen Wert besessen hätten. Wenn es ihm zu lange dauerte, bis das rauschende Reservoir wieder vollgelaufen war, spülte er die Klinge einfach in dem Wasser ab, das unten im Trichter stand.

Als er fertig war, schlug er dort unten auch die Seife aus dem Pinsel. Er zog die Spülung und hielt schnell beide Hände wie eine Schale unter das kräftig herabströmende Wasser, mit dem er sich daraufhin durchs Gesicht rieb, um die Seifenreste abzuspülen. Er trocknete sich mit Toilettenpapier ab, fuhr dann mit den Fingerspitzen die Kehle hinauf bis über das gereckte Kinn. Perfekte Rasur. Von jetzt an würde ihm alles gelingen.

Auf dem Hauptbahnhof verstaute Quispel seine alten Schuhe zusammen mit dem neuen Paar, seine alten Kleider und die neu gekauften, soweit er sie nicht schon trug, in einem Schließfach. Obendrauf legte er die Kuverts mit den Krawatten, die er sich von der Verkäuferin gleich hatte binden lassen, was er selbst nie gelernt hatte (daheim machte Zwanet es für ihn). Er wußte, daß er in den kommenden Tagen regelmäßig hierher zurückkehren würde, um zumindest die Krawatte zu wechseln.

Von dem Geld behielt er ein paar hundert Gulden in hauptsächlich kleinen Scheinen. Er verteilte sie in gebündelten Päckchen auf die verschiedenen Hosen- und Innentaschen. Keine Brieftasche. Brieftaschen waren ihm ein Greuel. Ein Hindernis zwischen Hand und Geld, das durch nichts anderes als eine reibende Bewegung der Fingerspitzen davonflattern können mußte. Die Brieftasche verschwand mit all seinen Papieren im Schuhkarton, ebenso das restliche Geld.

Als Quispel nach dem Münzeinwurf den Schlüssel vom Schließfach abgezogen hatte, war er ein Mann mit keiner genaueren Identität, als Blutgruppe und Fingerabdrücke ihm zuweisen könnten. Natürlich, in dieser Stadt liefen eine Menge Leute herum, die ihn vom Sehen kannten und ihn, falls nötig, als Rechtsanwalt Ernst Quispel identifizieren könnten. Aber darin, während seiner »Periode« allen Bekannten aus dem Weg zu gehen, hatte er im Laufe der Jahre ein verblüffendes Talent entwickelt. Der Schlüssel mit dem Blechschild stellte das letzte Verbindungsglied zu seinem normalen Leben dar, und auch dieser Gegenstand, mit dem er alles weggeschlossen hatte, war ihm noch zuviel an Ballast. Er machte ihn zu schwer. Er mußte sich seiner so bald wie möglich entledigen.

Die elektrischen Türen in der Halle taten sich vor ihm auf.

Da lag die Welt, hell erleuchtet, obwohl es noch immer nicht ganz Abend war. Draußen auf dem Bahnhofsvorplatz stellte sich dieses sonderbar leichte Gefühl ein, als hätte er mit seinen Alltagskleidern und den Ausweispapieren auch seinen Körper, seine physische Schwere abgelegt. Nur der Schlüssel war noch eine Art Anker, der ihn am Boden hielt.

Auf dem Damrak ging Quispel dem Strom von Leuten entgegen, die den langen Donnerstag beendeten und nun ihren Zug nach Zaandam oder Amsterdam-Amstel erwischen mußten. Frei sah er ihnen jetzt ins Gesicht, den Leuten, gierig, aufdringlich, und hier und da fing er bereits einen verstehenden Blick auf. Es war zu erkennen! Seine Euphorie war sichtbar, wirkte schon ansteckend. Nadelstichartig erst, aber immerhin … Und bald, bald, dann würde es richtig losgehen, die Verbreitung des Glücks. Die Erlösung.

Das Gefühl, das die sich öffnenden Türen im Hauptbahnhof ihm vermittelt hatten – daß sämtliche Hindernisse der Stadt elegant auseinanderwichen, um ihn durchzulassen –, blieb während des ganzen Weges über Damrak, Dam und Rokin.

»Der Bogen kann nicht immer gespannt sein.« Dieser Ausdruck hatte für Quispel eine besondere Bedeutung, weil er sich selbst als Zielscheibe für Pfeile aus der Wirklichkeit sah und sich auch bewußt als solche gab. Er mußte alles auffangen, tief in sich eindringen lassen. Nie durfte ihm etwas entgehen. Dieses bis zum äußersten angespannte Leben wurde im Durchschnitt einmal im Jahr für ein paar Wochen gelockert und durcheinandergeschüttelt. Jedes Jahr bekam Ernst Quispel für mindestens zwei, höchstens vier Wochen frei von der tyrannischen, Aufmerksamkeit verschlingenden Wirklichkeit. Mit seinem offiziellen Urlaub hatte das nichts zu tun: Diese drei Wochen im Sommer waren ebenso angespannt wie der Rest des Jahres, es sei denn, sie fielen zufällig mit seinem »heimlichen« Urlaub zusammen, was noch nie vorgekommen war.

Der Urlaub machte sich wie von selbst bemerkbar. Wenn Quispel es wahrnahm, steckte er bereits mittendrin, und dann gab es kein Entrinnen mehr. Ein volles Jahr – mal kürzer, mal länger – hatte er auf des Messers Schneide balanciert, hatte mit nie versiegender Aufmerksamkeit das Leben gelebt (sein eigenes und das anderer), die Wirklichkeit durchlebt ... Nichts war ihm entgangen, kein Fleckchen Sonnenlicht, kein Schattenstreifen, kein Schmutzfleck auf der Wange eines Kindes, keine Gesetzeslücke, keine Fliege, kein ... Nichts, gar nichts. Eine derart angespannte Wesensart bekam natürlich die Entspannung, die zu ihr paßte, will sagen: genauso extrem, genauso artifiziell. Eine Überdosis.

Jetzt wurde er ein paar Wochen lang gelebt. Und nicht zu knapp.

Im *Arti* saßen nur noch wenige Leute beim Essen. Ein einsamer Billardspieler spielte gegen sich selbst. Halb verborgen hinter einem Wandschirm wischte ein junger Farbiger mit knallgelben Küchenhandschuhen Essensreste von den Tellern. Quispel setzte sich an die U-förmige Bar und bestellte einen Stolichnaya mit Eis. Nach seinem Glas griff er allein, um die Eiswürfel darin herumflitzen zu lassen; er trank nicht. Die Vorstellung, einen Schluck davon zu trinken, erzeugte den größten Widerwillen bei ihm. Quispel legte den Schließfachschlüssel auf die Bartheke und bat den Geschäftsführer, ihn in Verwahrung zu nehmen.

»In dem Schließfach liegt doch wohl keine Bombe?«

Quispel zahlte seinen unangerührten Schnaps und nahm vom Wechselgeld nur zwei 25-Cent-Stücke zum Telefonieren. Er ging in die kleine Zelle neben dem Eingang und wählte seine eigene Nummer.

»Zwanet Quispel.«

»Liebste, ich will hier noch eine Weile weiterarbeiten, du weißt schon, die Versammlung morgen. Wenn es sehr spät wird, schlafe ich auf dem Feldbett in meiner Zelle. Dann brauche ich mich morgen früh nicht so zu beeilen.«

»Ja, gut.«

»Geh du früh schlafen. Das ist wichtig für dich. Leg dir für alle Fälle die Nummer der Hebamme neben das Telefon und ...«

»Ernst, es ist doch erst Ende Mai soweit!«

»Man weiß nie. Kinder können auch zu früh kommen. Und mach jetzt endlich den Koffer fürs Krankenhaus fertig, wie du's der Hebamme versprochen hast.«

»Jetzt übertreibst du aber.«

»Tu bitte, was ich dir sage. Sonst kann ich nicht ruhig schlafen auf meinem Feldbett. Tschüs, liebe kleine Mama.«

»Tschüs, aushäusiger Vater.«

Quispel hatte keinen Moment das Gefühl gehabt, zu lügen. Er jonglierte mit Worten, die für alle das Beste waren. Mit der zweiten Münze rief er die Taxizentrale an.

Als er draußen, während er auf das Taxi wartete, in glückseliger Rastlosigkeit auf dem Bürgersteig auf und ab lief, merkte er, daß jetzt, da der Schlüssel im *Arti* hinter der Bar lag, die absolute Schwerelosigkeit eingetreten war. Er war so etwas wie seine eigene Seele geworden. Er trug keine Kleider mehr, die Kleider trugen ihn, wie Engelsflügel. Quispel hatte sich der geheimnisvollen Euphorie nun völlig ergeben. Allerdings mußte sie noch von ihrer Formlosigkeit befreit werden. Er, Ernst Quispel, mußte ihr eine Form geben. Dafür würde er den ganzen Abend und die Nacht plus die kommenden Tage und vielleicht sogar eine volle Woche benötigen. Er mußte andere, viele, an dieser Euphorie teilhaben lassen. Das Glück war eine unsichtbare Wolke, die in der Stadt hing. Es galt, andere auf diese Wolke aufmerksam zu machen, ihnen deren Genuß zu vermitteln. Er war der Erlöser, der Quartalsheilige.

Ein Taxi fuhr mit zwei Rädern auf den Bürgersteig. Der Fahrer langte über den Beifahrersitz, um den Griff hinunterzudrücken. Die Tür schwang vor Quispel auf. Er konnte mit seiner Aufgabe beginnen.

Für Quispels alljährlich wiederkehrende Euphorie gab es keine feste Jahreszeit, geschweige denn einen festen Monat. Alle Jahreszeiten und fast alle Monate waren in den vergangenen zehn Jahren schon einmal an der Reihe gewesen. Nur Februar ... an irgendein Über-die-Stränge-Schlagen im Monat Februar konnte sich Quispel nicht erinnern. Und der November hatte nur mal das Ende seiner Periode erlebt, die in jenem Jahr Mitte Oktober begonnen hatte.

Sogar die strikt alljährliche Wiederkehr mußte noch dahingestellt bleiben. Die Euphorie hatte sich auch schon zweimal im selben Kalenderjahr eingestellt, genauso wie sie einmal, die treulose Hündin, ausgeblieben war – im vorigen Jahr nämlich. Kurz und gut, Quispels periodische Trunksucht war ebenso bizarr, wie der Verlauf jeder Trinkperiode fast schon gesetzmäßig voraussagbar war.

Deshalb übersah er leicht Symptome, die eine dieser kurzen, dramatischen Perioden ankündigten, oder deutete, was auch vorkam, relativ harmlose Phänomene als Anzeichen einer nahenden Euphorie. Ein zusätzliches Problem war, daß diese Symptome und Anzeichen von Jahr zu Jahr anders ausfielen, subtil und unauffällig und damit leicht übersehbar, oder so überdeutlich und aufdringlich, fast schon karikaturistisch, daß jemand wie Quispel sie achselzuckend überging.

Vor ein paar Jahren hatte ihn mitten in der Woche plötzlich die Lust gepackt, mit einer Tageskarte im Intercity kreuz und quer durchs Land zu fahren. Quispel gab dieser teuflischen Einflüsterung arglos nach. Es wurde eine gut zwei Wochen dauernde Wahnsinnsfahrt in alle Ecken und Winkel des Landes, die irgendwo in einem Polder mit einem Ruck an der Notbremse endete. (Nicht Quispel hing an der Kette, sondern ein anderer Fahrgast.)

Im Jahr darauf hatte er sich dagegen monatelang vor jeder frivolen Eingebung, sei es das Ziehen einer Krokette aus dem Automaten oder ein Tag am Strand, gehütet. Zu Unrecht, denn es war gar nichts los: Erst ungefähr acht Monate später kündigte sich die gefürchtete Periode mit Ticks an, die jedem außer ihm selbst aufgefallen waren, so daß er völlig unvorbereitet kapitulieren mußte.

Ob vorbereitet oder nicht, er hatte so oder so keine andere Wahl, jedes Jahr von neuem.

Diesmal waren es also italienische Krawatten, die ihm, buchstäblich wie Pfeile, den Weg gezeigt hatten.

Was ihm auffiel, ihn aber nicht weiter beunruhigen konnte, war sein rasches Nachgeben diesmal, der geringe Widerstand. Vielleicht hing es mit dem Ausbleiben einer solch zügellosen Trinkperiode im Jahr zuvor zusammen. Inzwischen war es achtzehn Monate her, daß er seine letzten Wochen der Trunkenheit und brennenden Fröhlichkeit erlebt hatte. Möglicherweise fühlte er sich erleichtert, daß es endlich soweit war. Er gab sich nur allzugern geschlagen.

Das Taxi, das in der Vijzelstraat und der Weteringschans die Straßenbahnspur benutzte, hatte freie Bahn, doch Quispel, der schnelle Autos sonst verabscheute, ging es noch lange nicht schnell genug.

Er wurde vor dem Stadttheater abgesetzt. Das liebte er, einmal im Jahr: ohne hinzuschauen, unter scharfem Knistern, die richtige Banknote aus der Innen- oder Hosentasche herauszuziehen. »Der Rest ist für Sie.«

»Verbindlichen Dank. Angenehmen Abend noch.« (Aber welchen Fluch sprach der Taxifahrer insgeheim aus?)

Keine Münzen. Wechselgeld war von Übel. Es verlangsamte die Bewegung, den Gang durch die Stadt. Münzen verzerrten schon von vornherein die noch unbekannte geometrische Figur, die in der Stadt entstehen sollte. Außerdem machten sie Lärm beim Gehen, taten dem Gefühl der Schwerelosigkeit Abbruch. Trinkgelder waren dazu da, dieses Gefühl der Schwerelosigkeit zu sichern. Trinkgelder waren die Weigerung, klirrend über die Straße zu gehen. Trinkgelder bildeten den Ballast des Luftballons: über Bord damit, wenn man in luftige Höhen wollte.

Quispel entschied sich fürs *Birdy*, ein schmales Lokal im

Schatten des Theaters, das sich nicht erst spätabends füllte. Die wegen ihrer Scherze berüchtigten Barkeeper trieben ihre Späße einstweilen noch miteinander. Der Dicke im Hawaiishirt hatte sich einen leeren Eiskübel umgekehrt auf den Kopf gesetzt und obendrauf einen Abflußsauger, dessen hin und her schwingender Holzstiel bei jedem Schwenk seines fülligen Körpers an den Flaschen im obersten Regal entlangratschte. Sein Kollege hielt in jeder Hand zwei Rumbakugeln. Ein Tamburin hing bereits in dem verschnörkelten Kronleuchter.

Mit ihnen war nicht in Kontakt zu kommen.

Quispel, der das Lokal überglücklich betreten hatte, bekam das Gefühl, sie – er selbst und die Barkeeper – seien von derselben unerklärlichen Glückswoge erfaßt worden. Etwas, das unverhofft, gratis, aufgetaucht war ... gegen das es keinen Widerstand gab.

Erst als das lateinamerikanische Stück, zu dem sie in dem schmalen Raum hinter der Bar getanzt hatten, ausklang, gelang es Quispel, die Aufmerksamkeit des Behelmten auf sich zu lenken. »Einen Wodka. Einen doppelten. Aber keinen« – hier mußte er schreien, denn schon setzte der nächste Salsa ein, und der andere Barkeeper stellte sich neben seinen Kollegen und hämmerte mit den Rumbarasseln im Takt auf dem Eiskübel herum – »keinen von diesem parfümierten französischen oder englischen Zeugs. Keinen Smirnoff oder Kossack oder sonstigen Mist. Am liebsten einen Stolichnaya oder sonst irgendeinen polnischen.«

»Darf's ein Polmos sein?«

»Prima.«

»Eis?«

»Soviel wie möglich.«

Quispel hatte Glück: Der offenbar wenig gefragte Polmos, in dem ein Grashalm aus der Steppe schwamm, hing nicht kopfüber zwischen den anderen Flaschen, aus denen sich jeweils nur eine kleine, genau abgemessene Menge entnehmen ließ. Der Ober goß das Whiskyglas mit lockerer Hand bis knapp unter den Rand voll.

»Ein Wodka Potjeplov für den Herrn.«

Quispel mochte die mit dem Hals nach unten hängenden Flaschen nicht. Nicht nur, daß aus stehenden Flaschen in der Regel mit sorgloserer Hand ausgeschenkt wurde, die hängenden erinnerten ihn darüber hinaus zu sehr an eine Infusion: die bittere Zukunftsvision des Quartalstrinkers (auch wenn dieser Gedanke ihn jetzt beunruhigenderweise in seiner Unbesonnenheit nicht mehr zu bremsen vermochte). Herabtropfende Stalaktiten ... Eine Flasche hatte auf ihrem Boden zu stehen. Sie hatte zu gluckern, und nicht Blasen von sich zu geben wie ein Fisch.

Andererseits: Erst mit all diesen hängenden und stehenden Flaschen direkt vor dem Spiegel befand sich eine Bar im Gleichgewicht. Eine Doppelreihe Orgelpfeifen. Es hatte etwas mit dem Rhythmus der Bar zu tun.

Es bestand keine Eile, mit dem Trinken zu beginnen. Erst mußte das Eis den Alkohol richtig kalt machen. Dieses Hinauszögern, das ihn keinerlei Mühe kostete, war Teil einer Selbstüberzeugungsstrategie.

Quispel näherte sich jetzt, noch nüchtern, rasch dem ihm vertrauten Stadium, in dem sein Körper, den er doch so begierig in schöne, neue Kleider gesteckt hatte, für ihn nicht oder kaum noch spürbar sein würde. Eigentlich gar nicht mehr existierte. Oder, besser ausgedrückt, einige Wochen im Jahr paßte Ernst Quispel so perfekt in seine eigene Haut, daß sein Körper schwerelos schien, keinerlei Hindernis mehr darstellte, nicht länger die ungelenke Last war, die so schlecht in die pergamentene Hülle paßte, in der er sie für gewöhnlich mitschleppte. Er wurde pure Stimmung. Die Glut, die er wochenlang wahrnahm, war nicht der Alkohol, der auf der schwindelerregenden Piste seines Blutes entlangraste, sondern eine allgemeinere Art von Glut, etwas, das »in der Luft hing« und woran er, und zunächst nur er allein, durch eine Form von – göttlicher oder sonstiger – Gnade teilhatte. Im Laufe dieser euphorischen Wochen, während er sich in einen überglücklichen Heiligen und Propheten und Erlöser verwandelte, betrachtete er es mehr und mehr als seine Aufgabe, andere, die der Glut sichtlich noch nicht teilhaftig geworden waren, im wahrsten Sinne des Wortes zu Teilhabern zu machen.

Quispel nahm rasch nacheinander drei oder vier kleine Schlucke von seinem eiskalt gewordenen Wodka, stellte das Glas ab, schaute es an, brachte den Mund dicht an den Rand und nippte, nur indem er das Glas etwas vorkippte, noch zweimal daran.

Da war sie wieder, die Gewohnheit, den Alkohol im Mund zu behalten, bevor er ihn herunterschluckte. Seine Zunge blieb indolent. Als ob seine Gier nur bis zum Mund reichte, nicht weiter. Verriet diese Übung einen tieferen Widerwillen?

Vielleicht war es so: Das Zeugs hatte die Schwelle überschritten, und Quispel spielte den Versuch, es nachträglich noch aufzuhalten.

Trinken, dachte er, konnte für ihn nie mehr sein als ein die Euphorie begleitendes Ritual, ein Alibi, sich in überfüllten Räumen aufzuhalten, und nicht ein begehrenswertes Mittel, sein Blut in Wallung zu bringen. Der Alkohol war nicht der Erzeuger seiner Euphorie, sondern durch seine Wirkung höchstens ein Poliermittel. Anders ausgedrückt: Der Alkohol holte das Schönste aus diesen besinnungslosen Wochen heraus.

Trotzdem trank er meist mit beängstigender Geschwindigkeit, in einem solchen Tempo, daß es den Barkeepern auffiel und Stirnrunzeln bei ihnen auslöste. Der Mann mit dem schönen Jackett blieb meist an der Bar sitzen, damit ihm, auf ein diskretes Zeichen hin, das Glas so schnell wie möglich wieder gefüllt wurde. Wodka mußte es in der Regel sein, und am liebsten russischer: Stolichnaya oder Moskovskaya, obwohl letzterer ein ganzes Prozent weniger Alkohol hatte. Polnischer ging auch, Wyborowa, wenngleich es schade war, daß es in den Amsterdamer Kneipen so selten den 45- oder 50prozentigen gab. Quispel trank seinen Wodka mit Hingabe, Ausdauer, gieriger Verbissenheit, als handele es sich um eine schwere Arbeit, die trotzdem nicht unangenehm ist und die besten Kräfte freisetzt. Ja, er klemmte sich tüchtig dahinter in dieser Zeit. Er trank auch mit einer Art fröhlicher Verachtung, wie um sich selbst und anderen zu beweisen, daß die Launen des Alkohols seine Stimmung höchster Glückseligkeit unmöglich beeinträchtigen konnten. Mit jedem Glas, in dem die hohlen Eiswürfel in sein Glück mit einstimmten, bekam er den Alkohol fester und überzeugender in den Griff.

Quispel trank sich in die absolute Gewißheit, nach einem Plan, demzufolge er und der Alkohol völlig Fremde füreinander geworden waren, nebeneinander standen, nicht nur nebeneinander, nein, sogar in größtmöglichem Abstand zueinander. Absolute Gleichgültigkeit von beiden Seiten: Erst dann hatte er die große Läuterung erreicht, die Läuterung nach dem Duell. In dieser Situation war das Trinken auf eine rein begleitende Geste reduziert, so daß er sich seiner eigentlichen Aufgabe widmen konnte: der Erlösung.

Als er im *Dogshit City* die Treppe zur Garderobe hinunterging, tauchte im Foyer – sie mußte gerade vom Portier eingelassen worden sein – ein Mädchen mit kanariengelbem Punkhaar auf, in das ein grünes Kreuz gefärbt war. Quispel sah genau darauf hinunter: ein Kreuz, das sich mit dem bleichen Kükenkopf mitdrehte. Sie trug eine kurze Jacke mit unzähligen Reißverschlüssen, einen Mini aus ausgefranstem Jeansstoff und eine gelbe Strumpfhose. Sie kam von draußen, wo es offensichtlich geregnet hatte, denn sie schüttelte so heftig den Kopf, daß die Tropfen in alle Richtungen spritzten. Quispel, der alles abbekam, wunderte sich, daß so viel Wasser in dem Kükenflaum war. Es spritzte hoch, bis in sein Gesicht.

»Ein nasser Hund würde sich anständigerweise vor der Tür schütteln«, rief er hinunter.

Das Mädchen sah ihn gelassen an und zog ein Klappmesser hervor. In ihren kleinen Händen wirkte es ungeheuer groß. Sie öffnete es mit bleichen Fingern, die kaum aus den zu langen Ärmeln ihrer Jacke herausschauten, nachdem ein brüchiger Fingernagel mühsam in der Rille der Schneide Halt gefunden hatte.

»Hast du was über mein Haar gesagt? Ich werd mir mal deins vornehmen ...«

Sie packte Quispel, der gerade von der untersten Stufe trat, beim Schopf. Dazu mußte sie sich wie ein Kind auf die Zehen stellen, doch das hinderte sie nicht daran, drohend das aufgeklappte Messer zu heben, so als wollte sie eine Locke damit abschneiden. Quispel legte die Hand auf die Schneide und drückte die Waffe von sich. Im selben Moment fiel ihm ein, daß er in ebendiesem Lokal, als es noch nicht mit dem durch Schwarzarbeit eingesparten Geld umgebaut war, Zwanet zum erstenmal den Hof zu machen versucht hatte – vergeblich.

»Was soll diese künstliche Unverschämtheit ... gespielte Kampflust ... billige Einschüchterung! Du knurrendes Lämmchen im Wolfspelz, mit deinen bis an die Zähne bewaffneten Faxen, was soll dieser sinnentleerte Nihilismus ...!«

Trockenblumen

Montag, 29. April 1985

Für die hohen, schräg aufeinander zu gewachsenen Platanen mit ihren hubbeligen, gefleckten Stämmen war die Straße eigentlich zu schmal. Auch die Häuser waren hoch, so daß die unteren Stockwerke wenig Licht und überhaupt keine Sonne bekamen. Trotzdem war die Lomanstraat eine vornehme Straße.

Quispel klingelte. Ein bärtiger Mann mit aschfahlem Gesicht öffnete.

»Sie sind Meester Quispel. – Noppen.«

In dem kleinen Raum zwischen Haus- und Windfangtür, die zum Flur führte, stand ein rotes Sportfahrrad, dessen Vorderrad aus Platzgründen abmontiert war.

Im Flur stand die Mutter. Sie sah aus wie ein Mensch, der zwar in den letzten Stunden nicht geweint haben mag, dafür aber die Tage davor: Ihr ganzes Gesicht drückte das aus. Quispel gab ihr die Hand – »Mein aufrichtiges Beileid, Mevrouw« – und war sich plötzlich nicht mehr sicher, ob er dem Vater bereits am Telefon kondoliert hatte.

Die Frau war groß, mindestens einen halben Kopf größer als ihr Mann, und blond. Ihre Länge und die helle Haarfarbe gaben ihr etwas Skandinavisches, und Quispel meinte, beim Hören ihres Namens einen skandinavischen Klang aufgefangen zu haben. Elsbeth? Elspeth? Ihr Mann nannte sie »Loppan«, wie sich herausstellte ein Kosename aus ihrer Kindheit in Schweden, Abkürzung von »Lili Loppan«, in etwa Kleiner Floh. Vielleicht dieses Namens wegen hatte sie, die eindeutig die Vierzig überschritten hatte, die blonden Haare wie ein Mädchen in Zöpfen um den Kopf gewunden. Doch die Blondheit war ohne Glanz, stellenweise fahl, gräulich. Auch das normalerweise sicherlich rosige, jetzt aber bleiche Gesicht hatte – nicht fortgewischt vom tagelangen

Weinen – etwas Mädchenhaftes behalten, die Haut jedoch etwas Ältliches und Nerviges bekommen, vielleicht auch durch den fast weißen Gesichtsflaum, der dünn auf Schläfen, Kieferpartie und Oberlippe lag. Diese Flaumigkeit trat noch deutlicher zutage, wenn sie in dem vom Garten durch die Küche in den Flur fallenden Licht stand.

Wie entzündet, so rot waren ihre Augen – ein Rot, das sich im Weiß fortzusetzen schien.

Und trotzdem, dachte Quispel, hat sie heute morgen, Haarnadeln zwischen den Lippen, vor dem Spiegel gestanden, um sorgsam und hingebungsvoll diese Zöpfe zu flechten ...

Mevrouw Noppen trug ein langes Patchworkkleid, eine Collage aus allen möglichen Stoffarten – viele Rosa- und Rottöne, schwarzweißer Vorhangstoff, Gaze, mit Goldfäden und anderem Glitzerkram durchwirkte Stücke –, eine Art Flickenkleid, das ihre schweren Hüften noch grobknochiger machte. Unter dem Kleid trug sie gelbbraune Stiefel, mit denen sie, als sie Quispel ins Wohnzimmer voranging, bei jedem Schritt gegen den Saum trat, was ihrem Gang etwas Raschelndes und Flappendes gab. Auch hörte er das Knistern ihrer Strumpfhose.

In dem zur Straße hinausgehenden Teil der Suite nahm Quispel wie der Vater auf einem kostbaren antiken Stuhl am ovalen Tisch Platz.

»Wir trinken um diese Zeit Tee. Trinken Sie mit?« fragte die Mutter.

»Natürlich. Gern.«

Sie entfernte sich raschelnd und flappend in die Küche. Der Vater schwieg. Quispel sah nach beiden Seiten ins Freie. Bäume vor und Bäume hinter dem Haus hielten trotz des voranschreitenden Frühlings dieses Erdgeschoß kühl und dunkel. Eigentlich hätte der Ofen noch brennen müssen. So war es hier wahrscheinlich immer, oft sogar mitten im Sommer, und doch hatte Quispel den Eindruck, der Sterbefall habe diese Kälte herbeigeführt. Vor allem, wenn es so still war, spürte Quispel die Nachwirkungen seiner Alkoholvergiftung. Eine Empfindung, als falle er lotrecht, nicht im Verhältnis zu allem um ihn herum, sondern zusammen mit allem ringsum, durch die Welt und nehme von seinem Fall nur ein monotones Sausen in den Ohren, nein, tiefer noch, im Kopf wahr. Immer, jedes Jahr, waren während des definitiven Katers und, stärker noch, an den Tagen danach der Ekel und die Angst vor Anzeichen des Verfalls, der Fäulnis, des Todes da, und voilà: Dieses Mal befand er sich, das Gift noch in den Knochen und den Tremor in den Gliedern, im wahrsten Sinne des Wortes in einem Sterbehaus zwischen trauernden Angehörigen.

Der Vater holte tief Luft: Er schickte sich an, etwas zu sagen, tat es aber noch nicht gleich. Erst nach dem nächsten Seufzer kam es: »Haben Sie heute mittag die Zeitung gesehen?«

»Noch nicht dazu gekommen. Ich war die ganze Zeit beim Untersuchungsrichter.«

»Wieder eine neue Version für das, was passiert ist.« Noppen stand auf und ging zur Gartenseite der Suite. Waren es immer Männer ohne Hintern, die schlabberig gewordene Cordhosen trugen? Quispel bekam fast keine Luft mehr vor plötzlichem Haß, Haß auf alles, was bewirkte, daß er hier sitzen mußte ... Hundert Gramm Hintern, ein Pfund Hose. Der Mann nahm eine Zeitung von einem Sessel, schaute, ob es die richtige war, und kam langsam wieder auf den Tisch zu. Sein Bart war rötlich, mit grauen Büscheln unter den Ohren. Das glatte, rötlichblonde Kopfhaar bedeckte die Ohren halb, ließ aber die mit Pigmentflecken besäte Stirn frei. Er hielt Quispel die Zeitung hin. Quispel las, doch von dem Text, so erstaunlich bekannt er ihm auch vorkam, drang kein Buchstabe zu ihm durch, höchstens jene Buchstaben, die das Wort »Drogenkonsument« bilden.

Noppen sah den lesenden Quispel gespannt an. Seine Hände ballten sich, als er sagte: »Es müssen verläßliche Zeugen zu finden sein. So wie's im Moment aussieht, widerspricht der eine dem anderen.«

»Hat Ihr Sohn denn Betäubungsmittel genommen?«

»Zumindest nicht in lebensgefährlichem Ausmaß. Soweit ich weiß – aber ganz sicher können Eltern da ja nicht sein –, nahm er kaum etwas. Ehrlich gesagt, hatte ich gehofft, darüber etwas von Ihnen zu hören ... schließlich haben Sie in der letzten Zeit so viel mit den Jungs zu tun gehabt ...« Noppen sah seinen Besucher flüchtig an.

Quispel sagte nichts.

»Es müssen noch andere Faktoren im Spiel gewesen sein«, fuhr der Mann fort. »Er muß geschlagen worden sein. Getreten. Möglicherweise an inneren Blutungen gestorben ... Sie müssen uns helfen, das herauszufinden. Ich habe kein Vertrauen in die Version der Polizei.«

»Wo ist der Leichnam jetzt?«

In diesem Augenblick kam die Mutter mit einem Tablett ins Zimmer. Offenbar weil sie hörte, wie von ihrem Sohn als von einem »Leichnam« gesprochen wurde, begann sie heftig zu zittern: Die dünnen Porzellantassen, noch leer, klirrten auf den Untertassen, als führe dicht unter dem Fenster ein schwerer Lastwagen vorbei. Sie setzte das Tablett ab und stürzte zurück in die Küche.

Ohne sie anzuschauen, hatte der Mann gesehen, was los war. Er wartete einen Moment, bevor er antwortete: »Er befindet sich noch in den Händen der Polizei, die ihn untersucht. In Rijswijk.«

Quispel dachte an den mit Hilfe von Stärkemitteln aufgestellten Kamm: Schnitten sie den bei der Obduktion ab? Die Öffnung des Schädels war einschneidender als das Skalpieren, über das in bezug auf die Kämme immer Witze gemacht wurden.

Hart mit den Stiefeln auf den gebeizten Boden stampfend, kehrte die Mutter mit der Teekanne zurück. Quispel rechnete. Die Eltern waren beide erst Anfang Vierzig. Der Sohn war achtzehn gewesen. Die Leute hatten allem Anschein nach zu den Blumenkindern gehört. 1967, im Geburtsjahr ihres Sohnes, waren sie beide Mitte Zwanzig. Aus der Liebe jener

Zeit, der »Blumenmacht«, war ihr Kind entsprossen. *Flower Power*. Freiheit über alles. Polizisten mit Bananen füttern. *Sgt. Pepper*. Bis der Satan unter den Hippies erschienen war: Charles Manson.

If you're going to San Francisco
Be sure to wear some flowers in your hair

Wahrscheinlich hatte er sie vor ihrer Hochzeit geschwängert, die natürlich erst nach achtjährigem Zusammenleben und Diskutieren zustande kam.

You're gonna meet some gentle people there

Quispel sah den jungen Vater vor sich mit einem viel längeren Bart als heute und langen, auf dem Rücken zu einem Pferdeschwanz gebundenen Haaren. Ein Holzfällerhemd, und darüber eine Waschlederjacke mit zwanzig Zentimeter langen Fransen an den Ärmeln.

Jetzt hingen die Blumen von damals im Durchgang zum rückwärtigen Teil der Suite an der Stelle, wo vor langer Zeit Schiebetüren gewesen waren. Sie zeigten mit ihren eingetrockneten Kelchen nach unten und knisterten bei jedem Lufthauch. Spinner von Staubfäden waren sie geworden. Auch auf dem Eichentisch, der dem Anschein nach schon einiges mitgemacht hatte, standen tote Blumen, die die eingetrocknete Macht der *sixties* versinnbildlichten. Oben auf dem Dachboden verdorrten und verstaubten an den Balken zweifellos noch mehr. *Flower Powder*. Und ihr Kind war währenddessen in einer Polizeizelle krepiert.

Der Vater unternahm noch einen Versuch. »Mijnheer Quispel ... in der Zeit, als Sie beruflich regelmäßig in dem Gebäude in der Havenstraat zu tun hatten – und das war bis zum Donnerstag voriger Woche der Fall, nehme ich an –, haben Sie da meinen Sohn Kiliaan persönlich gekannt?«

Kiliaan. Ja, natürlich, er hätte es wissen müssen. Kinder

hatten damals mindestens Melchior zu heißen, Lantijn, Sanne oder »Nieske Antigone«. Blumenpracht bis ins Geburtsregister. Quispel versuchte, in den Gesichtszügen der Eltern die von Dr. Nop wiederzufinden. Die Linie von Vaters Nase vielleicht ... Mutters Kinn ... ihre hellblauen Augen. Er tat so, als denke er nach.

»Er steht mir nicht vor Augen. Sein Name, als ich ihn in der Zeitung las, hat bei mir eigentlich nichts ausgelöst.«

»Seine Freunde«, sagte die Mutter, »haben ihn nie Kiliaan genannt – oder Kiel, wie wir ihn nannten. Sie hatten eine Art Spitznamen für ihn. Dr. ... Dr. ... Dr. Ratte oder so ähnlich.«

»Auch das sagt mir nichts«, behauptete Quispel. »Ach, wissen Sie, da waren viele Jungs wie er. Sie setzten ja alles daran« (komisch, schon jetzt in der Vergangenheitsform von ihnen sprechen zu müssen), »einander in Aussehen und Verhalten zu imitieren. Diese ernsthafte, kurz angebundene Art zu sprechen, zum Beispiel ... Und ihre Spitznamen wechselten alle naslang.«

»Die Ratte!« Der Vater schnellte hoffnungsvoll hoch. »Er hatte immer, sogar hier zu Hause, eine weiße Ratte bei sich. Sie saß ihm meist auf der Schulter oder lag im Nacken.«

Die Eltern sahen den Anwalt gespannt an.

»O, aber da gab es noch mehr ... mit einer weißen Ratte, meine ich.«

»Seine«, rief die Mutter laut, »hatte rosa Farbe im Fell!«

Quispel sah zu Boden und schüttelte den Kopf. Er rührte, als ob er tief nachdächte, in seinem Tee, in dem ein paar Blätter herumwirbelten. »Sagt mir nichts. Aber vielleicht ergeben sich noch Details, die mir einen Anhaltspunkt liefern.«

Es folgte ein ungutes Schweigen. Die Brocken Rohdiamant, die hier als Zucker gereicht wurden, wollten in Quispels Tee nicht schmelzen. Er rührte und rührte. Die zitternden Finger des Vaters hantierten, ungeschickt, mit der Zitronenpresse. Drei Wochen lang hatte sich Quispel als Verbreiter von Glück gewähnt, und siehe, was daraus geworden war. Er säte reichlich Kummer.

Sie wurden vom Telefon erlöst. Mevrouw Noppen nahm ab und legte fast im selben Augenblick den Hörer neben den Apparat. »Für dich«, sagte sie, ohne ihren Mann anzusehen. »Der Bürgermeister.«

Das Gespräch dauerte nicht lang. Noppen hörte in erster Linie zu. »Ausgezeichnet«, sagte er zum Schluß. »Herzlichen Dank, Herr Bürgermeister. Ich bin Ihnen sehr zu Dank verpflichtet, auch im Namen meiner Frau. Und, ach ja, Herr Bürgermeister, mit der Beerdigung morgen nacht habe ich mich auch einverstanden erklärt. Guten Tag.«

Nach dem Auflegen schwieg der Mann eine Weile mit starrem Gesicht. »Meester Quispel«, begann er nach einer Weile, »Meester Quispel ... ich habe am vergangenen Wochenende ein paarmal mit dem Gerichtslabor in Rijswijk telefoniert und gebeten, den ... unseren Jungen sehen zu dürfen. Das wurde mir verweigert. Auch die Polizei und die Justiz haben ihre Unterstützung verweigert. Völlig verzweifelt habe ich heute morgen, nach meinem Telefongespräch mit Ihnen, den Bürgermeister angerufen – ja, mir war alles egal – und ihn um seine Vermittlung gebeten. Ich konnte ihn nicht sprechen, da er sich gerade in einer Sitzung des Ausschusses für Öffentliche Ordnung über die Vorfälle vom Ende der vorigen Woche befand. Aber man hat meine Bitte weitergeleitet, und jetzt hat mich der Bürgermeister selbst angerufen, um zu sagen, daß auf seine Fürsprache hin inzwischen alles geregelt wurde. Heute abend kann ich ihn sehen. – Wären Sie bereit, mich nach Rijswijk zu begleiten? Vier Augen sehen mehr als zwei.«

Als Noppen ihn hinausließ, kamen gerade aus der Richtung, in die er gehen mußte, zwei Jungs mit Hahnenkämmen vorbei. Den mit dem türkisen Haar kannte er aus der Havenstraat. Quispel grüßte ihn. Der Junge sah Quispel an, grüßte jedoch nicht zurück. Quispel hatte den Eindruck, daß die beiden, nachdem sie an Noppens Haus vorbei waren, langsamer gingen, fast schon trödelten.

Noppen, so stellte er fest, war ganz verstört durch die vorbeigehenden Schemen seines Sohnes, wenngleich er sich wenig anmerken ließ. Vorläufig würde sich für ihn unter jedem Hahnenkamm sein Sohn verbergen.

»Also abgemacht«, sagte Quispel. »Heute abend um sieben Uhr hole ich Sie mit dem Auto ab.«

Weil er das Gefühl hatte, ein langer Spaziergang könne seiner Genesung förderlich sein, beschloß Quispel, zu Fuß nach Hause zu gehen. Als er sich weiter oben in der Lomanstraat umdrehte, sah er, daß die beiden Hähne rechtsumkehrt gemacht hatten und ihm in einigen Dutzend Metern Abstand folgten. Beim Valeriusplein bog er in den Koninginneweg ein. Er hatte Glück: Linie 2 Richtung Hauptbahnhof kam gerade. Von der Straßenbahn aus sah er noch eben den türkisen und den gelben Kamm am Valeriusplein auftauchen. Sie sahen sich um, tatsächlich so, als hätten sie einen Verfolgten verloren.

Weltrekord im Trommeln

Freitag, 12. April 1985

»Bahnhof Haarlemmermeer«, hatte Quispel beim Einsteigen zu dem Taxifahrer gesagt. Jetzt, wo sie sich, den verlassenen Amstelveenseweg entlangrasend, dem Haarlemmermeer-Kreisel näherten, fragte der Mann in barschem Amsterdamer Dialekt: »Woll'n Sie direkt zum Bahnhof oder irgendwo in die Nähe?«

»Ja, wo wohnst du eigentlich?« fragte das Mädchen, das auf der Rückbank an ihm hing. Quispel roch ihre Lederjacke.

»Setzen Sie mich am Bahnhof ab.«

»Ich frag ja nur vorsichtshalber. Nicht, daß Sie meinen, da würden noch Züge fahren. Höchstens, wenn Sie beim Depot auf die erste Straßenbahn warten wollen. Die geht in einer Stunde.«

Ein Bahnhof, der kein Bahnhof mehr war. Ein Gefängnis, das kein Gefängnis mehr war. »Halten Sie hier.«

»Hier, vor'm Knast? Da hätten Sie sich aber was anderes anziehen sollen.«

»Ich habe hier noch eine kleine Zweitwohnung.«

Der Fahrer knurrte. »Nicht, daß ich's Ihnen nicht gönnen würd, Mijnheer, aber es ist doch wirklich ein Skandal, daß so'n Gebäude für Gott weiß was benutzt wird, und das Gesindel läuft derweil frei herum. So isses doch. Wenn ein Autoknacker auf frischer Tat erwischt wird, steht er schneller wieder draußen auf der Warmoesstraat als der Besitzer, der drinnen Anzeige erstattet. Und dann dieser Psychopath, der all die Schwangeren vergewaltigt ... dieser Fruchtblasenknacker ... Zellenmangel, heißt es dann. Na, und hier werden prima Zellen von so'nem Haufen Farbenkleckser und ähnlichen Brüdern besetzt ... hm, ich weiß ja nicht, womit Sie Ihre Brötchen verdienen.«

»Machen Sie sich keine Sorgen. Vor kurzem hat das Land

diesen Schuppen von der Stadt gekauft ... um wieder ein Untersuchungsgefängnis daraus zu machen.«

»Das ist zur Abwechslung mal 'ne gute Nachricht, Mijnheer. Da kann ich ja wieder beruhigt schlafen. Fünfzehn achtzig bitte.«

»Bringen Sie die junge Dame auch noch eben nach Hause? Ich zahl's Ihnen im voraus. – Wo wohnst du?«

»He, was ham wir denn jetzt? Zweifelt der große Aufreißer plötzlich an seiner Potenz?« Sie machte eine grobe Gebärde. Quispel spürte, wie die Zähne eines ihrer Reißverschlüsse an seiner Hand entlangschrammten. Er hatte keine Lust auf eine Szene auf der Rückbank eines Taxis.

»Gut, dann kommen Sie in genau einer Stunde her, um sie abzuholen.«

»Für mich ist jetzt Feierabend. Aber ich geb's an die Zentrale weiter.«

Das Taxi kurvte um die Bushaltestelle herum und verschwand in Richtung Olympiastadion.

Hoch und reglos, fast noch kahl, standen die Pappeln rings um das Gebäude, kerzengerade und exakt ausgerichtet: ein äußerer Gitterring. Die Uhr des Kampanile-Verschnitts gegenüber zeigte Viertel nach fünf. Das Tageslicht konnte nicht mehr fern sein. Nur noch einen Moment, und die Pappeln würden sich in Geräuschsäulen verwandeln, während sie jetzt still in die wieder klare Nacht zeigten. Unvermindert das Jubeln in seinem Leib. Manchmal verringerte es sich zu etwas, das sich mit dem vergnügten Summen von Wasser in einem Kessel vergleichen ließ.

Mit dem Rücken zu Roxane tastete er die Mauer nach dem losen Stein ab, hinter dem der Schlüssel versteckt war. Das Mädchen zeigte keine Neugier. Ernst dachte an Zwanet, die im Hinterhaus am Kloveniersburgwal auf dem Rücken schlief. Es gelang ihm nicht, sich schuldig zu fühlen.

In der Außenmauer war ein Holztor, dessen Vorhängeschloß er öffnete. Unmittelbar dahinter befand sich – weitaus solider – ein eisernes Gitter, das mit einem Sicherheitsschloß abgesperrt war. Das Tor, das von innen nicht verriegelt werden konnte, zog er nur der Form halber zu: Der Hausverwalter sollte morgen denken, er selbst habe vergessen, es richtig zuzusperren. Das Eisengitter schloß er wieder ab.

Der Innenhof, der zum Ostflügel des Gefängnisgebäudes gehörte, wurde durch eine Mauer zweigeteilt. Der Teil, den er mit Roxane betreten hatte, war mit Unkraut bewachsen – bis auf einen kurzen Weg, der zur nächsten Tür führte. Früher mußte man, um ins Gefängnis zu gelangen, erst den asphaltierten zweiten Teil des Innenhofs durchqueren. Während Roxane hinter ihm hörbar fröstelte, blieb Quispel einen Moment lang im kleinen Tor in der Trennmauer stehen. Der asphaltierte Teil, ganz von Mauern umschlossen, hatte den Insassen als Basketballplatz gedient. Von den Eisenringen waren die Netze, sofern es je welche gegeben hatte, verschwunden. Die schwarzen Rechtecke, auf die es zu zielen galt, waren fast ganz verblichen. Das Laternenlicht vom Haarlemmermeer-Kreisel und vom Amstelveenseweg sorgte auf dem Spielfeld für scharfe Schatten, in denen die noch frischen Kalklinien, ebenso wie die Bretter, weiß aufleuchteten. In der am weitesten entfernten Ecke befand sich, jetzt unsichtbar im Schatten, der frühere Eingang zu diesem Flügel; eine schmale Tür, ebenfalls zu den tortenstückförmigen Lüftungskäfigen führend, die mittlerweile von Fahrradbastlern für die Lagerung alter Rahmen benutzt wurden.

Vom Basketballplatz, wo früher während der Freistunde die Gefangenen aneinander hochgesprungen waren, um an den Ring heranzukommen (durch den als Metapher des Gefängnislebens – »der Ausgang war der Eingang« – doch nur der Ball in ihre Hände zurückfallen würde), ging jetzt, mit diesen Schlagschatten, eine schreckliche Reglosigkeit aus. Trotzdem war alles, auch dies, auch das geheimnisvolle Ratschen und Knarzen von Reißverschlüssen hinter seinem Rücken, Brennstoff für Quispels Euphorie. Der Stolichnaya, der Moskovskaya, der rote Pfefferwodka ... sie sangen wie ein russischer Chor in seinem Blut.

Mitten auf dem Asphalt stand unter einer mit Stricken verschnürten schmutzigorangen Plane Die Waffe.

Vor etlichen Jahren hatte Quispel in der Zeitung gelesen, daß ein Ramschladen für Militärgüter einem Entwicklungsland einen Aufleger mit einer Raketenabschußvorrichtung geliefert hatte; ein veraltetes, von den Amerikanern in Westdeutschland ausrangiertes Modell. Eine revolutionäre Bewegung, so hatte man herausgefunden, hatte das Ding für einen Spottpreis erworben.

Bei einem Militariaramschladen denkt manch einer an muffige Feldmützen, Tornister, Knobelbecher, Khakiponchos und mit abgestandener Luft gefüllte Feldflaschen. In Dordrecht war ein solcher Laden jedoch sogar in der Lage, ein kleines Flakgeschütz zu liefern, noch aus dem Zweiten Weltkrieg, samt Munition – allerdings in begrenzter Menge. Für zwanzigtausend Gulden. Anzahlung fünftausend. (Wie kamen die Jungs eigentlich an das Geld?) Fragen nach dem Verwendungszweck wurden von dem Ladenbesitzer nicht oder so gut wie nicht gestellt. Mund halten, hieß die Devise auf beiden Seiten. Geschäft ist Geschäft.

Eines Vormittags – Quispel aß gerade im *Huis van Haring* gegenüber ein Krabbenbrötchen – war beim ehemaligen Untersuchungsgefängnis II ein Sattelzug vorgefahren. Unter einer Plane eine nicht näher definierbare Maschine, die mit Stahlseilen auf mehreren Paletten festgezurrt war. Das Ungetüm wurde auf ziemlich primitive Weise abgeladen. »Jetzt kommen die Kanonen«, hatte der Heringsmann gesagt, ohne zu ahnen, wie nahe er der Wahrheit gekommen war.

Quispel watete zurück ins kniehohe, vom Regen noch feuchte Unkraut, das die Hosen an den Schienbeinen kleben ließ. Es tat seinem Freudengefühl nur gut.

»Hier lang.« Quispel öffnete mit demselben Sicherheitsschlüssel eine breite, nur grundierte Tür. Sie war vor nicht einmal zwei Monaten vom Hausverwalter te Siepe eigenhändig in die Gefängnismauer gestemmt worden. Rund um die Füllung hatte man neue Backsteine, ganze und halbe, gesetzt. Inzwischen bereuten alle diesen großartigen Eingang, der eine Besetzung des Gebäudes, sollte sie sich demnächst als notwendig erweisen, nur noch problematischer machen würde.

Ernst schob das Mädchen in die Dunkelheit hinter der Tür und suchte den Schalter. Licht. Sie standen unter der gewölbten Decke einer Zelle, die durch den neuen Eingang in eine Art Vorhalle verwandelt worden war. Die ursprüngliche Zellentür mit der kleinen Luke war nicht abgeschlossen. Quispel stieß sie auf, und sie standen auf dem hohen, breiten Flur, der eher an eine Fabrikhalle erinnerte. Roxane kniff angesichts der Neonlichtfülle die Augen zusammen. An mindestens zwei Stellen flackerte eine defekte Röhre, ganz in ihrer Nähe eine, die langsam und regelmäßig an- und ausging, und weiter oben, in der zweiten oder dritten Etage, eine, die nervöser, zögernder zuckte. Im gesamten Raum zirpte die Beleuchtung; in Quispels Wodkakopf dröhnte sie wie ein Feld voller Grillen an einem Sommerabend.

Roxane ließ den Blick über die Eisentreppen und -geländer hinaufwandern, bis zu der Kuppel aus Sicherheitsmattglas ganz oben.

»Puh . . . nicht übel.« Ihr blasses, müdes Gesicht hatte kaum noch etwas Pampiges. »Was ist das für ein Lagerhaus?« Wie klein sie in diesem Raum war, mit ihren unsicher einwärts gedrehten Füßen, der Kükenfrisur, den schmächtigen, unter dem Leder hochgezogenen Schultern. »Das sieht ja fast aus wie ein Gefängnis.«

Ein Mädchen. Ein Kind. Fast schämte Quispel sich seiner Eroberung. Sie hatte seine Neugierde erregt durch das aufklappende Messer und das Gesicht, das sie dazu machte. Was blieb von ihrer Bravour? Unter dem sorgfältig zerschnippelten Jeansrock ließ sich nichts anderes erraten als der noch nicht ausgereifte Körper eines Teenies mit einem Kinderpo.

»Ja, hier landest du, wenn du ehrsamen Passanten mit dem Skalpieren drohst.«

Ihr Blick wanderte wieder Etage um Etage abwärts.

»Und die Gefangenen ... war das hier plötzlich überflüssig?«

»Die wurden nach Bijlmermeer verlegt. Wenn du mit dem Zug nach Utrecht fährst, dann winken sie dir.«

»He, ein Ausbruch. Interessant. Obwohl ... scheint nicht geklappt zu haben.« Roxane ging zu dem Mauerstück zwischen zwei Zellentüren, wo in Kniehöhe große Stücke der alten Backsteine abgebröckelt waren. Die noch aus dem neunzehnten Jahrhundert stammenden Steine gaben so ihr hellrotes Inneres preis. Der feine Schutt lag in einem ordentlichen Streifen, wie zusammengefegt, auf dem Fliesenboden.

»Das müßte dann aber eher ein Einbruchsversuch gewesen sein. Vom Gang aus in die Zelle. Nein, das Gebäude ist dabei, sich selbst abzureißen. Zu schwer für seine Fundamente. Es sackt ein.«

»He, was sind das denn für Schlafwandler? Alle in roten Pyjamas ...«

Wo der Nord- und der Ostflügel unter der Glaskuppel aufeinanderstießen, befand sich eine hohe Wand aus Glas und Gittern, hinter der man das Treppenhaus der Bhagwan-Jünger in seiner ganzen Zickzackstruktur sah. Selbst jetzt noch liefen dort unaufhörlich dunkelrot gekleidete Sanyasins treppauf, treppab auf dem Weg zu dem promiskuitiven Sinnengenuß, wie ihn der Guru persönlich vorschrieb. Besonders wachsam waren sie nie, aber Quispel mußte doch achtgeben, daß er von den Typen nicht gesehen wurde. Es gab knallharte Absprachen: Sie wohnten da, blieben folglich auch über Nacht; die übrigen Flügel mußten auf Anordnung der Feuerwehr bis elf Uhr abends geräumt sein. Verstöße meldeten sie in ihrer Denunziantenmentalität unverzüglich der Stadtverwaltung. Wer sich, nachdem der Hausverwalter gegen elf eine Art Schulglocke geläutet hatte, über Nacht einschließen ließ, mußte zum Beispiel damit rechnen, nicht mehr ungesehen zu den Toiletten zu gelangen. Um pinkeln zu gehen, mußte man von einer offenen Zellentür zur nächsten flüchten, bis die Treppe wieder frei von roten Pyjamas war. O, proppenvolle Welt, vollgestopft mit Menschen, Ideen, Uniformen auch hier. Sie waren sich alle ziemlich im Weg.

Übrigens hatte noch keiner der Schlafwandler auf den auffällig gekleideten Anwalt und das Punkgirl geachtet. Hier, unter dem weißen Licht, spürte Quispel erst, wieviel er getrunken hatte. Das dröhnende Summen der Neonröhren hatte sich in seinen Kopf verlagert, Brummfliege unter Glas. Es kam ihm vor, als schiene das Licht durch ihn hindurch und ließe den Alkohol in seinem Blut aufwölken, so wie eine warme Lampe farbige Flüssigkeiten in Öl oder Wasser in Wallung versetzen kann. Und sein grundloses Glück wölkte mit auf.

In der obersten Etage, dicht unter der Glaskuppel, hatte sich eine Zellentür geöffnet. Ein heftiger Trommelwirbel wurde laut. Quispel und Roxane schauten hoch. Ein magerer Junge trat auf den Gang. Er zog die Tür hinter sich zu, aber offenbar nicht ganz, denn als er die Treppen hinunterging, blieb das Trommeln dumpf zu hören, obwohl die Arbeitszellen der Musiker nach Vorschrift schalldicht gepolstert waren.

»Und jetzt ein Hahnenkamm«, sagte Roxane. »Ihr seid mir hier vielleicht 'ne bunte Mischung. Hängt aber auf halb sieben, sein Kamm.«

Der Junge, der im Rhythmus des Schlagzeugs mit seinen schweren Schuhen die Treppe hinunter dröhnte, hatte das Zuckerwasser aus seinem Hahnenkamm gespült, so daß ihm der schmale Haarstreifen kraftlos in einzelnen Strähnen links und rechts über den geschorenen Schädel hing. Die Skalplocke war knallrosa gefärbt.

»Sieh an, unser Dr. Nop«, sagte Quispel.

»Was hat der denn für 'nen bescheuerten weißen Pelz am Hals«, sagte Roxane. »Voll ätzend, wenn du mich fragst.«

»Na, Vogelfänger«, Quispel nannte alle Hahnenkämme Vogelfänger, »hast du dich einschließen lassen? Du weißt doch, daß das gegen die Vorschriften der Feuerwehr verstößt?«

»Und der Herr Anwalt vielleicht nicht?«

»Ich habe mich nicht einschließen lassen. Ich bin von draußen reingekommen. Und ich kann auch wieder raus.«

»Der Herr Anwalt darf sich hier um diese Zeit genausowenig aufhalten. Erst um neun Uhr dürfen alle wieder rein.«

»Na schön, dann haben wir also beide gegen die Vorschriften verstoßen. Wenn wir auf frischer Tat ertappt werden, red ich uns schon wieder raus.«

»Immer den Samariter spielen, wie? Reiß dir bloß kein Bein aus! Sobald deine Arbeit hier getan ist, Meester, bin ich wieder Luft für dich. Dann wirst du sagen: Dr. Nop? Nie gehört! – Du machst das ja nur wegen der Kohle und wegen sonst nix.«

Quispel lächelte. Dies war ihre übliche Kriegssprache, die in letzter Zeit durch die drohende Räumung noch schärfer geworden war.

»Wenn du mit solchen Dumdum-Sprüchen daherkommst, wie könnte ich dich je vergessen?«

»Ich sag ja nicht: vergessen, ich hab gesagt: ›Luft für dich sein‹.«

»Mein guter Junge«, sagte Quispel mit einer Verbeugung, »ich werde dich nie verleugnen. Ehrenwort.«

»Was ist das für ein ätzendes Gedrumme da oben?« wollte Roxane wissen. Dr. Nop hatte sie noch keines Blickes gewürdigt.

»'n neuer Weltrekord oder so«, sagte Dr. Nop mit verächtlich verzogener Oberlippe. »Ausdauertest, sonst nix. Der Rekord steht auf zweieinhalb Etmalen oder wie das heißt. Der tut ja kaum was. Ab und zu ein langsames Solo, damit er nicht schlafend vom Hocker knallt.«

In einer ungelenken Pantomime machte er vor, wie der Drummer die Stunden an seinem Schlagzeug verbrachte.

»Und wenn er essen muß? Ich mein, er muß doch mal essen.«

»Dann macht er die Flügelschraube von so'nem Deckel ab. Legt ihn umgedreht auf die Knie und schaufelt sich 'ne

Portion Nasi rein. Er ißt mit Stäbchen. *Rikketikketik*. Brauch nich schön sein, Hauptsache, 's macht Krach. Hauptsache, er hört nich auf.«

»Er wird doch auch mal auf'n Pott müssen ...«

»Na klar. Dann schraubt er die Snaredrum ab. Nimmt sie unterm Arm mit. Haut die ganze Zeit drauf ... *porrompompom, porrompompom* ... Die ganzen Treppen runter, mit'm Tambourin am Fuß. Und auf'm Pott ...« Dr. Nop machte mit ernstem Gesicht vor, wie sich der Drummer über die Trommel hockte und ganz rhythmisch – »prrom, prrromm« – seine Verdauungsprodukte auf das straffgespannte Fell fallen ließ. »Die Typen vom *Guinness Buch der Rekorde* steh'n mit dem Ohr an der Klotür. Solange die Saiten auch nur ein bißchen klötern, isses gut. Nur nich aufhören, das ist alles.«

»'n Drummer mit ätzenden Ideen also«, sagte Roxane. »Hast du hier auch so'ne Zelle?«

Bleich, mit starrer Miene, sah Dr. Nop sie an – zum erstenmal. Gerade eben *kein* verächtlicher Blick.

»Kann ich sie mal sehen, deine Zelle?«

Mit seinem schweren Schuhwerk latschte der Junge vor ihr her zur Eisentreppe. Er hatte den Rücken mürrisch gekrümmt. Roxane ging mit kurzen Schritten hinter ihm her. Quispel hatte keine Eile.

Ätzend. Roxane kannte das Leib- und Magenwort der Hähne, ihre Sprüche. »Ätzende Typen.« »Ätzende Schuhe.« »Ätzende Ideen.« So vieles war ätzend, vor allem am Äußeren der Leute, daß den Jungs nur ein schmaler Grat zum Leben blieb. Eigentlich gab es keine Kleidung, die nicht ätzend war. Vielleicht zerrissen sie deshalb Kleidungsstücke und fummelten sie mit Sicherheitsnadeln wieder zusammen: um sie von ihrer Ätzigkeit zu befreien. Fest stand, daß manche Kleidungsstücke so durch und durch ätzend waren, daß man sie wieder tragen konnte, nun aber in schreiendem Kontrast zu anderen und häufig durch alle möglichen Ketten und riesigen Sicherheitsnadeln verunstaltet. Ein Jackett, unter einer Lederjacke getragen – nicht ätzend oder, besser gesagt: »Voll geil ätzend.«

So oft fiel dieses Wort, daß es sich seines ursprünglichen Klangs und seiner Bedeutung entfremdet hatte. »Alle Werte sind ätzend.«

»Warum grün?« fragte Roxane und wies auf die pastellgrün gestrichenen Wände.

»Die ganze Natur ist doch grün, oder?« sagte Dr. Nop höhnisch. »Sanft und angenehm für die Augen, wenn du hier den ganzen Tag drinhocken mußt.«

»Bißchen gezündelt?« Sie zeigte auf einen wuchernden schwarzbraunen Brandfleck an der Wand, mannshoch.

»Charley hat's nicht mehr verkraftet. Hat seine Matratze angesteckt. Da sind sie dann doch gekommen, die Herren mit dem Schlüsselbund.«

»Charley?«

»So nenn ich ihn eben. Da in der Ecke steht irgendwo ›Charley‹. Ich hör sie nachts schreien, die Jungs. Sie stecken in den Mauern. Sie seufzen durch die Gitter.«

Weit weg, außerhalb des Gebäudes, war anhaltendes Gehupe zu hören.

»Das wird das Taxi sein«, sagte Quispel.

Auf dem Weg zu den Toiletten spähte Ernst gewohnheitsgemäß hier und da durch das Guckloch einer Zellentür. Er war überrascht, den Bühnenautor noch über seine Schreibmaschine gebeugt zu sehen. Also ließ sich auch Egberts hier von Zeit zu Zeit einschließen ... Er klopfte. Albert hob von innen den Haken aus der Öse und machte die Zellentür zwanzig Zentimeter weit auf.

»Du bist ja früh dran, Dip. Willst du die Versammlung vorbereiten?«

»Hast du schon mal über die Oper nachgedacht?«

»Sorry, wofür war das gleich noch mal?«

»Die Eröffnung des Muziektheaters ...«

»Ah, der ›Schuhkarton‹. Mal schauen ... Waterlooplein,

Mozes en Aaronkerk. Am schönsten wäre natürlich eine Oper, die die Geschichte dieses Teils der Stadt spiegeln würde.«

»Spinoza. Zwanenburgwal.«

»Das wär was. Riesige geschliffene Linsen, die alles verzerren ... Ich kenne hier in der Stadt einen Bildhauer, der mit großen Linsen arbeitet. Mitten durch so'ne Skulptur siehst du die Stadt auf dem Kopf. Ich will das Bühnenbild auf dem Kopf. Sänger mit dem Kopf nach unten. Singende Fledermäuse ... Textgrundlage für diesen Akt: die Spinoza-Übersetzung von Gorter. Die Portugiesische Synagoge im Hintergrund ... nicht übel.«

»Und zum Schluß die Verbannung.«

»Ja, am Schluß des ersten Akts. Denn die Geschichte geht weiter. Blütezeit des reichen jüdischen Kaufmannsviertels ... Niedergang, endgültig besiegelt durch den Zweiten Weltkrieg. Und dann weiter. Ich möchte fünf Akte. Der Flohmarkt ... Anmerkung für den Komponisten: Flohwalzerzitat oder -variationen. Laß mal überlegen ...« Albert machte die Tür noch weiter auf und trat auf den Umgang hinaus. »Der Flohmarkt auf dem Waterlooplein muß natürlich nach alttestamentarischer Wüste aussehen. Buden, die an verstreute Beduinenzelte erinnern. Kaufmannshäuser, auf Hütten aus Stoffflicken reduziert. Quartett für vier Marktleute, die alle durcheinanderplärren ...«

Ungeachtet der Blicke der Sanyasins ging Egberts in seinem Morgenmantel auf dem Umgang auf und ab.

»Dip, du erinnerst dich doch an die Bruchbude von damals: ›Markt auch hinter diesem Gebäude‹. Wäre ein toller Titel, denn dieses Gebäude ist natürlich auch der künftige ›Schuhkarton‹. Nächster Akt: die Baugrube ... Stimmen aus der Tiefe. Sänger im Orchestergraben, Orchester auf der Bühne.«

»Killt das nicht die ganze Akustik?«

»Die Musik muß in diesem Akt sowieso wie das stilisierte Einrammen von Pfählen klingen. Denk an die Amboßschläge bei Wagner. Letzter Akt: Der ›Schuhkarton‹ von innen.

Nein, noch ein Zwischenakt. Krönungstag 1980, bevor diese Grube mit ihren rostigen Moniereisen eingerichtet wird. Nett, falls die Königin zur Premiere kommt. Aber wir können natürlich auch immer noch daran denken, meinen geächteten *Benjamin* zu einer Oper umzuarbeiten. Mit echten, trompetenden Elefanten ... wir tun so, als wär's die Arena von Verona. Schlußszene der Krönung mit Straßenlärm und Hubschraubern. Für die Sirenen nehmen wir geschulte Contra-Tenöre.«

»Wart erst mal die Anklage ab.«

Ernst war bereits auf dem Weg zu seiner Zelle, drehte sich aber wieder um. »Albert, wir haben viel miteinander zu tun gehabt in den letzten acht Jahren. Ich habe gesehen, wie du gekämpft hast ... gut, darüber brauchen wir jetzt nicht zu sprechen. Aber du hast mir nie erzählt, was dich, einen intelligenten und literarisch begabten ...«

»Na, na! ... willst du nicht langsam schlafen gehen, Dip?«

»... was dich eigentlich zum Heroin gebracht hat.«

Mit spürbarem Widerwillen antwortete Egberts: »Man könnte sagen, es war eine mehr oder weniger philosophische Entscheidung für die Bewegung.«

»Das kann ich mir ja noch vorstellen. Aber gibt es auch einen philosophischen Schritt zurück? Wenn man erst mal abhängig ist ...«

»Ich wollte in den Knast, um dem Leben, das ich führte, zu entfliehen. Ich hatte Angst vor mir selbst. Angst vor der Freiheit, die ich mißbraucht hatte. Ich wollte wie ein Vogel in die sichere Abgeschlossenheit des Käfigs flüchten. Mich einsperren lassen, mich füttern lassen und nur zwischen Bank und Pritsche hin und her hüpfen. An die frische Luft geführt werden in der eisernen Faust des Bewachers, damit mein Käfig saubergemacht werden konnte ... Wenn ich nur lange genug von den gefährlichen Flügen im Freien abgeschnitten wäre, würde mir die Lust auf Höhenflüge schon vergehen ... Durch die zwanghafte Eintönigkeit des Gefängnislebens entdeckte ich, daß mein Leben als Drogenabhängiger außerhalb der Mauern nicht weniger zwanghaft eintönig war ... daß ich da nicht weniger in einem Käfig lebte. Wenn die Insekten hoch tanzen, fliegen die Schwalben auch hoch. Ein schönes Bild der Freiheit, nicht wahr, dieses Geflitze und Herumgetolle am Sommerabendhimmel? Hält sich das Viehzeug in Bodennähe auf, dann streichen die Schwalben ebenfalls tief über den Boden. Sie sind den Luftschichten ausgeliefert, in denen sich ihre Nahrung befindet. Sie ziehen immer die gleichen Bahnen. Als ob sie eine Schnur am Bein hätten, und die haben sie auch: unsichtbar. Immer das gleiche Muster ... So erfuhr ich, was die Heroinsucht wirklich ist. Kein gefährlich tanzendes Leben voller Bewegung, sondern ein hundsgewöhnlicher Alltag, der sich um die allereinseitigste Nahrungssuche dreht. Das allerprimitivste, allerelementarste Dasein. Oder besser gesagt: die Metapher eines solchen Daseins. Als das Heroindasein dann durch den Rhythmus des Gefängnislebens das Großartige und Tolle allmählich verlor und gleichzeitig auch meine Faszination verschwand, war das Schlimmste an der Sucht vorbei. Ich schaffte den Entzug ohne große Probleme. Ich sagte mir die ganze Zeit: Heroin – na und? Wenn ich mal wieder Bock darauf habe, dann nehm ich's, so wie andere eine Zigarette rauchen. Aber hör bitte auf, Egberts, es als etwas Besonderes zu betrachten. Es ist banaler als eine Portion Leberwurst.«

Fieberbläschen

Montag, 29. April 1985

Im Auto war die Anwesenheit eines Vaters, der weiß, daß er gleich seinen toten Sohn zu sehen bekommt, fast unerträglich. Beide schwiegen sie.

Vor seinem Aufbruch ins Gerichtslabor hatte Quispel gerade noch die Sieben-Uhr-Nachrichten sehen können. Die Amsterdamer Polizei hatte erstmals seit dem Tod von Dr. Nop eine offizielle Erklärung abgegeben. Eine halbe Minute lang war der Polizeisprecher im Bild. Er hieß allgemein nur *The Face* und gab in erster Linie die glattrasierte, männlichschöne Maske ab, hinter der sich die besorgte Visage des Polizeipräsidenten verstecken konnte. So verlieh der Polizeipräsident durch The Face seiner großen Enttäuschung darüber Ausdruck, daß ein Teil der Festgenommenen aus der Havenstraat wieder auf freien Fuß gesetzt worden war. Er war nicht der einzige. Die Staatsanwaltschaft erwog bereits, beim Gerichtshof Berufung gegen die Freilassung einzulegen. Quispel war, abgesehen von den nach Hause Geschickten, wahrscheinlich der einzige, der über die Freilassung erleichtert war. Nein, diesmal nicht wegen seines Rufs als Anwalt. Er hoffte jetzt, von der bedrohlichen Anwesenheit der Hahnenkämme erlöst zu werden, die ihn schon den ganzen Tag, vom frühen Morgen an, verfolgten. Doch bald meldeten sich erneute Zweifel. War es kein zu leichter Erfolg? War das juristische Scharmützel nur ein Scheingefecht gewesen?

Erst als sie sich Rijswijk näherten, traute Quispel sich, Vater Noppen gegenüber seine Vermutung auszusprechen, daß auch diese Massenfreilassung im Grunde eine Provokation darstelle.

»Die Öffentlichkeit wird die Freilassung auf den Zellenmangel zurückführen. Der Zellenmangel läßt sich durch die

Renovierung des Untersuchungsgefängnisses in der Havenstraat beheben. Damit schließt sich der Kreis.«

»Dann ist Kieltje ja nicht umsonst gestorben ...«

Quispel schwieg.

»Warum hat man nicht alle auf freien Fuß gesetzt? Wo sie schon mal dabei waren ...«

»Vor allem jene, die die Flak bedient haben, und ihre unmittelbaren Helfer sitzen noch fest. Ihnen kann versuchter Totschlag angelastet werden. Diese Jungs können sie schwerlich freilassen.«

Es schien sich um eine Umkehrung des Falls van den Biggelaar von '66 zu handeln, als ein Sohn den Körper seines Vaters auf Spuren von Gewalteinwirkung untersucht hatte.

Auch Quispel war angespannt. Die deliriumartigen Nachwirkungen seiner Trinkperiode waren noch nicht vorbei; der Teufel roch eine Leiche, schmeckte den Tod. Von Berufs wegen hatte er oft genug in Begleitung eines Kommissars, eines Untersuchungsrichters oder eines Anwaltskollegen eine Leiche in Augenschein genommen, aber noch nie hatte er sich so davor gegraut wie diesmal. Dieser Niedergang kam ihm als logische Fortsetzung dessen vor, was er in den letzten Wochen durchgemacht hatte. Er bog auf den Parkplatz, drehte den Zündschlüssel herum und befühlte noch einmal die Fieberbläschen auf seiner Oberlippe, dieses harmlose Geschwür, in dem der Alkohol noch glühte.

»Hatten Sie Grippe?« fragte Noppen abwesend.

»So was Ähnliches.«

Der Portier beschrieb ihnen den Weg. Überall brannte noch Neonlicht, aber die meisten Säle waren verlassen. Hier und da beugten sich, auch jetzt, nach Feierabend, Weißbekittelte über ein Mikroskop oder eine Glasplatte. Quispel unterhielt sich kurz mit einem alten Bekannten, der ihm gelegentlich zu Beweismaterial verholfen hatte. Der Mann war gemeinsam mit einem Kollegen so spät noch mit dem stummen Zeugen einer Vergewaltigung beschäftigt. Das winzige Höschen eines dreizehnjährigen Mädchens lag in einer Plastiktüte auf dem Arbeitstisch.

»Interessant ist, Ernst, daß der Vergewaltiger nicht nur Spuren von Sperma im Slip hinterlassen hat, sondern auch Blutspuren. Die kleine Katze hat ihn an Brust und Bauch gekratzt. Unter ihren Fingernägeln waren aussagekräftige Hautfetzen. Aber es ist und bleibt schwierig. Ich bin froh, wenn bald die DNS-Tests durch sind.«

»Viel Erfolg. Ich muß weiter. Auf mich wartet eine Leiche.«

»Ach ja, der Junge, den sie festgenommen hatten. Ich habe davon gehört. Es war das erste Mal, daß sie hier einem Toten Stärke aus dem Haar waschen mußten. Zum Glück hatten wir mit Klebkram im Brusthaar bereits Erfahrungen gesammelt, denn es kommt schon mal vor, daß jemand während eines EKG's stirbt. Mach's gut.«

Der Leiter der zuständigen Abteilung wollte den Brief des Bürgermeisters, der Noppen durch Amtsboten zugestellt worden war, nicht einmal sehen. »Wir haben einen Anruf bekommen«, sagte er. »Und wer sind Sie, wenn ich fragen darf?«

»Das ist mein Anwalt. Den will ich dabeihaben.«

»In Ordnung.«

Sie mußten in einem Raum warten, in den grelles Licht aus so etwas Ähnlichem wie Gitterrosten fiel. Noppen blieb stehen, so daß auch Quispel zögerte, sich auf eine der Bänke an der Wand zu setzen. Situationen wie im Film mit Schubladen, die aus Kühlfächern gezogen wurden, und Schildern an Zehen von Toten blieben ihnen erspart. Die Bahre mit dem Leichnam wurde durch Gummiklapptüren hereingefahren. Die Nasenflügel des Vaters bebten. Die Hände, die er unwillkürlich ausgestreckt hatte, als wolle er etwas entgegennehmen, blieben zitternd in der Luft hängen; schließlich fanden sie vor dem Bauch zueinander. Er nahm sich selbst hilfesuchend an die Hand.

Vor ihm, unter einem grünen Laken, lag wie erfroren das Leben, das er vor knapp neunzehn Jahren aus seinen Lenden gestoßen hatte. Achtzehn Jahre lang hatte es geglüht, gepocht, sich bewegt, geschrien ... und jetzt, als wäre es müde von so viel Heftigkeit: nichts mehr von alledem. Das Laken ließ nur die Füße und den oberen Teil des Schädels frei. Der Kamm hing schlaff, stumpf und leblos auf das Kopfende der Bahre herab. Am Schädel, sah Quispel sofort, war nicht gesägt worden.

»Sie wollten sehen, ob körperliche Verletzungen vorliegen?« fragte der Assistent.

»Ja, bitte«, sagte der Vater mit brüchiger Stimme.

Der Assistent zog das Laken, das im mattgrünen Ton der modernen Chirurgie gehalten war, herunter. Der Körper war so mager, daß sich die Brustkorbwölbung deutlich von der Taille unterschied – als habe der Junge seine Lungen ganz vollgesogen, ohne wieder auszuatmen. Er hielt den letzten Atem für immer an.

Quispel tastete mit den Blicken sofort die rechte Seite des Toten ab, bis er fand, was er suchte. Nur wer es wußte, konnte es sehen: einen winzigen roten Fleck in der bleichen Haut gleich unterhalb des Brustkorbs ... nein, zwei rote Flecke, bläulich umrandet, dicht nebeneinander. Zusammen sahen sie aus wie der makellose Abdruck zweier nadelfeiner Eckzähne eines kleinen Raubtiers, zum Beispiel im Hals eines Kaninchens.

Mit knappen Worten wies der Assistent auf die Stellen, an denen man bei der Obduktion die Leiche aufgeschnitten hatte. Die aufgetrennte Haut, die nie wieder heilen würde, hatte man mit groben Stichen zugenäht.

»Woran könnte ich denn erkennen«, fragte der Vater den Assistenten tonlos, »daß er irgendwo innere Verletzungen erlitten hat? Ich meine, durch äußere Gewalt ...«

»Das hätte dann schon längst, zum Beispiel in Form von Blutergüssen, äußerlich in Erscheinung treten müssen. Wir haben nichts Derartiges festgestellt. Das einzige, was wir

Ihnen anhand der vorläufigen Ergebnisse mitteilen können, ist, daß im Blut und im Urin Spuren von Amphetamin gefunden wurden. Die toxikologische Untersuchung ist noch nicht abgeschlossen. So macht die Analyse des Mageninhalts noch einige Schwierigkeiten, weil er sich nach seiner letzten Mahlzeit noch ziemlich ... äh ... heftig erbrochen zu haben scheint. Ich lasse Sie jetzt einen Augenblick allein.«

Der Assistent verschwand durch die Klapptüren.

Noppen nickte in Richtung Leiche. »Erkennen Sie ihn jetzt?«

»Schwer zu sagen.«

Der etwas kurzsichtige Vater suchte mit zusammengekniffenen Augen den toten Körper ab, wobei er das Gesicht dicht an die Haut brachte.

»Keine Blutergüsse?« sagte er zu Quispel. »Und was ist das hier?« Der Mann zeigte auf den Nacken seines Sohnes und auf einen Fleck dicht hinter dem linken Ohr. Violettbraune Flecken, in der Tat. Doch Quispel konnte seine Aufmerksamkeit nicht ganz darauf konzentrieren; er war wie hypnotisiert von den beiden roten Punkten auf der rechten Seite, die wie stechende Knopfaugen aussahen.

»Vielleicht sind sie erst aufgetreten, nachdem die Obduktion abgeschlossen war«, meinte er zerstreut. »Übrigens merkwürdig, daß sie den Schädel nicht geöffnet haben.«

Er ging zu den Klapptüren und winkte dem Assistenten.

»Warum hat der Pathologe den Schädel nicht geöffnet? Das ist doch üblich, oder?«

»Oh nein, längst nicht immer. Mit Hilfe der hochentwickelten Röntgentechnik, die wir heute haben, können wir mit ziemlich großer Sicherheit feststellen, ob eine Hirnverletzung vorliegt oder nicht. Damit erübrigt sich eine Öffnung des Schädels in den meisten Fällen.«

Draußen auf dem Parkplatz überreichte Noppen Quispel den Brief des Bürgermeisters – »Für Ihre Akten« – und hatte dann einen kurzen Weinkrampf. Ernst schaute weg, und so sah er am Rand des Geländes das Profil etlicher Hahnenkämme. Das Leichenschauhaus, in dem ihr Dr. Nop lag, war sorgfältig geheimgehalten worden. Wie konnten sie dann ...? Sie mußten ihm und Papa Noppen gefolgt sein.

Als Quispel sich wieder zu Noppen umzudrehen traute, sah er aus den Augenwinkeln eine noch viel größere Gruppe von Hähnen. Wie konnten die alle so schnell hergekommen sein? Er legte seine Hand auf Noppens Rücken und schob ihn sanft in Richtung Auto. Beim Wegfahren bemerkte Quispel noch mehr Hahnenkämme, in einzelnen Grüppchen verstreut. Wenn Noppen sie überhaupt sah, so ließ er es sich nicht anmerken. Es schien, als habe sich die Zahl der Verfolger durch die Freilassung der Festgenommenen vermehrt.

Versammlung der Hähne

Freitag, 12. April 1985

An diesen ersten Trinktagen übersprang er den Kater. Seine – nein, Fröhlichkeit war ein zu banales Wort, es handelte sich um eine höhere Form von Fröhlichkeit – seine Glückseligkeit war einstweilen noch stärker als das Gift. Und außerdem: Bei Wodka konnte man ziemlich weit gehen, ohne einen Kater zu riskieren. In dem Roman *Kokain* von Agejev hatte er gelesen, man habe nach übermäßigem Wodkagenuß das Gefühl, jemand hätte einem eine Injektionsnadel durchs Herz getrieben, doch das traf bei Quispel allenfalls in der letzten Woche seiner Periode zu.

Ernst wachte lächelnd auf. Diese Jubelstimmung morgens anstatt der wohlverdienten Übelkeit hatte er als Achtzehnjähriger nach seinen ersten studentischen Exzessen kennengelernt. Gleich nach dem Wachwerden lag er manchmal schon laut lachend im Bett über alles, was in der Nacht an Unglaublichem vorgefallen war. Wie damals, als sie bei ihrem ersten Glas ganz ernsthaft über den Strafzettel von jemandem gesprochen hatten, was dann tief in der Nacht zu einer Amtsgerichts-Juxverhandlung ausgeartet war, bei der Quispel die Aufgabe zugefallen war, in den Gesetzbüchern nachzuschlagen, wozu ein ganzer Bücherschrank ausgekippt wurde. Sie standen im ersten Studienjahr, waren von Haus aus katholisch, und weil sie noch nicht genau wußten, wie es bei einem Prozeß zuging, füllten sie ihre Wissenslücken mit dem, was sie als ehemalige Meßdiener von der Eucharistiefeier behalten hatten. Eine merkwürdige Messe wurde da zelebriert. Das erste, woran sich Ernst am Morgen erinnerte, war eine Tür, die während der Wandlung im Zugwind zu klappern begonnen hatte, und ein Priester, der ungehalten und betrunken gesagt hatte: »Los, kommen Sie rein, Herr Richter.« Ein aus dem Rausch geborenes Ritual, von dem sie nicht mehr lassen konnten.

Und auch Ungeduld empfand er dann: das Verlangen, so schnell wie möglich aus dem Haus zu gehen, notfalls ungewaschen, und die Saufbrüder der vergangenen Nacht aufzusuchen, um den herrlichen Wahnwitz noch mal aufzurühren. Meist fand er jedoch ein paar verkaterte Typen vor, die erst abends wieder ansprechbar waren.

Rührung über nichts. Ungeduld, in die Stadt loszuziehen. Verliebtheit von vornherein schon in jede Unbekannte, der er begegnen würde. – Dies alles und noch viel mehr an unerklärlichem Glück registrierte Quispel anstelle von Übelkeit und Kopfschmerzen, als er an jenem Morgen kurz nach zehn in Zelle 1.0.11 des Untersuchungsgefängnisses II in der Havenstraat wach wurde. In seinem bewußtlosen Schlaf war er offenbar immer weiter ans Kopfende des Feldbetts gerutscht, das dadurch, kopflastig geworden, mit dem Fußende schräg nach oben in den Raum zeigte. Daß es gekippt war, davon hatte er nichts gemerkt. Er hatte fast auf dem Kopf stehend geschlafen.

Laut lachend versuchte Ernst das Gleichgewicht wiederherzustellen, indem er die Beine ausstreckte, aber das Feldbett rutschte unter ihm weg, und er landete in der Unterhose auf dem Fußboden. Wer ihn so lachen gehört hätte, hätte zweifellos an das Gelächter eines Wahnsinnigen gedacht, doch es war die Euphorie, die ihn unerbittlich im Griff hielt. »Ich bin frei«, sagte er in einem fort hicksend und heulend.

Dieser Lachkrampf hinderte ihn, sofort aufzustehen. Er sah seine Kleider über dem einzigen Stuhl, beängstigend ordentlich zusammengelegt, als habe er sich selbst davon überzeugen wollen, daß der Alkohol ihn nicht dazu bringen könne, irgendeine Handlung zu überspringen. Zwanets wegen brauchte er es hier ja nicht zu tun. Auch zeigten sie, soweit er sehen konnte, keinerlei Spuren des Trinkens, keine Flecken, nichts: Er war Herr und Meister seines Handelns geblieben. Allerdings konnte er sogar aus dieser Entfernung, und das war ihm zuwider, riechen, wie sie nach Zigarettenrauch stanken; das beste Mittel war, sich so schnell wie möglich wieder in den Dunstkreis einer Kneipe zu begeben.

Ernst zog Hose und Hemd an und schlüpfte in seine Schuhe. Mit Handtuch und Seifendose, alles heimlich gebunkert, ging er über den Umgang der zweiten Etage zum Waschraum an der Ecke zu Flur Nord. Anders als üblich um diese Zeit herrschte im Untersuchungsgefängnis schon viel Betrieb. Sprungfederrahmen, Schweißbrenner, Ketten, alte Kühlschränke wurden herumgeschleppt – vor allem von den Hahnenkämmen, die Quispel sonst fast immer passiv erlebte. Einige hatten ihr Haar bereits in die Höhe frisiert, bei anderen hing es noch schlaff in den Nacken und über die Stirn. Dr. Nop bemühte sich gerade, mit einem Kuhfuß eine flache armeegrüne Kiste aufzustemmen. Unter der Glaskuppel stellten ein paar Musiker aus dem Nordflügel Tische für die Versammlung auf. Es waren alte Schultische mit trapezförmiger Platte, so daß sie zu einem großen Kreis zusammengeschoben werden konnten.

Der Hausverwalter Clemens te Siepe hatte seine Sisyphusarbeit wiederaufgenommen: das Zusammenfegen der abgesprungenen Backsteinbrocken. Erst kürzlich hatte er die Wände der beiden Flure in Kniehöhe mit irgendeinem flexiblen Füllmittel glattgestrichen. Vergebliche Liebesmüh: Überall waren die Steinsplitter schon wieder durch die neue Farbschicht gedrungen. Wie er da fegte, der Trottel. Wo kein Schutt war, da konnte auch nichts absacken, so lautete seine Überlegung. Wie oft hatte Quispel ihm nicht schon vorgehalten, daß der Schutt auf die schwachen Fundamente hindeutete und dadurch den Staat vom Kauf abhalten könnte, so daß das Gebäude den jetzigen Benutzern noch jahrelang zur Verfügung stünde. Aber nein, er fegte!

Im Waschraum befanden sich vier Toiletten nebeneinander und im rechten Winkel dazu sechs Waschbecken mit Spiegeln. Außer ihm war niemand da. Wie in jedem Jahr konnte er feststellen, daß der Schlaf – unumkehrbares Wunder – den Wein in Wasser verwandelt hatte.

Ernst fühlte sich so sauber, nein: rein, daß er sich nur etwas kaltes Wasser ins Gesicht warf. Rasieren tat er sich während seiner Periode nur alle zwei Tage; er hatte es gestern erst getan. Dafür putzte er seine Zähne gewissenhaft und reinigte sie mit Zahnseide: Schließlich war sein Atem das Vehikel all dessen, was er den Menschen noch zu sagen hatte.

Als Quispel über den Umgang zurückging, tönte wütendes Geschrei vom Erdgeschoß hoch. Zwei Jungen, etwa siebzehn Jahre alt, umkreisten einander mit gesenkten Köpfen und aufgerichteten Kämmen. Jeden Moment erwartete man ein Krachen wie von massiven Geweihen, aber zu hören war nur ein trockenes, knisterndes Geraschel, wenn die Haarpracht des einen der Haarpracht des anderen in die Quere kam. Sie kämpften nicht mit den Fäusten, sondern versuchten, den anderen mit ihren schweren Knobelbechern von der Seite her zu erwischen oder ihm – mitten in einem Sprung – einen möglichst harten Schulterstoß zu verpassen. Letzteres war eine noch ruppigere Variante ihrer aggressiven Tanzweise.

Der eine Kampfhahn, sah Quispel jetzt, war Dr. Nop; der andere Chef Vanderbilt. Ihre Ketten – bei ersterem zwischen Handgelenk und Hosengürtel festgemacht, bei letzterem zwischen den Fußknöcheln – klirrten. Während Dr. Nop eine ständig den Ort wechselnde Ratte am Hals trug, sah man dort bei Vanderbilt ein Hundestachelhalsband. Beim Chef ragte, anders als bei seinem Gegner, ein langes Haarbüschel, getrennt vom Kamm, wie bei einem Einhorn senkrecht von der Stirn auf. Aus ihrem unartikulierten Geschrei, ihrem Gefauche, war nicht zu erkennen, worum sie sich stritten.

Aus seiner Arbeitszelle trat schläfrig der Bühnenautor. »Hahnenkampf, Dip?«

»Witziger Einfall, Albert. Aber das Bild stimmt nicht. Bei Kampfhähnen entfernt man die Kämme zusammen mit den Kehllappen. Wenn dann noch was Rotes an ihren Köpfen zu sehen ist, so muß es Blut sein. *What is your crest? a coxcomb?*«

»*A combless cock, so Kate will be my hen*. Aber das Bild stimmt doch, Dip. Hast du nie gesehen, wie die Betreuer den Kopf eines Kampfhahns in den Mund nehmen, damit ihre Spucke ihn kühlt? Tja, und durch den Speichel stehen die Federn dann genauso in die Höhe wie die Haare von den Jungs da.«

»Du hast ja schon wieder ein Theaterstück im Kopf. Während das letzte noch vor Gericht spielt.«

»Ja, toll. Hähne im Ring, gespielt von Menschen. Aufblitzende Sicheln an den Fußknöcheln wie die rotierenden Messer an einem römischen Wagenrad. Stakkatodialoge. Tak! tak! tak! Herumwirbelnde Federn. Blut, jeden Abend vom Schlachthof frisch geliefert. Titel: *Platons Mensch*.«

»Albert, Albert. Legst du schon wieder wie ein Regisseur los, noch bevor die Dialoge geschrieben sind. So einer macht natürlich träge Fettsäcke daraus. Glänzende Ringer mit Luftballons an den Fußknöcheln, die sie sich gegenseitig kaputttreten müssen.«

»Soweit war ich so früh am Morgen noch nicht, Dip. Bis dann.«

Egberts verschwand wieder in seiner Zelle. Unten wurden die Kampfhähne von te Siepe und ein paar Musikern getrennt. Alles war ein Tanz im Rhythmus von Quispels Glück.

Unter den Musikanten mußten sich wahre Mathematiker befinden: Der vieleckige Kreis der Schultische stand genau unter der Panzerglaskuppel. Dort oben flatterten Vögel herum wie in einem hohen Käfig im Zoo. Tauben gurrten unsichtbar in versteckten eisernen Winkeln. Von Zeit zu Zeit klatschte Vogelscheiße irgendwo in den Kreis – selten auf die Tische und fast nie auf die größtenteils kahlgeschorenen Köpfe der Jungen. (Wenn es doch einmal vorkam, verzogen sie keine Miene.) Die Vögel verschafften sich Einlaß durch Öffnungen in der Mattglaskuppel. Trotzdem regnete es nie herein.

An den Tischen saßen außer Quispel und te Siepe die

Musiker aus dem Nordflügel und ein paar Künstler oder Fahrradbastler aus Flur Ost. Die Jungs mit den Hahnenkämmen, alle »Benutzer« (wie sie in den Protokollen des Magistrats hießen) des Ostflügels, standen mit gespielt gleichgültigen Mienen in lockerer Formation um den engen Kreis der Musiker herum. Die meisten hatten die rechte Hand, bis auf den Daumen, unter die linke Achsel geklemmt und ließen den anderen Arm schlaff herabhängen. Hier und da hatte einer beide Hände unter die Achseln geschoben, wobei die gestreckten Daumen über den deutlich sichtbaren Schlüsselbeinen lagen.

Unversöhnlich standen sie da. Es war Kriegszeit. Alle Kämme – fast ausnahmslos grell gefärbt, mit Blau und Rosa als vorherrschenden Farben, hier und da einer naturblond oder braun – waren sorgfältig mit Stärke oder Zuckerwasser getränkt und in die Höhe gekämmt. Von Chef Vanderbilt, auch Dr. Chef genannt, ging das Gerücht, er richte seinen Kamm mit dem eigenen Sperma auf. »Ich brauch's ja doch für nix anderes«, soll er einem Fahrradbastler zufolge einmal mit böser Miene gesagt haben. Durch diese apokryphe Bemerkung waren die Hahnenkämme für Albert Egberts, wie dieser einmal bekannte, zum Bild für nach dem Masturbieren gespreizte Finger geworden, Finger steif vom Kleister, Finger, denen die so dicht vor ihren Augen gaukelnde Vision entglitten war.

Im Gegensatz zu den Musikern sprachen sie kein Wort miteinander. Dafür wechselten sie, wie auf ein vereinbartes Zeichen hin, ständig den Platz. Mit ihren spindeldürren Körpern und ihrer weit abstehenden Kopfzier erinnerten sie Quispel noch am ehesten an Harken – nicht solche, mit denen man Kies glattzog oder dürre Zweige zwischen Rosensträuchern entfernte, sondern an jene Fächer aus gespaltenem Bambus, die man zum Zusammenrechen gemähten Grases verwendete. Sie hatten auch das Hölzerne von Harken bei ihren Bewegungen, den Kopf vorsichtig auf dem stieldünnen Hals balancierend, der wiederum von beängstigend zarten

Schultern und Schlüsselbeinen getragen wurde. Darunter führte eine Art umgedrehter Doppeltreppe zum Nabel hinunter, der fast immer wie ein wachsames Auge unter dem Saum eines Kinder-T-Shirts hervorschaute. In den ebenfalls absichtlich zu kurzen Hosen bewegten sich dünne Beine noch etwas unsicher und ungläubig nach dem aggressiven Wachstum der Pubertät. Sie bewegten sich träge, unwillig über den schweren Schuhen: Gewichte, die die mageren Kinder mit ihrem zum Himmel strebenden Strahlenkranz auf der Erde hielten.

Überflüssige Bewegungen machten sie selten. Meist standen sie mit vor der Brust gekreuzten Armen kerzengerade wie Indianer da. Blaß, mit dünnen, verbissenen Lippen und heruntergezogenen Mundwinkeln. Ganz selten einmal grinsend, nie lächelnd. Böser Ernst war es, was sie ausstrahlten.

Ihre Vorgänger in der Punkbewegung trugen noch Sicherheitsnadeln im Ohr. Bei den Hähnen schienen die Nadeln wie langsam kriechende Insekten in tiefere Körperregionen gerutscht zu sein. Ihrer ursprünglichen Funktion eher entsprechend hielten sie jetzt Winkelrisse in T-Shirt und Hose zusammen – wenngleich sie auch hier in erster Linie als provozierender Schmuck gedacht waren, denn diese aus keineswegs ärmlichen Familien stammenden Kinder hatten die Kleider natürlich absichtlich zerrissen. Bestenfalls hielt Quispel dieses Kleiderzerreißen für eine theatralische biblische Geste. Eine der erstrebenswertesten und luxuriösesten Positionen für den Menschen war offensichtlich immer noch die des Underdogs. Wer nicht mit Fußtritten in eine Ecke gejagt wurde, richtete sich selbst eine solche ein. Das war schon bei Diogenes so und bei Christus bis hin zu den amerikanischen Sonntagsmalern, die in den zwanziger Jahren in Paris abgetragene Künstlerklamotten für harte Dollar erstanden.

Heute jedoch dachte Quispel ohne Bitterkeit oder Zynismus an diese Dinge. Im Gegenteil, er konnte dieses Zerreißen und Verkleiden jetzt ohne Schwierigkeit als poetisches Spiel deuten.

Neben Ernst saß der junge Komponist, dem der Arzt wegen heftiger Nervenschmerzen im kleinen Finger der linken Hand das Komponieren am Klavier vorläufig verboten hatte. Vorher hatten immer (das hatte er sich bei dem amerikanischen Komponisten George Antheil abgeguckt) zwei mit eiskaltem Wasser gefüllte Fischgläser links und rechts neben seinem Klavierhocker gestanden, in die er von Zeit zu Zeit seine Hände tauchen konnte. Rechts von Quispel saß der Hausverwalter, ein arbeitsloser Soziologe, den das Gemeindezentrum angestellt hatte. Ein Saxophonist verteilte Kaffee. Te Siepe legte sein Gebäckstück immer eine Zeitlang mit der Mandel nach oben auf den heißen Kaffeebecher. Wenn der Dampf lange genug in die Krokantschicht des Gebäcks gezogen war, um die Füllung feucht und weich zu machen, legte Clemens es umgekehrt, also mit der Mandel nach unten, auf seine Handfläche. Dann kratzte er mit einem Löffel die weich gewordene Kruste und das Marzipan heraus, das übrigens nicht aus Mandeln, sondern aus Bohnenmus mit Zucker gemacht war: In Butter gebackene »gefüllte Herren« vom Konditor kamen ihnen nicht ins Untersuchungsgefängnis, das war eher was für den Feind. Die verbliebene Kruste mit der hauchdünn geschabten Mandel steckte er, zusammengeklappt wie eine Priesterhostie, auf einmal in den Mund. Klapperdürr blieb er dabei, te Siepe.

»Mijnheer Clemens«, begann Quispel, nachdem er diverse Papiere vor sich ausgebreitet hatte, »gibt es neue Entwicklungen, über die ich möglicherweise noch nicht unterrichtet bin?«

Der Hausverwalter gab ein höhnisches Gekicher von sich. »Ja, unsere Brüder in der Not, hier nebenan ... die Sanyasins, die haben dem Bürgermeister einen interessanten Vorschlag unterbreitet. Überaus solidarisch uns gegenüber. Die Sache läuft, kurz gesagt, auf folgendes hinaus: sie hier drin lassen, in ihrem Flügel, und das ganze Gebäude an den Bhagwan vermieten. Dann können sie unseren Teil, den Nord- und den Ostflügel, zu einem privaten Gefängnisunternehmen umbauen. Natürlich nach amerikanischem Vorbild. Das heißt, eine kommerzielle Einrichtung, die den Staat für jeden Gefangenen zur Kasse bittet und selbst bestimmt, wieviel und wie gut oder wie schlecht, der Insasse zu essen bekommt.«

Die Musiker zischten empört. Die Hähne verzogen keine Miene.

»So etwas«, fuhr te Siepe fort, »ist bei uns in den Niederlanden natürlich nicht denkbar. Ich stelle mir vor, daß der Bürgermeister herzhaft darüber gelacht hat und dann zur Tagesordnung übergegangen ist. Aber man macht sich dann eben so seine Gedanken, wes Geistes Kind unsere Nachbarn sind, denen offenbar nichts zu abwegig ist. Ich meine, wir sollten besser auf jede weitere Zusammenarbeit mit ihnen verzichten. Wie denkt ihr darüber?«

Es folgte ein lebhaftes Durcheinandergerede – allerdings nicht unter den Hahnenkämmen. Jedes Wort, jeder Laut hallte eindringlich und feierlich durch die beiden hohen, kahlen Flure. Der Hall gab den Beratungen nicht nur etwas Gewichtiges, so daß man sich in einem Sitzungssaal des Kreml wähnte, und die Versammlung schien dadurch nicht nur zu extremen Beschlüssen angestachelt zu werden, sondern er verstärkte auch das Brausen in Quispels Ohren, was ihn an den Wodka und den Schlafmangel erinnerte. Trotzdem fühlte er sich großartig, zu allem imstande. Er wußte, daß nach dieser Versammlung die Stadt bis tief in die Nacht offen vor ihm lag, wenn er wollte, bis weit in die nächste Woche hinein. Das Hallen verwandelte sich allmählich in jubelnden Gesang, wie in einer Kirche. Einen Gesang, der alles – die Diskussionen, das ungeduldige Stühlegescharre – zunächst begleitete, dann aber immer mehr übertönte.

Im Treppenhaus hinter der Glaswand ging das Treppauf, Treppab der weinrot gekleideten Bhagwanjünger ungestört weiter, in völliger Unkenntnis dessen, was auf dieser Konferenz am runden Tisch über sie gesprochen wurde. Als Quispel genau hinschaute, sah er, daß sie die Phase des Bordeauxrot schon wieder hinter sich hatten. Bei einigen tendierte das

Rot von Dunkelviolett zu Dunkelblau: der Farbe zu lange gekochten Rotkohls oder von Lippen, die zuviel Kirschen genascht haben. Beim (zweifellos in Kürze bevorstehenden) Erreichen des absoluten Blaus wäre erstmals, seit sie sich auf ihren langsamen Marsch durch die Farbskala begeben hatten – von Orange über Rot zu Violett und sämtlichen Schattierungen dazwischen –, jede Beimischung von Rot verschwunden. Danach würde sich das Blau mühsam über Türkis zu Grün bewegen, und das Grün würde – mit Hilfe einer Menge Liebe – Gelb erreichen. Das Stadtbild würde eine türkise Zeit erleben, eine ockerfarbene, und dann wären wir eines Tages wieder bei Orange angelangt.

»Langsam, langsam«, mahnte Clemens te Siepe. »Darf ich Meester Quispel eben mal das Wort erteilen?« Es wurde still. »Meester Quispel, vielleicht können Sie etwas darüber sagen, wie unsere Chancen momentan stehen.«

»Es sieht miserabel aus. Seit wegen des Zellenmangels der sogenannte ›Vergewaltiger mit dem Hund‹ auf freien Fuß gesetzt wurde, haben wir nicht nur die öffentliche Meinung verstärkt gegen uns, sondern jetzt machen auch die Feministinnen langsam mobil. Wer die Zeitungen liest, hat manchmal den Eindruck, daß das ganze Problem der Kriminalität, gleichgültig, ob es sich um geringfügige oder schwere Delikte handelt, gelöst wäre, wenn ihr hier verschwinden würdet.« Quispel war nicht ganz bei der Sache. Er hatte das Gefühl, er vergeude seine Zeit mit weniger wichtigen Dingen, während seine eigentliche Aufgabe irgendwo im Stadtzentrum auf ihn warte. Dort würde er ganz andere Worte brauchen als die Routinesprache, deren er sich im Augenblick bediente. Was er hier tat, war so etwas Ähnliches wie Schwarzarbeit während der bezahlten Arbeitszeit. Wer aber bezahlte ihn? »Und trotzdem gibt es ein paar Lichtblicke. Ich habe dem Justizminister einen Brief geschrieben, in dem ich ihn nochmals auf den miserablen Zustand des Gebäudes hingewiesen habe.« – Aus den Augenwinkeln bemerkte er, wie te Siepe so erschrak, daß das halb ausgelöffelte Gebäckstück zerkrümelt in den

Kaffeebecher fiel. – »Es hat sich jetzt, nach einem Jahrhundert, gezeigt, daß es zu schwer für seine Fundamente ist. Das liegt natürlich an dem gesammelten Leid, das im Laufe der Jahre in die Mauern gesickert ist, aber von einem solchen Argument wollen weder die Stadt noch die Landesregierung etwas hören. Das ist eher etwas für Dichter. Mit großer Wahrscheinlichkeit wird es eine erneute Begutachtung durch Sachverständige geben. Daher möchte ich Mijnheer Clemens hier zu meiner Rechten bitten, von heute an allen Schutt, der von den Mauern bröckelt, liegenzulassen. Er kann, so verrückt es auch klingen mag, dazu beitragen, das Untersuchungsgefängnis für unsere Zwecke zu erhalten. Nicht für ewig, denn wenn es für unbewohnbar erklärt wird, betrifft dies letztendlich auch eure bescheidenen Aktivitäten, aber zumindest noch für einige Jahre.«

»Und wenn sie jetzt sagen«, schaltete sich der Komponist mit den Fischgläsern ein, »okay, die Fundamente taugen nix, wir ziehen neue ein?«

»Diese Möglichkeit besteht, aber es ist unwahrscheinlich. Ich habe mir von einem befreundeten Architekten vorrechnen lassen, daß neue Fundamente so teuer kämen, daß man genausogut den ganzen Komplex abreißen kann. Und ein neues Gefängnis kann man auch irgendwoanders bauen. Es ging der Landesregierung ja gerade um einen leicht umzubauenden Komplex.«

Er schwieg. Hoch oben war der pfeifende Flügelschlag der Tauben zu hören. Vögel, die sich in den Käfig geflüchtet hatten ... Quispel sah zu Albert Egberts. Nichts deutete darauf hin, daß der Bühnenautor in diesem Moment dasselbe Bild vor Augen hatte. Er schien sich eher zu langweilen. Nur wenn, wie jetzt, eine Stille am Tisch eintrat, war das müde Getrommel des Rekorddrummers zu hören. Es hatte trotzdem etwas Bedrohliches, vor allem in seiner spröden Eintönigkeit: Der Tambour der heranrückenden Horden.

Quispel sah zu Dr. Nop, der in der vergangenen Nacht das Trommeln ohne Schlegel so suggestiv dargestellt hatte. Jetzt stand er reglos da. Die Ratte richtete sich gerade auf, um an seiner Ohrmuschel zu schnuppern. Dann reckte sie sich noch höher und roch – oder leckte? – am Kamm, der wahrscheinlich mit Zuckerwasser gestärkt war.

Clemens te Siepe nutzte die Pause dazu, sich über das regelmäßige Verschwinden von ganzen Würfelzuckerschachteln aus den Gemeinschaftsvorräten zu beschweren. »Ich nenne ja keine Namen, aber ... ich meine, ihr könnt doch auch angerührte Stärke nehmen. Das ist viel billiger.«

»Wir haben Krieg« – die Stimme von Dr. Pixley – »und er jammert über ein paar Stück Würfelzucker.«

»Die haben wir für unsere Streitrösser gebraucht«, rief Chef Vanderbilt. »Okay?«

Dr. Nop trat einen Schritt vor. »Für uns ist totaler Krieg.« Er schaute auf einen Punkt am Fußboden, der der Mittelpunkt des Tischkreises sein mußte. »Wir gehen nicht raus. Wir halten den Laden besetzt.«

»Dafür habe ich großes Verständnis«, sagte Quispel, »und ich werde euch, so gut ich kann, unterstützen. Das einzige, wovon ich nachdrücklich abraten möchte, ist der ›Kraker‹-Alarm. Ich weiß, daß ihr im Falle einer bevorstehenden Räumung gut Hilfe von draußen gebrauchen könnt. Aber mit so einem Hausbesetzeralarm stellt ihr euch in die falsche Ecke. In die kriminelle, um genau zu sein. Damit macht ihr euch in der öffentlichen Meinung selbst zu Hausbesetzern.«

»Öffentliche Meinung, die kann mich mal«, sagte Pixley schlicht. Er unterstrich seine Worte mit dem erhobenen Mittelfinger.

»Ich gebe euch das nur zu bedenken«, sagte Quispel. »Meine Ratschläge verpflichten euch zu nichts. Auch nicht, wenn ich euch rate, mit dieser Geheimwaffe da draußen, von der ich offiziell nichts weiß ...«

»Ein erhobener Zeigefinger nützt uns nix, Meester«, rief Pixley. »Gib uns lieber ein paar Tips zur Verteidigung.«

»Für die Verteidigung, würde ich sagen, ist bestens gesorgt. Was gibt's an einem Gefängnisbau noch zu verbarrikadieren?

Die brechen ja nicht einfach mit einem Traktor durch die Fassade.«

»Gibt's hier eigentlich noch so was wie 'ne Basis in der Nachbarschaft?« fragte der Altsaxophonist.

»Kann man vergessen«, sagte te Siepe. »Die meisten sind mürbe geworden durch die Freilassung von diesem Vergewaltiger und seinem Hund. Nein, von der Seite können wir nichts erwarten.«

Zum Schluß drohte die Versammlung in Details zu versanden. Im äußeren Ring wurde kurz darüber diskutiert, ob die Kämme bei einem eventuellen Kampf aufgerichtet getragen werden sollten oder nicht.

»Aber klar. Die sollen wissen, mit wem sie es zu tun haben.«

»Aber dann können wir keine Helme aufsetzen. Oder Gasmasken.«

»Nix Helme, nix Gasmasken. Alter Schisser. Einfach so, wie wir sind.«

Quispel warf noch ein, daß man bei Kampfhähnen Kamm und Kehllappen kupierte, damit sie auf dem Kampfplatz weniger Angriffsfläche boten. Er fand es wundervoll, wie diese ernsten, mageren Kinder, die so ungerührt an der Versammlung teilgenommen hatten, sich jetzt auf Nebensächlichkeiten stürzten.

Einer nach dem anderen suchten die Musiker ihre schalldicht gepolsterten Übungsräume wieder auf. Quispel sammelte seine Papiere ein und gab te Siepe die Hand. »Ich schau morgen noch mal vorbei. Ruf aber, falls was ist, besser nicht unter meiner Privatnummer an. Im Büro bin ich wahrscheinlich auch nicht. Ich komm vorbei.«

Während sie redeten, war ein rotblonder Mann im Cordanzug vom Innenhof in den Flur gekommen. Er trug eine lederne Werkzeugtasche. Te Siepe musterte ihn nervös. Jemand von der Stadt oder von der Reichsverwaltung?

»Besuch für dich, Clemens. Ich muß los.«

Die Stadt, die Stadt.

Im Vorbeigehen schien der eben Hereingekommene, der bei näherem Hinsehen ein vertrautes Gesicht hatte, mindestens so nervös zu sein wie te Siepe. Quispel ging die Eisentreppe zum zweiten Stock hoch, stellte seine Tasche mit den Papieren in der Zelle ab und verschloß diese mit einem Vorhängeschloß. Er hörte, wie der Hausverwalter den Namen des Bühnenautors rief. Ernst drehte sich um. Vor ihm stand, ohne daß er ihn hätte kommen hören, Dr. Nop.

»Der Herr Rechtsanwalt führt sich echt ätzend auf.«

»Wenn du meinst.« Hinter Dr. Nop kam der Mann mit der Werkzeugtasche die Treppe herauf.

»So'n alter Knacker, voll ätzend, wie der sich 'ne Siebzehnjährige krallt.«

»Sechzehn. Älter dürfen sie nicht sein.«

Der Rothaarige drängte sich auf dem schmalen Umgang zwischen ihnen durch. Den Mann umgab ein muffiger Kellergeruch. Er war offenbar auf dem Weg zu Egberts, der gerade den Kopf aus der Tür streckte. »Flix ...!«

»Sowas Beschissenes«, fuhr Dr. Nop fort.

»Ah, hat sie dir gefallen?«

»Gefallen ... Blöde Tussi.« Der Junge ging über den Umgang zurück zu seiner eigenen Zelle.

Quispel erkannte den Mann jetzt auch, und zwar eher von den Fotos in den italienischen Zeitungen, die John Vlacq ihm seinerzeit gezeigt hatte, als von früher, in natura, als sie alle noch im Stadtteil De Pijp gewohnt hatten. Felix Boezaardt. Der Kunstmaler – nein, Bildhauer. Oder vielleicht nicht einmal mehr das. Auf jeden Fall früh gealtert. Verschlissen, wie sein Anzug. Ernst hatte das Gefühl, er könne jetzt nicht einfach verschwinden. Zögernd ging er auf Alberts Arbeitszelle zu.

»Dip, sieh mal, wen wir hier haben.« Offensichtlich kam Egberts mit der Situation auch nicht recht klar. »Flix Boezaardt ... wieder in Amsterdam.«

Boezaardt machte ein beklommenes Gesicht. »Können wir nicht ... äh ... allein ...?«

»Meester Dip ist mein Anwalt. Geht schon in Ordnung.«

»Ich hab die Nase voll von Anwälten.«

»Quispel und Konsorten haben damals 'ne Menge für dich getan. Oder hast du das vergessen?«

Boezaardt sah flüchtig, mißtrauisch zu Ernst und wandte sich wieder an Albert. »Du hast nie zurückgeschrieben.«

»Nein.«

»Was macht deine Heldin?«

»Die ist schon lange mit Dip verheiratet. Sie bekommen demnächst ihr erstes Kind.«

»Ich meine eine andere Heldin.«

»O, die hat mich auch schon vor Jahren verlassen.«

Es entging Quispel nicht, daß Albert trotz seines leichten Tons eine eisige Haltung einnahm. Boezaardt dagegen verbarg unter seiner Bissigkeit etwas Feigweinerliches. Er war der geprügelte Hund.

»Kann ich hier pennen?« fragte Flix.

»Hier? Erlaubt die Feuerwehr nicht. Was ist denn mit deinem Haus in Den Bosch?«

»Von der Stadt beschlagnahmt oder wie das heißt, wegen überfälliger Instandhaltungsarbeiten. Die Grundsteuer wird wohl auch was damit zu tun haben. Ich hab nix mehr.«

»Wie bist du hierhergekommen?«

»Italien hat mich ins Flugzeug gesetzt.«

»Wo sind deine Arbeiten?«

»Arbeiten? Die existieren nicht mehr als Arbeiten. Numerierte Beweislast. Werden sie wohl vernichten.«

»Und dein Werkzeug?«

Er trat gegen die Tasche. »Der Rest liegt in einer Kiste in Schiphol.«

»Na ja, wenn du unbedingt in so'ner Umgebung übernachten willst ... also, auf deine eigene Verantwortung. – Hältst du den Mund, Dip?«

»Ich halte den Mund.«

Nächtliches Begräbnis

Dienstag, 30. April 1985

Der Taxifahrer hatte eine Kassette mit laut dröhnender Musik eingelegt, obwohl Quispel deutlich gesagt hatte: »Friedhof Kommervlugt«. Außerdem duftete auf der Rückbank ein kreuzförmiges Blumengesteck vor sich hin.

»Zu dieser Uhrzeit?« hatte der Mann gefragt. »Doch wohl keine Beerdigung?«

»Doch.« Quispel erschrak selbst über seine Antwort. Es war heraus, ehe er wußte, wie ihm geschah. Oder hatte er »doch« in der unbewußten Hoffnung gesagt, die heimliche Bestattung würde sich herumsprechen, bevor sie zu Ende war?

»'n bißchen spät«, schrie der Chauffeur, um die Musik zu übertönen. »Es ist schon fast Nacht. Ham dort wohl viel zu tun gehabt heute.«

»Normal, vor Tau und Tag.«

»So kann man's auch seh'n.«

In dem warmen Taxi war der süße Geruch der Blumen fast nicht zu ertragen. Der Fahrer machte keine Anstalten, die Discomusik abzustellen. Hatte er Argwohn gegen den Fahrgast geschöpft, den er zu mitternächtlicher Stunde zu einem Friedhof bringen mußte, und dann noch draußen am stillen Amsteldijk, außerhalb der Stadt? Welche Waffe vermutete der Mann in dem Gesteck? Beim Sarphatipavillon, der – vielleicht weil dort noch ein Fest im Gange war – aussah wie das Ende der belebten und bewohnten Welt, hielt das Taxi.

»Weiter fahr ich nich.«

»Aber ich hatte Ihnen doch gesagt ...«

»Steigen Sie bitte aus. Das ist eine derart komische, dämliche Geschichte von wegen Beerdigung ... Ihre Sache, wie Sie dort hinkommen.«

»Ich nehme an, Sie verlangen auch noch den vollen Fahrpreis, um mich dann weiter im Dunklen zu Fuß gehen zu lassen?«

»Dann bezahl'n Sie eben nich.«

Als Quispel den roten Rücklichtern nachschaute, fiel ihm ein, daß er das Gesteck auf der Rückbank hatte liegen lassen. »Verreck.« Er ging los, am Fluß entlang, in die Richtung, in der der Friedhofseingang liegen mußte. Die Amstel war ruhig, bis auf ein gelegentliches Rascheln im Schilf. Am frühen Abend, beim Essen, hatte Quispel einer Diskussionsrunde im Stadtfunk Radio Munt zugehört. Erst hatten sie ein diffuses Interview mit »Chef« Vanderbilt, alias Dr. Chef, gebracht. Die Diskussion selbst, über die Schuldfrage, hatte wie üblich mit Geschrei geendet. Die wildesten Spekulationen. Anrufe von Hörern. » ... Maschinengewehr draufhalten ...« Befürworter und Gegner der Freilassung. Aber kein Wort über die nächtliche Beisetzung von Dr. Nop. Es war der Polizei also gelungen, sie geheimzuhalten.

Aus dem Dunkel schallte ihm eine, wie es sich anhörte, elektronisch verstärkte Stimme entgegen. Es klang wie: »Guuut so, wei-ter ... einsundzwei ... durrrchziehn, gut!« Auf dem Wasser näherte sich etwas unter großem Geplatsche, und jetzt sah Quispel auch ein kleines weißes Licht herangleiten. Dicht vor ihm tauchte plötzlich ein Fahrradfahrer mit einem roten Lämpchen am Arm auf. Der Mann nahm ein Megaphon an den Mund und rief den Ruderern zu: »Achtung, Brücke ...!« Über die Utrechtsebrug rauschten die Autos in einem ständig wechselnden Halo aus Nebel und Licht.

Später sah Quispel ein Stück vom Wasser entfernt eine brennende Lampe, und da wußte er, daß er sich vor der Einfriedung von Kommervlugt befand. Das Tor stand nur einen Meter weit auf. Quispel ging auf das Licht über der Eingangstür zur Friedhofshalle zu. Mit seinem hohen, scharfumrissenen Satteldach hatte er das dunkle Gebäude schon immer als bedrohlich empfunden; jetzt, bei Nacht, bedeutete es den reinsten Horror, hier erwartet zu werden. Durch eine Eingangshalle gelangte er in den Vorraum, wo ein Dutzend

Männer in Regenmänteln und Lederjacken herumstanden. Einige erkannte er: Es waren Kripoleute. Nicht einer von ihnen bemühte sich, seine Langeweile oder Gleichgültigkeit zu unterdrücken. Sie gähnten und schauten immer wieder auf ihre Armbanduhren. Vier von ihnen standen in einer Ecke um einen Stuhl herum, auf dem jemand saß. Quispel wurde beim Betreten des Raums eingehend gemustert, aber offenbar für in Ordnung befunden. Ein Kripomann, den er vom Sehen kannte, nickte ihm grinsend zu.

In der Tür zur eigentlichen Halle erschien ein Mann in schwarzem Anzug. »Würden diejenigen, die eine Ansprache halten wollen, bitte schon mal mit hereinkommen?«

Die Kripoleute warfen einander ironische Blicke zu. Der Sitzende erhob sich. Es war der Bürgermeister. Zum letztenmal hatte Quispel ihn während der offiziellen Begehung von De Pijp vor etwa vier Jahren gesehen, als er selbst noch Mitglied eines dort ansässigen Anwaltskollektivs war. Erboste Bewohner des Viertels hatten den Bürgermeister bei dieser Gelegenheit weggejagt, so daß es den Anwälten nicht gelungen war, ihm ihre Forderungen vorzutragen. Vom Bürgermeister war Quispel in erster Linie der von schaumigem weißem Auswurf verunzierte breite Rücken in Erinnnerung. Quispel mußte einfach, mit wachsendem Ekel, auf diesen Schleimbatzen irgendeines sich langweilenden Sozialhilfeempfängers starren, und er fragte sich jetzt, inwieweit der Anblick dieses ohnmächtigen Batzens seinen Entschluß, das Kollektiv zu verlassen, beschleunigt hatte.

Der Bürgermeister nickte Quispel zu und machte eine fragende Gebärde, die gleichzeitig keinen Widerspruch duldete. »Sie, Meester Quispel?« Er ließ Quispel den Vortritt in den kleinen Saal, in dem lediglich einige wenige Stühle mit Angehörigen des verstorbenen Jungen besetzt waren. Links vom Sarg, auf dem ein kleiner Blumenkranz lag (keine Trokkenblumen), stand ein Pult, zur Rechten ein Klavier.

Der Bürgermeister stellte sich hinter das Rednerpult. Quispel, der sich etwas abseits gesetzt hatte, um sich zu überlegen, was er sagen sollte, hörte der kurzen Ansprache nur mit halbem Ohr zu. Die Rede bezog sich auf ein für die Amsterdamer Polizei wenig schmeichelhaftes Gedicht, das ein bekannter Schriftsteller in *Het Devies* veröffentlicht hatte. Quispel kannte es. Vor allem der Titel, *Soweto an der Amstel*, war dem Bürgermeister als dem für die Polizei Hauptverantwortlichen in die falsche Kehle geraten. Es amüsierte Quispel auf etwas bittere Weise, daß er seine Trauerrede dazu benutzte, gegen den Dichter zu polemisieren. Der Bürgermeister hatte eine Stimme, die die Worte herausquetschte, aber am irritierendsten war die Resonanz von so etwas wie einer kleinen Kugel, die in seiner Kehle herumhopste.

» ... aber glücklicherweise gibt es auch noch Gedichte, die Trost schenken.« Und er zitierte ein Gedicht von Vasalis, das häufig in Traueranzeigen abgedruckt wurde. Es wunderte Ernst, daß der Bürgermeister hier persönlich anwesend war, vor allem jetzt, da er soviel Zeit darauf verwandte, das World Jamboree 1987 nach Amsterdam zu holen. Der Mann hatte die gelben Litzen an seinem Jungpfadfinderkäppi nicht vergessen und setzte alle Hebel in Bewegung, damit das Jamboree genau ein halbes Jahrhundert nach '37 wieder in seiner Hauptstadt stattfand. »*Neunzehnhundertsiebenundachtzig/ entfaltet alles voller Pracht sich.*«

»Und jetzt übergebe ich Meester Quispel das Wort.«

Als Ernst beide Hände auf das Pult legte, wußte er noch immer nicht, worüber er sprechen sollte. Jetzt die Wahrheit sagen ... die volle Wahrheit ... Es würde ein Exhibitionieren der Wahrheit werden. Direkt vor ihm, in der ersten Reihe, saßen die Mutter, der Vater und eine Tante, dem Anschein nach eine Schwester der Mutter. Seine Zunge brannte vor Verlangen, alles zu sagen, jetzt, da der Sarg von Kiliaan Noppen noch nicht unter der Erde war. Jetzt den wirklichen Zeugen vorführen ... den einzigen, der von Bedeutung war ... Er tat es nicht, wenngleich sich die Sätze und Formulierungen, in denen die Wahrheit und nichts als die Wahrheit enthalten war, in seinem Kopf nur so drängten. In dem

Versuch, das zu unterdrücken, was er wirklich sagen wollte, sagte er das Falsche.

»Ich habe Kiliaan Noppen wahrscheinlich nicht persönlich gekannt. Oder, ich will es so ausdrücken ... Diese Jungen hatten sich entschieden, einander mit ihren Hahnenkämmen und Ketten und mageren Gestalten bis ins letzte zu ähneln, als Gruppe aber waren sie doch ein Individuum. Und was für eins! Eigensinnig, kurz angebunden, stachlig, unerbittlich und ... poetisch. Poetisch – auf ihre eigene Weise. Ich will Ihnen ein Beispiel dafür geben, eine Geste, die vielleicht von jemand anderem stammt, die aber genausogut Dr. Nop ... äh ... so hat man ihn offenbar innerhalb der Gruppe genannt ... zugeschrieben werden könnte.«

Und Quispel erzählte von dem »Jungen«, der in einer Art Pantomime den Weltrekordtrommler nachgemacht hatte. Hier geriet er in Schwierigkeiten, denn jetzt mußte er auch von der kleinen Trommel erzählen, die auf die Toilette mitgenommen wurde, und das war ein Bild – wie nämlich durch das Entspannen des Schließmuskels die Totentrommel gerührt wurde –, das bei diesem Anlaß zu brutal klang. Aber er konnte nicht mehr zurück. Das hatte man davon, wenn man die Wahrheit verschwieg. »Ich weiß nicht, ob Sie die Oper *Tosca* von Puccini kennen. Da droht der Antagonist, Toscas Geliebten Cavaradossi erschießen zu lassen, und während dieser Drohung – *Il tempo passa!* – bekommt man antizipierend den Trommelwirbel der Exekution zu hören.« Er redete sich immer weiter hinein. Vor Verlegenheit befühlte er in einem fort seine Oberlippe, wo sich der Fieberausschlag mittlerweile in eine harte Kruste verwandelt hatte. »Ich habe in den vergangenen Tagen beim Gedanken an die Pantomime dieses Hahnenkammjungen immer deutlicher den Trommelwirbel gehört. Möge er durch meine Worte als letzte Ehrenbezeugung für Dr. Nop gelten, ihm erwiesen von seinen Gesinnungsgenossen, die hier heute abend nicht anwesend sein können.«

Hinten im kleinen Saal sah Ernst neben dem Bürgermeister

jetzt auch, im dunkelblauen Anzug, den Studentenpfarrer, den er noch aus der Zeit vor siebzehn, achtzehn Jahren kannte. Sein breites, stumpfes Gesicht war alt geworden, weiß wie Schmalz. Der Priester war auch damals schon ein Stammgast im namentlich von Homosexuellen besuchten COC am Leidseplein gewesen, wo er eines Abends John Vlacq kennengelernt hatte, mit dem Quispel damals eine Obergeschoßwohnung teilte. Eines Abends – Vlacq war ausgegangen – klingelte es. Ernst zog am Seil, das die Tür öffnete. Unten an der Treppe erschien ein Mann mit traurigem, blassem Gesicht, der sich mit Grabesstimme als »Pater van Vlokhoven« vorstellte.

»Sie sind doch Ernst?«

Als schleppe er eine gewaltige Last mit sich, ächzte der Priester die Stufen hinauf, wobei er bei jedem Blick nach oben trauriger dreinzuschauen schien. Ernst war so gelähmt vor Angst, daß er nicht einmal Antwort gab. So sah das also aus, eine Unglücksnachricht. Er hatte immer an einen Polizisten gedacht, aber jetzt kam ein Priester, um ihm die Kunde vom Tode von ... zu überbringen. Das Gesicht des Mannes hing vor lauter Schwermut herab. Oben angekommen, brauchte er geraume Zeit zum Verschnaufen, bevor er sagen konnte: »Ach, Sie sind ja gar nicht Ernst. Zumindest nicht *der* Ernst. Sie wohnen doch mit Johnny zusammen? Johnny Vlacq? Ich dachte, er meint einen anderen Ernst ... der früher oft ins *Sjakkie* kam ...«

Die Tante hatte sich ans Klavier gesetzt und spielte die Melodie von *My Way*, Frank Sinatras großen Hit. In der Tat Dr. Nops Lieblingsstück, wie Quispel wußte, doch der sang es immer in der Parodie der Sex Pistols. Dämonisch, absichtlich falsch, mit Cockneyakzent.

... and then I face the final curtain

Noch bevor die Tante beim letzten Akkord angelangt war, öffneten sich hinter dem Rednerpult die Türen. Zwei Leichenbitter kamen herein. Sie postierten sich zu beiden Seiten des Sargs und schoben ihn samt Bahre hinaus. Die Angehörigen folgten in einem Meter Abstand. Auch der Bürgermeister und Quispel waren aufgestanden und trotteten mit hinaus auf den dunklen Friedhof. Der Pfarrer war auf einmal verschwunden.

Draußen stand hier und da unter einem Baum oder hinter einem Grabstein ein Kripomann mit unbewegter Miene. Auf der Rozenoordbrücke brummte der Verkehr unvermindert weiter, aber noch ein anderes Dröhnen war zu hören: Es stammte von einem Generator, mit dem der Strom für die Sturmlampen erzeugt wurde, die entlang der ganzen Strecke zum Grab an Ästen hingen. Die Gesellschaft bewegte sich langsam von Lampe zu Lampe, von Kripomann zu Kripomann. Auf dem Weg lagen dicke Stromkabel, die mit Tape zusammengehalten wurden, wie bei einem Popkonzert in einem Park. Weiter hinten auf dem Friedhof war ein Lichtfleck, wo mehrere Sturmlampen rings um einen frisch aufgehäuften Erdberg hingen. Dort wartete der Priester, der jetzt auf einmal ein Meßgewand anhatte und in der Hand einen Weihwasserwedel hielt.

Während der letzten Zeremonie, bei der der Priester die Weihwassertropfen hörbar auf den Deckel herabregnen ließ, blieb der Sarg auf der Bahre stehen. Van Vlokhoven murmelte noch ein paar müde Phrasen, woraufhin die Leichenbitter den Sarg mit dem Leichnam von Kiliaan Noppen auf die altmodische Art und Weise mit Hilfe von knirschenden Seilen in die Grube hinunterließen. Es war jetzt ganz still. Sogar der Verkehr auf der A 10 schien nachgelassen zu haben. Die Mutter weinte. Die Tante weinte. Vater Noppens Nasenflügel bebten. Plötzlich schallte es über den Fluß durch jene Art von Megaphon, die Quispel bereits auf dem Hinweg gehört hatte: »Lahmärsche ...!« Die Kripoleute, die jetzt in einem etwas weiteren Kreis um das Grab herumstanden, wurden unruhig. Sie gaben sich gegenseitig Zeichen, und gut die Hälfte von ihnen verschwand zwischen den Büschen in der

Dunkelheit. Quispel vermutete, daß sie an Freunde von Dr. Nop dachten, nicht an Ruderer, aber er hatte keine Lust, es diesen Brüdern von der Polizei zu stecken.

»Einsundzwei ... einsundzwei ... Aaaach-tung, Lastkahn rechts voraus!«

Der Priester verneigte sich tief vor dem Sarg und ließ den Wedel noch einmal in Aktion treten. Die Sturmlampen warfen den Schatten des Arms und des Wedels langgereckt in alle Richtungen. An den Sträuchern ringsum leuchteten die Frühlingsblüten auf. Quispel fiel auf, wie wenig Mühe die Leichenbitter mit Dr. Nop hatten. Er dachte an dessen mageren Körper, der zwischen den Holzwänden ausgestreckt dalag. Es gelang ihm nicht, sich den Kamm anders als weit abstehend vorzustellen. In seiner Ansprache hatte er ein überaus ergreifendes Bild des Todes gezeichnet: der Schließmuskel, der sich entspannt und mit dem, was er losläßt, die Trommel rührt. Jetzt, beim Gedanken an Kiliaan Noppens staksigen Körper, fiel ihm das Bild ein, das er eigentlich hätte verwenden sollen. In der Provence hatte er viele Bäume gesehen, die während eines Waldbrandes das Leben gelassen hatten, aber nicht bis zu den Wurzeln in Asche gelegt waren. Kahl und grau reckten sie sich aus dem flauschig nachwachsenden Unterholz in die Höhe. Viele dieser Bäume wurden von Kletterpflanzen neu bekleidet, die eine Blätterzier nach Maß lieferten. Eine Krone, die dem Baum wie angegossen paßte. Einen Maßanzug. So gaben die Lebenden den Toten ein Kleid.

Doch das Bekleiden all dieser Nacktheit war natürlich nur Schein. Ein toter Baum konnte für die Kletterpflanze nie etwas anderes sein als eine bizarre Leiter zum Licht. So verwandelte sich die Erinnerung, während Quispel eine Handvoll Erde auf den Sarg warf, von einem tröstlichen Bild in eines vom Parasitentum.

Ihn nachts zu beerdigen, um zu verhindern, daß er zum Märtyrer wurde ... Doch waren die Umstände nicht wunderbar geeignet, um jemanden zum Märtyrer zu machen! Die

Sturmlampen. Das Notaggregat, das wie ein sich schüttelnder Sarg dröhnend zwischen den Grabsteinen stand. Die Büttel ringsum ...

Der Bürgermeister brachte die Familie Noppen in seinem Dienstwagen nach Hause. Quispel wurde von zwei Kripoleuten mitgenommen. Am Sarphatipavillon zogen sich die letzten Feiernden, die bunten Hüte noch auf dem Kopf, draußen auf dem Kies die Mäntel an. Ein Ober verriegelte die Türen. Alle Stühle zeigten mit den Beinen zur Decke. Der Geburtstag der Königin war vorbei.

»Was ham wir denn da ... Fackeln«, sagte einer der Kripoleute.

Unter der Brücke kam eine kleine Gruppe mit Fackeln näher. Als das Auto an ihr vorbeifuhr, sah Quispel, daß die qualmenden Flammen Hahnenkämme beschienen.

»Wie ist das denn möglich?« rief der andere Kripomann. »Wie kann das Pack bloß so plötzlich Bescheid wissen?«

Quispel sagte nichts, dachte sich aber das Seine. Die undichte Stelle war wahrscheinlich der ängstliche Taxifahrer. Er hatte bestimmt seine Kollegen vor einem Kerl gewarnt, der so und so aussehe und ihnen bei einem verlassenen Friedhof den Schädel einschlagen wolle. Möglicherweise hatte die Personenbeschreibung sogar schon den Polizeiscanner erreicht. In Kriegszeiten benutzten die Hähne das Radio, um Polizeimeldungen abzuhören oder Mitteilungen von Taxifahrern, die oft noch aufschlußreicher waren.

In der Ferne tauchten immer mehr tanzende Lichter von Fackeln auf. Der Kripomann am Steuer hielt an. Er kurbelte das Fenster herunter und rief im Ton eines neugierigen Passanten einer Gruppe Hahnenkämme zu: »Was gibt's denn? Wo geht ihr hin?«

»Dr. Nop begraben.«

»Um diese Uhrzeit?«

»Achtung, Mann. Mund halten. Ein Geheimer.«

»Und da, hintendrin ... Meester Quispel-de-Mispel!«

»Geheime!« wurde in alle Richtungen gerufen. »Geheime!«

Der Kripomann neben dem Fahrer gab eine Meldung über Funk an die zurückgebliebenen Kollegen durch, die das Grab bewachten. »Wie viele? Na, zu Dutzenden rücken sie an. Es können an die hundert sein.« Danach nahm er Kontakt mit seiner Polizeidienststelle auf, um Verstärkung anzufordern.

Die Hähne (unter ihnen auch Mädchen) drängten sich drohend mit ihren Fackeln um das Auto, das nur noch Schrittempo fahren konnte. Sie trommelten auf das Dach und die Motorhaube. Der Ruß der Fackeln schlug auf die Scheiben. Plötzlich gab der Fahrer Gas. Ein Hahnenkammjunge wurde erfaßt und für einen Moment mit dem Gesicht flach an die Frontscheibe gedrückt. Seine Fackel rollte von der Motorhaube auf die Erde, unmittelbar darauf der Junge selbst. Schreie. Das Auto kämpfte sich durch die kleine Menge. Lautes Geballer war zu hören, aber überfahren wurde niemand.

Schäferstündchen

Freitag, 12. April 1985

»He, Opa, willst du dein Päckchen nicht mal zur Post bringen?« Das war wieder der dicke Taxifahrer mit der grüngetönten Brille. »Du läufst jetzt schon so lange damit rum. Die Schnur ist ja schon ganz schmierig.«

»Sie irren sich, aber das nehme ich Ihnen nicht übel. Ich habe es geschickt bekommen. Von meinem Sohn aus Australien. Sehen Sie selbst.«

Ohne die Schnur vom Handgelenk zu streifen, nahm der Alte das längliche Päckchen in beide Hände und hielt dem Mann die Adresse hin. Eindrucksvolle dreieckige Briefmarken mit einem Schnabeltier. Der dicke Taxifahrer hob kurz die Brille und sah mit sarkastischem Blick darunter durch.

»Melbourne ... Donnerwetter. Willstes nich mal aufmachen?«

»Alles zu seiner Zeit ... in meinem Alter ...«

»Opa, noch 'nen Becher Milch?« fragte der Heringsmann.

Der Alte verzog angewidert das Gesicht. »Sie servieren sie viel zu kalt. Milch aus dem Kühlschrank ist von Übel. Milch muß in Körpertemperatur getrunken werden. Außerdem ist Ihre Milch zu dünn, zu mager. Damit fängt die Selbstzerstörung der Welt schon an: beim Entrahmen der Milch.«

Amsterdam war in bezug auf Geschäftsnamen schon immer findig gewesen. Wer in seinem Schaufenster, jedes Tageslicht ausschließend, zwei schmale Matratzen stehen und im Keller ein Lager für weitere drei oder vier eingerichtet hatte, nannte seinen Laden *Bettenpalast*. In Amsterdam-West kannte Quispel ein Schreibwarengeschäft, das »Blaischtifte und Umschlege« auf der Schaufensterscheibe stehen hatte, und daneben einen komischen kleinen Autozubehörladen, der »Bremsen & Friktions Basar« hieß. So hatte es ihn nicht gewundert, daß es gegenüber vom Untersuchungsgefängnis

Huis van Bewaring ein *Huis van Haring* gab. Hinter der Theke des kleinen Holzhauses standen Vater und Sohn. Der Vater hatte seinerzeit mit seinem Vater hinter dem Fischkarren gestanden. Das erste, was die aus der Haft Entlassenen für gewöhnlich taten, war, sich gegenüber dem Gefängnistor einen Hering zu Gemüte zu führen. Später wurde ihnen auch gelegentlich ein kleines Faß Heringe für die Gefängnisinsassen abgenommen. Die beiden hatten die Häftlinge kommen und gehen sehen und schließlich – Ende der siebziger Jahre – miterlebt, wie sie in die Haftanstalt in Bijlmermeer verlegt wurden. Definitiv, so schien es, und die beiden glaubten schon, ihren Hering für den Rest ihrer Tage für Künstler, Musikanten und Mitglieder eines orange gekleideten Liebeskollektivs saubermachen zu müssen. Jetzt aber sah es danach aus, daß sich in Kürze der Abschaum der Gesellschaft wieder bei ihnen gütlich tun würde.

Für den Vater würde der Fischhandel sowieso nie mehr das werden, was er mal war. Verschmutztes Wasser, Überfischung, Korruption bei den Fischauktionen – alles kaputt. Der Sohn, der sowohl von vorn als auch im Profil den Kopf eines Herings samt Kiemen hatte, richtete den Blick in die Zukunft.

»Na, Opa, manchmal wird's auch besser mit der Welt. Nimm zum Beispiel dieses Limburger Dienstmädchen aus den zwanziger Jahren. Nach ihrem Tod fand man unter ihren Papieren so was wie 'nen Vertrag aus dieser Zeit. Und was stellte sich raus? Ein Teil ihres Lohns wurde ihr in Naturalien ausbezahlt ... in frischem Lachs, denn das Haus ihrer Herrschaft stand ganz in der Nähe der Maas. Lachs aus der Maas, also, davon hat lange Zeit keiner mehr zu träumen gewagt. Und trotzdem hat man da vor kurzem wieder welchen gesehen. Also, ich will damit nur sagen ...«

»Ja«, rief der Alte, »aber schmeckt er denn auch noch wie früher?«

Für Quispel war alles, was da gesagt wurde, ein Ausdruck der vollkommensten Harmonie unter den Menschen, und zwischen den Dingen und den Worten. Verschwunden war seine normale Alertheit, sein tägliches Leben auf des Messers Schneide. Verschwunden der selbsterteilte Auftrag, nichts, mochte es wichtig oder unwichtig sein, seiner Aufmerksamkeit entgehen zu lassen. Es hatte den Anschein, als habe er Ferien vom Ich. Trotzdem schien alles, dessen er gewahr wurde, auf eine mühelose Art und Weise viel tiefer in ihn einzudringen als sonst, wenn er mit offenem Mund und weitgeöffneten Poren auf die Dinge zeigte: dies und dies ... und das da ... Ich schlürfe es in mich hinein. Komm her.

Der Unterschied bestand darin, daß die Dinge jetzt, bevor sie so tief in ihn eindrangen, eine grundlegende Veränderung erfuhren.

Während er zuhörte, wie sie den alten Mann aufzogen, aß Ernst ein Brötchen mit dem köstlichsten Krabbensalat von ganz Amsterdam. Dazu trank er ein Glas kalte Milch. Er aß noch. Er war noch nicht ganz soweit.

Draußen herrschte mildes Frühlingswetter, doch das rechtfertigte seine Jubelstimmung noch nicht. Diese Stimmung hatte auch nichts Mildes, war im Gegenteil eher dämonisch und lag eher auf ihm als in ihm.

In solchen Zeiten liebte er vor allem den Abend, der mit der Rush-hour begann, aber er konnte auch tagsüber nicht auf die Kneipen verzichten mit ihren schräg hereinfallenden, von Zigarettenrauch marmorierten Sonnenlichtbahnen. Straßenarbeiter in Arbeitskluft, die nur mal auf einen Sprung reingeschaut hatten und dann lärmend hängengeblieben waren ... Er mußte dabeisein.

Mit einigem Bedauern machte er sich auf den Weg zu Roxane. Während seiner »Periode« fand er Zeit für die Liebe, doch die Liebe hielt ihn ab von seiner Periode. Was ihn einigermaßen versöhnte, war der Umstand, daß er sich für vier Uhr verabredet hatte.

Quispel machte einen Unterschied zwischen der offiziellen Brunst, wie sie sich zu den offiziellen Zeiten, spätabends und sonntagmorgens, im Ehebett abspielte, und dem, was er die verleugnete oder »heimliche« Brunst nannte, die sich in seinem Fall auf den Nachmittag konzentrierte. Sein bevorzugtes Schäferstündchen, das er übrigens fast ausschließlich während seiner alljährlichen Euphoriewochen pflegte und das für den Rest des Jahres in Tagträumereien steckenblieb, erstreckte sich auf die Zeit zwischen halb vier und halb fünf. Geilheit und Blutandrang in einer bestimmten Region wurden dann begünstigt und zusätzlich stimuliert durch eine sich als Folge des am Morgen verdrängten Schlafmangels einstellende Müdigkeit.

Es war die Stunde des Gähnens. Gähnend schnappten die Leute der sitzenden Lebensweise nach völliger Entspannung von Körper und Geist – einer Entspannung, die sich, wenn die Situation danach war, noch umfassender im Orgasmus finden ließ. Das nachmittägliche Gähnen im Büro war der lautlose Schrei des sublimierten Orgasmus.

Für Quispel kam während seiner alljährlichen Trinkperiode noch das Schwinden der letzten Reste an Alkoholüberdruß hinzu, während noch kein neues Quantum den Körper betäubte. (Unter echten Katern, die eher eine verzweifelte Art von Brunst verursachen, litt er noch nicht.)

Im übrigen ging es nicht nur um die Büromüdigkeit oder die Alkoholmüdigkeit, es brauchte auch Tageslicht hinter den Vorhängen und die Geräusche der sich weiterdrehenden Welt, denn nur sie riefen ein Gefühl des Schwänzens hervor. Durch Vorhänge gefiltertes Tageslicht ließ die Fleischfarbe des nackten Körpers auf der Überdecke klarer hervortreten als das Lampenlicht abends, ohne dabei desillusionierend zu wirken. Nur so war zu erkennen, wie die blassen Ränder der Scham in das klarste Rosa übergingen.

Im Zimmer des Mädchens hing noch ein süßlicher Schlafgeruch: Erst durch sein Klingeln war Roxane wach geworden.

»Daß du's nur weißt: Ich bin stocksauer wegen heut nacht«, sagte sie.

»Wo ist dein Messer?«

Roxane hatte sich schnell etwas übergezogen: einen kurzen Morgenmantel und darunter abgeschnippelte, ausgefranste Jeans, »damit ich mir die Blase nicht erkälte«. Plötzlich zog sie, ohne irgendeine Verführungsabsicht, die vorderen Zipfel des Morgenmantels hoch und sagte lachend: »Schau. Vor lauter Eile habe ich vergessen, einen Slip anzuziehen.«

Die Beine der Jeans waren so radikal abgeschnitten, daß vom Schritt nicht viel mehr als die Doppelnaht und ein paar Fransen übrig waren. Roxane wollte das Ding schon ausziehen, um ihr Versehen wiedergutzumachen, als Ernst sagte: »Läßt du's bitte so ... für einen Augenblick?«

Sie sah ihn erstaunt an und grinste. Aus Verlegenheit – »Wenn ich dir damit einen Gefallen tue« – zog sie das Kleidungsstück, dessen Reißverschluß sie bereits geöffnet hatte, bis über den Nabel hoch. Die schnurartige Naht schnitt ihr hoch oben zwischen den Beinen ins Fleisch. Ernst sah, wie es sich etwas öffnete.

Quispel mochte keine, wie er sie nannte, »aufgeräumten« Frauen, die sich sofort auszuziehen begannen, zielgerichtet, als ob sie sich in der Ankleide-, Bade- oder Duschkabine befänden. Mißachtung dessen, der ein Auge für die kunstvolle Rivalität zwischen einem bestickten, durch häufiges Waschen ausgeblichenen Rand eines Slips und dem schönen, natürlichen Fransenrand dunkler Kringelhaare hatte, der dahinter hervorlugen konnte. Es gab Frauen, die, ähnlich einem sich gerade niederlassenden, die Flügel zusammenlegenden Vogel, die Arme auf den Rücken wanden und mit verdrehten Handgelenken in einer Art umgekehrtem Flügelschlagen den BH-Verschluß aufhakten, woraufhin sie sich mit schmerzenden Armmuskeln in einer einzigen fließenden Bewegung des Kleidungsstücks entledigten. Eine andere Sorte streifte die Träger von den Schultern, befreite die Arme, klappte die Körbchen nach unten und drehte das Kleidungsstück hundertachtzig Grad um die Taille, um (mit abwärts gerichtetem Blick) im Schatten der sich entspannt dehnenden Brüste die beiden ineinandergreifenden Rasiermesser zu lösen. Dabei stießen manchmal die Handgelenke an die Brüste, die dann sacht und ungerührt ins Schwingen gerieten.

Zum Glück ließ sich Roxane mühelos von solcher »Aufgeräumtheit« abhalten, wenngleich sie seine Wünsche merkwürdig fand. Ernst hatte darauf bestanden, daß sie die halbe Hose anbehielt, aber jedesmal, wenn seine Zunge an der fransigen Naht entlangfuhr, sog der Jeansstoff seinen ganzen Speichel auf. Diese Spielchen waren nicht für jemanden geeignet, der nachts soviel Wodka getrunken hatte. Was er von ihren Säften zu Tage förderte, verlor er sofort wieder an diesen pervers schmalen Stoffstreifen. Ein Löschpapier, das nach zwei Seiten funktionierte. Es war ein ständiger Kampf zwischen Naß und Trocken.

Er empfand undeutlich so etwas wie Verrat – nicht seiner schwangeren Frau gegenüber (das war eine völlig andere Welt, die von diesem Zwischenfall unberührt blieb), sondern gegenüber Dr. Nop, der sich, wie er bemerkt hatte, in der vergangenen Nacht in Roxane verliebt hatte.

Ernst sah keinen Grund, sie bis ganz ans Ende zu bringen. Für seine Verhältnisse ging er bereits viel zu weit. Er blieb lieber keusch. Roxane begriff, als er mit einem besonders zärtlichen Streicheln seiner Zunge Abschied nahm, daß er ihr den Rest überlassen wollte. Sie packte die fransigen Ränder der kurzen Hose und schnürte so den schmalen Schritt in sich fest. Sie ließ ihn locker, bewegte ihn hin und her, zog ihn dann wieder hoch. Allmählich ähnelte er immer mehr einer durchweichten Kordel. Manchmal schnitt er so tief in ihr Fleisch, daß er ganz in den Falten verschwand. Bis diese sanfte Peitsche ihr Werk getan hatte und sie ihr mit einem Seufzer die Spannung nahm.

»Was hab ich vorhin von Blase erkälten gesagt?«

Er war keusch. In Anbetracht dessen, wozu er sie möglicherweise hätte bringen können, die Mädchen, war er sogar ausnehmend keusch. Nachdem er den dicken, trägen Tropfen Zuckerwasser (so nannte Albert das) gesehen hatte, schloß er sittsam die Augen. Er suchte das Versprechen, nicht dessen Einlösung.

Quispel fragte sich manchmal, ob seine Keuschheit in einer Zeit der heißesten Verlockungen nicht eine physische Ursache habe. Immerhin: Alkohol *takes away the performance ...*

Nein, denn sein bevorzugtes Schäferstündchen fiel ja gerade auf den Nachmittag, wenn die katerigen Nachwirkungen des Alkohols nur stimulierend wirkten. Das Trinken brauchte er dafür also nicht zu lassen. Die Essigsäure in seinem Körper wirkte als Aphrodisiakum. Wenn er danach in die Stadt zog, gab es keinen Grund mehr, sich um seine Potenz zu sorgen: Der Kraftakt war geleistet.

Warum dann bloß diese Keuschheit? War es immer, in allen Perioden, so gewesen? Nein, früher hatte er bei jeder Eroberung den abschließenden Akt als Verpflichtung betrachtet. Das hatte ihm aber, so großartig die Eroberung anfangs geschienen haben mochte, häufig genug Ärger und Erniedrigung eingebracht. Wie hieß der Philosoph noch gleich, von dem der Ausspruch stammte, ein Mann sei noch nie besser von einer Frau zurückgekehrt? Recht hatte er. Nachdem Quispel vor etlichen Jahren in Amors Bajonette gerannt und beinahe verblutet war, hatte er dem Akt an sich abgeschworen. Nie mehr vögeln. Sein heiliger Eid galt im übrigen nur für die ersten zwei, drei Wochen seiner Periode; während des Niedergangs hatte er sich nicht in der Hand, und das restliche Jahr über kam er, so gut es ging, seinen ehelichen Pflichten nach.

Bei anderen war ein derart unbändiges Glücksgefühl, das die Welt radikal anders färbte, oft das Resultat von Verliebtheit – einer plötzlich bei sich selbst entdeckten Verliebtheit in eine bestimmte Person. Umgekehrt ließ sich die Verliebtheit manchmal auch auf eine plötzliche Farbveränderung der Welt zurückführen.

Bei Ernst war nur dieses »unbändige Glücksgefühl« wahrzunehmen; es wurde nicht von Verliebtheit in wen auch immer erzeugt. Im Winter 1976 hatte er sich in den depressiven Monaten des Konflikts mit seinem Vater vorgenommen, »sich erst mal zu verlieben«, dann würde die Melancholie dem Glück schon von selbst weichen. Im Frühjahr wurde er auf einmal überwältigt, erschlagen von Glück. Und von noch etwas anderem: einer Art allgemeiner Verliebtheit, ohne daß eine Frau ins Spiel gekommen wäre.

Ging er deshalb auf die Suche nach Mädchen ... um dem Gefühl der Verliebtheit ein Objekt zu geben?

Die Sache hatte einen doppelten Vorteil: Durch den strahlend verliebten Eindruck, den er machte, zog er die Frauen an. Sie kamen, um sich darin zu sonnen.

So entdeckte er: Glück war Macht.

Er trieb es mit jeder. Er besaß genug Verliebtheit für alle. Er konnte, im wahrsten Sinne des Wortes, sein Glück nicht fassen – und lud daher andere an seinen Tisch. So füllte er dieses leere Glücksgefühl mit Menschen. Es war kein Hunger, sondern ein leerer Magen, der ihn quälte. Er wurde nicht satt. Dem Glücksgefühl in seiner Brust kam kein Orgasmus an Intensität gleich. Im Grunde blieb seine »allgemeine Verliebtheit« ohne Ziel. Je mehr Frauen er vögelte, um so keuscher fühlte er sich. Eine Art von Engelhaftigkeit wie bei einem Kind kehrte zurück; so ähnlich, wie man zu Pubertierenden sagt: »Du bekommst deine Locken wieder.« Ernst hatte sich darunter immer die Ringellocken der ersten Lebensjahre vorgestellt.

Quispel empfand großen Widerwillen gegen sexuellen Genuß, der angeblich durch Quantität gewährleistet wurde. (»Zwölf himmlische Male.«) Zumindest ... redete er sich das selbst ein. In dem ewigen Gespräch, das er mit sich selbst führte, formulierte er es so: »Durch diesen Widerwillen wird vermieden, daß Zwanet und ich einander zu früh sexuell erschöpfen, wodurch Gleichgültigkeit eintreten könnte und als Folge davon die Scheidung. Nein, ich möchte sie bis ins hohe Alter auf dieselbe Weise liebhaben. Ich möchte mein Leben lang neugierig auf sie bleiben. Warum sollte der Wert des Sechsmal-Nacheinanders nicht in diesem einen, kostbaren Mal liegen können? Wenn der Akt unbedingt sechsmal während ein und desselben Schäferstündchens vollzogen werden muß, so bedeutet das, daß er kein einziges Mal wirklich befriedigend war ...«

War das die Wahrheit? War es nicht eher so, daß Zwanet – so schön sie auch war – seinen Paarungstrieb nicht genug reizte?

Wie lief es denn für gewöhnlich? Ein Junge und ein Mädchen lernten sich in Keuschheit kennen, woraufhin sie allmählich eine immer größere Intimität entwickelten, bis das Spiel von Anziehung und Abwehr nicht länger auszuhalten war und sie miteinander ins Bett gingen. Sie würden zusammenziehen, vielleicht sogar heiraten. Sie würden einander bis zum Gehtnichtmehr auf die intimste Weise kennenlernen. So lange, bis kein Glanz mehr da war ... die gegenseitige Anziehungskraft verschwand, sich in Abneigung verkehrte. Sie würden sich so gut kennenlernen, daß sie sich nicht mehr kennen wollten. Ekel anstelle von Liebe. Eine Ehe, in der geschnauzt und geraunzt wurde.

Bei Ernst und Zwanet war es genau andersherum gelaufen. Sie hatten sich in der schmutzigsten Intimität kennengelernt, samt allem Abscheu und Ekel, der dazu gehörte. In späteren Jahren hatten sie eine immer größere Züchtigkeit entwickelt, mit zunehmender Befangenheit gegenüber dem anderen. Bald würden sie nur noch in absoluter Keuschheit vereinigt sein.

Kämme auf halbmast

Mittwoch, 1. Mai 1985

Im Frühjahr 1957 lag Ernsts Großmutter wegen einer Gallenblasenoperation im Krankenhaus. Die ganze Familie war der einhelligen Meinung, sie habe ihre Gallensteine dem unmäßigen Genuß von Senf zu verdanken. Fast jeden Abend besuchte Ernst sie mit seiner Mutter.

In dem Bett neben seiner Oma lag ein Mädchen oder eine junge Frau mit einem weißen Turban um den Kopf. Wie es hieß, war sie darunter kahl. »Das Mädchen hier neben mir hat Rattengift geschluckt«, hatte Ernst seine Großmutter gut und gerne zehnmal flüstern hören. »Davon sind ihr die Haare ausgefallen.« Abends besuchte sie immer ihr Freund oder Verlobter. Ernst, neun Jahre alt, begann beim Anblick des verliebten Pärchens zu glühen. Diese ineinandergeschlungenen Hände, diese schwülen Blicke, dieses samtene Geflüster ... Er hatte kaum noch Augen für seine vom Dijoner Senf gelb gewordene Großmutter und nicht einmal für das durchsichtige Döschen mit ihren Gallensteinen.

Der junge Mann blieb immer bis über die Besuchszeit hinaus, und so ließen die Quispels die beiden allein; es war, als schlüge ihrer Liebe buchstäblich keine Stunde. An jenem letzten Mittwochabend jedoch – wenige Tage, bevor Ernsts Großmutter nach Hause durfte – verabschiedete er sich, obwohl es während der Besuchszeit ebenso verliebt zugegangen war wie sonst auch, früher als gewöhnlich. Er küßte das Mädchen mit dem Turban, sah sie lange an, küßte sie, und langsam glitten ihre Hände auseinander, während er sich rückwärts entfernte. Nachdem er sich bereits umgedreht hatte, kehrte der junge Mann noch einmal zurück, um einen Brief, den er – zerknittert – aus der Tasche seines Regenmantels gezogen hatte, unter die aufgetürmten Kopfkissen des Mädchens zu schieben.

»Hier hab ich noch was für dich«, murmelte er grinsend und ging dann schnellen Schritts aus dem Saal, während ihm verliebte (aber auch etwas beunruhigte) Blicke unter dem Turban folgten. Das Mädchen zog den Brief heraus, setzte sich etwas höher und riß den Umschlag ungeduldig auf.

Noch nie hatte Ernst Augen so schnell über Zeilen fliegen sehen. In ihre Mundwinkel, die Unterlippe kam ein bitterer Zug, sie ließ sich in die Kissen zurückfallen und fing an zu weinen – erst lautlos, später mit heftigen Schluchzern. Der ganze Saal – Patienten, deren Besucher, alle – sah zu ihr hin.

»Ach Gott, mein Herzchen, was ist denn?« fragte die Großmutter eine Spur zu begierig.

Nach einigem Drängen kam's raus. »Er hat Schluß gemacht, der Mistkerl.«

Die Hand mit dem auseinandergefalteten Brief hing über die Bettkante. Für Ernst war eine große Faszination geboren.

Der Brief als Mittel, um sich aus einer peinlichen Situation oder einem Konflikt zu retten. Nicht selten hatte er eine Liebesbeziehung auf dem Postwege abgebrochen, und noch häufiger hatte er jemandem auf diese Weise die Freundschaft oder die Zusammenarbeit aufgekündigt. Liebeserklärungen, Geständnisse, Vorwürfe, Komplimente, Beleidigungen, Enthüllungen – alles lieber brieflich als Auge in Auge. Gut, er wählte dann zwar die persönlichste aller schriftlichen Ausdrucksformen, aber trotzdem: schriftlich. Das heißt durchdacht, ausgereift, indirekt, unsichtbar, versteckt, schleichend, platonisch. Bei seinen Abrechnungen bediente er sich der Feder, und der schleichende Umweg für das in den Rücken gestoßene Messer wurde bestenfalls legitimiert durch die daraus resultierende Eloquenz.

Einige Tage nach dem Zusammenbruch seiner Flitterwochen, wie er sie nannte, wenn auch die kurze Periode der Niedergeschlagenheit über ihren Tiefpunkt hinaus war, rutschte Quispel in der Regel in eine Phase der Brünstigkeit, gegen die jeder Widerstand sinnlos war. Als müsse er nachträglich noch in den Pfuhl der Wollust eintauchen, die er sich anfänglich in seiner maßlosen Getriebenheit versagt hatte.

Der Orgasmus war zwar der Höhepunkt des Genusses, trug aber gleichzeitig dessen Niedergang in sich, die Leere, den Ekel, den Überdruß, die Tristesse. »Nach dem Koitus ist jedes Tier traurig, ausgenommen der Hahn, der kräht.« Und selbst aus diesem Krähen war soviel Traurigkeit herauszuhören, daß man sich fragen konnte, ob der Hahn tatsächlich eine Ausnahme von der Regel bildete. Verständlich also, daß Quispel, der beim Ausleben seiner Dipsomanie eine Phase fast mystischen geistigen und körperlichen Wohlbefindens durchmachte, sich vom Orgasmus fernhielt. Doch die rein physische Notwendigkeit des Orgasmus, der einem schließlich die umfassendste – wenn nicht gar totale – Entspannung schenkt, ließ sich nicht leugnen, und schon gar nicht nach einer Periode, in der der Körper so oft erregt worden war. Die Konsequenz: Nachdem in rascher Folge höchstes Glück und tiefste Niedergeschlagenheit und dazu noch die gegensätzlichen Auswirkungen des Alkohols seinen Körper und Geist durcheinandergeschüttelt hatten, fiel Quispel einer quälenden Geilheit zum Opfer.

Doch so stark die Frauen von seinem strahlenden Glück angelockt worden waren, so weit hielten sie sich jetzt von seiner Melancholie fern, die so etwas sein mußte wie schlechter Atem. In seinem Zustand der Unruhe und Gedrücktheit, des Entzugs und des sinnlosen Paarungstriebs waren ihm wollüstige Phantasien und Visionen allein nicht genug; er mußte für sich selbst die Illusion erzeugen, die Vision sei realisierbar. Aber wie?

Quispel war als Anwalt ein Mann des Wortes. Ein Mann des Plädoyers in erster Linie, aber auch der Berichte, der Briefe. Beim Schreiben zeigte sich neben der größten Unsicherheit auch die größte Selbstsicherheit. Höchst arrogant versuchte er folglich, in einer solchen Phase drängender Brunst, das Wirklichkeitwerden der Vision mit seinem stärksten Werkzeug zu erzwingen. Zwanghaft suchte er in den unterschiedlichsten Blättern die Spalten mit den Kontaktanzeigen ab. Manchmal blieb sein Blick für eine halbe Minute an einem Kasten hängen. Es war wie ein Spaziergang in der Gegend um das Concertgebouw am Abend, wenn die Lichter brennen und die Vorhänge noch nicht zugezogen sind. Im Vorbeigehen wirft man einen Blick in ein Wohnzimmer. Reife, noch junge Mutter, zwei Kinder, kein Mann zu sehen. Wehmut. Weitergehen. Nächstes Wohnzimmer: nicht unhübsche, aber kontaktscheue Babysitterin ... Eine Witwe. Eine Exhibitionistin.

Ab und an blieb durch die suggestive Kraft dieser wenigen, im Telegrammstil gehaltenen Zeilen ein Text in seinem vor Geilheit kranken Hirn hängen. Das Bild, das aus den Abkürzungen aufstieg, war einseitig und beinhaltete nie etwas anderes als eine einmalige erotische Konstellation. Früher hatte er selten daran gedacht, tatsächlich einen Brief zu schreiben, und wenn er es tat, so nie in der Überzeugung, er würde ihn einwerfen, sondern allenfalls in der Illusion, er gebe auf diese Weise einem bizarren erotischen Gedanken einen kleinen Schubs in Richtung Verwirklichung. Später spürte er, daß er durch das Schreiben eines solch intimen Ergusses, über dem die Chiffre aus der Zeitung stand, auch rein körperlich der fleischgewordenen Phantasie näher kam. Langsame Masturbation, in der Rechten jedoch eine Feder. Wenn er so schrieb und schrieb, mit trockener Kehle, konnte er in eine Trance geraten, auf die ein Romanschreiber vielleicht neidisch wäre.

Beim weiteren Durchblättern der Zeitungen vom vergangenen Sonnabend war er in *Het Devies* auf eine ungewöhnlich freimütige Kontaktanzeige gestoßen:

> Begabte, sehr kult., gutauss.,
> eleg., temp. Frau, 35, m. schlk.
> weibl. Fig., exhib. + leicht dom.
> veranl., wünscht erreg. phantasiev.
> exklus. erot. Erlebnis. Welcher
> vermög., stilv., spielerische, etw.

voyeur. veranl. nette HERR (Alter + Aussehen unwicht.; Sympathie ausschlagg.) möchte u. kann s. so eine Toperfahr. leisten. Jeder respektv. Br. w. äußerst diskr. beantw. Zuschr. u. Nr. 945502819 an d. Red.

Quispel betrachtete sich inzwischen als geübten Psychologen für derartige Anzeigen (als einen, der die spärlichen Angaben zu »deuten« und zu einer Art Phantombild zusammenzusetzen verstand), folglich ließ er sich von einem Text wie diesem nicht so leicht täuschen. Wer sich selbst als »begabte, sehr kultivierte, gutaussehende, elegante, temperamentvolle Frau mit schlanker, weiblicher Figur« bezeichnete, widerlegte nicht gerade seinen Argwohn, schon gar nicht, wenn der gesuchte HERR auch noch vermögend sein mußte. Eine, die des üblichen und – in unserem Aids-Zeitalter – immer gefährlicher werdenden Herumgemaches überdrüssig ist, dachte Quispel sofort; eine, die einen neuen Markt sucht: den des alternden, gutsituierten Voyeurs. Madame will die Edelnutte heraushängen. Vom Leib bleiben sollte man ihr, aber bewundern lassen wollte sie sich aus der Entfernung und für ein kleines Vermögen.

Trotzdem begann Quispel, weil der gebotene Exhibitionismus und der gesuchte Voyeurismus eine solch reizvolle Kombination bildeten, einen Brief – hauptsächlich, um sich selbst in Erregung zu versetzen. Die offengelassene Möglichkeit, den Brief doch zur Post zu bringen und der Unbekannten zustellen zu lassen, verschaffte Quispel den zusätzlich benötigten Kick. Während er schrieb, ein Auge unverwandt auf den Anzeigentext gerichtet, wuchs seine Überzeugung, es hier mit einer durch und durch ehrenhaften, aber leicht affektierten, viel zu keuschen und dadurch frustrierten Dame aus der Provinz zu tun zu haben. Einer, die dieses eine Mal ihren geheimsten, exhibitionistischen Wünschen nachgeben wollte. Und dieser Zusatz »vermögend«, nun, der diente natürlich nur dazu, sich alles mögliche Gesindel vom Leib zu halten.

Der elf-, zwölfjährige Ernst hatte es in Haarlem nicht leicht mit seiner Briefschreiberei. »Sobald Briefe ins Spiel kommen, ist es im Nu vorbei mit der Liebe«, lautete eine vielgehörte Ansicht.

Kinder gestanden sich ihre Liebe mit Hilfe von Mittelsleuten, die im Namen des oder der Verliebten beim anderen anfragten, ob sie miteinander »gehen« wollten. Mündlich, dann war die Sache in Ordnung. Schreiben bedeutete, von vornherein zu lügen. Ernst war zwölf und schrieb seine Liebesbriefe an Tonny de Graaf auf dem Badezimmerfußboden liegend, bei verschlossener Tür. Die Post war noch etwas derart Unfaßliches, daß er den Brief einem Freund anvertraute. Als er eines Tages einen seiner Briefe von einer ganzen Freundesgruppe (weil es sich gerade so ergab) zu Tonny bringen lassen wollte, ging etwas schief. Er sah sie von ihrer Mission zurückkehren, grinsend. Nicht der übliche Postzusteller, nein, dessen älterer Bruder berichtete. Es war Winter: Sie trugen Handschuhe.

Ernst: »Hat sie ihn jetzt?«

Er: »Vielleicht.«

Ernst: »Wieso vielleicht?«

Der andere machte mit seiner behandschuhten Hand eine Wellenbewegung: »Wenn die Spaarne ihn ihr bringt.«

Ernst: »Wieso?«

Er: »Er treibt auf den Wellen. Vielleicht schwimmt er ja zu ihr.«

Auf Ernsts Beschimpfungen hin grinste der Junge nur zweideutig. Schließlich kam heraus, daß er den Brief, ganz klein zusammengefaltet, in seinem Handschuh versteckt hielt. Die Freunde triezten Ernst so lange, bis er zustimmte, daß der Umschlag geöffnet wurde. Der Brief wurde vom Anführer mit tödlicher Diktion vorgelesen. Hohngelächter bei jedem zweiten Satz.

Er wußte also, wie es war, wenn ein Liebesbrief der Öffentlichkeit preisgegeben wurde. Die falsche Stimme, die falschen Zuhörer; der oder die Geliebte nur in Worten anwesend (sofern diese suggestiv genug waren).

An Chiffre 945502819
(*Het Devies* vom 27. April 1985)

Amsterdam, Mittwoch, 1. Mai 1985

Mevrouw,
(wenn ich Sie in diesem Brief mit »Mevrouw« und »Sie« anspreche, so deshalb, weil ich weder ein Gesicht noch einen Namen vor mir habe; in einem evtl. nächsten Brief will ich diese Förmlichkeit, wenn Sie möchten, gern fallenlassen.)

Es ist nicht schwer, sich vorzustellen, daß Sie auf eine solche Anzeige eine Menge unerwünschter, lusttriefender Briefe erhalten werden; viele Menschen verlustieren sich mit dem Schreiben eines *dirty letter,* sogar wenn sie wissen, daß sie keine Antwort bekommen werden. Nicht umsonst sagen Sie: »Jeder respektv. Br. w. beantw.« Ich selbst bin nicht darauf aus, Ihnen mit einem *dirty letter* lästig zu fallen, aber angesichts des Inhalts Ihrer Anzeige kann ich nicht umhin, einige Dinge beim Namen zu nennen.

Vieles darin ist mir übrigens noch unklar oder rätselhaft – das ist in einem solch knappen Rahmen natürlich nicht zu vermeiden. Bei einigem werde ich mich aufs Raten verlegen müssen.

Was mir beim leicht gelangweilten Durchsehen der Anzeigenspalten sofort ins Auge sprang, war, daß Sie sich selbst als »exhibitionistisch« beschreiben, und das in Kombination mit der erwünschten »voyeuristischen« Veranlagung der Gegenpartei.

Ich bin – obgleich nicht ausschließlich – sehr voyeuristisch veranlagt, wenn auch vielleicht auf eine etwas einseitige Art und Weise: Ich liebe es, einer Frau lange und atemlos zuzuschauen, die sich langsam vor meinen Augen auszieht (vorzugsweise nicht ganz) und mich zwingt, sie anzusehen, während sie sich streichelt und befriedigt und all das mit sich selbst macht, was für gewöhnlich nur in absoluter Verborgenheit geschieht.

Selten war mir eine solche Erfahrung vergönnt. Jahre habe ich mich danach gesehnt, daß jemand freimütig zu mir sagt: »Hör zu, ich bin ziemlich exhibitionistisch veranlagt. Ich fände es wundervoll und erregend, wenn du mir zusehen würdest, während ich ...«

Sie werden daher verstehen, daß ich große Augen machte, als ich von Ihren – übrigens sehr diskret formulierten – Wünschen las. Mit dem gelangweilten Lesen des Abendblatts war es vorbei.

Aber es stand noch mehr in der kleinen Anzeige.

Sie beschreiben Ihre Veranlagung als »exhibitionistisch + etwas dominant«. Meinen Sie damit, dominant auch im sexuellen Sinn, z. B. in Verbindung mit Ihren exhibitionistischen Bedürfnissen? Lieben Sie es, dem anderen Befehle zu erteilen, ihn zum Zuschauen zu zwingen und ihm kleine Aufträge zu geben, die Ihren Genuß steigern? Auch dazu wäre ich bereit. O, ganz gewiß.

Aber vielleicht sollte ich Sie zuerst zu Wort kommen lassen, nachdem ich Sie gefragt habe, was genau Sie unter einem »erregenden, phantasievollen, exklusiven erotischen Erlebnis« verstehen. Vor allem das »exklusive« ... Was ist für Sie exklusiv? Meinen Sie damit, daß mehrere Personen im Spiel sein müssen? Oder wollen Sie damit sagen, daß es etwas Einmaliges bleiben muß?

Den »netten Herrn«, den Sie suchen, beschreiben Sie u. a. als »vermögend, stilvoll, spielerisch«.

Ich bin 37 Jahre alt, also nicht viel älter als Sie; akademisch gebildet. Obwohl ich über ein hohes Einkommen verfüge, habe ich mich nie als vermögend betrachtet, allenfalls als gutsituiert. Gefühl für Stil habe ich sicherlich und spielerisch bin ich ebenfalls, vor allem auf erotischem Gebiet. (Ich habe, glaube ich zu wissen, ein gutes Gefühl für erotisches Erzählen: anhand einer einmal angefangenen Geschichte und der Fragen, die ich dabei stelle, zu versuchen, Ihre intimsten erotischen Phantasien zu erspüren.)

Wegen all dieser Fragen, die noch einer Antwort bedürfen, ist meine Vorstellung von einer evtl. Begegnung noch etwas vage. Ich denke an einen langen Samstagnachmittag, einen, der kein Ende zu nehmen scheint, mit Tageslicht und dem Rauschen des Verkehrs hinter geschlossenen Vorhängen. Ich sehe, wie eine schön gekleidete Frau, die sich gern anschauen läßt (nein, der betrachtet zu werden ein Lebensbedürfnis ist), sich langsam auszieht, während sie sich bereits durch die Kleider hindurch streichelt. Sie trägt zauberhafte Wäsche, die sie, um den verlangenden Zuschauer auf die Folter zu spannen, teilweise anbehält, aber manchmal befiehlt sie dem Mann doch, heranzutreten und aus der Nähe zuzusehen, ohne daß er sie berühren darf. Und er (ich) ist so schamlos nahe mit seinem Gesicht bei ihr, daß er riechen kann, wie sich ihr hinreißender Körpergeruch, von ihr selbst losgewühlt, mit ihren kosmetischen Düften mischt.

Usw. Aber es geht mir mit Sicherheit nicht um den Akt.

Vielleicht kommt diese Vorstellung Ihnen zu bescheiden vor, um als »exklusives erotisches Erlebnis« oder als »Toperfahrung« gelten zu können, aber es ging ja auch nicht in erster Linie um mein exklusives Erlebnis, sondern um das Ihrige – und darüber möchte ich gern mehr erfahren, um einen Beitrag dazu leisten zu können. Richten Sie Ihren Brief bitte an:

Ernst c/o Herrn A. Seijffardt
Kloveniersburgwal 47 A
Amsterdam

Hoffentlich können Sie es gutheißen, daß ich vorläufig, in diesem ersten Brief, nur meinen Vornamen preisgebe. Auch wenn ich Ihnen allein schon aufgrund der sympathisch abgefaßten Anzeige gern vertrauen würde, weiß ich letztlich doch nicht, wo mein Brief landet. Beim nächsten Mal werde ich, falls erforderlich, meine volle Identität aufdecken.

Hoffentlich ist dieser Brief trotz der intimen Details »respektvoll« genug, um beantwortet zu werden, selbst wenn Ihre Antwort, z. B. wegen mangelnder Übereinstimmung unserer beiderseitigen Absichten und Wünsche, negativ wäre. Bedenken Sie aber bitte, daß kein Vorschlag mir so schnell zu gewagt oder zu exklusiv ist.

Mit einem Gruß an die namenlose Frau, von der ich doch – wahrscheinlich zu Unrecht – ein wenig das Gefühl habe, sie aus diesen kurzen Zeitungszeilen etwas kennengelernt zu haben,

Ernst

In einer den Herzschlag beschleunigenden Anwandlung hatte er mittags den Brief fotokopiert und das Original mit der Chiffre in der linken oberen Umschlagecke abgeschickt. Das Absenden, so redete er sich selbst ein, war noch immer Teil eines fiktiven Spiels mit der Illusion der Wirklichkeit.

Nicht umsonst hielten die Griechen in Platons *Gastmahl* am Abend nach dem Fest, noch schwer verkatert, ihre Lobreden auf Eros.

Wieder eine neue Version des Geschehenen! Demnach habe Kiliaan Noppen kurz nach seiner Festnahme ein halbes Röhrchen mit Schlaftabletten geschluckt, und das erkläre seinen erbärmlichen Zustand. Quispel mußte an die kleine Nutte am Leidseplein, bei *Le Berry*, denken.

»Wenn gleich die Tranquilizer wirken ...«

Ihre Augen verdrehten sich in übertriebener Verzückung, fast schon Ekstase. Sie hielt Quispels Hand fest. Quispel fühlte ihr dünnes Handgelenk ... ja, krümmen war noch das beste Wort. Ihre Glieder krümmten sich langsam wie bei einem Insekt, das auf eine Nadel gespießt wurde; es war ein verlangsamtes Gliederzucken. Quispel existierte schon nicht mehr für sie.

Wann hatte Ernst erstmals deutlich gemerkt, daß es vorbei war mit seinem Idealismus als Sozialanwalt, sofern er von einem solchen je beflügelt gewesen war?

Er erinnerte sich an den Kloß in der Kehle, die Rührung, die ihm in der Nase kribbelte, als er nach den ersten Meldungen im Radio mit den Barrikaden konfrontiert wurde, die rings um das besetzte Haus in der Vondelstraat errichtet worden waren. Weshalb diese vage zustimmende Gerührtheit und keine Wut? Leute, die sich nicht kujonieren ließen und sich trotz aller Schwierigkeiten einigelten, mit Sperrholz panzerten, mit zerbrechlichen Stöcken bewaffneten ... rührten die einen nicht immer? Ja, solange wie's dauerte.

Als sich sein Radiowecker am Montagmorgen um sechs einschaltete und die Meldung – viel zu laut – ins Schlafzimmer schmetterte (»... Panzer auf den Straßen von Amsterdam ...«), spürte er sein Herz vor Stolz leicht schwellen. Um acht Uhr legte er, da die Straßenbahnen umgeleitet worden waren, die Strecke von der Kuipersstraat zur Vondelstraat-Kreuzung fast im Laufschritt zurück. Auf der Brücke über den Vondelpark befand sich eine Polizeisperre. Quispel wurde zurückgehalten. Zugang nur für Journalisten. Zum Glück sah Quispel einen Fotografen, dem er schon öfter bei Räumungen und Krawallen begegnet war und der ihm gelegentlich Fotos als Beweis für polizeiliche Gewaltanwendung überlassen hatte. Noch bevor Quispel etwas zu den Polizisten hatte sagen können, kam der mit Apparaten behängte Fotograf auf sie zu.

»Das ist schon in Ordnung. Das ist der berichtende Kollege. Er muß alles aufschreiben.«

Zusammen gingen sie in die beängstigend leere und saubere Constantijn Huygensstraat. Vereinzelt lagen noch Steinbrokken herum, sonst aber war der Asphalt saubergespritzt. Auf der Kreuzung war ein Bulldozer unter dem wachsamen Auge eines Panzers dabei, den letzten Rest einer Barrikade zu beseitigen. Ein Kopf mit Kopfhörern ragte aus dem Geschützturm. Auf der nächsten Kreuzung standen weitere

Panzer und Panzerwagen in einer disziplinierten Reihe einer ebenso geordneten Reihe Kombis der Mobilen Einheit gegenüber. Quispel verspürte in etwa die gleiche Rührung und den gleichen Stolz wie vor ein paar Tagen, diesmal allerdings für die Gegenpartei, die Plattmacher. Ein feiges »Unsere-Jungs«-Gefühl, das ihn zuweilen auch bei Fußball-Länderspielen befiel. Sowie er darüber nachdachte, packte ihn der Abscheu, doch das leise schluchzende Gefühl war da, unverkennbar.

Wenn er ganz ehrlich war, so mußte er zugeben, daß die Anzeige ihn mehr beschäftigte als die Nachricht, die Staatsanwaltschaft wolle Berufung gegen die von Quispel erwirkte Freilassung der Inhaftierten einlegen. Er würde am liebsten das halbe Gesicht im Schoß, im nassen Fleisch einer Frau vergraben.

Da näherte sich über den Museumplein im Dämmerlicht lautlos der Fackelzug – mit mehr Teilnehmern, als er in der vergangenen Nacht an der Amstel gesehen hatte. An der Spitze schritt, die Fackeln in der freien Hand, Arm in Arm das Ehepaar Noppen. Noch am selben Nachmittag hatte Vater Noppen eine Erklärung gegenüber den Journalisten abgegeben, wonach sein Sohn »nicht mißhandelt« worden sei und die Polizei »kein Tadel« treffe. Quispel reihte sich neben ihm ein. Der Mann sah sich in einem fort um, mit Tränen in den Augen.

»Das ist so herzzerreißend herzerwärmend. Ich habe das Gefühl, daß Kieltje erst jetzt würdig bestattet wird. Uns reut die nächtliche Beerdigung immer mehr.«

Über den Leidseplein ging es Richtung Polizeipräsidium. Ein berittener Polizeibeamter klapperte vor dem Zug her.

Hatten die Hähne von irgend jemandem, zum Beispiel Vater Noppen, gehört, wie ihr Dr. Nop im Leichenschauhaus dagelegen hatte? Wie er trugen sie ihren Kamm alle auf halbmast: Ohne Stärke oder Zuckerwasser fiel das Haar über den kahlen Teil ihres Schädels.

Ein Transparent, das einzige, das mitgeführt wurde, lautete:

BÜRGERMEISTER: MORDSKERL

Die Funktion der flammenden Kämme hatten jetzt die flammenden Fackeln übernommen. Langsam und feierlich folgten die Straßenbahnen. Von Zeit zu Zeit übergaben zwei Hähne ihre Fackeln jemand anderem, woraufhin sich der eine auf den Asphalt fallen ließ und der andere dessen Kontur mit Kreide grob umriß.

Erröten am Rande der Verliebtheit

Sonnabend, 13. April 1985

Das plötzlich aus dem Nichts heraus entstandene Glücksgefühl (pures Glück, das mit sich selbst spielte; Glück ohne Objekt, wie auch Mathematik kein Objekt hat, reines Spiel, reines Vergnügen ist) nahm die kindlichsten Ausdrucksformen an. Alle möglichen Attitüden und Anwandlungen seiner frühesten Jugend, die offenbar noch in ihm steckten. Die Versuchung, schnell über die Straße zu rennen, zwischen den Leuten durchzuflitzen wie ein Skifahrer zwischen den Fahnenstangen ... in der Öffentlichkeit zu pfeifen und zu singen, was er sonst nie tat ... allen Leuten, die ihm in der Kalverstraat entgegenkamen, offen ins Gesicht zu schauen.

Schien die Sonne, so ging er auf der Sonnenseite der Straße.

Das ganze Jahr über bewegte sich Quispel schwerfüßig durch die Welt, nur nicht in seinen Flitterwochen: dann tanzte er. Und wenn der Tanz zu Ende getanzt war, waren seine Füße noch schwerer und schmerzten noch mehr als zuvor.

Kaum aufgewacht – meist nach wenigen Stunden Schlaf –, gebärdete er sich, als stünde das Haus in Flammen, so schnell war er in den Kleidern, so schnell rannte er die Treppe hinunter, zur Tür hinaus, in die Sonne ... Wie ein Hase schoß er in gestrecktem Tempo auf das Locklicht der sonnigen Stadt zu, atemlos, mit klopfendem Herzen. Atemlosigkeit und Herzklopfen schürten seinen Rausch nur noch mehr.

Abends gab es wieder andere Locklichter.

Sein Glück war unangenehm und bitter, aber es riß ihn mit. Er hatte nicht mehr über sich zu bestimmen.

Quispel richtete nicht nur einen einzelnen Trinkabend fast wie ein Kunstwerk auf eine Apotheose hin aus, sondern gestaltete so auch seine gesamte Trinkperiode. Im Laufe der

Jahre waren Spielregeln entstanden, heimliche Gesetze, die nur für ihn galten, an die er sich aber automatisch hielt. Verfeinerungen. Tabus. Das »bis hierhin und nicht weiter«, zum Beispiel, wenn es ums Schmusen ging.

Die Leute, die mit neidischem Haß zu Quispel aufschauten, hatten nichts begriffen, gar nichts.

Daß es ihm scheinbar mühelos gelang, der beste und in materieller Hinsicht erfolgreichste Anwalt seiner Generation zu bleiben, mochte ja noch hingehen und würde ihm, ausgenommen vielleicht einige allzu neidische Kollegen, verziehen werden, hätte er nicht auch noch eine so phantastische Frau wie Zwanet an seiner Seite gehabt. Männliche Kollegen beglückwünschten Ernst immer wieder zu einer solchen Schönheit. Ihre Frauen – das war Quispel nicht entgangen – suchten mit leicht zusammengekniffenen Augen in Zwanets Gesicht und Haltung nach Zeichen des Verwöhntseins, der Koketterie ... nach irgend etwas Blasiertem ... übrigens ohne irgend etwas Derartiges an ihr entdecken zu können.

Zwanet schien sich ihrer Schönheit nicht bewußt zu sein. Obwohl, »nicht bewußt« ... das traf es nicht ganz. War diese Schönheit vollkommen selbstverständlich für sie?

Nein, auch das traf nicht uneingeschränkt zu. Zwanet war, da ihr jegliche Koketterie, jegliche Großtuerei abging, imstande, ihr phantastisches Aussehen jeweils für längere Zeit zu vergessen, und zwar völlig zu vergessen. Das war in erster Linie an ihrem Blick zu erkennen, der (außer daß er an sich schon schön war) anderen nichts von ihrer ungewöhnlichen Schönheit absichtlich ins Gesicht schleuderte. Zwanet besaß einen entwaffnenden, interessierten Blick, in dem keine eiskalte Ironie, sondern allenfalls ein wenig Humor schimmerte. Sie konnte ihre eigene Schönheit so völlig vergessen, daß sie bei einem gehässigen oder neidischen Blick einer anderen Frau in Panik geriet und dachte, sie hätte »etwas Falsches gesagt«.

Ein Freund von Ernst sagte einmal: »Ich bin nicht sicher,

ob ich sie ohne diese leichte Naivität genauso reizvoll fände. Jedenfalls wäre sie weniger rührend. Ich bin insgeheim froh, daß Zwanet meinem besten Freund gehört, so daß ich ihr nicht den Hof zu machen brauche. Wäre sie frei gewesen, dann hätte mir soviel Schönheit Angst eingejagt, ich schwör's dir. Hätte mich sogar gelähmt.«

Tatsächlich machte ihr niemand den Hof.

Ernst schien die schleimigen Komplimente seiner Kollegen immer einigermaßen zerstreut einzustecken, wer dabei jedoch genau auf seine Miene achtete, sah etwas Besorgtes und Beunruhigtes um seine rechte Augenbraue und den linken Mundwinkel. Die Schönheit seiner Frau, die von anderen in den höchsten Tönen gerühmt wurde, entzog sich weitestgehend seiner Wahrnehmung. Wie außerordentlich schön sie sein mußte, las er vornehmlich an den Blicken anderer ab, Männern wie Frauen. Er fühlte sich deswegen schuldig und quälte sich mit seinen Schuldgefühlen.

Es war nicht so, daß Zwanet, etwa infolge ehelicher Gewöhnung, ihre Schönheit für ihn verloren hätte. Obwohl ihm im Hinblick auf den zu erwartenden makellosen Nachwuchs ganz kurz der Gedanke »diese und keine andere« durch den Kopf geschossen war, hatte Quispel Zwanet nicht ihres schönen Äußeren wegen geheiratet. Dafür war er keineswegs völlig blind (im Gegenteil, er brauchte sie ja nur – objektiv – mit anderen Frauen zu vergleichen), aber für ihn ging davon keinerlei Reiz aus, damals nicht und später ebensowenig. Seine Zuneigung speiste sich aus ganz anderen, schwer zu definierenden persönlichen, rührenden Merkmalen wie zum Beispiel, wenn sie sich mit der Spitze ihres Mittelfingers sanft über die Augenbrauenhärchen strich, was er, so gedankenlos es auch geschah, als Zeichen dafür deuten lernte, daß sie Lust auf Liebe hatte. Oder die kleine Delle, kaum ein »Grübchen«, in der einen Wange ... Und von diesen Merkmalen gab es noch mehr. In den ersten Jahren ihrer Ehe, je mehr sich Quispel durch die Blicke anderer Zwanets – offensichtlich frappierender – Schönheit bewußt wurde, schien ebendiese

Schönheit, durch die er anfänglich mühelos hindurchgeschaut hatte, ihm mehr und mehr den Blick auf all die besonderen, rührenden kleinen Details zu verstellen, die zusammengenommen Zwanets Reiz für ihn ausmachten.

So stellte sich Zwanets ausnehmende Schönheit, für die sie selbst nicht mal ein Auge hatte, gegen sie und entfremdete sie ihrem eigenen Mann. Ernst hingegen verspürte Gewissensbisse, daß er ungewollt soviel Schönheit verkannte, in der gleichen Weise, wie man sich schuldig fühlen kann, wenn man für die Schönheit eines vielgepriesenen Kunstwerks unempfänglich bleibt.

In seinen seltenen Trinkperioden vergnügte sich Quispel, Gatte einer der schönsten Frauen der Stadt, mit jener Art von Mädchen, die die meisten Männer übersahen. Sie waren nicht hübsch, nicht reizvoll, aber auch nicht abstoßend, und ihre Unansehnlichkeit hatte ihnen keine harten, bitteren Züge verliehen. Es war Quispels Bestreben, sie hübsch zu machen oder, besser gesagt: das Hübscheste in ihnen zum Vorschein zu bringen. Sie »erglühen zu lassen«, wie er es einmal Albert Egberts gegenüber ausdrückte, als er ihn in einer Kneipe traf.

»Nein, nein, ich meine das fast wörtlich. Siehst du das Mädchen da? Nein, nicht die ... die ist schon von allein viel zu hübsch. Nein, daneben.«

»Die Mollige?«

»Ja, sieh sie dir mal richtig an, sie ist es wert. Und je länger man hinschaut, um so angenehmer wirkt sie. Sie merkt es ... sie errötet ... Dieses Erröten, siehst du, macht sie wehrlos und damit hübsch. Ein Mädchengesicht, das errötet am Rande der Verliebtheit, der vorsichtigen Hingabe ... du, das ist wunderbar. Schönheit ist etwas, was entzündet werden muß und erst dann sichtbar wird. Gerieben werden muß wie Aladins Wunderlampe, sorry für den Vergleich. Schönheit, die fix und fertig auf mich zukommt, kann mir gestohlen bleiben. Ich suche das Schöne in dem, was wehrlos ist.«

Dieses Erglühen von auf den ersten Blick farblosen Mädchen wollte Quispel während seiner Flitterwochen immer wieder von neuem erleben, bei immer wieder anderen. Er sammelte Mädchen, bis er einen ganzen Trupp beisammen hatte, doch was den Sex anging, »schonte« er sie, ließ er sie ungeschoren. Für ihn galt sein »bis hierhin und nicht weiter«. Nur, etwas von diesem Erröten am Rande der Verliebtheit wollte er in dem kleinen Wunder der körperlichen Erregung wiederholt sehen.

»Wenn ihre Geschlossenheit einmal dahin ist, Albert, und ich auch nur etwas an ihr habe glitzern sehen, dann ist damit meine Eroberung, wenn man es so nennen will, vollbracht. Ein erstes Glitzern im Halbdunkel eines Mädchenzimmers, mehr verlange ich nicht. Ich habe für einen Augenblick die Glut erlebt, die sie, so fade sie auch schien, schön machte, und das reicht mir: Schon sitze ich wieder im Taxi, unterwegs zum nächsten keuschen Abenteuer. Ein paar Wochen lang lebe ich in einer Welt der Jungfrauen.«

Ohne auf sexuelle Befriedigung abzustellen, sättigte sich Quispel im Laufe zweier Wochen so gründlich an der flüchtigen Glut all dieser unansehnlichen (und doch schönen) Frauen, daß er sich schließlich, völlig saturiert, nur noch in einen schwarzen Abgrund zu trinken brauchte. Danach konnte er nach Hause, wo der Panzer von Zwanets Schönheit wieder ganz transparent geworden war: Zwanet zeigte, ohne sich dessen bewußt zu sein, ihre wehrloseste und rührendste Seite. Sie bemühte sich, vorwurfsvoll zu schauen, doch die Spitze ihres Mittelfingers fuhr mit kurzen, schnellen Strichen über ihre hochgezogene Braue.

Um 1960 hieß es wieder einmal, die Welt würde untergehen. Im Fernsehen waren Leute zu sehen, die sich mit Schlafsäcken und Weckern in die Alpen zurückgezogen hatten, um das Ende abzuwarten, beziehungsweise ihm zu entrinnen.

Mit einem Gefühl, als habe er gerade für immer Abschied von seiner Mutter genommen, ging der elf- oder zwölfjährige Ernst an diesem Mittag, an dem der Prophezeiung zufolge das Ende nahen sollte, zur Schule. Auf dem Schulhof, wo aufgeregt über die bevorstehende Apokalypse gesprochen wurde, drückte sich sein Klassenkamerad Boy in der Nähe eines Mädchens namens Toke herum. Boy, so wußte Ernst, war in Toke verliebt, hatte sich ihr aber noch nie zu nähern gewagt. Jetzt schlang er, ermutigt durch die allgemeine Aufregung, plötzlich die Arme um sie und rief: »Wenn gleich die Welt untergeht, halt ich dich so fest.«

Toke lachte, und obwohl sie sich aus Boys Armen löste, konnte Ernst erkennen, daß ihr seine Geste gefiel. Noch nie hatte er sich so einsam gefühlt. Gleich, um halb vier, zur vorbestimmten Zeit, würde er mutterseelenallein in die Tiefe stürzen ... Denn so stellte er sich das Ende der Welt vor: eine sich auftuende Erde, ein klaffender Abgrund; nach dem Massensturz würde sich die Kluft teilweise wieder schließen. Ernst bereute zutiefst, daß er kein Mädchen wie Toke besaß, an das er sich, wenn es soweit war, klammern konnte.

Es wurde halb vier, vier: Die Welt blieb intakt. Seitdem aber sammelte Ernst Mädchen.

Die weibliche Scham hatte für ihn auch ein Profil, und das stellte er sich wie die bizarre, immer wieder anders ausfallende Kontur eines Teils aus einem Puzzlespiel vor. Dieses Puzzleteil war zum größten Teil im Mädchenkörper verborgen. Die Einbuchtungen und Ausstülpungen zeichnete er mit Fingern und Zunge nach.

Früher oder später mußte er sie alle kennenlernen.

Bei Tageslicht machte er Bekanntschaft mit Margootjes größtem Handicap: dem Erröten. Nicht genug damit, daß sie eine zu ihr gehörende »natürliche« Röte besaß: ein rotes Gesicht, dessen Wangen noch einen Ton röter waren. Darüber hinaus konnte schon die kleinste Kleinigkeit – das Umstoßen ihres Glases in einem Lokal – einen blauroten Schatten über ihr Gesicht jagen. Sie errötete noch über ihrer Röte. Und wenn dann der Kellner, der die Sache mit seinem Geschirrtuch weiter verschlimmerte, sagte: »Aber Schätzchen, deswegen brauchst du doch nicht so rot zu werden«, wurden ihre Wangen purpurfarben und sie schaute hilflos aus sich verengenden Augen.

In dem italienischen Restaurant, in dem sie gegessen hatten, bestellte Margootje ungeschickterweise eine Banane als Nachtisch. Der Kellner, der Blut geleckt hatte (er hatte sie an diesem Abend schon mehrmals erröten sehen), wiederholte das Wort auf italienisch so oft, so nachdrücklich und so übertrieben korrekt in immer wieder anderen Satzkonstruktionen, daß sich die Banane, die er ihr schließlich – auf einer Untertasse – brachte, von einem Dessert in etwas äußerst Obszönes verwandelt hatte.

»Prego. Una banana per la signorina.«

Auf der monströsen Frucht, die etwas zu regelmäßig braun geädert war, schien durch die Intonation des Kellners ein Film, ein feuchtes Glitzern zu liegen, und aus dem kurzen braunen Stiel mit dem Knorz war unzweideutig ein Griff geworden. Bei Margootje konnte sich die Röte noch weiter vertiefen; schnell wie der Schatten einer Wolke bei starkem Wind zog sie von ihrer Stirn bis unter das Dekolleté. Ihre kleinen Hände, die übrigens blaß blieben, bildeten dann eine Art Maske, die nur leider nicht groß genug war, um das runde Gesicht ganz zu bedecken. Die kleinen Finger fanden einander auf der Oberlippe, die Daumen drückten an die Ohren, die Ringfinger lagen beiderseits der Nase, während die Spitzen der Mittelfinger in den Augenwinkeln und die Zeigefinger an den Schläfen ruhten. Zwischen ihren molligen Fingern Streifen blauroter Haut. Die Ohren schauten dunkel und glühend aus dem beinahe weißen Haar. Die »Röte dankbarer Verliebtheit«, auf deren Suche sich Quispel ständig befand, konnte auch allzu wörtlich ausfallen.

Ihr blieb nichts anderes übrig, als die Banane mit Messer und Gabel in der Mitte durchzuschneiden und jede Hälfte mit dem Dessertlöffel auszulöffeln. Ihre Röte ließ sich dadurch nicht vertreiben.

Was empfand eine Frau, die sich nach dem Verkehr zum Reinigen hinhockte, wenn sie gleichzeitig mit dem Samen des Mannes auch sein Blut verlor?

»He, du hast ja wieder geblutet.«

Schuld daran war eine zähe, kernig-stramme Australierin, die beschlossen hatte, in Europa endlich, mit vierundzwanzig Jahren, ihre Jungfräulichkeit loszuwerden. Die Euphorie war in dem Jahr zu früh gekommen. Noch kein halbes Jahr nach dem beschämenden Ende seiner letzten Periode hatte die neue sich in Form einer tollkühnen Kreditaufnahme bei einer Bank in Höhe von mehreren tausend Gulden angekündigt. Es war Ende März oder Anfang April '78. Quispel, noch sehr schlank, hatte sich die schönsten Klamotten maßschneidern lassen. Eine kurze Jacke aus dem weichsten Lammleder. Ein seidenes Hemd mit weitfallenden Ärmeln. Eine Hose aus einer Art veredeltem Segeltuch, die sich so perfekt um Taille, Hüften und Oberschenkel schmiegte, daß sich eine große Hand fest um Hintern und Scham zu spannen schien, um ihn zu tragen und vorwärtszuschieben, wobei seine Füße in den hochhackigen Boots den Bürgersteig kaum zu berühren schienen. So eilte er schwerelos durch die Stadt, in der seine Streifzüge noch kein festes Muster angenommen hatten. Ernst war gerade dreißig geworden, aber noch ganz ein Junge. »Zum letztenmal ein Junge sein«, schluchzte es in ihm, und sein Herz jauchzte. Seine goldene Stimmung, die exquisite Kleidung, sie machten ihn fünf Jahre jünger. Er legte größere Entfernungen zurück als sonst, so als wüßte er nicht recht, wohin. Quispel entdeckte, daß geliehenes, mit Zinsen belastetes Geld einen höheren Genuß schenkt als sauer verdientes. Es war seins, es befand sich in seinen Taschen, ohne daß er Lebenszeit hineingesteckt hätte, höchstens die Zeit, die nötig gewesen war, der Bank die fünftausend Gulden abzuluchsen. Er konnte es sorglos ausgeben, ohne die dafür aufgewendete Mühe zu spüren; in gewisser Weise gehörte das Geld ihm mehr, als wenn er es selbst verdient hätte. Er hatte es aus dem Nichts hervorgezaubert, und das war das Höchste.

»He, du hast ja wieder geblutet ...«

Er konnte nicht bei ihr bleiben. Er mußte sein Glück, das brannte und schmerzte, in die Stadt tragen. Er mußte es dämpfen – oder anfachen, je nach dem –, indem er lebhaft auf Bekannte wie Unbekannte einredete.

Als er wieder draußen in der Retiefstraat stand, herrschte dichter Nebel. Alles war jetzt Brennstoff für seine Euphorie, der Rum, die Wunde, der Nebel. Sein Empfinden sagte ihm, daß Nebel in diesem Augenblick die einzig richtige und einzig mögliche Witterung sei. Der dichte Nebel hatte wie unter einer Glasglocke das erleuchtete Labyrinth für ihn bewahrt; dort drüben lag es, auf der anderen Flußseite, und wartete auf ihn. Quispel ging auf gut Glück in Richtung Zentrum, verirrte sich aber nach kurzer Zeit. Er blieb stehen, lauschte angespannt. Keine Straßenbahn zu hören. Er ging weiter und beschleunigte ungeduldig seine Schritte. Da war die Hand wieder und schob am unteren Ende seines Rückens. Es konnte ihm nicht schnell genug gehen. Er hatte einen Auftrag!

»... ja geblutet.«

War es die Wärme des Blutes, die er zwischen den Beinen fühlte, oder verursachte der durch seine Exaltiertheit gefilterte Schmerz dieses Glühen? Die Welt, die Stadt, das Wetter, sein Körper – alles übertrug sich in die seltsame Sprache seines Glücks, während die Dinge außerhalb seines Blickfelds ungerührt blieben, was sie waren. Ernst hatte sich nicht gewaschen. Ihr Schleim hatte Salz in seine kleine Wunde gerieben. Er spürte, wie es zog. Nie, nie wieder den Akt.

Mitten in der nebligen, nächtlichen Verlassenheit von Amsterdam-Ost stand ein Taxi mit einladend geöffneter Tür, die Karosserie beschlagen wie ein eben benutzter Duschraum. Der Fahrer war dabei, die Frontscheibe sauber zu wischen. Es paßte zu Quispels harmonischem Verständnis der Welt: Der Wagen dort wartete auf ihn, auf ihn allein.

Schmerz und die Euphorie des Trinkens – das hatte er schon einmal erlebt, als er noch studierte.

Zu Hause, in seinem Zimmer, hatte er bereits zum Whisky gegriffen, hatte er bereits mit der Gestaltung des Abends begonnen, der mit einem nächtlichen Popkonzert enden sollte. Er nahm die Flasche mit in den Studentenclub, stellte sie dort hinter den Vorhang. Von Zeit zu Zeit verschwand er dahinter (nur mit dem Oberkörper, die Beine blieben weiterhin sichtbar, aber das merkte er nicht: Er war wie ein Kleinkind, das glaubt, sich unsichtbar zu machen, indem es die Hände vor die Augen hält), um die Flasche anzusetzen, wobei er sich in dem Fenster mit der undurchdringlichen Finsternis dahinter ganz groß gespiegelt sah. Als Ernst unvermittelt Nasenbluten bekam, fing John Vlacq, der ihn öfter bemutterte, an, auf ihn einzuschimpfen. »Du Schwein! Du machst dich ja selbst kaputt! Denk doch auch mal an deine Eltern ...«

John wußte nicht, daß Ernst an einer Stirnhöhlenentzündung litt. Beim Arbeiten am Schreibtisch konnte es plötzlich passieren: ein heftiges Kribbeln in der Gegend der Nasenwurzel, und schon rollte ein warmer Blutstropfen durch die Höhlung, der oft mitten auf die Buchseite spritzte. Er war daran gewöhnt, aber für Vlacq war er im Begriff, sich um den Verstand zu saufen. Er widersprach seinem Freund nicht. Es erregte ihn, daß er in den Augen anderer mit seiner Selbstzerstörung schon ein ganzes Stück weit gekommen war. Er spielte das Spiel mit. Doch wo hörte es auf? Er steckte den Kopf so lange hinter den Vorhang, bis die Flasche leer war. Er tanzte. Er nahm einen Vorschuß auf das Nachtkonzert. Es war Winter. Im Clubraum brannte ein mannshoher Zylinderofen auf vollen Touren. Ernst tanzte mit geschlossenen Augen, allein mit seinem Rausch, gegen den glühenden Ofen. Ein Zischen ertönte, nicht zu unterscheiden von dem Geräusch, mit dem Ernst Luft zwischen den Zähnen einsog. Die Berührung mit der glühenden Ummantelung glich einem tiefen Zug aus der Whiskyflasche: Eine versengende Glut durchfuhr ihn, war im nächsten Moment vorbei, kehrte dann wieder in warmen Wellen zurück. Er tanzte weiter, trank weiter, bis der Schmerz der Brandwunde vom Jauchzen in seinem Blut nicht mehr zu unterscheiden war. Der Schmerz verstärkte die Euphorie, die Euphorie speiste sich aus dem Schmerz. Der Schmerz wurde umgesetzt.

Während des Nachtkonzerts einer Gruppe im Concertgebouw, die sich nach einem Buch von Burroughs *The Soft Machine* nannte, schrie Ernst sich alles Zuviel aus dem Leib. Seine Glücksgefühle steigerten sich bis zum Äußersten, als er merkte, wie der Schmerz unterdrückt wurde, wie dort in der Tiefe jede Faser, jede Zelle an der Umsetzung von Schmerz in brennendes Glück mitwirkte.

Es war eine gute Idee von ihm gewesen, Krawatten zu hamstern. Der Schlips war und blieb jedes Jahr seine Schwachstelle. So fleckenlos der Abend sonst auch verlief, so sauber er seine Kleider auch hielt, immer konnte ein Tropfen genau in dem Moment an der Barkante hängen, in dem er sich vorbeugte, um etwas zu bestellen. Die Krawatte war dann das empfindlichste Kleidungsstück. Selbst ein fast unsichtbarer Fleck, zum Beispiel von Bier, war ihm bereits ein Greuel. Nein, Krawatten hatte man nie genug in so einer Zeit. Und später ... aber daran durfte er jetzt nicht denken ... später, in ein paar Wochen, würden sie schon von fern das Symbol seines miesen Zustandes sein. Aus der locker geknüpften Krawatte würde ein eisenhart festgezurrter Knoten werden, eine Krawatte, die ihm lose um den Hals hängen würde, oft mit der Rückseite und dem eingenähten Markennamen nach außen. Frauen würden dann nicht mehr auf ihn zukommen, um sich an seiner Fröhlichkeit und Schlagfertigkeit zu ergötzen, sondern nur noch, um seine Krawatte umzudrehen und zu versuchen, den Knoten etwas höher zu schieben – mit einem spöttischen Zug um den Mund, sofern es nicht nur aus Mitleid geschah.

Vorzeichen und Symbol des Niedergangs dieser Periode würde die italienische Krawatte sein, das wußte er jetzt schon. Noch eine Flagge, bald ein Spüllappen.

Dirty Letter

Sonnabend, 4. Mai 1985

Zwei Tage später – gestern, am Freitag – war bereits Antwort von der exhibit. + etwas domin. Dame an der angegebenen Adresse eingegangen. Umschlag und Briefpapier wie auch die Handschrift enttäuschten Quispel etwas bei dieser überkultivierten, eleganten Frau, doch vom Inhalt des Briefes ließ er sich sofort berauschen.

»Ah, von Briefen überschwemmt werden, Deinen (ja, gern, duzen wir uns!) unglaublich dicken Brief aus dem Umschlag ziehen, als erstes Wort ›dirty letter‹ lesen, das Schlimmste befürchten und dann entdecken, daß Du genau erspürt hast, was ich meine, und das auch noch sehr diskret umschrieben hast. Ernst, was will ich mehr!?«

Sie beschrieb sich selbst so: »1,70 m groß, kupferrote Locken, blaue Augen, eine Figur, um sich weiblich zu kleiden und ... auszukleiden ...« »Spitzenposition im Bereich der Massenmedien.«

Aus letzterem bat sie den Adressaten zu schließen, daß sie »keine professionellen Absichten« hege. Aber: »Es ist meine geheimste Phantasie, einmal von einem Mann ›gekauft‹ zu werden.«

»Im Alltag hinterläßt meine Erscheinung einen tiefen Eindruck bei Männern. Doch ich bin zu distinguiert, um mir auch nur im geringsten anmerken zu lassen, wieviel Freude mir das macht. (...) Aber einmal möchte ich auch offen Freude daran empfinden, es in vollen Zügen genießen, daß es jemanden entzückt, mich anzuschauen, etc. etc. Bist Du dieser ›jemand‹? Ich hoffe es.«

Sie bat ihn, ihr noch einmal unter Chiffre zu schreiben und seine Telefonnummer anzugeben. »Ich rufe Dich dann so schnell wie möglich an, Du hörst meine auch als ›samten‹ beschriebene Stimme, uns wird klar, daß wir beide dasselbe suchen, und wir verabreden uns. Kannst Du Dir vorstellen, was ich dann trage? Magst Du Frauen mit schönen, eleganten Hüten?«

Unterschrift: Autarchina, »für Dich Oty«. Poststempel: Haarlem.

Endlich war es also soweit: Die Vision war hautnah an die Wirklichkeit herangerückt. Quispel hatte das Gefühl, nicht mehr zurückzukönnen. Er wurde im Genick gepackt und ins Abenteuer gezerrt.

An Autarchina,
Haarlem

Betr.: *Het Devies*, Sonnabend, 27. April 1985
/Chiffre Nr. 945502819

Amsterdam, Freitag, 3. Mai 1985

Hallo Oty,
plötzlich hast Du einen Namen und bist »Du«. Einstweilen erst ein Gesicht. Und ein Körper ...

Obwohl. Aufgrund Deiner Selbstbeschreibung als 1,70 große, blauäugige Kupferrote glaubte ich dich einen Moment lang* – gehend, mit einem Hut auf dem Kopf – ganz scharf zu sehen, aber das kam sicherlich auch durch das Detail der sich umdrehenden, manchmal gegen einen Laternenpfahl rennenden Männer.

Dein Brief, den ich heute morgen erhielt und mit rasch trocken werdender Kehle las, war eine Überraschung, da ich mir nach dem Abschicken meines Briefes nicht mehr so sicher war, ob ich Deine Absichten wirklich »so genau erspürt« hatte, wie Du es jetzt zu meiner Erleichterung formulierst. Wie gesagt: Ich bekam eine trockene Kehle. Dein Brief hat mich erregt wegen der unglaublichen Entschlossenheit, mit der Du einen insgeheim gehegten erotischen Traum wahr werden lassen willst. Das erfordert Mut. Die meisten belassen es bei ihrem (Tag-)Traum. Diesen Mut bewundere ich an Dir.

* selbstverständlich im Geiste

Ein Nachteil dabei ist natürlich, daß der Traum, die Phantasie, die Vision nie (oder selten) ganz, bis ins letzte Detail, zu verwirklichen ist; es bleibt immer eine Diskrepanz zwischen der erotischen Idealvorstellung und deren Verwirklichung, und sei es auch nur aus dem Grund, weil mindestens zwei Menschen mit all ihren Eigenarten daran beteiligt sind. Ich sage das, weil ich nicht weiß, inwieweit Du Erfahrung hast mit der »Verwirklichung« Deiner geheimsten Visionen und Wunschträume. (In Deinem Brief steht: »Aber einmal möchte ich auch offen Freude daran empfinden, es in vollen Zügen genießen, daß es jemanden ...« Etc. Das scheint darauf hinzudeuten, daß du schon lange, womöglich schon Jahre, mit diesen quälenden Phantasien lebst.) Nun ja, sofern uns beiden bewußt bleibt, daß die Wirklichkeit nie ganz an den Traum herankommt, sofern wir uns darüber einig sind, dann können wir gemeinsam darauf hinarbeiten, daß unsere Begegnung – falls sie zustande kommt, was ich inständig hoffe! – Deinen geheimsten Wünschen und Phantasien zumindest so nahe wie möglich kommt. Ich sage ausdrücklich »Deinen«, denn mein Genuß besteht in Deinem, oder besser gesagt: Der Anblick Deines Genusses, Deiner Erregung, ist mein Genuß. Ich hoffe daher, daß Du Dir bei unserem Treffen nichts versagen wirst, was Dir evtl. Genuß bereiten kann.

»Kannst Du Dir vorstellen, was ich dann trage?« fragst Du im Hinblick auf eine mögliche Begegnung. Und: »Magst Du Frauen mit schönen, eleganten Hüten?« Sätze, die an sich schon überaus erregend sind. Nochmals, ich möchte, daß Du Dich so anziehst, wie Du Dich einem Mann am liebsten zeigen würdest. Wenngleich ich ehrlichkeitshalber dazusagen muß, daß das Detail mit den Hüten mich ins Träumen versetzt hat. Ich sehe Dich beharrlich mit einem Hut vor mir. Auch während Du Dich ausziehst, behältst Du den Hut bis zuletzt auf, und vielleicht setzt Du ihn – so wenigstens will es mein ziemlich aufdringlicher Tagtraum – auch überhaupt nicht ab. So etwas meinte ich, als ich in meinem letzten Brief schrieb, daß ich es liebe, »einer Frau sehr lange zuzuschauen, die sich langsam vor meinen Augen auszieht«, und dann hinzufügte: »vorzugsweise nicht ganz«. Dies ist das Geheimnis des am Körper verbliebenen Kleidungsstücks: Es hebt die Nacktheit nur um so mehr hervor, umrahmt sie gleichsam und macht sie damit für das Auge noch erregender. So können auch Strümpfe, die – mit oder ohne Strapsen – anbehalten werden, die nahe Nacktheit hinreißend akzentuieren. Ich glaube, ich mag schwarze Wäsche nicht besonders, lieber weiße oder pfirsichfarbene, aber ich will nicht zuviel von meinen Vorlieben sprechen. Du bist diejenige, die entscheidet und mir die Überraschung bereitet.

Weißt Du, daß allein schon die schriftliche Erwähnung solcher Details mich von Kopf bis Fuß in Glut versetzt? Du hast mir ein Kompliment zu meiner Schrift gemacht, doch heute habe ich den Füller nur mit Mühe unter Kontrolle, so sehr zittert mir die Hand von einer seltsamen Erregung.

Ich möchte jetzt noch einige Details in Deinem Brief ansprechen, die mir nicht ganz klar sind. Aus der Anzeige und später aus dem, was Du schriebst, hatte ich bereits verstanden, daß es Dir um die Befriedigung höchstpersönlicher Wünsche geht, nicht um finanziellen Gewinn, und Du betonst das noch einmal, als Du sagst, daß Du eine »Spitzenfunktion« bekleidest und daher keine »professionellen Absichten« mit Deinem Aufruf verfolgst. Auf der anderen Seite schreibst Du – ich zitiere wörtlich –, daß es Deine »geheimste Phantasie ist, einmal von einem Mann ›gekauft‹ zu werden«.

Ich nehme also an (wenn ich mich irre, dann korrigiere mich bitte), daß Deine Phantasien, Dich von einem Mann schamlos betrachten zu lassen, an die Phantasie gekoppelt sind, von ebendiesem Mann gekauft zu werden. Mit anderen Worten, wenn Du Dich verkaufst, kannst Du Dich ihm um so schamloser zeigen; er hat schließlich dafür bezahlt, nicht wahr? Nun, Oty: Wenn Du käuflich bist, um an- und ausgezogen betrachtet zu werden etc., wie hoch ist dann Dein »Tarif«? Damit die Sache komplett ist, muß auch das klar vereinbart sein. Oder nicht? Und ebenso, was ich, wenn ich

Dich für ein paar Stunden »gekauft« habe, in dieser Zeit in etwa von Dir erwarten darf. Du befriedigst Dich doch sicherlich, am liebsten mehrmals, während ich völlig gebannt Deinem Spiel zusehe? Dein Genuß ist mein Genuß. Ich will alles von Dir sehen.

Was hieltest Du davon, wenn wir uns in einem Hotel treffen? Ein Hotelzimmer (natürlich ein gutes) ist wahrscheinlich die passende anonyme Umgebung für so eine – im Prinzip – einmalige* intime Begegnung. Die Frage ist dann noch wo, in welcher Stadt. Im Poststempel Deines Briefes steht Haarlem. Wohnst oder arbeitest Du dort oder in der Nähe? Aber gut, das klären wir noch, ob Haarlem, Amsterdam oder irgendwoanders auf neutralem Gebiet.

Ich gebe Dir noch keine Telefonnummer. Meine Privatnummer möchte ich lieber ganz aus dem Spiel lassen, und hier, in meiner »Arbeitswohnung«, wie ich es nenne, steht zwar ein Telefon, aber das habe ich nach Seijffardts Abreise bewußt nicht wieder anschließen lassen: Mir ist meine Ruhe zu lieb in den paar Stunden am Tag, die ich hier bin. Es wäre natürlich eine romantisch-leidenschaftliche Tat, den Apparat ausschließlich für diesen einen »samtenen« Anruf von Dir wieder in Betrieb zu nehmen. Ich werde mir noch etwas überlegen: irgendeinen Ort, wo Du mich zu einem noch zu vereinbarenden Zeitpunkt anrufen kannst; es sei denn, Du nennst mir eine geeignete Nummer, unter der ich Dich erreichen kann. Auf jeden Fall möchte ich, bevor es soweit ist, erst noch einen Brief von Dir, in dem Du kurz auf diesen Brief und die darin enthaltenen Fragen eingehst. Du findest doch hoffentlich nicht, daß jetzt alles zu kompliziert wird?

Was eine Verabredung betrifft, schon mal dies: Dienstags, donnerstags und samstags paßt es mir am besten, am liebsten (nach)mittags. (Nachmittags sowohl aus praktischen als auch aus »intimen« Gründen: Nach 3 oder 4 Uhr nachmittags macht sich das Verlangen des Blutes bei mir am stärksten bemerkbar. Aber hier hat Deine Vorliebe natürlich minde-

* »aber wer weiß«, sage ich Dir nach

stens das gleiche Gewicht.) Bis etwa zum 20. Mai bin ich unglücklicherweise ziemlich beschäftigt*; aber schließlich wird es ohnehin noch einiger Briefe und evtl. auch Anrufe bedürfen, so daß eine Begegnung vor dem 20. wahrscheinlich sowieso nicht realisierbar wäre.

Liebe Autarchina – ich hatte Dir noch verschiedene Dinge schreiben wollen (zum Beispiel, wie ich aussehe, wenngleich das in meinem Fall natürlich von geringerer Bedeutung ist, wie Du selbst schon sagst), aber es ist halb sechs, und ich möchte diesen Brief vor der Sechs-Uhr-Leerung einwerfen, damit Du ihn dann spätestens am Montag von der Zeitung erhältst. Ich schicke Dir daher noch einen kurzen Brief hinterher, der dann einen Tag später ankommt. Schreibst Du zurück?

Ernst

* inklusive einiger kurzer Reisen

Von Zeit zu Zeit sah er sich beim Schreiben selbst dasitzen – verheirateter Mann, beinahe Vater, gute Position –, wie ihm, über die kalbslederne Schreibmappe gebeugt, aus Vorfreude auf den bevorstehenden Genuß feuchte Gedanken kommen. Er hielt es nicht für ausgeschlossen, daß dann und wann, wie bei einem Schüler, die Zungenspitze sich zwischen seine Lippen schob.

An Autarchina,
Haarlem

Betr.: *Het Devies*, Sonnabend, 27. April 1985
/Chiffre Nr. 945502819

Amsterdam, Sonnabend, 4. Mai 1985

Hallo Oty,
hier noch schnell der Nachtrag zu dem Brief, der so plötzlich aus dem Haus mußte. (Wenn ich ihn erst nach sechs eingeworfen hätte, dann hätte er Dich – über die Zeitung – erst Mitte nächster Woche erreicht, und ich wollte nicht, daß Du

bis dahin denkst, ich hätte weitere Kontaktversuche aufgegeben.)

Trotz der Worte »Alter + Aussehen unwichtig« in Deiner Anzeige in *Het Devies* will ich Dir doch ein kleines Selbstporträt von mir geben, und sei es auch nur, damit Du mich erkennst, wenn wir uns irgendwo, zum Beispiel in einer Hotelhalle, verabredet haben.

Mein Alter habe ich Dir schon verraten: 37. Ich selbst könnte nicht sagen, ob ich älter oder jünger aussehe. Etwas älter, vermute ich. Ein bißchen mitgenommen, mit etwas müden Augen vom vielen Starren in Akten und Gesetzbücher, und dabei meine ich vor allem das Kleingedruckte. (Und auch vom Herumschauen in der Welt natürlich: auf die Art, die Du meinst.) Mein größtes Problem ist, daß ich seit einigen Jahren etwas zu schwer zu werden drohe, aber dieses Übel bekämpfe ich seit kurzem mit einigem Erfolg. Ich kenne mich selbst gut genug, um zu wissen, daß ich solange weitermachen werde, bis ich mich auf das Gewicht von vor zehn Jahren zurückgezaubert habe, selbst wenn es mich ein halbes Jahr kostet oder noch mehr. Der Grund dafür muß in einer Phase der Mutlosigkeit liegen, denn früher war ich viel zu eitel, um der Neigung anzusetzen eine Chance zu geben. Jetzt, wo die Eitelkeit wieder da ist und die Pfunde verschwinden, fühle ich auch, wie alle möglichen halb eingeschlummerten Wünsche wieder erwachen. Das also, liebe Autarchina, ist einer der Gründe, weshalb ich auf Deine Anzeige reagiert habe. Kurz und gut, die Mutlosigkeit ist schon ein gutes Stück weit bekämpft.

Weiter mit der Personenbeschreibung: Dunkelblonde Haare, etwas länger getragen. Glatt. Graublaue Augen (die sich danach sehnen, alles von Dir zu sehen). 1,79 m groß; also nicht sehr groß: Wenn Du auf hochhackigen Schuhen vor mir stehst, wirst Du nicht viel kleiner sein als ich, schätze ich. Diese Vorstellung – »Du auf hochhackigen Schuhen« – läßt mich übrigens schon wieder glühen.

Was noch? Im Verhältnis zum Rest etwas zu kleine

Hände, aber dafür »Streichel«-Hände, wie mir zumindest versichert wurde. Die Nase dagegen dürfte etwas weniger prononciert sein. Aber ach, was interessiert Dich das? Es ist nicht wichtig. Es geht nur darum, daß Du keinen 1,98 m großen Kerl erwartest und dann plötzlich vor einem stehst, der zwanzig Zentimeter kleiner ist. Oder daß Du nach einem kahl werdenden Kopf Ausschau hältst und dann plötzlich jemanden mit üppigem, dichtem Haar sagen hörst: »Hallo, ich bin Ernst.« (»Bist du Autarchina? Ja, ich habe dich an deinen kupferroten Locken erkannt. Du hast nicht zuviel versprochen. Sollen wir uns an die Bar setzen oder lieber an einen Tisch?«)

Zum Schluß zitiere ich noch mal diesen einen Satz aus Deinem Brief: »... in vollen Zügen genießen, daß es jemanden entzückt, mich anzuschauen, etc. etc. Bist Du dieser ›jemand‹? Ich hoffe es.« Ja, ich will dieser Jemand sein, Oty, sogar sehr gern, und so hoffe ich, daß wir uns vorher noch darüber einig werden, was Du von einem Treffen erwartest oder ersehnst. Ja? Laß bald von Dir hören.

Ernst

Nachdem er diese Fortsetzung am späten Samstagvormittag eingeworfen hatte, fühlte sich Quispel besudelt, schlecht, wie nach einem lieblos erlebten Orgasmus; er hoffte noch inständiger als zuvor, daß aus dem Treffen nichts würde. Doch es war auch eine Mattigkeit in ihm und schon von vornherein ein Gefühl der Sinnlosigkeit: Wenn sein akutes Verlangen, das Gesicht in einem feuchten Frauenschoß zu begraben, sich schon nicht befriedigen ließ, wozu dann die ganze Mühe des Schreibens?

Der Demonstrationszug zum Untersuchungsgefängnis in der Havenstraat sollte erst um zwei Uhr vom Jonas Daniël Meyerplein losgehen. Um die Zeit bis dahin totzuschlagen, betrat Quispel eine Buchhandlung am Damrak.

»Hallo, Meester Quispel ... Ja, tut mir leid, ich hab deinen Vornamen vergessen.«

Wer ihn ansprach, war eine rothaarige Frau, in der er auf Anhieb eine Bekannte aus seiner Studienzeit erkannte. Sie war ein paar Jahre jünger als er und hatte erst '79 Examen gemacht. Ernst erinnerte sich an ihre Abschlußfete, bei der Albert Egberts in eine Prügelei mit einem Jungen geraten war, der nur ein Stimmband besaß und unverständlich, mit heiseren Kehllauten, auf seinen Widersacher eingeschimpft hatte. Ihr Name war ihm entfallen.

»Ernst.«

Täuschte er sich oder schaute sie tatsächlich einen Moment betroffen drein, als sie seinen Namen hörte? Wenn dem so war, dann faßte sie sich rasch wieder. Sie streckte ihm die Hand entgegen.

»Odile, weißt du noch? Diese gräßliche Fete ...«

Sein Herz gefror. Autarchina. Oty. Odile. Er versuchte die Fassung zu bewahren, hatte jedoch das Gefühl, daß kalter Schweiß sich jeden Moment als Eiskappe auf seiner Stirn niederschlagen könnte. Ihre roten Haare waren nur mäßig gelockt, aber möglicherweise rückte sie ihnen zu besonderen Anlässen mit dem Lockenstab zu Leibe ...

»Ich brauch dich ja wohl nicht zu fragen, wie es dir geht, Ernst? Deine Karriere kann man in letzter Zeit in den Zeitungen ja genauestens verfolgen.«

Quispel sah in ihre blauen Augen. (Waren sie wirklich blau? Nicht eher grün? Grau? Jedenfalls hell.) Keine Spur von heimlichem Einverständnis. Den Namen Ernst gab es so häufig ... Sein schriftliches Selbstporträt mit den Anspielungen auf seinen Beruf (»das Kleingedruckte«) konnte sie noch nicht erhalten haben, denn er hatte es eben erst eingeworfen.

»Und du, Odile, wie weit hast du's in der Juristerei inzwischen gebracht?«

»O, bis zum Landgericht in Haarlem. Noch nicht besonders weit.«

Nein, sie konnte nicht wissen, wer, welcher Kerl mit einem Doppelleben, hier auch noch vor ihr stand. Massenmedien? Natürlich, solche Briefe enthielten, zwecks Tarnung, immer ganze und halbe Lügen. Doch bei der Haarfarbe und dem Poststempel ließ sich nicht mogeln. Und ihr Aussehen? Diese Odile war alles andere als hübsch. Konnte sie sich in der Anzeige und dem Brief selbst als »elegant« und als »Erscheinung, die einen tiefen Eindruck bei Männern hinterläßt«, beschrieben haben? Hochmut, geboren aus höchster Not? Quispel wollte Gewißheit. Odile selbst lieferte ihm das Stichwort.

»Wo hast du deine Kanzlei?«

»Am Kloveniersburgwal.«

Er achtete genau auf ihren Gesichtsausdruck. Noch nicht einmal eine hochgezogene rötliche Augenbraue.

»Bei dir zu Hause?«

»Das heißt, ich habe ein Stück weiter an derselben Gracht, Nummer 47 A, noch ein zusätzliches Arbeitszimmer. Ohne Telefon. Für die äußerste Konzentration.«

Odile lächelte nur. »Verstehe.« Nicht die geringste Regung.

Quispel erlangte keine Gewißheit. O, die geheimen Leben der Menschen ... Hatte er mit ihr über eine Paarung exhibitionistischer und voyeuristischer Neigungen korrespondiert?

Ihre Aufmerksamkeit wurde abgelenkt, als zwei Männer die Buchhandlung betraten und am Ladentisch nach »der Abteilung Theater« fragten.

»Schauspiel?« fragte der junge Mann an der Kasse. »Ganz hinten. Der Schrank rechts.«

An ihrer Erscheinung war etwas – vielleicht die Kleidung? –, das sie nicht zu normalen Buchkäufern machte. Tuschelnd standen sie vor dem Schrank mit Theaterstücken hinten im Laden, bis sie gefunden hatten, was sie suchten, und damit zur Kasse stiefelten. Nicht, um zu bezahlen. Der eine Mann, im Trenchcoat, lehnte sich knurrend über den Ladentisch. Der junge Verkäufer bekam einen roten Kopf und besah das ihm hingeschobene Buch von allen Seiten, blätterte es durch, zu schnell, um etwas lesen zu können. Nachdem er es wieder hingelegt hatte und der Trenchcoat noch einmal, knurrend, mit dem Zeigefinger darauf geklopft hatte, schob der junge Mann es rasch unter den Ladentisch. Die beiden Männer verließen das Geschäft.

Jetzt zog Odile denn doch die rötlichen Augenbrauen hoch.

»Erinnerst du dich noch an Albert Egberts?« fragte Quispel.

»Nein, an den will ich mich nicht erinnern.«

»Der hat schon wieder Trouble. Und diesmal hat sein Gegner Stimmbänder.«

»Versteh ich nicht ...«

»Demnächst in allen Zeitungen. Dann kannst du seine Karriere auch verfolgen.«

Was sollte er zum Abschied sagen? »Bis bald, aber in anderen Rollen«? Nicht mal ein simples »Auf Wiedersehen« bekam er über die Lippen.

Der Demonstrationszug vom Dockarbeiter-Denkmal zum ehemaligen Untersuchungsgefängnis in der Havenstraat sollte später in den meisten Zeitungen »friedlich« genannt werden. Nirgends war zu lesen, daß kleine Gruppen von Hähnen unterwegs von Marinesoldaten, praktisch ihren Altersgenossen, nach Strich und Faden verdroschen wurden. Die anwesende Polizei sah, soweit es möglich war, weg.

Quispel mußte an die große Anti-Atom-Demonstration denken, die kurz zuvor in Gelderland über die Bühne gegangen war. Etliche Dutzend Festgenommene hatten eine fürstliche Behandlung in den Polizeizellen der Provinz erfahren – so tief saß der Schreck nach Dr. Nops Tod. Sie erhielten fast übertrieben gutes Essen. Stündlich kam ein Bewacher mit lächelndem Schnauzbart und hielt einen freundschaftlichen Plausch mit ihnen. Man bot ihnen etwas zu rauchen an. Dem Vernehmen nach schnitt ein Wärter einem durch die Luke hindurch die Fingernägel ...

Auch diesmal blieben auf der gesamten Strecke die Kreidekonturen imaginärer Leichen zurück. Auf seine Frage, was die kleinen Umrandungen in der Nähe der großen zu bedeuten hätten, erhielt Quispel die spitze Antwort: »Seine *brains*, Mann« oder »sein ausgerissenes Herz«.

Als sie beim Untersuchungsgefängnis II ankamen, stellte sich heraus, daß es noch immer schwer bewacht von Mobilen Einsatzgruppen war. Die Sanyasins waren in aller Ruhe mit ihrem Umzug beschäftigt, sozusagen unter Polizeischutz.

SalsaSellers

Sonntag, 14. April 1985

Die Ventilatoren an der hohen Decke drehten sich eher um der karibischen Atmosphäre willen, als um Kühle zu spenden. Das Interieur war in Knallgrün und Gelb gehalten: den Farben eines Cocktails. Zwitschernde Vögel in hohen zylinderförmigen Käfigen. Die Band No Pasarán spielte *Caramba*. Dem Schlaggitarristen hing eine große Mülleimertrommel vor dem Bauch. Als es Zeit für ein Drumsolo war, griffen auch der Bassist und der Akkordeonist zur Percussion. Alle hatten eine gellende Polizeitrillerpfeife im Mund.

Amsterdamer Jungs, die Spanisch mit dem Akzent der Kinkerbuurt sangen, aber sie hatten viel Spaß dabei. Eine wiederhergerichtete Remise im Schatten der Oude Westerkerk und des Anne-Frank-Hauses. *SalsaSellers*. Für Quispel war es an diesem Sonntagnachmittag eine karibische Enklave voller exotischer Leidenschaften, sofern man es schaffte, ihrer habhaft zu werden. Die Trillerpfeifen gellten. Ende des Drumsolos. Der Bassist griff sich wieder den Hals des Kontrabasses und zupfte weiter an den dicken Saiten. Das Bandoneon glich einer silberbeschlagenen Bibel, aber als es geöffnet wurde, kam hinreißend gottlose Musik heraus.

Ay, caramba … ay, caramba

Das Stück beschwor Bilder vom Karneval in Rio herauf, doch Quispel sah zum Schluß nur noch einen Karnevalszug auf einer Müllkippe mit auffliegenden Raubvögeln vor sich. Das mußte mit einem Videoband über die brasilianische »Müllmafia« zusammenhängen, das Quispel und einigen seiner Kollegen vor kurzem mit der Bitte zugeschickt worden war, »auf internationaler Ebene etwas dagegen zu unternehmen«. Organisiertes Durchwühlen des Mülls von Kindern mit Körben unter einer totalen Sonnenfinsternis großer flügelschlagender Vögel. Quispel glaubte, das Bild nur loszuwerden, indem er das *SalsaSellers* verließ.

Kurz darauf eilte er über die Brücke zum *De Twee Zwaantjes*, schräg gegenüber.

Die Struktur Amsterdams war die eines Fingerabdrucks, ebenso labyrinthisch und ebenso unverwechselbar. Einmal im Jahr verirrte sich Quispel überglücklich in dem, was er als Gottes höchstpersönlichen Fingerabdruck betrachtete.

Ein unzugängliches Labyrinth blieb die Stadt nicht. Im Laufe der ersten Woche entstanden, über ganz Amsterdam verstreut, immer mehr und immer komplexere geometrische Figuren, deren Eckpunkte Kneipen und andere Etablissements bildeten, hin und wieder auch die Wohnung eines Mädchens.

Es fing zum Beispiel mit einem Dreieck an, das man zwischen *De Doffer*, *De Pels* und einem Lokal an der dazwischen liegenden Keizersgracht ziehen konnte. Oder einem, das von zwei großen Hotels in der Nieuwe Doelenstraat und dem Hotel *Schiller* am Rembrandtsplein gebildet wurde. Später kam noch ein Fünfeck rund um den Leidseplein hinzu mit allen nur denkbaren Diagonalen und deren Schnittpunkten, an denen auch wieder Kneipen zu finden waren.

Während seiner besessenen Tage war Quispel unentwegt damit beschäftigt, diese wie von selbst entstandenen Figuren nachzuziehen. Er wählte stets den direktesten Weg von Lokal A zu Lokal B oder C, oder von C oder B zu A, und konnte einen halben Tag damit verbringen, von einem Lokal zum anderen zu eilen, wobei er das Dreieck in seinem glühenden Überschwang gleichsam in den Stadtplan brannte. Im Falle eines Fünfecks gab es drei, fünf, zehn nebeneinander liegende Dreiecke, die häufig eine Kneipe als Eckpunkt gemeinsam hatten. Hier entstand unter Quispels eiligen Sohlen innerhalb kürzester Zeit die Struktur eines Schneekristalls, bei dem keine einzige Facette, kein einziger funkelnder Eckpunkt vernachlässigt werden durfte. Quispel entwickelte während seiner Periode die zwanghafte Neigung, eine solche Figur immer wieder von neuem zu »schließen«.

Quadrate, Rechtecke, Rhomben, Trapeze ... alle mit ihren Diagonalen. In der Biegung einer der Hauptgrachten hatte er einige Jahre in Folge eine bumerangartige Figur, bestehend aus den Wegen zwischen acht Kneipen, nachgezogen, die allesamt, und häufig öfter als einmal am Tag, an die Reihe kamen.

Im Laufe der zweiten Woche wurden diese geometrischen Figuren, deren Seiten und Diagonalen für gewöhnlich begehbar waren, selbst wieder zu den Eck- und Schnittpunkten einer viel größeren geometrischen Figur, die die gesamte Innenstadt durchzog. Die Eck- und Schnittpunkte dieser Figur steuerte Quispel per Taxi an, das er manchmal, bis es weiterging, vor der Tür eines Lokals warten ließ.

Die komplexe mathematische Figur, die jedes Jahr anders ausfallen konnte, verkörperte für die jeweilige Trinkperiode das innerste Wesen der Stadt. Wenn er in Gedanken den Stadtplan betrachtete, leuchtete dieser auf wie eine Karte des Firmaments, voller Sternbilder, durch Verbindungslinien akzentuiert. Zwischen den Sternbildern war es dunkel (auch tagsüber); dort bestand die Stadt aus Füllsel, es sei denn, dort glühte ein noch unentdeckter Lichtpunkt auf, der dann seinen Platz in der Gesamtfigur erhielt.

Hier verriet sich, als Symptom seiner merkwürdigen, alljährlich wiederkehrenden Flitterwochen, Quispels Bedürfnis nach Allgegenwärtigkeit. Alle Lokale, die bei der Ausgestaltung seines Glücks und dessen Verbreitung einmal eine Rolle gespielt hatten, mußten immer wieder an die Reihe kommen. Der Gedanke, eines zu vernachlässigen, war unerträglich. In der einen Kneipe dachte er schon an die nächste. Die Vorstellung allein, daß jetzt, während er hier in Kneipe X saß, ein Stück weiter in Kneipe Y eine Konstellation entstand – von Leuten, von Affekten, Spannungen –, in der er unentbehrlich war, zumindest eine Rolle spielen konnte ... Und schon eilte er weiter, nachdem er den geschätzten Betrag für seine Getränke in kleinen Scheinen auf die Bar gelegt hatte.

Er wollte den Überblick behalten, alles unter Kontrolle haben. Die Stadt mußte in seine Hosentasche passen, so daß er, ausschließlich durch Tasten, den Weg finden konnte. Daher ließ er sich gern mit dem Taxi ins *Okura* bringen (das zusammen mit dem *Hilton* und dem *Marriott* ebenfalls ein intensiv besuchtes Dreieck bildete), um bei einem eiskalten Wodka vom obersten Stockwerk aus auf die Stadt zu blicken und zu sehen, wie alle relevanten, zu geometrischen Figuren zusammengefügten Strecken zwischen den grauen Häuserblocks aufleuchteten. Unten warteten wieder neue Taxis.

Kurzum, im Laufe von zwei, drei Wochen wurde die Stadt Amsterdam für Quispel zu jener einen idealen Totalkneipe, in der er überglücklich rastlos von einem Tisch zum anderen ging, von der Tanzfläche zur Bar und von der Bar zum Billard und von da wiederum zur Toilette, um dort – eher beschwingt als beschwipst – nur schnell die glühende Wange an die kühle Fliesenwand zu legen, wie er es als Kind auf der Grundschule getan hatte, wenn ein Glücksgedanke ihn in der Klasse übermannte.

Hatte er den hypomanischen Teil seiner Periode hinter sich und begann der Niedergang und damit die Abstumpfung, so verloschen ganze Routen, die zusammen wieder kristallartige Muster bildeten, und die Stadt reduzierte sich auf – beispielsweise – ein Trapez am oder um den Rembrandtsplein. Nach dem Wegfall etlicher weiterer Kneipen schrumpfte die Figur dann zu einem groben Dreieck zusammen, das ebenfalls wieder verstümmelt werden konnte, so daß mit der Zeit in dem Maße, wie sich die Verlotterung deutlicher manifestierte, nur noch eine immer vager werdende Linie zwischen zwei dubiosen Kneipen übrigblieb, an der sich Quispel entlangschleppte, bis es in der Stadt nur noch den Punkt gab, wo er schließlich in der Gosse liegengeblieben war.

Aber auch den Trinkabend selbst (der mittags beginnen und morgens enden konnte) baute er sorgfältig analog zu einem Kunstwerk nach ästhetischen Normen und Gesetzen auf, deren er sich, wie ein echter Künstler, kaum oder gar nicht bewußt war. Es war improvisiertes Theater, freilich ohne das Tastende und Abwartende, das der Improvisation eigen ist. Berauschend, und gleichzeitig hart und klar wie Glas. Theater mit Meester Quispel in der Hauptrolle und zugleich als Regisseur und Souffleur. Er spielte Quispel-den-Erlöser, Quispel-den-Saisonheiligen, und zwar so überzeugend, daß er und die Mitspieler, die gleichzeitig sein Publikum waren, vergaßen, daß es ein Spiel war. Er sprach die Dinge aus, wie sie nur auf der Bühne klingen, die harten, bissigen Wahrheiten, die man im Alltag für sich behält, hinunterschluckt, und die in der Mördergrube landen. Er schuf peinliche Situationen, Konflikte, Dramen ... sorgte aber, zumindest wenn die anderen mitspielten, auch für eine Lösung. Seine Direktheit wurde nie beleidigend. Quispel spürte mit drei, vier Bemerkungen den wunden Punkt auf, den Kummer, den Minderwertigkeitskomplex, den drückenden Schuh, das Leiden, die Wunde, die Narbe ... ließ sein Opfer aber nicht eher los, als bis er es mit seinem eigenen unbändigen Glück – »infiziert« hatte, sagte er einmal, wobei er meinte: injiziert. Sein Enthusiasmus wirkte auf die denkbar buchstäblichste Weise ansteckend.

Er wechselte die Lokalität im Verlauf eines Tages so häufig, daß er ständig über dieselben ceylonesischen Rosenverkäufer stolperte. Sie begegneten ihm so oft, daß es sie schon verlegen machte. Quispel kaufte ihnen nie eine Rose ab. Er empfand es aber als selbstverständlich, daß sie da waren, das Lokal in seinem Kielwasser betraten oder seine Ankunft scheinbar ankündigten. Wenn sie ihn so mit den Armen voller Rosen umschwärmten, verstärkten sie den Eindruck eines ästhetisch aufgebauten Abends noch mehr. Niemand hätte ihn von der Idee abbringen können, daß sie dasselbe Muster in der Stadt entdeckt hatten.

Quispel war insofern das Opfer eines Wahns, als er sich, grundlos glücklich, wie er sich fühlte, auf die Dauer nicht mehr vorstellen konnte, daß andere, die er in Kneipen traf, seine Verzückung nicht teilten. Glück machte offenbar intolerant. Leute, die er traurig, niedergeschlagen oder gleichgültig in seinen diversen Kneipen antraf, wußten nach Quispels Überzeugung nur noch nicht, was an Gratisglück »in der Luft lag«. Er brauchte es ihnen nur zu sagen und im hartnäckigsten Fall das Hindernis zwischen ihnen und dem Glück beiseite zu räumen.

So wurde er einmal im Jahr für einige Wochen Quispel-der-Befreier.

There's something in the air

»Hör dir die Musik an ... dieses Besondere. Dieser Schwung. Der Typ, der die gemacht hat, verstand etwas von seiner Sache. Der hat etwas zum Ausdruck gebracht, was vorher nicht da war. Du brauchst nur hinauszuschauen. Dieses besondere Licht auf allem ... das war vorher nicht da.«

Auch versuchte er, noch später am Abend, seine Verliebtheit ins Leben als »überpersonale Liebe« zu verkaufen.

Ohnmächtige Sprache, aber er meinte, was er sagte. An den schönsten, harmonischsten Tagen seiner Periode bekam er etwas Heiliges. Quispel selbst waren Leute wie Bhagwananhänger und repertoiremüde Popmusiker zuwider, denen plötzlich »das Licht erschienen war« und die das der Welt viel zu laut und aggressiv oder aber entsetzlich salbadrig verkündeten. Die Leute jedoch, die Quispel in einer solch exaltierten Zeit erlebten, hatten sich selten an seinem Verhalten gestört. Es hatte nichts von ungesunder Schwärmerei an sich, nichts Frömmelndes, nichts Scheinheiliges; es war unwiderstehliche Begeisterung. In einer solchen Periode entdeckte er Kräfte, Regungen, die auch zum Menschen gehörten, selbst wenn sie im Alltag kaum zum Zuge kamen. Die Frechheit der guten Laune. Aggressive Fröhlichkeit. Und: Todesverachtung –

nicht im Sinne von Waghalsigkeit, sondern als Folge eines Überschwangs, der jeden Gedanken an den Tod neutralisierte, nichtig machte. Für ein paar Wochen im Jahr wurde der Tod in eine andere Welt verbannt.

Eher als Quispel-der-Liederjan war er Quispel-der-Quartalsheilige.

Zumindest solange es anhielt. Wer ihn so sah, mit glänzenden vom Alkohol noch nicht abgestumpften Augen (das kam noch), mit fanatischen Gebärden, die viel zu lose hängende Krawatte voll feuchter Flecken, der konnte ebensogut neidisch sein, wie Mitleid mit ihm haben. Er kündete von etwas, woran die Umstehenden nicht teilhatten und auch nicht teilhaben konnten. Sofern er selbst daran teilhatte, entschlüpfte es ihm in einem fort. Dieses grundlose, aus dem Nichts stammende Glück, entdeckte er, machte einsamer als irgend etwas sonst in der Welt.

Er war 1948, am 6. Februar, in Haarlem geboren, wo sein Vater ihn tags darauf als *Quispel, Ernst Maximiliaan* beim Standesamt eintragen ließ. Er hatte eine Schwester von anderthalb Jahren, Isabel, und als er selbst fast anderthalb war, bekam er noch einen Bruder: Max. Danach wurde die Familie nicht mehr erweitert.

Als Ernst geboren wurde, hatte sein Vater sich gerade als Anwalt in Haarlem niedergelassen. Es gab ein beherrschendes Ziel in seinem Leben, das der Mann auf tyrannische Weise verfolgte und zeitweilig auch erreichte: Seine Kinder Jura studieren zu lassen, um schließlich eine Familiensozietät zu gründen, vorzugsweise in Haarlem.

Nach dem unruhigen Sommer '66 (den er im übrigen, ohne etwas von den Ereignissen mitzubekommen, mit Freunden im Ausland verbrachte), nahm Ernst, achtzehn Jahre alt, sein Studium der Rechtswissenschaften an der Universität Amsterdam auf. Die ersten Monate wohnte er noch im elterlichen Haus in Haarlem, später mietete er sich ein Zimmer in der van Breestraat, hinter dem Concertgebouw.

Ernst trat selbstverständlich einer Verbindung bei und lernte das Saufen in Gemeinschaft. Der Kater löste bei ihm solch heftige Schuldgefühle aus, daß zwischen zwei Saufgelagen jedesmal mindestens sechs Wochen lagen. Diese Zwischenperiode dehnte sich im Laufe der Jahre noch mehr aus, proportional zu den gewachsenen Schuldgefühlen. Seine Freunde klagten am nächsten Tag genauso – noch mehr! – über Kopfschmerzen und Übelkeit, aber Gewissensbisse beschränkten sich bei ihnen auf ein Minimum, das merkte Ernst sehr schnell. Auf ihn hatte der Alkohol auch eine viel tiefer gehende Wirkung: Er machte ihn – zumindest bis zu einem gewissen Grad der Betrunkenheit – hellsichtiger, euphorischer, eloquenter und scharfzüngiger, witziger, gebildeter, streitlustiger; letzteres in Diskussionen wie auch gegenüber Frauen. Für ihn bedeutete Alkohol, und zwar in zunehmendem Maße, eine weit stärkere Befreiung, um nicht zu sagen Erlösung, als für die anderen. Der Alkohol verschaffte ihm für die Dauer des Rausches eine höhere Lebensform. Quispel fühlte sich wie ein Fisch im Wasser oder, besser gesagt: wie ein Fisch, den man, nachdem er auf dem Trockenen gezappelt hat, ins Wasser zurückgeworfen hat.

Hier war der Grund für seine extremen Gewissensbisse zu suchen. Der Alkohol machte ihn zu einem so völlig anderen – und besseren – Menschen, daß er am nächsten Morgen, wenn er wieder sein normales Leben zu leben hatte, voller Abscheu vor diesem zurückschauderte. Das »normale Leben«, mit dem er wegen der Nachwirkungen des Alkohols noch schwerer fertig wurde ...

Er hatte auch nie schwarze Löcher in seinem Gedächtnis. Strahlend, funkelnd, bis in die intimsten Winkel sichtbar, lagen der vergangene Abend und die Nacht vor ihm; jede Geste sah er widergespiegelt, jedes unbedachte Wort hallte endlos in ihm nach ... So kreiste Ernst noch tagelang um diese helle, intensive Nacht und schwor sich, sich nie, nie mehr aus seinem normalen Leben dorthin locken zu lassen. Der Widerstand konnte Monate anhalten, bis eines Abends unvermeidlich (aus einem immer wieder anderen Grund) die Spannung brach und Ernst sich rückhaltlos dem Glas ergab.

Schon damals hatte er die Neigung, seine Saufabende dramaturgisch aufzubauen, auf eine strahlende Apotheose hin auszurichten. Nicht bewußt: Das hätte der Hingabe an den Rausch widersprochen; die Hand des Regisseurs ließ sich erst am nächsten Tag, von ihm selbst, entdecken. Manchmal gab es vorher Anzeichen dafür, daß der Widerstand nicht mehr lange aufrechtzuerhalten war, daß sich die Spannung, die durch den Alkohol wie durch Zauberhand verschwinden würde, einer kritischen Phase näherte. Anzeichen also für ein unvermeidliches Trinkgelage. Wie auch immer, Warnzeichen hin oder her, Ernst Quispel machte vor dem Alkohol seinen Kotau. Selbst wenn er sich einsperren ließe, sich irgendwohin begäbe, wo kein Tropfen Alkohol zu finden war – der Rausch, entschlossen, auf den Plan zu treten, ließe sich seine Beute nicht entgehen.

Ernst begann, sich diesen Vorzeichen immer verbundener zu fühlen. So störend sie auch wirkten, bereiteten sie ihn doch nur auf die Katastrophe vor. Der Versuch, sie zu erkennen, war bereits ein Beschwörungsritual. Er stand ohnehin mit dem Rücken zur Wand, brauchte von dort also keinen Überraschungsangriff mehr zu befürchten.

Je hemmungsloser er sich dem Alkohol hingab, um so befreiender der Rausch; je toller er sich gebärdete, um so wilder der Selbsthaß am Morgen danach. Jekylls Haß gegen Hyde. Die im Laufe der Jahre immer stärker werdenden Gewissensbisse, die ihn manchmal fast bis zu Selbstmordabsichten trieben, wirkten sich auf zweierlei Weise aus:

1. Die Trinkgelage dehnten sich aus, erstreckten sich über mehrere Tage. Morgens, nach nur wenigen Stunden Schlaf, kam er dem Kater und den Gewissensbissen zuvor, indem er mit Hilfe eines Quantums Alkohol den noch nicht ganz verpufften Rausch stabilisierte.

2. Die Trinkgelage nahmen an Häufigkeit ab. Manchmal lagen Monate zwischen ihnen. Von Quartalstrinken im ei-

gentlichen Sinne des Wortes konnte jedoch keine Rede sein; dafür war der Verlauf zu unberechenbar: Mal war Quispel zwei Monate lang trocken, beim nächsten Mal ein halbes Jahr.

»Kurz und gut«, so faßte er sein Problem seinen Saufbrüdern gegenüber zusammen, »abnehmende Frequenz bei zunehmender Intensität.«

Es sollte das Gesetz seines Lebens werden.

Solange er den Überblick behielt, Muster entdecken konnte, glaubte er die Sache im Griff zu haben.

Manchen Menschen ging es beim Fliegen so: Solange sie alles – jede Veränderung im Motorengeräusch, jede Schieflage, die kleinste Turbulenz – registrierten, hatten sie das Gefühl, mitzusteuern, die Maschine und den Flug unter Kontrolle zu haben.

Die zurückliegenden Trinkperioden studierte Quispel immer wieder von neuem. Er las sie wie ein Buch, von vorn nach hinten, dann und wann zu einer entscheidenden Passage zurückblätternd. Die Tage waren Kapitel, die Stunden Seiten. Er untersuchte die Perioden vor allem auf ihren vermeintlichen Zusammenhang hin. Er schob sie hin und her, als wären es Spielkarten, Teile eines Puzzles. So versuchte er Gesetzmäßigkeiten auf die Spur zu kommen, Formeln, die ihm den Ausbruch und Verlauf künftiger Exzesse voraussagen könnten. Mittlerweile waren es neun (fast zehn), wenn er sich auf die strikt alljährliche Wiederkehr beschränkte. Auch ohne die Augen zu schließen, konnte er das Schema seiner Anfälle von Dipsomanie seit 1976 auf die Netzhaut rufen, so klar und übersichtlich wie auf dem Bildschirm eines Computers in bernsteinfarbenen Buchstaben und Zahlen. Alles in Spalten:

VORZEICHEN	VERLAUF	APOTHEOSE	NIEDERGANG	NACHWIRKUNGEN

Wohnzimmerfotos

Donnerstag, 9. Mai 1985

Hatte er sich je wirklich die Frage gestellt, wie Zwanet mit seinen alljährlichen Ausschweifungen zurechtkam?

Der fröhliche Teil lag größtenteils außerhalb ihrer Beobachtungsmöglichkeit, vor allem, was den geheimnisvollen Beginn betraf. Oder verstand sie, viel früher als er, die Vorzeichen zu deuten? Betrachtete sie es als Fatum, gegen das keine Warnung verschlug?

Quispel war so angetan von der Flexibilität, dem ästhetischen Aufbau seiner Trinktage, daß er sich nicht vorstellen konnte, daß die Architektur seiner Periode Risse aufwies, dünne, durchsichtige Stellen ... Zwanets Schweigen – sie legte eine Art stirnrunzelndes Verständnis an den Tag – ermöglichte es Quispel, weiterhin an diese Architektur zu glauben.

An sich war ihr Verständnis nicht nachvollziehbar. Seine Quartalstrinkerei hing schließlich mit dem bizarren Geheimnis, dem schwarzen Rätsel ihrer Ehe zusammen. Wartete sie vielleicht in banger Neugier die definitive Katastrophe ab?

Zwanet erlebte vor allem das Ende seines Rausches mit. Wenn es hoch kam, verwandelte sich ihr stirnrunzelndes Verständnis in ein kopfschüttelndes. Sie schwieg auch dann. Hing ihre verständnisvolle Haltung vielleicht mit dem Umstand zusammen, daß seine Ausschweifungen im Durchschnitt nur einmal im Jahr stattfanden? Wirkte der Ausbruch seiner Periode wie eine Erleichterung, wie das sprichwörtliche Gewitter nach einem drückenden Tag? Atmete Zwanet, wenn er schwer angeschlagen nach Hause kam, erleichtert auf in dem Bewußtsein, daß »es wieder für ein Jahr vorbei war«? Ja, vielleicht war es so etwas Ähnliches wie periodisch wiederkehrende Kopfschmerzen für sie, ein Pendant zu ihren eigenen unberechenbaren Anfällen.

Zwanet hatte ihre halbjährlichen Ausbrüche. Es gab keine Vorzeichen; sie kündigten sich einige Tage vorher durch halb panikartige, halb flehentliche Bemerkungen an wie: »Wollen wir uns nie mehr streiten?«

Sie spürte den Anfall kommen und hatte Angst davor. Oft fiel er mit ihrem monatlichen Zyklus zusammen, aber nicht notwendigerweise. Sie suchte nach Ursachen für diese grausame Mischung aus Angst, Traurigkeit, Aggressionen, Selbstvorwürfen, Minderwertigkeitsgefühlen.

»Wird es nie wieder Streit geben?«

Es hatte für Ernst keinen Sinn, zu sagen: »Natürlich nicht, Kleines.« Er sagte es trotzdem. Er wußte, daß es jetzt erst recht Streit geben würde.

Er brach aus mit der Unabwendbarkeit einer Naturerscheinung, eines epileptischen Anfalls. Es gab immer einen scheinbar konkreten Anlaß, meist eine gereizte Bemerkung von Ernst, eine kritische Äußerung zum Haushalt, einen leisen Tadel. Innerhalb kürzester Zeit sagte sie dann hintereinander mit einem Gesicht und einer Stimme, die er nicht an ihr kannte, auf die entschiedenste Weise:

»Ernst, ich will weg.«

»Am besten lassen wir uns scheiden.«

»Ich hasse deine Stimme, wenn du mit einer derart blödsinnigen Kritik ankommst.«

»Ich finde dich zum Kotzen, wußtest du das?«

Sie war nicht wiederzuerkennen.

Obwohl Ernst sich stets vornahm, den Anfall einfach als Naturerscheinung über sich ergehen zu lassen, machten ihn ihre Äußerungen mit entstellter Stimme so wütend und empört und traurig, daß er sich verteidigte – meist körperlich. Er umklammerte ihren Arm, griff in ihr üppiges Haar (das dankbarerweise Halt bot), während ihm weit schrecklichere Strafen in den Sinn kamen. Die Lust, ihr die Kehle zuzudrükken, ihr kräftig ins Gesicht zu schlagen. Wenn er mit körperlicher Gewalt drohte, sah sie ihn durch einen Schleier von Angst triumphierend und provozierend an. Sie sog seine

Hand gleichsam an. Hinter dem Einstecken seiner ohnmächtigen Schläge, Tritte, Hiebe verbarg sich Genuß. Im Widerspruch dazu stand ihr hysterisches Gekreische – das Gekreisch einer unbekannten Zwanet, nein, nicht einmal das: einer Unbekannten –, bei dem weißer Speichel von seltsamer Dichte in ihren Mundwinkeln erschien.

»Faß mich nicht an!« »Du kannst nur schlagen!« »Laß mich los! Los ...!« »Ich will weg! Weg ...!«

Er konnte sie nicht gehen lassen. Er wurde fast verrückt bei dem Gedanken, sie könnte sich in einem Zimmer einschließen. Folglich wurde die Hand an ihrem Oberarm zum Schraubstock, oder er warf sich auf sie, so daß sie übereinanderfielen. Mit jedem Schlag oder Hieb wurde er wertloser, kranker; er wurde zum angeekelten Zuschauer seiner eigenen Gewalt, die er nicht stoppen konnte. Gleichzeitig stieg, eklig lau, Selbstmitleid in ihm auf. Schließlich brachte sie ihn dazu, zu diesem Verhalten, das nicht zu ihm paßte, das er, bis zum Kotzen angeekelt, verurteilte. Sie reizte ihn und gleichzeitig sich selbst, bis seine Hand aus eigenem Antrieb in das makellose Gesicht schlug, das jetzt so häßlich und haßverzerrt war. Er warf ihr, fast schluchzend, vor, daß sie diesen Scheinstreit aufführe – spiele –, um irgend etwas, weiß der Himmel was, etwas, das stärker war als sie selbst, loszuwerden. Epileptischer Anfall, vermummt als Apotheose einer griechischen Tragödie. Seelenpein, geäußert in Rezitativ und Arie. So lief das also auch bei Zwanet, wenn sich ein bodenloser Abgrund in ihr auftat: Sie mußte den Schmerz, den Gestank, die Unflätigkeit etwas anderem, etwas Rationalerem zuschreiben können (Ernsts Gekrittel). Dieses Bewußtsein verließ ihn nie, vermochte ihn aber nicht von seiner Gewalttätigkeit abzuhalten. Wie im richtigen Theater glaubte er trotzdem an das, was die Schauspielerin von sich gab. Er nahm sich die Wahnsinnsarie persönlich zu Herzen. Er reagierte ebenso primitiv wie der Zuschauer, der dem Bösewicht des Stücks beim Künstlerausgang auflauert, um es ihm heimzuzahlen.

Ernst warf sich auf Zwanet. »Hör jetzt auf! Jetzt sofort ...!« Er hielt ihr den Mund zu. Seine Finger rutschten in dem festen Speichel ab, den sie irgendwo in sich mit ihrer blinden Wut aufgeschäumt haben mußte. »Hör auf! Auf der Stelle! Sofort!«

Er versuchte sie zu überschreien, spürte selbst, wie die Dichte seines Speichels durch die flüsternden Schreie zunahm, die an seinem Gaumen entlangscheuerten. Langsam fühlte er, wie ihr Rasen, ihr Widerstand erschlafften, während sie in so heftigen Spasmen zu weinen begann, daß ihre Glieder gegen den Fußboden schlugen.

Diese Szene – ihre Vorwürfe, seine Schläge, ihre Unterwerfung – konnte sich noch ein paarmal (abgeschwächt) wiederholen. Ernst nahm sich jedesmal vor, sie hinterher, wenn sie todmüde und elend von ihren eigenen Ausbrüchen war und obendrein den Schmerz seiner Tritte und Schläge zu verkraften hatte, zu trösten. Doch es lief darauf hinaus, daß er sie einer Art Kreuzverhör unterzog und sie danach erst richtig mit Vorwürfen – den schlimmsten – überschüttete. Zwanet heulte, die Hände im vor dem Gesicht hängenden Haar vergraben. Sie krümmte sich in ihrer Ecke des Wohnzimmersofas. Ernst hätte sie am liebsten getröstet, aber er hatte Blut geleckt. Er hatte sie kleingekriegt und machte jetzt weiter. Zum soundsovielten Mal bleute er ihr die Wahrheit ein: daß sie ihn dazu mißbrauche, ihre irrationalen Anfälle abzureagieren; daß sie sich mal von einem Fachmann auf psychische Defekte hin untersuchen lassen müsse ... Auch jetzt fand er kein Ende. Zwanet krümmte sich, heulte. Wenn sie ihre normale Sprache wiedergefunden hatte, sprach sie sich zurück in die Zwanet, die er kannte.

»Ich versteh's nicht ... Ich versteh's nicht. Warum sag ich sowas?«

»Vielleicht sollte ich mich wirklich mal ...«

»Ich kann's nicht verstehen.«

Noch tröstete er sie nicht. Das tat er erst am nächsten Tag. Erst wollte er in Selbstmitleid und Empörung schwelgen. Er trotzte ihr Trost und Entschuldigungen ab.

Zwanet löste die Finger aus ihren feuchten Locken: Sie zog Haarbüschel mit, die er ihr ausgerissen hatte. Seine Schläge, mit der flachen Hand und mit der Faust, waren in gewisser Weise eine kosmetische Behandlung. Wenn sie am Tag darauf ein blaues Auge hatte, zwang er sie – knurrig, übellaunig –, sich so stark wie möglich zu schminken, um den Bluterguß zu verdecken. »Es ist deine eigene Tobsucht, Zwanet, die du sichtbar gemacht hast. Aber man schiebt es immer dem Mann in die Schuhe. Sag bitte nicht, du seist ›gegen eine Tür gerannt‹ oder etwas ähnlich Blödes. Leg lieber etwas mehr Lidschatten auf.«

Das starke Make-up machte sie auf andere Weise schön, vor allem, weil das Weiße in ihren Augen, das nach einem solchen Anfall ohnehin verstärkt glänzte, durch den dicken Eyeliner und die dunkle Farbe besonders deutlich hervortrat, wie bei einer Schauspielerin aus einem Stummfilm der zwanziger Jahre. Es wirkte fast nuttig, besonders wenn sie ihn mit halb abgewandtem Gesicht aus den Augenwinkeln heraus schuldbewußt ansah. Ihr Blick war ein Geständnis. Er bekam fast Lust auf diese Zwanet. Sie paßte den Lidschatten der jeweiligen Färbung des Blutergusses an: blau, purpur, braun, gelb.

Noch nie hatte sie einen solchen Anfall während oder kurz nach einer seiner Trinkperioden gehabt – was nicht heißen mußte, daß das eine nichts mit dem anderen zu tun hatte.

An einem dieser schönen Maiabende telefonierte Quispel bei geöffneten Souterrainfenstern mit John Vlacq in Italien. Als sich der Raum verdunkelte, sah er automatisch auf. Davor hockte jemand aus der Nachbarschaft, einer von dem Fallschirmspringerverein an der Ecke, ein Bursche, der sommers wie winters dieselbe zu enge Wollmütze trug. Er grinste. Er sagte etwas, was Quispel nicht verstand. Ernst bedeutete ihm, er solle hereinkommen. Der Fallschirmspringer blieb, wo er war.

»Wart mal, John. Hier will jemand was von mir.« Er legte die Hand auf die Sprechmuschel.

»Du bist im Radio, Mann.«

»Was meinst du? Radio Munt oder so?« Quispel dachte an die Wiederholung eines Interviews.

»Nee, red keinen Blödsinn, Mann. Hier, das komplette Telefongespräch. Schon seit einer halben Stunde oder so ...«

Quispel schloß unwillkürlich die Hand fester um die Sprechmuschel.

»Du kommst direkt übers Radio«, betonte die Mütze noch mal.

»Ich leg auf«, sagte Quispel mühsam in den Hörer. Er konnte gerade noch hören, wie Vlacq widersprechen wollte. Er legte auf.

»Ich suche oft die Frequenzskala an meinem Radio nach dem Polizeifunk ab. Ich hab dich schon öfter gehört. Immer Telefongespräche. Meist bin ich mittenrein geplatzt. Ich hab immer gedacht: Wer ist dieser Kerl? Was labert er da? Bis ich mal gehört hab, wie du den Namen genannt hast, der hier in Kupfer an der Tür steht: *Fax & Quispel* oder so. Da war's mir klar. Also, an deiner Stelle würde ich mal mein Telefon nachsehen lassen. Tschau.«

Er stand auf und ging wieder in Richtung des blaugetünchten Hauses an der Ecke.

Die Post konnte erst zwei Tage später einen Techniker schicken. Bis dahin traute Quispel sich nicht, sein eigenes Telefon zu benutzen, auch nicht seinen Privatanschluß. Wenn er zu telefonieren hatte, ging er in *De Engelandvaarder*.

Der Techniker schraubte nach Quispels Bericht mit ironischem Gesichtsausdruck die Sprechmuschel ab und zauberte ein kleines Gerät hervor.

»Hallo, hallo, wer stinkt da so? Der kleine Mann im Radio. Kein Wunder, das ist nämlich ein UKW-Sender, Mijnheer. Damit kann man jedes Telefongespräch im Umkreis von, sagen wir mal, tausend Metern in jedem Radio empfangen. Nicht gerade witzig. Deine Frau sucht die ›Arbeitsvitamine‹ und hört plötzlich ihren eigenen Mann intime Dinge zu einer wildfremden Frau sagen. Was man alles erlebt heutzutage!«

Nachdem er den Techniker zur Tür begleitet hatte, schaute er automatisch in das kleine Fach, in das die Leute von oben immer seine Post legten. Es war nichts drin, obwohl der Postbote schon längst dagewesen sein mußte. Erst jetzt wurde ihm bewußt, daß schon seit drei Tagen keine Post mehr gekommen war (abgesehen von seiner Geheimkorrespondenz, die an Seijffardts Adresse ging), nicht einmal die läppischste Ansichtskarte oder Drucksache. Früher war es hin und wieder vorgekommen, daß seine Post bei dem langen Quispel vom Groenburgwal 65 landete – und umgekehrt, so daß Poststücke ausgetauscht werden mußten. Er nahm sich vor, dort nachher mal nachzufragen.

Quispel merkte, daß er den Telefonhörer äußerst zögernd in die Hand nahm. Er hatte das Gefühl, der kleine Sender sei noch an seinem Platz. Als er die Nummer der Polizei wählte, war er sich plötzlich gar nicht mehr so sicher, daß nicht sie den Sender eingebaut hatte. Und im anderen Fall, wenn es wieder ein Streich dieser Jungs war, wußte er nicht, ob er gut daran tat, die Polizei zu informieren. Während Quispel abwechselnd weiterverbunden oder gebeten wurde, »einen Augenblick zu warten«, blätterte er in seinem Terminkalender auf der Suche nach Telefongesprächen, die unter keinen Umständen ins Radio gehört hätten.

Die Nachfrage am Groenburgwal 65 ergab nichts. Dort war schon seit Monaten keine für den Kloveniersburgwal 65 bestimmte Post mehr zugestellt worden.

Es war Donnerstag. Schon zum drittenmal in dieser Woche ging Quispel mit der Morgenzeitung in Seijffardts Wohnung, um die Post aus Haarlem abzupassen. Er hatte erwartet, spätestens am Mittwoch etwas von Autarchina zu hören. Durch das Ausbleiben einer Nachricht kam ihm wieder der Gedanke an Odile, so absurd er auch sein mochte.

Während Quispel an jenem Donnerstagvormittag einen langen Artikel auf Seite eins über eine in einem leerstehenden

Haus neben der Wohnung des Bürgermeisters aufgefundene Bombe las, hörte er die Post unten auf die Türmatte fallen. Sofort, noch ohne zu wissen, wie es mit der Zeitbombe ausgegangen war, ließ er die Zeitung Zeitung sein und eilte die Treppe hinunter. Schon aus zehn Stufen Entfernung erkannte er ihre Schrift.

Der Brief war in einem völlig anderen Ton gehalten als der vorige. Spitzer, sachlicher, auf unsympathische Weise selbstbewußter.

»Ernst!

Was willst Du? Meine geheimsten Phantasien verwirklichen oder erotische Briefe wechseln?«

So stand es zumindest ungeduldig, wenn nicht höhnisch da. Schamlos schrieb diese Autarchina weiter: »Inzwischen habe ich etliche Männer angerufen und mich mit einigen getroffen. Ich habe gemerkt, daß nur Männer, die von sich aus sagen, sie seien voyeuristisch veranlagt, sich etwas unter meinen Phantasien vorstellen können (wie Du, Ernst) und dafür auch eine Menge zu zahlen bereit sind. Ja, Ernst«, – jetzt kam es – »meine exhibitionistischen Phantasien sind an Phantasien geknüpft, gekauft zu werden. Und das Ausmaß meiner Erregung ist mit der Höhe des ›Gebots‹ verknüpft. Und das wird mindestens vierstellig sein müssen.«

Eine Nutte, also doch. Aber eine anspruchsvolle. Eine teure Nutte.

Quispel ging die Treppe hinauf zu Seijffardts Wohnung. Anstatt erleichtert zu sein, daß die »Verwirklichung der Phantasie« jetzt nicht mehr stattzufinden brauchte, war er unerklärlicherweise wütend.

»Eine Edelnutte, ich hab's ja gewußt«, zischte er. Er fühlte sich verkannt, beleidigt, zum Narren gehalten. »Himmel noch mal, was für ein eingebildetes Weib!«

Oben las er den Rest des Briefes. »Trotzdem mache ich es Dir nicht leicht, Ernst, denn es gibt noch ein Erschwernis: Ich will, daß ein guter Freund von mir bei eventuellen Treffen und was sich daraus ergibt, anwesend ist. Einerseits, um für mich die sichere Situation zu schaffen, in der ich mich völlig ausleben kann, andererseits, um Männer, denen es nicht um das voyeuristische Element geht, auszusondern. Echte Voyeure haben damit kein Problem.«

Himmelarsch, auch noch einen Loddel dabei dulden!

Nach dieser Zurückweisung, denn als solche empfand Quispel es, zeigte sich erst richtig, wie toll die Brunst von ihm Besitz ergriffen hatte. Sein vergiftetes Hirn bewirkte eine totale Fixierung auf das weibliche Geschlechtsorgan, zu dem offensichtlich alle Wege, auch schriftliche und finanzielle, führen konnten. Eine Fixierung, vergleichbar mit der des verirrten Wanderers in der Wüste auf Wasser und die des Ertrinkenden auf Land. Folglich: Visionen, Fata Morganen, die hartnäckig für die Realität gehalten wurden. Nach zwei Wochen würde dieses Fixiertsein ihm unendlich fremd vorkommen.

Jetzt aber – jetzt mußte er durch. Was einmal in Gang gekommen war und in einer vorläufigen Antiklimax geendet hatte, mußte zu einem Ende geführt werden, koste es, was es wolle, egal mit welchem Mittel.

Etwa zur gleichen Zeit, als er auf die Anzeige in *Het Devies* geantwortet hatte, schrieb Quispel – ganz knapp – auch noch auf eine andere aus der Rubrik »Vergißmeinnicht« in, wie auf dem Umschlag stand, »Hollands verbreitetster Jugendzeitschrift«, dem monatlich erscheinenden Blatt *16½*. Darin bot eine »attraktive Studentin, 18 Jahre« an, »gegen geringe Vergütung« Modell zu stehen. »Keine Tabus.« »Gegen Einsendung von f 25,– 3 Fotos + Adresse.« Daneben war ein kleines Foto von einem in der Tat sehr attraktiven Mädchen abgedruckt, das – nackt – dahockte und sich, auf die Hände gestützt, zurückbeugte. Quispel mißtraute der Sache etwas, denn Zeitschriftenredaktionen druckten bei solchen Anzeigen häufig ein anonymes Standardfoto ab. Nicht, weil er auf einmal fotografische Neigungen hatte, sondern weil er in jedweder fleischlichen Illusion schwelgen wollte, schickte Quispel einen Fünfundzwanzigguldenschein an die betreffende Chiffrenummer mit der Frage, ob »sie es selbst auf dem Foto« sei.

Die Farbfotos, die ihm daraufhin zugeschickt wurden, waren vom üblichen Typ und Format. Auch der Fotograf schien ihm nicht mehr als ein durchschnittlich begabter Amateur zu sein. Beigelegt war ein goldiges Briefchen: »Ja, ich bin's wirklich selbst!« Und: »Modellstehen kostet f 100,– für die erste Stunde und f 50,– für jede weitere Stunde, zuzüglich Fahrtkosten.« Dazu eine Adresse in Hellevoetsluis. Auf zweien der Fotos zeigte Francien, denn so hieß sie, ihren hübschen Körper nahezu von Kopf bis Fuß (auf einem lutschte sie am dünnen Ende einer Mohrrübe), während das dritte mit aufgehaltenen feuchten Schamlippen und hervorlugender Klitoris ausgesprochen pornographisch war. Zusätzlich erregend, weil es nur unbeholfene Wohnzimmeraufnahmen waren.

Jetzt, da die Korrespondenz mit »Autarchina, für Dich Oty« bei Quispel etwas in Gang gesetzt hatte, das zur Vollendung gebracht werden mußte, schlug er dem Mädchen von den Fotos ohne Umschweife in einem ausführlichen Brief vor, sie solle zu ihrem »Modellstehtarif« einen Nachmittag bei ihm verbringen, sich vor ihm ausziehen, wie sie es vor einem Fotografen täte, und sich vor seinen Augen befriedigen. Alles ohne Kamera. Er betonte, daß er sie mit keinem Finger zu berühren gedenke, es sei denn, sie wünsche das ausdrücklich. Es gehe ihm ausschließlich ums Zuschauen.

Ihre von noch gewagteren Wohnzimmerfotos begleitete Antwort war von einer überrumpelnden Direktheit – und wieder wurde sein Tagtraum in jenem merkwürdigen, simulierten Streben nach Verwirklichung von der Realität, wie sie sich allzu gierig anbot, zerschlagen, zumindest jedoch angeknackst. Das Mädchen bediente sich des typischen *16½-*

Jargons, der ihm eigentlich zuwider war, ihn in diesem Fall jedoch rührte und erregte.

Sie schlug Donnerstagnachmittag, den 16. Mai, für ein Treffen vor. »Ich bin dann um 14 Uhr bei Dir und habe den ganzen Nachmittag Zeit.«

Nein, Quispel war nicht so scharf auf diese Pseudo-»Freiheit-über-alles«-Ausdrucksweise à la *16½*, aber in ihrem Brief hatte sie etwas rührend Natürliches. Mit seinem finanziellen Vorschlag (es war immer die Rede von »Vergütung«) war sie zufrieden. Quispel teilte ihr mit, er sei mit dem Termin einverstanden, und bestellte, »zum besseren Kennenlernen«, weitere Fotos, die sie prompt und mit Sorgfalt für ihn auswählte.

Nach der letzten Foto-Sendung und dem beiliegenden geilen Brief (»Ich hoffe, daß Dir meine Muschi noch immer gefällt. Daß mein Gesicht auf jedem Foto anders aussieht, kommt daher, weil ich immer anderes Make-up benutze, und von der wechselnden Beleuchtung. Ich bin's aber wirklich selbst auf jedem Foto!«) war es noch eine gute Woche bis zum sechzehnten Mai. Quispel durchlebte sehr unruhige Tage. Mal stellte er sich – sehr begehrlich – alles bis ins kleinste Detail vor; dann wieder stampfte er wütend herum und verfluchte sich selbst, daß er es so weit hatte kommen lassen.

»Phantasien darfst du nicht durch die Wirklichkeit zu ersetzen versuchen, du Hornochse! Das ist eher etwas für Marx und Lenin ...«

Manchmal sah er, was die Selbstvorwürfe anging, einen Lichtblick. Der sechzehnte Mai war Himmelfahrt. Glaubte er denn wirklich, daß eine Studentin, als die sie sich ja in der Anzeige ausgegeben hatte, dann den ganzen Nachmittag zu ihrer freien Verfügung hatte? Von wegen! Die fuhr für mindestens ein langes Wochenende mit ihrer schmutzigen Wäsche zu ihren Eltern und lachte sich eins ins Fäustchen beim Gedanken an diesen Mädchenvoyeur, der jetzt in Amsterdam bei einer Kanne Tee auf sie wartete ... Ja, so war's: Sie hatte sich an der obszönen Korrespondenz geweidet, hatte, ohne mit der Wimper zu zucken, das Geld für die Fotos kassiert (immerhin 3 × f 25,–) und ... das war's. Was bildet dieser Kerl sich eigentlich ein, daß ich vor ihm ...?

Nein, dem war er, auf welch naive Weise auch immer, zum Glück entronnen, genauso wie dieser rothaarigen Exhibitionistin.

Manchmal jedoch schob er, als spielte er Patience, die Farbfotos hin und her, auf diese Weise versuchend, den sechzehnten Mai näher zu holen. Ihm half dabei, an ihrem letzten Brief zu schnuppern, den sie mit ihrem Eau de toilette besprenkelt hatte (ja, sie trieb ihren postalischen Flirt ganz schön weit: Die Türmatte roch danach, nachdem der Brief dort gelandet war, und später auch das gesamte Haus).

Marsch zu den Nullen

Dienstag, 16. April 1985

Selten hielt Quispel es bis zum Ende der Nacht im Zimmer eines Mädchens aus. Er mußte weiter – nein, zurück – zu den Lichtern, den Stimmen, der vor einem Spiegel funkelnden Flaschengalerie. Aber es gab einen Zeitpunkt, da sogar die Nachtbars zumachten. Die Markthändlerkneipen, die um sechs Uhr öffneten, fand er gräßlich: Die wurden von Leuten besucht, die schon geschlafen hatten.

Nein, er ging nicht in den Kloveniersburgwal. Sein Eheleben wurde in diesen Wochen telefonisch abgewickelt. »Jetzt steht's auf des Messers Schneide, mein Schatz. Am Montag läuft das Ultimatum aus. Ich bleibe lieber hier. Sie sind sehr aufgeregt.«

»Ach, ich bin ja nicht allein. Ab und zu versetzt er mir einen Tritt ... oder sie.«

Jede Nacht kehrte Quispel im Morgengrauen ins Untersuchungsgefängnis in der Havenstraat zurück – überglücklich sogar noch zu dieser Stunde. Wie es ihnen gelang, den Hausverwalter auszutricksen, war ihm ein Rätsel, jedenfalls ließen sich immer mehr Hähne über Nacht einschließen. Wenn Quispel, meist zwischen vier und fünf, mit dem Taxi eintraf, herrschte drinnen häufig noch Hochbetrieb. Schwere Gegenstände wie ausrangierte Möbelstücke, die von Bewohnern des Viertels abends als Sperrmüll auf die Straße gestellt worden waren, wurden aufs Dach gehievt, sie sollten bei der zu erwartenden Räumung auf die Köpfe der Belagerer gekippt werden. Zum selben Zweck füllten die Jungs alte Kühlschränke, die manchmal noch altmodisch rund waren, mit sämtlichem Krempel, dessen sie habhaft werden konnten: »Splitterbomben«. Sie hatten sogar eine Methode gefunden, wie sie den Altglasbehälter weiter oben in der Straße auf die Seite kippen und von unten öffnen konnten. In dem Scherbenhaufen, der sich wie eine Flutwelle auf den Gehweg ergoß, befanden sich noch Hunderte von ganzen Flaschen, aus denen man Molotowcocktails basteln konnte. Meester Quispel hatte nichts gesehen. Nach dem Einsammeln liefen gut und gerne sechs Hähne mit verpflasterten Händen und Handgelenken herum.

»Schon während der Mobilmachung verwundet!« hatte Albert Egberts ausgerufen. »Wie soll das bloß werden, wenn der Kampf richtig losgeht?«

Am Montag, dem fünfzehnten, lief das von der Stadtverwaltung gestellte Ultimatum ab: Vor Sonnenuntergang hatten der Ost- und der Nordflügel des Untersuchungsgefängnisses II geräumt zu sein. Die Sanyasins im Westflügel genossen noch etwas Aufschub in Erwartung einer schriftlichen Antwort des Bürgermeisters auf ihren Vorschlag, in dem Gebäude ein privates Gefängnis nach amerikanischem Muster einzurichten.

Als Quispel am frühen Morgen des sechzehnten April das Tor zum Innenhof öffnete, stieg ihm starker Benzingeruch in die Nase. Auf dem Basketballfeld waren vier Jungs im orangen Licht der Außenlampen mit der Präparierung von Molotowcocktails beschäftigt. Durch die früheren Nächte hatten sie sich so an das plötzliche Auftauchen ihres Anwalts gewöhnt, daß sie bei seinem Erscheinen schon gar nicht mehr von ihrer Tätigkeit aufschauten. Jetzt, wo das Ultimatum verstrichen war und die Räumung bevorstand, traf Quispel seine Hähne nach dem etwas zu lauten Schließen des Tors in erstarrter Haltung, blaß, über ihren Flaschen und Trichtern und Kanistern an.

»Störe ich?«

»*Fuck*. Es ist Quispel-de-Mispel.«

»Höchstpersönlich.«

Sie machten weiter mit ihrer Arbeit. Ihr Ernst und ihre Hingabe plus der mittlerweile gar nicht mehr unangenehme Benzingeruch speisten Quispels Glücksgefühl, sofern es davon nicht sogar überfüttert wurde. An der Geheimwaffe, von der die Plane teilweise heruntergezogen war, standen Dr. Nop und Dr. Pixley. Sie sahen den Eindringling böse an. Pixley hielt ein vergilbtes Papier mit rostfarbenen Pünktchen in der Hand, eine Art Prospekt. Quispel las über seine Schulter mit.

BOFORS, 40 MM; SWEDEN 1936.

»Wirkungsvoll durch ... durch ... übersetz doch mal mit, Nop ... *its high cyclic rate of fire*.«

Links und rechts an der Geheimwaffe waren Metallsessel mit Lüftungslöchern in der vorgeformten Sitzfläche angebracht, wie bei einer landwirtschaftlichen Maschine.

Drinnen, in einer Doppelzelle im Erdgeschoß, deren Tür offenstand, stieß Quispel auf eine Gruppe von Hähnen, die heftig mit Albert Egberts debattierten. Flix saß schweigend in einer Ecke und hatte sichtlich mit seinem Asthma zu kämpfen. Seine Gesichtshaut war gelblichweiß und körnig wie fast erstarrtes Fett.

»... dieses Tamtam um den Jahrhundertwechsel«, hatte Quispel beim Durchschreiten des Flurs bereits aufgefangen.

»Jahrhundertwechsel ... das ist ein Germanismus«, sagte Albert.

»Germanismus, von mir aus!«

»Wenn das ein Gernamismus ist, dann sind wir auf jeden Fall strikt gegen so'nen Gernamismus.«

»Na schön, also Jahrhundertwende.« – Ernst hielt sich am Türpfosten fest. – »Was ist verkehrt an der Jahrhundertwende?«

»Wenn alles vorbei ist, dann mischt Quispel-de-Mispel sich auch noch ein. Findet sein Feldbett wohl nicht.«

Ernst hatte die Jungen schon öfter auf das nahende Fin de siècle schimpfen hören, das sie aussprachen und schrieben (bei einigen war es aufs T-Shirt oder die Jacke gesprayt) wie »Fun the Shackle«, aber nie so richtig verstanden.

»He, das kann ich dir sagen«, blaffte ein Junge, dessen Lederjacke mit abgebrochenen Mercedessternen besetzt war.

»Schon neunzehnhunnertachzich ham sich ’n paar Wichser mit ätzenden Schnäuzern und ätzenden Schuhen ’ne Silvesterfete für neununneunzich/zweitausend ausgedacht...«

»Bestimmt bei *Hoppe* auf’m Gehweg. Mit’m Bier inner Kralle.«

»Klar, bei *Hoppe* auf dem Gehweg hat er angefangen, der große Marsch zu den Nullen. Wo sonst?«

»Moment mal, Chef. Ich war noch nich fertig. Wen seine Mutter nach Neujahr achzich rausgeschissen hat, der darf nicht mitmachen. Da haste’s schon. Du mußt mindestens zwanzich sein oder kurz davor. Sonst kannste’s vergessen. Die Jugend hat wieder das Nachsehen, das mein ich damit. Das *Marriott*, den ganzen Kasten, ham se schon dafür angemietet.«

»Abbrennen sollt man den Laden.« Das war Roxanes dünne Giftstimme.

»Bringt nix, Mann. Wenn das Ding abbrennt oder abgerissen wird oder so, bevor das Jahrhundert rum is, dann nehmen sie’s *Sonesta* oder so. Die haben Möglichkeiten satt. Es is ’ne Stiftung.«

»Stiftung, von mir aus!«

»Am Ende des Jahrhunderts«, sagte Albert, »seid ihr auch schon über Dreißig. Vielleicht könnt ihr euch noch für die Fete anmelden...«

»Egberts, das Genie, hat wieder mal null Durchblick«, fauchte der Junge mit den Mercedessternen. »Egberts, das Genie, hat wieder zu lang auf die grünen Buchstaben auf sei’m Bildschirm geglotzt, und jetzt hatter’n Knick inner Optik. Hör zu, du Genie, ich mein damit, daß die Typen mit ihren ätzenden Schuhen und ätzenden Toupets Leute unter Zwanzig nich für voll nehmen. Darum geht’s. ’n Jugendlicher sagt ihnen nix. ’n Jugendlicher is so’ne Art Mißverständnis, das man so schnell wie möglich ausser Welt schaffen muß. Für die, mit so’nen Schuhen à la Quispel, sind’s grade man noch fuffzehn Jahre, und dann können se wieder von vorn anfangen. Meinen se. Die Idioten. So im Stil von: erst die Jahrhundertwende, und dann seh'n wir weiter. Total geil auf'n Neuanfang. Mit Großbuchstaben …«

»Der Marsch zu den Nullen«, wiederholte Dr. Spex noch einmal. Es wurde langsam so etwas wie ihr Leib- und Magenspruch.

»Guter Ausdruck. Aber wenn das ein Marsch sein soll, dann isses 'n verdammt langsamer. 'n Marsch, bei dem se auf ihr'm Arsch sitzen bleiben können. Stuhl vor der Tür … 'n Pfund Aal und 'ne Tüte Erdnüsse … Nee, Mann, eigentlich isses die Zeit, die vorbeimarschiert. Ordentlich in Reih und Glied. Immer schön die Beine hoch. Links, zwei, drei … Erst kommen die Neuner, dann rollen die Nullen vorbei. Schön voll. Schön rund.«

»Nullen, von mir aus!« Das war Dr. Nop, der gerade in einer Wolke von Benzingeruch zur Tür reinkam. Er setzte sich neben Roxane.

»Der Mensch ist nun mal ein dezimal denkendes Wesen«, sagte Albert mit einem affektierten Seufzer.

»*Fuck*, Mann. Die Nullen sind nix als Seifenblasen. Ich scheiß drauf!«

»Diese geschniegelten Typen bei *Hoppe* sind doch bloß geil auf die Nullen. Auf Neuner, die sich in Nullen verwandeln. Wie Spermafische, denen man den Schwanz abzwackt …«

»… auf 'ner supergeilen Leinwand im Biologieraum. Bei zu'nen Gardinen. Herr de Natris war die Gummikappe von sei'm Zeigestock abhanden gekommen.«

»Ja ja, die ach so wundersame Verwandlung der Neunen in Nullen. Tja, werter Herr Bühnenautor, das ist für diese Schlaffsäcke die Jahrhundertwende und der Beginn eines neuen tausendjährigen Reichs.«

»Wie ich schon sagte: Der Mensch ist ein dezimal eingestelltes …«

»Quatsch kein' Dünnschiß, Mann. Eigentlich fängt dieses schöne, glänzende neue Jahrhundert erst am 1. Januar 2001 an. Ich war auch mal auf 'ner Penne. Zweitausendeins …! So eine total beknackte Zahl! Sie können's einfach nich verknusen. Sie glauben's einfach nich, daß das Jahr zweitausend mit all seinen Nullen das letzte Jahr unseres alten, abgewirtschafteten Jahrhunderts ist. Nein, so'ne schöne, runde, saubere, *blabla*, neue Zahl, mit sowas muß ein nagelneues Jahrhundert doch beginnen. Diese Nullen, diese Seifenblasen, das ist für sie die Seifenlauge, mit der dieses alte schmuddelige Ding von einem Jahrhundert weggeputzt wird. Diese Typen, weißt du, das sind genau die Leute, die jeden Samstag ihr Auto waschen.«

»Laß sie doch. Kann dir doch egal sein«, sagte Flix müde. »Sie können nicht alle Vertreter für Stärkemittel werden.«

»Noch einer, der's nich kapieren will. Worum geht's denn? Das bißchen, was jung an uns ist, darum geht's. Die tun zum Teufel noch mal so, als ob die Zeit bis zum Jahr Nullnull gar nix mehr wär'. Die verlieren auf einmal an Wert, diese Jahre, genau wie das Geld. Es sind Wartejahre – oder so.«

»Ausverkaufsjahre. Ramschjahre.«

»Genau. Damit diese Säcke demnächst von vorn anfangen können, verlangt man von uns, daß wir unsere Jugendjahre einfach aussitzen. Freibleibende Jugend, woll'n wir mal sagen. Über den Haufen gerannt bei diesem langen Marsch zu den Nullen. Hurra. Also, ich bitte euch. Müssen wir uns das wirklich gefallen lassen?«

Quispel liebte die Jungs, wenn sie so waren. Sie gaben, wenngleich auf andere Weise, seinem eigenen Anarchismus dieser Wochen Ausdruck.

»Aber was sonst?« wollte der Bildhauer noch wissen.

»Nix. Einfach so. Ich will ... wir wollen nicht in solchen Einheiten denken: Jahrhunderte, Jahrzehnte, tausendjährige Reiche ... und reiche Tausendjährige, was weiß ich. Meine Einheit ist mein Leben, Teufel noch mal. Was sonst?«

»Einheit, von mir aus!«

»Die können meinetwegen ... Ein Menschenleben, das sollte das Maß sein. Ja, laß mich auch mal philosophieren.« Dr. Pixley, der mitten in das Gespräch geplatzt war, schaute böse, ohne Ironie in seinen schwarz umrandeten Augen.

»Die reden manchmal so schön gestelzt von ›Schwellensenkung‹ und so'nem Blödsinn. Also, wir sind alle Mann, wie wir hier sitzen, für einen niedrigschwelligen, was sag ich da, einen schwellenlosen Übergang ins neue Jahrhundert. Invaliden zuerst. Soll ich dir mal was sagen, Herr Textverarbeiter? Das einundzwanzigste Jahrhundert, das hat schon längst angefangen.«

Bei diesen Worten hakte »Chef« Vanderbilt einen Finger in den Augenwinkel, ohne dazu freilich den dazugehörigen schelmischen Gesichtsausdruck zu produzieren. Alles war ernst, auch die Späße.

»Die Zeit, überhaupt die ganze Zeitrechnung, die muß unbedingt auf ihren Platz verwiesen werden«, sagte Dr. Spex feierlich. »Und dieser Platz ist: auf dem Kalender.«

»Was höre ich da?« rief Albert aus. »Der Kalender hat euch doch gerade solche Kopfschmerzen bereitet!«

»Nein, du Klugscheißer, ich mein den Kalender voller Eselsohren und Fliegendreck, in den man ab und an im Scheißhaus schaut, wenn man wissen will, wer Geburtstag hat oder gestorben ist. Deine Oma oder irgend so ein dämlicher Vetter oder das Meerschweinchen von Tante Jo. So'n Ding, das man vergessen kann. Drammeturgen raffen auch gar nix, glaub ich. Also, du Penner, ich erklär's dir jetzt zum letztenmal. Ein Menschenleben, oder wie du's auch nennen willst... ein Menschenleben, egal ob's dreißig oder dreiundneunzig Jahre dauert, das muß wieder das allgemeine Zeitmaß werden. Mein Jahrhundert, sag ich mal, dauert von 1968 bis zum Jahr 2003 oder 2054, wer weiß das schon. So ist das.«

Eine Weile war es still. Dr. Nops Ratte, die, auf der Schulter ihres Herrchens sitzend, eine Zeitlang unter dem Aufschlag seiner Lederjacke herumgeschnüffelt hatte, richtete sich an dem beringten Ohr auf und rieb das Maul an dem gestärkten Haarkamm. Es machte ein leise raschelndes Geräusch, wie von Schilf.

»Mit Jugend wird sowieso Schindluder getrieben«, sagte Dr. Nop düster. »Mit allem, was mit Jugend zu tun hat. Mit dem Wort Jugend, dem Begriff Jugend ... unserer ganzen tollen Scheißjugend. Wie alt sind wir? Im Durchschnitt siebzehn, achtzehn. Ein armer Trottel von achtundzwanzig oder zweiunddreißig, der Arbeit sucht, der wird glatt ausgelacht. Der ist zu alt, um noch einen Job zu finden. Auf der anderen Seite kriegen unsere Alten täglich zu hören, daß sie mit ihren siebenundvierzig oder einundfünfzig noch *irr-sin-nig* jung sind. Vergiß es! Und das ist wirklich nicht nur so'n Trick, um ihnen die ätzenden Klamotten aus der P.C. Hooftstraat anzudrehen, wie Quispel-de-Mispel sie trägt, auch nachts. Das haste bei allem. Bei buchstäblich allem. ›Man ist so alt, wie man sich fühlt ...‹ Pf, vergiß es! Heutzutage wechselt man sein Alter je nachdem, worum's geht. Ungefähr so, wie unsere beknackten Ururgroßtanteneltern für alles ... für jede Fresserei, jedes Wetter ... die Montur und die Maske gewechselt haben.«

Roxane neben ihm auf der Holzkiste nickte ernst. Von Zeit zu Zeit sah sie rasch von der Seite her zu ihm auf und fuhr sich dabei mit einer flinken Bewegung durch das kükengelbe Haar. Im einen Ohr, sah Ernst erst jetzt, trug sie eine kleine schwarzlackierte Fledermaus. Dr. Nops Gesicht war während seiner verbissenen Worte noch bleicher geworden.

»Super. Wahnsinn. Wenn du mit dreißig 'nen Job suchst, kommste total fertig und kahl und grau nach Hause ... echt gruftimäßig ... und dann findste da deine alte Mutter, achtunfuffzig, die mit Leichtigkeit deine Enkelin sein könnte, so jugendlich isse noch. Aber hallo. Früh alt und lange jung ... wie ist das denn eigentlich, Mispelmann? Nein, der Herr Anwalt weiß es auch nich. Schlaf gut, Meester. Zu alt, um zu arbeiten, zu jung, um in Rente zu gehen ... Also, das hätt' ich jetzt gern mal gewußt: wo unsere eigene Haut geblieben ist. Haut ohne gruftimäßige Falten, ohne Pigma ... wie heißen die noch mal?«

»Pigmentflecken?«

»Diese getrockneten Kackespritzer auf der Haut, ja, genau. Ich mein ... warum dreh'n se mir so'ne total ätzende Hose an, wo eim der Schritt bis auf die Knöchel hängt, wo mir die Eier doch noch schön stramm am Arsch sitzen? Hä? Warum muß ich breitbeinig rumrennen, als ob mir die Eier schon annen Knien baumeln? Und warum, Himmelarsch noch mal, sind die Alten so verdammt jung?«

Als Roxane ihre Hand federleicht auf Dr. Nops Knie legte, das sich nackt und aggressiv durch den zerrissenen Jeansstoff zwängte, entfernte er die Hand, als jage er eine Fliege weg – woraufhin Roxane Quispel triumphierend ansah. (»Über Händchenhalten sind wir längst hinaus.«)

»Dieses ewige Rumgejammer«, sagte Flix, noch müder. »Ihr tut ja selber nix dagegen.«

»Nein?« sagte Dr. Pixley heftig. »Dann haste Scheiße aufen Augen, Mann. Also, wenn man uns zwingt, das achte Weltwunder, das Jahr Zweitausend, so passiv abzuwarten und unsere Jugend nur zu vergammeln, also, dann zeigen wir denen mal, was echte Passivität ist. Und da sind wir voll mit zugange. Hier, im Untersuchungsgefängnis. Junge, Junge, das wird der *Horror* des wartenden Menschen. Wir existieren nicht, das ist das Schöne daran. Niemand existiert. Die Existenz fängt erst wieder an, sobald sie mit diesem Scheiß von germanistischen Jahrhundertwechseln und so aufgehört haben. Und solange das nicht der Fall ist, bleiben wir hier. Passiv, wie's passiver nich geht. So steif wie'n Brett.«

»Es lebe der Nihilismus!« Das war wieder Dr. Chef.

»Nein, Nininismus«, korrigierte Dr. Nop. »Nininismus, hatten wir abgemacht. *Ni* dies und *ni* das, alles klar? Nininismus ist Nihilismus auf Afrikaans.«

»Na gut. Es lebe der Nihininismus ... oder ähnliches Gewieher. Es wird Zeit für 'ne Runde Selbstmordmusik.«

Chef Vanderbilt, oder Dr. Chef, beugte sich mit seinem weitgespreizten blauen Kamm über den Plattenspieler in der Ecke. An der Hülle erkannte Ernst *Unknown pleasure* von Joy Division. Und schon gingen die Drums und der Baß ab.

We'll share a drink and step outside
An angry voice and one who cried
We'll give you everything and more
The strain's too much, can't take much more

Die Jungen hörten mit gesenkten Blicken zu, vermieden es, einander anzusehen. Zu sagen, daß ihre Lieblingsmusik von Joy Division und den Sex Pistols stammte, war nicht die ganze Wahrheit. Auch das äußere Erscheinungsbild und die Lebensweise, das Antiheldentum dieser Popgruppen, die im Grunde Antipopgruppen waren, machten Ian Curtis und Johnny Rotten und Sid Vicious und wie sie alle heißen mochten, zu ihren Idolen (oder Anti-Idolen). Die Skandale. Die Sicherheitsnadeln. Die Selbstmorde. Die Verachtung für Musik. »*I don't understand why people think it's so difficult to learn to play guitar. I found it incredibly easy. You just pick a chord, go twang, and you've got music.*« Heilige Sprüche. Das Wort Musiker war tabu: So einer hieß »Tonorganisator«.

Die Hähne hüteten sich vor allzu augenfälligem Fanverhalten. Daß sie die Musik gut fanden, sprach für sich selbst; darüber wurden keine Worte verloren. Selten bewegten sich ihre Lippen mit dem gesungenen (oder rausgekotzten) Text. Am deutlichsten zeigte sich ihr Einverständnis mit dieser Musik in ihrem merkwürdigen vertikalen Schulterrempeltanz.

Joy Division, die nächste Platte. *Closer.* Ohne daß jemand ein Zeichen gegeben hätte, erhoben sich die Jungen – träge und mit einer Steifheit, die schlecht zu ihrer Jugend paßte – aus ihrer hockenden Haltung. Sie folgten Vanderbilt und Dr. Spex, die die Boxen auf den Korridor schleppten.

An abyss that lasted creation
A circus complete with all fools

Die Hähne begannen ihren vertikalen Tanz. Sie versuchten, in ihren schweren Knobelbechern mehr oder weniger im Takt mit der Musik immer höhere Sprünge zu machen, senkrecht in die Höhe, indem sie mit einem Minimum an Kniebeugung hochfederten und an derselben Stelle wieder aufkamen. Ein einsames Tanzen, vorläufig noch. Erst als sie springend eine bestimmte – untereinander festgelegte – Höhe erreicht hatten, wurde ein gemeinsamer Tanz daraus, der im übrigen genauso träge und plump blieb. Es kam darauf an, einander mitten im Sprung, der zu diesem Zweck mehr zur Seite hin ausgeführt wurde, mit den Schultern zu berühren, und zwar so fest wie möglich. Zwei Jungs suchten sich mit einem Blick aus, schnellten gleichzeitig einen halben Meter in die Höhe und knallten dort – seitlich – mit Schultern und Oberarmen zusammen. Dabei wurden die Fäuste geballt, die Kiefer zusammengepreßt. Die Gesichter änderten ihren Ausdruck nicht. Sogar der schmerzhafteste Schulterschluß (Quispel hatte die Blutergüsse auf ihren Oberarmen gesehen) konnte die Jungs nicht beirren. Nur das schwere Atmen hinterher vermochten sie nicht ganz zu unterdrücken. Schwitzen taten sie nie.

Schuhe dröhnten dumpf, Ketten rasselten, Leder krachte. Die Kämme blieben beim Hochspringen wie beim Aufkommen einwandfrei stehen: die Haartracht des Todes. Wer sie so, mit diesem massiven Geweih, vertikal Anlauf zu einem gewaltsamen Bodycheck nehmen sah, konnte sich eines Vergleichs mit männlichen Tieren nicht erwehren, die einander die Herrschaft über ein Rudel streitig machen. Das einzige anwesende Mädchen, Roxane, stand am Rand und bewegte, eine Zigarette zwischen den Fingern, nur ihren Oberkörper zur Musik. Die vielen losen Riemchen an ihrer Jacke schlugen wie kleine Lederpeitschen zu.

Ernst sah zu, freilich ohne Boezaardts sarkastischen Blick und sogar ohne Albert Egberts' ironisches Lächeln. Er schwelgte in diesem Schauspiel ungelenker Bewegungen, das für ihn in diesem Moment das Äußerste an Schönheit verkörperte. Beim Springen öffnete sich manchmal Dr. Nops Lederjacke, und so bekam Quispel dessen T-Shirt von vorn zu sehen. Es zeigte nicht nur ein bluttriefendes Hakenkreuz. DESTROY stand darüber, dicht unter dem Halsausschnitt. Mit anderen Worten: Vernichte die Swastika. Jetzt begriff er auch den Text auf der Rückseite der Jacke besser: TWO MINUTES HATE.

Die Tanzenden fanden auch in einigen Sanyasins Zuschauer, die in ihrer bunt zusammengewürfelten roten und violetten Kleidung auf den Treppen hinter der gläsernen Trennwand stehengeblieben waren. Diese Befürworter offener Formen des Zusammenlebens beobachteten den Springtanz irritiert. (»Sollten wir nicht die Feuerwehr benachrichtigen?«) Die Hähne schien's nicht zu kümmern. Das Ultimatum war abgelaufen: Seit Mitternacht hielten sie sich wie auch immer illegal in diesem Gebäude auf.

Existence, well what does it matter
I exist on the best terms I can
The past is now part of my future
The present is well out of hand
The present is well out of hand

Ein Nachmittag der Beförderungen

Donnerstag, 16. Mai 1985

Komplikation.

Noch ehe die Woche begonnen hatte, war sein Brunstrausch vorbei. Hatte sich verzogen, wie Nebel. Denn auch diesen Streich konnte einem das krampfhafte Bemühen um die Verwirklichung des Traums spielen: Der Nachmittag, das Schäferstündchen zwischen vier und fünf, versetzt einen in eine subtile brünstige Glut, man will auf der Stelle die Vision seines Lebens verwirklichen, man ruft den Escort Service an, aber der ist ausgebucht. »Dann morgen um dieselbe Zeit?« »In Ordnung.« Doch am nächsten Tag zeigt sich, daß sich die erotischen Vorstellungen in Luft aufgelöst haben. Sie lassen sich nicht einmal in die Erinnerung zurückrufen. Sie haben nie existiert. Und inzwischen steht einem der Sinn eher nach Shakespeare oder Verdi. Ach, liebe Leute, versteht die sexuelle Phantasie doch bitte schön nicht als etwas, das um jeden Preis realisiert werden muß – dafür hat der liebe Gott sie schließlich nicht geschaffen.

Es war zu kurzfristig, um ihr noch abzusagen. Quispel beschloß, trotz seines offenkundigen Widerwillens die Sache wie geplant durchzuziehen, dem Mädchen seine »Vergütung« zu zahlen, und den Vorfall als Investition in Lebenserfahrung zu betrachten.

Mittwoch, der fünfzehnte, wurde dennoch ein ziemlich nervöser Tag. Er brachte Seijffardts Wohnung in Ordnung, stellte Möbel, die Arthur verrückt hatte, um die Partitur seiner Oper in voller Länge auf dem Fußboden ausbreiten zu können, wieder an ihren Platz und tätigte seine heimlichen Himmelfahrtseinkäufe. Weiß- und Rotwein, Erfrischungsgetränke, Kuchen, Pralinen, Salzgebäck – ja, was mochte ein achtzehnjähriges Mädchen wohl? Womit ließ sich die Spannung brechen? Er rollte einen von Seijffardt zusammengerollten Teppich wieder aus, und weil dieser sich weiter wellte, stellte er schwere Gegenstände auf den Rand, denn er wollte nicht, daß sie schon beim Betreten des Raums stolperte. Kurz und gut, tausenderlei, worum er sich Gedanken machte. Er zweifelte noch immer, ob sie überhaupt kommen würde.

Während der Aufräumarbeiten lief Seijffardts Radio, und so erfuhr er in den Nachrichten von den Drohbriefen. »Bei mindestens siebzehn Amsterdamer Polizeibeamten, die am fünfundzwanzigsten April als Angehörige der Mobilen Einheit an der Räumung des ehemaligen Untersuchungsgefängnisses in der Havenstraat beteiligt waren, sind heute morgen Drohbriefe eingegangen. Ein Sprecher der Amsterdamer Polizei äußerte die Vermutung, der Absender sei unter den früheren Benutzern des ehemaligen Untersuchungsgefängnisses zu suchen, und zwar in erster Linie unter den sich selbst so bezeichnenden Nullen Des Jahrhundertwechsels, auch Hähne Der Neuen Morgenröte genannt. Vor allem der Satz ›Ihr habt Dr. Nop ermordet, wir kriegen euch noch‹ erbittert die Amsterdamer Polizei, so der Sprecher. Dr. Nop war der Spitzname von Kiliaan Noppen, der in der Nacht vom fünfundzwanzigsten auf den sechsundzwanzigsten April in einer Zelle des Amsterdamer Polizeipräsidiums unter noch ungeklärten Umständen starb. Es folgen weitere Nachrichten aus dem Inland ...«

Auch Quispel hatte einen solchen Brief auf der Türmatte gefunden, ohne Anrede. Wahrscheinlich war er als Konzept gedacht, oder als Beweismaterial: Sieh nur, Meester Quispel, so weit trauen wir uns zu gehen.

In Seijffardts Wohnung stand ein Flügel, so glänzend, daß Ernst es nicht lassen konnte, immer wieder sein Bildnis im schwarzen Spiegel des geöffneten Deckels zu suchen. Wer da hineinschaute, setzte automatisch ein Napoleon- oder Beethovengesicht auf; der herabgezogene Mundwinkel wurde eine Narbe für ewig. Doch auf der anderen Seite, wo das schwarze Holz in einer gebogenen Linie verlief, machte er sich zuweilen klein wie ein Hofnarr und ließ sein Gesicht erst ganz schmal und dann ganz breit werden und umgekehrt. Mit hin und her schwingendem Oberkörper zog er Grimassen, mit denen er Karikaturen in den Zerrspiegel malte. Der Komponist, so wußte Quispel, schrieb nie am Klavier.

»Das Stück würde dann begrenzt durch mein begrenztes Talent als Pianist. Ein Komponist muß, beispielsweise wenn er ein Violinkonzert schreibt, an den besten Geiger denken, den es gibt.«

»Vielleicht noch besser an den idealen Geiger?«

»Nein, denn dann wird es ein unspielbares Stück. Ein Monstrum. Der ideale Geiger ist noch nicht geboren.«

Aus diesem Grund hatte er einmal, als er eine komplizierte *Fantasia* für Piano solo schrieb, die ganze Zeit einen bekannten Pianisten an seiner Seite, der ihm weiterhalf. Die Zusammenarbeit fand ein vorzeitiges Ende, weil der Musiker einen Stundenlohn verlangte, der fast an seine Gage für einen öffentlichen Auftritt heranreichte.

Beim Duschen am nächsten Morgen ertappte er sich dabei, daß er sich äußerst gründlich schrubbte. Bis zum letzten Augenblick wußte er nicht, wie er Zwanet gegenüber seine Abwesenheit begründen sollte. Aber nach dem Zudrehen der Duschhähne hörte er ein Klopfen in den Heizungsrohren, kurz darauf gefolgt vom Heulen einer elektrischen Bohrmaschine. Es war das erste und wahrscheinlich letzte Mal, daß die Umbauaktivitäten der Familie Olree ihm wie Musik in den Ohren klangen. Ansonsten war keine Musik in ihm. Sein Herz war wie aus Blei.

»Da hörst du's wieder, Zwanet. Ein freier Tag, und schon sind sie wieder zugange. Im Souterrain, mit all den Rohren, nervt es noch mehr als hier oben. Ich werde hier aber nicht sitzen und mich schwarz ärgern. Arthur ist in Deutschland wegen der Premiere seiner Streichersinfonie. Er hat mir seine Schlüssel gegeben. Wenn es dir nichts ausmacht, werde ich heute nachmittag in seiner Wohnung dieses Stück von Albert

Egberts mal gründlich auf freche Aussagen hin durchforsten, die das Königshaus in Verruf bringen könnten. Es wird wirklich Zeit, daß ich mich daranmache. Kann ich dich allein lassen? Wenn's zu schlimm wird mit dem Krach, dann mußt du sie mit deinem Bauch erpressen.«

Gegen Mittag verließ Quispel das Haus. Zwar hatte er das Sonnenlicht bereits auf den Hausfassaden gegenüber gesehen, aber erst jetzt, als er ins Freie trat, merkte er, was für ein herrlicher Tag es war. *Benjamin, Sohn der Rechten Hand und der Rubella* war ein kleines Buch. Es paßte genau in die Innentasche seines Jacketts. Zehn vor zwölf: Zeit genug für einen Spaziergang, der vielleicht seine Beklemmung vertreiben würde.

Durch Rusland und den Grimburgwal spazierte er zum Spui. Sonne, Sonne. In der Stadt wimmelte es seit gestern von Touristen, in erster Linie Deutschen. Über den Nieuwezijds Voorburgwal schlenderte er zum Dam, wo der Jahrmarkt noch mit herabgelassenen hydraulischen Armen unter blauem Zelttuch schlief. Am Damrak kaufte er in einem Imbiß ein paar Sandwichs, denn das Schätzchen konnte ja bei seiner Ankunft – aus Hellevoetsluis! – Hunger haben. Durch die Damstraat und die Oude Hoogstraat, wo es heute noch voller war als sonst, ging er – immer langsamer, fast schon zögernd – immer noch bedrückt in Richtung von Seijffardts Wohnung. Es hatte ganz den Anschein, als sei er gemäß dem gängigen Klischee wie so viele Männer, die kurz vor oder kurz nach der Geburt ihres Kindes mit einer anderen Frau ins Bett gehen, ebenfalls im Begriff, jetzt, da Zwanets Entbindung unmittelbar bevorstand, Ehebruch zu begehen. Ach nein, er würde das bestellte Mädchen mit keinem Finger anrühren. Höchstens begucken, aber auch das war keineswegs sicher. Die Verabredung war nicht mehr als die unglückliche Folgeerscheinung eines unvermeidlichen Brunstanfalls, der wiederum die Folgeerscheinung seiner alljährlichen Trinkperiode war. Das Mädchen, falls sie überhaupt kam, würde sich wahrscheinlich langweilen. Er wollte nichts von ihr.

Auf der Brücke über den Kloveniersburgwal hatte sich eine kleine Menschenmenge angesammelt, aus der so etwas wie spöttisch aufmunternde Rufe drangen. Halbbetrunkene Deutsche, die in T-Shirt und Unterhose vom Brückengeländer ins Wasser sprangen und sich während des Sprungs mit gräßlichem Gegröle gegen die erwartete Kälte wappneten. Himmelfahrtstag. Als Quispel kurz darauf an Arthur Seijffardts Wohnzimmerfenster stand, waren sie immer noch zugange. Immer wieder kletterten die Schwimmer an den hölzernen Duckdalben hoch, um dann ans Ufer zu springen, aus ihrer Bierdose zu trinken und sich von neuem in das schmutzige Wasser zu stürzen.

Auf dem niedrigen Wohnzimmertisch stellte Quispel alles für den Besuch bereit. Tassen, Zuckerdose, Kuchen, eine Schale mit Pralinen ... Es sah verdammt noch mal danach aus, als veranstalte er hier eine Kinderparty.

Viertel nach eins: Er machte sich noch schnell auf den Weg, um Kaffeemilch zu besorgen. Sittsamer ging's nicht. Je näher der vereinbarte Zeitpunkt – zwei Uhr – rückte, desto unglaubhafter und absurder wurde der Gedanke, es würde sich tatsächlich ein wildfremdes achtzehnjähriges Mädchen einfinden. Wenn ihm dann gegen drei allmählich die Wahrheit dämmerte, würde er sich wie ein Idiot – aber erleichtert – vor dem Kuchen und den Pralinen vor Lachen ausschütten und sich die Tränen vom Kinn tupfen. Und trotzdem ... nachdem er, sehr gegen seinen Willen, um halb zwei die Toilette hatte aufsuchen müssen, säuberte er sich, neben dem Waschbecken hockend, so gründlich wie ein Franzose, wobei ihm das Durchtriebene seines Tuns erst richtig bewußt wurde. Bei alledem war von der ranzigen Lust, die noch vor wenigen Tagen seinen Körper und Geist durchdrungen hatte, keine Spur mehr zu finden. In dieser Hinsicht fühlte er sich völlig neutral, sogar ein wenig betäubt.

Um Viertel vor zwei schaltete Quispel die Kaffeemaschine ein. Er plazierte zwei Weingläser an strategischer Stelle und legte den Korkenzieher bereit.

Um fünf vor zwei klingelte es. Quispel zog an der Schnur. Die Tür klemmte, aber dann war sie mit einem Rums, der den Kalk von der Flurwand rieseln ließ, drin. Er erkannte sie vage von einigen der Fotos.

»Achtung, die Treppe ist steil.«

Während sie die Treppe hinaufging, schaute sie nicht zu ihm hoch. Sie hielt den Blick auf die Stufen vor ihren Füßen gerichtet und schüttelte verlegen, vielleicht sogar etwas betreten ihre Locken, die nicht ganz natürlich wirkten und einen Ton heller waren als das, was man dunkelblond nennt. Grinsend schickte Quispel seiner Mahnung noch so etwas wie »in Amsterdam sind die Treppen meistens steil« hinterher.

Sie stand vor ihm. Er gab ihr die Hand.

»Tag, ich bin Ernst.« (Noch immer kein Nachname, obwohl die Chance, daß sie ihn als den Anwalt identifizieren könnte, dessen Name in letzter Zeit des öfteren in der Zeitung auftauchte, äußerst gering war. Ein Foto hatten sie selten abgedruckt.)

»Hallo. – Francien.«

Die Fotos, sofern sie ihr Gesicht zeigten, schoben sich mit ihrem unterschiedlichen Make-up, der wechselnden Beleuchtung und den sich verändernden Gesichtsausdrücken übereinander – und da war sie, leibhaftig. Ihre Haare, sah er jetzt, waren tatsächlich künstlich gelockt. Rosa Lippenstift, fast schon violett. Mattblauer Lidschatten. Eyeliner, Wimperntusche. Ausweichender Blick, leicht geniert. Die kessen Sätze aus ihren Briefen schwirrten ihm durch den Kopf. Sie ließen sich mit ihrem Blick nicht in Einklang bringen. In ihrem Gesicht, das nicht unbedingt hübsch, aber doch attraktiv war, lag etwas Geschlagenes und leicht Verdorbenes. Es war eher ein schwaches Grinsen als ein Lächeln, das sie zeigte; ihre Lippen öffneten sich. Zwischen den Schneidezähnen, genau in der Mitte, ein kleiner Spalt – dessen sie sich nur allzu bewußt sein mußte, da sie den Mund ständig straffte, um ihn zu verbergen. Im übrigen wirkte sie älter als achtzehn.

Quispel bat sie herein. Sie zog ihre kurze dunkelblaue Jacke aus und nahm auf seine Aufforderung hin auf dem Zweiersofa Platz, das in einer Ecke des zur Straße gelegenen Wohnzimmers stand und Aussicht auf die Brücke bot, wo der Spektakel allmählich nachließ. Francien nahm den angebotenen Kaffee an.

»Hungrig von der Fahrt? Ich habe frische belegte Brötchen.«

Nein, sie hielt sich an den Kuchen. Quispel setzte sich ihr gegenüber in einen Sessel. Francien war sichtlich nervös. Sie hatte fast etwas von einem in die Enge getriebenen Tier. Man konnte nicht sagen, sie weiche seinem Blick aus: Sie schaute zwar ständig zur Seite, doch blickte sie ihn immer wieder, für weniger als eine Sekunde, an. Ihr Atem ging nicht gleichmäßig. Wiewohl nicht ganz ohne Anspannung, fühlte sich Quispel inzwischen doch einigermaßen wohl in seiner Haut und verhielt sich entsprechend. Lag es an ihrer Wehrlosigkeit? Oder bezog er seine Selbstsicherheit, ja, sogar Überlegenheit, aus dem Geld, zweihundertfünfzig Gulden, das er im hinteren Zimmer in einem Umschlag für sie bereitgelegt hatte und ihr zustecken konnte, sobald er von der ganzen Geschichte genug hatte?

Er versuchte, es dem Mädchen leichter zu machen.

»War es nicht schwer, den Weg vom Bahnhof hierher zu finden?«

»Äh ... ich bin hier vor der Tür abgesetzt worden. Ich konnte mit jemand mitfahren.«

»Und mit demjenigen fährst du nachher auch wieder zurück nach Hellevoetsluis? Es war doch Hellevoetsluis?«

»Ja. Wir haben uns für den späten Nachmittag in der Stadt verabredet.«

Wie eine Motte, die geblendet das offene Fenster zur Freiheit nicht finden kann, flatterte Quispel ein dunkler Fluch durch den Kopf. Reingefallen. »Jemand.« Ihr fester Freund natürlich. Der Amateurfotograf, der sie zweifellos zu dieser Anzeige und dem Modellstehen animiert hatte und auf diese Weise selber einen netten Batzen zu verdienen hoffte.

Fast die gleiche Sorte Zuhälter also wie der, den Autarchina in ihrem letzten Brief ins Spiel gebracht hatte. Quispel überkam ein unangenehmes Gefühl, als ob er von diesem Amateurzuhälter beobachtet würde. Womöglich stand er mit seinem Auto genau vor der Tür. Außerdem, vor einigen Tagen hatte er sich noch darauf gefreut, diese Francien einen Nachmittag lang für sich allein zu haben, wenn sie ihm gefiel, und darauf schon im voraus die »Vergütung« abgestimmt. (Hundert Gulden für die erste Stunde, fünfzig für jede weitere.) Nun, da sich zeigte, daß sie ihm tatsächlich gefiel und er sogar so etwas Ähnliches wie Geilheit – jetzt aber eine normale, gesunde, menschliche Geilheit, keine hysterische – zurückkehren fühlte, empfand er ihre Verabredung mit diesem »Jemand« fast als Vertragsbruch. Trotzdem bemühte er sich weiter, alles zu tun, damit Francien locker wurde.

»Hast du viele Zuschriften auf deine Anzeige bekommen?«

»Ja, doch.«

»Und – schon oft Modell gestanden?«

»Nein, nein. So schnell geht das nicht. Ich hab aber schon ein paar Termine vereinbart. Du bist der erste.«

Quispel hatte die Jalousie an den beiden Fenstern zur Gracht hin heruntergelassen, die Lamellen aber nicht ganz geschlossen, so daß das Sonnenlicht alle Chancen hatte, das Düstere und Sündige ihres heimlichen Treffens zu akzentuieren. Eigentlich sollten sie wie zwei gesunde Kinder dort draußen sein, in der Wärme und dem Trubel des Himmelfahrtstages ...

»Kannst du mal ein bißchen Musik machen?«

Unglücklicherweise legte Quispel eine Kassette mit Blasmusik von Arthur Seijffardt ein, über die seinerzeit nach der Premiere in den USA ein Kritiker unter billiger Anspielung auf den Namen des Komponisten einen Artikel mit der Schlagzeile geschrieben hatte: *The Art of Fart*.

»Bzz ... bzzz ... ploink, ploink«, machte Francien, sehr freimütig für ihre Verhältnisse.

Quispel stoppte das Band und fragte das Mädchen nach ihren Vorlieben.

»Eine Zeitlang mochte ich Rockabilly, aber sonst ... ach.«

Sie redeten eine Weile über Entwicklungen in der Popmusik, die Quispel, ausgenommen in den paar Wochen im Jahr, in denen er in Kneipen wohnte, schon seit 1970 nicht mehr verfolgte. Francien dagegen wußte nichts von den sechziger Jahren.

»Ach, nein, natürlich. Das war ja alles noch vor deiner Zeit. In welchem Jahr bist du noch mal geboren?«

»Fünfundsechzig.«

Sie platzte, ohne nachzudenken, damit heraus und verfärbte sich im selben Moment, während sich gleichzeitig etwas in ihr verkrampfte. Noch zu Beginn ihres Gesprächs hatte Francien auf Quispels Frage hin bestätigt, daß sie achtzehn sei. Wenn sie fünfundsechzig geboren war, konnte sie jetzt nicht jünger als neunzehn sein und würde auf jeden Fall noch in diesem Jahr zwanzig werden. Die kleine Lüge rührte ihn. Sie bewies, daß sie ganz im Geiste eines Blattes wie *16½* folgerte, die Herren hätten sie gern »so jung wie möglich«.

»Was studierst du da in Rotterdam? Volkswirtschaft?«

Francien sah ein, daß ein Beharren auf ihrer zweiten Lüge (der Anzeigentext: »Studentin, 18 Jahre alt ...«) ihr die Röte nur noch schlimmer auf die Wangen treiben würde, und bekannte daher: »Ich studiere nicht. Ich bin Schwesternschülerin.«

Quispel fing an, sie immer reizender zu finden.

Er fragte sie danach aus, wie sie dazu gekommen sei, im Wohnzimmer – der Wohnung ihres Freundes, wie sich herausstellte – Pornoaufnahmen von sich machen zu lassen, und wie das wiederum zu der Idee mit der Anzeige geführt habe. Plötzlich, und Quispel erschrak fast über soviel Initiative ihrerseits, fragte sie ihn, welches der Fotos ihm besonders gefallen habe. Er nahm den Stapel aus einer Schublade und setzte sich neben sie aufs Sofa. Sie sahen sich die Fotos eines nach dem anderen, langsam, aufmerksam an. Quispel erzählte bei jedem, was ihm daran gefiel oder mißfiel. »Dies hier ist etwas unscharf. Das fand ich schade, vor allem weil ...« »Und hier, dies ist für mich das ästhetischste, mit dem heruntergerutschten Kleid. Da kommen deine Brüste so schön zur Geltung.« »Und das hier, na ja, du weißt ja wohl selbst, was mir an dem so gefällt. Ich hab dir das ja ausführlich geschrieben. Ich sehe übrigens gerade, daß du dir die Fingernägel jetzt auch rot lackiert hast. Das ist nett von dir.«

Es spottete jeder Beschreibung. Neben ihm saß ein schüchternes, zurückhaltend gekleidetes Mädchen von achtzehn – mittlerweile neunzehn – Jahren, dem kaum die obszönen Sätze zuzutrauen waren, die sie ihm geschrieben hatte, und durch seine Finger glitten die härtesten Pornoaufnahmen von ebendiesem Kind! Sie kommentierte die einzelnen Farbfotos kühl, beinahe technisch.

»Schau, hier siehst du noch frische ... äh ... Tropfen auf meinem Busen, aber auf dem nächsten Bild aus dieser Serie sind sie schon ausgelaufen. Siehst du? Es ist gut zu erkennen, weil ich braun geschminkt war wegen meiner blassen Haut. Hier laufen lauter weiße Bahnen durchs Braun ...«

Nach dem Betrachten der Fotos wurde es wieder still. Der Lärm auf der Brücke schwoll an. Quispel bot Francien etwas zu trinken an. Sie entschieden sich für Weißwein, »zum Entspannen«. Quispel holte eine Flasche aus Seijffardts Kühlschrank ganz hinten im Haus und wunderte sich unterwegs über das Ausbleiben, auch während der Kommentierung der Fotos, echter körperlicher Erregung. Quispels Erregung war einstweilen noch eher geistiger Natur. Bei seiner Rückkehr fragte das Mädchen, das inzwischen wahrscheinlich auf die Uhr gesehen hatte und die Sache ein wenig vorantreiben wollte: »Sag mal, hast du irgendein Video oder so? Das würde es vielleicht etwas einfacher machen ...«

In der Tat hatte Quispel in seinen Briefen Pornovideos erwähnt, die er in einem speziellen Regal von Seijffardts Bücherschrank gefunden hatte, dort, wo – seltsamerweise – ein angehefteter Zettel kundtat: *Dokumentation alternatives Projekt x*. Bei näherer Überlegung widerstrebte ihm jedoch der Gedanke. Jetzt, wo er sie gleich ganz zärtlich betrachten würde, wollte er nicht vorher im Fleischpfuhl eines solchen Films ertrinken. Es würde ihn möglicherweise blasiert machen und unempfänglich für die Schönheit ihres Körpers. Das sagte er ihr unumwunden, und sie pflichtete – etwas zögernd – bei. Sie schien sich Sorgen zu machen, ob es ihr gelänge, die Sache hinzukriegen.

»Erst mal was ausziehen«, sagte sie, noch immer unbehaglich. Sie zog ihre Stiefel aus, danach Strickjacke und Jeans. Unter der Jacke trug sie eine schwarze Spitzenbluse, durch die weiße runde Brüste zu erkennen waren.

»Hier?« fragte sie zögernd und deutete auf das Zweiersofa. »Oder auf dem Bett da hinten?«

»Hier, wenn es dir nichts ausmacht. Bei fast vollem Tageslicht, das finde ich am schönsten. Im Zimmer da hinten ist es so dunkel ...«

Quispel holte ein Kissen vom Bett, als Rückenstütze. Sie streckte sich mit Beinen, die weit über die eine Armlehne ragten, auf dem Sofa aus. Als sie sich wieder aufrichten wollte, um die durchsichtige Bluse auszuziehen, bat er sie, sie anzubehalten. Um nichts in der Welt hätte er den Kontrast des Stoffs mit der schneeweißen Haut ihres Oberkörpers missen mögen.

»Das hat meiner Mutter gehört«, sagte sie fast entschuldigend. »So'n Ding aus den fünfziger Jahren. Ich dachte, das würde dir vielleicht gefallen.«

Als sie den Po anhob, um ihr – ebenfalls schwarzes – Höschen hinunterzuschieben, bremste er sie. »Behalt es bitte noch an. Streichel dich schon mal selbst durch den Stoff.«

Sie fand es komisch, diese Vorliebe für das Halbbedeckte, und sagte bereits nach anderthalb Minuten: »Ich zieh's jetzt doch aus«, und tat es.

Nur das eine Bein ragte jetzt noch über die Armlehne hinaus; das andere hatte sie seitlich auf den Boden gleiten lassen, ihm so vollen Einblick gönnend. Nie würde er das warme, fast mystische Gefühl beschreiben können, das der Anblick aus so großer Nähe (Quispel kniete neben dem Sofa) dieses unbekannten, geheimen Fleisches auslöste. Sie hatte keine ausgesprochen schöne Möse. Eigentlich war da zuviel von diesem weichen Fleisch, das – außergewöhnlich faltenreich – wie eine Art molliger Rolle auf den großen Schamlippen lag, genau in der Mitte, ohne auch nur den geringsten Spalt freizugeben. Er war dennoch hingerissen.

Das Mädchen strich mit den Fingerspitzen sanft über die großen Schamlippen, die kahlrasiert waren und noch die Spuren der Rasur trugen, in dem Sinn, daß die zarte Haut fleckig war und glänzte. Ein Stück weiter oben kräuselte sich noch dunkelblondes Haar.

»Ich hab's ein bißchen rasiert«, sagte sie halb kichernd, halb lächelnd. »Na ja, ich wußte ja nicht, was dir gefällt. Es brennt noch, darum hab ich ein bißchen Nivea draufgetan.«

Sie begann jetzt, mit der einen Hand ihre kleinen Brüste und mit der anderen die Innenseite ihrer Oberschenkel sanft zu streicheln. Wenn er in ihr Gesicht aufsah, wich sie seinem Blick nicht länger aus. Ihre Augen verdunkelten sich. Nach einiger Zeit begann sie, erst ganz langsam und vorsichtig, mit dem Mittelfinger ihrer rechten Hand (die linke blieb an den Brüsten) kreisende Bewegungen an der Stelle zu machen, wo sich, noch klein und verborgen, ihre Klitoris befinden mußte. Als sie fester drückte und dazu die drei mittleren Finger benutzte, kreiste all das üppige, faltige Fleisch unter dieser Bewegung mit: ein rosafarbener Strudel. (Hätte er dieses Rosa näher beschreiben müssen, so hätte er es ohne irgendeinen unappetitlichen Hintergedanken mit dem unsauberen Rosa holländischer Krabben verglichen. Nach innen zu wurde das Rosa klarer, reiner.) Er sah sie nicht nennenswert feucht werden – was ihn angesichts seiner Vorliebe für den Anblick dieses glitzernden Wunders einigermaßen enttäuschte –, aber vielleicht spielte sich das bei ihr, die ja so reichlich mit Falten ausgestattet war, in tieferen Schichten ab. Das schien sich dadurch zu bestätigen, daß sich ihre Hand, gierig, immer schneller bewegte und auch ihr Atem schneller und heftiger ging, während ihre Augen, obgleich nur halb geschlossen und eindeutig auf den Mann neben ihr gerichtet, ihn in ihrer Glasigkeit nicht mehr wahrzunehmen schienen.

Dann und wann bremste Quispel ihre Hand und bat sie, etwas mehr von sich – von ihrem Inneren – sehen zu lassen. Wenn sie dann »okay, na klar« sagte, klang das so gespielt munter und genauso gespielt gleichgültig, daß es ihm wehtat. Francien hielt sich mit beiden Händen für ihn auf, und jetzt ragte ihr Kitzler hervor, der lang und hart und spitz und merkwürdigerweise runzlig war – so, wie Fingerspitzen nach einem ausgedehnten Bad runzlig sein können. Nein, auch weiter innen war sie keineswegs feucht und schleimig, wie es hätte sein sollen. Enttäuschend, aber durchaus verständlich. Die Situation war zu forciert. Wie sollte sie unter diesem Druck in Erregung geraten? Nachdem ihre Hand eine Weile lang wieder ungestört tätig gewesen war, fragte sie Quispel etwas schuldbewußt, ob er es schlimm fände, wenn sie »etwas Spucke gebrauchte«.

»O nein, keineswegs. Ich würde dir aber auch gern mit meiner ... mit meiner Zunge helfen.«

Quispel war sich halb und halb dessen bewußt, daß er allein schon durch diesen Vorschlag an ihrer Abmachung rüttelte, einen preziösen Code verletzte. Sie sollte ihm »Modell stehen«, mit dem einzigen Unterschied, daß die Kamera zwischen ihnen aus dem Spiel bleiben sollte, ansonsten aber streng nach der Regel: schauen, nicht berühren, und weiter schon gar nichts.

»O, wenn du willst ... Du darfst mich aber auch streicheln.«

Lag es an ihrer fortgeschrittenen Lust, von der es trotz der mangelnden Mitwirkung ihrer Drüsen kein Zurück mehr gab, daß sie jetzt so entgegenkommend wurde? Während Quispel die Innenseite ihrer Oberschenkel streichelte, machte er sie mit seiner Zunge naß. Obgleich er sich eine ausschließlich dienende Rolle zugestand, konnte er es nicht lassen, neugierig nach diesem erstaunlichen Kitzler zu tasten. Mit der Zunge konnte er noch besser spüren, wie lang und spitz dieser war, und er fühlte deutlich dessen Relief wie das einer rauhen Fingerspitze.

Er gönnte sich dieses feuchte Streicheln nur so lange, um sie für die Fortsetzung ihres Spiels geschmeidig zu machen. Und dieses Spiel setzte sich, nachdem er ihre Hand aufmunternd wieder an ihren Platz zurückgelegt hatte, mit einer derart schwindelerregenden Schnelligkeit und alles verzerrenden Heftigkeit fort, daß es kaum noch zu verfolgen war. Nun konnte Quispel seine Aufmerksamkeit nicht länger auf ihre zuckende Hand und das Wirbeln ihrer Falten beschränken (die jetzt, da sie feucht waren, auch ein entschieden »feuchtes« Geräusch machten), sondern mußte auch immer wieder in ihr Gesicht schauen, in dem die Lider, halb geschlossen, nur noch das Weiße freigaben, so weit waren die Iris bereits weggedreht. Vor lauter Ekstase zogen sich auch die Lippen von den Zähnen zurück, und Quispel hatte den Eindruck, daß der schmale Spalt zwischen den beiden Schneidezähnen der kräftig eingesogenen Luft einen scharfen Klang verlieh.

Es dauerte extrem lange, bis sie kam. Jedesmal, wenn er aufgrund des lauten Stöhnens (das ihm die Tränen in die Augen trieb) glaubte, jetzt sei es soweit, stellte sich heraus, daß sie noch einen Widerstand auf dem Weg zum Lustgenuß zu überwinden hatte. Es dauerte so lang, daß Quispel fürchtete, ihre Hand wäre ab einem gewissen Moment dieser außergewöhnlichen Anstrengung nicht mehr gewachsen und müßte aufgeben. Eine voreilige Befürchtung.

Das immer lauter werdende Stöhnen entpuppte sich lediglich als Einleitung im Vergleich zu den unbeherrschten Schreien, als der Orgasmus endlich da war. Zuletzt sah Quispel ihr fast nur noch ins Gesicht, das während des Ritts zum äußersten Genuß trotz aller Verzerrung schöner und schöner wurde. Noch nie hatte er jemanden erlebt, der sich so gehen ließ; noch nie hatte er eine Frau gesehen, die so überwältigend kam.

Genau das wollte er doch? Dafür hatte er sie doch kommen lassen? Ihr Geschrei ließ ihn zwangsläufig an die Nachbarn (es war ein ziemlich hellhöriges Haus) denken – Lustschreie waren immer als solche zu erkennen –, aber es machte ihm nicht viel aus. Er empfand Stolz. Auf sie. Vor allem aber auf sich selbst – als hätte er eine furchtbar komplizierte und umständliche Aufgabe bewältigt, und so war es natürlich auch.

Merkwürdig, aber seine eigene Erregung war während dieses ganzen Spiels um ihre Selbstbefriedigung gering geblieben. Er konnte nicht leugnen, daß er sein Geschlecht in der Unterwäsche spürte, aber es war bestimmt nicht mehr als »half a hardon«, wie es bei Henry Miller hieß. Auch hatte er keinen Moment lang das Bedürfnis verspürt, »ihr Gesellschaft zu leisten«, und auch nicht den Wunsch, sie möge ihn dazu einladen – was sie im übrigen schon vorher in einem Brief getan hatte. Nein, mit ihrem Gefinger hatte sie in ihm eine höhere Glut entfacht, etwas Geheimeres war befriedigt, und damit begnügte er sich einstweilen.

Während Franciens Körper unverändert blaß blieb, war das Feuer in ihre Wangen geschossen – nicht einfach eine Röte, sondern breite purpurne Striemen, als wäre ihr eine Klaue mit breiten Nägeln blind durchs Gesicht gefahren. So lag sie, während ihr Atem sich langsam beruhigte, da und sah ihn unter gesenkten Lidern schwül an; ein wenig verschwörerisch auch, so schien es, doch dann müßte es schon eine Verschwörung mit rückwirkender Kraft sein. Obwohl er sich fast sicher war, daß sie seine Geste zurückweisen würde (bei seinem ersten – und einzigen – Hurenbesuch im Rotlichtviertel an den »Wallen« war er sehr über das entschlossene, scharfe »Nicht küssen!« erschrocken, als er das kurze Zusammentreffen mit ein wenig Zärtlichkeit erträglicher zu machen versuchte), ergriff Quispel ihre Hand mit den fast schon getrockneten Fingern und drückte sie sanft. Francien schob seine Hand nicht weg, sondern drückte sie ihrerseits in zärtlichem Einvernehmen. Und so blieben beide Hände ineinander liegen, mit einem gelegentlichen Streicheln der Handflächen.

»Noch nie hab ich, ich schwör's dir, jemand so schön und so total kommen sehen. Es war phantastisch.«

Wie um ihr zu danken, gab er ihr einen kurzen Kuß auf den Mund – den sie ebensowenig abwehrte, auch wenn er damit ihre Abmachung und ihren »Vertrag« noch einmal verletzte.

»Ja?« Das Kompliment war ihr offenbar ein Lächeln wert. Ihr Gesicht wurde ganz sanft, trotz der purpurnen Streifen, die nicht verschwanden, sondern sich vertieften.

Als Folge der außerordentlichen Kontraktion ihrer Muskeln während des langen Aufstiegs zum Orgasmus begann sie jetzt, nach der abrupten Entspannung, am ganzen Leibe zu zittern. Quispel holte die Daunendecke von Arthurs Bett und breitete sie fürsorglich über sie aus, denn er war hingerissen von ihr. Als er von der Toilette zurückkam, sagte er, ebenfalls als Kompliment: »Ich hab versucht zu pinkeln, aber meine eigene Erregung stand mir im Weg.«

Er setzte sich wieder zu ihr, und sie unterhielten sich ein wenig, viel entspannter als vorhin, unter anderem über ihre Probleme wegen des Geschreis, wenn sie kam. (Das elterliche Haus.) Verschlungene Hände, kurze Küsse, beiläufiges Streicheln ... Quispel beging einen Vertragsbruch nach dem anderen, ohne über die Folgen nachzudenken. Und das als Anwalt.

»Fröstelst du noch?«

»Nein.«

Etwas später schlug er vor, sie solle ihn noch ein letztes Mal in den Genuß ihres Fingerspiels kommen lassen. Auf ihrem Gesicht zeigte sich leichte Panik, die mit großer Sicherheit mit der Zeit zusammenhing: Es ging auf halb fünf zu, ihr »Chauffeur« wartete. Wieder tauchte, mitten in seiner Himmelfahrtsidylle, die Gestalt dieses verkappten Loddels auf. Quispel wollte sie unbedingt noch einmal mit den Augen besitzen, vor allem nachdem er gemerkt hatte, wie unverstellt ihr Genuß war. Er drängte weiter. Sie protestierte schwach.

»Es hat dir eben doch so gut gefallen? Ist es dann nicht schade, wenn es jetzt weniger toll wäre? Ist es nicht besser, wenn du dir eine schöne Erinnerung an das erste Mal bewahrst ...?«

Das Geschlagene und Rattenartige war wieder in ihrem Gesicht. Sie stand wieder unter der Fuchtel ihres Liebhabers, der vor der Tür Posten bezogen hatte.

»Ich helf dir«, versuchte Quispel es weiter. »Erst streichel und leck ich dich, und dann machst du selbst weiter mit der Hand.«

Sie willigte ein, wenn auch nicht gern, obwohl Quispel jetzt sicher war, daß ihr Zögern ausschließlich mit der Uhr zusammenhing. Er streichelte ihre Brüste, biß sanft in die Nippel, wanderte aber schon bald mit dem Mund nach unten. Sie war noch feucht, und ihre außergewöhnliche Klitoris schien sich zwischenzeitlich nicht zurückgezogen zu haben, denn sie ragte geschwollen und spitz hervor. Quispel gönnte es sich erst jetzt, richtig Bekanntschaft mit ihr zu schließen. Er umkreiste sie mit seiner Zunge, sog sie so weit wie möglich ein, lutschte an ihr ... Sie bildete das harte Herzstück dieses kleinen Strudels aus weichem, nassem Fleisch. Wenn Quispel mit der Zunge in einer Art künstlichem Zittern über die Oberseite des Kitzlers fuhr, strich das spitze Ende an seiner Unterlippe entlang, und obwohl er gut rasiert war, spürte er den leichten Widerstand der Sandpapierhaut. Sie spürte es auch, merkte er; irgendwann griffen ihre Finger in sein Haar, erst sanft und liebkosend, später zupackender.

»Ah, ist das gut«, flüsterte sie mit ihrem Rotterdamer Akzent. Sie wiederholte es wieder und wieder, tonlos, fast in Trance, ihre Hand in seinem Haar. »Ah, ist das gut.«

Mit Arthur Seijffardt hatte er einmal eine Aufführung der Oper *Salome* von Richard Strauss in der Stadsschouwburg besucht. Die Inszenierung des Schlußteils, in dem Herodes' Stieftochter sich singend dem inzwischen vom Rumpf getrennten Haupt Johannes' des Täufers zuwendet, hatte ihn – nicht Seijffardt – auf ganz neue Ideen hinsichtlich der Motive Salomes gebracht, ihren Stiefvater um diesen Kopf zu bitten.

Der Regisseur hatte sie äußerst obszön mit dem Haupt des Jochanan hantieren lassen, das ihr in einen blutgetränkten Lappen gewickelt überreicht wurde. So drückte sie es beim Singen in ihren Schoß, wobei sie fest in die Locken griff.

Natürlich, dachte Quispel. Das ist es! Salome hat Angst vor dem Geschlechtsakt oder ekelt sich zumindest davor und zieht es daher vor, geleckt zu werden. Nein, vorziehen war noch viel zu euphemistisch ausgedrückt; ihr tiefstes Verlangen gilt der Zunge des Mannes. Wie konnte man die Zunge des Geliebten (denn daß Salome rettungslos verliebt war in Johannes, schien Quispel offenkundig) ganz und gar für sich in Anspruch nehmen, ohne Angst haben zu müssen, daß sein Körper näher rückt, um einen gewaltsam zu penetrieren? Indem man den Kopf vom Rumpf trennen läßt, den Kopf fordert und auf den Rumpf verzichtet.

Quispel verstand danach auch besser, warum ihr Tanz so irrsinnig erregend wirkte: Salome tanzte sich der eigenen Erregung, ihrer Belohnung entgegen, dem Kopf des allen unerwünschten Fortpflanzungsballasts entledigten Täufers. (Daß die Tänzerin ein äußerst schlankes und bewegliches Double – selbstverständlich im selben Kleid – für die plumpe, korpulente Sängerin war, hatte Quispel keinen Augenblick gestört.) *Salome* war von diesem Moment an die Geschichte einer außer Kontrolle geratenen Cunnilingus-Sucht. Cunnilingus ad absurdum. Es ging um die Verwirklichung einer erotischen Zwangsvorstellung, die unmöglich zu verwirklichen war, es sei denn mit dem Tode im Bunde. So weit hatte Quispel die Sache damals nicht durchdacht, sonst hätte er jetzt, an diesem göttlichen Himmelsfahrtstag, nicht mit diesem Mädchen dagehockt. Draußen auf der Gracht krakeelten die Wasserhühner. Die Sonne, die auf den Fenstern stand, wurde von der Jalousie in Scheiben geschnitten.

»Ah, ist das gut.«

Ja, Francien, dieser Regisseur verstand seine Sache. So ließ er Salome in einem bestimmten Augenblick das blutige Paket unter den Rock schieben und an den Bauch drücken und später wieder durch diesen Zwiespalt ihrer Schenkel von sich stoßen. Sie spielte eine Geburt nach. Sie gebar diesen Kopf. Bei jedem Geburtsvorgang, dachte Quispel in dem Moment, gilt mehr oder weniger Salomes Macht: Ist der Kopf erst einmal draußen, während der Rest des Körpers sich noch im Inneren befindet, dann kann sie mit der Kraft ihrer Vagina das Leben abschneiden. Glich solch ein gesteuerter Cunnilingus, bei dem die Frau den Kopf des Mannes an den Haaren fest an sich drückt, nicht einem Zurückschieben oder -stoßen des Kopfes? Soweit das Intermezzo, liebe Francien.

»Ah, ist das gut ...«

Das Mädchen kam, mit all ihrer Nässe gegen sein Gesicht stoßend, mindestens so heftig und so geräuschvoll wie beim ersten Mal, doch diesmal war es anders: Sie hatte sich nicht nur ihrem Genuß hingegeben, sondern auch ihm. Diesen Orgasmus erlebte sie durch und für ihn, und gemeinsam mit ihm. Unleugbar. Auch diesmal schossen purpurne Flammen in ihre Wangen, allerdings war sie nach diesem großartigen Orgasmus schon bald wieder auf der Hut. Das hing natürlich mit der Zeit und mit ihrem wartenden Westentaschenloddel zusammen, vor allem aber mit dieser unbeabsichtigten Hingabe an den wildfremden Mann, ihren nahezu anonymen Auftraggeber. Sie schämte sich, der Schatz.

Quispel griff wieder nach ihrer Hand und versuchte, das Mädchen versöhnlich zu küssen. Sie aber hielt die Küsse noch kürzer als vorhin. Indem sie mit leicht gespitzten Lippen wie ein Vögelchen vorschoß – es war fast ein Einpicken auf sein Gesicht, mit weichem Schnabel –, hielt Francien seine Küsse eher auf Distanz, als daß sie sie erwiderte. Ihre Augen waren voller Unruhe. Es war kurz vor fünf.

»Ey, jetzt muß ich aber wirklich weg.« Sie schwang die Beine vom Sofa, setzte sich auf. Gänsehaut auf dem weißen Körper. Entschuldigendes Grinsen: »Ich zieh mir mal besser was an.«

»Für wieviel Uhr bist du verabredet?«

»Für jetzt.«

»Wo?«

»Oh. Hier in der Nähe. In einem Lokal an der Gracht.«

Verdammt noch mal, da hockte er also und wartete auf sie, der Amateurpornofotograf und Freizeitzuhälter; da hatte er sich – gelangweilt – von einer Stunde zur nächsten auf einem Bierdeckel ausgerechnet, wie hoch ihre Gage sein würde: zweihundert Gulden mittlerweile, und dazu noch das Benzin für seinen Wagen.

In seiner Verwirrung – hier saß er und sah apathisch zu, wie sie ihm glatt und glitschig wie ihre süße Möse entschlüpfte – vergaß Quispel, den Umschlag mit dem Geld aus dem hinteren Zimmer zu holen oder den Betrag auch nur zur Sprache zu bringen. Das Mädchen geriet nun rasch, zusehends in immer größere Verlegenheit, und das hing natürlich – aber das ging Quispel nicht gleich auf – mit ihrem »Honorar« zusammen. Erst später, als sie fort war, war er sich sicher, daß sie in diesem Moment davon überzeugt war, keinen Anspruch mehr auf das Geld erheben zu können, weil sie selbst ihn ihren »Vertrag« hatte brechen lassen und so hingebungsvoll seine Aufmerksamkeiten genossen hatte. (Wahrscheinlich war es schon lange her, seit jemand sich so zärtlich und geduldig mit ihr befaßt hatte, ohne sofort eine Gegenleistung zu fordern.) Aber: Ein Stück weiter die Gracht hinunter saß dieser Halunke von einem Freund und wartete ungeduldig, vielleicht auch mißmutig auf sie –, und was würde der sagen, wenn sie nach vollen drei Stunden Modellstehen mit leeren Händen zurückkäme?

Francien zog sich nachlässig, unbeholfen dicht vor dem Fenster an, an dem zwar die Jalousie heruntergelassen war, sie aber trotzdem von draußen sichtbar blieb. Als er sie darauf aufmerksam machte, sagte sie forciert lässig, von ihm wegschauend: »Och, hier kennt mich ja doch niemand, was soll's ...«

Um das Gespräch bis zum Schluß in Gang zu halten, nein, um sie, Francien, festzuhalten, bei sich zu behalten, sagte Quispel überflüssige Dinge wie: »Bist du jetzt ganz befriedigt ... sogar gesättigt?«

»Ja ja. Schon in Ordnung.« Grausame Gleichgültigkeit, um so grausamer, als die Gleichgültigkeit gespielt war.

»Ist es okay, wenn ich dir noch mal schreibe? Zum Beispiel, wie ich diesen Nachmittag fand?«

»Ja ja. Mach nur. Nichts dagegen.« (Sie zog sich die Stiefel an.)

Diese gleichgültigen Antworten kamen aus einer tiefen brennenden Röte heraus, die eine ganz andere Sprache sprach. Es war fast unerträglich, sie anzusehen, wegen dieser purpurroten Flecken, die sich bis zum Hals hinzogen (sie sahen beinahe wie untilgbare Blutschwämme aus, ein Gewucher von Blutgefäßen), wegen ihrer außergewöhnlichen Geniertheit, ihrer Scham, der in ihr Gesicht zurückkehrenden Geschlagenheit, dem kreatürlich Beunruhigten ...

»He, ich muß jetzt wirklich los. Meine Jacke?«

Quispel reichte ihr die dunkelblaue Jacke. Da, vielleicht durch den Blick, den sie ihm zuwarf (»Bitte hilf mir ein bißchen«), wurde ihm bewußt, daß er sie noch bezahlen mußte. Bezahlen ...! Aber das war doch unmöglich! Die Vereinbarung hatte in etwa gelautet, daß sie sich »ohne Tabus«, wie es in der Anzeige geheißen hatte, ihrem Gastgeber zeigen würde, als ob sie ihm Modell stünde, mit dem einzigen Unterschied, daß es keine Kamera gab. Jetzt, wo er sie dazu verleitet hatte, sich von ihm bis zum Orgasmus lecken zu lassen, was doch unter »intimen Körperkontakt« fiel, konnte er ihr dafür doch kein Geld geben? Abgesehen von dem Verrat, den eine Bezahlung bedeuten würde, an dem, was sie beide so wundervoll gefunden hatten ... konnte er sie doch nicht zu einer Nutte machen!

Das Mädchen stand schüchtern vor ihm, dicht an der Tür, in Fluchthaltung und gleichzeitig abwartend. Ihr Zwiespalt war höchstwahrscheinlich sehr viel schlimmer als seiner – er brauchte nur auf ihre brennende Röte zu schauen, die einfach nicht weichen wollte.

»Moment mal«, sagte er. »Ich ...«

Mit einem Herzen, noch schwerer und verrotteter als zu

Beginn des Nachmittags, ging Quispel ins hintere Zimmer. Dort lag auf einer Art moderner Anrichte der Umschlag, und darauf stand in seiner Handschrift: *Francien*. Wie um Zeit zu schinden, denn er wußte nicht, was er tun sollte, überprüfte er den Inhalt. Die grellroten Fünfundzwanzigguldenscheine bissen sich mit dem vornehmen dunkelroten Innenfutter des viel zu luxuriösen Umschlags: die Bonbonfarbe von Reizunterwäsche und das gedämpftere Rot von altem Bordellplüsch.

Quispel drehte sich zu ihr um. Er hielt den Umschlag hoch. »Hier sind zweihundertfünfzig Gulden. Hundert für die erste Stunde. Hundert für die beiden nächsten. Und fünfzig Gulden für die Fahrtkosten. Reicht das?«

Auf den Boden schauend zuckte sie mit den Achseln. »Denk schon.«

Quispel hielt ihr den Umschlag hin, allerdings mit einer schlaffen, halbherzigen Gebärde. Das Mädchen nahm ihn nicht sofort entgegen. Wegen ihres Freundes, dieses Feiglings, konnte sie nicht ablehnen, doch das Geld anzunehmen würde bedeuten, sich für körperliche Kontakte bezahlen zu lassen. Sie nahm den länglichen Umschlag entgegen und knickte ihn, als wolle sie ihn vernichten, sofort einmal um. Das dicke Papier knarzte. Sie faltete es noch einmal. Quispel sah, wie ihre Hände zitterten. Sie versuchte, den Umschlag in eine Innentasche ihrer kurzen Jacke zu stecken, aber sie erwies sich als zu klein.

»Huch, paßt nicht«, sagte sie mit einem Grinsen. Sie faltete noch einmal daran herum, bis sie ihn wegstecken konnte. Sie schüttelte ihre Locken und sah zu Boden. »Also, ich geh jetzt.«

Quispel öffnete die Tür zum Flur. Er gab ihr einen kurzen Kuß, der diesmal unpassend wirkte. »Ich fand, es war ein sehr schöner Nachmittag.« Er bekam den schalen Satz nur flüsternd heraus. Noch hatte er den Geschmack ihrer Säfte auf den Lippen. Er roch ihren würzigen Geruch auf seiner Oberlippe.

»Ja«, sagte sie nur und nickte ein paarmal mit dem Kopf.

Quispel verabschiedete ein ganz anderes Mädchen als das, das er etwas früher eingelassen hatte. Nach der unerwarteten Wendung, die der Nachmittag genommen hatte, machte seine Bezahlung mit nicht mehr als der flüchtigen Geste des Geldzählens eine Nutte aus ihr, nicht mehr und nicht weniger, und aus ihm, der nicht weit von hier auf sie wartete, im selben Moment, noch bevor er es selbst wußte, einen echten Loddel. Es war ein Nachmittag der Beförderungen.

Francien ging die Treppe hinunter. Quispel zog mit Hilfe des Stricks die Haustür auf. Sonnenlicht stürzte herein. Unten angekommen, schien das Mädchen nicht die Absicht zu haben, sich noch einmal umzudrehen und zu grüßen, doch weil Quispel ihr so nachdrücklich »tschüs, gute Fahrt« hinterherrief, schaute sie, den Türknauf in der Hand, noch einmal die Treppe hinauf, ohne etwas zu erwidern. Für einen kurzen Moment sah er sie, während die Tür zuschwang, noch im vollen Sonnenlicht dastehen, mit etwas Geschlagenem im Rücken. Aber das Härteste war wohl doch ihre Röte, die dort draußen, im grellen Tageslicht, noch viel auffälliger wirkte und, bis sie in der Kneipe angekommen war, bestimmt nicht verflogen sein würde.

Le bonheur se raconte mal

Sonnabend, 20. April 1985

Die Erkenntnis kam in einem ungelegenen Moment, gerade als er am glücklichsten war.

Er hätte nie mit jemandem darüber sprechen können, über dieses blinde Glück. »Laß nur. *Le bonheur se raconte mal* – soviel wußte schon Flaubert. Kursivierung von mir, E. Q.«

Es stimmte nicht, daß es ihn überkam, so wie Unglück jemanden überkommt. Ungebeten. Er hatte weder danach zu suchen noch zu streben brauchen. Darüber hinaus ließ sich mit Glück weniger anfangen als mit Unglück. Glück, so hatte er entdeckt, wirkte lähmender als Leid.

Es war ein brennendes Glück. Es schmerzte. Es war im Begriff, ihn zu zerstören.

Eines Nachmittags war er in seiner erregten Fröhlichkeit plötzlich mitten auf der Straße stehengeblieben. »Unmöglich«, sagte er laut, während Passanten sich lächelnd nach ihm umsahen. »Das ist lächerlich. Jemand spielt mir einen Streich, eine andere Erklärung ist nicht möglich ... Was hat das zu bedeuten? Wie lange noch?«

Und mit einemmal war der Gedanke da – der im übrigen keinen Moment lang Angst erzeugte, nur Wehmut, die sein Glück noch weiter aufputschte –, daß er möglicherweise bald sterben müsse und folglich vor einer Art Henkersmahl saß. Ein letztes Aufbäumen der Lebenslust ...

Hatte es in den vergangenen Tagen doch wieder geregnet? Bereits seit über einer halben Stunde waren Quispel und sein Vermieter damit beschäftigt, Wasser zu schöpfen, und zwar auf die gute, alte Manier: mit Dosen. In Ernsts Erinnerung gab es nur Sonne. Es erschien ihm nicht unlogisch, daß der Regen jedesmal diskret seinen Schlaf genutzt hatte, die Bäume vom Staub zu befreien und die Motorkähne zu füllen. Die

Natur hatte sich stets harmonisch nach seinem alljährlichen Fest gerichtet, sommers wie winters. Selbst das Wasserschöpfen gehörte zu dem Fest, das jetzt schon eineinhalb Wochen dauerte. Es erzeugte ein Gemeinschaftsgefühl wie unter Jungs auf Abenteuerfahrt. Sie hockten sich gegenüber, Olree und er, und ihre Konservendosen schabten über den Boden des Bootes. Mit jedem Wurf flog weniger rostbraunes Wasser über Bord. Beim Bücken brauste Quispel der Wodka der letzten Nacht in den Ohren, aber auch das waren festliche Klänge.

»So, das reicht, Ernst«, sagte Olree. Er legte den Holzrost auf den Boden seines Kahns zurück. »Die kleine Schlammpfütze kann drinbleiben. Das wird die deutschen Schlafsacktouristen abschrecken.«

Quispel kletterte hinauf ans Ufer und reichte Olree Stück für Stück den ganzen Krempel, den sie zuvor ausgeladen hatten, um den Kahn leerschöpfen zu können. Als das Boot wieder voll war, versuchte der Eigner, den Motor anzuwerfen. Quispel hockte sich zwischen das Abfallholz. Olree, der immer, werktags wie an den Wochenenden, bunt zusammengewürfelte anonyme Freizeitklamotten trug, weil er für Kleidung kein Geld ausgeben mochte, hatte über Ernsts Erscheinung an diesem Morgen ungläubig gelacht. »Ich glaub, der Anzug und der Schlips sind nachher auch reif für den Container.«

Nach einigen Rucken an der dünnen Schnur sprang der Motor an. Bläuliche Wölkchen trieben über das Wasser. In der Beletage wurden die innen angebrachten Läden geöffnet, und da stand Zwanet, den Bauch an die Fensterbank gedrückt. Sie winkte, aber mit besorgtem Gesicht. Der Kahn glitt zur Mitte der Gracht, ins Sonnenlicht, und wurde dann mit einem Bogen wieder in den Schatten gesteuert, unter dem Dunkel der Brücke hindurch in die schmale Raamgracht. Sie fuhren. Links und rechts hohe Häuser. Das war's, was sein Glücksgefühl brauchte. Bewegung. Die Bilder, die perfekt zu dem für Olree unhörbaren Posaunenschall gehörten ... Ernst saß vorn auf der Plicht; Rik weit dahinter, am Ruder. Im Verbindungshaus war die Feierei noch nicht zu Ende: Im ersten Stock waren betrunkene Studenten gerade dabei, das Klavier aus dem Fenster zu kippen.

»Und raus ...!«

Das hallende Geräusch, mit dem das Instrument auf dem Gehweg aufprallte, klang fast enttäuschend schwach durch den Motorlärm.

Am Ende der kleinen Gracht mußten sie ein Rundfahrtboot vorbeilassen. Hoch erhob sich die hölzerne Behelfsbrücke über dem Zwanenburgwal. Auf der anderen Seite lag die Baugrube für den »Schuhkarton«, mit grauen Betonblökken, haarig vor rostigen Eisenstäben. Es war Sonnabend: Der Baubetrieb ruhte. Auf der Fußgängerbrücke sah Quispel seinen Freund, den Komponisten, in Gesellschaft von Albert Egberts. Seijffardt hatte die Ellbogen aufs Brückengeländer gestützt und schaute in die riesige Grube voll Beton und Rost. Albert machte ihn auf etwas aufmerksam.

Quispel kroch über das Abfallholz zu Olree. »Siehst du den Typ da, mit dem braunen Jackett?« schrie er.

»Der wohnt bei uns im Kloov. Ich kenn ihn vom Sehen.«

»Er komponiert da genauso seelenruhig, wie ein Maler draußen auf dem Feld ein Landschaftsbild malt.«

»Bestimmt einen Schmachtfetzen über den Waterlooplein. Amsterdam weint ... wo's früher mal gelacht hat.«

»So was Ähnliches, ja, aber als Oper. Sein Stück wird in anderthalb Jahren bei der Eröffnung aufgeführt.«

»Es gibt doch schon eine Oper, die *Moses und Aaron* heißt?«

Wie gebildet. »Seine wird *Victor IV.* heißen. Nach diesem Weißbart an der Blauwbrug. Paß auf. Stell mal den Motor ab ...«

Olree brachte den Motor zum Schweigen. Quispel formte aus seinen Händen ein Megaphon und schmetterte die Anfangstakte der Ouvertüre, die Arthur ihm so oft auf dem Klavier vorgespielt hatte, übers Wasser.

»Gräßlich«, meinte Rik.

Der Komponist drehte sich sofort um, blickte suchend umher, ballte die Faust.

»Embargo!« rief Egberts. »Wart bis nach der Premiere, du Müllheini.«

Olree warf den Motor wieder an. Was der Komponist und sein Librettist sonst noch riefen, war nicht zu verstehen. Zehn Minuten später standen Arthur und Albert unten am Ufer hinter dem Maupoleum, wo die Kähne für den Sperrmüll lagen.

Gegen den knatternden Motor versuchte Seijffardt zu erklären, daß er seinen Kompositionen eine Art Ruinenwert für künftige Jahrhunderte mitgeben wolle. Wenn Quispel ihn bei all dem Lärm richtig verstanden hatte, so meinte er damit Anweisungen in der Partitur für »authentische« Aufführungen im zweiundzwanzigsten Jahrhundert oder später. Ernst war froh, daß Albert Egberts Schluß mit dem peinlichen Unfug machte, indem er zur Straße wies und rief: »Unsere gefiederten Freunde! Wie's aussieht, auf dem Marsch zu den Nullen ...«

Parallel zum Boot marschierten, steif, sechs der Hähne aus dem Untersuchungsgefängnis II im Gänsemarsch die Prinsengracht entlang. Vorneweg Dr. Pixley, am Schluß Dr. Nop, seinerseits gefolgt von Roxane mit der gelben Kükenfrisur. Ihre Kämme, blau, türkis, naturfarben und rosa, wirkten aus dieser Entfernung größer denn je: Pfauenräder ohne Augen. Ungelenk, wie man's von ihnen gewohnt war, schoben sie, mit steif rudernden Armen, ihre Knobelbecher vor sich her, und Roxane mit ihren kurzen Beinen hatte sichtlich Mühe, dieses Marschtempo mitzuhalten.

Sie sahen nicht her und erweckten auch nicht den Eindruck, sie hätten die Passagiere auf dem Kahn bemerkt. Und trotzdem kam es Quispel allmählich so vor, als stellten sie eine Art mürrischer Eskorte dar. Es rührte ihn. An dem Wind, der, flach übers Wasser herangleitend, an seinem Gesicht vorbeistrich und, ohne kalt zu sein, die Fähigkeit behalten hatte, Tränen rasch abkühlen zu lassen, spürte er, daß seine Wangen naß waren. Liebe Jungs, mit ihrem rührenden Ernst. Er hatte sie verstanden. Am Horizont hingen, neuen Himmelskörpern gleich, die drei Nullen. So nah, daß sie von diesen langen, mageren Jungs, wenn sie sich auf die Zehenspitzen stellten, mit ausgestreckten Armen fast berührt werden konnten. Und dennoch ... sollten sie sie erreichen, dann wäre es vorbei mit ihrer Jugend. O, er verstand sie so gut. Er verstand ihre Angst vor dem Umhacken der Eins nur allzugut, die all die Jahrhunderte hindurch die vielen, vielen Jahreszahlen der alten Welt so standhaft gestützt hatte ...

Plötzlich fühlte er sich schuldig. Kurz nach seiner Heimkehr an diesem Morgen hatte Zwanet ihn ans Telefon gerufen. »Für dich. Jemand von der Abteilung Allgemeine Irgendwas. Ich hab's nicht ganz verstanden. Von der Stadtverwaltung, kann das sein?«

Der Beamte hatte ihn gebeten – »Entschuldigen Sie bitte, daß ich zu so einer ungewöhnlichen Zeit anrufe, Sie haben bestimmt gerade im Garten gearbeitet« –, im Namen der Hähne eine einstweilige Verfügung gegen das Räumungsurteil zu beantragen.

»Wie bitte? Soll das ein Witz sein oder was?«

»Nein, nein. Wir meinen es ernst. Eine einstweilige Verfügung würde uns etwas Luft geben ... etwas Spielraum ... vor einer endgültigen Entscheidung. Sehen Sie, die Stadt ist durch die ganze Geschichte in ziemliche Verlegenheit gebracht worden. Unter uns gesagt ... wir haben keine große Lust zu räumen.«

Pixley und die Seinen marschierten mit bösen Mienen über eine Brücke, noch immer, ohne die Männer im Boot eines Blickes zu würdigen. Doch auf der anderen Seite gingen sie wieder parallel zum Kahn, der gerade aus dem Schatten der Brücke in die Sonne fuhr.

Also doch eine Eskorte.

Himmelarsch, wie hatte er, ohne die Jungs zu fragen, zu

dem Beamten sagen können, daß sie »keine Lust hatten, es der Stadt mit einer einstweiligen Verfügung leichter zu machen«?

»Mijnheer, warum sollten die Benutzer des Untersuchungsgefängnisses II sich ein Bein ausreißen, um der Gegenpartei aus der Patsche zu helfen ... nur, um zum Schluß doch noch auf die Straße gesetzt zu werden? Wahnsinn.«

»Na schön, das ist wenigstens deutlich. Aber ... äh ... es bleibt doch unter uns, nicht wahr?«

Das Geheimnis war, daß Quispel sich das Untersuchungsgefängnis vom Hals schaffen wollte. Es mußte jetzt endlich zu einer Konfrontation kommen, meinte er, dann wurde er den baufälligen Kasten jedenfalls los. Jetzt, da er seine Jungs so böse und stolz marschieren sah, bedauerte er seine unbesonnene Antwort gegenüber dem Sprecher der Stadtverwaltung. Doch die Gewissensbisse über seinen Verrat hatten weniger scharfe Zähne als sein bizarres Glück, das tiefer und tiefer grub ...

Gerade wenn er sich an die schwärzeste Melancholie zu gewöhnen begann, setzte diese verfluchte Euphorie ein. Sie kam immer ungelegen, jedes Jahr von neuem mußte Quispel sein Weltbild korrigieren.

So empfand er seine Periode der Glückseligkeit noch nicht einmal als Erlösung von der Depression.

Depressiv, schwermütig fühlte er sich stärker mit dem Dasein verbunden, mit dem Leben wie mit dem Tod. Die Euphorie machte ihn einseitig, abseitig, »leicht«, abgehoben, weniger irdisch, weniger er selbst.

So klagte es – leise – in ihm, während er vor Glück aufquoll.

Aufquoll, ja, so wie eine Leiche im Wasser aufquillt.

Obwohl seine Miene allmählich leichten Unwillen verriet, erklärte sich Olree bereit, Albert in der Nähe des Untersuchungsgefängnisses abzusetzen.

Sie fuhren auf der Kostverlorenvaart an den weniger ansehnlichen Gegenden Amsterdams vorbei, doch für Ernst beeinträchtigte dies nicht die Schönheit der Bootsfahrt. Durch das unaufhörliche Wogen des Kahns blieb das Gefühl in seiner Brust heiß und flüssig. Sein Glück war im Begriff, ihn auszulaugen, doch selbst das wurde als Nuance dieses unfaßlichen Glücks begrüßt.

Olree setzte Ernst und Albert an der Schinkelkade ab; er selbst würde mit Seijffardt, der nach Hause wollte, über den Amstelkanal und die Amstel in Richtung Kloov zurückfahren. Mit Ausnahme von Ernst waren sie zum Schluß alle etwas bedrückt, als genierten sie sich ein wenig für die unverhoffte Kameradschaft, in die sie sich von dem unermüdlichen Anwalt hatten hineinziehen lassen. Ernst und Albert winkten dem Kahn nach, der auf dem öligen, anthrazitfarbenen Wasser in Richtung Stadiongracht davonglitt.

»Wie dreckig es hier auf einmal ist«, sagte Albert, und es war, als schaudere er. Es dämmerte bereits. Quispel fragte sich, warum er sich in dieser öden Gegend hatte absetzen lassen und nicht an irgendeiner Gracht in der Innenstadt ausgestiegen war.

Gemeinsam bogen sie in die Havenstraat ein. Einige Straßenbahnen kehrten bereits ins Depot zurück. Albert sagte, er habe Lust auf ein Krabbenbrötchen, doch das *Huis van Haring* war mit seinem eigenen hölzernen Vordach verschlossen.

Diesmal keinerlei Betriebsamkeit auf dem Innenhof des Untersuchungsgefängnisses. Die Waffe war so fest verschnürt, daß die orangefarbene Plane fast ihre Form verriet. Vielleicht brauchten die Jungs ja nur noch auf die Räumung zu warten.

In der als Fernsehraum eingerichteten Eckzelle trafen sie Flix, der sich einen Dokumentarfilm über das Aussterben der Elefanten ansah. Brigitte Bardot sprach mit engagierter Miene die Zwischentexte. Weil gerade der alte Prinz Bernhard zu Wort kam, der in seinem Arbeitszimmer inmitten Dutzender von schwarzglänzenden Ebenholzelefanten interviewt wurde, die er im Laufe seines Lebens gesammelt hatte, setzte sich Albert dazu. Quispel blieb stehen, blickte aber nicht weniger fasziniert auf den Bildschirm. Da saß das designierte Opfer von Egberts' Majestätsbeleidigung, die Rechte Hand, umringt von den Versatzstücken aus *Benjamin*.

Der Prinz bezeichnete die Situation für den Afrikanischen Elefanten als »besorgniserregend« und sprach sich für ein Verbot des Elfenbeinhandels aus.

Die Skyline von Hongkong. Das Straßenbild von Hongkong. Vor seiner kleinen Fabrik, deren Eingang mit einem Rolladen verschlossen war, wurde ein Unternehmer zu seinen Praktiken befragt.

»Gesù ...!« riefen Albert und Flix gleichzeitig und sprangen auf. Den Hintern in der Luft, umklammerten sie die Stuhllehnen, bis ihre Fingerknöchel weiß wurden. »Gesù, verdammt noch mal«, flüsterte Albert.

»Ivory?« wiederholte der Unternehmer. Er schüttelte versöhnlich lächelnd den Kopf und schnalzte nach Art der Italiener leicht mit der Zunge. »Ivory ... no. Oh, no. No ivory. Just innocent souvenirs. That's all. Believe me.«

Der Mann sprach mit unverkennbar italienischem Akzent. Unglücklicherweise öffnete in dem Moment ein Chinese den Rolladen von innen, wodurch ein Stapel Stoßzähne ins Blickfeld rückte. Sie waren noch unbearbeitet, schmutzigweiß und fleckig. Mit giftiger Miene zischte der Fabrikant seinem Angestellten einige – in der Untertitelung gewissenhaft übersetzte – Schimpfworte zu, woraufhin dieser den Eingang unter lautem Geratter rasch wieder verschloß.

»Gesù, dieser Dreckskerl«, sagte Albert. Er setzte sich, Flix' Beispiel folgend, wieder vorsichtig hin. »Erst hat er Babys bei neuen Eltern untergebracht. Jetzt macht er Elefantenbabys elternlos.«

»Gesù« wandte sich mit katzenfreundlichem Gesicht der Kamera zu, öffnete den Mund – und verschwand aus dem Bild. In einem Laden wurde einem amerikanischen Ehepaar ein Elfenbeindrache gezeigt. »Five thousand dollar.«

»Five thousand ... but it's worth it every dollar«, sagte die

Frau mit schriller Stimme. Es gab auch reichverzierte chinesische Boote, hergestellt aus den Stoßzähnen der letzten Elefanten der Erde. »Look, how nice.«

»Früher hab ich Elefanten mit Mozart assoziiert«, sagte Albert. »Klaviertasten und Billardbälle. Aber wenn man das hier sieht ...«

»Es hat aber auch was Schönes«, meinte der Bildhauer, »dieses Bis-zum-Äußersten-Gehen. Diese Jagd auf Großwild ... die Zähne mit der Kettensäge aus dem Kadaver trennen ... Und dann, in Hongkong, die Fummelarbeit. Kleine Bohrer, Messer, Feilen. Ins Auge geklemmte Lupen. Toll.«

Auf dem Bildschirm erschien der Text: UNTER DEM DRUCK INTERNATIONALER NATURSCHUTZORGANISATIONEN HAT DER FABRIKANT INZWISCHEN ZUGESAGT, DIE ELFENBEINVERARBEITUNG KOMPLETT EINZUSTELLEN.

»Falls sich das auf Gesù bezieht«, sagte Albert, »also – dann darf man kein Wort davon glauben. Der mietet einfach woanders ein Betriebsgebäude.«

Quispel hatte längst kapiert, und zwar eher aus ihrem Zynismus als aus ihrer Betroffenheit, daß dieser Gesù zumindest indirekt etwas mit Thjums Tod, Flix' neapolitanischer Tragödie und Alberts monomaner Stückeschreiberei zu tun hatte. Auch wenn er die Hauptfakten seinerzeit mitbekommen hatte, die Details hatte Ernst nie wissen wollen. Flix' und Alberts Erstarrung vermittelten Ernst das Gefühl, in einem Sterbehaus gelandet zu sein, mit einem Verstorbenen, den er viel zu gut gekannt hatte. Er mußte hier weg, und zwar so schnell wie möglich.

Es war unvermeidlich, daß auch mal ein Junge in sein Locklicht flog.

Das geschah '76, während des ersten seiner zehn großen dipsomanischen Anfälle – jener Periode, der er später, als er sich alle Einzelheiten zärtlich wieder ins Gedächtnis rief, den Beinamen »Stadt, Land, Fluß« gab. Diese Periode dauerte, wahrscheinlich weil Quispel sein Maß erst noch finden mußte, viel länger als die späteren, von einem nicht genau zu bestimmenden Zeitpunkt in der zweiten Maihälfte bis zum zehnten Juli – und fiel damit in etwa mit einer in den Niederlanden noch nie dagewesenen Hitzewelle zusammen. Ernst hatte gerade nach einem Streit mit seinem alten Herrn die Haarlemer Familiensozietät verlassen, der er seit seinem Examen '72 zusammen mit seinem Vater, seiner älteren Schwester Isabel und – etwas später – seinem jüngeren Bruder Max angehört hatte. *Quispel, Quispel, Quispel & Quispel*, was nach Ernsts Austritt wieder zu *Quispel, Quispel & Quispel* wurde.

Der alte Quispel, der von Ernsts Reputation als Trinker nichts wußte, legte großen Wert auf Repräsentation, auf untadeliges Auftreten auch außerhalb der eigentlichen anwaltlichen Tätigkeit. Sogar von Mutter Quispel, die nur den Haushalt versorgte, wurde »Repräsentanz« bis ins Absurde hinein verlangt. Unglücklicherweise war sie oft so launisch, daß Quispel sen. sicherheitshalber den ganzen Monat über ein Paket Binden in der Toilette liegen ließ, das er eigens zu diesem Zweck gekauft hatte: Dann konnten Besucher, und speziell seine Mandanten, denken, ihre Reizbarkeit käme davon, obwohl sie die Fünfzig bereits überschritten hatte. Repräsentanz war das Zauberwort.

Vielleicht gelang es Ernst deshalb, die Trinkerei vier Jahre lang zu unterdrücken. Er registrierte zwar noch regelmäßig verschiedene Anzeichen, aber sie entpuppten sich nie als echte Vorzeichen: Die Trinkerei fand nicht statt. Es war vorbei. Die Sehnsucht hatte seine Studentenzeit nicht überdauert, so schien es. Trotzdem rührte Ernst sogar an Festtagen bei Tisch kein Glas Wein an, zum Zeichen, daß die Scham über seine früheren Ausschweifungen noch sehr lebendig war. Die Angst vor einer Wiederholung saß tief.

'74 wurde die Sozietät um Bruder Max erweitert, und wiederum zwei Jahre darauf, im Winter '76, entstanden Differenzen mit seinem Vater über den Kurs und die Grundeinstellung der Sozietät. Ernst kritisierte auch die paternalistische Art und Weise, wie sein Vater den Familienbetrieb führte. Im Verlauf des Frühjahrs arteten die Differenzen in einen unüberwindbaren Konflikt aus.

Vom 1. September '76 an sollte er in Amsterdam einem Sozialanwaltskollektiv mit einer »Rechtsberatungsstelle« im Stadtteil De Pijp beitreten. Angeworben hatte ihn sein ehemaliger Studienkollege John Vlacq. (John Vlacq sollte auch der erste sein, der sich von dieser Pro-deo-Mentalität wieder abwandte, um sich in eine gewinnorientierte Anwaltskarriere zu stürzen, wobei er den Tag verfluchte, an dem er sich dazu hatte verleiten lassen, eine Dissertation über die Roten Brigaden zu beginnen.)

Quispels Entscheidung, mit achtundzwanzig Jahren, für eine »idealistische« Anwaltschaft, die sich solcher Probleme wie Häuserbesetzungen, Diskriminierung, Vergewaltigung in der Ehe, überhöhten Grundsteuern, polizeilicher Gewalt etc. annahm, konnte man als ein – etwas forciertes – extremes Absetzen von seinem Vater und dessen kommerziell orientierter Sozietät betrachten. Daß es sich um eine Befreiung handelte, war offenkundig. Nach seinem Umzug nach Amsterdam Ende Mai (fürs erste kam er in einer Wohnung über der Rechtsberatungsstelle in der Kuipersstraat unter) äußerte sich dieses Gefühl der Befreiung in einer Phase der Überdrehtheit, die den ganzen Juni, in dem es nicht einen bewölkten Tag gab, anhielt.

Anfangs war es eine Euphorie ohne Alkohol, eine Euphorie, die nicht nach außen trat. Erst als er es nicht länger aushielt und die Welt an seinem irrsinnigen Glück teilhaben lassen wollte, fing er an, Kneipen aufzusuchen. Wochenlang dauerte dieser Zustand höchster Glückseligkeit, deren Abglanz er in der sommerlichen Stimmung der Stadtbevölkerung wiederfand. Tropischer Frühling in Amsterdam.

Die Hitzewelle, die schon keine Hitzewelle mehr war, sondern so etwas wie das neue Klima der Niederlande, hielt ihn in Trab. Unbewußt mußte Quispel versucht haben, seinen Zustand permanenten Hochgefühls bis zum Ende dieser herrlichen Wärmeperiode auszudehnen. Er merkte nicht, daß er zusammen mit den finanziellen auch seine physischen und psychischen Reserven aufbrauchte. Anfang Juli setzte allmählich die Erschöpfung ein, wenngleich sie sich äußerlich noch nicht bemerkbar machte. Bei der Eröffnung einer Skulpturenausstellung im Amstelpark, bei der Tabletts mit sonnenfunkelnden Gläsern herumgetragen wurden, hatte er mittags bereits mit dem Trinken begonnen. Gegen Mitternacht (seine momentane Freundin Malou hatte er unterwegs irgendwo verloren) landete er im *Dogshit City*, auf Glas gehend, bereit für die Apotheose.

Er wechselte seine letzten Reserven.

Ein Gulden (oder ein Zweieinhalbguldenstück) fiel ihm aus der Hand und rollte über den Boden. Ein junger Mann, der seine überpeniblen Verrichtungen an der Bar beobachtet hatte, hob die Münze unter einem Barhocker auf, gab sie aber nicht gleich zurück.

»Ah, ein goldener Zehner.« Er sprach mit leicht südniederländischem Akzent.

»Her mit dem Ding . . .!« Ernst grapschte nach dem Handgelenk des anderen, griff aber daneben. Aufreizend flink ließ der Junge die Münze zwischen seinen Fingern tanzen. Der Ärmel seines Pullovers – darunter trug er nichts – war bis über den Ellbogen hochgezogen, und Quispel sah, daß rote, noch ziemlich frische Narben kreuz und quer über seinen Unterarm liefen.

»Wer sagt denn, daß es deins ist?«

Schon als er die Faust dicht vor das spöttische Gesicht schob, spürte Quispel, wie kraftlos die Hand war. Es war eine Faust, wie man sie morgens, noch träge vom Schlaf, beim Aufstehen macht: schlaff, schwammig, knochenlos, ohne Muskeln. Über die Wellenlinie seiner geballten Hand sah er in die Augen des Jungen. Grau oder blau, jedenfalls voller Spott. An dessen Augenbewegungen – einem Hin- und Herspringen der Iris, um der Blickrichtung des Gegenübers zu folgen –

merkte Quispel, wie stark er inzwischen schielen mußte vom Alkohol. War nur die Schlaffheit seiner Muskeln daran schuld, daß er so etwas Ähnliches wie »in so ein Gesicht schlägt man nicht« zu sich selbst sagte?

»Pardon«, sagte er, und seine Zunge entpuppte sich als ebenso kraftlos wie seine Hand. »In so'nem Milchgesicht rühr ich nicht rum.«

Gefügig ließ Ernst seine Faust von dünnen Fingern öffnen und die Münze hineinstecken, woraufhin er – wie der andere später erzählte, »lächelnd« – den Kopf auf die Bar legte und einschlief, »die gefüllte Patschhand im Schoß«.

Kaltes Wasser weckte ihn. »Hallo, aufwachen.« Der Barmann klopfte mit den Fingern ans Spülbecken. Ein anderer vom Personal zog ihm den Barhocker unter dem Hintern weg und stellte das Ding umgedreht auf den Tresen.

»Ja, ja, ich geh ja schon. Ich bin ja schon weg.«

Das Licht brannte in Aufräumstärke. Seine Kulisse war zerstört. Von der ganzen Parusie blieb nur ein Betrunkener, der entfernt werden mußte.

Jemand packte ihn unter dem Arm. Es war der Junge mit dem goldenen Zehner. »Ich bring dich nach Hause.«

»Zu freundlich.«

Hinter ihnen wurde die Tür sofort verriegelt. Als Quispel das Fahrrad sah, fing er an zu fluchen. Ein Fahrrad – nie! Drinnen hätten sie ihm wenigstens noch ein Taxi rufen können.

Hatte der Junge seinen Schlüssel verloren oder nahm er einfach das erstbeste Fahrrad aus der Gasse mit? Jedenfalls wurde es, da es sich nicht aufschließen ließ, mit hochgehobenem Hinterrad mitgeschleppt, und Quispel konnte nebenherlaufen. Die Speichen, zwischen denen das Schloß steckte, klickten an den Metallbügel. In diesem Rhythmus tappten sie heimwärts – das heißt zu Ernsts Wohnung in De Pijp.

»Und wo wohnst du?«

»Ach, in der Nähe vom Concertgebouw. Wouwermanstraat. Macht nix.«

»Was macht nix?«

»Daß ich dich nach Hause bringe.«

Eine merkwürdige Umkehrung. Quispel hatte einen Teil seines Rausches am Tresen ausgeschlafen, während der Junge weitergetrunken hatte. Trotzdem taten sie beide so, als ob Quispel der Betrunkene wäre.

»Wie heißt du?«

»Theo.«

»Theo ... Und weiter?«

»Weiter hab ich ein Schwänzchen. - Schwantje.«

Diesem Theo Schwantje mit seiner ziemlich kleinen Statur fiel es nicht leicht, das Fahrrad nur auf dem Vorderrad zu schieben. *Tik. Tik. Tik. Tikketikketik.* Quispel löste ihn ab und machte sich die Hosenbeine schmutzig. Hatte er, während sie so dahinzockelten, von den hinter ihm liegenden Wochen erzählt? (Das würde bedeuten, daß sie wirklich vorbei waren: Er durfte nicht darüber reden.) Später konnte er sich nicht daran erinnern, aber es mußte wohl so gewesen sein, denn irgendwann hatte Theo unterwegs den Arm um ihn gelegt und seufzend gesagt: »Armer Kerl ... was bist du einsam in deinem Glück.«

Das klang nicht so, als sei dies seine normale Ausdrucksweise. Dennoch begann – aufgrund der Geste, aufgrund der Worte – in Ernst etwas zu glühen, als verheiße die Anwesenheit des Jungen eine Fortsetzung der goldenen Tage. Ja, vielleicht waren die Möglichkeiten noch nicht erschöpft, vielleicht war er noch nicht auf dem Grunde seines Glücks angelangt. Malou hatte ihn mit anzüglichen Fragen – »bist du sicher, daß du nicht auch mal mit einem Mann willst?« – auf die Spur gebracht. Irgendwie erkannte er: Wenn ich ausprobieren will, wie's mit einem Mann ist, dann jetzt.

Im selben Moment bekam er Angst. Er zitterte und klapperte fast hörbar mit den Zähnen. Etwas begann in ihm zu wimmern. O, nein ... nicht das. Kein Mann. Sein Leben durfte nicht noch komplizierter werden.

Es dauerte nur einen Moment. Die Angst wurde von der

Gewißheit abgelöst, daß zwischen ihnen nichts passieren würde. Nur ein leichter, nicht unangenehmer Schauer blieb. Ein leichtes Zittern, auch in den Kiefern, ohne daß sich die Zähne hörbar berührten.

Sie waren – *tik tik* – in der Kuipersstraat angelangt. Einigermaßen schwankend, das Fahrrad zwischen sich, standen sie vor dem Schaufenster.

ANWALTSKOLLEKTIV
DE PIJP UND DAS GESETZ

Theo ließ den Lenker los, legte die Hand an Quispels Wange.

»Mein hübscher kleiner Anwalt ... So überglücklich, und doch so traurig.«

Nein, passieren würde nichts, aber er konnte zumindest die Verlockung in die Länge ziehen. »So kannst du mit dem Rad nicht ... Komm noch auf 'nen Sprung mit hoch.«

»Nein, so kann ich mit dem Rad nicht ...« Theo lehnte es an die Fassade. Der Lenker schlug hart gegen die Scheibe.

Wieder meldete sich das bibbernde Gewimmer in Ernst, doch diesmal behielt er es nicht für sich. »Hör zu, Theo ...« Seine Stimme klang gehetzt, flüsternd, fast keuchend. »Wir machen nichts, hörst du. Wir machen nichts miteinander. Das Leben ist auch so schon kompliziert genug, mit all den errötenden Mädchen ... Da kann ich das nicht auch noch gebrauchen.«

Theo zuckte mit den Achseln, lächelte und machte ein Gesicht, als habe er's schon verstanden.

»Vergiß nicht, dein Fahrrad abzuschließen.«

In Quispels Zimmer, in dem das Licht seit zwei, drei Abenden brannte, blieb jeder weit von dem anderen entfernt in einer Ecke stehen und verschnaufte erst mal – beide heftig durch die Nase atmend, wie Tiere. Kam es nur vom Treppensteigen? Obgleich er Mitte zwanzig sein mußte, wirkte der schmächtige Theo eher wie ein Junge als wie ein Mann. Er kratzte sich durch den Pullover an der Brust und grinste verlegen. Da überkam Ernst, vermischt mit Zärtlichkeit, eine Welle bislang unbekannter Experimentierlust. Tief drinnen in seinem dröhnenden Schädel sagte eine hinterhältige Stimme: »Jetzt oder nie, dann weißt du's.«

Er trat einen Schritt auf den Jungen zu. »Sag mal, Theo ...«

»Thjum.«

»Hm?«

»Nein – Thjum. So werde ich zu Hause genannt. Für Freunde heiße ich Thjum.«

»Thjum ...«

»Theo, aus deinem Mund klingt das nicht. Jetzt vielleicht noch, aber gleich nicht mehr. Theo gehört zu meinen Kleidern. Ich meine ... zu den Zahlen, aus denen sich meine Person amtlich zusammensetzt. Geburtsdatum, Paß, Kontonummer, du weißt schon. Was wolltest du sagen?«

»Nichts, nichts.« Der neue Name machte einen anderen aus ihm, und Ernst zögerte wieder. »Woher hast du diese Kratzer am Arm?«

»Glasscherben. Vor ein paar Monaten habe ich eine Vitrine mit ollen Reliquien leergeräumt.« Er grinste wieder. »Irgendwas muß man ja tun.«

»Theo ... Thjum.« Ernst überwand den restlichen Abstand. »Vielleicht sollten wir doch ...« Er legte – nein, schlang – den rechten Arm um Thjums Hals und stieß ihm grob die Zunge in den etwas breit ausgefallenen Mund. Die Linke schob er ebenso roh Thjum zwischen die Beine. So zärtlich, wie Quispel sich in der Regel Mädchen näherte, so unsanft ging er jetzt vor, als wolle er seine Gesten noch während der Tat, und zwar durch die Tat selbst, löschen oder zumindest leugnen. Nach einigem Herumgereibe an der schlabbrigen Cordhose spürte er, wie Thjums Geschlecht sich versteifte. Es war eine seltsame Wahrnehmung, ja, eine Sensation, durch diese so häufig – dann allerdings sanfter, ohne unmittelbar spürbares Ergebnis – ausgeführte Handlung zu erleben, wie etwas gegen seine Handfläche wuchs und seine Wärme durch den gerippten Stoff sandte.

Der Kuß schmeckte nicht süß wie bei einem Mädchen, als sonderten ihre Zungen einen bitteren Saft ab. Thjums Zunge fühlte sich an wie ein gallengetränkter Schwamm, aber ein angerauhter, der scheuernd in seinem Mund herumfuhr. Sie schien Wirbel zu besitzen, sie umschloß einen Knochen, genau wie das Organ da unten. So fühlte sich das also für ein Mädchen an, wenn es geküßt wurde.

Auch ihre Körper drückten hart und knochig gegeneinander. Ernst vermißte den Trost des weichen Stoßkissens, das ein Mädchen bei einer Umarmung ins Gefecht brachte. Er schob den Jungen, ohne sich von ihm zu lösen, ungelenk, stolpernd zum Bett. Um vorwärts zu kommen, mußten sie sich ein paarmal im Kreis drehen, wodurch ihr Gang zum Bett einem plumpen Tanz oder einem Ringkampf ähnelte. Bevor sie sich fallen lassen konnten, befreite Thjum seine bittere Zunge und gewann so, wenn auch keuchend, die Sprache wieder.

»He, Ernst, ich muß dir erst noch was sagen.« Aller Spott war jetzt verschwunden. »Ich verstehe, daß das Neuland für dich ist, und ich weiß nicht, wie weit du dich vorwagen willst. Aber eins mußt du wissen: Ich kann es nicht ertragen, wenn man in mich eindringt. Das will ich nicht.«

»Ist das schon mal vorgekommen?« Auch Ernst keuchte, und nicht nur von der mühsamen Fortbewegung. Jeder spürte den heißen Atem des anderen.

»Vor ein paar Wochen. Zum ersten und letzten Mal. Ich spür's immer noch.«

»Neugier?«

»Es ging von ihm aus. Er hat's einfach getan. Ohne groß zu fragen. Hand auf meinen Nacken und runtergedrückt. Er hat einfach getan, was er wollte.«

»Und?«

»Ich hab das Kissen vollgesabbert.«

»Was war das für ein Typ?«

»Ach, na ja. Ein unterentwickelter Wüstling mit rötlichen Haaren. So'ne Art Bildhauer. Flix. Er ist genauso wie sein Name.«

»Was hat dich dann zu ihm hingezogen?«

»Keine Ahnung. Er hat sich früher, da waren wir ungefähr vierzehn, mal für mich ... na ja, jedenfalls hat sich damals so'ne Art Spiel entwickelt. Noch ein anderer Junge war dabei, Albert, auf den ich damals ziemlich abfuhr. Und so, durch das Getue von diesem Flix ... Richtung Albert ... Puh, ist das kompliziert. Jedenfalls, irgendwas war davon hängengeblieben, und ...«

»... du wolltest es wissen, mit diesem Flix.«

»So ungefähr.«

»Aber so, wie ihr's als Jungs gemacht habt. Kein Ringelstechen unter Erwachsenen.«

»Genau.«

Thjum löste seinen Gürtel, ließ die Hose hinunterrutschen und entledigte sich seiner Schuhe, ohne die Schnürsenkel aufzuknoten. Er trug keinen Slip, sondern Boxershorts.

»Sag mal, Thjum. Diese Entjungferung ... oder Entknabung ... hast du der ganz insgeheim nicht doch was abgewinnen können? Ich meine, abgesehen vom Schreck oder vom Schmerz. Irgendwas Erregendes muß da doch dran gewesen sein.«

»Vielleicht die völlige Unterwerfung. Die Vorstellung, daß jemand mit dir genau das tut, was ihm den höchsten Genuß verschafft. Aber das war's dann auch schon. Dieses eine Mal werde ich sorgsam bewahren. Auf eine besondere Weise werde ich es immer bei mir tragen, dieses erste Mal. Wie ein seltsames, kostbares Ding. Solange ich es nicht zu wiederholen brauche.«

»Wie hat es sich denn nun wirklich angefühlt?«

»Äh ...« Thjum streckte sich auf dem Bett aus, wobei sein Pullover ein ganzes Stück weit hochrutschte. Sein Nabel lag wie ein Knopf auf der mageren Mitte. »Willst du's wissen?« Er dachte nach, lächelte. »Hm, ja, so ungefähr. Als ob man die ganze Welt rausscheißen will ... auf einen Rutsch. Um dann total befreit und erleichtert aus dieser Hockstellung hochzuschießen. Aber währenddessen pfropft die Welt *dich* weiter voll. Wenn nicht im Guten, dann eben im Bösen. Du willst dich von etwas mit aller Leidenschaft befreien, und genau das vervielfacht sich. Es wird mehr und mehr. Gleich wird es dich völlig ausfüllen. Irgendwas muß geschehen – gegen den Druck, gegen den Schmerz. Abfluß über einen anderen Kanal. Alles, was du loswerden willst, dieses zu große Gefühl, dieses ganze Zuviel, muß jetzt vorn raus. Kamel durchs Nadelöhr, könnte man sagen. Das ist keine Selbstbefriedigung mehr. Es kommt einem vor, als ob man kämpft, mit dem Ding in der Hand. Möglichst schnell alles, die ganze Welt, rausschleudern. Es ist kein Orgasmus, sondern ein weißglühendes Messer mitten durch deinen Leib. Harakiri. Linderung des Schmerzes und selbst Schmerz – so ähnlich. Aber dieses versengende Gefühl verliert sich rasch. Läßt nach. Verflüchtigt sich. Ein Tropfen auf den heißen Stein, mehr war es nicht. Die ganze Last, alles, was für einen Moment in die Höhe geschleudert worden war, plumpst noch schwerer in deine Eingeweide zurück. Und dann gibt es plötzlich keinen Notkanal mehr, durch den das Zuviel entweichen kann. Dann mußt du warten, in doppelt so groß gewordenem Schmerz, bis der andere auch befriedigt ist. Bis er genug hat und bereit ist, diese drückende Last aus dir zu entfernen. Das bedeutet dann übrigens keine Befreiung mehr, sondern nur Leere. Das heißt, sofern eine offene Wunde leer sein kann. – Nun, zufrieden?«

Ernst nickte und kniete sich neben das Bett. Da Thjums Erektion den Stoff seiner Boxershorts spannte und straff hielt, war Ernst Einblick in die kurzen Hosenbeine vergönnt. Thjums kleine rosa Hoden hingen in all ihrer Zartheit zu beiden Seiten der Shortsnaht und glänzten durch die plattgedrückte Behaarung hindurch. Zwei makellose Tropfen, im Begriff zu fallen. Vom Schaft konnte er nur die Wurzel sehen; der Rest ließ sich aus dem Abdruck im dünnen Stoff erraten. Thjum entpuppte sich nicht gerade als »kräftig gebaut«, wie es in schwachsinnigen Kontaktanzeigen hieß, aber gerade das war es, was Ernst rührte und ihn danach verlangen ließ, dort, in der geschützten Verborgenheit der Boxershorts mit ihm zusammenzusein.

Er öffnete mit bebenden Fingern zwei Knöpfe und einen Reißverschluß, machte sich jedoch nicht die Mühe, seine Hose weiter als bis zu den Knien hinunterzuschieben. Sein Geschlecht war in dem schmalen Slip noch augenfälliger versteift als das von Thjum, und Thjum sah es. Der Slip nahm denselben Weg wie die Hose, und dann streckte Ernst sich neben dem Jungen auf dem Bett aus. In einer Anwandlung schob er sein Geschlecht über Thjums Oberschenkel in das linke Bein der Shorts – bis ihre geschwollenen Glieder nebeneinander lagen. Thjum hatte seine Antwort auf dieses Manöver parat. Er steckte die Hand von oben unter den elastischen Bund der Shorts und umfaßte beide Glieder – was nicht ganz gelang. Erst als er auch die andere Hand zu Hilfe genommen hatte, so daß er fester zupacken konnte, spürte Ernst sein Blut gegen das des anderen pochen.

Thjum schob langsam seine verschlungenen Hände zu sich hoch und ließ sie dann wieder hinuntergleiten. Es war wie ein langsames Beten nach einem ungewohnten Ritual. Ein Rosenkranz aus geschwollenen Adern.

Es dauerte lange, bis er zu Ende gebetet hatte. Was Quispel mit keiner Frau gelang: Sie kamen gleichzeitig, er und Thjum. Thjums Hände begannen zu beben, und in diesen Händen bebte ihr zusammengebundenes Fleisch; außerhalb davon bebten ihre Körper. Alles an ihnen bebte, zitterte, zuckte, doch ihre Gesichter blieben, während sie sich ansahen, ruhig, fast unbewegt; nur öffnete sich bei ihnen beiden im selben Moment der Mund halb.

Gemeinsames Erschauern. In der Höhlung von Thjums Hand spie ihr geschwollenes Fleisch den warmen Samen wie *ein* Organ aus.

Sie spürten, wie er viel zu schnell abkühlte, während sie noch eine halbe Minute reglos, mit beschleunigtem Herzschlag, nebeneinander liegen blieben. »Das war's«, sagte Thjum schließlich, in viel zu leichtem Ton. Vielleicht seine

Art, die Traurigkeit zu unterdrücken. »Ja, bei mir dauert's immer lang. Hat weiter nichts zu sagen.« Er löste seine klebrigen Finger. »Und, Gnädigster, wie hat Ihnen diese neue Erfahrung gefallen?«

O, tödliche Leichtigkeit, die Quispel nicht unerwidert lassen konnte.

»Bestimmt nichts für mich, das weiß ich jetzt schon. Eine Drüse, die ganz ohne mein Zutun ihren Schleim von sich gibt, das ist alles. Völlig freudlos, die ganze Geschichte.«

Lag es an der alkoholischen Betäubung, daß das nicht nur Lüge war? Ernst zog sich aus Thjums besudelten Boxershorts zurück.

»Reut's dich?« fragte Thjum.

»Ich breche nicht gerade in Begeisterungsschreie aus, aber reuen – nein. Es war ... nützlich. Ich weiß jetzt ein für allemal, wo meine Grenze liegt. Wie bisexuell ich bin. Von nun an gibt es einen Maßstrich in meinem Fleisch.«

»Und ... was kommt bei der Messung raus? Wie bisexuell bist du also? Oder, besser gesagt: wie homophil?«

Quispel konnte hören, wie schwer es dem Jungen fiel, seine Enttäuschung und Demütigung unter ironischer Leichtigkeit zu verbergen.

»Kaum meßbar.«

Es war schrecklich. Mit jedem Wort stieß er den Jungen weiter von sich. Er mußte versuchen, ihn wieder für sich einzunehmen, ohne seine Lüge einzugestehen.

»Weißt du, was wir mal tun müßten, Thjum?« Quispels Stimme klang schal, ködernd. »Zusammen ins Bett mit derselben Frau ... Wär das was?«

Erst nachdem er diesen Vorschlag gemacht hatte, ohne sich recht darüber im klaren zu sein, was er sagte, gingen ihm die Möglichkeiten auf. Blind herumtastend in dieser Frau sich möglichst nahe kommen ... Sie würden sich ganz in deren Haut einwickeln, sich mit ihrem Fleisch umkleiden, um einander zu spüren. »Wenn wir so'n Mädel sozusagen als Doppelkondom benutzen, Thjum, hab ich kein Problem damit. Keine Hemmungen, nix. Ein lebender Wandschirm ... Männer dürfen ruhig ein bißchen genierlich sein, oder?«

»Ja, wenn du's so ausdrückst«, sagte Thjum versonnen (oder schläfrig). »Also, ich mag kräftige Frauen, sofern ich überhaupt Frauen mag. Stämmig. Drall. So vom Typ Bauerndirne.«

»Abgemacht.«

»Kennst du eine?«

»Vielleicht ... vielleicht.«

Quispel war mit seinen Gedanken schon nicht mehr bei der Sache. »Thjum, ich bin todmüde. Schuldlos beduselt. Ich brauche mein Bett. Macht's dir was aus, wenn du im vorderen Zimmer schläfst? Da liegt eine Matratze. Einen Schlafsack findest du in dem Schrank da drüben. Mann, ich kann nicht mehr.«

Thjum faßte es nicht als neue Demütigung auf und rollte sich fügsam in den Schlafsack.

Am Nachmittag wurden sie von lautem Klingeln geweckt. Ernst ging so schnell, in Unterhose, zur Tür, daß ihm erst bewußt wurde, wie stechend und Übelkeit erregend seine Kopfschmerzen waren, als er wieder im Bett lag. Das war ihm in all den Wochen des Trinkens nicht passiert, nicht einmal an den heißesten Tagen. Den letzten Kater hatte er in seiner Studentenzeit gehabt.

Er hatte sie schon auf der Treppe an ihrem Schritt erkannt: Im Zimmer erschien – geräuschvoll – Malou. Ohne ihn zu begrüßen, atmete sie tief ein und ging gleich weiter ins vordere Zimmer. Nein, es konnte nicht nur der Alkohol sein – sie mußte riechen, was hier in der Nacht vorgefallen war.

Die Tür des Spiegelschranks, aus dem sich Thjum am Morgen den Schlafsack genommen hatte, stand offen: Darin sah Ernst den Jungen mit bis zur Taille heruntergestreiftem Schlafsack auf der Matratze sitzen. Er kratzte sich, die Besucherin verlegen angrinsend, am Kopf. Gerade als er den Mund öffnete, um etwas zu sagen, drehte Malou sich, die Hände in die Seiten gestemmt, zu Ernsts Bett um.

»Und ich hab dir doch ausdrücklich gesagt, du sollst keine streunenden Hunde auf der Straße auflesen ...!«

Aus dem vorderen Zimmer war Thjums lautes Lachen zu hören. »Na ja, es war eher Ernst, der aufgelesen werden mußte!«

Vor allem an der Art und Weise, wie Malou den Mund verzog, konnte man merken, daß sie scherzte. Was sie in diesem Amsterdamer Obergeschoß vorfand, gefiel ihr. Während sie mit gespielter Herablassung noch etwas von »streunende Katzen mit nach Hause nehmen« zischte, ging sie in die kleine Küche, um Kaffee zu kochen.

Als Ernst, nach Thjum, unter der Dusche stand, hörte er den Jungen im Wohnzimmer mit Malou rumwitzeln und lachen. Etwas später, beim Kaffee, glaubte Ernst aus Thjums Verhalten und seinen Reaktionen schließen zu können, daß dieser Malou für das Mädchen hielt, »mit dem sie zusammen ...«. Sie war zwar nicht drall, aber doch kräftig und sehr holländisch blond und blauäugig, und obendrein frech. Die beiden waren einander gewachsen. Malou flirtete mit dem neuen Jungen. Ernst, krank, sah sich die Sache an. Seinen Kaffee ließ er unberührt.

Malou, die gerade eine halbe Etage in der Marnixstraat bezogen hatte, nutzte jetzt die Gelegenheit, die beiden Männer für den Kauf und vor allem den Transport neuer Zimmerpflanzen einzuspannen. Als Ernst auf dem überdachten Blumenmarkt in der Albert Cuypstraat, seiner Kopfschmerzen wegen minutenlang unfähig, sich zu rühren, seine Freundin, mit dem Jungen schwatzend, sich entlang Kästen und Regalen durchs Gedränge schieben sah, alles in einem Geruch feuchter Erde, da überflutete ihn zugleich mit einer Welle der Übelkeit die Vision eines ineinander verknäulten Dreiers. Malou als weiches Stoßkissen, in die Zange genommen von ihrer männlichen Knochigkeit ... Sie würden sie opfern, sie durchbohren, um zueinander zu finden.

Die Übelkeit ließ nach, die Vision blieb. Ernst und Thjum erfüllten auf dem Blumenmarkt recht und schlecht unterwürfig ihre Pflicht, als hätten sie beide Malou gegenüber etwas gutzumachen. Ihre Beflissenheit war fast schon zu auffällig. Alle drei mit einer raschelnden Pflanze im Arm auf der hinteren Plattform der Linie 24, später der Linie 10, so fuhren sie zu Malous dunkler kleiner Wohnung in der Marnixstraat. Quispel fuhr vor allem zu einer neuen Konstellation. Ihre Vereinigung würde ihn heilen, alles Trübe aus ihm saugen.

Als sie die Pflanzen abgestellt hatten, die der Wohnung noch mehr Licht nahmen, war es halb sechs geworden. Malou ging mit Thjum zum Chinesen, um etwas zu essen zu holen. Ernst machte in der kleinen Wohnung eine schwierige Viertelstunde durch. Verwirrung vergiftete ihn ebensosehr, wie es der Alkohol getan hatte. Er hatte doch immer geglaubt, bis zum letzten ehrlich zu sich gewesen zu sein ... Tausendmal hatte er sich ebendiese Frage gestellt: *Und Männer? Wie steht's mit Männern?* Mit zweiundzwanzig, dreiundzwanzig schöpfte Quispel eine Zeitlang ein fast masochistisches Vergnügen daraus, sich mit dieser Frage, die in jeder Variante einen wieder anderen Lanzettentyp darstellte, zu untersuchen. Er stocherte. Er drehte sein Inneres nach außen ... holte, während er den Boden auskratzte, das Unterste hervor ... Nichts. Er nahm jeden Traum auseinander, jede Vision, Blatt für Blatt, Fieder für Fieder, bis das Herz freilag ... Nichts zu finden. Kein einziger Hinweis.

Und jetzt dies.

Scherzend, lachend kamen sie die Treppe herauf. Malou öffnete die grauweißen Pakete des Chinesen, und sofort, nachdem ihm der Geruch in die Nase gestiegen war, mußte Ernst sich mit kalten Schläfen auf ihr Bett legen. Es stand in einer Nische und war damit so etwas wie ein Alkoven. Die Übelkeit verwehrte ihm jede Bewegung. Er würde sich immer bis zum äußersten gegen das Erbrechen wehren, denn Erbrechen, das bedeutete Kapitulation, die Bestätigung, daß er im Unrecht war. So lag er reglos und sah zwischen den Bettvorhängen zu, wie das Mädchen und der Junge vertraulich schwatzend aßen. Thjum schaute ab und an, wenn er eine lange Nudel einsog, ironisch lächelnd in seine Richtung. Es bedeutete soviel wie: »Ich habe dich durchschaut, mein Lieber. Du treibst nur ein Spiel. Du bist dabei, frivole Dinge in die Wege zu leiten. Ich warte.«

Um die Zeit totzuschlagen, so schien es, bis sie ein Zeichen von ihm bekämen, spielten Thjum und Malou »Stadt, Land, Fluß«. Sie ließen sich höhnisch über den Gast aus, »der so ein Spielverderber« war. Ernst sah zu. Eine so einzigartige Gelegenheit würde sich in den nächsten hundert Jahren nicht mehr bieten, und er bekam noch nicht mal den Kopf hoch. Seine Übelkeit dämpfte jedoch keineswegs die erotische Glut. Zur Strafe drängten sich ihm Bilder in aller Schärfe auf. Gemeinsam mit Thjum würde er Malou eifrig alles von der vorigen Nacht beichten. Sie würde, als Genugtuung, fordern, daß sie dieselben Dinge in ihrem Beisein noch einmal täten. Sie würden gehorchen, aber nur bis zu einem gewissen Punkt. Ernst würde die verdorbene Verzückung in Malous frechen Augen sehen, während Thjum – unbeholfen – bereits mit ihr zugange war. Ernst dabei anzusehen würde ihren Genuß verdoppeln, verdreifachen. Schließlich würde er tief in sie hineingleiten, um Thjum zu suchen. Er würde ihn finden, ganz bestimmt.

Es geschah nichts. Als Ernst sich später wieder soweit hergestellt fühlte, daß er im Zimmer umhergehen konnte, wußte er, daß es zu spät war. Alle drei hatten sie etwas von ihrem Glauben an die geheime Annäherung verloren. Malou wickelte mit unergründlicher Miene die noch halbvollen Schalen mit den Chinagerichten in Aluminiumfolie und stellte sie in den Kühlschrank. Thjum gähnte und fragte: »Wenn ich hier die Linie 10 nehme, wo muß ich dann umsteigen, um in die van Baerlestraat zu kommen?«

Nachdem er Malou grinsend links und rechts auf die Wange geküßt hatte, ließ er sich von Ernst zur Straßenbahnhaltestelle begleiten. Sie gingen durch die Marnixstraat, die trotz des Sommerabendhimmels bereits dunkel wirkte. Über ihr Vorhaben und dessen Durchführung wurde nicht mehr gesprochen. Thjum lächelte, wenn er zur Seite blickte, unverändert ironisch, aber doch auch mit einer gewissen Verwunderung, was sich ein paarmal in einem mittendrin abgebrochenen Kopfschütteln äußerte. Er verstand es nicht ganz.

Am Ende der Straße kam die gelbe Straßenbahn in Sicht. Thjum drückte sich unversehens an Ernst und begann mit einem Zungenkuß. Ernst, plötzlich von einer unerklärlichen Angst erfaßt, stieß ihn von sich. »Nichts für mich, Thjum. Gestern fand ich's ... Aber es war etwas Einmaliges. Ein plötzlicher Einfall. Ich verspüre keinerlei Bedürfnis nach Wiederholung.«

Thjum faßte sich rasch. Mit einem Kuß links und rechts auf die Wange verabschiedete er sich übertrieben kindlich. Und genauso absichtlich kindlich blieb er an der Scheibe der hinteren Plattform stehen und winkte mit schlaff erhobener Hand, bis die Entfernung eigentlich schon zu groß war, um sich noch richtig erkennen zu können. So verschwand dieser Thjum von einer harmlosen Partie Stadt, Land, Fluß zu ganz anderen Spielchen. In die Wouwermanstraat, zu Flix, in den Tod.

Als Quispel später Albert Egberts kennenlernte, in De Pijp, war es schon nicht mehr Thjum, der sie miteinander bekannt machte, sondern Theo Schwantje; die Distanz wurde nie mehr überwunden. Das Fahrrad stand vor dem Büro des Anwaltskollektivs, bis es völlig durchgerostet war.

Auch Malou hatte das unvollendete Beisammensein offenbar nicht unberührt gelassen. Bei seiner Rückkehr fand Ernst sie mit hochrotem Kopf vor. Sie gestand, schnell hintereinander drei Genever gekippt zu haben – zweifellos als enthemmendes Mittel, denn im selben Atemzug sagte sie, sie wolle jetzt endlich wissen, wie es sich »von der anderen Seite anfühlt«. Malou nahm seine Hand und ließ ihn selbst entdecken, daß sie bereits Vorkehrungen getroffen hatte.

Quispel hatte wirklich andere Probleme. Er sah auf seine Hände, seine Knie; er spürte, wie ihm die Glieder zitterten, bebten. Doch es mußte ein inneres Beben sein, denn äußerlich schien alles an ihm ruhig, abgesehen vielleicht von seinen Augen.

»Ernst ...?«

»Ja, ja. Gleich.«

Dieses Gefühl hatte er eigentlich nur einmal in Venedig gehabt: als ob der Boden unter seinen Füßen schwanke. Mit Alkohol hatte das wenig oder gar nichts zu tun – damals in Venedig sowieso nicht, und jetzt wahrscheinlich genausowenig, auch wenn an diesem Nachmittag ordentlich gebechert worden war. Seemannsbeine vom langen Bootfahren, das war's. Das Schaukeln, das Aufs-Wasser-Schlagen des Motorkahns steckte ihm noch im Kopf und im Rückgrat.

Das auf und ab schwappende Glücksgefühl hinter seinem Zwerchfell glich mittlerweile einer Art höherer Übelkeit, einem brausenden Zuviel, dessen er sich, falls möglich, entledigt hätte, wenn sich die zu erwartende Befreiung nicht als noch überwältigender und noch schwerer steuerbar entpuppen könnte. Und außerdem, wie sollte er sich ein solches Erbrechen von brodelndem Glück vorstellen? Wie Wolken parfümierter Schmetterlinge, die aus seinen Körperöffnungen flatterten?

Mitten auf dem Gehweg in der van Baerlestraat blieb Ernst auf einmal stehen. Ein entgegenkommender Fußgänger ging links an ihm vorbei, sein Hund rechts, so daß die Leine sich um seine Schienbeine spannte und ihn umzureißen drohte, was ihm noch mehr das Gefühl vermittelte, Seemannsbeine zu haben. *Er wußte es.* Nicht, wie er sich die Ausscheidung im Überfluß vorhandenen Glücks vorzustellen hatte (das würde er nie wissen), nein, plötzlich wußte er, was dieses Glück so brennend machte, so unerträglich. Der Tod. Die Unmöglichkeit des Todes. Die Abwesenheit jeglichen Todesgedankens.

Der Tod, schnell. Während Quispel vor dem Eingang des

Stedelijk Museums schwankend auf dem sich bewegenden Gehweg stand, versuchte er, den alten, vertrauten Todesgedanken heraufzubeschwören. Das Herrchen des Hundes wickelte die Leine von Quispels Knien los.

Der Gedanke an den Tod hatte für Ernst stets ein Dilemma bedeutet, eine Wahl zwischen zwei Übeln: zwischen Todesangst und Todeslust. Wer die Vierzig überschritten hatte, so hatte er oft argumentiert, mußte lernen, sich selbst ein wenig im Weg zu stehen; der mußte über Langeweile, Widerwillen, Morgenmuffeligkeit, Ekel und allmählichen Lebens- und Leuteüberdruß »Lust auf den Tod« bekommen.

Der sanfte Tod setzte ja bereits mit Langeweile und Lebensmüdigkeit ein. Sie waren eine Vorbereitung, ein präventiver Schmerzstiller, ein Mittel der Natur gegen die Abruptheit des Sterbens. Morphium vorab.

Sollte man sich denn gegen dieses mit sanfter Hand von der Natur zum Ende Geführtwerden wehren und so der wahren Todesangst – die doch eine Schöpfung des Menschen war – Tor und Tür öffnen? Weitertrotten auf dem Weg zu einem gutmütigen Tod oder sich in ein von vornherein verlorenes Gefecht stürzen? War, mit anderen Worten, die Natur eine sanfte Heilerin, die keine tiefen, dafür aber stinkende Wunden schlug? Besser mit offenen Augen verenden?

Ja, der alte Gedanke ließ sich noch heraufbeschwören, aber nur als aus dem Gehirn eines ganz anderen stammendes Zitat. So wie Quispel jetzt war, zum Kotzen glücklich, nahm er den Tod achselzuckend zur Kenntnis.

Und genau das – die Abwesenheit des Todes – machte ihn so einsam und verzweifelt in seinem Glück. Er litt an einem Glück, das entmenschlichte. Er war kein Mensch mehr.

Kein Frühstück, keine Matratze

Montag, 20. Mai 1985

»Verstehst du das mit dieser Brandbombe, Joris, in dem Haus neben der Wohnung des Bürgermeisters? Irgendeine Gruppe hat anscheinend ein Krankenhaus angerufen ... Unsere militanten Hähne?«

Weil die Eltern von Dr. Nop am Montagvormittag beim Staatsanwalt das Untersuchungsergebnis erfahren sollten, fand am Abend davor im Hause Noppen in der Lomanstraat eine Art Familienkonferenz statt, an der außer ihrem Anwalt auch der Vertrauensarzt Joris Vitringa teilnahm.

»So haben sie sich jedenfalls nicht genannt. Selbständige Zellen Niederlande ... Autonome Fraktionen Amsterdam ... irgend etwas in der Richtung. Natürlich ein für diese Gelegenheit ausgedachter Name. Und eine für diese Gelegenheit ausgedachte Geste. Ja, ich habe von einem Kollegen der VU gehört, daß sie nach dem Deponieren der Bombe das Krankenhaus angerufen haben.«

»Von der Vrije Universiteit? Sind doch irgendwie anständig, die Jungs«, meinte Mevrouw Noppen, die Kaffee einschenkte. Wahrscheinlich der Kälte wegen, die trotz des schönen Frühlingsabends in der Parterrewohnung herrschte, trug sie eine Strickjacke, die länger war als ihr – ebenfalls gestricktes – Kleid. Die offenen Haare, viel zu mädchenhaft, ließen ihr Gesicht fünf Jahre älter erscheinen.

»Na ja, gib acht«, sagte Dr. Vitringa. »Solche Herzchen sind es nun auch wieder nicht. Nachdem sie ihren Kanister mit dem Woolworthwecker deponiert hatten, haben sie erst eine Weile auf der anderen Seite der Gracht gestanden und auf das Feuerwerk gewartet. Aber als der Bürgermeister einfach nicht brennend aus dem Haus stürzen wollte, hatten sie offenbar Zeit, sich Gedanken über ihre Kommandoaktion zu machen. Ogottogott. Was, wenn das Ding, ohne losgegangen zu sein, beispielsweise von jemand entdeckt würde, der nichts davon versteht?«

»Also haben sie der Einfachheit halber gleich einen Rettungswagen bestellt«, meinte Quispel abwesend.

»›Die Politik der Stadt, so marode sie auch ist, ist uns keinen Toten wert‹, haben sie am Telefon gesagt. Wahrscheinlich haben sie in Gedanken hinzugefügt: ›Es sei denn, es ist der Bürgermeister.‹«

»Viel interessanter«, sagte Vater Noppen, »finde ich eigentlich den Anschlag auf den Schnellzug Moskau-Paris in West-Berlin, am Freitag. Baumstämme und benzingefüllte Dosen auf den Schienen ...«

»Autonome Zellen, Abteilung Bundesrepublik.«

»Tja, Sie scherzen, Meester Quispel. Sehr verständlich. Aber entlang dem Bahndamm hat man Zettel gefunden, Flugblätter ... auf deutsch und anonym, aber trotzdem ... mit Sympathiebekundungen für die ›Bewegung‹ in Amsterdam. Und auch darin wurde gegen den Mord an ... gegen den Tod von Kieltje protestiert.«

Er sprach mit einer gewissen Leidenschaft. Seine Augen, vor vier Wochen noch so stumpf, funkelten zwischen den rotgeränderten Lidern unter den rötlichen Augenbrauen. Rechnete er immer noch mit einer Märtyrerrolle für seinen Sohn, einer Rolle, gegen die er sich Ende April auf höheren Befehl gewehrt hatte? Quispel konnte es nicht mehr hören, diese Spekulationen, diesen internationalen Börsenhandel in sinnlosem Tod.

»Lassen Sie uns zur Sache kommen«, sagte er, »und eine Strategie für morgen entwickeln, wenn wir zum Kaffee beim Staatsanwalt eingeladen sind.«

»Ja«, sagte Vitringa. »Was tun wir, wenn sie uns keinen Einblick in die Papiere gewähren? Klagen? Ernst, du bist gefragt.«

Quispel zählte sämtliche Möglichkeiten auf, bot Lösungsvorschläge und guten Rat an, war aber mit den Gedanken nicht ganz bei der Sache. Zwanet hatte, völlig untypisch für sie, den ganzen Sonntag über Bauchschmerzen geklagt, die sie auf ihren schlechten Stuhlgang der letzten Zeit zurückführte. »Und bei diesem Trumm von Bauch fühlt es sich sowieso an, als ob das Zeugs da irgendwo zu einem Klumpen zusammengepreßt ist.«

Als er ging, hatte sie, auf dem Sofa im Wohnzimmer liegend, gefragt, und das war ebenfalls untypisch für sie: »Kommst du nicht zu spät nach Hause?«

Quispel hatte den ganzen Abend das Bild ihrer Hand vor Augen, die umgedreht auf ihrer Stirn ruhte, während die Finger durch das Lampenlicht einen fransigen Schatten auf ihre Augen warfen. Bei seiner Heimkehr um halb elf war bereits von »Krämpfen« die Rede. Arme Zwanet, sie konnte sich nicht einmal krümmen vor Schmerz.

»Wieso, Krämpfe?«

»Bauchkrämpfe. Schlimme Bauchschmerzen in Abständen.«

»Bist du sicher, daß es keine Wehen sind?«

»Ernst! Es ist noch einen Monat vor der Zeit! Nein, es sind ganz bestimmt die Därme.«

»Zieht der Schmerz in den Rücken?« versuchte er noch. (An diese Frage glaubte er sich von einem Informationsabend mit Videofilmen und einer hochschwangeren Hebamme zu erinnern, die mittendrin von einer Kollegin abgelöst werden mußte.)

Zwanet zögerte. »So ähnlich fühlt es sich an, ja. Aber mir tut der Rücken schon seit Wochen weh. Das kommt daher, weil ich diese Kugel vor mir hertragen muß. Also nichts Besonderes.«

»An deiner Stelle würde ich doch für alle Fälle das Köfferchen fertigmachen.«

»Du mit deinem Köfferchen.«

Vor dem Schlafengehen stritten sie sich noch über die neue Waschmaschine, die sie sich im Hinblick auf den Familienzuwachs zugelegt hatten. Das Gerät war am Freitagnachmittag während Ernsts Abwesenheit von Spediteuren angeliefert worden, die sich aufs Wochenende freuten; vor lauter Eile hatten sie an verschiedenen Stellen den Lack abgestoßen. Es fiel Quispel erst jetzt auf, als er in der Küche stand und sich die Zähne putzte. Ohne sich den Mund auszuspülen, ging er, die schäumende Bürste noch in der Hand, ins Schlafzimmer, wo Zwanet sich mühsam auszog. Ausgeleierte Brüste, die auf ihrem Bauch ruhten.

»Hast du denn nicht nachgesehen, bevor sie das Haus verließen?«

»Ernst, ich bitte dich ... ich bin momentan nicht so wendig, daß ich den Leuten überall hinterhertrippeln könnte.«

»Ja, aber verdammt noch mal, es ist doch ...«

»Ernst, du hast keine Ahnung, wie idiotisch du aussiehst, wenn du mit diesem weißen Schaum auf den Lippen rumtobst. Es spritzt in alle Richtungen. Und, da, von deiner Zahnbürste tropft es auch schon. Wenn du Streit willst, dann spül dir erst mal den Mund aus, bevor du anfängst zu schimpfen.«

Sie hatte es richtig erkannt, denn genau danach war ihm in seiner unverständlichen Verärgerung, die wenig oder gar nichts mit der angeschlagenen Waschmaschine zu tun hatte: Er wollte rumbrüllen, schlagen, treten. Soweit kam es nicht, aber sie schliefen doch unversöhnt ein – Zwanet auf dem Rücken, Ernst von ihr abgewandt.

Gegen vier wurde er von ihrem Gestöhne wach.

»Immer noch Bauchkrämpfe?«

»Ich hab schon ein paarmal versucht, aufs Klo zu gehen, aber es kommt nichts.«

»Mußt du deswegen andere Leute vom Schlaf abhalten? Ich hab morgen was zu tun. Es ist doch keine Schande, irgendein Abführmittel zu nehmen?«

»Damit fange ich gar nicht erst an, das weißt du.«

»Gut, dann rufe ich die Hebamme an.« Von dieser unbegründeten Wut, die ihn noch immer wie etwas Fremdes beherrschte – ja, fast betäubte –, wäre er am liebsten losgekommen, aber die Wut war stärker als er.

»Ernst, um die Zeit! Und außerdem, sie ist doch kein Fachmann für Hartleibigkeit.«

Quispel suchte die Nummer in dem Ringbuch, das in einer Ecke des Schlafzimmers neben dem Telefon lag. Während er dem Klingeln am anderen Ende der Leitung lauschte, sagte er, mit abgewandtem Blick und vor Zorn fast schnaubend: »Hast du jetzt endlich dein Köfferchen bereit?«

»O. ...« Sie stöhnte, aber es war nicht klar, ob es von den Bauchkrämpfen kam. »Fängt der schon wieder mit seinem Köfferchen an. Ich hab doch noch einen Monat Zeit, Mann.«

Die verschlafene Stimme der Hebamme. Quispel erläuterte unter schwachem Protest von seiten Zwanets die Situation.

»Ist Ihre Frau in der Lage, selbst ans Telefon zu kommen?«

Ernst trug den Apparat zum Bett und gab ihr den Hörer, ohne sie anzusehen. »Sie will dich.«

Zwanet beantwortete kurz die Fragen der Hebamme. »In Abständen, ja.« »Ungefähr, ja.« »O? Ach herrje. Na ja, wenn das so ist ...« »Gut.« Sie legte auf.

»Fang jetzt bloß nicht an zu triumphieren, Ernst. Es sind wahrscheinlich schon Wehen. Lea ist unterwegs.«

Nein, nach außen hin triumphierte er nicht, aber in seinem Innern wurde ein falsches, höhnisches Jubeln laut. Es schien, als hätten die Krämpfe, seit sie auch von Zwanet als Wehen anerkannt waren, an Heftigkeit zugenommen. Ernst fiel die Regelmäßigkeit im Wehenzyklus auf. Die beiden sprachen nicht miteinander. Ernst konnte sich nicht dazu überwinden, Zwanets Hand zu nehmen und ihr Mut zuzusprechen. Vom Tagwerden hinter den Vorhängen ging keinerlei versöhnende Wirkung aus; es machte seine Wut nur noch tiefer, röter, anhaltender. Und noch gereizter wurde er vom lauten Klingeln im hohen Flur.

»Hallo. Die Hebamme.«

Das Gesicht der jungen Frau war noch fahl vom Schlaf, aber sie sah sofort, wie's um Zwanet stand. »Ich will dich gleich mal untersuchen, Mädel.« Das Geraschel des Plastikhandschuhs – unerträglich. »Also, Schätzchen, der Muttermund hat sich schon geöffnet. Schon ganze sechs Zentimeter.«

»Mein Gott, und jetzt?«

»Wie der Blitz ins Krankenhaus. Hast du dein Köfferchen fertig?«

Ernst spürte, wie die Wut ihm erneut in den Kopf stieg, der abwechselnd heiß und kalt wurde. Das Köfferchen. Kein Köfferchen. Er rannte durch alle Räume. Er wußte genau, daß irgendwo noch ein alter kleiner Leinenkoffer herumstehen mußte, der die richtige Größe hatte ...

In seiner Wehrlosigkeit und Müdigkeit nach den wenigen Stunden Schlaf spürte Quispel, daß das Gift, drei Wochen nach dem *zapoj*, noch immer nicht ganz aus seinem Blut verschwunden war.

Als Quispel, fast zu spät, um elf Uhr zum Termin erschien, sah er aus wie eine Karikatur des nervösen und gleichzeitig stolzen frischgebackenen Vaters. Die Haare hatte er sich im Krankenhaus auf der Toilette mit naßgemachten Fingern zurechtgeharkt, doch der Stoppelbart war noch da. Er gab dem Ehepaar Noppen die Hand, grüßte den Vertrauensarzt und entschuldigte sich beim Staatsanwalt.

»Meester van Houten, entschuldigen Sie bitte, daß ich hier so ungepflegt erscheine, aber meine Frau bekam am frühen Morgen Wehen und hat gerade eine Tochter zur Welt gebracht.«

Erst nachdem ihm alle zögernd gratuliert hatten, ging ihm auf, wie unpassend sein Bericht in dem Raum geklungen haben mußte, in dem sie zusammengekommen waren, um die Todesursache eines achtzehnjährigen Sohnes zu erfahren. Ihm war inzwischen auch klarer, was seine näherrückende Vaterschaft seit Zwanets ersten Wehen mit Wut vergiftet hatte.

»Wie soll sie heißen, Ihre Tochter?«

»Cynthia. Irgendwie hatten wir mit einem Sohn gerechnet. Wir hatten mindestens fünf Jungennamen, einer so schön wie der andere. Jetzt, wo es also ein Mädchen war, mußten wir improvisieren. Aber Cynthia kam mir ganz brauchbar vor ...«

Warum sagte er bloß solche schrecklichen Dinge? Zum Glück kam van Houten rasch zur Sache. Er räusperte sich nachdrücklich und begann mit einer kurzen Ansprache.

»Sie werden wohl nicht sehr überrascht sein, wenn ich Ihnen sage, daß ich Ihnen keinen Einblick in den hier vor uns liegenden Bericht der Ermittlungsbehörden gewähren darf ...« Er lag vor ihm an der Stelle, an der während beim Essen ein Teller steht. Van Houten ließ die gespreizten Finger zu beiden Seiten des Papierpackens liebkosend über den Tisch gleiten – etwa so, wie manche Menschen, während sie auf die Vorspeise warten, die einzelnen Besteckteile betasten. »... aber ich werde Ihnen von den zweihundert Seiten, die er umfaßt, mündlich eine möglichst vollständige Zusammenfassung geben. Also. Der Pathologe des Gerichtslabors in Rijswijk kommt in seinem Obduktionsbericht zu dem Schluß, daß Ihr ... daß Kiliaan Noppen, geboren am 31. Januar 1967, an einer Kombination von Amphetamin beziehungsweise Speed, Alkohol, Librium und einem schlechten Gesundheitszustand gestorben ist, wobei letzterer in erster Linie von einer vernachlässigten Gelbsucht herrührte. Auch heftige Erregung über die Räumung des Gebäudes, in dem er mit seinen Gesinnungsgenossen einige Zellen nutzte, des weiteren über seine darauf folgende Festnahme und Inhaftierung, kann ... ich wiederhole: kann ... ein entscheidender Faktor beim Eintreten des Todes gewesen sein. – Als nächstes kommen wir zum Frühstück.«

Der Staatsanwalt machte eine kleine Pause. Seine Gesichtsmuskeln spannten sich.

»Tja, das Frühstück ... in dem Punkt widersprechen sich die Parteien. Von Anfang an haben Polizeisprecher erklärt, daß Kiliaan Noppen ebenso wie seinen Mithäftlingen zum gewohnten Zeitpunkt ein Frühstück verabreicht worden war, und zwar um fünf Uhr morgens. Es wurde, so die Erklärungen, von niemandem verweigert. Das Gerichtslabor hat davon jedoch nichts feststellen können. Der Toxikologe hat keine Spuren eines Frühstücks im Körper ausgemacht, ebensowenig wie die Ermittlungsbeamten bei ihrer Untersuchung in der bewußten Zelle Frühstücksreste gefunden haben.«

»An seinem Frühstück erstickt sein kann er also nicht«, knurrte Dr. Vitringa hinter zusammengebissenen Zähnen, gerade noch verständlich für Quispel. »Schon wieder eine Todesursache weniger.«

»Auch Nachtzeug«, fuhr van Houten fort, »wurde an Kiliaan Noppen nach den Ermittlungen der Kriminalpolizei nicht ausgegeben. Soweit die Zusammenfassung. Sofern jetzt noch Fragen oder Unklarheiten geblieben sind, stehe ich Ihnen, soweit es mir möglich ist und meine Befugnisse nicht überschreitet, gern zur Verfügung.«

»Ja, wenn ich Sie mal fragen dürfte ...«, fing Joris Vitringa an, »wie wurde das Opfer – o, Pardon – wie wurde Kiliaan Noppen am nächsten Tag aufgefunden?«

»Im Bericht steht wörtlich: ›in Schlafhaltung‹.«

»Hatte er sich erbrochen?«

»Keine Spuren von Erbrochenem, sagt der Bericht.«

»Und dürfte ich auch erfahren, wie hoch der Alkoholanteil war?«

»Der Bericht spricht von zwei, höchstens drei Gläsern leichtem Bier einer Marke, bei dem Mais in den Gärungsprozeß einbezogen ist. Höchstwahrscheinlich ein Limburger oder Bra ...«

»Zwei Pils also«, faßte der Vertrauensarzt zusammen und machte sich eine Notiz. »Und dann noch etwas ... Gut, das Speed wird er aus logistischen Erwägungen wohl vor der Räumung geschluckt haben. Aber in dem Paket war auch Librium. Wie kam er daran?«

»Dr. Vitringa, es macht mir keinerlei Schwierigkeit, auch diese Frage offen zu beantworten. Librium wurde ihm vom Polizeiarzt verschrieben.«

»Das kann dann also auch keine lebensgefährliche Dosis gewesen sein«, murmelte Joris und notierte sich auch dies.

»Der Bericht spricht von fünfzig Milligramm.«

»Genau was ich meine. Aber steht auch dabei, warum ihm diese fünfzig Milligramm verabreicht wurden? Nicht zum Zwecke der Sterbehilfe, darf ich doch wohl annehmen.«

»Dr. Vitringa, Ihre Unterstellungen gehen ... Ich meine, in Anwesenheit von ...«

»Sehr geehrter Herr Staatsanwalt: Ich, armer Quacksalber, der ich bin, habe das Librium doch nicht als Todesursache angeführt!«

»Im Bericht steht, daß Kiliaan Noppen auf eigenen Wunsch hin Librium verabreicht wurde. Um sich etwas ruhiger zu fühlen. Um schlafen zu können.«

»Haben noch andere anwesende Ärzte als der Mann mit dem Librium Kiliaan Noppen an jenem Abend untersucht?«

»Ja, natürlich. Dr. Pomerans vom Städtischen Gesundheitsamt.«

»Und ... sein Befund?«

»Nach seiner Erklärung, wie sie im Bericht niedergelegt ist, machte der Junge nach seiner Festnahme einen verstörten Eindruck. Er muß völlig benommen gewesen sein.«

»Hatte man bei all der Hektik noch Zeit, ihn auf äußere Verletzungen zu untersuchen?«

»Ja. Aber davon wurde nichts festgestellt. ›Keine Anzeichen von Gewalteinwirkung‹, heißt es im Bericht des Pathologen wörtlich.«

»Hm-mm-mm«, machte Vitringa beim Notieren. »Also, hinsichtlich dieser Kombination von Speed und Librium und zwei Pils als Todesursache habe ich schon jetzt meine Zweifel. Dazu möchte ich gern noch ein paar andere Ärzte hören.«

»Ich werde«, sagte Quispel, »mal mit der Pharmakologie der Universiteit van Amsterdam sprechen. Ich halte dich auf dem laufenden, Joris, pardon: Dr. Vitringa. Aber jetzt mal was anderes. Aus der Zusammenfassung des Berichts durch den Staatsanwalt geht nirgends hervor, zu welchem Zeitpunkt Kiliaan Noppen gestorben ist.« Er sah van Houten voll ins Gesicht.

»O, entschuldigen Sie bitte meine Nachlässigkeit.« Der Staatsanwalt blätterte in dem Packen DIN-A4-Blätter der Kriminalpolizei. Es dauerte eine Weile, bis er gefunden hatte, was er suchte. In der Stille des Papiergeraschels wurde leises Schluchzen laut: Mevrouw Noppens Antwort auf die Reduzierung von Leben und Tod ihres Sohnes auf zweihundert Blatt Computerausdruck. »Hier. Entschulden Sie bitte ... Nach den Ergebnissen der vom Pathologen durchgeführten Obduktion, die durch die Befunde des Leichenschauarztes bestätigt werden, muß Kiliaan Noppen am 26. April zwischen sieben und zehn Uhr morgens verstorben sein.«

Entschlüpfte Quispel ungewollt ein höhnisches Schnauben als Zeichen, daß er hinsichtlich dieses Teils des Berichts so seine Zweifel hatte? Er war sich nicht sicher. Er befürchtete es.

»Gut«, sagte er. »Tod eingetreten zwischen sieben und zehn. Aber wann wurde entdeckt, daß Dr. Nop, Pardon, Kiliaan Noppen gestorben war?«

»Um oder gegen dreizehn Uhr dreißig. Insofern weicht der Bericht nicht von früheren Erklärungen ab.«

»Von wem?«

»Von zwei Wärtern, deren Namen der Kriminalpolizei bekannt sind.«

»Meester van Houten, darf ich mit Ihnen anhand des Berichts die Ereignisse zwischen Donnerstagabend, dem 25. April, und Freitagmittag, dem 26. April, eben mal chronologisch durchgehen?«

»Soweit meine Befugnisse das erlau ...«

»Kiliaan Noppen wurde am Donnerstag, dem 25. April, festgenommen ...«

»Aufgrund des Verdachts des Landfriedensbruchs, ja.«

»Um wieviel Uhr war das Ihren Unterlagen zufolge?«

»Halb sieben.«

»Und der Zeitpunkt der Einschließung?«

»Tja, das muß gegen elf gewesen sein. Was stand da gleich noch mal? Viertel vor elf. Jedenfalls wurde er so gegen halb neun dem Wachhabenden vorgeführt, dessen Namen der Kriminalpolizei bekannt ist. Danach die übliche Leibesvisitation und schließlich die vorläufige Inhaftierung in Gang B des Zellenblocks.«

»Weiter keine Tagesordnungspunkte an diesem Abend, mit Verlaub gefragt?«

»O doch: Nicht lange nach seiner Einschließung wurde Kiliaan Noppen wieder aus der Zelle geholt, um einem Zeugen gegenübergestellt zu werden. Der Bericht erwähnt ausdrücklich, daß der Inhaftierte dazu geweckt werden mußte. Der Zeuge, ein Angehöriger der Mobilen Einheit, machte übrigens einen Rückzieher. Er konnte den Tatverdächtigen nicht mehr mit Sicherheit als den Gewalttäter wiedererkennen. ›Er sieht so anders aus‹, lautete sein Kommentar wörtlich.«

Diese Äußerung notierte sich der Vertrauensarzt, neben Quispel, erregt, wobei er etwas knurrte, was größtenteils unverständlich war, in dem jedoch das Wort »Gewalttäter« wiederholt wurde.

»Kann ich also, Meester van Houten«, fuhr Quispel fort, »aus dem von Ihnen Vorgetragenen zusammenfassend folgern, daß zwischen, sagen wir Viertel nach elf abends und halb zwei mittags am nächsten Tag keiner mehr nach Kiliaan Noppen geschaut hat?«

»Der Bericht widerspricht Ihrer Folgerung nicht.«

»Und das, obwohl laut Ihrer Äußerung gegenüber Dr. Vitringa Kiliaan Noppen auf einen Arzt des Städtischen Gesundheitsamts einen verstörten ... wie hieß es gleich noch? ... einen stark benommenen Eindruck machte.«

Der Staatsanwalt schwieg.

»Fünfzehn Stunden lang hat keiner nach meinem Jungen geschaut«, sagte Vater Noppen mit bebender Stimme. »Können Sie mir ... Sie sind doch Staatsanwalt ... können Sie mir sagen, was mit den verantwortlichen Polizisten passiert?«

»Es sind zwar bestimmte Vorschriften übertreten worden«, antwortete van Houten, »aber die Polizei hat sich dem Bericht zufolge, zumindest was die bis jetzt vorliegenden Fakten angeht, nicht strafbar gemacht.«

»Nicht strafbar gemacht«, wiederholte Noppen. »Und das unter einem Innenminister, der bereits seit sechs Jahren darauf drängt, daß Drogenabhängige alle halbe Stunde in ihren Zellen kontrolliert werden.«

»Ihr Sohn war nicht als drogenabhängig bekannt.«

»Das war er auch nicht. Aber jetzt wird er plötzlich so dargestellt. So etwas schafft doch – ich möchte beinahe sagen: rückwirkend – Verpflichtungen für seine Bewacher ...«

»Ich glaube nicht, daß ich Ihnen ganz folgen kann.«

»Es ist natürlich nicht nur so, Meester van Houten, daß lediglich Mißverständnisse darüber entstanden sind, ob meinem Sohn ein Frühstück verabreicht wurde oder nicht. Die Sache verhält sich anders. Als ich an jenem Freitagabend seines Todes« – das Gesicht von Mevrouw Noppen riß auf, und es bildete sich ein großer, entstellter Clownsmund der Trauer – »noch ohne zu wissen, daß es sich um meinen Sohn handelte, im Radio mit halbem Ohr die Pressekonferenz des stellvertretenden Polizeipräsidenten verfolgte, hörte ich sehr konkrete Aussagen über die Verabreichung eines Frühstücks. Authentische Details wie: ›Der Inhaftierte schlief noch‹ und ›in einem solchen Fall stören wir lieber nicht, sondern lassen das Frühstück für den Inhaftierten stehen‹ und so weiter. Klang wie ein Reiseprospekt für bessere Ferienhotels, falls Sie mir den vermessenen Vergleich verzeihen. Demnach hatte der Junge sein Frühstück sogar ordentlich aufgegessen, bevor er den Geist aufgab.«

Mevrouw Noppen, deren Clownsmund größer und größer wurde, schüttelte heftig den Kopf. »So hör doch endlich auf«, rief sie und traute sich erst dann, in lautes Weinen auszubrechen.

Das Weinen seiner Frau schien Noppen Mut zu verleihen. Seine Stimme bebte nicht länger. »Sehen Sie, Meester van

Houten, wenn es sich hier nicht um ebenso bedauerliche wie verzeihliche Kommunikationsstörungen handelt zwischen, sagen wir mal, Aufsehern von Inhaftierten und der Polizeispitze, sondern um ein minuziöses Szenario, wie jemand sein Frühstück verputzt, übrigens ohne daß ein Krümel in seinem Magen landet, dann frage ich mich doch, wie es sich mit der Todesursache verhält. Oder, besser gesagt, mit diesem ganzen Cocktail von Todesursachen. Ja, dann fragt man sich doch: Ist das vielleicht auch ein Szenario aus lauter authentisch scheinenden Details?«

Verpflichtete die neuerworbene Vaterschaft Quispel nicht, dem Mann beizuspringen und seine Worte zu ergänzen? Er öffnete den Mund, doch der Staatsanwalt kam ihm zuvor (»Aber Herr Noppen! Es handelt sich hier um das Ergebnis einer gründlichen, unabhängigen Untersuchung durch das Gerichtslabor in Rijswijk! Bei allem Respekt, das ist keine Cocktailbar!«), und danach schien, was er hatte sagen wollen, wie von selbst verbogen zu werden, abgeschwächt.

»Hat man auch ermittelt, Meester van Houten, wer die übrigen Inhaftierten in Abteilung B waren?« fragte Quispel.

»Ausschließlich junge Männer wie er, sogenannte Punks oder Punker. Alle standen unter dem Verdacht des Landfriedensbruchs bei besagter Räumung.«

»Hat man sie vernommen? Ich meine, im Hinblick auf eventuelle Aussagen über das, was in Zelle B-19 passiert ist ...«

»Äh ... nein. Das geht nicht aus dem Bericht hervor, nein.«

»Dann werde ich bei der Staatsanwaltschaft darauf drängen, daß das noch geschieht.«

Die Unterredung endete mit einer Diskussion, ob die Eltern des verstorbenen Jungen Einsicht in den Bericht nehmen dürften oder nicht. Der Staatsanwalt riet dem Vater, offiziell – »also bei mir, bei Meester van Houten« – Antrag auf Einsichtnahme in den toxikologischen Teil des Berichts durch den Vertrauensarzt zu stellen. »Weiter kann ich nicht gehen.« Daraufhin sprang die Mutter – hysterisch – auf.

»Und dürfte ich vielleicht endlich erfahren«, schrie sie, »woran mein Kind nun genau gestorben ist . . .!«

Sie schnappte sich den Bericht vom Tisch, aber er entglitt ihr und fiel zu Boden. Noppen packte seine Frau an den Armen. »Nicht, Liebste. Das ist ein Beschluß der Justizbehörden. Uns stehen wiederum Rechtsmittel zur Verfügung, um ihn anzufechten. Wir haben Meester Quispel.«

Um vom Gerichtsgebäude ins Krankenhaus zu gelangen, brauchte Quispel eigentlich nur die Leidsestraat zu überqueren. Mijnheer und Mevrouw Noppen begleiteten ihn bis zur Straßenbahnhaltestelle auf der Brücke über die Prinsengracht. Beim Abschied gratulierten sie ihm noch einmal umständlich zur Geburt seiner Tochter.

Zwanet lag in der Frühgeborenenabteilung, wo sie gerade – zum erstenmal – dem Baby die Brust gab. Als Cynthia genug getrunken hatte und die Brustwarze aus dem Mund gleiten ließ, sah Ernst, wie sich an deren Spitze die denkbar wohlgeformteste Milchperle bildete.

Quispel, dem der Anblick zuviel wurde, ging auf die breite, den Innenhof umschließende Galerie und schaute gedankenverloren auf den Trompetenbaum. Als er sich umdrehte, sah er, wie in einem Zimmer, dessen Balkontüren offenstanden, eine Frau in ihrem Bett las. Über dem Bett hing eine Art Triangel, an der sich die Kranke hochziehen konnte. In der Triangel, die sich im Luftzug sacht bewegte, klemmte eine große Apfelsine.

Als er zu Hause ankam, stellte sich heraus, daß zum erstenmal seit drei Wochen wieder auf dem normalen Wege Post gekommen war. Nicht viel, denn es war Montag, doch es löste eine fast kindliche Freude bei ihm aus, und sei es nur der Glückwünsche wegen, die jetzt ungehindert eingehen konnten.

Der Postsuchdienst, den Quispel schließlich eingeschaltet hatte, hatte vor ein paar Tagen in der Postverwaltung ein nicht von Quispel, aber in seinem Namen ausgefülltes Formular gefunden, mit der Bitte, drei Monate lang seine Post an eine neue Adresse weiterzuleiten: Keizersgracht 831. Die »neue Adresse« war bald gefunden: ein leerstehendes Gebäude, ein Spukhaus, dem der Eigentümer mit Hilfe von billigen Gardinen, Plastikpflanzen, Theaterrequisiten und automatisch an- und ausgehenden Lichtern den Anschein des Bewohntseins gegeben hatte. »Es sieht so aus, als ob sich jemand einen Scherz mit Ihnen erlaubt hat«, sagte der Mann vom Postsuchdienst, während sie an der vorgeneigten Fassade hochschauten.

Über das Grundbuchamt ließ sich der Eigentümer ausfindig machen. »Hausbesetzer«, sagte dieser entschieden. »So versuchen sie, die Aufmerksamkeit auf angeblich leerstehende Wohnungen zu lenken.«

Widerwillig, mißmutig, begleitete sie der Mann zu dem unbewohnten Gebäude. Auch nachdem er aufgeschlossen hatte, ging die Tür nur dreißig Zentimeter weit auf, so viel Post hatte sich dahinter angehäuft. Auf jedem Poststück klebten quer über Quispels Adresse am Kloveniersburgwal Computeretiketten mit der Aufschrift KEIZERSGRACHT 831. Es lagen auch viele Aufforderungen da, beim nächstgelegenen Postamt Päckchen und Einschreiben abzuholen.

Abends, in den Halb-sechs-Uhr-Nachrichten im Fernsehen, wiederholte der Pressesprecher der Staatsanwaltschaft noch einmal, der Bericht werde »nicht vollständig« veröffentlicht. Und: »Die Untersuchung über den genauen Hergang im Polizeipräsidium ist noch nicht abgeschlossen.« Der Bürgermeister hatte nach der Kenntnisnahme des Berichts eine disziplinarische Untersuchung in puncto Behandlung der Inhaftierten angeordnet. Ein Sprecher der Polizeigewerkschaft kommentierte dies folgendermaßen: »Das gibt wieder so eine ungute Sache von wegen: Polizei überprüft Polizei. Die Reichspolizei überprüft die städtische Polizei. Außerdem ist die Reichspolizei als äußerst unkollegial bekannt. Oder, wie wir in Amsterdam ganz ungeschminkt sagen: Es sind ein Haufen falsche Fuffziger.«

Gut so. Die Sache wurde immer undurchsichtiger. In den Nachrichten hieß es ferner, daß die Staatsanwaltschaft eine Zusammenfassung von knapp anderthalb DIN-A4-Seiten veröffentlichen werde. Quispel war nicht neugierig darauf. Sie konnte unmöglich mehr beinhalten als das, was Meester van Houten ihnen bereits mitgeteilt hatte. »Ausgezeichnet«, murmelte Quispel. »Dann kann jetzt der ›Von-Pontius-zu-Pilatus‹-Mechanismus für den in Kraft treten, der mehr wissen will.«

Zum Schluß kam noch kurz ein Arzt vom Städtischen Gesundheitsamt zu Wort, der mit großer Entschiedenheit erklärte, »eine Kombination von Alkohol und Amphetamin kann unmöglich die Todesursache gewesen sein, nicht einmal, wenn zusätzlich eine vernachlässigte Hepatitis-A vorlag«.

Quispel ging unter die Dusche – zum erstenmal an diesem Tag. Vor dem Spiegel im Schlafzimmer fiel ihm auf, daß die Fettpolster über seinen Hüften zurückkehrten. Er probierte eine silbergraue Hose an, die er vor sechs Wochen in der P. C. Hooftstraat gekauft hatte: Sie paßte ihm nicht mehr. Und das, ohne daß er das Wohlgerundete aus der Zeit vor seinem Exzeß wiedererlangt hätte. Seine Augen waren stumpf und besorgt.

Oben war der Bruder von Olree mit einer Schleifmaschine zugange.

In der Linie 2 unterwegs ins Prinsengracht-Krankenhaus, sah Quispel zwischen Overtoom und Leidseplein eine Demonstration von Hahnenkammträgern. Es waren gut und gerne dreihundert. Sie kamen zweifellos vom Untersuchungsgefängnis II, und auch ihr Ziel war für den unschwer zu erraten, der ihr einziges Transparent mit den Worten TOD NICHT UNTER DEN TEPPICH gesehen hatte: das Polizeipräsidium. Es schien, als ob sie von einigen berittenen Polizisten dorthin geleitet würden. Die plötzlich platt aufs Pflaster fallenden Jungen, deren Konturen mit einigen raschen Kreidestrichen festgehalten wurden, waren bereits zu einem festen Ritual geworden. Quispel überlief es eiskalt, wenn er an seine neuerworbene Vaterschaft dachte.

Als Wochenpflegerin erhielten sie eine zweiundzwanzigjährige verträumte, zarte Blondine. Sie kam zu jeder passenden und unpassenden Gelegenheit in Quispels Büro, um beispielsweise zu fragen: »Wie ist das eigentlich, wenn man Anwalt ist und so tief in das Leben anderer Leute eindringt ... Das muß ja irrsinnig interessant und spannend sein.«

Wenn sie Quispel zufällig nicht mit ihren Fragen belästigte, dann saß sie bei Zwanet auf dem Bett und erzählte verträumt von ihrem Freund, einem Fotografen, mit dem sie eine feuergefährdete Abbruchwohnung teilte. Dem Baby wurde nur die allernötigste Aufmerksamkeit zuteil.

Quispel hatte den Brandgeruch bereits gerochen, als das Mädchen in ihrer Schwesterntracht mit dem braun gewordenen, trockengekochten Kessel in der Hand ins Souterrain kam. Sie fuhr sich mit der freien Hand über die Augen und heulte. »So dumm von mir ... so ungeschickt. Tut mir leid, das ist nicht mein Tag. Zu dumm ... Ich bezahl's Ihnen.«

»Kind, so ein Kessel von Woolworth, stell dich nicht an.«

Nach kurzem Nachhaken kam heraus, daß es einen anderen Grund für ihre Tränen gab.

»Ich habe was Dummes zu Ihrer Frau gesagt.«

»Was denn?«

»Also ...« Sie streckte einen Finger hoch, um den sie ein Plaster trug. »Wir wollten gerade das Baby baden ... da hat sie die Wunde gesehen, und, also, da ist sie in Panik geraten ...«

»Wieso?«

»Na ja, sie weiß ja, daß ich durch meine Arbeit mit allen

möglichen Leuten in Berührung komme. Auch mit Seropositiven.«

Quispel ging ins Schlafzimmer. Zwanet lag verkrampft im Bett.

»Liebste, wir wollen jetzt nicht Panik zu unserer zweiten Natur machen.«

»Gut. Aber ich fand doch, daß du es aus ihrem Mund hören solltest. Also, wenn du meinst, das kann nichts schaden, dann bin ich beruhigt. Schick sie mir mal her, damit ich sie beruhige. Wir haben alle beide einen Schreck gekriegt.«

Das Mädchen wartete bereits aufgelöst vor der Tür. Quispel schob sie mit sanftem Druck ins Zimmer. »Na, komm mal her«, hörte er Zwanet freundschaftlich sagen. »Wir wollen das nicht aufbauschen, okay? Du hast einfach eine etwas unglückliche Bemerkung gemacht.«

Abends, als Ernst und Zwanet von dem nach nichts schmeckenden Nasi goreng zu essen versuchten, das die Wochenpflegerin ihnen hingestellt hatte, bevor sie nach Hause gegangen war, kamen sie auf den Vorfall zurück.

»Wodurch ist sie eigentlich so in Panik geraten?«

»Also, sie erzählte von den Risiken in ihrem Beruf, vor allem jetzt im Zeitalter von Aids. Während wir Cynthia in die Badewanne taten, erzählte sie seelenruhig von dem Ehepaar, bei dem sie vorher gewesen war. Der Mann hatte Aids, die Frau war seropositiv, das Baby auch. Einfach so ... im Plauderton ... während ich sehen konnte, wie sie mit einer offenen Wunde am Finger im Badewasser herumrührte. Wo Cynthias Nabel noch nicht abgeheilt war.«

Plötzlich schmeckte das Fertiggericht doch nach etwas – nach Hansaplast, verseuchtem Blut, Tod.

»Verdammt, das ist nicht die Version, die sie mir erzählt hat.«

Er berichtete Zwanet von dem Kessel und der abgeschwächten Geschichte. Jetzt geriet sie erst recht in Panik, und infolgedessen auch er. Sie hatte sich erst verplappert und danach etwas verschwiegen, die blöde Ziege. Sie steckten sich gegenseitig mit ihrer Panik an. Ernst rief die Organisation für häusliche Krankenpflege an. Er berichtete.

»So etwas darf sie überhaupt nicht erzählen«, rief die Diensttuende. »Und abgesehen davon ... das Gör hat nie bei Aidspatienten gearbeitet. Ich lasse sie sofort vom Dienst suspendieren. Sie bekommen morgen eine andere Pflegerin.«

Die Mitteilungen beruhigten Zwanet, aber Ernst war jetzt noch überzeugter, daß die Hähne dahintersteckten. Hatten sie herausgekriegt, welche Wochenpflegerin der Familie Quispel zugeteilt worden war? Hatten sie das Mädchen instruiert, wie sie das Wochenbett vergiften, die Angst steigern, die Drohung nachdrücklicher machen sollte? Auch wenn Zwanet jetzt beruhigt war, er selbst bedauerte es, daß das Mädchen ausgetauscht wurde; jetzt konnte er sie nicht mehr aushorchen. Quispel versuchte noch, das Mädchen ausfindig zu machen, aber die Organisation für häusliche Krankenpflege gab keine Adresse oder Telefonnummer weiter. Er verstieg sich sogar zu dem Gedanken, sie gehöre nicht einmal zum festen Personalbestand, sondern sei von seinen Bedrängern geschickt worden ... Die junge Frau, die am nächsten Tag kam, trug eine deutlich weniger fahle Uniform, wirkte als Wochenpflegerin viel überzeugender. Ja, dieses Trampel mit ihrem Kessel konnte durchaus eine Art Roxane gewesen sein. Hatte sie nicht so eine ungleichmäßig ausgewachsene Frisur, die auf einen früheren Hahnenkamm deuten konnte?

Die Geheimwaffe

Donnerstag, 25. April 1985

»Noch so'nen Moskovskaya. Eis hab ich noch.«

»Nix kein' Wodkaka ... Kakadu mehr. Njet. Njet.«

Die Frau in der Ecke der Bar prustete los.

»Du kommst an«, sagte Quispel zum Kellner. Er wandte sich der Frau zu, die einen schaumigen Jus d'orange vor sich stehen hatte. »Sie lachen. Das ist Ihr gutes Recht. Aber wissen Sie, wie oft ich mir diesen Scherz in den letzten vierzehn Tagen hier und anderswo habe anhören müssen?«

»Hoffentlich nicht bei jedem Wodka, den du in den zwei Wochen bestellt hast«, sagte der Barmann, während er Quispels Glas nahm und die Eiswürfel ins Spülbecken kippte, »sonst könnte ich mir nämlich vorstellen, daß es dir inzwischen zum Hals raushängt.«

»O, da gibt es 'ne Menge Varianten«, fuhr Quispel fort. »Haben echt Phantasie, die Jungs. Es gibt welche, die sagen ›Wodka ... Kakadu‹. Andere bevorzugen ›Wod ... Kalaschnikow‹, mit einer Pause nach Wod. Sehr witzig. Ein Ober am Rembrandtsplein schenkt mir einen eiskalten Wodka Trutzkaya ein. Reizend. Dieser Herr hier tut so, als ob er sich verhaspelt, womit er auf die Wirkung anspielen zu wollen scheint, die der Alkohol auf die Zunge hat ... nicht auf meine.«

Dennoch fuchste Quispel die Bemerkung des Barkeepers. Es war das erste Mal in all den Tagen, daß von seiten des Personals auf seine Maßlosigkeit angespielt wurde. Auch sein viel zu nachdrücklicher Versuch, sich verbal über die Trunkenheit zu erheben, entsprach nicht dem Ästhetizismus, den er seinem Trinkverhalten auferlegte.

»Phantastisch. Sehr intelligent, aber ... wo bleibt mein Glas?«

»Alle. Alle alle. Alleballedalle.«

Wieder lachte die Frau. Ihr unangerührter Jus d'orange hatte sich in schmutziggelbes Spülwasser mit einem Kragen aus Fruchtfleisch verwandelt.

»Da steht noch eine halbvolle Flasche Stolichnaya ...«

»... Moskovskaya ...«

»Moskovskaya. Worauf wartest du?«

»Nichts Hochprozentiges mehr.«

»Entzug der Schankerlaubnis?«

»Für dich ... bis heute abend. Du kannst höchstens noch ein Pils bekommen, wenn du Ruhe gibst.«

Irgend etwas stimmte nicht. So einen Ton hatten sie bisher ihm gegenüber noch nicht angeschlagen. Irgendwo mußte sich ein Riß in dem prächtigen Kokon gebildet haben, den er in den vergangenen Wochen um sich gebaut hatte. Eine Verschleißstelle. Quispel rutschte vorsichtig – zu vorsichtig – von seinem Hocker herunter.

»Dann gib mir 'nen Rotwein, wenn wirklich nichts anderes drin ist.«

Würdevoll, aufrecht und gleichzeitig so schwungvoll und selbstsicher wie nur möglich ging er in Richtung Toiletten. Im Spiegel konnte er keine Spur von Betrunkenheit in seinem Gesicht entdecken. Im Gegenteil, er hatte einen scharfsinnigen Blick. Und trotzdem stimmte irgend etwas nicht. Er sagte die falschen Dinge. Ein vorübergehendes Nachlassen seiner Aufmerksamkeit? Oder wurde er langsam müde und würde sich das Ende seiner goldenen Jubelstimmung als unabwendbar erweisen?

Quispel leugnete nicht. Das heißt, er schloß die Möglichkeit nicht aus. Allein das wirkte schon beruhigend. Erst wenn das große Leugnen einsetzte, er seine Müdigkeit und Verlotterung und den Verlust der Redegewandtheit herunterzuspielen und danach zu ignorieren begann, erst dann ging die Sache schief. Das bedeutete, daß der Posaunenschall als Begleitmusik zu seinem alljährlichen Trip endgültig verstummt war und daß er sich durch krampfhaftes Weitertrinken am Rausch der vergangenen Wochen festklammern würde, als könnte er mit

Hilfe des Wodkas, der vorher lediglich zur Unterstützung der Euphorie gedient hatte, nun die Euphorie selbst zurückgewinnen.

Nein, so weit brauchte es noch nicht zu sein. Die falsche Bemerkung mochte noch als korrigierbarer kleiner Schönheitsfehler hingehen. »Anamnese«, sagte er zu seinem Spiegelbild. »Anamnese – schnell.« Hatte es bereits vorher schlechte Vorzeichen, falsche Manöver, Dummheiten gegeben? Wie hatte der Tag angefangen, verdammt noch mal?

In allerhöchster Jubelstimmung, kein Zweifel, und das war nach den gestrigen Ereignissen kein Wunder. Vielleicht ein etwas zu starkes Schwindelgefühl beim Aufstehen, ein zu nachdrückliches Sausen im Kopf, aber auch das war nicht weiter verwunderlich nach den Zubrovka-Mengen der vergangenen Nacht. Das Jauchzen im Innern ließ seine Augen in einem fort feucht werden: Alles konnte ihn jetzt aufwühlen.

Er hatte das Untersuchungsgefängnis um halb elf verlassen. Beim Öffnen des Tors (das er sofort wieder hinter sich schloß) stand er drei Männern Rede und Antwort, die ihn fragten, welches »die Klingel des Hausverwalters« sei. Ernst hätte in diesem Moment jeden umarmen mögen; nach ihrem freundlichen Dankeschön für seine Auskunft war er mit nassen Augen weitergegangen. Nein, so gefährlich nahe er sich auch am Rande der Sentimentalität befinden mochte, seiner exaltierten Stimmung fehlte in diesem Moment noch nichts, abgesehen von der Exaltiertheit selbst.

Auf der gegenüberliegenden Straßenseite ging er ins *Huis van Haring*, nicht, weil er Hunger hatte, sondern um ein Glas frische Milch zu trinken.

»Also, ich muß schon sagen: Einen gesegneten Appetit hat Opa!«

Zwei Busfahrer zogen den alten Aristokraten auf, der mit beiden Händen ein Aalbrötchen umklammerte. Das Päckchen, das Quispel noch nie anders als am Handgelenk des Alten baumeln gesehen hatte, lag auf der Glastheke neben der Sammelbüchse für die Aktion »Kampf dem Krebs«. Die beschlagene Außenseite seines Glases und die weißen Fettklümpchen innen veranlaßten Quispel, sich noch eine Milch zu bestellen. Und dann?

Um ein Ziel zu haben, war Ernst zwecks Vorbereitung des Prozesses zu Albert Egberts' Verlag gegangen, um die früheren Theaterstücke abzuholen, die schon eine ganze Weile für ihn im Magazin bereitlagen.

Das war's. Da war es schiefgelaufen. Der alte Schriftsteller, der die Anspielung auf seine eigene Erzählung nicht verstanden hatte ... »Sonst kommen sie Ihnen in der Straßenbahn ja doch nur abhanden.« Noch nie war eines seiner Komplimente so gnadenlos danebengegangen. Draußen an der Gracht trat er vor Wut und Scham fest gegen jeden Begrenzungspfahl, bis seine Schuhspitzen stumpf waren und seine Zehen schmerzten. Nein, er hatte nicht die falschen Worte gewählt – noch nicht. Er hatte lediglich vergessen, sich näher zu erklären, als der Schriftsteller ihn falsch verstanden hatte. Es war Quispels erster Fauxpas in zwei Wochen gewesen. Er mußte den richtigen Schritt zurück tun.

Quispel stellte sich vor die Toilette, öffnete den Schlitz. Dicht unter den Austrittsöffnungen für das Spülwasser saß regungslos eine große Fliege auf dem Porzellan. Wie selbstverständlich richtete Ernst den Strahl auf das Insekt. Es ließ sich nicht verjagen und fiel auch nicht in die kleine Wasserpfütze auf der Präsentierplatte. Ernst blinzelte und beugte sich besorgt etwas vor, um besser sehen zu können. Da kapierte er es und grinste. Es war eine künstliche Fliege, die die Putzfrau ins Becken geklebt hatte, damit die Männer etwas hatten, worauf sie zielen könnten: eine realistische Variante zu der in Pinkelbecken angebrachten Münze.

Als er von der Toilette zurückkehrte, saß auf dem Hocker neben dem seinem eine junge Frau, die auf französisch bestellte.

»Ah, vous êtes Française ... Hier wird die französische Küche oft hoch gerühmt und von der niederländischen abgehoben, sofern wir überhaupt so etwas wie eine Nationalküche haben. Aber der Unterschied zwischen den Kulturen ist noch tiefer, glaube ich. Par exemple: Ich komme gerade von der Toilette. Wir Niederländer legen unsere Exkremente auf eine Platte, bevor wir sie hinunterspülen. Bei den Franzosen rutschen sie gleich in die Tiefe des Porzellantrichters, ins Wasser hinein und außer Sicht ...«

Seine Euphorie begann zu erlöschen, er spürte es, er wußte es. Er hielt nur noch den Schein von Redegewandtheit aufrecht.

»... so daß Form und Volumen nicht mehr zu kontrollieren sind. Lediglich ein zufriedenes oder unbefriedigtes Gefühl im Schließmuskel zeigt, ob es in Ordnung war oder nicht. Und das, madam ... moiselle, hängt mit der unterschiedlichen Küche zusammen. Die kulinarische Selbstsicherheit der Franzosen einerseits und das stümperhafte Herumgerühre der Niederländer andererseits. Bei Ihrem Volk läßt eine gute Küche von vornherein auf einen guten Stuhlgang schließen. Ihre Gerichte präsentieren Sie stolz auf einer Platte, völlig offen. Die Verdauung dagegen spielt sich bis zum bitteren Ende im Dunklen ab. Alles unbestimmt. Ganz anders die Niederlande. Bei uns ist die Küche ein unbestimmter Breitopf. Erst was danach kommt, ist wichtig ...«

Er sagte etwas völlig anderes, als er sagen wollte, konnte aber nicht aufhören. Die Französin sah ihn erstaunt an.

»Argwöhnisch und besorgt beugt sich der Niederländer über seine Präsentierplatte. Waren Würmer im Hackfleisch? Sind die Verdauungsprodukte teerig schwarz infolge von Blutbeimengungen? Zu gelb durch ein Zuviel an Galle? Zu hart? Zu weich?«

»Ihr Fuß«, sagte die Frau.

Das Glas war nicht größer als ein Portweinglas und obenauf schwamm eine Korkschicht. Quispel hatte, so betrunken er war, gesehen, daß der Barmann den Korkenzieher zu tief hineingedreht hatte, was den Effekt eines Holzwurms hatte.

»Was soll diese Entengrütze auf meinem Wein?« beklagte

sich Quispel. »Kannst du beim nächsten Mal kein Teesieb nehmen? Ich mag keinen Froschlaich. Gib mir einen russischen Wodka.«

»... doppelt gemoppelt.«

»Doppelt? Nein, einen einfachen. – Wieso, doppelt?«

»Das nennt man einen Pleonasmus. Russischer Wodka. Genau dasselbe wie weißer Schnee.«

»Der Herr ist sicher Student. Wie lange arbeitest du hier schon? Noch nie was von polnischem Wodka gehört? Von finnischem? Amerikanischem? Zairischem? Burkina Fa ...«

In diesem Moment – die Zwei-Uhr-Nachrichten hatten gerade angefangen – traf ihn ein Wort aus dem leise gestellten Radio. »... Stadt Amsterdam, Eigentümerin des ehemaligen Untersuchungsgefängnisses in der Havenstraat, hat einen Gerichtsvollzieher beauftragt, ein Räumungsurteil zu vollstrecken. Um elf Uhr vormittags begab sich der Gerichtsvollzieher in Begleitung einiger Polizeibeamter zum Tor des Gebäudekomplexes, doch auf sein Klingeln hin wurde ihm nicht geöffnet. Auch einer durch Megaphon verkündeten Aufforderung wurde nicht nachgekommen. Das Wetter: Wechselnde Bewölkung mit Aussicht auf kurze sonnige Abschnitte. Überwiegend kühl. Gefahr von Nachtfrost.«

Quispel sah die Klingelleiste des Untersuchungsgefängnisses vor sich und wie der Finger des Gerichtsvollziehers, oben angefangen, über diese Kette glänzender Knöpfe nach unten glitt. Die Tasten eines Akkordeons, das weit entfernt, im Inneren des Gebäudes, zum Klingen gebracht wurde.

»Ihr Fuß ...«

»Aber, geben Sie acht, das ist noch nicht alles. Wenn Sie im Becken, dicht oberhalb der Präsentierplatte, eine hartnäckige Fliege sitzen sehen, und zwar so, daß Sie nach dem Herablassen Ihres Körpers das Gefühl haben, das Insekt spaziert über Ihre Haut, dann müssen Sie wissen, daß das eine künstliche Fliege ist. Eine Erfindung der Frau. Frauen lassen sich mit ihrem vollen Gewicht auf dem Becken nieder und schließen es hermetisch ab. Zwei Rundungen, eine warme und eine kalte, und irgendwo dazwischen entsteht ein geheimer, ungesehener, rauschender Kontakt. Männer genießen beim Zielen zuviel Freiheit, meinen Frauen. Und diese Freiheit mißbrauchen sie. Sie zielen nachlässig, passen nicht richtig auf, klekkern, tröpfeln ... Kurz und gut, sie heben ihr Bein an der Klobürste. Man muß ihnen also etwas zum *Zielen* geben – Kursivierung von mir, E. Q. Wenn man ihnen etwas zum Zielen gibt, den Herren, dann ist das Übel aus der Welt. Der Mann läßt seine Gedanken – und damit die Hand – dann nicht mehr frei schweifen, er richtet den Blick, während er die Blase entleert, nicht mehr zur Decke ... Nein, er beschränkt seine Aufmerksamkeit auf die Fliege. Er ist kein Philosoph mehr: Die Fliege muß aus dem Weg geräumt werden. ›Ich pisse sie tot.‹ Und schon pinkelt er gezielt.«

»Monsieur, Ihr Fuß.« Die Französin sah ihn unbewegt an. Wann war er von Französisch ins Niederländische gewechselt?

»Weibliche Logik! Welche Unterschätzung des Mannes! Und gleichzeitig, welche Überschätzung! Ich meine ... nicht alle Männer sind beschnitten. Sie wissen vorher nie genau, was sie hervorholen ... in welch muffligem oder spritzigem Zustand sie ihn gleich in der Hand halten werden. Kommt ganz darauf an, wie er aufgelegt ist. Wer so eine Fliege erfindet, hat keine Ahnung, wie erstaunt ein Mann selbst sein kann, wenn er, nachdem er von innen Druck auf seine Blase ausgeübt hat, einen gespaltenen Strahl aus der Röhre schießen sieht. Zwei kräftige, dünne Strahlen, die ganz unterschiedliche, manchmal sogar entgegengesetzte Richtungen einschlagen. Denen Fliegen, egal was für welche, piepegal sind. Sei's 'ne lebendige oder eine aufgespießte ... Hier zu zielen ist vergebliches Trachten. Die einzig akzeptable Haltung ist die eines lakonischen Fatalismus. Wer dem Fleisch aufträgt, unterwegs Hindernisse, Hemmungen aufzubauen, macht die Sauigelei oft nur noch schlimmer. Und wenn der Lümmel noch anders aufgelegt ist, kann's vorkommen, daß ein nadeldünner Strahl schräg nach oben in Richtung Fliese mit Spruch spritzt, während der Rest in dicken Tropfen senkrecht nach unten, genau am Pott entlang, auf den Boden klatscht. Varianten wie Sand am Meer. Nein, wie ich schon sagte: Es kommt ganz darauf an, wie er aufgelegt ist ...«

»Ihr Fuß«, wiederholte die Französin noch einmal.

»Mein Fuß?« Quispel sah auf seinen rechten Fuß, der über seinem linken Knie lag. Mit diesem Fuß klopfte er nervös seitlich an den Barhocker, auf dem die Französin saß. Auch dieser Tick zeigte, daß seine Euphorie den Boden unter den Füßen verlor.

»Sie glauben vielleicht, ich spüre das nicht, aber ich spüre es sehr wohl. Jedesmal, wenn Sie mit Ihrem Fuß ausholen, wird ein Stück Haut an meinem Oberschenkel zwischen Ihrem Schuh und dem Holz eingeklemmt. So ein ganz kleines Stück Haut, wissen Sie.« Ihre Miene war unbewegt.

Jetzt stand es fest. Die Harmonie, die Wochen angehalten hatte, zeigte Störungen. Von einem Moment zum nächsten war Quispel in der Gesamtheit seines Verhaltens kein selbstverständliches Kunstwerk mehr. Er wollte sich noch nicht eingestehen, daß es vorbei war. Er zwang seine göttliche Fröhlichkeit zu bleiben, indem er mehr trank.

»Wo bleibt mein Stolichnaya?«

»Nichts Hochprozentiges mehr für Sie.«

»Na schön, dann bleib ich auch nicht länger als Barhockerschonbezug hier. Hätten Sie vielleicht noch die Güte, mir ein Taxi zu rufen?«

Er mußte lange auf sein Taxi warten, aber das ging ihm erst auf, als er neben dem Fahrer saß und im Radio die Pieptöne vor den Drei-Uhr-Nachrichten hörte.

»Können Sie ein bißchen mehr aufdrehen?«

»Wenn Sie den Strafzettel bezahlen.«

»Ich meinte das Radio.«

»Sie wollen wohl unter allen Umständen dranbleiben, was?«

»So ist es.«

Die drohende Räumung war inzwischen auf Platz zwei gerutscht. »Die Amsterdamer Polizei hält dreihundert Mann der Mobilen Einheit in Bereitschaft.«

»Es ist wieder soweit«, sagte der Fahrer. »Nicht nur, daß sie ein Gebäude besetzt halten. Auf diese Weise schaffen sie's auch, daß die übelsten Verbrecher auf freiem Fuß bleiben. Im Grunde ist es eine Besetzung des Rechtsstaates.«

Das Radio: »... Besetzer haben über den sogenannten ›Kraker-Alarm‹ ihre Sympathisanten zu Hilfe gerufen. Aus allen Teilen der Stadt strömen mit Knüppeln und Ketten bewaffnete Jugendliche herbei.«

»Kennen Sie eine Diskothek oder eine Tanzbar, die nachmittags aufhat?«

»Ja, aber dann müssen wir zurück in die Gegend vom Leidseplein.«

»Macht nichts. Ich werde Sie fürstlich entlohnen.«

»Was halten Sie zum Beispiel von *De Smidse*? Da wimmelt es nachmittags von höheren Schülern. Geographiestunde aus – und schon geht die Post ab.«

»Prima.«

Bei vielen der zahllosen Fahrräder auf dem Gehweg klemmte die Schultasche noch unbeaufsichtigt auf dem Gepäckträger. Das große Fenster des Lokals war mit einer schwarzgestrichenen Tafel verdunkelt, auf der in Schablonenbuchstaben DE SMIDSE stand.

Drinnen war Nacht. Kein Dancing mit Spiegellampen über der Tanzfläche oder achtmal in der Sekunde an- und ausflakkernden Spots, wodurch sich mit der Zeit alles um einen Meter zu verschieben scheint. Nein, hier gab's die üblichen Tropfkerzen in Korbflaschen auf der Bar und ein paar auf die Hartfasertanzfläche gerichtete rote Spots.

Es war voll. Kein Mensch älter als zwanzig. Quispel konnte hier soviel Wodka bekommen, wie er wollte, und sogar guten: Krimskovskaya. An der Bar stehend, an der alle Hocker besetzt waren, spürte er, wie der Alkohol kalt über seine Zunge spülte und heiß durch seine Speiseröhre rann. Die Glut des Alkohols, das zeitlose Dunkel dieser Höhle und die jungen Leute ringsum brachten das jauchzende Gefühl zurück. Na also, die Euphorie war nicht vorbei.

Neben ihm stand ein ungefähr fünfzehnjähriges Mädchen mit todtraurigem Gesicht, ansonsten sehr hübsch. Sie trug sehr große, weihnachtskugelartige Ohrgehänge.

»Sind sie wirklich so schwer, wie sie aussehen?« fragte Quispel.

»Fühl mal.«

Quispel wog die mattgoldenen Tannenzapfen vorsichtig auf seiner Handfläche. Sie waren leicht, aber doch schwerer als Weihnachtskugeln. »Ein Glück. Ich hatte schon Angst, daß diese Kuckucksuhrgewichte dir unerträgliche Schmerzen bereiten.«

Ihr Lachen konnte die Trauer nicht von ihrem Gesicht vertreiben. »Ich bin einiges gewöhnt. Ich habe fünf Löcher.«

»O, über oder unter dem Nabel?«

Schon wieder. Seine Zunge war nicht geschwollen vom Alkohol, er lallte nicht, war aber auch nicht länger Herr dieses Organs. Es tat, was es wollte. Er sah, wie das Mädchen in sich zusammenkroch.

»Das finde ich überhaupt nicht witzig.« Sie wollte gehen, aber Quispel hielt sie am Arm fest.

»Nein, nein, so hab ich's nicht gemeint. Es war ein Zitat … ein Verweis auf das Gesetzbuch des Manu. ›Alle Öffnungen des Leibes oberhalb des Nabels sind rein, alle unterhalb sind unrein. Nur beim Mädchen ist der ganze Körper rein.‹ Das hab ich gemeint.« – Er schwitzte. Er wünschte sich seine Eleganz zurück. – »Noch ein Zitat: ›Es gibt gar nichts Reineres als das Licht der Sonne, den Schatten einer Kuh, die Luft, das Wasser, das Feuer und … den Atem eines Mädchens.‹ Muß ich noch deutlicher werden? Das Mädchen, das echte Mädchen, kann gar nicht anders als frisch riechen, sogar wenn sie unpäßlich ist. Sie wird nie stärker riechen als die Nordsee von ferne. Ein salziger Geruch. Kein Schmutz scheint an ihr haften zu können.« Quispel wurde jetzt zum Opfer eines lyrischen Ergusses, den er, als Entschuldigung begonnen, genausowenig in der Hand hatte. »Man könnte sozusagen blindlings die Zunge zwischen ihre kleinen, kompakten Pobacken stecken. Ihr Anus, ob frisch gewaschen oder nicht, wird höchstens angenehm bitter schmecken, wie Ohrenschmalz. Und weiter unten ... ist sie sehr sparsam: Sie wird nie mehr Feuchtigkeit durchlassen, als unbedingt notwendig ist, um ihre Falten zu schmieren. Sie wird da nie formlos wie ein Spüllappen. Das hab ich gemeint.«

Wahrscheinlich hatte ihre Bestürzung sie am Weggehen gehindert. Jetzt riß sie sich los, rannte auf die Tanzfläche und begann mit heftig schaukelnden Tannenzapfen verbissen zu tanzen.

Quispel floh aus dem Nachtlokal und trat ins Tageslicht. Wollte er seiner Stimmung die Möglichkeit geben, sich wieder einzustellen, so mußte er ein geeigneteres Etablissement finden.

Beim Standplatz am Leidseplein stieg er in das nächste Taxi.

»Bringen Sie mich ans andere Ende der Stadt. Mal schauen ... was halten Sie von der Brouwersgracht?«

»Ich habe keine besonderen Vorlieben.«

»Ja, etwas Ruhiges an der Brouwersgracht. Dann kann ich später immer noch im Jordaan irgendwo reinschauen, wo mehr los ist.«

»Scheint mir 'ne gute Idee.«

Als sie durch die Marnixstraat fuhren, kam über Sprechfunk ein Aufruf an alle Taxifahrer, »wegen einer Räumung vorläufig den Standplatz Amstelveenseweg beim Haarlemmermeer-Kreisel zu meiden«.

»Könnten Sie sich mal erkundigen, worum es da genau geht?« fragte Quispel.

Der Fahrer griff nach seinem Mikrophon. »Ja, hier Wagen 43 ... Was ist eigentlich los am Haarlemmermeer-Kreisel?«

Rauschen, Piepsen. »Räumung des Untersuchungsgefängnisses. Hunderte von ME'lern und noch mehr Randalinskis. Inzwischen sind auch noch Kranwagen eingetroffen. Ein einziges Chaos. Halt dich da lieber 'ne Weile fern.«

»Ich muß da sofort hin«, sagte Quispel.

»Sie haben's doch gehört: Ich soll die Gegend meiden wie die Pest.«

»Dann bringen Sie mich möglichst nahe hin.«

»Wollen Sie das wirklich, Mijnheer, in Ihrem Zustand?«

»Ich geh auf jeden Fall hin, egal ob mit Ihnen oder sonstwie.«

Der Taxifahrer schüttelte den Kopf. »Fahrgäste hab ich momentan ...« Mit einem kräftigen Schlenker lenkte er das Taxi über die Straßenbahnschienen auf die andere Straßenhälfte und fuhr in südlicher Richtung zurück.

»Na klar, wir fühlen uns ganz wie zu Hause«, sagte der Mann barsch, als Quispel kurz nach vier das Radio am Armaturenbrett einschaltete.

»... Vor zwei Wochen hatte sich die Staatsanwaltschaft noch geweigert, das Gebäude räumen zu lassen, weil der neue Eigentümer, das Reich, keine ausreichenden Garantien geben konnte, daß es beim gegenwärtigen Zustand der Fundamente umgebaut und wieder genutzt werden könnte.«

In der de Lairessestraat fuhr das Taxi an kleinen Gruppen von Jugendlichen vorbei, die mit Lederjacken, Sturmmasken, Stöcken und Baseballschlägern ausgerüstet waren; hier und da trug einer einen Kuhfuß. Sie bewegten sich eilends in Richtung Bahnhof Haarlemmermeer.

»... Das sogenannte ›Friedensangebot‹, das die Polizei den Besetzern über einen Lautsprecherwagen der Mobilen Einheit unterbreitet hat, wurde in dem Gebäude mit lautem Getrommel aufgenommen. Danach erschien ein junger Mann in Punkeraufmachung auf der Mauer und fing an, sich in Gegenwart der versammelten Polizisten die Zähne zu putzen.«

»Wollen Sie da wirklich hin, Mijnheer? Da kann's wüst zugehen, bei dem Pack. Außerdem haben wir's hier mit diesen Irokesen zu tun, oder Hähnen, oder wie sich dieses Chaotenpack schimpft.«

»Ich bin der Anwalt dieser Hähne.«

»Ach so.«

Etwa fünfzig Meter vor dem Haarlemmermeer-Kreisel stoppte das Taxi. »So. Weiter fahr ich nicht. Unverantwortlich. Sehen Sie doch nur, was hier alles aufmarschiert ist!«

An der Einmündung der Cornelis Krusemanstraat flogen die Steine. Die Mobile Einheit führte nicht klar erkennbare Attacken aus. Quispel drückte sich an der Kirche um die Ecke und eilte zu einer Kneipe, auf deren Schwelle stets, wenn er vorbeikam, ein großer Schäferhund lag. Er hatte Lust, über den Hund zu steigen und am Tresen ein letztes Glas zu trinken, bevor er seinen Jungs auf der gegenüberliegenden Seite zur Hilfe kam.

Die Kneipe war geschlossen. Das große Fenster war mit Sperrholz zugenagelt, nur die Tür hatte noch ungeschütztes Glas. Der Wirt, der gerade mit einer Hartfaserplatte von der Größe einer Tür hinausgehen wollte, öffnete Ernst.

»Na gut, wenn Sie schnell machen.«

Während der Wirt draußen mit kurzen, grimmigen Hammerschlägen das letzte Tageslicht aus seinem Laden aussperrte, trank Quispel im Lampenschein ein paar lauwarme Wodkas, die ihm eine alte Frau einschenkte.

Ein ME-Zug, etwa fünfzig bis sechzig mit Helmen und Schilden und Schlagstöcken ausgerüstete Polizisten, jagte gerade einen ungeordneten Haufen Punker in die Cornelis Krusemanstraat. Alle übrigen in den Kreisel mündenden Straßen waren von Kombis und Doppelreihen ME'lern abgeriegelt. Von nichts anderem behindert als seinem eigenen unsicheren Gang, schaffte Quispel es, indem er den Kreisel schräg überquerte, bis zum Bahnhof Haarlemmermeer. Die Gaststätte dort, die hauptsächlich von Busfahrern und Straßenbahnern frequentiert wurde, war geschlossen, aber der

Geschäftsführer ließ gerade durch einen Seiteneingang den Betreiber des *Huis van Haring* ein, der, den Tischlerhammer noch in der Hand, aufgeregt berichtete: »Ich hab den Laden dichtgemacht und zugenagelt. Mein Alter hat keine Lust, morgen Brathering mit Röstzwiebeln zu verkaufen, sagt er.«

»Ich kassier am besten gleich Eintritt«, sagte der Geschäftsführer, als er merkte, daß auch Quispel hineinwollte.

Der Heringsmann drehte sich um. »Alles okay, Meester?« Auf seine Fürsprache hin durfte Quispel in das Gebäude. Er stolperte hinter den beiden Männern die Treppen hinauf und spürte, wie müde er war. Jedesmal, wenn er den Fuß auf die nächste Stufe stellte, fragte er sich, ob er sein Bein noch würde durchdrücken können, um seinen Körper, der zum erstenmal seit Wochen wieder Gewicht hatte, weiter hochzuwuchten. Die letzte Treppe, die zu einem flachen Teil des Daches führte, war fast eine Leiter. Das Ding wackelte, und Quispel wurde es beinahe übel. Die Männer zwängten sich nacheinander durch den aufgeklappten Metallrahmen des Oberlichts. Auf dem feuchten, grünschimmeligen Kies standen, nebst einem Angehörigen des Bedienungspersonals, Albert Egberts und Clemens te Siepe und schauten auf den Kampfplatz hinunter.

»Ah, Dip«, sagte Albert, wobei er ihn über die Schulter prüfend ansah. Quispel ging über die glitschigen Steine vorsichtig auf die kleine Gruppe zu. Ein paarmal rutschte sein Fuß weg.

»Alles okay, Meester?« fragte der Heringsmann noch einmal, schon etwas spöttischer. Er wollte nach Quispels Ellbogen greifen, doch dieser zog wie ein Kind, das sich nicht helfen lassen will, seinen Arm zurück. Der Verwalter des Untersuchungsgefängnisses warf lediglich einen verärgerten Blick auf den Anwalt, der es nicht verstanden hatte, die Szenen dort unten zu verhindern.

»Es ist in vollem Gang, nicht«, meinte Quispel nur, während er schwankend neben Albert Posten bezog. »Wie steht's?«

»Du verstehst, Ernst, daß ich mir hier gerade ein künftiges Stück ansehe. Einen modernen *Gijsbrecht*. Das heißt ... ich sehe jetzt die Belagerung, die der Zuschauer dann nur hört. Leuchtende Kämme im Halbdunkel einer Zelle, die die Besetzer nicht verlassen wollen. Von Zeit zu Zeit tanzt ein Kamm herein, um Bericht zu erstatten. Für den Hubschrauberlärm, fällt mir jetzt ein, können wir den Soundtrack von *The Deer Hunter* nehmen. Zum Schluß das Eindringen der Mobilen Einheit ...«

Quispel warf mit schwankendem Oberkörper aus nächster Nähe einen Blick in Alberts grüne Augen, und zum erstenmal fiel ihm am Rand der linken Iris der kleine rotbraune Fleck auf, von dem ihm Zwanet in einem Anfall von Mitteilsamkeit erzählt hatte. Es sah tatsächlich so aus, als wäre dort, im Grün, »ein Äderchen geplatzt«.

Sie standen eine Weile schweigend nebeneinander und schauten in die Tiefe. Die Demonstranten und »Kraker« und Sympathisanten – beziehungsweise »Randalierer«, wie sie heute abend zweifellos in der Zeitung heißen würden – waren offenbar weit genug weggejagt worden: Nachdem ihre Verfolger, einige von ihnen übel zugerichtet, zu den Bussen auf der Platzmitte hatten zurückkehren können, wurde auch die Cornelis Krusemanstraat von einem frischen Zug doppelt abgeriegelt. An der Kirche umzingelte ein anderer Zug die letzte Gruppe der mit den Besetzern sympathisierenden »Kraker« und drosch auf sie ein. Albert nickte grimmig, als ob er alles schon wüßte, als ob er das alles bereits einmal gesehen hätte.

»Schön bewegt sich alles«, sagte Quispel und fühlte gleichzeitig, wie träge er sprach. Eigentlich hatte er etwas darüber sagen wollen, wie idyllisch Teile des Laubwerks und Ausschnitte des blauen Himmels als Spiegelbilder über die schräg in die Höhe stehenden Plexiglasvisiere jagten, wenn ME'ler hinter einem flüchtenden Punker herrannten. Er konnte die Worte nicht finden. Die Schilde erinnerten ihn an den Deckel des Wäschekorbs in seinem Elternhaus. Als Junge glaubte er hierin den Klassenunterschied entdeckt zu haben: Arbeiterfamilien besaßen einen Wäschekorb ohne Deckel, gutsituierte

Familien wie die seine deckten ihre schmutzige Wäsche zu; kein Wunder, daß es bei Arbeitern zu Hause muffiger roch.

In weitem Umkreis gab es kein Fenster, aus dem nicht Leute hingen. Die Anwohner hatten aus Sympathie für die Räumung ihre Sessel auf die Straße und die Gehwege gestellt, und darin saßen jetzt ME'ler in ihren steifen, gepolsterten Kombis, unbequem eingezwängt zwischen blank gebohnerten Armlehnen und einer geblümten Rückenlehne mit dem unvermeidlichen Häkeldeckchen, und erholten sich von einer kleinen Prügelei. Quispel schätzte die hier anwesenden Mannschaften inklusive denen auf den Reservebänken auf knapp tausend, mindestens fünfzehn Züge. Man hatte wohl wieder Unterstützung von Reichspolizeikorps aus Leeuwarden oder 's-Hertogenbosch angefordert.

»Puh, da steht ... und sitzt ... bestimmt eine Dreiviertelmillion an Steuergeldern herum.«

»Reut dich das Geld, Dip? Du hast das Ganze nicht verhindert.«

»Och, eigentlich find ich's nicht zu teuer. Das Schauspiel, das einem dafür geboten wird ...«

Als »Kraker«, die sich unter die Befürworter einer Räumung gemischt hatten, den kämpfenden Zug, der seine Gegner an der Kirche in die Enge getrieben hatte, von hinten angegriffen, fiel Quispel auf, wie ungeordnet und plump die ME'ler Widerstand leisteten. Es glich noch am ehesten der Verzweiflungsstrategie »Rette sich, wer kann«. Es wunderte ihn nicht.

Im Herbst '81 hatte Quispel Quartier in einem Hotel in der Veluwe in der Nähe von Epe bezogen, in der Absicht, dort einige Wochen an seiner Dissertation zu arbeiten. Der November war naß und kalt, aber tagsüber – »wenn doch keiner da ist« – war die Heizung aus. »Für Sie allein können wir den Kessel nicht so hochheizen.« Vor lauter Elend machte er am ersten Tag einen Spaziergang durch die Heide, im Regen. Bei einer Sandgrube sah er junge Polizisten mit Schild und Schlagstock üben, offensichtlich im Rahmen einer ME-Ausbildung. Gesunde holländische Jungs, die in Kampfanzügen übereinanderpurzelten wie Kaninchen in einer Dünenmulde. So hoffte man sie auf Zack zu bringen gegen Amsterdamer Steinewerfer. Befehlen zu gehorchen, hatten sie während der Wehrdienstzeit bereits gelernt, und drauflos zu schlagen, na ja, »dafür braucht man nur Intuition«, hörte er den Ausbilder sagen.

Bei seiner Rückkehr ins Hotel war es herrlich warm in der Halle, wo der gesamte Zug der ME-Anwärter scherzend und lachend aufs Essen wartete. Als Quispel durchgeregnet, mit durchnäßter Freizeitkleidung und nassem, strähnigem Haar (das er damals ziemlich lang trug) auf dem Weg zu seinem Zimmerflur durch die Halle ging, ließen die Polizisten ihn in unverfälschtem Amsterdamer Tonfall Spießruten laufen.

»Das ist aber aufmerksam! Die ham ja auch einen Demonstranten eingeladen …«

»… als Übungsobjekt!«

»Kunstmaler haben schließlich auch ihr Modell. Und was wir tun, ist genausogut Kunst, aber hallo!«

»Wieviel bringt das wohl, so'ne Statistenrolle?«

»Kriegt der auch 'ne Gefahrenzulage? Stuntleute werden gut bezahlt.«

»Isser denn ganz alleine da? Na ja, low budget. Staatliche Sparmaßnahmen.«

»Wo der wohl seine Ausbildung genossen hat? Auf den Barrikaden in der Vondelstraat?«

»Der Jüngste isser auch nicht mehr. Wahrscheinlich noch ein Provo-Veteran oder so'n Früchtchen.«

»Ja, vielleicht wollen sie uns spezialisieren auf Rauchbomben …«

So schloß Quispel Bekanntschaft mit dem Zug Hurra-20. Er erfuhr alles über »Kommandostruktur« und »Toleranzschwelle« und all die Dinge, nur aus seiner Arbeit an der Dissertation wurde nichts: Erst wenn abends Hurra-20 eintraf, wurde die Heizung angestellt. Nach ungefähr drei Tagen war er wieder nach Amsterdam zurückgefahren. Das Dissertationsmaterial (über die Effizienz des Systems disziplinarischer Maßnahmen gegen Anwälte) hatte er seitdem nicht mehr angerührt.

Nein, Quispel sah keinen großen Unterschied zwischen den Kapriolen in der Veluwe damals und dem, was jetzt an Kampftaktik am Haarlemmermeer-Kreisel entfaltet wurde. Nachdem der Zug an der Kirche Verstärkung erhalten hatte, flogen Steine. Ein Pflasterstein gegen einen geflochtenen Polizeischild – das konnte klingen wie ein Stier, der mit den Hörnern die hölzerne Balustrade rammt.

»Das gehört eigentlich auf den Index der verbotenen Geräusche«, sagte er zu Albert. »Genauso wie der Knall, mit dem sich zwei Autos aufeinanderschieben. Oder zwei Gemsen mit den Hörnern zusammenstoßen. Ein gesunder Baum ächzend umfällt ... Alles Geräusche, in denen eine unerträgliche Gewalt steckt.«

Oder kamen ganz andere Worte aus seinem Mund? Albert sah ihn verständnislos an.

An der Ecke Havenstraat/Amstelveenseweg hielten Befürworter der Räumung ein Transparent mit den Worten hoch: BESSER'N ME'LER MIT'M HUND/ALS'N SITTENSTROLCH MIT'M HUND. Der alte Aristokrat mit seinem ewigen Päckchen, hatte Quispel bereits gesehen, befand sich auch unter ihnen. Die Demonstranten wurden von der Polizei nicht behelligt.

»Schau mal, Dip, da ... mit der braunen Kunstlederjacke.« Albert zeigte in die Richtung des Transparents. »Baartscheer. Arend-Jan Baartscheer. Erkennst du ihn?«

Quispel erkannte sogar auf diese Entfernung den rot angelaufenen Quadratschädel mit dem aschblonden Haar.

»Und daneben ... der Lange, dieser Kleiderschrank ... Siehst du? Das ist sein Leibwächter. Den hat er seit meinen schlecht gezielten Schüssen damals. Das heißt, seit seiner Entlassung aus dem Krankenhaus. Der macht jetzt die Drecksarbeit für ihn. Ich nehme an, du hast gehört, was gestern und vorgestern ...?«

»Ich weiß nichts ... von nichts.«

»Das stimmt. Dafür bist du Anwalt, um von nichts zu wissen. Mensch, ein kompletter Volksaufruhr. Demonstration von Anwohnern gegen die Besetzung. Vorgestern abend. Da sind sie auch schon mit diesem Transparent rumgerannt. Haben zwar ›Maschinengewehr draufhalten‹ gerufen, waren aber ansonsten ganz friedlich. Bis dieser Kleiderschrank da, Arend-Jans Spezi, mit hundert von diesen Fußballfans aufkreuzte. Ihr Verein hatte gerade gegen Den Haag verloren, die waren also in Hochform. Haben versucht, den Kasten anzuzünden, Steine gegen die Fenster gedonnert, faschistische Parolen gegrölt ... Gestern abend das gleiche Lied. Aber der Anwalt weiß von nichts.«

»Nichts von nichts, hab ich gesagt. Das ist was anderes.«

»Typisch Anwalt, Dip: aus einem Versprecher noch ein Argument basteln. Kompliment.«

In der Tat sahen die meisten Panzerglasscheiben auf der gegenüberliegenden Straßenseite eingedellt aus. Sie waren kaputt, aber nicht entzwei; sie wirkten eher wie gesprungene Eierschalen, die noch an der Haut festhängen. Quispel nahm sich vor, alles gutzumachen, alles wieder in Ordnung zu bringen; es lag in seiner Macht, er verfügte über die nötigen Mittel. Dort unten, das waren nur Scharmützel. Eine Scheinveranstaltung war das, mehr nicht. Wenn sich etwas später der Rauch verzogen hatte, die Parteien sich zerstreut hatten, würde er mit einem simplen Eingriff alles, die ganze Situation, wieder in den alten Zustand versetzen. Die Hähne konnten dann im Bau ihren Trauergesang über den nahenden Jahrhundertwechsel wieder anstimmen, ohne daß deswegen ein Sittenstrolch, mit oder ohne Hund, auf freien Fuß gesetzt werden würde.

Weiter links – in der Vlietstraat, nicht weit vom Wasser – loderten die Flammen der letzten brennenden Barrikade plötzlich hoch auf. Kurz darauf stieg über den Häusern eine breite Fontäne blauschwarzen Modderwassers auf, das sich dunkel und schwer auf das Chaos ergoß. An der Schinkelkade mußte ein Löschboot liegen, das seine Wasserkanone aufgedreht hatte. Die Flammen krochen in sich zusammen, der Rauch wurde dichter und schwärzer.

»Die *Jan van der Heyde II*«, wußte Albert. »Da sieht man, wie sauber das Wasser in den Amsterdamer Grachten ist. Demnächst stellt sich heraus, daß sich unter dieser Barrikade eine Giftmüllkippe befindet, und dann dürfen die lieben Kinderchen nicht mehr auf der Straße spielen.«

Auch hinter dem Untersuchungsgefängnis stiegen jetzt sehr dunkle Rauchwolken auf, die kein Löschboot würde erreichen können. Aus der Vorbereitungszeit wußte Quispel, daß dort, in den Schrebergärten einiger Anwohner, Töpfe mit Heizöl und Stapel von Autoreifen deponiert worden waren, die auf dem Höhepunkt des Kampfes angezündet werden sollten: So wollten die Hähne, indem sie eine »Strategie der verbrannten Erde« suggerierten, Polizei und Feuerwehr verwirren. Aus dem Aufheulen der Sirenen war zu schließen, daß es ihnen vorläufig gelungen war. Löschfahrzeuge schwärmten um den Komplex aus. Schräg über die niedrigen kleinen Häuser des früheren Gefängnispersonals am Amstelveenseweg schoben sich drei, vier Leitern mit einem Feuerwehrmann an der Spitze in die Höhe. Durch den Rauch dröhnte aus Boxen auf dem Dach, groß genug für ein Popfestival, *Anarchy in the U.K.* von The Sex Pistols.

Albert machte Ernst auf etwas direkt unter ihnen in der Havenstraat aufmerksam. Ein wahrscheinlich von der Armee ausgeliehenes Panzerfahrzeug bewegte sich aus dem Schatten des Bahnhofsgebäudes zum Gefängnistor auf der gegenüberliegenden Straßenseite. Unterwegs steigerte es seine Geschwindigkeit, doch noch bevor es die Holztüren und das Gitter dahinter rammen konnte, hatten die Besetzer es bemerkt: Über die Mauer flogen Steine, Farbbeutel und Molotowcocktails. Ein großer Teil der Geschosse landete auf dem Fahrzeug. Wie frische Vogelscheiße, die auf einen Hut klatscht, so breitete sich auf dem Panzerdach eine weiße Farblache aus, in der das Feuer eines fast im selben Moment aufprallenden und explodierenden Molotowcocktails sofort neue Nahrung fand. Ein behelmter Polizist eilte mit einem Feuerlöscher herbei, aber noch bevor er die Flammen bezwungen hatte, landete die nächste Benzinbombe auf dem Fahrzeug, das jetzt lichterloh brannte. Der Polizist wich zurück. Ein Feuerwehrwagen, bereit zum Spritzen, rückte an. Die Flammen waren noch nicht gelöscht, da ließen sich die beiden Insassen, denen es offenbar zu heiß im Führerhaus wurde, auf die Straße rollen. Einige Meter neben dem Tor war ein ME'ler, dem Kollegen einen Schild wie einen Regenschirm über den Kopf hielten, dabei, mit einem Steinbohrer ein Loch in die Mauer zu bohren.

»Da kommt dann gleich Dynamit rein!« Albert mußte schreien, um den anschwellenden Lärm zu übertönen. Der Hubschrauber, der sich immer weiter herabsenkte, glich einem überdrehten Metronom, das den Rhythmus der Kampfhandlungen diktierte.

Vom Dach aus hatten sie guten Einblick in die Innenhöfe des Untersuchungsgefängnisses, konnten jedoch wegen der Mauern nicht alles genau verfolgen. So bemerkte Quispel erst jetzt in der Nähe der Geheimwaffe die kriegerisch aufgestellten Kämme von Dr. Nop und Dr. Pixley. Auch sah er für einen Moment das grüne Kreuz in Roxanes gelbem Haar. Dr. Nop, die weiße Ratte halb verborgen im Kragen, saß auf einem der Sitze des Abwehrgeschützes, das von Dr. Pixley und Roxane, als wäre es ein kleines Karussell auf dem Spielplatz, mit einiger Kraftanstrengung im Kreis gedreht wurde.

Da war sie wieder, die sich allzu leicht einstellende feuchte Gerührtheit beim Anblick dieses Widerstands um des Widerstands willen, dieser Art trüber Solidarität. Was war das nur bei ihm? Der Kloß in seiner Kehle schmeckte zu süß.

Dr. Pixley hockte sich hin und bediente ein kleinformatiges Lenkrad. Die komplizierten Handgriffe, die die drei anschließend vornahmen, entzogen sich Quispels Beobachtung weitgehend. Er sah zu dem Hubschrauber hoch, der jetzt – bedrohlich – dicht über dem Bahnhof Haarlemmermeer hing.

Plötzlich bildete sich, aus dem Nichts, eine harmlos aussehende kleine Wolke am blauen Himmel hoch über den rotierenden Flügeln. Nur aus einem ebenso wenig aufsehenerregenden dumpfen Puffgeräusch, den Bruchteil einer Sekunde später, ließ sich schließen, daß die Wolke nichts mit der langsam dahintreibenden Kumulus daneben zu tun hatte. Dem Hubschrauber konnte die bescheidene Explosion nicht gegolten haben: Dafür hing die kleine Wolke viel zu hoch. Trotzdem schwenkte er den Schwanz herum und flog – in Schräglage – mit großem Bogen in westlicher Richtung davon.

»Ui, hast du das gesehen?« rief Albert. »Sie haben's tatsächlich gewagt, die Scheißtypen! Die schrecken ja vor nichts zurück!«

Durch einen Vorfall auf ihrem Dach wurde ihre Aufmerksamkeit abgelenkt. Ein Junge hechtete aus dem Oberlicht und rannte schreiend zu einem großen Schornstein am Rand des Kieselflachdachs. An dem Schacht war mit Eisenbügeln eine Art Leiter befestigt, und an dieser kletterte er in seiner mit Ketten und Buttons bestückten Jacke hoch.

»Laßt mich in Ruhe«, rief er keuchend mit ängstlicher Miene über die Schulter. »Laßt mich gehen ...!«

Aus der Dachluke stiegen nacheinander drei Männer in der auffälligen Freizeitkleidung, die den Angehörigen von Festnahmeteams vorbehalten zu sein schien.

»Faßt mich nicht an«, rief der Junge und kletterte weiter. »Ich stürz mich runter. Das könnt ihr mir glauben.«

Der vorderste Kripobeamte hatte bereits einen Fuß erwischt. Der Verfolgte versuchte, noch höher zu klettern, aber als ein zweiter Polizist an seinem anderen Fuß zerrte, rutschte er ab und knallte mit dem Kinn voll auf eine Eisensprosse. Zu dritt schleppten sie den Jungen, der vor Schmerz und Wut heulte, über die Kieselsteine in Richtung Treppe.

»Halt! Stop! So geht's nicht ... Ich bin sein Anwalt.«

Quispel versuchte, den Männern den Weg zu versperren, trat dabei aber versehentlich mit dem linken Fuß auf das aufgeklappte Oberlicht, dessen Glas splitterte. Während er mit fuchtelnden Armen sein Gleichgewicht zu bewahren versuchte, um nicht rückwärts die Treppe hinunterzufallen, rief er: »Das hier ist Privatgelände! So geht's nicht!« (Privatgelände. In dem Moment, als er es sagte, war er sich schon gar nicht mehr so sicher.)

Der Kripobeamte, der den Jungen am Lederkragen gepackt hielt, musterte Quispel verächtlich und sagte: »Du siehst doch, daß es geht. Idiot.«

Quispel wurde einfach beiseite gestoßen, wobei er mit dem Fuß im Lukenrahmen hängenblieb und auf diese Weise doch noch zu Fall kam, wenn auch auf den Steinen. Während er sich aufrappelte, von der linken Schulter bis zum linken Fußknöchel total grün, wurde der Festgenommene nach unten getragen; noch zwei Stockwerke tiefer war sein Heulen zu hören. Die Wut schien, alles verzerrend, Quispel dreimal so betrunken zu machen, wie er ohnehin war.

»He, Clemens, sieh dir das an«, hörte er Albert te Siepe zurufen. Mit einem Hosenbein, steif von dem grünen Glitschzeug, nahm Ernst seinen alten Platz wieder ein. »Jetzt wird's ernst, Dip. Schau, da.« Albert zeigte auf einen halben Zug ME'ler, der, vom Kreisel kommend, in die Havenstraat, wie's aussah zum Gefängnistor, marschierte. Die über die Köpfe gehaltenen Schilde bildeten ein großes Dach, das die meisten Wurfgeschosse abhielt, obgleich zwei Polizisten ihre Schilde auf den Asphalt fallen lassen mußten, als diese durch einen Molotowcocktail in Brand gerieten. Weil die Besetzer, getreu dem Drehbuch, die Gullys zugestopft hatten, stand die Straße seit dem Löschen des Panzerwagens teilweise unter Wasser. So, aus beträchtlicher Höhe, die ME'ler an der großen Lache, in der sich auch friedliche Teile des blauen Himmels spiegelten, vorbeimarschieren zu sehen, stimmte Quispel einen Augenblick wehmütig, warum, wußte er nicht.

»Vorrücken, Männer!« schallte die Stimme ihres Kommandanten aus dem Megaphon. »Augen offen halten! Nach rechts schauen, Männer! Auf Wurfgeschosse achten!«

Sie passierten die Kollegen, die noch immer damit beschäftigt waren, ein Loch in die Mauer zu bohren. Von der Hand desjenigen, der den Bohrer bediente, tropfte Blut.

»Da passiert auch gleich was«, sagte te Siepe und zeigte zur Ecke Amstelveenseweg, wo ein gelber Kranwagen, schräg zwischen den Pappeln aufgerichtet, dabei war, einen großen Container über die Gefängnismauer zu heben. Noch während das Ding über dem Basketballplatz in der Luft hing, wurde es mit Benzinbomben beworfen, so daß schon bald an den Ecken lange Feuerzungen aufloderten. Für Abhilfe war gesorgt: Die Feuerwehr richtete – kurz – mehrere harte Strahlen auf den Container, woraufhin dieser triefend weiter abgesenkt werden konnte. Das Ungetüm stieß mit einer Ecke an den Basketballpfosten, wobei das weiße Spielbrett entzweibrach und der Container ins Trudeln geriet. Die Männer in ihrem Trojanischen Pferd wurden von Kollegen gedeckt, die Tränengasgranaten abfeuerten. Die für den Hof bestimmten prallten an die Fassade des Gebäudes und landeten richtig; die für die Jungs auf dem Dach bestimmten hatten zuviel Schwung und landeten an der Rückseite der Schrebergärten, aus denen allen Löscharbeiten zum Trotz weiterhin rußschwarze Rauchwolken aufstiegen.

Albert Egberts stieß Quispel mit dem Ellbogen an und zeigte wieder nach unten auf die Straße. Der halbe Zug war am Tor vorbeimarschiert und zog jetzt zu dem Gitter, das Zugang zum Westflügel gab: dem der Bhagwan-Anhänger. Hier brauchte nichts aufgebrochen zu werden: Die Sanyasins öffneten den ME'lern persönlich.

»Diese Verräter ... ich hab's ja gewußt«, zischte te Siepe.

»Ich seh schon«, sagte der Heringsmann, »meine Heringe bekommen andere Abnehmer. Alles klar.«

Dr. Nop, der aus den Tränengasschwaden flüchtete, schob Roxane vor sich her zum angrenzenden Innenhof, wohin Pixley ihnen bereits vorausgeeilt war. Pixley schlug mit der Faust an die neue Eingangstür, aber niemand öffnete.

An dem Container, der im dichten Rauch auf dem Boden abgesetzt worden war, ging eine Klappe auf, und ein makabres Knäuel kam in Sicht. Bei der Kollision mit den Basketballpfosten mußten die Insassen im Dunklen übereinandergefallen sein. Jetzt kugelten und krochen sie heraus mit stumpfen Tierschnauzen, die Augen rund und blind, und richteten sich in dem Tränengasnebel zu voller Länge auf. Das ummauerte Basketballfeld war verlassen; das Abwehrgeschütz ragte schräg in die Höhe. Es dauerte einen Moment, bis die maskierten Männer in dem wirbelnden Rauch den Durchgang zum angrenzenden Innenhof gefunden hatten, nicht zuletzt deshalb, weil sie sich gegen eine Lawine von Wurfgeschossen zur Wehr setzen mußten, die sich vom Dachrand über sie ergoß.

Aus den Augenwinkeln sah Quispel, wie sie durch eine Luke auf das Dach des Westflügels krochen – die ME'ler, die von den Sanyasins eingelassen worden waren. Gebückt liefen sie in Richtung Ostflügel, für die Hähne auf dem Dach wegen der Kuppel nicht zu sehen. Um die Aufmerksamkeit der Jungs auf sich zu lenken und sie zu warnen, begann Quispel zu schreien und mit den Armen zu fuchteln.

»Laß sein, Dip«, rief Albert. »Die Sache ist so oder so verloren.«

Die Jungs waren zu intensiv damit beschäftigt, alte Kühlschränke hinunterzukippen und Eimer mit Altöl auf ihre Belagerer zu schütten, ganz abgesehen von dem Feuerwerk, das abgebrannt werden mußte. Ein Polizist auf dem Boden, dem offenbar ein Knallfrosch hinter die Plexiglasklappe geflogen war, riß sich den Helm herunter und griff sich unter kurzem, heftigem Kopfschütteln mit der behandschuhten Hand ans Ohr; als er wegwankte, platzte noch ein Farbbeutel auf seinem Rücken, dottergelb.

Während die ME'ler auf dem Dach damit beschäftigt waren, Stacheldrahtverhaue zu durchschneiden, umzingelten ihre Kollegen auf dem Innenhof Nop und Pixley und Roxane. Quispel, dem die Augen tränten (nicht vom Gas, sondern vom angespannten Starren – das einzige Mittel gegen das Doppeltsehen), erkannte sogar noch auf diese Entfernung, daß sich die weiße Ratte die ganze Zeit in Dr. Nops Nacken bewegte und von der einen Schulter zur anderen rannte. Erst als das Ende eines Schlagstocks dicht am Hahnenkamm vorbeisauste, suchte das Tier Zuflucht unter der Lederjacke.

Roxane flüchtete in die hinterste Ecke des Innenhofs, wo die ME'ler sie in Ruhe ließen. Pixley und Nop wurden von zwanzig Armen zum Container geschleift. Quispel konnte sehen, wie vor allem Dr. Nop fast übermenschlichen Widerstand leistete. Hatte er sich was reingeknallt? Die Lawine der Wurfgeschosse riß ab: Die Besetzer auf dem Dach wollten natürlich nicht das Risiko eingehen, ihre eigenen Leute zu treffen. Erst jetzt ging die Tür auf, und heraus kamen Hähne mit Tüchern vor dem Gesicht. Es wurde versäumt, neue Tränengasgranaten auf den Hof zu werfen, obwohl ein Kommandant auf einem Kranwagen stand, um die Aktion zu koordinieren – selbstgefällig wie ein Pfarrer auf der Kanzel, hier allerdings mit einer Flüstertüte am Mund. Die ME'ler sahen sich einer Übermacht gegenüber und verschwanden, rückwärts laufend und um sich schlagend, in dem Container, wo bereits etwa sechs ihrer Kollegen in voller Montur auf Dr. Pixley und Dr. Nop lagen. Nach vielem Geschiebe und Gezerre gelang es den Polizisten, die Klappen zu schließen. Noch bevor auf Anweisung des Kommandanten der Container vom Boden gehoben wurde, waren zwei Jungen darauf geklettert. Sie bekamen große Drahtzangen gereicht, mit denen sie die Kabel durchzuknipsen versuchten. Aber so schnell ging das nicht. Das Ding setzte sich in Bewegung, und die beiden wurden mitsamt dem eisernen Käfig in die Höhe gehoben. Ohne sich an irgend etwas festzuhalten, nagten und ruckten sie mit ihren Zangen weiter an den Stahlkabeln.

Als der Hebearm nun seitwärts schwenkte und die Jungs über die Ummauerung zu geraten drohten, rutschten sie, nachdem sie die Zangen hinuntergeworfen hatten, beide gleichzeitig vom Container herab. Der eine fiel aus mehreren

Metern Höhe und knickte auf dem Asphalt in den Sprunggelenken ein; er rollte zu Boden und blieb mit angewinkelten Knien liegen. Der andere sorgte dafür, daß er auf der Mauer landete, wo er, auf die Hände gestützt, in Hockstellung zusah, wie der eiserne Kasten schaukelnd zwischen dem jungen Laub der Pappeln hing und dann langsam auf dem Boden abgesetzt wurde.

Bevor die herbeiströmenden Zuschauer ihm die Sicht auf den Container nahmen, sah Quispel noch, daß als erster Festgenommener Dr. Pixley von zwei farb- und altöltriefenden ME'lern hinausgeführt wurde. Der Junge hob der herbeistürmenden Menge das Gesicht entgegen und skandierte irgendeine Parole, die im Tumult unterging. Zehn Polizisten, die ihre Gasmasken bereits wieder am Koppel hängen hatten, führten ihn zu der Reihe der Gefangenentransporter ab.

Wie Dr. Nop herauskam, war schon schwieriger zu erkennen, so sehr sich die Polizei auch bemühte, die Menge auf Abstand zu halten. Quispel sah hauptsächlich seinen rosa Kamm, der unversehrt schien, über die Köpfe der herandrängenden Leute ragen. Zu denjenigen, die vorn standen und gegen Dr. Nop gedrückt zu werden drohten, gehörte auch der alte Aristokrat. Wahrscheinlich in Panik geraten durch das Gedränge, schwang er erregt sein Päckchen über dem Kopf. Im nächsten Moment war er verschwunden. Bestimmt gefallen. Vielleicht wurde er gerade in dem Gedränge überrannt.

Scharf spähend, kniff Quispel seine Augen zu immer schmaleren Schlitzen zusammen, aber er konnte den alten Mann nirgends mehr entdecken. Dafür sah er, wie sich hinter dem Container etwas aus der dichtgedrängten Menge löste – nicht größer als ein sich bewegender weißer Punkt in der grauen Umgebung. Es war Dr. Nops Ratte, die blitzschnell den Rinnstein entlang in Richtung Vaartstraat flüchtete. Quispel glaubte sogar den rosa Farbklecks auf dem Rücken des Tiers erkennen zu können. Die Ratte folgte der Bordsteinkante, außer an den Stellen, wo Wasser im Rinnstein stand:

Dort lief sie blitzschnell um die Pfützen herum. Quispel suchte die nähere Umgebung des Containers ab, sah den rosa Kamm jedoch nirgends mehr. Das Zentrum des Menschenstrudels schien sich irgendwie vom Container zu den Gefangenentransportern verlagert zu haben, die am Taxistandplatz aufgereiht standen. Dort, am Grunde des Strudels, mußte auf seinem zertrampelten Päckchen der alte Mann liegen, selbst von hundert Paar Füßen plattgedrückt und niedergewalzt. Ernst mußte so schnell wie möglich nach unten, dem Alten aufhelfen, wenn es nicht schon zu spät war.

»Albert, verdammt noch mal«, rief er und packte den neben ihm Stehenden am Arm. »Er ist hingefallen. Er liegt da. Die zertrampeln den alten Mann. Komm mit.«

Quispel war mit wenigen Schritten, ohne auszurutschen, an der Luke und fing an, die Leiter hinabzusteigen. Über ihm erklang Albert Egberts' Stimme. »Ernst, laß den Blödsinn, Mann.« Alberts Kopf hing im Rechteck des Oberlichts. »Du täuschst dich. Bleib hier, du Idiot.«

Quispel rannte stolpernd die Treppen hinunter. Schwindlig, mit zitternden Beinen, stand er kurz danach auf der Straße, von Kopf bis Fuß von einer heiligen Mission erfüllt – auch wenn er Inhalt und Ziel dieser Mission für einen Moment vergessen hatte. Die Festnahme von Dr. Nop vereiteln? Nein, ja, das auch ... später. Zuallererst hatte er etwas gutzumachen, etwas in Ordnung zu bringen. Er mußte dem Jungen seine Ratte wiedergeben. Er, Quispel, wußte als einziger, in welche Richtung das Tier verschwunden war ...

Quispel ging gebückt den Rinnstein des Amstelveenseweg entlang und hielt Ausschau nach einer weißen Ratte mit einem rosa Fleck im Fell. Manchmal vergaß er, einen Bogen um eine Löschwasserlache zu machen, und zog dann den linken Fuß durch die Nässe. Als er in Höhe des jetzt verlassenen Containers angelangt war, fiel es ihm wieder ein. Er war enttäuscht, ja, fast empört, dort keinen halb zertrampelten Achtzigjährigen vorzufinden. Vielleicht hatten sie ihn ja schon zu den Unfallwagen getragen, die am Anfang der Lomanstraat standen. Fast zu gierig suchte er nach Blutspuren.

Die Menge drängte sich jetzt hauptsächlich um die Gefangenentransporter an der Taxirufsäule, war jedoch unter dem Druck der Mobilen Einheit bereits dabei, sich zu zerstreuen. Quispel arbeitete sich durch das Gedränge bis zum hintersten Wagen vor. Die Türen standen auf. Zwei ME'ler saßen, den Helm auf dem Schoß, über der hinteren Stoßstange und unterhielten sich. Hinter ihnen sah Quispel die beiden Jungen auf dem Boden des Transporters liegen, ungefähr in einer Linie hintereinander, auf dem Bauch; ihre Arme waren mit Handschellen auf dem Rücken gefesselt. Der hintere war Dr. Nop, erkennbar an seinem rosa Kamm, der inzwischen freilich schwer ramponiert war. Dr. Pixley rollte in einem fort den Kopf hin und her; Dr. Nop lag reglos.

Hier bot sich die Chance, etwas wiedergutzumachen. Okay, er würde den Mund erst wieder halten, wenn er die beiden Jungs freibekommen hatte.

»Hören Sie, ich bin ihr Anwalt ...«, begann er, und dann kämpften sich die Worte mit großer Gewalt aus seinem Mund, zischend, fauchend, röchelnd. Er schnappte nach Luft. Das Licht vor seinen Augen wurde genauso körnig wie das Licht, das durch die Stäbe des Gitterfensters auf die beiden Jungen fiel. Er meinte, seine Worte mit Gesten unterstreichen zu müssen, doch die Folge war, daß seine Worte handgreiflich wurden. Das Widerwort packte ihn mit zwei Händen überall fest, an den Armen, an der Kleidung ... Das Licht vor seinen Augen, erst körnig, wurde jetzt dämmrig, und er spürte eine Stimme, deren Finger sich durch die Kleider hindurch in sein Fleisch krallten, mit scharfen Nägeln über seine Trommelfelle kratzen.

»Nur her damit! 'nen besoffenen Idioten können wir gerade noch gebrauchen! Als ob wir nicht schon genug zu tun hätten ...!«

ZWEITES BUCH

Saturiert

Totenhemd

MS Mistral

(Als dem amerikanischen Präsidenten ein gutes Jahr später während einer Pressekonferenz wegen seiner Rolle bei einer dubiosen Waffenlieferung auf den Zahn gefühlt wurde – wann genau hatte er seine Zustimmung erteilt? –, hatte er, in die Enge getrieben, geantwortet: »Wer sich noch erinnert, was er am 8. August 1985 getan hat, möge die Hand heben.«

Keiner der anwesenden Reporter hatte die Hand gehoben. »Sie sehen, wie schwierig ...«

Zwanet jedoch, die im Wohnzimmer vor dem Fernseher saß, war mit erhobener Hand aufgesprungen und hatte gerufen: »Ich ... ich weiß es noch! Voriges Jahr, in Griechenland! Der 8. August! Die zweite Schiffsfahrt!«

Und sie war in Tränen ausgebrochen.)

Das Meer war zweifellos noch genauso blau wie zur Zeit der alten Griechen, es war der ordinäre, weißgestrichene Kahn, der die Kulisse vor lauter schönem Schein häßlich machte. Das Meer und die in Dunst gehüllten Inseln, die Felsen, um die sich ein weißes Lasso aus Schaum schlang, schienen vor allem dazu gedacht, durch das Bullauge der Modeboutique betrachtet zu werden, oder vom Vordeck aus, auf dem teure Drinks serviert wurden. Die gräßliche Lautsprecherstimme, die in allen Sprachen radebrechend immer dasselbe behauptete, beleidigte dieses heilige Blau noch mehr.

Bereits seit dem Auslaufen aus Hydra fuhr eine kleine Motorjacht in ihrem Kielwasser, und direkt darüber schwebte eine große Möwe, die ihre Flügel ausgebreitet hielt. Zwanet lag in einem Deckstuhl in der prallen Sonne. Unter einem großen Strohhut trug sie ein seidenes Kopftuch, und am Steg ihrer Sonnenbrille war ein weißes Papierstück zum Schutz ihrer Nase befestigt. Während er in das strudelnde Wasser hinter dem Schiff schaute, überdachte Quispel die letzten Monate. Ihm war, als strudelten Fortschritte und Rückschläge im Fall Noppen dort in der Tiefe gegeneinander und bildeten zusammen gesehen ein Muster.

Nachdem der Bericht am 20. Mai vorlag, hatte der Streß erst richtig begonnen. Kekse zum Kaffee, aber keine Einsicht in die Akten. Am nächsten Tag hatte die Partei der Arbeit durch Koop Cnoopsgat, selbst Jurist, für die vollständige Veröffentlichung des Berichts plädiert.

Zwei Tage darauf hatte ein kleiner persönlicher Erfolg den Ring um seinen Magen ein wenig gelockert. »Die Inhaftierten«, so lautete das Ergebnis, »sind seinerzeit zu Recht auf freien Fuß gesetzt worden.« Doch sie mußten sich noch vor Gericht verantworten, und das beunruhigte Quispel wieder. Auch die Reaktionen auf den offenen Brief des Vertrauensarztes und einer Reihe von dessen Kollegen hatte er voller Spannung abgewartet. Richtig trocken wurde seine Kehle allerdings erst am 23. Mai, als ein Disziplinarverfahren in den Reihen der Amsterdamer Polizei angekündigt wurde. Der Fall selbst lief gut, doch Quispel kam fast um vor lauter Druck und Angst.

Interview mit dem Polizeipräsidenten über die Situation in dem beanstandeten Zellenblock: Herzkrämpfe für Quispel. Noch mehr Herzkrämpfe zwei Tage darauf, als die Kriminalpolizei mehrere zusammen mit Dr. Nop Inhaftierte vernahm. Sie sprachen von »Schlägen«. Völliger Unsinn nach Quispels Ansicht, aber er hatte den Mund gehalten. Die aufsehenerregendste Mitteilung betraf »einen anderen Mitinhaftierten«, dessen Identität im dunklen blieb.

Als der Obduktionsbericht der Zweiten Kammer des Parlaments zugeleitet wurde, zögerte Quispel nicht länger. Er kündigte an, eine einstweilige Verfügung zu beantragen, falls der Bericht nicht der Öffentlichkeit zugänglich gemacht werde. Die einstweilige Verfügung war nicht nötig. Aus dem für die Presse schließlich doch noch freigegebenen Bericht ging nicht viel mehr hervor, als daß der Toxikologe »möglicherweise auch« Schlafmittel festgestellt hatte.

Die Jacht hatte sich aus dem Kielwasser der *Mistral* gelöst und fuhr jetzt backbords in einigem Abstand neben ihr her. Ein Mann beobachtete das Schiff von der kleinen Kabine aus durch ein Fernglas. Noch immer schwebte die Möwe reglos darüber, wie ein Geleitengel. Quispel hatte sie die ganze Zeit über die Flügel kaum bewegen sehen.

Mittwoch, der 29. Mai war ein besonderer Tag. Nein, nicht weil der Bürgermeister – ein Witz – offiziell eine Kommission für Beschwerden gegen die Polizei einsetzte. Der Justizminister stattete dem Zellenblock, in dem Kiliaan Noppen gestorben war, einen »Arbeitsbesuch« ab. Quispel paßte ihn ab, Brief in der Hand. Das Schreiben enthielt die Bitte der Familie Noppen, die Staatsanwaltschaft anzuweisen, eine gerichtliche Voruntersuchung zum Tode ihres Sohnes einzuleiten.

Der Minister nahm den Brief leutselig in Empfang, doch mit wieviel innerem Schmerz gab Quispel ihn aus der Hand.

»Für nachher, im Dienstwagen«, sagte der Minister, fast flüsternd, mit seiner spitzbübischen Lausbubengrimasse.

Was diesen Tag jedoch erst richtig zu einem entscheidenden Tag machte, war, daß Professor Smöller vom Academisch Medisch Centrum der Universität Amsterdam über Noppens Vertrauensarzt den Auftrag erhielt, eine neue toxikologische Untersuchung vorzunehmen. Im Körper des Jungen hatte man nacheinander gefunden: Librium, Valium, Rohypnol, zwei Pils, Kokain, Amphetamin ... in dieser Kombination genug, um ein Pferd umzubringen. Würde man einen Cocktail aus diesem ganzen Zeugs in einer Betäubungspatrone vom Hubschrauber aus über einem Wildreservat abfeuern, so würde der tollwütige Elefant mit dem von Karies angegriffenen Stoßzahn auf der Stelle in die Knie gehen und mit wedelnden Ohren umkippen, bereit, sich von einem Safari-Zahnarzt behandeln zu lassen.

Die Eltern wollten nun endlich wissen, was ihr Kind wirklich im Blut gehabt hatte. Doch so einfach war das nicht. Es bedurfte noch einer von der Familie Noppen gegen den

Staat beantragten einstweiligen Verfügung auf Freigabe des für das Gegengutachten erforderlichen Obduktionsmaterials. Im selben Verfahren erwirkte Quispel Einsicht in die unzensierten Berichte.

Der Anwalt des Staates erklärte, der Justizminister sei jetzt doch bereit, die medizinischen Unterlagen und das Obduktionsmaterial dem Vertrauensarzt der Noppens zur Verfügung zu stellen. Eine Woche darauf erging ein für die Familie günstiges Urteil des Gerichtspräsidenten.

Das Gegengutachten sollte nun definitiv von Professor Smöller, Professor für pathologische Anatomie an der Universität Amsterdam, und Professor Krook, Leiter des toxikologischen Labors der Universitätsklinik Leiden, erstellt werden.

Eine weitere Woche darauf erhielt Quispel einen Anruf von Professor Smöller.

»Meester Quispel, ich möchte Sie bitten, sich persönlich von dem Zustand zu überzeugen, in dem sich die soeben eingetroffenen Materialien befinden.«

Quispel war vom Nieuwmarkt aus mit der U-Bahn zum Academisch Medisch Centrum gefahren.

»Das ist ja vielleicht eine Schweinerei, Meester Quispel!« rief Professor Smöller bei Quispels Ankunft aus. »Die lassen uns deutlich spüren, daß es sehr ungehörig ist, eine Gegenuntersuchung zu veranlassen. Hier ... ein Treteimer voller Müll! Ecce homo! Siehe, was von einem Menschen übrigbleibt! Organproben ohne Etikett ... unsorgfältig konserviertes Blut ... Es fehlt alles mögliche. Die haben nichts, aber auch wirklich nichts unversucht gelassen, um eine unabhängige Untersuchung zu behindern. Wenn ich mir das so betrachte, dann ist vorneweg schon mal eine eigene und kostspielige Untersuchung notwendig, um alles zu sortieren und zu etikettieren und einzuordnen ...«

Anfang Juli hatte Quispel zusammen mit dem Vertrauensarzt erneut mit einer einstweiligen Verfügung drohen müssen: Die

Familie verlangte das Polaroidfoto, das man im Polizeipräsidium von Kiliaan Noppen gemacht hatte. Die Beantragung der einstweiligen Verfügung erwies sich als nicht erforderlich, doch das Foto, das Quispel per Einschreiben zugesandt wurde, zeigte nicht Dr. Nop. Ein übler Geschmack verbreitete sich in seinem Mund, als er das leicht verquollene Gesicht mit dem schielenden Blick und den ersten Anzeichen eines Stoppelbarts betrachtete. Es stand kein Name auf der Rückseite, nicht einmal eine Nummer; auch kein Datum. Er fragte sich, ob sich hinter der Zusendung des falschen Fotos eine Absicht verbarg. Er nahm eine Schere und zerschnippelte das Foto über dem Papierkorb in möglichst kleine Teile. Danach rief er im Polizeipräsidium an.

»Ja, Quispel hier ... Ein Witzbold bei euch hat mir, vielleicht um mich zu ärgern, das erstbeste Foto von irgendeinem Penner geschickt. Ich hätte jetzt gern das richtige Foto, und zwar sofort, per Kurier.«

Als Quispel endlich das Polizeifoto von Dr. Nop vor sich hatte, dachte er, wieder an der Nase herumgeführt zu werden. Er glaubte ein Foto der Leiche in Händen zu halten, von oben fotografiert, während sie auf einem Tisch – beispielsweise – im Gerichtslabor lag. Doch als er richtig hinschaute, sah er, daß Kiliaan an einer Tür lehnte, mit geschlossenen Augen und halboffenem Mund in einem bleichen und starren Gesicht. Das letzte Foto von ihm. Quispel mußte an das erste Polaroidbild denken, das eine Krankenschwester zwanzig Minuten nach der Geburt von Cynthia gemacht hatte. Zwanzig Minuten lang hatte sie geschrien, aber als die Kamera auf sie gerichtet wurde, hörte sie abrupt auf. Als ob sie tatsächlich posiere. Eine Explosion von Licht – und dann setzte das Geschrei wieder ein.

Die Polizei hatte bereits kundgetan, daß das Foto schwerlich als Beweismaterial dienen könne. »Jeder weiß, daß Polaroidfotos rasch ausbleichen. Ein Mensch mit gesundem, rosigem Teint hat schon in kurzer Zeit die Farbe einer Leiche.«

Nach den Worten des Experten, den Quispel dazu befragte, traf das nicht ganz zu. »Es läßt sich mit dem Ausbleichen eines mit Filzstift geschriebenen Textes vergleichen. Für Handschriftensammler ein Graus, aber man merkt es erst nach zehn Jahren. Man könnte sich fragen, warum die Polizei überhaupt Polaroidkameras benutzt. Schließlich haben sie dort die Möglichkeit, anständigere Fotos machen zu lassen. Innerhalb einer Stunde können sie entwickelt sein.«

Jedenfalls konnte Quispel zwei Anträge auf Erlaß einer einstweiligen Verfügung gegen den Justizminister zurückziehen. Der Minister wiederum entschuldigte sich öffentlich für ein Mißverständnis, das nach einem Interview mit einer Wochenzeitung entstanden war. In der Berichterstattung über die Räumung des Untersuchungsgefängnisses II in der Havenstraat war stets die Rede gewesen von »Benutzern«. Gemeint waren: die Benutzer, die Mieter der Zellen; der Minister jedoch hatte verstanden, es handele sich um »User«, Konsumenten von Betäubungsmitteln. »Das sind sie alle.« Nachdem sie wieder mit aufgestelltem Kamm und hochgezogenem Fuß vor seiner Tür Posten bezogen hatten, die Hähne, hatte Quispel endlich den Brief an den Justizminister geschrieben, in dem er die Vernehmung eines neuen Zeugen aus dem Zellenblock forderte.

Der Rest des Juli verging größtenteils in Apathie. Bis zu ihrer Abreise nach Griechenland hielten sich Quispels Aktivitäten in Grenzen. Erschöpft reichte er noch vier Beschwerden im Fall Noppen beim Ombudsmann ein, der eine Woche darauf mitteilte, er werde die Beschwerden untersuchen. Auch gelang es Quispel Ende Juli noch, sämtliche Obduktionsfotos von Dr. Nop anzufordern.

Kurz vor dieser Schiffsfahrt hatte Quispel einen Anruf von Dr. Vitringa erhalten, der sagte, er wolle ein Gespräch mit den verschiedenen Wärtern von Kiliaan Noppen.

»Und was soll ich tun?« hatte Quispel schwitzend am Telefon gefragt.

»Mit einer einstweiligen Verfügung drohen. Was sonst?«

»Joris, ich rate dir ab.«

»Wie steht's um deinen Kampfgeist, Ernst?«

»Hör zu. Wir haben zu kurz hintereinander zu viele einstweilige Verfügungen beantragt. Wir laufen Gefahr, unsere Glaubwürdigkeit zu verlieren.«

»Ich verstehe. Du fühlst dich nicht gut. Du bist überarbeitet. Soll ich jemand anders bitten?«

»Nein, nein. Ich erledige das schon.«

Danach hatte er an den Polizeipräsidenten und den Bürgermeister Telegramme geschickt, in denen er diese Gespräche forderte; »anderenfalls einstweilige Verfügung«.

Ursprünglich wollten sie gar nicht in Urlaub fahren, jetzt, wo sie ein knapp zwei Monate altes Baby hatten. Ernst empfand die Aussicht auf einen Sommer in Amsterdam nicht als Strafe. Er verabscheute die faden Genüsse des Massentourismus, die obligatorischen Ausflüge an Orte, von denen kaum mehr als ihr glanzvoller Name fortbestand. Außerdem hatte er seinen Urlaub – den einzigen, den wahren – bereits hinter sich und war noch immer damit beschäftigt, den daraus resultierenden Muskelkater zu bekämpfen, die dadurch entstandenen Schulden zu begleichen. Der offizielle Sommerurlaub bedeutete nie eine Entspannung. Er nahm die laufenden Fälle im Kopf mit, und nicht nur im Kopf: Auch seine Muskeln, die Haltung, der Gesichtsausdruck verrieten die Schwere der Akten. Nein, es war gut, daß es eine Cynthia gab, die ihn in Amsterdam hielt.

Anfang Juli ließ Olree nach einer Anmahnung seitens der Bauaufsichtsbehörde von Studenten einen alten, wackligen Schornstein abreißen. Um es sich einfacher zu machen und nicht mit Eimern voll Schutt jedesmal alle Treppen hinunterzumüssen, ließen diese die Brocken durch den Schacht ein Stockwerk tiefer fallen. Da dieser Schornstein mit dem der Quispels in Verbindung stand, quollen Wolken von Ruß und Staub in ihr Schlafzimmer und ins Babyzimmer. Nachdem Zwanet sich beschwert hatte, spannte Olree halbherzig einen alten Vorhang vor den Kamin im Babyzimmer – und erteilte, wiehernd vor Lachen, seinen unterbezahlten Studenten weiter Anweisungen.

Abends platzte Quispel der Kragen: Mit einem Besen schlug er mehrere altholländische Scheiben an der Tür zum Innenhof ein. Um ein Haar hätte er auch Olree, der auf den Lärm hin angelaufen kam, eins mit dem Besen übergezogen. Zwanet hielt ihn zurück.

Nach diesem Zwischenfall beschlossen Ernst und Zwanet trotz der brenzligen Phase, in der sich der Fall Noppen inzwischen befand, doch noch ein paar Wochen Urlaub zu machen. Eine *Last-minute*-Entscheidung. Das Baby wollten sie bei Zwanets Eltern unterbringen.

Nea Makri entpuppte sich nicht nur als häßliche, sondern auch feindselige und argwöhnische kleine Stadt, irgendwann in den zwanziger Jahren von griechischen Flüchtlingen gegründet, die, als wieder einmal Krieg mit der Türkei herrschte oder drohte, von dort nach Griechenland hatten zurückkehren müssen und hier natürlich nicht besonders willkommen waren. Von allen ausgekotzt, so benahmen sich sogar ihre Nachkommen noch – der Einfachheit halber auch Touristen gegenüber, die nicht recht wußten, wie sie sich angesichts einer derart feindseligen Unterwürfigkeit verhalten sollten. Eine Ausnahme bildete eigentlich nur Spyros, der Kellner des dortigen Altmännercafés, der nach Zwanets Bitte um »some ice« für ihren Ouzo erst zehnmal »ice cream?«, »icecream!« wiederholt hatte und dann – schwitzend, geschlagen – für geraume Zeit nach hinten verschwunden war, wie sie glaubten, um seine Scham zu verbergen. Als die Quispels mit ihren Getränken schon längst fertig waren und Anstalten zum Gehen machten, kam in einer traurigen Art von Triumph Spyros wieder an und stellte eine Schale mit halb geschmolzenen Eiswürfeln auf ihren Tisch.

»Ice. No ice-cream – ice.«

Tage später, als Zwanets Erscheinung die steinalten Flüchtlinge mit ihren klickenden Perlenketten schon etwas weniger beunruhigte, traute Spyros sich zu gestehen, daß er seine Frau Maria, die etwas Englisch konnte, angerufen hatte, um zu fragen, was diese Ausländer denn bloß mit »ice« meinen könnten, wenn sie keine »ice-cream« wollten; schließlich hatte er in einem Restaurant zwei Straßen weiter das Gewünschte geholt und in der glühendheißen Sonne rasch zurückgetragen. »Spyros Maria, I love you«, fügte er gerührt hinzu.

Ihr Hotel lag außerhalb der Stadt am Strand, doch an diesem Strand hatten sie nicht viel Freude. Tagelang brauste ein harter, trockener Wind, eine Art griechischer Mistral (oder vielleicht war es auch ein zur Unzeit aufgezogener Schirokko oder sonst irgendeine Ausgeburt von Samum oder irgendeinem anderen verirrten Wüstenwind), aus der Richtung der Kykladen heran. Er machte das Meer, das bei ihrer Ankunft glatt und blau dagelegen hatte, aufgewühlt und gelb. Er stahl dem Himmel, der tiefblau blieb, seinen Spiegel und nahm der Sonne die größte Kraft. Es war kein böiger Wind, sondern einer, der gleichmäßig wehte; der einem genau ins Gesicht blies, unablässig und nah wie ein starker Ventilator. Ein Wind, der keinen Atem zu holen brauchte und einem dadurch den Atem nahm.

Hotel *Evvoia*, ein Hochhaus, schien eigens so konstruiert zu sein, diesen Wind zu fangen, ihn hereinzubitten und in den Fluren, an denen die Türen nach außen aufsprangen, sich erst richtig austoben zu lassen. Er stürmte tolldreist, aber ohne viel Lärm über das Meer und den Strand heran und drang in das Hotel ein, um sich auszuheulen, wobei er das Gebäude, das aus einiger Entfernung aussah wie eine halb ausgezogene, hochkant gestellte Ziehharmonika, als Klangkörper benutzte. Der Wind spielte Hotel, wie jemand anders Klarinette spielt.

Das riesige Gebäude besaß nur einen – relativ schmalen – Treppenaufgang, der sich vom Erdgeschoß einfach ins Souterrain fortsetzte, wo sich die Küche mit ihren fauchenden Herden befand. War der Wind erst einmal ins Haus gelockt, so wurde, je nach der Zahl der offenstehenden Schiebefenster pro Stockwerk, aus seinem Blasen manchmal ein Saugen. Man brauchte kein Schwarzseher zu sein, um sich bis ins einzelne vorstellen zu können, wie im simplen Fall einer brennenden Pfanne das Feuer durch das Treppenhaus hochgesogen und sich unterwegs in jeden Flur ausbreiten würde. Nirgends Feuertreppen, nirgends Rettung.

Der Wind wollte etwas von Ernst. Er zog an ihm. »Appellwind« nannte er ihn einmal gegenüber Zwanet, jedoch mit zu schwacher Betonung auf *pell*, so daß sie dachte, er meine so eine Art Wind, der einen Appel nach dem anderen von den Bäumen bläst. Das Schätzchen. »Schon gut.«

Die Spannung – die »Noppenspannung« –, die er in Griechenland loszuwerden gehofft hatte, verschlimmerte sich dadurch nur noch und machte sich auch äußerlich immer stärker bemerkbar. Unter der gebräunten Haut sah er blaß aus. Nachts lag er reglos unter dem Bettlaken, die Nägel in die Matratze gedrückt, und wartete, bis das Treppenhaus seine ungewollte Nebenfunktion als Flammenwerfer ausüben würde.

»Ein Katastrophenfilm«, antwortete er, als Zwanet ihn stöhnen hörte und fragte, was los sei. »*Towering Inferno*, das ist los.«

Zwanet, die das nicht länger mit ansehen konnte, schleppte ihn aus dem Wind fort und nahm ihn zur Ablenkung mit nach Athen – wo sie entdeckten, daß Griechenland bereits seit Tagen unter einer tödlichen Hitzewelle von durchschnittlich 44° im Schatten stöhnte. In Nea Makri hatte der Wind die Hitzewelle gespalten wie der Atem Gottes das Rote Meer, und links und rechts hohe Wände heißer Luft errichtet, die zwar irgendwie zu spüren gewesen waren, sie aber nicht erschlugen. Jetzt, in der Millionenstadt, warf sich die Hitze auf sie. Die Athener Jugend lebte in den Springbrunnen. Die Hitze hatte bereits rund vierhundert Menschenleben gefordert, meist alte Leute. Leichen wurden entgegen allen kirchlichen Vorschriften binnen vierundzwanzig Stunden nach Eintritt des Todes bestattet, auch am Wochenende. Man hatte schon Militärhospitale für die Zivilbevölkerung zur Verfügung gestellt, doch die Betten reichten noch immer nicht aus. Ernten gingen verloren, Vieh verendete, Wälder brannten, und das Trinkwasser ging zur Neige. Das Gesundheitsministerium drängte den Ministerpräsidenten, den Notstand auszurufen – ja, worauf wartete er noch?

Hatte der Kykladenwind Ernst den Atem abgeschnürt, so dörrte der wiedergewonnene Atem ihm jetzt Nase und Kehle aus. Athen war im Moment nicht gerade der richtige Ort, an dem Quispel seine Spannungen loswerden konnte. Um sowohl dem Wind von Nea Makri zu entfliehen als auch der Hitze Athens, schlug Zwanet eine Kreuzfahrt entlang einigen Inseln im Ägäischen Meer vor.

»Eine Kreuzfahrt? Und was ist mit dem Hotel? Wir haben doch fest gebucht.«

»Es ist nur für einen Tag.«

»Ach, so eine Kreuzfahrt. Also eine Ausflugsfahrt.«

Auf ihrem Ticket, ausgestellt von Hosteß Peruze von Aphrodite Hellas Ltd., war als Name des Schiffs *City of Hydra* angegeben. Es sollte die Inseln Ägina, Poros und Hydra anlaufen, in dieser Reihenfolge.

Nachdem Zwanet und Ernst von einem Reisebus an ihrem Hotel abgeholt und im Hafen von Piräus abgesetzt worden waren (übrigens nicht, wie angekündigt, im Jachthafen, sondern dort, wo die Frachtschiffe lagen), wurden sie von der autoritär wedelnden Hand eines Pursers in Weiß direkt aus dem Bus auf die Gangway eines plumpen, mit grobem Quast weiß angestrichenen Schiffes gejagt. Es hieß – der Name stand in großen Lettern am Bug – MS MISTRAL. Besorgt zeigte Quispel dem Kapitän, der mit überheblicher Miene auf all das hereinströmende Vieh sah, sein Ticket, auf dem ja *City of Hydra* eingetragen war. Aus der überheblichen Miene wurde eine tiefer Verachtung, und auch seine Hand begann zu wedeln. »Izze good.«

Auf Ägina wartete nicht der versprochene Bus, um die Interessenten, darunter Ernst und Zwanet, zum Tempel der

Aphaia zu bringen, und niemand konnte ihnen den Weg zum Privatstrand des Hotels Apollo zeigen (*facilities are provided free*), wo es den Passagieren dem Prospekt zufolge gut anderthalb Stunden lang vergönnt sein sollte, zu baden und sich zu sonnen. Von dem in Aussicht gestellten Aufenthalt von vollen zwei Stunden auf Ägina blieben knapp zwanzig Minuten, um ein malerisches Gäßchen zu besuchen, wonach die fünfhundert Touristen von der weißgekleideten Schiffsbesatzung wieder auf die *Mistral* gejagt wurden. Wer nicht rechtzeitig da war, mußte eben später die Fähre nach Piräus nehmen.

Auf Hydra dasselbe Lied, mit dem Unterschied, daß sie dort nur eine Viertelstunde hatten für »stroll, shop and visit the sites on your own«. Die dahintersteckende Absicht war Zwanet und Ernst mittlerweile klar: Man sollte sein Geld an Bord ausgeben – zum Beispiel in der »Boutique« für farbenfrohe Kleider oder auf dem Sonnendeck für farbenfrohe Drinks. Diese schnöde Ausnehmerei, diese Krämermentalität, machte aus dem glitzernden Meer einen schmutzigen Bahnsteig voller Fettflecken.

»Sogar im materiellen Bereich ist nichts mehr das, was es zu sein vorgibt«, sagte Quispel düster zu seiner Frau, als sie sich am Nachmittag Piräus näherten. »Ob es nun ein teures Haus ist oder ein teurer Urlaub – die Genüsse stehen auf dem Papier. Und da bleiben sie auch. Reine Fiktion. Es hat nicht einmal mehr Sinn, den Querulanten zu spielen.«

Trotzdem tat er genau das: Er querulierte. In erster Linie gegenüber der Hosteß von Aphrodite Hellas Ltd., die zweimal in der Woche Sprechstunde im Hotel abhielt. Über das schlechte Essen, über den Ausfall des warmen Wassers am Nachmittag und, nach dem Ausflug, über die »Kreuzfahrt«.

Peruze, eine etwas naive Brünette von griechisch-niederländischer Abstammung, verstand seine Beschwerden nicht recht. »Wir haben nie Klagen gehabt bei diesen eintägigen Kreuzfahrten.«

»Nein, natürlich nicht. Dafür sorgt Peruze mit ihren unschuldigen rehbraunen Augen und ihrer respektheischenden Hostessenuniform schon.«

»Mijnheer Quispel, ich will Ihnen ja glauben, daß die Kreuzfahrt nicht ganz Ihren Wünschen entsprach, aber das ist noch kein Grund, Ihre Hosteß zu beleidigen.«

Nach dem Austausch weiterer Frostigkeiten kamen sie überein, daß Quispel sich noch am selben Tag im Büro von Aphrodite Hellas Ltd. in Nea Makri beschweren sollte. Er wurde äußerst zuvorkommend vom Direktor persönlich empfangen. Peruze saß etwas kleinlaut auf einem Hocker daneben.

»Sie haben mir eine eintägige Kreuzfahrt verkauft, die auf der *City of Hydra* vonstatten gehen sollte. Dem Programm zufolge sollten wir die Inseln Ägina, Poros und Hydra anlaufen und dort insgesamt fünf Stunden verbringen. In Wirklichkeit wurden wir vom Fahrer des Reisebusses bei einem umgebauten Frachtschiff, der *Mistral*, abgeliefert. Die *Mistral* fuhr nach Ägina und dann nach Hydra, wo die Passagiere insgesamt fünfunddreißig Minuten an Land durften. Poros wurde ausgelassen.«

Herr Votsis von Aphrodite Hellas Ltd. schüttelte langsam den Kopf und lächelte bekümmert. »Mister Quispis, this must be a mistake.« Er schlug seinen Block mit den Buchungsformularen auf. Violette Kohlepapiere flatterten raschelnd im Luftstrom des Ventilators. »Solche Dinge kommen bei Aphrodite Hellas Travel Agency nicht vor. *Never*. Es muß sich um ein Versehen handeln.« Der Direktor rückte ein Blatt Kohlepapier zurecht und fing an zu schreiben. »Wenn Sie mögen, dann buche ich für Sie und Ihre Frau eine neue Kreuzfahrt. Auf der *City of Hydra*. Selbstverständlich auf Kosten von Aphrodite Hellas. – Oder wissen Sie was?«

Herr Votsis beriet sich auf griechisch mit der Hosteß. Peruze nickte.

»Listen. I have a much better idea for you and your wife, Mister Quispis. Um Ihnen zu zeigen, wie sehr uns Ihr Urlaub am Herzen liegt, und um Ihnen zu zeigen, wie sehr wir das

Mißverständnis ... auch wenn es sich unserem Einflußbereich und unserer Verantwortung entzieht, *of course* ... bedauern, bieten wir Ihnen ohne Aufpreis eine Luxuskreuzfahrt auf der *Saronic Star* an. Die *Saronic Star* ist unserer luxuriösestes *cruise ship*. Außerdem fährt es schneller als die *Hydra*, so daß insgesamt nicht weniger als sechs volle Stunden zur Erholung auf den Inseln bleiben. *How about that, Mister Quispis*?«

»Sehr korrekt von Ihnen.«

»*Next thursday the eight* ... Paßt Ihnen das?«

»Ja natürlich.«

»Gut. Sie werden um sechs Uhr am Hotel abgeholt.« Votsis stand auf und gab Quispel die Hand. »Ich wünsche Ihnen einen problemlosen weiteren Verlauf Ihres Urlaubs.«

»Thank you very much. You, too, Miss Peruze.«

An jenem 8. August war zur selben Zeit wie beim vorigen Mal derselbe Reisebus vorgefahren. Alles war wie am vergangenen Montag – der unansehnliche Kai, der Hafenteil mit den Frachtschiffen –, außer daß das Umsteigen vom Bus auf das Schiff diesmal noch viel schneller vonstatten ging und Steward und Purser noch erregter mit den Händen wedelten. Obwohl letzterer Zwanet bekannt vorkam, wie sie bereits auf der Gangway sagte, entdeckte Quispel erst auf dem Oberdeck, wo er das Gesicht des Kapitäns sofort wiedererkannte, daß sie sich erneut an Bord der *MS Mistral* befanden.

»This must be a mistake«, wiederholte Quispel dem Kapitän gegenüber die Worte von Direktor Votsis von Aphrodite Hellas Ltd. Er zeigte ihm sein Ticket. »Ich sollte heute eine Kreuzfahrt auf der *Saronic Star* machen.«

»Oh, it's you again«, sagte der Kapitän tonlos. Er verschwand, ohne auch nur einen Blick auf das Reisedokument geworfen zu haben.

Die Gangway war bereits eingeholt, die Trossen wurden losgemacht. Sie waren gezwungen, die ganze Reise noch einmal auf genau dieselbe, vom offiziellen Programm abweichende Weise zu wiederholen: von den zwanzig Minuten Umherirren auf Ägina bis zu der Viertelstunde Herumlungern im Hafen von Hydra. Poros wurde auch dieses Mal übersprungen. Der einzige Unterschied zum vorigen Mal (denn sogar die Temperatur hielt sich auf 43 bis 44 °C) bestand in der kleinen Jacht, der es offenbar behagte, die *Mistral* zu begleiten.

Die *Mistral* fuhr an Ägina vorbei. Von der Insel stieg eine schwankende Rauchsäule auf.

»Brandstiftung«, wußte ein englischer Passagier, der sich neben Quispel über die Reling lehnte. »Brandstiftung ... aus Protest.«

»Politics«, ertönte es hinter ihnen in gebrochenem Englisch. »Alles Politik. Nichts zufällig.«

Quispel drehte sich unwillkürlich um und sah einen dunkelhaarigen jungen Mann mit Sonnenbrille breit grinsend in einem Deckstuhl, die Hände hinter dem Kopf gefaltet. Er wirkte sehr entspannt, aber die Art und Weise, wie er seine Hockeytasche zwischen den Füßen geklemmt hielt, hatte etwas Verkrampftes, als habe er Angst, bestohlen zu werden.

»Politics very bad. By the way, mister ... yes, you ... You beautiful wife. You lucky.« Das Grinsen auf seinem dunklen Gesicht war nicht unangenehm. »Love is good. Politics bad. Very bad.«

Der Engländer zog zum Zeichen des Einverständnisses die Augenbraue hoch, und sie richteten den Blick wieder auf Ägina. Das Feuer war zu weit entfernt, als daß man hätte sehen können, ob etwas dagegen unternommen wurde. Weil sie sich nicht merklich bewegte, sah die Rauchsäule relativ harmlos aus. Sie schien dort schon sehr lange zu stehen, schon jahrhundertelang, beispielsweise als Überbleibsel eines größeren Bauwerks.

Als später die heiße Sonne und das Glitzern des Wassers Ernst wieder zuviel wurden, ging er hinüber auf die schattigere Deckseite. Im Vorbeigehen schaute er auf Zwanet, die zu schlafen schien und nur noch die Füße in der Sonne hatte. Als Ernst an dem dunklen Mann mit der Sonnenbrille vorbeikam, sah er, daß dieser an einem Gegenstand herumbastelte, den er nicht einordnen konnte, obwohl er ihm irgendwie vertraut vorkam. In dem Moment, in dem sich Quispel in den Schatten eines Rettungsboots setzte und feststellte, daß das Blech selbst hier noch zu heiß für den Hintern war, erhob sich der Mann aus seinem Liegestuhl, um das Ding, das er bestimmt eine Minute lang mit ernster Miene in der Hand gehalten hatte, weit von sich zu werfen.

Ernst glaubte, er wolle es ins Meer werfen, aber es prallte gegen den Schornstein, aus dem schon den ganzen Tag über schmutzigbrauner Rauch quoll, ein Makel in all dem reinen Blau rund um das Schiff. Die nachfolgende Explosion brachte Quispel nicht sofort mit dem harmlos Richtung Meer gezielten, aber falsch aufgekommenen Gegenstand in Verbindung. Es war der Schornstein, der da von innen heraus explodierte, aufgrund welchen technischen Fehlers auch immer.

Aus einem unregelmäßig geformten Loch im Schornsteinmantel züngelten Flammen, auffällig bleich in dem grellen Sonnenlicht, das bereits seit Stunden daraufschien. Eine Welle der Erregung lief über das Deck. Alle waren aufgesprungen und blickten zu der Stelle, an der infolge des fast unsichtbaren Feuers die Luft noch heftiger flimmerte als irgendwo sonst über dem heißen Blech. Nur Quispel, als ob ihm etwas zu dämmern begänne, wandte den Kopf rasch wieder demjenigen zu, der so schlecht zielen konnte. Aus dem, was Ernst für eine Hockeytasche gehalten hatte, versuchte der Mann gerade ein Maschinengewehr zu ziehen, aber weil er den langen Reißverschluß nicht weit genug geöffnet hatte, blieb die Tasche am Lauf hängen. Allein an der Heftigkeit, dem Ungestüm, mit dem der Mann die Waffe herausriß, war abzulesen, wie nervös er sein mußte; in dem Gesicht mit den verdeckten Augen und den starren Kiefern regte sich nichts.

Und schon schoß er. Erst, wahrscheinlich um zu testen, ob

seine automatische Waffe funktionierte, schräg nach oben, über die Köpfe der Passagiere – weswegen Quispel noch an Einschüchterung dachte, an eine Warnsalve. Eine Entführung! schoß es ihm durch den Kopf, und ihm kam eine Vision, was das bedeuten würde. Zwei Wochen in diesem schwimmenden Brutofen von einem Hafen zum nächsten ... Er hatte sich geirrt: Die nächste Salve, die, mit der Hüfte des Mannes als Mittelpunkt, einen Halbkreis beschrieb, war bereits viel gezielter. Quispel sah Menschen zu Boden fallen, aber es war nicht ersichtlich, ob sie getroffen waren oder sich, um ihr Leben zu retten, flach aufs Deck warfen.

Zwanet schien die einzige zu sein, die nicht erst aufgesprungen war, um sich dann fallen zu lassen. Sie war zwar aus ihrer liegenden Haltung hochgekommen, dann aber auf dem Rand des Deckstuhls sitzen geblieben. Das straff gebundene Kopftuch, die Sonnenbrille und das weiße Papierstück auf der Nase machten ihr Gesicht ebenso ausdruckslos wie das des schießenden Mannes. Sie saß außerhalb von dessen Blickfeld, fast genau hinter ihm.

Daß eine unerwartete Bewegung den Schützen alarmieren und zum Umdrehen veranlassen könnte, ging Ernst erst auf, als er schon mitten im Sprung war. Er riß Zwanet mitsamt dem Stuhl um. Sie rollten unter ein Rettungsboot, doch nicht in dessen Schatten: Sie blieben auf dem glühenden Deck liegen, auf dem die Sonne stundenlang gestanden hatte. Ernst spürte, wie Zwanet zusammenzuckte bei der Berührung ihres nackten Oberarms mit dem Blech, das genauso heiß war, wie der Mantel eines Ofens sein konnte; er selbst bekam Gänsehaut von der Hitze, die rasch durch seine Kleider drang. Zwanets Atem stockte. Sie verbrannte sich den Arm, konnte ihn jedoch nicht wegziehen, da er sie niederdrückte. Es war wie das Aufdrücken eines Brandzeichens – der glühende Abdruck von Nieten, nein, eines ganz besonderen Motivs: Das Deck hatte hier, als Rutschbremse, ein Waffelrelief. Doch was war diese Hitze schon, verglichen mit der tödlichen Glut, die jeden Moment, sobald der Schütze sich umgedreht hatte, in ihre Körper schlagen konnte? Was waren Brandblasen auf der Haut, verglichen mit ewigen Brandwunden tief im Fleisch?

Quispel erkannte zweierlei Geräusche, die sich gegenseitig ergänzten: das Einschlagen und das Abprallen der Kugeln. Dann hörte das Schießen auf. Das Schreien und Wimmern der Passagiere ging weiter. Ernst riskierte einen kurzen Blick über Zwanet, die er unabsichtlich als lebenden Schild vor sich hielt (sie hatten beim Rollen eine Umdrehung zuwenig gemacht). Ihr Hut lag zwei Meter von ihnen entfernt neben dem umgekippten Liegestuhl. Ein Hut aus rotgefärbtem Stroh, mit einem schwarzen Band oberhalb der Krempe. Der Mann, der sich kaum einen Meter von der Stelle gerührt hatte, steckte ein neues Magazin in das Maschinengewehr – und sofort setzte das Schießen wieder ein, beantwortet von noch lauteren Schreien. Ernst rollte rasch so weit über Zwanet, bis er mit dem Rücken zum Schützen lag. Jetzt waren sie an der Reihe.

Nein, die Wahrheit war an der Reihe. Sie hatten eine faire Chance gehabt. Die mißlungene erste Kreuzfahrt. Er hatte sie noch einmal machen wollen. Etwas wiederholen zu wollen war seine Schwäche. Er hätte es wissen müssen. Er hatte sie erwartet, die Wahrheit. Schon früher, aber sie war erst jetzt eingetroffen. Noch vor zweieinhalb Monaten hatte er sich gegen sie gewehrt – bei der Geburt ihres Kindes, als Quispel eine gewisse Panik bei der Hebamme und ihrer Helferin bemerkte. Die Frauen berieten sich flüsternd. Etwas war nicht in Ordnung. Sie mußten etwas gesehen haben, was ihm noch entging. Jetzt würde die grauenvolle Wahrheit ans Licht kommen. Zwanet war im Begriff, ihm ein Monster zu gebären, und das Monster war ihre Wahrheit: das Produkt seiner Trunksucht und ihres Abscheus vor ihm. Das Produkt ihrer beider unreinen Blutes, das seit dem Tag ihres Kennenlernens vergiftet war.

Kurz darauf wurde ihm ein gesundes, brüllendes Kind in die Arme gedrückt, und seine Tränen spülten das Bild des

Monsters, das er verdient hätte, aus seinen Augen, aus dem Gehirn. Cynthia. Sie würde sich erst jetzt einstellen, die Wahrheit, hier, im Ägäischen Meer, und in noch schrecklicherer Gestalt als damals, als er sie erwartet hatte.

Nein, die Wahrheit zeigte sich auch diesmal nicht. Sie zog sich zurück. Quispel hörte, daß ganz in ihrer Nähe etwas klappernd gegen die hohlen Rohre der Reling schlug. Er schaute über Zwanet hinweg und sah den Schützen – ohne Waffe – an einer schmalen Strickleiter in der Tiefe verschwinden.

Natürlich, die Jacht!

Gleich darauf, als er sich etwas weiter aufzurichten getraute, sah er sie mit hoher Geschwindigkeit in Richtung Festland davonfahren. Die Möwe war verschwunden.

Ob es auch Tote gegeben hatte, konnte ihnen niemand sagen. Überall an Deck lagen Verletzte; die meisten wurden von der Bordbesatzung versorgt, sofern diese nicht selbst verletzt waren. Der Engländer, mit dem Quispel sich an der Reling unterhalten hatte, lag mit durchschossenen Beinen auf einer Trage.

Den schlimmsten Anblick boten nicht die Blutüberströmten, sondern jene, denen der Schrei noch im Gesicht stand. Sie gerieten erneut in Panik, als mehrere kleinere Schiffe, die wahrscheinlich einen Hilferuf aufgefangen hatten, sich der *Mistral* aus verschiedenen Richtungen näherten. »*The terrorists ...! They're coming back!*«

Nachdem ein kleines Frachtschiff, das längsseits gekommen war, eine Zeitlang mit schwachen Wasserstrahlen aus viel zu dünnen Schläuchen vergeblich zu löschen versucht hatte, legte die *Mistral*, immer noch brennend, die letzten Meilen nach Piräus aus eigener Kraft zurück. Über dem Ort des Anschlags war ein Hubschrauber stehengeblieben, um die Menschen aus dem Meer zu fischen, die nach der Explosion über Bord gesprungen waren.

In Piräus wartete eine lange Reihe von Rettungswagen am

Kai. Nicht weit von der Stelle, an der die *Mistral* anlegte, war ein Teil des Piers von der Polizei abgesperrt worden. Dort stand ein vollständig ausgebranntes Dreiradauto – der Wagen eines Eisverkäufers, wie Umstehende behaupteten. Es war an diesem Nachmittag explodiert.

Im Bus nach Nea Makri merkte Ernst kurz nach der Abfahrt aus Piräus, daß er eine volle Blase hatte, während der Prospekt der Reisegesellschaft warnend darauf hinwies, daß unterwegs nirgends aus sanitären Gründen angehalten würde. Der Kampf gegen den Blasendruck, gut eine Stunde lang, verdrängte alles andere; er wurde wichtiger als die Ereignisse dieses Nachmittags. Mit abnehmender Entfernung zum Hotel *Evvoia* wuchs Quispels Überzeugung, er brauchte nur seine Blase zu entleeren, um von allem erlöst zu sein, so daß nur noch ein prickelndes Gefühl der Befreiung im Unterleib bliebe.

Die Nachrichtensendung, die abends in der Hotelhalle mit Spannung verfolgt wurde, brachte Bilder von dem Hubschrauber, der im Meer Treibende herausfischte. Zwei wurden vermißt. An Bord waren vier Passagiere und ein Besatzungsmitglied von Kugeln aus einer automatischen Waffe getötet worden. Dreiundvierzig waren verletzt, sechs davon schwer. Man bangte um das Leben von mindestens zwei Schwerverletzten. Die Polizei, so übersetzte jemand vom Hotelpersonal bereitwillig, schloß einen Zusammenhang zwischen dem Anschlag auf die *Mistral* und der Explosion des Eiswagens im Hafen von Piräus nicht aus. Anstelle von Eis barg das Fahrzeug Sprengstoff, automatische Beretta-Waffen und Munition. Möglicherweise hatten die Täter eine Entführung des Schiffs beabsichtigt und wollten als erstes Piräus ansteuern, wo der Eisverkäufer die Vorräte ergänzen sollte. Der Mann, der mit seinem Laden in die Luft geflogen war, erwies sich als so stark verstümmelt, daß nicht mehr festzustellen war, ob es sich um einen Griechen, einen Araber oder einen Israeli handelte. Vom Täter und seinen Handlangern sowie von der geheimnisvollen Jacht fehlte jede Spur.

Spekulationen kamen auf. Rache für dies, Vergeltung für jenes. Manche erkannten angesichts des Rufes Griechenlands als Drehscheibe des Terrorismus mit Ziel Israel in der Aktion die Handschrift des Mossad. Andere hielten es angesichts einer Gruppe amerikanischer Juden an Bord für einen arabischen Anschlag. Dann aber konnte es genausogut das Werk iranischer Terroristen gewesen sein, denn amerikanische Juden waren schließlich immer noch Amerikaner, und Amerikaner ...

»Es scheint dich kaltzulassen«, sagte Zwanet.

»Ach, diese ganzen Spekulationen ... Seit zehn Jahren hat sich hier keiner mehr zu einer terroristischen Aktion bekannt. Wahrscheinlich handelt es sich schlicht und ergreifend um Reserveterroristen, die wieder mal dran waren für eine Generalprobe mit lebenden Objekten. Ein bißchen rumballern und mit Granaten um sich werfen macht von Zeit zu Zeit Spaß. ›Der achte Oktober‹, ›Der siebzehnte November‹, ›Der elfte Juni‹ ... Heutzutage gibt's mehr Terrorgruppen, als der Kalender Tage hat.«

Quispel wollte nicht als Zeuge auftreten. Ihm wurde übel bei dem Gedanken, der Polizei noch einmal erzählen zu müssen, was er auf dem Schiff gesehen hatte. Er hatte nichts gesehen.

Er nahm Reißaus. Beim Reiseveranstalter setzten sie wegen der Ereignisse mühelos durch, daß sie vorzeitig abreisen konnten. Anfang der kommenden Woche gab es in Athen einen Charterflug mit einigen freien Plätzen.

Ernst und Zwanet schlugen die Zeit tot. Die Hitzewelle schien vorbei: Das Thermometer zeigte 38°. An der Küste bei Nea Makri hatte sich der Wind gelegt. Der Sand sackte aus den geglätteten Wogen auf den Grund, und das Meer wurde wieder blau, bis hinüber zur Insel Evvoia.

Sofort nach der Rückkehr aus Griechenland nahm Quispel die endlose Reihe einstweiliger Verfügungen wieder in Angriff. Die erste, am 21. August, erwirkte er glanzvoll: Der Vertrauensarzt durfte, so der Präsident des Amsterdamer Landgerichts, Gespräche mit den Wärtern und Polizeibeamten führen, allerdings nur, falls diese sich dazu bereit erklärten. Letzteres erleichterte Quispel, doch er achtete darauf, solange er seinen Talar trug, einigermaßen verärgert dreinzuschauen. Eine Woche darauf erlitt Dr. Vitringas Enthusiasmus einen Knacks: Er sollte vorab eine Fragenliste einreichen.

Schon bald zeigte sich, daß die meisten Polizeibeamten keinen Wert auf ein Gespräch mit dem Vertrauensarzt legten. »Wir haben unseren eigenen Betriebsarzt«, so wurde gewitzelt. Sie weigerten sich. Quispel versprach Dr. Vitringa, erneut einen Antrag auf einstweilige Verfügung zu stellen. Das geschah zwei Wochen später. Der Bürgermeister, immer noch griesgrämig, weil die Chance auf ein Amsterdamer World Jamboree im Jahr '87 mittlerweile definitiv verspielt war, blieb hart: »Seine« Leute seien nicht verpflichtet zu reden.

In der dritten Oktoberwoche wurde der sogenannte Zweite Bericht, eine 1150 Seiten dicke Schwarte, dem Justizminister übergeben. Eines war sehr schnell klar: An der ursprünglich angegebenen Todesursache war festgehalten worden.

Het Devies berichtete, daß das Justizministerium eine gerichtliche Voruntersuchung gegen mehrere Wärter einleiten werde, die Noppen in seiner mißlichen Lage möglicherweise bewußt keine Hilfe geleistet hätten. Die Meldung war Quispel sehr unangenehm.

Der Zweite Bericht sollte der Öffentlichkeit nicht zugänglich gemacht werden. Immerhin hatte der Justizminister angeboten, ihn der Familie Noppen persönlich vorzulegen. Das geschah noch in derselben Woche, am Donnerstag. Quispel durfte ebenfalls zugegen sein.

Der kurznackige Minister hatte eine Art mehrdeutiges Blitzen in den Augen. Ein spitzbübisches Funkeln. Als Quispel mit Mijnheer und Mevrouw Noppen eintrat, saß der Minister – die Hände unter dem Tisch – da wie ein Schuljunge, der gerade etwas angestellt hat und jetzt, da der Lehrer plötzlich ins Zimmer kommt, sein Gesicht unter Kontrolle zu halten versucht, dabei jedoch das spitzbübische Funkeln in den Augen nicht zu verbergen vermag. Das Corpus delicti seines Lausbubenstreichs kann sich ebensogut im fest verschlossenen Mund wie in der zur Faust geballten Hand befinden, sofern er es nicht mit Kaugummi unter das Pult geklebt hat.

Zum Erstaunen aller begann der Minister, der auch schon als »Knallfrosch im Porzellanschrank des Rechts« bezeichnet worden war, mit trockener, eintöniger Stimme – freilich ohne diesen Lausbubenblick zu verlieren – sämtliche Kritik, die geäußerte wie die noch zu erwartende, an seinem Verhalten zu entkräften. Ohne Punkt und Komma.

»Uns wurde sogar unterstellt – nicht zu fassen –, wir hätten den Jungen mutwillig krepieren lassen, um damit zu unterstreichen, daß Polizeizellen für vorläufigen Gewahrsam ungeeignet seien ... Daß es, anders ausgedrückt, höchste Zeit werde – nach dem Motto: Bitte, wieder ein Toter! –, mehr Zellen zu schaffen. Mehr Untersuchungsgefängnisse und mehr Strafanstalten. Demnach war es auch logisch, speziell jemanden krepieren zu lassen, wenn Sie mir diesen Ausdruck noch einmal verzeihen wollen, der das Gebäude, das zu einem neuen Untersuchungsgefängnis umgebaut werden sollte, besetzt hielt. So konnte man jemanden mit dem Tode bestrafen und dennoch die Communis opinio auf seiner Seite haben. Kiliaan Noppens Tod als schlagender Beweis, daß es ›so nicht länger geht‹. Was für eine Komplottheorie! Grauenhaft!«

Auf die von Vater Noppen mit zitternder Stimme gestellte Frage, weshalb der Bericht der Öffentlichkeit nicht zugänglich gemacht werde, antwortete der Minister schalkhaft: »Ja, Offenheit der Gesellschaft gegenüber müßte für die Regierung eigentlich ein vorrangiges Anliegen sein.«

Ergebnis Gegengutachten Professoren
Krook und Smöller
Noppen an Überdosis Heroin
und Lungenentzündung gestorben

So lautete eine Schlagzeile am Mittwoch, dem 13. November.

Die toxikologische Gegenuntersuchung hatte unwiderlegbar das Vorhandensein einer sehr hohen Konzentration von auffallend reinem Heroin in einer Probe des Lebergewebes nachgewiesen. Den Gegengutachtern blieb es ein Rätsel, wie eine derartige Heroinmenge bei der ersten toxikologischen Untersuchung übersehen worden sein konnte, während man kleine Mengen an Librium, Speed und Alkohol gefunden zu haben glaubte.

Als Reaktion auf dieses Ergebnis ordnete der Justizminister eine neuerliche Untersuchung zum Gesundheitszustand von Kiliaan Noppen unmittelbar nach dessen Festnahme an.

Am Tag darauf hielt das Duo Smöller-Krook eine Pressekonferenz ab.

»Haben Sie einen Zusammenhang nachweisen können zwischen dem Vorenthalten von Bettzeug und der Lungenentzündung?«

»Langsam, langsam! Eine bakteriologische Lungenentzündung muß das Opf ... der Verstorbene sich bereits außerhalb des Zellenblocks zugezogen haben. Infolge des Vorenthaltens von Bettzeug, im Verbund mit den niedrigen Temperaturen in den Zellen, kann die Infektion bei Kiliaan Noppen zum fatalen Ablauf beigetragen haben. Aber als wichtigste Todesursache ist doch die Überdosis an nahezu unverschnittenem Heroin anzusehen.«

»Wie erklären Sie es sich, daß in Rijswijk keinerlei Anzeichen einer Infektion gefunden wurden?«

»Wir haben nicht den geringsten Grund, an der Integrität des Gerichtslabors zu zweifeln. Aber daß den dortigen Pathologen eine Lungeninfektion verborgen geblieben sein soll ... geblieben ist, darf zumindest als merkwürdig bezeichnet werden.«

»Aber wie erklären Sie sich das?«

»Man hat es verabsäumt ... und ich lasse jetzt mal dahingestellt, welches der Grund für diese Nachlässigkeit gewesen sein könnte ... man hat es verabsäumt, eine mikrobiologische Untersuchung vorzunehmen.«

»Hätte man das Vorhandensein von Heroin nicht einfach anhand einer Blutuntersuchung nachweisen können?«

»Es gab eine Blutprobe, aber sie war wertlos. Nicht steril entnommen. Nicht in den Kühlschrank gestellt, genauso wie das Bier eines Onkels, den man nicht mag. Wertlos. Davon ließ sich keine Kultur mehr anlegen. Um Ihnen, die Sie hier versammelt sind, die Wahrheit zu sagen: Es war so etwas Ähnliches wie ein Schlachthauspaket, was uns geliefert wurde.«

Der Umzug

Die Anzeige in *De Telegraaf* versprach eine rund 250 m² große Wohnung mit allem Drum und Dran in der Nähe des Concertgebouw. »Hausmeister Tag und Nacht anwesend.« Und das alles für eine Miete von 4500,– Gulden pro Monat, exklusive Nebenkosten.

Selten hat eine Anzeige ein Herz so schnell klopfen lassen. Dort, auf einer Fläche von wenigen Quadratzentimetern, winkte der Bankrott.

Als Quispel Anfang der siebziger Jahre, chronisch knapp bei Kasse, Italien durchstreifte, hatte er sich gelegentlich in einem erstklassigen Hotel »unverbindlich« eine Suite zeigen lassen (selbstverständlich mit der Ausrede, es sei »nicht für heute nacht, sondern für übermorgen«), nur um den Luxus höchster Zuvorkommenheit seitens des Personals zu genießen – etwa der Luxus eines Bettlers, der eine Brotkruste in den von einem gebratenen Schwein aufsteigenden Dampf hält. Dieses Gefühl erlebte er jetzt wieder, nachdem er telefonisch einen Termin zur Besichtigung der Wohnung vereinbart hatte, die sich, wie sich herausstellte, in der vierten und obersten Etage eines großen Gebäudes in der van Wassenaarstraat befand. Ernst würde in der bitteren Gewißheit durch die Zimmer gehen, daß ihm soviel Chic nicht beschieden war.

Die Anzeige las er an einem Freitag, der Besichtigungstermin wurde für den Montag vereinbart. Aber noch am selben Freitagnachmittag sah sich Quispel von einem Hauseingang gegenüber mit Stielaugen das Gebäude an. Von außen ein schlichtes, strenges Beispiel der Amsterdamer Schule, doch als er durch die Glasausschnitte der Eingangstür hineinspähte, sah er einen luxuriösen Treppenaufgang mit Marmorhalle und schwerer Täfelung.

Der Hausmeister fand es nicht merkwürdig, daß er klingelte. »Der Bauaufsichtsbeamte zeigt gerade einer Dame die Wohnung. Wenn wir ihn gleich alle beide lieb angucken, dann nimmt er Sie auch noch mit nach oben.«

Die Eingangshalle und der Treppenaufgang lieferten Quispel gleichsam eine visuelle Zusammenfassung der Fälle, die er gewinnen müßte, um hier wohnen zu können. Der Hausmeister ließ ihn in seine Loge – kein Pariser Lauerkabuff mit klickenden Stricknadeln, sondern eine gemütliche kleine Wohnküche, in der das Ehepaar, hinter Tüllgardinen, jeden Eintretenden beobachtete.

»Mir is so'ne kleine Wohnung lieber«, sagte die Frau. »Viel lieber als wie die Ballsäle da oben. Da kannste ja Walzer tanzen.«

Der Beamte von der Bauaufsicht führte ihn mit verhaltenem Stolz durch die Wohnung. Ballsäle, in der Tat. Ein großer offener Kamin aus Kupfer, wie der Schlund der Hölle. Überall Parkett. Dienstbotenzimmer, Vorratskammer, fürstliches Badezimmer. Insgesamt acht Räume, der größte vierzehneinhalb auf fünf zwanzig. Balkon nach Südwesten, mit Aussicht auf den Amstelveenseweg. Auf der Rückseite Aussicht auf Concertgebouw und Rijksmuseum. Und dann in der vierten Etage ... ohne Obermieter, abgesehen von Gottes eigenen Engeln. Der schlimmstmögliche Lärm wäre das Getrampel des Hagels auf dem Dach zwei-, dreimal im Jahr.

Ganz im Gegensatz zu jenen italienischen *alberghi di lusso* damals bereute Ernst jetzt sein Eindringen. Hier zu wohnen ... unerreichbar selbst für den allerhöchsten Hahnenkamm ... In jedem Zimmer starb er einen kleinen Tod. Lieber hätte er nichts von diesen Räumen gewußt.

»Tja, die Konkurrenz schläft natürlich nicht«, sagte der Mann von der Bauaufsicht, als er merkte, wie beeindruckt der Anwalt war.

Fast unter Tränen des Bedauerns rief er Zwanet von einer Zelle aus an. »Die wäre so geeignet für uns ... Jetzt werde ich jede Wohnung, die wir uns noch ansehen, ob ich will oder nicht, an dieser messen.«

Er verabredete sich mit ihr auf der Terrasse des *Melkhuis* im Vondelpark, wo Zwanet mit Cynthia im neuen Sportwagen erschien. Über dem Stadtplan, den Ernst auf dem Tisch ausgebreitet hatte, versuchten sie sich gegenseitig Mut zuzusprechen.

Natürlich gingen sie an diesem Wochenende, nachdem sie Cynthia bei Zwanets Eltern abgegeben hatten, noch ein paarmal hin und bettelten, ob sie das Heiligtum betreten dürften. Der Hausmeister ließ sie allein. Sie atmeten den weihevollen Geruch lange nicht gelüfteter Räume ein. Ernst roch den Bankrott und spürte das Goldfieber.

Lag es an Zwanets Erscheinung? Den Blumen für die Hausmeistersfrau? (Wer hätte je Rosen für Bestechungsgeld gehalten?) Ihrer lächelnden Verzweiflung? Wie dem auch sei, später stellte sich heraus, daß an diesem Wochenende eine Art Telefonlobbyismus in Gang gekommen war. Unabhängig voneinander hatten der Beamte von der Bauaufsicht und das Hausmeisterehepaar den Direktoren der Hausverwaltungsgesellschaft die Quispels als neue Mieter angepriesen.

Die Direktion bestand aus zwei Brüdern, den Gebrüdern Warenar, im Haus allgemein *The Warner Brothers* genannt. Zu diesen Warner Bros. wurden Ernst und Zwanet zu einer Art Vorstellungsgespräch einbestellt. So wie jemand anders bei einer solchen Gelegenheit seine Verlobte in einem fort fragen würde, ob »die Krawatte richtig sitzt«, »die Nase nicht glänzt« und so weiter, so fragte Ernst Zwanet auf dem Weg zum Büro in der de Lairessestraat, ob sie keine Probleme in bezug auf seine Kreditwürdigkeit sehe.

»Weißt du, sie fragen nach Referenzen bei der Bank.«

»Jetzt hör doch endlich auf mit deiner Kreditwürdigkeit.«

Während des Gesprächs machte Quispel viel her von seinem Einkommen. Er förderte immer neue Quellen zutage und war noch – fast in Trance – dabei, von jedem zufällig vorbeischwebenden Luftschloß die Hypothek aufzuführen, da hörte er, wie Zwanet, der praktische Schatz, mit dem Direktor bereits Ort, Zeit und sonstige Modalitäten der Schüsselübergabe absprach.

»Mijnheer, Mevrouw, von mir aus dürfen Sie da so lange wohnen, wie Sie wollen …«, sagte der eine Warenar, der Ingenieur.

»… und da so viele Kinder bekommen, wie Sie für richtig halten«, ergänzte Meester Warenaar, der Jurist.

»Aber Sie müssen schon für mindestens fünf Jahre unterschreiben.«

»Wir schicken Ihnen einen Vertrag.«

Nicht kreditwürdig genug? Seine Kreditwürdigkeit öffnete Quispel die Tür in einen goldenen Bankrott!

Wies die Wohnung bei ihrem Umzug, als sie den Möbelpakkern vorangingen, bereits Risse auf? Die häßliche Couchgarnitur stand noch da. Die Mattglaslampen waren verschwunden – das war es. Merkwürdig: Sofa und Sessel stehengelassen, Deckenleuchten mitgenommen.

Der Hausmeister hatte für seine einhundertfünfzig Gulden nicht sichtbar saubergemacht. »Die BP hat ein paar von diesen Türken geschickt. Die sind hier mit ihren dreckigen Füßen rumgelatscht. Ich hab's einfach nicht sauber gekriegt. Dreimal hab ich wieder von vorn anfangen müssen.«

Die Mattglaslampen, die der Hausmeister angeblich von der ausziehenden BP für seine »Mitwirkung« beim Ausräumen (ebenso wie die häßliche Couchgarnitur) geschenkt bekommen hatte, konnte Quispel für 85 Gulden das Stück – »ich bin ja kein Halsabschneider« – von ihm »übernehmen«, plus einem Entgelt fürs Wiederanbringen. Quispel beschloß, gelassen zu bleiben und den Mann dadurch zu verblüffen, daß er sämtliche Lampen von ihm übernahm und ihm einen anständigen Preis fürs Installieren anbot.

»Ich bin ja kein Halsabschneider.«

Ohne eine Miene zu verziehen, machte sich der Mann – mit plumpen Fingern, die keine Schraube festhalten konnten, und mit scheelem Blick – an die Arbeit und brachte sie alle schief an der Decke an. Um ihn noch mehr zu beschämen, rundete Quispel den Betrag nach oben ab. Gierig sagte der Hausmeister: »Da sieht man doch, daß Sie zufrieden sind, nä ...!«

Sie tranken ein Bier, und der Hausmeister zog Stockwerk für Stockwerk über alle Bewohner her. Der Mann stank – das hatte Quispel im übrigen bereits an der Luft gemerkt, die regelmäßig im Lift hängenblieb; Lieferanten beschwerten sich auch darüber. Quispel hatte schon bald heraus, daß der Hausmeister jeden Mittwoch den Kittel mit einem dunkelblauen Anzug vertauschte, um dann in Hilversum »auf Pferde zu wetten«. Um an Wettgeld zu kommen, hatte er ein gewisses Geschick im Loseisen kleiner Geldbeträge bei den Mietern entwickelt.

Außer diesem Hang zu Trabrennen gab es noch mehr Hinweise darauf, daß der Hausmeister eine andere Vergangenheit hatte, als man bei einem Hausmeister erwarten würde.

Der Hausmeister war nicht für die Mieter da, die Mieter bildeten alle zusammen den Boden, auf dem der Tyrann weiterexistieren konnte.

Paris, New York, okay, aber in Amsterdam war ein Hausmeister unmöglich. Ein Hausmeister unterstellte eine falsche, feudalistische Gesinnung bei den Bewohnern, die mit allen Mitteln – Rumgeknurre, Gestank, Beleidigungen, Erpressung – bekämpft werden mußte. Dieser war so damit beschäftigt, jedem seine Pflichten aufzuzählen, der das Unglück hatte, ihm über den Weg zu laufen, daß er kaum noch zu etwas anderem kam, als Zeitungen und Post zu verteilen und die Müllsäcke einzusammeln. Man mietete zwar eine Wohnung mit Hausmeister, aber es war höchst ungehörig, sich seiner zu bedienen. Telegramme wurden mit verächtlicher Gebärde in das Sortierfach der Hausmeisterloge geknallt und am nächsten Tag mit der Morgenpost verteilt. Dasselbe galt für Eilbriefe.

Luxuswohnung, Hausmeister, gute Lage ... die Namen gab es noch, doch dahinter stand nichts mehr. Man kaufte den Namen, den Titel von etwas, nicht die Sache selbst; die gab es nicht mehr. Das Leben wurde zu einem Spiel mit Jetons, auf denen die Namen, Gerüche, Farben und der Geschmack der herrlichsten Dinge standen. Mit diesen Jetons wurde gespielt. Man konnte sie kaufen – mit richtigem Geld. Weil man mit richtigem Geld jedoch nur noch Jetons anstelle von Dingen zu kaufen bekam, war es doch Spielzeuggeld. Wer Geld hatte, mietete oder kaufte große Worte, Worte mit einem Glanz, Worte, die die Erinnerung an kostbare Dinge wachriefen: ein Haus, eine Reise, ein Mahl.

Nach der Pressekonferenz am 14. November wurde es lange Zeit still. Der Name Kiliaan Noppen verschwand aus den Zeitungen. Die Besorgnis über das Schicksal von Inhaftierten ebbte wieder ab. In den Zellenblocks der Polizeireviere im ganzen Land kümmerte man sich bereits – systematisch, so schien es sogar – nicht mehr um festgenommene Betrunkene. Die Zeitungen berichteten von den ersten Todesfällen noch kein halbes Jahr nach Dr. Nops Tod.

Die Hahnenkämme schienen immer mehr aus dem Stadtbild zu verschwinden. Oder war dies wegen Quispels Umzug in einen anderen Stadtteil? Hin und wieder sah Ernst noch einen Kamm, grellgefärbt oder naturbelassen, in der van Wassenaarstraat, doch das mußte ein Zufall sein. Der böse Traum war vorbei.

Erst nach dem Umzug, während der Flaute, in der der Fall Noppen gelandet war, fand er richtig Zeit, sich in die Akte mit Egberts' Majestätsbeleidigung zu vertiefen.

Als Jurastudent im ersten Jahr hatte Ernst regelmäßig seinen Vater in Amsterdam getroffen, der dort einen Schriftsteller in einem Blasphemieprozeß verteidigte. Für ihn war es ein *glamour-case*, denn es ging um ein mittlerweile berühmtes Buch: Über alles berichteten die Tages- und Wochenzeitungen genauestens. Der Name Quispel – von *Quispel & Quispel* – wurde allmählich ein Begriff. Trotzdem verlief die Sache für Ernsts Vater enttäuschend. Auf dem Höhepunkt des Prozesses verkündete der zu theatralischen Gesten neigende Autor, er wolle seine Verteidigung selbst übernehmen.

Auch heute noch, fast zwanzig Jahre später, kannte Ernst die inkriminierte Passage auswendig, wie im übrigen auch Albert. Eines Nachmittags, als sie sich in Quispels Wohnung zusammengesetzt hatten, um das *crimen laesae maiestatis* zu besprechen, hatten sie darin gewetteifert, wer sie korrekt zitieren könne.

»Und siehe, nachdem mein Dröhnschädel bereits mehrere Male unter der Oberfläche verschwunden war und ich ebensoviele Male – bis zum Überdruß, darf ich wohl sagen, denn es war immer wieder dasselbe – so etwas wie den Trailer des demnächst zu erwartenden Films meines Lebens gesehen hatte, tauchte Rettung in Gestalt eines jungen Leichtmatrosen auf, der auf dem Wasser zu mir gewandelt kam. Ich erkannte Ihn sofort. Es war kein majestätisches Schreiten, was Er da tat, eher ein Schlendern, wobei Er die eine Hand in Seiner tiefen Hosentasche hatte und mit der anderen achtlos an einer goldenen Kette spielte, die Er wahrscheinlich von Seiner Mutter bei Seinem Aufbruch zu den Weltmeeren bekommen hatte, denn im Schein der Laternen am Kai sah ich, daß ein kleines goldenes Kreuz daran hing. ›Gekreuzigt an Wasserskis‹, fiel mir ein. Er beugte sich in Seiner ganzen Geschmeidigkeit vor und zog mich an der Hand hoch, und sehet! da stand ich, wenn auch bis auf den letzten Faden durchnäßt, neben Ihm auf dem Wasser, woraufhin ich natürlich sofort auf die Knie fiel.

›Mein Erlöser ... ja, zugegeben, ich hatte natürlich ein paar zuviel intus, da gibt's nichts zu beschönigen, aber ich wurde gestoßen, ehrlich wahr. Ich hab nur an einem Baum gestanden und ... Du verstehst schon, was ich meine. Die Mörder sind unter uns.‹

Sein Antlitz und Seine Haltung verrieten die reizende Ungeduld der Jugend, und mir wurde klar, daß ich mit meiner üblichen Bedächtigkeit nicht weiterkam. ›Mein Retter: Wenn du unbedingt leiden willst, dann überlaß das nur mir. Um dich festzunageln, dazu reicht mir ein einziger Nagel. In der Beschränkung zeigt sich der Meister, könnte man sagen. Ich werde dir mit meinem Körper als Kreuz dienen.‹

Vorbeifahrende Rundfahrtboote machten mit ihrem Wellenschlag die Gracht zu einem wogenden Liebeslager, obgleich der Heiland plötzlich über einen alten Fahrradrahmen klagte, der Ihm von unten gegen die Knie drückte. ›Prinzessin auf der Erbse‹, keuchte ich, aber der Erlöser verstand es nicht, denn bekanntlich ist Er, immerhin Verfasser eines weltberühmten Buches, nicht sonderlich belesen, genausowenig übrigens wie der Große Barde.

Von den Rundfahrtbooten aus versuchten garstige Touristen, mit ihren Blitzlichtern die göttliche Szene einzufangen. ›Ich weiß nicht, ob es dich ins Gerede bringen kann‹, brachte ich stoßweise heraus, ›aber es sieht ganz danach aus, o ungekrönter König der Weltmeere, daß wir gerade pornografiert werden.‹

›Macht nichts‹, keuchte mein Retter. ›Ich lasse mich nicht festnageln in der Dunkelkammer. Mach weiter, mach weiter. Es wurde gerade so schön. Diesen störenden Fahrradlenker nehme ich in Kauf. Oder ist es die Gabel, die ich da spüre ...?‹«

In Egberts' inkriminiertem Theaterstück ging es nicht um eine bestimmte Passage, sondern um die verletzende Darstellung insgesamt, obgleich sie in hohem Maße fiktiv war. So spielten die Gesundbeterin und die Schmiergeldaffäre in derselben Zeit, irgendwann Ende der sechziger Jahre, und das königliche Paar hatte nicht vier Töchter, sondern drei – plus einen Sohn. Um diesen Sohn, Benjamin, das jüngste Kind, ging es hauptsächlich in dem Stück (und in der Anklageschrift). Achtzehn Jahre alt, aber nur anderthalb Meter groß: ein Zwerg, verunstaltet, mit einem Buckel und einem Augenleiden geschlagen; der Prügelknabe im Haus. Ein »ausgekochtes Miststück« nach Ansicht seiner Schwestern. Seine Mutter, die Königin (die er unter Verweis auf die Umstände seiner Geburt Rubella nennt), hatte gegen den Willen der Regierung eine obskure Handauflegerin geholt, um Benjamin vor der drohenden Blindheit zu bewahren. Seinem Vater, den er wegen dessen zahlreicher Orden Papa Tannenbaum nannte, hatte man wegen der Annahme von Bestechungsgeldern gerade auf die Finger geklopft, so daß er jetzt in Zivil zwischen seinen Ebenholzelefanten saß und sehnsüchtig zu der Ankleidepuppe mit der verbotenen Uniform schaute. Über seinen Namen sagte Benjamin: »Das bedeutet Sohn der

Rechten Hand. Der rechten Hand Gottes, versuchen sie mir weiszumachen. Ich weiß es besser. Es ist die rechte Hand des Alten ... dieses fünffingerige Korsett, mit dem er sich in Form bringen mußte, um mich überhaupt zeugen zu können. Und dann wurde es auch noch eine Mißgeburt.«

Schwachsinnig oder hochbegabt? Hofnarr oder Genie? Zurückgebliebener kleiner Bruder oder Kronprinz? Für die Familie gab's keinerlei Zweifel: Die ließ ihn für thronunfähig erklären. Er selbst war anderer Meinung, und seine Überzeugung brachte ihn dazu, die Krönung seiner ältesten Schwester zu stören. Vorhang. Staatsschutz auf der Matte.

Alberts Prozeß nach dem Anschlag auf Baartscheer hatte Quispel seinerzeit an einen komischen Film erinnert, den er als Junge gesehen hatte. Was eigentlich der Anlaß gewesen war, eine Wette oder etwas anderes, wußte Quispel nicht mehr, jedenfalls wollte die Hauptperson unbedingt soundsoviel Monate Gefängnisstrafe, keinen Tag mehr oder weniger. Der Mann hatte einen Stein in die Schaufensterscheibe eines Juweliers geworfen und dann die Ankunft der Polizei abgewartet, ohne auch nur einen Finger nach den dort liegenden Schmuckstücken auszustrecken. Das war der Grund, weshalb seine Strafe niedriger ausfiel als gedacht. Der Angeklagte versuchte, das gewünschte Strafmaß dadurch zu bekommen, daß er den Richter beleidigte.

»Herr Richter, Sie sind ein Esel.«

»Sechs Wochen zusätzlich.«

Es war noch nicht genug.

»Sind Sie geistig überhaupt in der Lage, ein Urteil zu fällen? Das bezweifle ich.«

»Was? Noch mal sechs Monate ...!«

Das war zuviel des Guten. Der Angeklagte wandte sich flehentlich an den Vorsitzenden, gelobte Besserung, gute Führung.

»Na schön ... ich bin vielleicht übers Ziel hinausgeschossen ... aber acht Monate haben Sie auf jeden Fall verdient.«

Genau die gewünschte Anzahl Monate. Der Verurteilte jubelte.

»Was wirst du denn die ganze Zeit machen?« fragte Quispel Albert Egberts nach dessen Verurteilung.

»Ein Stück schreiben. Auch Jean Genet hat im Gefängnis mit Theaterstücken angefangen. Und, wer weiß, vielleicht komme ich von dem Zeugs los. Das wäre doch eine nette Zugabe.«

Nach Abzug der Untersuchungshaft blieben für Albert noch mehrere Monate Knast. Im Gefängnis verweigerte er die normale Arbeit, weil er sich als politischer Gefangener verstand. Er blieb den ganzen Tag, mit Ausnahme des Hofgangs, in seiner Zelle. Er kümmerte sich nicht um seine Mithäftlinge, die ihn für einen eingebildeten Widerling hielten mit seinem angeblichen Engagement. Es war daher auch nicht verwunderlich, daß sein erstes Stück von einem Outsider im Gefängnis handelte. Quispel ging zur Premiere in einem kleinen Theater in der Nes. Einen gewissen Anklang an Genet hatte auch die Widmung in der gedruckten Textfassung: »Dieses Theaterstück widme ich dem Andenken meines jung verstorbenen Freundes Thjum, des Schauspielers Theodor Schwantje. Ich schrieb es als Doppelrolle für diesen ein Meter sechzig kleinen, großen Schauspieler. In allen meinen künftigen Stücken wird ihm eine Rolle zugedacht sein, zu spielen von einem Schauspieler, der nicht größer als ein Meter sechzig ist.« Titel: *Pigs and dwarfs*.

Der Outsider war der Filmregisseur Roman Polanski mit seiner Knabengestalt. Seine Verurteilung wegen »Kinderschändung« brachte ihn in den Gefängnisflügel für schwere Fälle, in dem auch Charles Manson, der Auftraggeber des Mordes an Polanskis Frau Sharon Tate, seine lebenslängliche Strafe verbüßte. Manson war ungefähr gleich groß wie Polanski, ein Meter sechsundfünfzig: fein ausgetüftelt vom Teufel. Als sie miteinander konfrontiert wurden, wußten sie nicht, wer der andere war. Polanski hatte sich aus Angst, erkannt zu werden, einen Bart wachsen lassen. (Ein kleiner

Junge mit Bart.) Manson war auf dem Höhepunkt einer hitzigen Diskussion über religiöse Fragen von einem Harekrishna-Typ mit Benzin übergossen und angezündet worden: Er hatte einen bandagierten Kopf.

Charles Manson hatte beständig Angst um sein Leben; er verließ seine Zelle kaum, in der er noch immer auf seiner Gitarre übte, um ein großer Popmusiker zu werden. Polanski, der »Teeniefötzchen« wegen saß (wie es der Bühnenautor aus dem niederländischen Gefängnisjargon übernommen hatte), hatte nicht weniger Angst: An Sexualtätern wurden oft Aggressionen abreagiert. Die beiden fanden einander in ihrer Angst vor dem Rest des Baus. Keiner von ihnen war erpicht darauf, mit seinem Namen hausieren zu gehen; sie verschwiegen ihn sogar voreinander. Für die Aufseher*, deren besonderen Schutz sie genossen, waren sie »Schaufel und Besen«, weil sie den Gang sauberhielten. Die beiden sprachen einander mit ihrer Zellennummer an.

Wenn er nicht saubermachte, beschäftigte sich Manson mit Gitarrespielen, Singen, Komponieren; er verfügte über die Möglichkeit, Tonbandaufnahmen zu machen. Polanski las, schrieb, joggte.

Wenn sie über ihre Vergangenheit sprachen, taten sie es äußerst kryptisch. In gewisser Weise waren sie beide Regisseure, der eine inszenierte Filme, der andere Morde. Ihre kryptischen Äußerungen bewirkten eine Umkehrung der Rollen: Polanski hielt Manson für einen Regisseur blutiger Filme; Manson, der Polanski in bedeckten Worten über dessen grausame Filme hatte reden hören, glaubte es mit einem Mörder-hinter-den-Kulissen seines eigenen Kalibers zu tun zu haben. Zwei Regisseure, der eine von Lichtbildern, der andere ein Regisseur der Wirklichkeit. Polanskis Lichtbilder leiteten sich aus der Wirklichkeit her; Mansons reale Greueltaten aus Hirngespinsten. *Helter Skelter*. Sie kamen unabhängig voneinander zu dem Schluß, sie hätten in dem

* Um die Kleinwüchsigkeit der beiden zu betonen, hatte der Regisseur baumlange Aufseher ausgesucht.

hinter ihnen liegenden Leben dasselbe getan. Eine Konfrontation von Doppelgängern. »Er ist wie ich.« »Er ist ich.« »Wir sind vom selben Schlag.«

An diesem Punkt angelangt, ging Quispel allmählich ein Licht auf. Der Schauspieler Thjum, hin und her gerissen zwischen zwei Welten, die sich täuschend ähnlich waren. Zwischen dem Bildhauer des Hyperrealismus Flix und dem Dramaturgen Egberts. Albert wollte ihn mit Hilfe der Kunst eine neue Wirklichkeit darstellen lassen; Boezaardt versuchte mit Hilfe von Thjum, die Wirklichkeit mit der Kunst zur Deckung zu bringen – mit der Folge, daß Thjum starb. In seiner Doppelrolle verkörperte Thjum zwei Typen: den echten Künstler und den falschen, den Erbauer und den Zerstörer, das Leben und den Tod. Thjum in Alberts Händen, und Thjum in Flix' Händen.

Flix hatte gewonnen – in erster Instanz.

Albert besiegte ihn mit diesem Stück – allerdings ohne Thjum.

Sein erstes Theaterstück mußte natürlich ein Monstrum werden. Die Presse: »Skandaltheater« ... »Bühnenbildung für den Zeitungsleser« ...

Es war ein langer, stiller Winter, der bis zum kalendarischen Frühlingsbeginn dauerte. In den ersten Monaten des neuen Jahrs blies unaufhörlich ein beißender Nordostwind, der genau auf dem Fenster von Quispels Arbeitszimmer stand. Er zerrte an ihm, dieser Wind; er wollte etwas von ihm. Es war ein Gewissenswind. Er konnte bösartig fauchen, aber auch drohend surren, und pfeifen wie ein heiserer Wasserkessel. Er sprach mit Quispel in einer besonderen Sprache, die den Anwalt kalt werden ließ. Wenn er an seinem Schreibtisch saß, hatte er ständig das Gefühl, es ziehe, so gut Fenster und Türen auch isoliert waren. Er spürte den Atem des Windes, der unablässig zu ihm sprach.

Ende '85 hatte die Amsterdamer Galeriewelt Wind von den

dramatischen Ereignissen in Neapel bekommen, zumindest vom Bezug dieser Ereignisse zu den Werken des Bildhauers Felix Boezaardt. Eine kommerzielle Galerie an der Keizersgracht versprach sich durchaus etwas von einer Ausstellung, sofern gewisse »Großtaten« an die Öffentlichkeit gelangen dürften. Boezaardt stimmte zu. Albert Egberts sagte: »Es ist nicht geschmackloser als John Lennons blutbespritzte Brille auf einer Plattenhülle von Yoko Ono.« Im Februar erhielt Quispel über *Arti* eine Einladung. Kein Wort war erwähnt von der Entstehung der Objekte, doch für den, der Ohren hatte, zu hören, sprach der Name der Ausstellung – »Totenhemd« – Bände.

Quispel, der mittlerweile doch recht neugierig auf die Werke war, die den Künstler ins Gefängnis gebracht hatten, ging zur Vernissage. Anstelle eines Stehpults mit Gästebuch hatte die Galeristin eine Gipspuppe in den Eingangsbereich gestellt. An den erhobenen Armen hingen Filzstifte an Bindfäden herab, mit denen die Besucher Namen und Kommentare auf den Gips schreiben konnten. »Bei Madame Tussaud«, las Quispel, »haben sie wenigstens noch Kleider an.«

Meister Kienholz persönlich, im Zusammenhang mit der Restaurierung von *The Beanery* zufällig gerade in Amsterdam, hielt eine äußerst ironische Eröffnungsrede. Flix' Nachname klang in seinem Mund wie »Mr. Booser«.

»Mr. Booser, dies ist wahrlich das Ei des Kolumbus. Ich selbst habe das Naheliegende immer übersehen. Das hier ist erst der wahre Hyperrealismus ...!«

An einigen der grauweißen Skulpturen entdeckte Quispel rote Aufkleber, die anzeigten, daß sie bereits verkauft waren. Ernst wunderte sich über die Anwesenheit von Albert Egberts, der sich alle Mühe gab, dem Bildhauer aus dem Weg zu gehen. Später glaubte er den Grund dafür zu verstehen: Albert suchte Thjum, das Negativ von Thjum, seinen Abdruck, seine Totenmaske. Quispel sah, wie er sich lange über eine weiße Puppe beugte. »*Thjum. Neapel, Weihnachten 1977*«, lautete der schlichte Text. Er mußte an die weißen

Kreidelinien denken, Dr. Nops Umrisse, auf dem Amsterdamer Asphalt. »Dead, how do you mean?« rief Kienholz einem Besucher zu. »Why didn't they tell me? The fucking bastards!«

Flix gab sich während der ganzen Vernissage auffallend scheu. Die Galeristin führte aufgeregt den Kunstkritiker von *Het Devies* herum. Sein Artikel mußte bereits vorher geschrieben worden sein, denn er erschien noch am selben Nachmittag in der Kunstbeilage. »Bei allem Schauer könnte man leicht vergessen, daß dies – was im Ausland bislang noch niemandem gelungen ist – eine bis zur äußersten Konsequenz getriebene *body-art* ist. Blutende Hühner, triefende Rinderherzen, riskante Sprünge vom Dach ... Aber alle standen wieder auf, alle blieben am Leben. Nur Boezaardt wagte den äußersten Schritt. Und mußte dafür schwer büßen.«

Schneenacht im September

Das Netz des Abenteuers

Die Zeichen trogen nicht, nein, aber sie waren Quispel anfangs völlig entgangen, also was machte es schon. Oder vielleicht trogen die Zeichen immer, weil sie jedesmal anders aussahen und demzufolge nicht als solche erkannt wurden.

Rastlos, die Hose hochziehend, ging Quispel zum Fenster seines Arbeitszimmers. In der Ferne lag rotbraun und golden das Rijksmuseum in der Mittagssonne. Etwas näher glänzte die Lyra des Concertgebouw. Von der belebten Kreuzung dort unten konnte er hier nichts sehen. Er nahm lediglich etwas von den Geräuschen wahr, die, sehr suggestiv, von der Tiefe her aufstiegen. *Das Leben war woanders.* Gedämpft lockte die Stadt. Quispel schnallte den Gürtel seiner Hose ein Loch enger.

Sein Appetit war bereits seit Wochen zurückgegangen. Vor dem Lunch hatte er es nicht länger ausgehalten; er hatte sich im Badezimmer, ganz ausgezogen, auf die Waage gestellt. Er wollte sein absolutes Gewicht ablesen können. Der rote Pfeil zitterte ... Zwanet war hereingekommen, erstaunt, ihn da nackt anzutreffen.

»Wie ich dachte. Elf Pfund weniger.«

Zwanet kniff ihn über der rechten Hüfte ins Fleisch. »Schön straff.« Ihre Geste beinhaltete fast ein Versprechen. Unter seinen Füßen zitterte der rote Pfeil – vor Erregung, mochte man meinen.

Über den Museumplein spannte sich ein gigantisches Spinnennetz: das Skelett eines Riesenrads, das gerade aufgebaut wurde. Das Bild deckte sich ganz mit dem Eindruck, den der Platz von diesem hochgelegenen Punkt aus machte: unbewohnt, reglos, kein Verkehr zu sehen oder zu hören; unbenutzt also, so daß die Spinnen dort ungestört ihr Netz weben konnten. Gleichzeitig wies das noch kahle Netz auf Bewegung, Wirbel, Licht, Musik voraus ... Und das alles würde sich bald, für Quispel sichtbar, über dem Platz erheben. Eine aufrechtstehende, sich drehende Welt mit illuminierten Speichen.

Tief unter seinem Fenster lag der Tennisplatz. Vier mittelalterliche Damen mit winzigen Tennisröckchen und dicken Oberschenkeln schlugen sich gegenseitig den Ball zu, ohne sich um irgendeine Spielregel zu kümmern. Es waren die ersten Tennisspieler des Jahres. Sie hatten gerade begonnen, doch auf dem Kieseldach des Schuppens lagen bereits zwei fluoreszierend grüne Bälle; unsichtbar für die Damen, zogen sie für Quispel das gesamte Mittagslicht an sich.

Jedesmal wenn der Ball an einem der mit Gittern geschützten Fenster des Kindergartens landete, wandten sich alle kleinen Köpfe dem Freien zu. Ein Bild für die überfüllte Welt, in der zu leben sie lernen mußten. Den ganzen Tag lang Tennisbälle ans Fenster und Sicht auf die Krampfadern ihrer Großmütter. Ja, dies war eines der Symptome: Die Formulierungen tauchten zwar in seinem Kopf auf, aber die dazugehörige Wut fehlte. Statt dessen wurde ein angenehm tragisches Summen in ihm laut.

Der Stuhl des Schiedsrichters – eine Art Kinderstuhl, aber absurd hoch – war leer. Er war ein Symbol für Quispels Position, allerdings mit dem Unterschied, daß Quispel sich noch sehr viel höher über den Damen befand. Weiße Plastiksessel lehnten schräg an der Schuppenwand, so daß sie mit der Rückenlehne die Sitzfläche vor etwaigem Regen schützten. Das Regenwasser stand noch in Pfützen auf den Flachdächern der Atelierwohnungen, auf denen hier und da auch wildes Gras wuchs. Quispel sah, wie der Frühling geboren wurde. Der Frühling steckte ebenso in diesen beiden verirrten Tennisbällen wie in den Schatten der Arbeiter auf dem Dach des Concertgebouw.

Das Summen, das nicht nur oben in seiner Nase zu spüren war, sondern eigentlich im ganzen Körper wie eine Art Kribbeln, wurde zu richtiger Musik. Keiner existierenden;

Musik, die in diesem Moment geboren wurde. Ernst dachte an seinen Freund, den Komponisten, der voller Begeisterung beharrlich an seiner Oper weiterarbeitete, gleichzeitig aber über den Auftrag grübelte, ein sinfonisches Stück für das Concertgebouw-Orchester zu schreiben, dessen einhundertster Geburtstag in Kürze bevorstand. Seijffardt dachte an ein Stück von fünf, sechs Minuten Länge. Er sah alles viel zu klein, fand Quispel. Wenn das Muziektheater – schon so bald – seine eigene Waterlooplein-Oper bekomme, dann verdiente das hundert Jahre alte Concertgebouw doch mindestens eine eigene Sinfonie. Quispel hörte ein düsteres einleitendes *Adagio* in sich entstehen. Es schilderte die Urzeit des Concertgebouw. Nebelverhangene, schlammige Wiesen ... eine Pikkoloflöte als einsamer Morgenvogel ... Der Beethoven der *Pastorale* wüßte damit schon etwas anzufangen! Ernst brauchte nicht in sich zu suchen, nicht einmal zu lauschen: Er spürte die trägen Paukenschläge des Pfählerammens in seiner Brust, hundert Schläge, hundert Pfähle, und das alles in ein jauchzendes *Allegro* mündend. Wirbelndes Fin de siècle, optimistischer Beginn des neuen Jahrhunderts: Der Rhythmus dieses Allegros mit dem Beinamen Der Affenkutscher war der flinker Pferdehufe, unterstützt von ratternden Holzrädern. Wie schön klang in einigen Passagen die Drehleier ... Ernst lokalisierte das Instrument irgendwo rechts unter seinem Herzen.

Er mußte Arthur anrufen, bevor die Musik verflogen war. Ihm die Ideen skizzieren, die Melodien vorsummen. Er selbst konnte keine Note lesen, geschweige denn schreiben. Aber komponieren konnte er – der Beweis dröhnte in seinem Kopf.

Es blieb keine Zeit zum Telefonieren, denn schon präsentierte sich das Menuett, ganz im Stil der traditionellen Gartenkonzerte, die früher, als die Umgebung noch nicht so vollgebaut war, hinter dem Concertgebouw gegeben wurden. Mitten in diesem Teil der Sinfonie verstummte das große Orchester, denn es war Zeit für ein *Trio*. Doch ... was für ein Trio war das? Ernst hörte eine Art halb musikalischen Zwiegesprächs zwischen den Hupen altertümlicher Autos. Der moderne Verkehr rückte an! Die zweite Hälfte des Menuetts bekam durch die zunehmende Verkehrsbelästigung etwas Modernistisch-Kakophonisches ... noch mehr Autos, klingelnde Straßenbahnen ..., bis das Gartenorchester in den Großen Saal floh und ein erneutes Stimmen der Instrumente begann.

Quispel schloß die Augen. Das *Adagio* – das hörte er sofort – war dem Andenken der jüdischen Musiker gewidmet, die in den vierziger Jahren ihren Platz im Orchester räumen mußten. Ein konzertantes Adagio, denn die entlassenen Musiker spielten ihr eigenes Abschiedssolo.

Der letzte Teil wurde ein reifes *Allegro*, das die glanzvolle Nachkriegszeit des Concertgebouw und seines Orchesters ausmalte. Die Musik in Quispel wurde lauter und lauter. Das Allegro endete mit einem Schlußgesang für Chöre und Solostimmen, vielleicht als Hommage an die Mahler-Aufführungen unter Haitink.

Nun, dieser Miesepeter von einem Seijffardt durfte seinetwegen ganz auf der Seite auch noch einen atonalen Chor aufstellen, der stand für den neu zu erbauenden, völlig deplazierten Flügel aus künstlichem Glas; unbedingt nötig war er nicht.

Langsam verebbte die Musik in ihm. Er legte die Hände auf die Fensterbank und schaute wieder in die Tiefe. Das träge, vorsichtige Spiel der Frauen tat seinen Gedanken gut. Rückhand, Vorhand ... Sie folgten dem Rhythmus des Tennisspiels. Als ob dort unten der Widerstreit in seinem Inneren Gestalt annähme. Rückhand, Vorhand ... Argument pro, Argument kontra. Diesmal kein Pingpongspiel in seinem Kopf, sondern ein schleppenderer Kampf, dumpfere Aufschläge. Pro. Kontra. Von Zeit zu Zeit schob sich eine Wolke vor den Frühling, und dann raschelte die hohe Pappel, dieser Gefängnisbaum, kurz. Bis die Sonne mit all ihrer Kraft wieder da war. Pro ... kontra ...

Um wieviel Uhr begann eigentlich eine normale Aperitifstunde?

Es war drei Uhr. Die terrassenförmig angelegten Spielplätze des Kindergartens gegenüber füllten sich mit tobenden Kindern, und das gab der Musik endgültig den Rest. Das Schwimmbadgekreische der Knirpse war übrigens nicht weniger als die imaginäre Sinfonie Ausdruck seiner unverkennbar aufflammenden Freude.

Spielpause. Manchmal glaubte er in dem Getobe die kleine Cynthia weinen zu hören, doch das mußte Einbildung sein. In einer derartigen Kakophonie gab es immer auch einen hohen Kreischton, der, lang angehalten, an die vertraute Heulstimme des eigenen Kindes erinnerte. Außerdem sollte er sie hier in seinem Büro, das jenseits des großen Wohnzimmers lag, gar nicht hören können. Es sei denn ...

Ernst ging in die Küche. Auf der Anrichte stand wie üblich das Babyphon – aber es war nicht eingeschaltet. Wenn Zwanet mit dem Baby beschäftigt war, wie noch vor einer halben Stunde, stellte er den Apparat meist aus. Er wollte nicht Zeuge ihrer Vertrautheit sein, oder vielleicht schaltete er das Ding in erster Linie zum Schutz vor seiner eigenen Rührung aus.

Er drehte den Knopf auf volle Lautstärke, hörte jedoch nur Rauschen und ab und an das gedämpfte Brummen der in der Tiefe vorbeigleitenden Autos, woraus man schließen konnte, daß das Fenster mit der Doppelverglasung ein Stück weit offenstand. Sie weinte nicht, seine kleine Tia. Er hatte sich getäuscht.

Verdammt, jetzt hatte er sich entgegen allen selbstauferlegten Restriktionen doch in die Küche locken lassen. War Cynthias Weinen also Autosuggestion gewesen, mit keinem anderen Ziel, als in die Küche vorzudringen? Ernst öffnete die Tür des Kühlschranks. Dort stand im untersten Fach die Halbliterflasche Wodka, zu der Zwanet alle paar Monate mal griff, um für ihre Eltern, wenn diese zu Besuch waren, die Stroganoffsoße oder die russische Weinsuppe abzuschmekken. (Für ihn, Ernst, machte sie immer eine eigene Soße, ohne Wodka. Die russische Weinsuppe nach dem alten Rezept seiner Schwiegermutter konnte ihm – mit oder ohne Wodka – ohnehin gestohlen bleiben.) Wütend auf sich selbst knallte er die Kühlschranktür zu und ging, während die Flaschen drinnen noch nachklirrten, mit großen Schritten in sein Arbeitszimmer zurück. Das Babyphon ließ er eingeschaltet.

Quispel war zu unruhig, um an seinem Schreibtisch sitzen zu bleiben. Schon bald stand er wieder am Fenster. In der Ferne wurde mit träge herumschwenkenden Armen am Netz weitergesponnen. Die Kindergartenkinder gegenüber wurden hineingerufen, und eine Terrasse nach der anderen leerte sich. Wieder glaubte er durch das kurzzeitig noch einmal auflodernde Johlen hindurch seine kleine Tochter weinen zu hören. Ernst öffnete die Tür zum Flur, an dem auch die Küche lag, und lauschte angespannt. Sogar durch die geschlossene Küchentür konnte er den Lautsprecher rauschen hören, aber kein Weinen. Er strengte sein Gehör bis zum äußersten an, denn er wollte nicht wieder die Küchentür öffnen und vor dem Kühlschrank stehen. Rauschen, eine Autohupe, aber nicht einmal von Tias Atemzügen war etwas zu hören. Sie mußte heute nachmittag sehr ruhig schlafen.

Warum nicht schnell ins Babyzimmer gehen, dann hatte er Gewißheit.

Im Salon hielt er für einen Moment inne, es war nicht mehr als ein kurzes Stocken seiner Füße: Die Tür der Bar, die sonst immer verschlossen war, stand sperrangelweit offen. Unter der Röhrenlampe, die Zwanet aus irgendeinem Grund angeknipst haben mußte (kamen heute abend Gäste zum Essen?), glänzten die Aperitif- und Digestifflaschen für die Gäste. Ernst faßte sich rasch und war mit wenigen Schritten im kurzen Flur, der das eheliche Schlafzimmer mit dem Babyzimmer verband.

Er lauschte an Cynthias Tür. Nichts Außergewöhnliches zu hören. Ernst drückte leise die Klinke hinunter. Er trat in Halbdunkel ein, denn die Vorhänge waren gegen allzuviel Tageslicht gefüttert. Der Teppichboden war noch reichlicher als sonst mit Spielzeug übersät – Puppen, Tiere, Klötze, undefinierbare Plastikgegenstände –, durch das Zwanet wie gewöhnlich mit dem Fuß eine diagonale Schneise zum Bett gebahnt hatte. Auch der süße Babygeruch diente seiner entfachten Euphorie als Brennstoff.

Das Bett war leer. Cynthia war nicht da.

Um sich zu vergewissern, daß er richtig gesehen hatte, machte er das Licht an. Keine Cynthia. Die halb beiseite geschobene Daunendecke trug noch die Rundung ihres kleinen Körpers. Zwanet hatte sie also doch mitgenommen ... Merkwürdig blieb es trotzdem, denn sie nahm die Kleine sonst nie mit zum Friseur. Oder wollte sie gar nicht zum Friseur, gingen Mutter und Kind nur einkaufen? Was hatte Zwanet eigentlich genau gesagt, als sie ihren blonden Kopf durch die Tür seines Arbeitszimmers steckte? Es konnte genausogut »Ernst, ich bin um drei beim Friseur angemeldet. Schaust du nach Cynthia?« gewesen sein wie »Ernst, ich gehe mit Cincin ›eintaufen‹«.

Letzteres war wahrscheinlicher, denn im anderen Fall hätte er zweifellos, wie sonst auch, etwas über ihr üppiges Haar gesagt. »Aber nur die abgestorbenen Spitzen, Schatz. Den Rest will ich wiederhaben.« Seit eine halbkahle Dame aus der Apollolaan, bei der ein mißlungenes Facelifting die Kopfhaut mit erfaßt und ruiniert hatte, Zwanet mehrere tausend Gulden für ihre goldene Haarpracht geboten hatte, um sich eine Perücke daraus machen zu lassen, mißtraute Ernst Zwanets Friseur. Ja, er hätte bestimmt etwas dazu gesagt.

Aber er erinnerte sich nur daran, gesehen zu haben, wie sich ihre leicht getönten Lippen bewegt hatten. Was sie sagte oder fragte – Friseur, einkaufen, Cynthia –, drang nicht zu ihm, so sehr war er bereits woanders – dort, hinter diesem Netz voller Abenteuer, jauchzend verirrt im Labyrinth der Stadt. Kurz zuvor hatte er, als aus der Küche die blechernen Koselaute einer Mutter drangen, die mit närrischen Worten ihr Kind trockenlegt, das Babyphon ausgeschaltet. »Ein Pobäckchen von Cin und noch ein Pobäckchen von Cin. Macht zusammen das Popöchen von Cincin.« Ja, daran erinnerte er sich noch, vielleicht, weil es eher zu seiner eigenen kindlichen Jauchzstimmung paßte. Doch ob Tia eine saubere Windel bekam, um ins Bett gesteckt oder aber um mitgenommen zu werden, das ließ sich aus den Lauten, an die er sich erinnerte, nicht mehr rekonstruieren. Es mußte letzteres sein, beschloß Quispel, sonst hätte Cynthia ja in ihrem Bett gelegen.

Ohne recht zu wissen, was er tat, legte Ernst die Hand auf die Stelle mit den parallelen Knitterfalten im Laken, wo seine kleine Tia geschlafen haben mußte. Er meinte, dort noch einen Rest Körperwärme zu fühlen, doch das war natürlich Unsinn. Rasch zog er die Hand zurück.

Trotzdem war es merkwürdig, daß die Vorhänge ganz zugezogen waren: Wenn Zwanet Cynthia tagsüber aus dem Bett holte, machte sie, bevor sie dem Kind frische Windeln anzog, die Vorhänge ein Stück auf, um das Tageslicht zu nutzen. Ernst sah sich noch einmal im Zimmer um. Auf der Kommode herrschte einige Unordnung. Die schmutzige Wegwerfwindel, allerdings fest zugeklebt mit den eigenen Plastikstreifen, war liegengeblieben und nicht in den Treteimer gewandert. Möglicherweise war Zwanet nicht ganz bei sich gewesen. Möglicherweise hatte irgend etwas sie aus dem Gleis geworfen. Ja, sie hatte wie sonst einen Weg zwischen dem Spielzeug freigemacht, nahe der Schwelle jedoch lag, zertreten, Tias Würfel, dessen Seiten sich wie kleine Türen öffnen und schließen ließen. Natürlich versehentlich zertreten, aber bei Zwanet, die sich wie eine Katze durch überfüllte Räume bewegen konnte, wunderte es ihn doch.

Mit dem Vorsatz, sie nachher mal genauer zu beobachten, verließ Ernst das Kinderzimmer, in dem er das Licht brennen ließ. Er widerstand der Anfechtung, sich im Badezimmer noch einmal triumphierend auf die Waage zu stellen, und ging im Wohnzimmer schnurstracks zur Bar. An Wodka gab es nur eine halbe Flasche polnischen Roggenwodka, 50%igen Wodka Starka, mit dem sie noch nie jemanden beglücken konnten. Wer sich doch mal daran wagte, ließ sein Glas halbvoll stehen wie John Vlacq, der mit verwöhnter Miene

»der falsche Vieux, nur stärker« dazu gesagt und das Getränk weiterhin nicht mehr angerührt hatte. »Schade, ich wollte immer schon mal ein in Feuerwasser konserviertes Seepferdchen haben«, hatte Quispel damals gesagt, aber Vlacq hatte die Anspielung nicht verstanden.

Bekam man auch von diesem Roggenwodka mit seiner aufgrund der Lagerung in alten Weinfässern dunkelbraunen Färbung keine Fahne wie bei den farblosen Sorten? Ernst traute der Sache nicht ganz. Er schraubte den Blechdeckel von der Flasche und roch. Ein unangenehm abgestandener Geruch, schwer einzuordnen, stach ihm in die Nase. Er goß sich ein Schnapsglas voll ein . . . probierte . . . Nicht einen Moment lang rückte er von dem Gedanken ab, daß es sich hier um ein Experiment handele, die Befriedigung einer fast wissenschaftlichen Neugier. Er war in seinem Labor.

Tatsächlich, der muffige, pappeartige Nachgeschmack von feuchtem schwarzem Roggenbrot, während Wodka doch in der Regel die Abwesenheit eines Geschmacks war. Nein, er traute der Sache nicht. Nachdem er noch einige Schlückchen probiert hatte, krümmte er die Hand dicht vor dem Mund und atmete kräftig aus. Fahne oder keine Fahne? Schwer zu sagen. Na ja, jetzt war's drin. Er ließ sich auf das Risiko ein.

Nach dem zweiten, in seinem Büro genossenen Glas war es ihm schon einigermaßen egal. Er blickte in Gedanken auf das vergangene Jahr zurück, von Frühling zu Frühling. Er hatte sich nicht geirrt: Es hatte ihm einen Erfolg nach dem anderen beschert. Das würde den Alten in Haarlem bestimmt wurmen. Auf dessen anwaltliche Dienste hatte jener der Blasphemie bezichtigte Schriftsteller damals, vor zwanzig Jahren, verzichtet, er aber, der Sohn, würde es schaffen, einen Autor vor einer Verurteilung wegen Majestätsbeleidigung zu bewahren. Und sein größter Erfolg, auch wenn es den Anschein des Gegenteils hatte, war der Fall Kiliaan Noppen gewesen, na ja, sein größter Privaterfolg, vor allem, wo es um Kaltblütigkeit, Findigkeit, Dusel ging. Selbst die Hartnäckigkeit der Hahnenkammjungs hatte dagegen auf die Dauer nichts ausrichten können.

Quispel gratulierte sich selbst mit einem weiteren Wodka Starka. Und so blieb er am Fenster seines Arbeitszimmers stehen und suchte, stetig weitertrinkend, verbissen nach irdischen Gründen, die seine Jubelstimmung rechtfertigen könnten. Er fand sie leicht – allzu leicht. Während sich die Euphorie immer weiter von jedweder nachweisbaren Ursache löste, sich immer mehr verselbständigte, unfaßlich wurde. Er jauchzte, nein, es jauchzte in ihm. Es wurde für ihn getan.

Quispel haßte dieses Trinken im eigenen Haus. Es war etwas Neues, das tat er sonst nie. Getrunken werden mußte unter Leuten, so lautete Regel eins seines alljährlichen Kotaus vor dem Alkohol. Wenn er der Verlockung nicht gleich nachgab, hinter diesem Netz dort, das den Stadtplan der Innenstadt darzustellen schien, durch den dunklen Tunnel unter dem Rijksmuseum in das Labyrinth loszuziehen, so deshalb, weil er nicht wußte, was Zwanet nun eigentlich von ihm gewollt hatte. Heute abend ... heute abend würde er dann schon eine Ausrede finden, o ja.

Das tätowierte Baby

Als er Zwanets Sicherheitsschlüssel knirschend in das Schloß der Wohnungstür dringen hörte, stellte Ernst sein Glas in eine leere Schreibtischschublade und schob sie leise zu. Er hatte Frau und Kind. Auch jetzt kostete es ihn wieder wenig Mühe, die fast schmerzhafte Glut im Zwerchfell für die warmen Gefühle zu halten, die einem Ehemann und Vater anstehen, wenn er Gattin und Tochter begrüßt. Ernst ging ihnen in die Diele entgegen.

An dem Garderobenständer, dessen oberer Teil die Form zweier an den Handgelenken zusammengefügter Hände hatte, die an den gespreizten und gekrümmten Fingern die Aufhänger wie Ringe übergeschoben bekamen, war Zwanet gerade im Begriff, ihren Mantel auszuziehen. Sie hatte eine neue Frisur, viel zu kurz nach Quispels Geschmack. Ihr etwas müdes Gesicht leuchtete auf, als sie ihn sah.

»Wie gefällt es dir?« Zwanet fuhr sich mit der Hand ins Haar, als wolle sie die neue Frisur abstreifen.

Die Wohnungstür stand hinter ihr noch auf. Sie hatte also den Buggy im Lift mit nach oben genommen. Ernst ging ins Treppenhaus, um seine kleine Tochter loszuschnallen und aus dem Wagen zu heben.

»He, was machst du?« hörte er seine Frau hinter sich lachend fragen. »Ich habe keine Einkäufe dabei.«

Das Treppenhaus glänzte ihm mit all seinem Holz und Marmor und polierten Kupfer leer entgegen. Kein Kinderwagen, keine Cynthia, nichts.

»Ernst, du bist manchmal wie ein kleines Kind, das nicht auf seine versprochene Süßigkeit warten kann.«

Quispel drehte sich um. »Wo ist die Kleine?« Zwanet hatte sie doch wohl nicht versehentlich mitsamt dem Wagen im Souterrain gelassen? Auf einmal wußte er es: Sie mußte in Kürze ihre Periode bekommen; das erklärte die gestörte Harmonie mit den Dingen ... das zertretene Spielzeug ... die zeitweilige Unachtsamkeit.

»Wieso, ›wo ist die Kleine‹? Du bist vielleicht komisch. Man könnte meinen, du hörst mir in letzter Zeit überhaupt nicht mehr zu.«

Er sah sie an. Er hoffte, sie würde sagen: »Ich habe sie zu meinen Eltern gebracht. Remember?«

»O, du zerstreuter Professor. Ich hab doch gesagt, daß ich sie hierlasse. Remember? Beim Friseur ist sie manchmal nicht zu bändigen, und dann sitze ich da, unter der Haube. Also du hast nicht mal nach ihr geschaut? Reizend. Ein reizender Vater bist du.«

Sie sagte es scherzend, lachend, aber er wurde kreidebleich, und er sah, daß sie es sah. »Ich habe nach ihr geschaut. Ihr Bett war leer. Ich bin davon ausgegangen, daß ...«

Ernst konnte seinen Satz nicht beenden. Zwanet rannte, den einen Arm noch im Mantelärmel, durch den Salon Richtung Kinderzimmer. Sie stieß dabei einen langgedehnten Jammerlaut aus, der durch das schnelle Laufen etwas Zweitöniges bekam, wie bei einem Kind, das heulend zu seiner Mutter läuft. Weil der Teppich unter ihr wegrutschte, stürzte sie um ein Haar auf dem Parkett; sie gewann mit rudernden Armen wieder das Gleichgewicht, kam aber nach zwei Metern doch noch zu Fall, als einer ihrer Pfennigabsätze im Mantelfutter hängenblieb. Im Aufrichten befreite sie sich mit einem Ruck von dem Kleidungsstück. Sie schleuderte auch den anderen Schuh von sich, woraufhin sie rutschend, auf Strümpfen, in dem kleinen Flur zwischen den Schlafzimmern verschwand.

Quispel wollte seiner Frau folgen, doch unmittelbar nach dem Öffnen der Kinderzimmertür kehrte sie mit einem Schrei wieder um und stieß an der Schwelle zum Salon fuchsteufelswild mit ihm zusammen. »O du Mistkerl ...!« Völlig ziellos begann sie, heulend vor Wut, mit beiden Unterarmen auf ihn einzuschlagen. »Du elender Mistkerl! Wie kannst du einem bloß so einen Schrecken einjagen ...!«

Ernst wehrte sich nur gegen ihre Schläge, um selbst ins Babyzimmer gelangen zu können. Die Vorhänge waren geschlossen, die Hängelampe brannte. Cynthia lag in ihrem Bett und blickte ihn durch die Gitterstäbe hindurch mit weit offenen Augen an.

»Du hast getrunken. Ich riech es«, ertönte es hysterisch hinter ihm. »Davon kommt das, diese üblen Scherze. Elender Arsch, du!« Solche Worte benutzte sie sonst nie, nicht einmal, wenn sie sehr böse war; sie mußten ein heimliches Dasein in ihr fristen. Jetzt landeten die Schläge auf seinem Rücken. Der Roggenwodka brannte ihm plötzlich heimtückisch im Magen, und das war ein ganz anderes Gefühl als die Glut, die er vor kurzem noch empfunden hatte.

Cynthias Gesicht war rot und fleckig und verquollen, was auf langes, heftiges Weinen hindeutete. Er hatte sie ja auch weinen hören, zumindest geglaubt, sie weinen zu hören; als er nachschaute, war sie nicht da. Aber sie war da ... jetzt.

War es möglich, daß er das Kind übersehen hatte, zum Beispiel weil sie, was häufiger vorkam, ganz zusammengerollt unter den vielen Tieren am Fußende geschlafen hatte? Hatte er nach dem Anknipsen des Lichts eigentlich noch genau ins Bett geschaut? Er konnte sich die exakte Reihenfolge seiner Handlungen nicht mehr vergegenwärtigen.

»Zwanet, ich schwör's dir: Vor einer halben Stunde war sie nicht da.«

Sie hörte auf, ihn zu schlagen. »Ach, du Esel, das sagst du ja nur, um dich rauszureden. Widerling! Einem so einen Schrecken einzujagen. Mit so was macht man keinen Spaß. Und du weißt, daß ich so was schon gar nicht ertragen kann, kurz bevor ich meine Tage bekomme. Herzlichen Dank! Das arme Ding hat sich die Augen aus dem Kopf geweint, das seh ich. Und du ... du hast nicht mal nach ihr geschaut. Feigling.«

Sie war mit wenigen Schritten im Zimmer, beugte sich unter beruhigendem Murmeln über das Bett und zog mit Cynthia auf dem Arm die Vorhänge auf. Ernst ging in den Salon zurück und schaute dort eine Weile gedankenverloren auf Zwanets dunkelgrünen Mantel, über den der nach außen gedrehte Ärmel wie ein unendlich wehrloser und nicht für menschliche Augen bestimmter Gegenstand drapiert lag, das silberweiße Futter voller Knitterfalten. Zusammen mit dem verlorenen Schuh, dessen kleine Größe ihm nach all den Jahren erst jetzt richtig auffiel, bot er ein Bild, das ihn plötzlich mit Mitleid für Zwanet erfüllte, die bei all ihrer Schönheit und Würde auch nur eine besorgte Mutter war.

Hatte seine euphorische Stimmung sich in liebevolles Mitgefühl verwandelt? Seine anfängliche Exaltiertheit war fast völlig verschwunden. Wo war die dröhnende Orgel in seiner Brust geblieben? Der Blasebalg in seinem Herzen? Konnte eine Gemütsverfassung, die ihm immer wie von außen aufgedrängt vorgekommen war, wie ein Fatum, durch einen plötzlichen Schrecken völlig weggefegt werden? Noch nie hatte ihn etwas, gleichgültig, welche Nachricht oder welches Ereignis, aus seiner Freude herauszureißen vermocht, einfach, weil diese Freude eine Naturgewalt war, gegen die man nicht ankam. Hatte er erst Vater werden müssen, um Gefühle zu entwickeln – Gefühle der Liebe, der Besorgnis, des Mitleids, der Wut –, stark genug, den Kampf gegen diese grundlose Euphorie aufzunehmen, die immer ungelegen kam?

Konnte er das Feuer zurückerwarten, jetzt, da sich sein Schreck als falscher Alarm entpuppt hatte? Falscher Alarm ...? Wieder fiel ihm der Zeitungsbericht ein mit der Schlagzeile: *Korsakow Syndrom kann bereits nach zwei Wochen zuschlagen*. Hatte es ihn im vergangenen Jahr zu schlimm erwischt? Mußte er langsam an seinem Verstand zweifeln? Verdammter Rausch. Der Alkohol brauste in seinem Kopf, hämmerte an den Schläfen, brannte im Magen; am liebsten hätte er den Stoff auf irgendeine Weise aus seinem Körper gespült.

»Ernst ...!«

Während er da, apathisch, stand und auf ihren Mantel schaute, hörte er Zwanet plötzlich schreien, und das war keine Sinnestäuschung. »Ernst ... Ernst!«

In dem kleinen Flur, direkt an der Schwelle zum Kinderzimmer, stand Zwanet, die Hände an die Schläfen gepreßt. Obwohl ihr Rücken der Tür und dem Licht zugewandt war, konnte Quispel erkennen, daß ihr Gesicht vor Angst und vor allem vor Grauen verzerrt war.

»Ernst, was ist das? Was geht hier vor sich ...?«

Er stieß sie beiseite. Auf der Kommode, in der Mulde der Wickelauflage, saß die kleine Cynthia. Sie schaute mit großen Augen, heftig an ihrem Schnuller saugend, der die Form eines Clownsmundes hatte, auf ihre hysterische Mutter. Den Strampelsack hatte sie noch an. Alles schien in Ordnung, abgesehen davon, daß Zwanet sie sonst nie unbeaufsichtigt auf der Wickelkommode ließ.

»Was ist denn?«

»Cynthia ... Sieh dir das an!«

Quispel ging zögernd auf seine kleine Tochter zu.

»Ihr Rücken ... Ernst, was ist das?«

Der Reißverschluß des Babyschlafsacks, am Rücken, war offensichtlich gerade von Zwanet heruntergezogen worden. Es schien, als trüge Cynthia ein enganliegendes Trikot darunter, bedruckt mit einem bizarren, vielfarbigen Motiv, das Ernst noch nie gesehen hatte. Als er mit den Fingerspitzen darüber strich, spürte er, daß es ihre bloße Haut war. In einem Reflex zog er die Hand zurück. Wie jedesmal, wenn er sah, daß sein Kind sich stieß oder Schmerzen hatte, spürte er, wie sich sein Skrotum zu einer Art schmerzhafter Gänsehaut verhärtete.

Ohne daß das Kind diesmal protestierte, befreite Ernst die Ärmchen und streifte den Strampelsack bis zum Bauch hinunter. Ein Schrei der Mutter. »Sie ist ja völlig ...!«

Cynthias Oberkörper war von oben bis unten bedeckt mit bunten Tätowierungen.

Quispel tastete hinter sich und schob seine Frau weg, wobei er ebenfalls unwillkürlich ein paar Schritte zurück tat. Sie hatten sie tätowiert, die Dreckskerle. Seine kleine Tia mit Tausenden von Nadelstichen bearbeitet. Farbstoffe in ihre zarte Haut eingebracht, die zeit ihres Lebens unauslöschbar sein würden. Seltsame Schriftzeichen, unlesbare Worte, halbe Sätze ... unbeholfene kleine Zeichnungen neben kitschigen Bildern, die von mehr Talent zeugten ... alles ein für allemal in ihren kleinen Körper gebrannt.

»Wer hat das getan? Wer hat das bloß getan?« sagte Zwanet neben ihm, wie in Trance, ein ums andere Mal, während sie in äußerster Nervosität ihre Knie mit kurzen Rucken abwechselnd beugte und streckte und die Hände im Schoß rang. »Ernst, hast du ...«

»Zwanet!«

»Nein, natürlich nicht! Aber wer dann? Wer dann?« Sie stampfte vor verzweifelter Ratlosigkeit mit den bestrumpften Füßen auf.

Nicht verzweifeln. Er verbot es sich. In seinem Kopf klappte eine Akte auf. Der Fall mit der Schlange im Kronleuchter. Der Angeklagte war von mehreren Personen als

Täter bezeichnet worden. Quispel konnte dem Gericht Fotos von einem seinem Mandanten aufs Haar ähnelnden Mann vorlegen, bei dem ein sich durch einen Kronleuchter windender Python auf die Brust tätowiert war. Von demselben Mann, nur jünger, gab es ein Foto, auf dem er unter der Nadel eines fernöstlichen Tätowierers lag. Konnte es sich hier um eine Personenverwechslung handeln? Bei dem Angeklagten fand sich jedenfalls keinerlei Tätowierung. Ein vom Gericht geladener Dermatologe entdeckte zwar, nachdem die Brusthaare des Angeklagten wegrasiert waren, vage Verfärbungen im Bereich der Brustwarzen, doch war es diesem Arzt zufolge unmöglich, daß eine einmal angebrachte Tätowierung so vollständig ausbleichte. Also doch ein Doppelgänger? Als Sachverständigen ließ das Gericht daraufhin einen berühmten Tätowierer aus Japan einfliegen, den Vorsitzenden der *Japan Tattoo Art Association*. Er berichtete von einer in Europa noch kaum bekannten Methode, Tätowierungen wieder zu entfernen, bei der irgendein Zeug unter die Abbildung gespritzt werden mußte. Nach einer Woche ließ sich die abblätternde Haut angeblich mühelos abschaben, woraufhin es nur noch darauf ankäme, das rohe Fleisch mit der richtigen Salbe zu behandeln. Keinerlei Narben.

Eine Prostituierte, die schon seit Jahren bereute, daß sie sich einen wurmstichigen Lampion auf die linke Pobacke hatte tätowieren lassen, war bereit, diesen nach der japanischen Methode unter Aufsicht des Gerichts entfernen zu lassen, selbstverständlich gegen eine Erwerbsausfallsentschädigung. Man hatte auch die Hilfe eines niederländischen Hautspezialisten in Anspruch genommen.

Es stellte sich heraus, daß Quispels Mandant seine mit dem Kronleuchter verflochtene Schlange auf dieselbe Weise hatte verschwinden lassen. Ernst wußte den Namen des Arztes noch, und wenn es damals auch ein verlorener Prozeß gewesen war, jetzt würde er seine kleine Tia damit retten.

Cynthia schaute noch immer verwundert auf ihre Eltern, vom einen zum anderen. Ab und zu reckte sie, als wolle sie etwas überreichen, ihre kleine Faust der Mutter entgegen – »dah ...!« –, doch die achtete in ihrem aufgelösten Zustand nicht darauf.

Nein, unmöglich. Ausgeschlossen. Es konnten keine Tätowierungen sein. Ganz ruhig jetzt. Heute morgen, als Cynthia gebadet wurde, waren sie noch nicht dagewesen. In die Technik des Tätowierens hatte er sich damals, bei diesem Prozeß, viel weniger vertieft als in die Methoden, Tätowierungen wieder zu entfernen. Aber soviel wußte er doch, daß, selbst wenn die Figuren heute nachmittag innerhalb so kurzer Zeit angebracht worden waren, die Haut jetzt noch nicht abgeheilt sein konnte – ganz abgesehen von der Frage, ob ein einjähriges Kind so viele Nadelstiche überhaupt überleben könnte.

»Bleib stehen«, sagte Quispel zu seiner Frau, als wolle er gleich einen Sprengsatz einer eingehenderen Inspektion unterziehen. Vorsichtig, mit ausgestreckten Händen, ging er wieder zu seiner Tochter, die jetzt fast belustigt, mit hin und her drehendem Köpfchen, das Tun ihres Vaters verfolgte. Ernst kniete sich vor der Kommode hin und ging ganz dicht an die Kinderhaut heran.

»Zwanet, hol mir mal meine Lesebrille«, sagte er so ruhig wie möglich. »Das Etui liegt auf meinem Schreibtisch.«

Mit langsamen Rückwärtsschritten, wie unter Hypnose, die Augen starr auf Cynthia geheftet, verschwand Zwanet im halbdunklen Flur. Erst im Salon ging sie hörbar schneller.

Als Quispel die Brille mit den Halbgläsern aufgesetzt hatte, sah er sich die Abbildungen lange und intensiv an, wobei er ab und zu über die Farbflächen rieb. Cynthia gab von Zeit zu Zeit ein girrendes Lachen von sich, wie ein Kind, das jeden Moment einen spielerischen Stupser in die Nabelgegend erwartet. Ernst zog ihr den Strampelsack jetzt ganz aus und befreite das Kind von der Papierwindel, wobei er Zwanets Atem stocken hörte. Auch Po und Oberschenkel waren mit schwachsinnigen Zeichnungen bedeckt. Hier und da, wo Buchstaben Worte bildeten, zog Ernst mit beiden Daumen die Haut straff, um den Text lesen zu können. Nach langem Draufstarren entzifferte er:

Lieber Papa, du siehst, ich kann verschwinden. Ich kann auch sehr lange verschwinden, wenn du nicht endlich die Wahrheit erzälst (sic)

»Was ist es? Ernst, sag, was es ist! Sag schon!«

»Filzstift«, sagte er heiser. »Und aufgeklebte Bilder. Das geht wieder ab.«

»O Gott ... Gott sei Dank!« Zwanet warf sich, erst jetzt weinend, neben ihrem Mann vor dem Kind auf die Knie. »Aber ... wie kommt das drauf? Wie kommt dieser ganze Schmierkram auf meinen Schatz?«

Mit einem Krampf in den Beinen erhob sich Quispel. »Sie selbst kann's nicht gewesen sein«, sagte er dümmlich.

»Hier ... auf dem Bauch ... was steht da alles?«

»Unleserlich. Versuch gar nicht erst, es zu entziffern.«

»Sag mal, Ernst: Hat das was mit einem Fall von dir zu tun?«

»Ja. Wie soll ich das bloß ... dann kann alles ...«

»Red nicht drum herum. Ist es eine Drohung?«

»Vielleicht.«

Zwanet drückte das Kind an sich und brach wieder in Tränen aus, doch Cynthia, die das an ihrer Mutter nicht kannte, quiekte vor Lachen. Als sie, wie häufiger beim Grimassenschneiden, nach Zwanets Gesicht greifen wollte, um es wieder in die normale Form zu kneten, blieb ihre Patschhand unnatürlich verkrampft. Als Ernst, die Lesebrille noch auf der Nase, genauer hinsah, entdeckte er, daß ein langes Haar so fest um die kleinen Finger gewunden war, daß es tief in das zarte Fleisch schnitt.

»Wart mal. Vielleicht ein Hinweis.«

Vorsichtig begann er, das Haar, das auch noch um jeden einzelnen Finger gewickelt war, zu lösen. Es war stark wie eine Angelschnur aus Nylon.

»Schau mal.«

»Das muß von mir sein«, sagte Zwanet sofort. »Als ich sie das letzte Mal saubermachte, hat sie meine Haare erwischt. Ich hatte die größte Mühe, sie wieder loszukriegen. Auch deswegen war es dann höchste Zeit ... ach, ist ja egal.«

In diesem Moment heulte in dem Hotel neben ihrem Haus eine elektrische Bohrmaschine auf, gefolgt von den Schlägen von zwei, drei Hämmern. Das brachte Quispel auf eine Idee. Er ging zum Badezimmer, öffnete die Tür. Mitten auf dem gefliesten Boden stand noch die Waage, auf der er voller Triumph seinen neuen Körper gewogen hatte. Auf dem Stück Teppichboden, mit dem das Instrument überzogen war, um nackte Füße nicht zu erschrecken, glänzten ein paar Glasscherben. Ernst sah hoch. Von den beiden schmalen Fenstern, die über der Badewanne in die Wand eingelassen waren und Aussicht auf die Schornsteine des Hotels boten, war das rechte zerschlagen. Die Scheiben waren mitsamt Sprossen und eingebautem Ventilator aus dem Rahmen herausgeschlagen. Der kleine Ventilator lag inmitten von Glasscherben in der Wanne; von der Beschichtung waren Glasursplitter abgeplatzt.

Quispel kletterte auf den Wannenumbau, um besser hinausschauen zu können. Genau wie er gedacht hatte: Die Dachluke des Hotels war im Zuge der Umbauarbeiten geöffnet. Auf dem Kies verstreut lag Baumaterial. Ein Zementtrog ... in Plastik verpacktes Isoliermaterial ... Während er auf diese endlose Orgelreihe von Schornsteinrohren blickte, knispernde Glassplitter unter den Füßen, fiel ihm etwas ein. Tätowierungen ... Nein, diese Drohung hing nicht mit einem neuen Fall zusammen. Quispel stieg wieder auf den Boden. Seine Schuhe knirschten auf den Fliesen. In einer Ecke stand die vor einigen Wochen ausrangierte Plastikbadewanne, da Cynthia inzwischen groß genug war, mit allem möglichen schwimmenden Spielzeug in der großen Wanne gebadet zu werden.

Es war, als ginge er über verschütteten Zucker.

Ernst streckte den Kopf um die Kinderzimmertür, wo Zwanet mit verheultem Gesicht unentschlossen stehengeblieben war und ihre Tochter sanft in den Armen wiegte. »Hör zu, ich muß mal schnell runter. Den Einbruch melden.«

»Ernst, du kannst uns jetzt doch nicht ...«

»Es passiert nichts. Es ist vorbei. Ich bring's in Ordnung. Du machst jetzt ganz wie sonst ein Schaumbad für Cynthia fertig. Nicht in der großen Wanne, da liegt lauter Glas drin. In ihrer alten Wanne. In der Küche. Laß sie eine Weile darin weichen. Nicht schrubben. Nur ganz vorsichtig mit dem Schwamm. Aber zieh dir erst Schuhe an, bevor du ins Badezimmer gehst.«

Die Eingangstür des Hotels stand auf. Quispel trat in die demontierte Eingangshalle, in der unter einer dicken Staubschicht nur noch der Empfangstresen intakt war. Kein Mensch zu sehen. Das Gebohre und Gehämmere kam aus dem Treppenhaus, in das, wie er wußte, ein Lift eingebaut wurde. Ernst ging die staubige Treppe hinauf in den ersten Stock. Hier waren auf dem Flur zwei Männer mit Ohrenschützern und Staubbrillen damit beschäftigt, einen Teil der Wand einzureißen. Der eine bohrte in bestimmten Abständen Löcher, zwischen denen der andere mit Hammer und Meißel die Steine wegschlug. Es kostete Quispel größte Mühe, sich bemerkbar zu machen. Erst nachdem er ihnen auf die Schulter geklopft hatte, ließen sie ihr Werkzeug ruhen. Der Mann mit dem Meißel schob die Staubbrille hoch.

»Das Hotel ist noch nicht geöffnet. Sie versauen sich Ihren guten Anzug.«

»Nur eine Frage. Haben Sie heute nachmittag jemanden mit einem einjährigen Baby die Treppe hinauf- oder hinuntergehen sehen?«

»Wir hören nix, wir sehen nix. – Du vielleicht, Boebes?«

Dem anderen, »Boebes«, der einen Finger hinter seinen Ohrenschützer klemmte, mußte Quispel die Frage wiederholen.

»Ja, warten Sie mal«, sagte Boebes. »Vorhin ... muß gegen Viertel vor drei, drei gewesen sein ... hab ich mal 'nen Moment draußen in der Sonne gesessen und 'nen Nickerchen gemacht. Ich hab mich zu Tode erschrocken, weil ... plötzlich kommt so'n junges Paar mit 'nem Baby aus'm Hotel raus. Die hat vielleicht gekrischen, die Kleine. Ich war sofort hellwach.«

»Haben Sie auch gesehen, wie sie reingegangen sind?«

»Nein, da wird mein Nickerchen dran schuld gewesen sein. Wahrscheinlich hat das Kind da noch nicht geheult oder so. Ich nehm an, das waren Deutsche, die ein Hotel gesucht haben. Sehr merkwürdige Typen übrigens. Mit so'nem Indianerkopfputz, Sie wissen schon. Mit so'nem aufgestellten Haarkamm. Blau, rosa. Tat mir innen Augen weh. Das Mädchen mit dem Baby auch. Ich mein, das Mädchen hatte auch so'ne Haare. Das Baby natürlich nich. Eigentlich keine Typen, die man in so'nem Hotel erwarten würde.«

»Sie haben sie nicht noch mal gesehen, heute nachmittag? Mit oder ohne Baby?«

»Nein. Aber Sie seh'n ja selbst, wie wir hier am Schaffen sind. Hier könnte Hannibal glatt mit all seinen Kamelen die Treppe raufmarschieren, und wir würden immer noch nix hör'n oder seh'n. Sind Sie von der Kripo oder so?«

»Ja, so was Ähnliches. Vielen Dank, die Herren. Entschuldigen Sie die Störung.«

Sie zuckten mit den Achseln und machten sich wieder an die Arbeit. Quispel stieg auch die nächsten Treppen hinauf, bis in den obersten Stock. Die übrigen Handwerker achteten nicht auf ihn, auch nicht, als er die Leiter zu der geöffneten Luke hinaufstieg.

Im Untersuchungsgefängnis in der Havenstraat hatte Albert Egberts im vorigen Jahr etwa zehn von den Hähnen die Geschichte von seinem Vater erzählt, den er in seinen Wunschträumen mit einem Messer tätowierte, mit dem zuvor Buntstifte angespitzt worden waren. So was Ähnliches. Möglicherweise kam er mit dieser Geschichte an, weil einer der

Jungen Probleme mit seinem alten Herrn hatte. Wie dem auch sei: Er, Quispel, war ebenfalls dabeigewesen, und die Hähne mußten das behalten haben. Die imitierten Tätowierungen sollten ihm klarmachen, daß sie das Kind entführen konnten, sollte sich das als nötig erweisen. Dies war erst eine Warnung. »Das nächste Mal behalten wir sie, bis du geredet hast.« Und vielleicht stellten die Scheintätowierungen ja eine zusätzliche Warnung dar: »Diesmal noch mit dem Filzstift, aber beim nächsten Mal mit der Nadel. Unauslöschlich. Es sei denn, du machst endlich das Maul auf ...«

Auf dem Flachdach klopfte Ernst sich den Staub von Hose und Jackett. Nein, die Hähne standen ihm nicht länger mit drohend hochgezogenem Fuß im Weg oder vor seiner Tür. Sie gingen zum Angriff über, pickten, hackten, kämpften ... mit Rasierklingen an den Sporen.

Nachdem Ernst sich durch das zerschlagene Fenster in sein eigenes Badezimmer heruntergelassen hatte und von der Wanne auf den knirschenden Fußboden gestiegen war, wußte er eines genau: daß nach dem ersten Schrecken der zweite seiner Euphorie bereits im Anfangsstadium endgültig den Garaus gemacht hatte.

Wein, Ziege, Witwe

Die Kinderwanne stand nicht mehr in der gewohnten Ecke.

Als Quispel vom Bad in sein Arbeitszimmer ging (er hatte die Schuhe, deren Sohlen voller Glassplitter waren, ausgezogen, um das Parkett nicht zu beschädigen), hörte er aus der Küche die vertrauten Juchzer von Cynthia, die gerade gebadet wurde. Der große Unterschied zu anderen Malen bestand darin, daß von der sonst entzückt und aufmunternd mitplappernden Mutter kein Ton zu hören war.

Mindestens eine Stunde lang tigerte Quispel auf Strümpfen durch sein kleines Büro, dessen Einrichtung sich mit der Zeit mehr und mehr auf das Telefon reduzierte. In der Mitte des

Raums stand ein Tastenapparat, und um den drehte der Anwalt seine Runden, dann und wann auf dem Parkett ausrutschend und Staubflusen an den Socken sammelnd. Er hatte den Eindruck, daß seine Runden immer kleiner wurden, während der Apparat, der den Schreibtisch, auf dem er stand, den Blicken fast ganz entzog, im Mittelpunkt von Quispels Ellipsen und Kreisen unaufhörlich wuchs. Immer wieder nahm er den Hörer ab – einstweilen nur, um sich zu vergewissern, daß die Leitung nicht tot war. Der Nachmittag ging dem Ende zu; nach fünf würde es schwieriger werden, jemanden zu finden, dem er seine Geschichte erzählen könnte.

Falls er den Mut hatte, seine Geschichte zu erzählen.

Es mußte sein. Es ging um seine Familie. Weiteres Schweigen würde sie in Gefahr bringen. Aber mit Reden könnte er ihr ebenso schaden ... Was wog schwerer, Sicherheit oder Wohlergehen? Mußten Frau und Kind zuallererst vor den Gefahren des Waldes geschützt werden, und kam erst an zweiter Stelle die Nahrung?

Er nahm den Hörer ab. Das Freizeichen tutete drängend in sein Ohr. Nein. Zu spät. Er konnte nicht mehr zurück. Die Selbsterniedrigung wäre unerträglich, wenn er, so spät, ausspuckte, was er wußte. Dann lieber, notfalls mit der bloßen Hand, seine kleine Familie gegen die Drohungen und Angriffe dieser gräßlichen Kerle verteidigen. Er würde Gitter vor den Badezimmerfenstern anbringen lassen, einen Revolver kaufen, Frau und Tochter bei ihren Spaziergängen persönlich eskortieren ... bewaffnet ...

Als er vor einer halben Stunde durch den Salon gekommen war, war Zwanets Mantel verschwunden, doch er sah den umgedrehten Ärmel noch immer vor sich und damit alle – in der Regel gut versteckten – wehrlosen Stellen in ihrem Leben. Jedes Jahr mußte sie das Ende seiner Trinkperiode auffangen, und das gelang ihr ohne allzu große Beschädigungen. Jetzt allerdings war sie schon zum zweiten Mal das unmittelbare Opfer einer solchen Periode, jedenfalls ihrer Nachwirkungen.

In einer Pariser Zeitschrift hatte Quispel einmal über den Besuch des alkoholabhängigen russischen Sängers Vysotzky bei einem tibetischen Priester gelesen, den er wegen seines Hangs zu *zapoj* konsultierte.

Der Priester erzählte ihm: »Es war einmal ein junger Mönch, der eines Tages am Haus einer Witwe vorbeiging. Er klopfte an und bat um einen Schluck Wasser, wurde aber von ihr eingesperrt. Sie wollte ihn nur unter der Bedingung freilassen, daß er mit ihr ins Bett ginge oder ihren Wein tränke oder ihre Ziege tötete. Der Mönch befragte sein Gewissen und entschied sich schließlich für das, was ihm das geringste der drei Übel zu sein schien: Er trank den Fünfliterkrug Wein. Nachdem er sich die Tropfen vom Kinn gewischt hatte, überkam ihn große Blutgier: Er erstach die Ziege. Nach dem Schlachten überkam ihn ein unwiderstehlicher Paarungsdrang: Er vergewaltigte die Witwe auf brutale Weise.«

Die Parabel drückte Quispels Lage genau aus. Der Alkohol war alles zusammen. Im Alkohol war alles im Keim vorhanden.

Das Tragische an seinen Trinkperioden war immer das plötzliche oder allmähliche, stets aber unvorhergesehene Ende der euphorischen Stimmung gewesen. Es löste eine unbewußte Reaktion aus, meist nach demselben Schema: ein heftiges, forciert fröhliches Leugnen, daß es mit der Fröhlichkeit vorbei sei, ein sich selbst Überschreien, ein sich mit aller Macht Festklammern an dem schwindenden Gefühl der Glückseligkeit … Dieses »sich mit aller Macht Festklammern« bestand hauptsächlich im Zu-sich-Nehmen gefährlicher Mengen von Hochprozentigem, womit er sich selbst und anderen beweisen wollte, daß die Exaltiertheit noch da war und sich sogar auf einen Höhepunkt zubewegte. Er hatte noch nicht alles gegeben, es kam noch mehr.

Die Folge davon war, daß sich der Klarblick, den der Alkohol wochenlang nicht trüben konnte, jetzt, unter dem Einfluß ebendieses Alkohols, in alle möglichen Arten von

Wahn, vom Größenwahn bis hin zum Verfolgungswahn, verwandelte. Quispel konnte keine Situation mehr richtig einschätzen. Er tippte – und tippte oft daneben. Alles, was er in den vorangegangenen Wochen so glänzend im Griff gehabt und nach seinen Vorstellungen dirigiert hatte, wurde in der letzten Woche seiner *drinking period* zu einer regelrechten Gefahr, und zwar für ihn selbst wie für seine Umgebung, und zugleich auch für diejenigen, die daheim auf ihn warteten. In den Wochen der Glückseligkeit war er ein anderer Mensch gewesen, und jetzt wurde er erneut zu einem anderen, der sich noch mehr von dem unterschied, der er das Jahr hindurch war. Derjenige, der er in der letzten Woche seines Exzesses war, hatte die geringsten Skrupel von den dreien.

Von dem, was Quispel – mit Großbuchstaben – als seine GROSSEN EUPHORIEN bezeichnete (es waren seit seiner Übersiedlung nach Amsterdam inzwischen zehn, wenn er diejenige, die sich an diesem Nachmittag angekündigt hatte und dann im Keim erstickt worden war, nicht mitzählte), hatte nur die erste, vom Sommer 1976, kein ernstes Unheil angerichtet, abgesehen von der Brüskierung Thjums. Es war die Euphorie der großen Befreiung gewesen, die auf den Bruch mit der Sozietät seines Vaters folgte. Hatte Ernst, wie er es sich als Student angewöhnt hatte, auf die Vorzeichen geachtet, auf die die Trinkperiode ankündigenden heimlichen Signale? Gewiß nicht. Vier Jahre lang war er dem Alkohol nicht erlegen, so daß seine Achtsamkeit, was die Anzeichen betraf, immer mehr nachließ. Er mußte geglaubt haben, das exzessive Trinken gehöre endgültig seiner Studentenzeit und damit der Vergangenheit an. Erst nachdem Mitte Juli die glorreichen Wochen den Höhepunkt überschritten hatten und Quispel noch etwas später den Kater seines Lebens durchlitt, fragte er sich, welches denn wohl die übersehenen Vorzeichen gewesen sein mochten.

Der Ekel, der ihn diesmal so klarsichtig machte, wie es zuvor die Ekstase getan hatte, gab ihm die Antwort.

Die Differenzen mit seinem Vater waren das Vorzeichen

gewesen. Der Konflikt, der sich nach und nach auf die übrigen Mitglieder der Familiensozietät ausdehnte; der endgültige, theatralische Austritt ... das alles waren Signale. Signale wofür? Für die unvermeidlich näher rückende Trunkenheit, für einen noch nie dagewesenen Exzeß.

Durch die triefende, fettige Brille seines Katers betrachtet, war der – provozierte – Bruch mit seinem Vater lediglich eine gute Ausrede gewesen, sich nach all den strebsamen Jahren wie nie zuvor in den Suff zu stürzen. Dieser Bruch, so flüsterte ihm sein Ekel ein, wäre ebensogut erfolgt, wenn Quispel sen. statt einer kommerziellen Sozietät eine soziale Rechtsberatungsstelle betrieben hätte. In dem Fall hätte der Sohn, um den Weg in die Kneipe freizumachen, der Pro-deo-Mentalität des alten Quispel abgeschworen (angeblich, um endlich ernst zu machen mit Karriere und Wohlstand – was im übrigen später, beim nächsten Schwenk in seinem Leben, auch tatsächlich geschah).

Die Einflüsterungen von Bruder Ekel kannten kein Ende. Er hatte noch tiefere Wahrheiten in petto. Zum Beispiel: »Siehst du jetzt endlich ein, du altes Schwein, daß dem Trinken kein schwerer Konflikt – wie etwa eine unüberwindbare Meinungsverschiedenheit zwischen Vater und Sohn – zugrunde zu liegen braucht? Der Alkohol kennt keine bedauerliche Ursache. Der Alkohol ist übermächtig. DAS PROBLEM SELBST. Ein Tyrann, der jeden angeführten Grund, jede Grundlage der eigenen Macht, als puren Schein, als Simulation entlarvt. König Alkohol straft jeden Umstand Lügen, der ihn angeblich an die Macht gebracht hat. Er regiert, weil er regiert. Punkt aus.«

Die grauenhaften Wahrheiten, die der Ekel ihm ins Ohr spie, bewirkten, daß Quispel sich nach einer gut einmonatigen Depression am 1. September '76 mit großer Verbissenheit, ja sogar großem Fanatismus, in die Arbeit im Kollektiv stürzte. Tag für Tag versuchte er sich davon zu überzeugen, daß er diese Arbeit im Innersten gewollt habe.

Exakt ein Jahr lang ging das gut. Erwies er sich nicht als der findigste, gewissenhafteste und gewiefteste Anwalt dieses Kollektivs in De Pijp? Ohne vorherige Erfahrungen auf diesem Gebiet wurde er Spezialist für besetzte Wohnungen und alles, was damit zusammenhing – Hausfriedensbruch, Gerichtsvollzieher, Räumungen, Polizeigewalt –, während die Sozietät seiner Familie durch die Übernahme aufsehenerregender Mordfälle weiterhin Schlagzeilen zu machen versuchte.

Im Juli '77 machten sich die neuen Vorzeichen bemerkbar, doch Quispel verstand sie nicht als solche zu deuten. Bei der Verteilung des Urlaubs, zu Kaffee aus Plastikbechern, hatte Quispel kundgetan: »Ich möchte dieses Arbeitsjahr exakt vollmachen. Wenn es euch recht ist, dann fängt mein Urlaub genau am ersten September an und geht bis zum einundzwanzigsten. Vielleicht nehme ich mir anschließend noch ein paar Tage zusätzlich frei ...«

»Wo willst du um Himmelswillen im September noch hin, Ernst?« fragte John Vlacq, der gerade – gebräunt – von einer Italienreise zurückgekehrt war.

»Ich bleibe in Amsterdam. Will mich einfach mal in aller Ruhe umsehen. Eine Menge hier, vor allem in der ›Kraker‹-Szene, ist mir noch fremd. Ein bißchen Feldarbeit kann nicht schaden.«

Und genau das tat er in diesen ersten Septemberwochen: in der Stadt rumhängen – wenngleich nicht zu Studienzwecken. Die absurde Jubelstimmung steckte schon seit Wochen in ihm, wurde jedoch erfolgreich unterdrückt (was man wohl als Wunder bezeichnen konnte). Am Nachmittag des 1. September gab er sich ihr feierlich hin, indem er nach einem ganzen Jahr idealistischer Arbeit ein erstes Glas trank.

Wodka.

Drei volle Urlaubswochen hielt seine goldene Stimmung an. Erst am 20. September, am Vorabend des Herbstes, geriet das Glück ins Wanken. Sein Gehirn wurde müde, und auch die Zunge, unverzichtbares Instrument des Hirns, begann zu ermüden. Schlagfertig gemeinte Bemerkungen verfehlten regelmäßig ihr Ziel. Manchmal brach Ernst eine Geschichte ab, weil er nicht mehr wußte, was er eigentlich hatte erzählen wollen. Er verlor seinen festen Blick, fing an, aus vom Alkohol schief und schepp stehenden Augen glasig dreinzuschauen. Alle naslang rannte er aus einem Gespräch weg, um sich auf der Toilette im Spiegel zu betrachten. In die Runde zurückgekehrt, versuchte er von neuem, sich über seine Müdigkeit und Mattheit hinwegzutrinken.

Mitten am Abend war Ernst aus der Innenstadt nach De Pijp in der Absicht zurückgekehrt, unter die Dusche zu gehen und sich etwas frisch zu machen. Vielleicht würde er danach wie neugeboren, nüchtern, wieder ins Zentrum zurückkehren können.

Über die Ferdinand Bolstraat unterwegs zu seiner Wohnung in der Kuipersstraat, hatte er am Sarphatipark erst noch im *Bierenbroodspot* reingeschaut. Hier traf er den in der Nähe wohnenden Albert Egberts, der sich über das ziemlich großspurige Benehmen des sonst stets so korrekten und seriösen Anwalts verwundert zeigte.

»Der Bogen, Egberts ... der Bogen ... Kursivierung von mir, E. Q.«

Albert sagte, er habe etwas zu feiern. Quispel glaubte, es handle sich um seinen Geburtstag.

»Und das ganz allein, Albert? Ohne deine schöne Jeannette?«

»Zwanet.«

»Zwanet, mein ich ja.«

»Ich sehe sie später noch im *Dogshit City*, im Elleboogsteeg. Kennst du den Schuppen? Eine verrückte Studentendisco, aber Zwanet geht gern hin. Zum Tanzen.«

Plötzlich spürte Quispel das heftige Verlangen, ebenfalls in den Elleboogsteeg zu gehen. Er erzwang eine Verabredung mit Albert, der wahrscheinlich nur darauf einging, weil er sah, daß Quispel doch nicht bis zum Ende des Abends durchhalten würde.

»So gegen Mitternacht. Auf den scheidenden Sommer sozusagen. O Wehmut. Kursivierung ... Gut, abgemacht.«

Albert schien es jetzt eilig zu haben, seinen anstrengenden Gesprächspartner loszuwerden. Oder war die Anwesenheit von Arend-Jan Baartscheer in seiner Pfadfinderuniform daran schuld, daß Albert die Flucht ergriff? Einige Gäste trieben ihren Spaß mit einem Marokkaner, dessen blauroter Schwanz plötzlich über dem Stammtisch baumelte. Es ging um eine Wette oder um eine Demütigung – so genau hatte er es nicht mitbekommen. Nicht lange nach Egberts verließ auch Quispel das Lokal, wobei Baartscheer ihm eine zweideutige Bemerkung hinterherrief, die er draußen aber schon wieder vergessen hatte. *Dogshit City*, er würde zur Stelle sein. Er würde nicht schlappmachen.

Zu Hause boxte er sich nüchtern. Mit heißen und kalten Duschen, einer Schönheitsmaske aus Eis; mit Zitronensaft, Kaffee und sogar etwas fester Nahrung. Alle Viertelstunde probierte er an derselben Seite in demselben Buch, ob sein Blick schon etwas klarer wurde. Anfangs schoben sich die Wörter noch übereinander, aber mit jeder Viertelstunde wußten sie besser, wo sie hingehörten. Um halb zwölf war die Seite klar, und er konnte mehr oder weniger lesen, was darauf stand, wenngleich der Zusammenhang der Sätze und Abschnitte nur mühsam in sein Hirn drang.

Nachdem er sich ein weiteres Mal die Zähne geputzt hatte, ging er nach unten in die Kanzlei und telefonierte nach einem Taxi. Um fünf vor zwölf stieg er am Spui aus und bog in die schmale Straße, die zu besagter Disco führte. Er konnte keinen Studentenausweis vorweisen, aber mit einem Zehner kam er hinein. Quispel gab seinen Regenmantel an der rohgezimmerten Garderobe ab, mußte aber auf dem Weg zur Bar erneut am Türsteher vorbei, der die Tür gerade wieder öffnete. Draußen stand Albert Egberts in Begleitung eines etwa Gleichaltrigen, in dem Quispel einen kleinen Kokaindealer aus der Ferdinand Bolstraat wiedererkannte; er hatte ihn einmal in einer Bagatellsache verteidigt.

»Du kannst gern rein«, sagte der Türsteher zu Albert. »Aber ohne den da. Von den Praktiken dieses Bürschchens haben wir hier die Schnauze voll. Oder besser gesagt, die Nase.«

Albert machte sich stark für den anderen, aber der Türsteher blieb eisern. »Nein und noch mal nein. Und komm jetzt rein, damit ich die Tür wieder zumachen kann. Wir haben schließlich nicht mehr Sommer.«

Quispel, der merkte, daß Albert ohne seinen Kumpel auf den Einlaß verzichten würde, mischte sich jetzt auch noch ein. »Hören Sie mal, werter Herr Pförtner. Ich bin sein Anwalt. Ich habe ihn verteidigt. Für den Jungen leg ich die Hand ins Feuer.«

Es half alles nichts, und schließlich sah Quispel Albert und den Dealer entschlossen die Straße hinuntergehen in Richtung Heiligeweg.

Die Bar war bereits voll, aber auf der Tanzfläche tanzte nur Zwanet. Sie trug etwas Rotes, das an Spanien erinnerte – ein Kleid, dachte er erst, aber als sie sich schnell um die eigene Achse drehte, sah er, daß sie ein loses Oberteil zu einem kurzen Rock trug. Ihr langes blondes Haar, auf dem bei Tageslicht manchmal eine rötliche Glut liegen konnte, war zu einem dicken, strammen Zopf zusammengebunden. Dieser drosch beim Tanzen auf ihren Rücken, die Schultern ein und – wenn sie den Kopf im Rhythmus der Musik vorbeugte – auch auf Bauch und Brüste. Manchmal ließ Zwanet den ganzen Oberkörper nach vorn fallen, wobei der Zopf zwischen ihren Beinen durchsauste und an den Po schlug. Ein paarmal war Quispel ganz dicht an der Tanzfläche vorbeigegangen, in der Hoffnung, einen Schlag ihres Zopfes abzubekommen. Vergeblich.

Auch wenn sie zu Popmusik tanzte, war doch zu erkennen, daß sie Ballettunterricht gehabt hatte.

Quispel hatte sich nie vorstellen können, daß manche Menschen durch körperliche Züchtigung in sexuelle Erregung geraten können, doch mit Zwanets langem blondem

Zopf wollte er gern sanft geschlagen werden, zumindest wenn er dabei den Geruch ihrer Kopfhaut riechen durfte. Auch müßte sie sich mit ihrem Zopf selbst bedecken und streicheln, und er überlegte, ob dieser wohl lang genug wäre, im Knien durch den Spalt zwischen ihren Brüsten und über den Bauch zwischen die Schenkel geklemmt zu werden, und zwar so, daß das fransige Ende hinter ihrem Po hervorkam. Er würde es so weit wie möglich herausziehen, und sie würde ihrerseits, indem sie den Kopf mühsam hob, den Zopf Stück für Stück wieder zurückziehen. Die straffe, gerippte Haarpracht würde immer weiter, immer tiefer in ihre Scham schneiden. Um den Preis mörderischer Schmerzen in der Kopfhaut würde sie sich selbst Lust schenken.

Zwanet führte sich auf wie ein Hund, der hinter seinem Schwanz herjagt. Sie tanzte mit ihrem Zopf. Am Rande der Tanzfläche wurde ein Mädchen im Rollstuhl von einer Freundin wild hin und her gestoßen, im Zickzack vorwärts geschoben. Zum Schluß, als die Freundin außer Atem war, machte das behinderte Mädchen allein weiter. Sie lenkte ihren Stuhl wild in alle Ecken der glatten Tanzfläche ... rückwärts ... in Schlangenlinien: alles möglichst im Takt der Musik. Erst nach einiger Zeit merkte Zwanet, daß das sitzende Mädchen mit ihr zu tanzen versuchte. Nun tanzten sie zusammen, vis-à-vis. Die Lämpchen des Schaltbretts auf der Armlehne flackerten. Die Discolampen funkelten im Chrom und in den Speichen. Es war ein Stuhl mit Rädern aus Feuer. Er wurde sehr geschickt gelenkt. Das Mädchen versuchte, Zwanets vorbeifliegenden Zopf zu packen. Sie war häßlich, mit einer hochgezogenen Schulter, fast ohne Hals und mit einem langen Kinn, das zwischen ihren Brüsten lag.

Rasend schnell wirbelte Zwanet jetzt mit ihren starken Halsmuskeln den Zopf über ihrem Kopf im Kreis herum – und zwar so schnell, daß nur noch die Bewegung zu sehen war in Form einer Aureole. Als plötzlich durch einen Fehler des Discjockeys die Musik aufhörte, glaubte Quispel die Flechte noch einen Moment lang durch die Luft schwirren zu hören. Zwanet dauerte es offensichtlich zu lang, dieses Herumgefummel in dem Glaskasten mit den Plattenspielern, und ohne sich nach dem behinderten Mädchen umzusehen, ging sie zu dem Tisch, auf dem ihr Glas stand.

Quispel, noch etwas schwindlig von der herumwirbelnden Trosse an ihrem Kopf, hatte das Gefühl, ihr etwas sagen zu müssen. Irgend etwas. Egal was. Er erinnerte sich an eine Geschichte seines Französischlehrers, der in einem Pariser Internat gewesen war. »Okay, wir saßen ganz hinten, auf den billigen Bänken, und sahen daher nur wenig. Aber in der Pause tanzten die Mädchen für ein kleines Trinkgeld in einem abgetrennten Raum direkt hinter unserer Bank. Wir waren als erste da. Dort, in der ersten Reihe, konnten wir die Diamanten in ihrem Nabel sehen.«

Die Musik lief noch nicht wieder. Quispel ging auf Zwanet zu und sagte: »Beim nächsten Mal müßtest du dir eigentlich einen Diamanten in den Nabel stecken.«

Noch bevor er sah, wie ihr Gesicht erstarrte, wußte Ernst, daß er einen Fehler begangen hatte. Seine Zunge hatte ihm den Dienst aufgekündigt und sich selbständig gemacht.

»Und dich dann bestimmt bitten, mir an der Bar einen abgehackten Kopf zu bestellen ...« Zwanet wurde rot vor verhaltenem Zorn, vielleicht auch, weil sie über ihre schlagfertige Reaktion erschrak.

»So weit reichen meine Kompetenzen nicht. Ich bin nur ein kleiner Anwalt, kein Staatsanwalt.«

Erst da wurde ihr bewußt, es mit einem entfernten Bekannten von Albert zu tun zu haben.

»Sorry, ich hab Sie nicht gleich erkannt. Aber Sie sehen sich heute auch nicht sehr ähnlich.«

»Stimmt. Bin nicht im Dienst. Ich habe Urlaub. Laß also bitte die Siezerei.«

Er holte etwas zu trinken. Der Smirnoff hatte einen noch fauligeren Geschmack, weil er sich die Zähne zu oft hintereinander geputzt hatte. An den Tisch gelehnt, tranken sie schweigend. Alles, was ihm einfiel, schluckte er schnell wieder hinunter aus Angst, seine Bemerkungen fielen anders aus als beabsichtigt. Und dieses ängstliche Schweigen, das durch die Stille nach dem Ausfall der Musik noch gewichtiger wurde, erinnerte ihn wieder daran, daß seine Euphorie und Harmonie zerbrachen. Nein, es konnte, es durfte noch nicht vorbei sein. Es handelte sich nur um ein vorübergehendes Tief, mehr nicht, und das war schließlich nur allzu verständlich nach drei vollen Wochen permanenter Ekstase. Zwanet stellte ihr leeres Glas auf den Tisch. Jetzt, wo das Malheur an der Anlage behoben war, füllte sich die Tanzfläche rasch wieder zur Hälfte. Quispel wußte, daß er etwas sagen mußte, weil er Zwanet sonst an die Musik verlieren würde; er selbst traute sich nicht zu tanzen.

»Kommst du mit?«

»Tanzen, meinst du?«

»Nein, einfach ... hier weg.«

»Irgendwo anders hin?«

»Zum Beispiel.«

Wieder gelang es ihm nicht zu sagen, was er eigentlich sagen wollte. Er hatte auf einmal den entmutigenden Eindruck, sie weise ihn nur deshalb nicht rundheraus zurück, weil sie Albert nicht vor den Kopf stoßen wollte. Meester Quispel hatte ihrem Freund schließlich mehr als einmal unentgeltlich beigestanden.

»Ich bin hier mit Albert verabredet. Er kann jeden Moment kommen.«

»Albert kommt nicht.«

»Nicht?«

»Nein.«

Sie sah ihn leicht spöttisch an. »Und er hat Sie ... dich hierhergeschickt, um mir das auszurichten.«

»Nein, ich war hier nämlich selbst mit ihm verabredet.«

»Aha.«

»Er stand vor einer Weile hier vor der Tür, kurz nachdem ich gekommen war. Sie haben ihn nicht reingelassen.«

»Erzähl das deiner Großmutter.«

»Versuch ich ja gerade. Vielleicht muß ich deutlicher werden. Albert hätte zwar reingedurft, aber sein Kumpel nicht.«

»O, hatte er jemand dabei?«

»Einen Koksdealer aus Zuid. Einen kleinen Loddel, der unter der Fuchtel seiner beiden Schnepfen steht. Ich kenn ihn ... 'n Kleinkrimineller. Wie dem auch sei, sie haben ihn nicht reingelassen.«

»Mit so jemand hab ich ihn noch nie gesehen.«

»Ich bisher auch nicht. Aber heute abend.«

»Und dann?«

»Sind sie beide beleidigt abgezogen. Dicke Freunde. Wenn du mich fragst, dann hatten sie beide die Nase tief reingesteckt.«

»So was tut Albert nicht. Hör mal, wenn du ihn vor mir schlechtmachen willst ...«

»Ich schwör's dir. Achte morgen mal auf seine Pupillen ... Er war dabei, seinen Geburtstag zu feiern. Und nicht zu knapp, wenn du mich fragst.«

»Herr Rechtsanwalt, Sie müssen den Falschen meinen. Alberts Geburtstag ist am dreißigsten April.«

»Seinen Geburtstag ... oder so was Ähnliches. Er hatte jedenfalls was zu feiern. Und das hat er gründlich getan. Ich erzähl dir doch keine Lügen.«

Seine Kehle war trocken vom Schreien, mit dem er sich trotz der Musik verständlich zu machen versuchte. Er holte sich an der Bar noch einen Smirnoff, eine andere Marke hatten sie nicht. Zwanet trank nur Mineralwasser.

»Ausgerechnet heute abend«, sagte sie. Quispel mußte sie mehrmals bitten, es immer lauter zu wiederholen, bevor er es verstand: »Ausgerechnet heute abend.«

Das Mädchen fing jetzt an, ihm heftig, mit rasch wechselnder Mimik, etwas zu erzählen, aber die Musik war mittlerweile voll aufgedreht, so daß Quispel nur sah, wie sich ihre Lippen bewegten. Er legte ihr die Hand auf den Mund und deutete mit der anderen nach oben, zur Decke. Sie verstand: Oben war ein Café, in dem es ruhiger war. Er nahm sie beim

Arm und führte sie über die Tanzfläche und durch eine Art Zwischengeschoß mit Sitzgelegenheiten in den Eingangsbereich, von wo eine Treppe in die obere Etage führte. In dem kleinen Café war nur die U-förmige Bar zur Hälfte besetzt. Sie nahmen an einem Tisch vor der Spiegelwand Platz.

»Ausgerechnet heute abend«, sagte Quispel. »Da waren wir stehengeblieben.«

Die Musik war hier so leise, daß sie vom Wummern der Bässe unten fast übertönt wurde, das man auch im Fußboden, in der Einrichtung noch spürte.

»Weißt du ... ich wohne in der van Eeghenstraat, schräg gegenüber von dem großen Nebeneingang zum Vondelpark.«

»Hast du da ein Zimmer?«

»Nein, ich wohne noch bei meinen Eltern, aber das spielt jetzt keine Rolle. – Wenn ich aus der Innenstadt komme, radel ich immer durch den Park nach Hause. Ich hab das auch spätabends und nachts immer getan. Aber jetzt hab ich in den letzten Wochen schon ein paarmal einen Typ, vielleicht einen Jungen, dort am Ausgang rumlungern sehen.«

»Wieso, ›vielleicht einen Jungen‹?«

»Er hatte immer einen Mopedhelm auf mit runtergelassenem Visier.«

»Immer um dieselbe Zeit?«

»Nein, das ist ja das Komische. Komm ich um halb neun abends nach Hause, steht er da. Viertel vor elf? Weit nach Mitternacht? Immer auf dem Posten. Und immer mit runtergeklapptem Visier.«

»Tagsüber auch?«

»Nein, nur bei Dunkelheit. Außer das eine Mal, als es ganz spät war und schon wieder hell wurde. Fünf Uhr morgens: da stand er.«

»Bewegt er sich auch? Kann es keine Vogelscheuche sein?«

»Na, an dem Morgen haben sich die Vögel jedenfalls nicht von ihm verscheuchen lassen. Ein Lärm war das! Mir haben die Ohren gegellt. Aber mich hat der gräßliche Kerl inzwischen tatsächlich aus dem Park vertrieben. Stell dir vor! Seit einer Woche oder so fahr ich abends immer um den Park herum. Constantijn Huygensstraat ... van Eeghenlaan ... van Eeghenstraat ... Ich geh das Risiko nicht mehr ein.«

»Und jetzt ist ihm der Spaß vergangen, und er hat sich verdünnisiert.«

»Er ist immer noch da. Nur etwas weiter vom Eingang entfernt. Hinter dem kleinen Beet steht er und beobachtet die van Eeghenstraat. Woher kann er wissen, daß ich im Anmarsch bin?«

»Vielleicht verkehrt er in denselben Kneipen wie du. Wenn du gehst, fährt er gleich darauf mit seinem Moped auf einer anderen Strecke zu seinem Stammplatz am Park.«

»Hör mal, ich treib mich nicht nur in Kneipen rum. Als ich neulich bei einer Freundin gewesen war, stand er auch wieder da.«

»Wer sagt, daß er es auf dich abgesehen hat?«

»Hab ich mich auch lange gefragt. Ich dachte: vielleicht ein Verrückter, der sich einbildet, er muß den Vondelpark bewachen. Aber seit gestern abend weiß ich, daß er es tatsächlich auf mich abgesehen hat. Es ist gerade elf Uhr. Ich komm so schnell wie möglich angeradelt. Er steht nicht da. Ich erleichtert. Bremse. Springt er doch plötzlich aus dem Beet raus, der Idiot. Ich vor Schreck fast gestorben. Schnell weiterradeln geht nicht, weil er schon am Gepäckträger hängt. Er sagt die ganze Zeit was, aber aus dem Helm kommt nur so'n hohles Gemurmel. Ich sag: ›Laß los, du Idiot.‹ Er läßt nicht los. Wieder dieses Gemurmel. Ich versteh ihn nicht. Na schön, am Lenker hängt immer mein Schloß. 'Ne schwere Kette mit 'nem Vorhängeschloß. Ich schnapp mir das Ding und hol nach hinten aus. Ich muß ihn getroffen haben, weil ich merk plötzlich, das Rad ist frei. Ich tret wie 'ne Irre in die Pedale. Rüber auf die andere Seite, rauf auf den Bürgersteig. Und auf die Klingel gedrückt. Dreh mich um. Er ist weg.«

»Was sagst du in so'nem Fall zu deiner Mutter?«

»Mein Vater hat aufgemacht. ›'Tschuldigung, Paps. Schlüssel vergessen.‹ Wenn ich in so'nem Fall die Wahrheit erzähl, dann darf ich abends nicht mehr weg. Oder er bringt es fertig, mich jedesmal hinzubringen und wieder abzuholen.«

»Und Albert ist dir als Gesellschafter lieber?«

»Spar dir die Anzüglichkeit. Jetzt tut's mir schon fast wieder leid, daß ich dir das alles erzählt hab, weil ... du nimmst mich eigentlich nicht ernst, merk ich. Und wenn du's genau wissen willst: Ja, es paßt mir überhaupt nicht, daß Albert heute abend nicht da ist.«

»Na also, das ist doch ein guter Grund, mit zu mir zu gehen? Ich wohne über einer Rechtsberatungsstelle. Sicher wie in Abrahams Schoß ...«

Ernst legte seine Hand auf die ihre, die auf ihrem Oberschenkel lag. Sie zog sie nicht gleich zurück, sondern sah ihn mit zu Schlitzen zusammengekniffenen Augen direkt an, prüfend, abschätzend, wobei sich ihr Mund verzog, schmaler und auch blasser wurde. Fast schon hätte er ihre Haltung als Zusage gedeutet, als sie seine Hand plötzlich abrupt abschüttelte und ihn anfauchte: »Leute wie du, die leben von solchen fiesen Typen. Du bringst es fertig, ihre Schweinereien bis zum letzten zu verteidigen. Womöglich törnt es dich auch noch an.«

Das hätte sie nicht sagen sollen. Von einer Sekunde zur nächsten fühlte Quispel sich sehr betrunken und sehr müde. Es wirkte nicht mehr. Er würde noch einige Tage, höchstens eine Woche, weitertrinken, mit dem Mut der Verzweiflung, immer mehr und immer gefährlicher, bis schließlich der Kater und der Ekel und die Verzweiflung zuschlagen würden. Er leugnete diese nahe Zukunft nicht länger. Er stand auf, schwindlig.

»Da täuschst du dich aber gewaltig, mein Engel.«

Stolz, beleidigt zog er ab, kehrte aber wieder an den Tisch zurück. »Solltest du es dir noch anders überlegen, bevor die Nacht um ist« – um nicht umzufallen, mußte er Halt an der Rückenlehne eines Stuhls suchen –, »und Wert auf meinen Schutz legen: Ich wohne in der Kuipersstraat. Nummer dreißig, erster Stock. Über der Rechtsberatungsstelle. Also leicht zu finden. Unten warst du schon mal mit Albert drin.«

Schneenacht im September

Noch nie war Quispel in diesen drei Wochen schon so früh – Viertel nach zwei in der Nacht – heimwärts gezogen. Das Schwindelgefühl hatte sich draußen an der Luft, während er zum Taxistandplatz am Rembrandtsplein ging, nicht gelegt, und im Taxi wurde ihm übel. Er versuchte, seinen Magen so lange wie möglich unter Kontrolle zu halten. Sie bogen bereits, vielleicht etwas zu scharf, in die Kuipersstraat, als Quispel sich doch noch übergeben mußte. Obwohl er ordentlich hinter dem Fahrersitz auf die Kokosmatte gebrochen hatte, wollte der Mann ihn erst gehen lassen, nachdem er fünfundzwanzig Gulden zusätzlich entrichtet hatte – »für die Reinigung der Polster«. So viel hatte Quispel nicht mehr dabei, und auch das mochte als Zeichen dafür gelten, daß sein bis vor kurzem so virtuos gesteuertes Satyrfest in eine Sackgasse geraten war. Jetzt mußte er den verhaßten Fahrer auch noch mit hineinnehmen, um ihm im Büro aus der Portokasse, zu der er einen Schlüssel besaß, den geforderten »Gelben« zu geben.

»An Ihrer Stelle«, hatte der Mann noch die Stirn zu sagen, »würde ich ganz fix in die Heia verschwinden.«

Quispel haßte ihn aus tiefstem Herzen. In diesem Moment war er fähig, jeden zu hassen.

Für wen noch die Zähne putzen? Er schlief mit dem sauren Geschmack von Erbrochenem im Mund ein. Sein letzter Gedanke galt dem zwecks Ernüchterung verzehrten Essen dieses Abends: ein weiteres Zeichen, daß das Fest sich dem Ende zuneigte; sonst aß er um fünf Uhr morgens seine einzige Mahlzeit am Tag, ein Brötchen in einem Laden, der rund um die Uhr geöffnet war.

Später am Tag versuchte er sich zu erinnern, wie er das anhaltende Klingeln anfangs in seinem Traum verarbeitet hatte. Möglicherweise war sein Schlaf bis zu dem Moment, als es klingelte, tief und traumlos gewesen. Jedenfalls wußte er nicht mehr, was dem Ruck an dem Strick vorangegangen war, der in seinem Traum eher einem bestickten Band glich. Die Tür ging auf, und da standen Albert Egberts und der kleine Zuhälter aus der Ferdinand Bolstraat. »Ernst, wir wollen dein Auto saubermachen«, rief Albert hinauf. »Können wir es an dem Hebebalken hochziehen?«

Vielleicht verlor der Traum seine Glaubwürdigkeit, weil das Klingeln, ungeachtet der geöffneten Tür, weiterging und ihn dieser Umstand, eher als das Klingeln selbst, weckte. Er erwachte. Hatte er es klingeln hören? Er hob den Kopf und lauschte. Nichts. Alles nur ein Traum. Oder ging das Theater mit dem Geklopfe und Geklingel und den Stimmen und dem Gequengel schon wieder los? Nein, denn bei Wahnvorstellungen konnte er nicht denken: »Geht das Theater schon wieder los?« Die waren in der Regel echter als echt. Außerdem hatte er an diesem Abend genug getankt. Solange sich der Alkohol noch unzersetzt in seinem Blut befand, würden die Wahnideen wohl auf Distanz bleiben. Er bettete den Kopf wieder aufs Kissen. Es klingelte. Erst kurz, dann sehr lang. Er versuchte, die grünen Digitalziffern seines Radioweckers klar zu kriegen, aber seine Augen waren so trübe (als ob ein schleimiger Film auf ihnen läge), daß er nur leuchtende Striche in der Dunkelheit seines Zimmers sah. Wieder klingelte es anhaltend. Das hatte er schon öfter erlebt, dieses nächtliche Klingeln. Nicht nur am Faulenzertag, Pfingstsamstag im vergangenen Jahr; manchmal hatten auch »Kraker« vor der Tür gestanden, die, von einem Schlägertrupp aus dem Haus geprügelt, hier um Rechtsbeistand baten. So was würde es wohl sein. Meester Quispel hat Urlaub, Jungs. Kommt morgen früh wieder, wenn das Büro geöffnet ist. Fragt nach Meester Vlacq, der findet eure Pickelgesichter und muffigen Lederjacken auch noch geil.

Es klingelte immer noch. Quispel tastete sich im Dunklen bis zum Fenster an der Straßenseite vor. Er schaute durch einen Vorhangspalt hinaus, sah aber nur ein Fahrrad, das halb auf dem Gehweg, halb im Rinnstein lag; das hatte bei seiner Heimkehr noch nicht dagelegen. Als das Klingeln für einen Moment aufhörte, traute er sich, sich hinzuknien, den Kopf hinter den Vorhang zu strecken und das Fenster – fast geräuschlos – eine halbe Armlänge hochzuschieben. Er legte den Kopf auf die Fensterbank und schob ihn Stück für Stück immer weiter vor, bis er an der Hauswand entlang hinunterschauen konnte. Auf der Fensterbank mußte etwas gelegen haben, ein Bleistift oder so, denn er fegte mit der Schulter einen Gegenstand hinaus. Er landete recht geräuschvoll auf dem Gehweg. Die Person im Hauseingang stellte augenblicklich das Klingeln ein und trat ein paar Schritte zurück. Quispel gelang es nicht, den Kopf schnell genug zurückzuziehen.

Da stand, verdammt noch mal, diese Zwanet.

Sie sahen sich an. Das Mädchen sah blaß und niedergeschlagen aus. Sie lächelte – oder grinste – entschuldigend.

»Mach bitte auf«, sagte sie leise, gerade noch hörbar.

In Quispels Ohren klang ihre gedämpfte Stimme nach all dem lauten Geklingel lächerlich. Es hatte etwas Heuchlerisches. Seine erste Reaktion war Wut, die von dem klebrigen Kotzegeschmack in seinem Mund genährt wurde, von dem jäh unterbrochenen Schlaf und vor allem: von der zunehmenden Gewißheit, daß der goldene Jubel wieder für ein Jahr, vielleicht auch für immer, aus seinem Blut verschwunden war. Diese Schnepfe. Darum also hatte sie diese Geschichte von dem Gruseltypen erzählt: um einen Grund, einen Anlaß zu haben, ihm doch noch, sollte sie Lust darauf bekommen, zu folgen und sich von ihm vögeln zu lassen. Er durchschaute sie nur zu gut. Bis die Disco geschlossen wird – erwartungsvoll klopft mein Herz –, auf den schnuckeligen Albert warten. Der schnuckelige Albert war nicht aufgekreuzt. Angenehm aufgegeilt durch die Drinks hatte sie Lust auf einen

Mann bekommen. Mit dieser Phantasiegeschichte von dem Mopedhelden hatte sie von vornherein dem Eindruck vorbeugen wollen, sie wäre »einfach so« zu haben. Nein, sie traute sich nicht nach Hause. Sie suchte Schutz. Eine, die so umsichtig mit ihrem Geschlechtstrieb umging, war natürlich erst recht eine Schnepfe. So stand sie übrigens auch da, ein Stück ihres Rocks in Oberschenkelhöhe zwischen Daumen und Zeigefinger geklemmt, den kleinen Finger abgespreizt. Als ob sie jeden Moment einen kleinen Balztanz hinlegen könnte...

»Bitte, mach doch auf.«

»Und was ist mit dem lieben Albert? Spielt der nicht mehr mit?«

»Ich hab's versucht. Er ist nicht zu Hause.«

»Trotzdem. Ich kann meine eigenen Freunde doch nicht bescheißen?«

»Machst du jetzt bitte auf?«

Zuerst dachte er daran, sie einfach vor der Tür stehenzulassen. Fenster zu, Klingel abgestellt, rein in die Kiste. Aber nein, ihm war plötzlich viel mehr danach, sie richtig merken zu lassen, wie gut er sie durchschaute. Erniedrigen, um nicht selbst erniedrigt zu werden.

»Wir werden sehen.«

Quispel schob das Fenster zu, tastete nach dem Schalter, machte Licht und ging dann in aller Ruhe auf den kleinen Treppenhausflur, wo er an dem Strick zog. Die Tür blieb zu. Natürlich, für die Nacht abgeschlossen. Er hörte, wie Zwanet, die denken mußte, die Tür klemme, an der Klinke rüttelte. Quispel schlüpfte in seinen Morgenmantel und ging hinunter. Er schloß die Tür auf. Im Hauseingang brachte Zwanet gerade ihre Kleidung in Ordnung, so schien es. Daumen und Zeigefinger griffen irgendwo unterhalb der linken Hüfte noch immer wie eine Wäscheklammer in den glatten Stoff ihres Rocks. So folgte sie ihm langsam, schleppend die Wendeltreppe hinauf. Quispel stand bereits wieder oben, als sie erst auf der halben Treppe war.

»Mach schon, Trulla.« Die Worte – er sprach sie nicht laut aus – scheuerten an Kehle und Gaumen entlang und machten seine Mundhöhle noch wunder, als sie von dem Erbrochenen schon war.

Scheu, mit unsicheren Bewegungen, zu Boden blickend, betrat das Mädchen sein Zimmer.

»Hör mal, du hättest dir nicht so'ne komplizierte Ausrede auszudenken brauchen, um noch zu mir zu kommen. Ich hätte dich wirklich nicht schief angesehen, wenn du ohne Getue, wie ein ehrliches Mädel, mit mir gegangen wärst. – Ich nehme an, du hast dich im letzten Augenblick doch nicht an deinem Verehrer im Vondelpark vorbeigetraut?«

Über Zwanets Wange lief ein grauer Schmutzstreifen. Der glitzernde Gummi mit den beiden Perlen war von ihrem Zopfende verschwunden, wodurch der Zopf seine Form zu einem großen Teil verloren hatte und zum übrigen Teil aus kraftlos ineinandergreifenden Haarsträhnen bestand.

»Sorry ... sorry«, flüsterte sie und schüttelte den Kopf. Und dann, mit einem flüchtigen Blick auf ihn, fast tonlos: »Jetzt ist es passiert ... Er hat's getan.«

Quispel sah nun auch Schlammspuren auf ihrem kurzen Oberteil. Geziert, wie eine kokette kleine Tänzerin, hielt sie noch immer eine Falte ihres spanischen Röckchens zwischen den Fingern – bis Quispel entdeckte, daß sie irgend etwas darunter festhielt. Versteckte sie da Geld? Einen Zettel? Durch diese verkrampfte Pose hatte sich der Rock etwas hochgeschoben, und auf dem gebräunten Oberschenkel zeigte sich die rotweiß gepunktete Linie einer Schramme. Er hatte den Eindruck, daß sie sich alle Mühe gab zu heulen. Ihre Augen blieben trocken.

»Er stand wieder da. Er hat mich ...«

Anstatt das Wort auszusprechen, hob sie unwillkürlich, in einer ohnmächtigen Gebärde, die Hand, die ihren Rock festgehalten hatte. Dadurch verrutschte etwas unter dem Kleidungsstück. Aus den Augenwinkeln betrachtet, sah es aus, als lasse sie ein Taschentuch fallen. Als er genauer hinschaute, sah er die ausgefransten Ränder eines zerrissenen Slips unter dem Rocksaum hervorlugen. Erst als im nächsten Moment das kaputte Höschen noch weiter an ihrem einen Bein entlang hinunterrutschte, merkte Zwanet, daß sie es losgelassen hatte. Der Schritt aus weißem Frottee hing in Höhe ihres Knies, wehrlos und offen wie eine Handfläche, ihm zugewandt – blitzsauber, das fiel ihm sofort auf.

So standen sie sich gegenüber.

»Hast du vielleicht eine Unterhose für mich?« fragte sie leise. »Leihweise«, fügte sie noch leiser hinzu.

Quispel war wütend und war sich gleichzeitig des Extremen seiner Wut bewußt, die eine ganz andere Ursache haben mußte als das, was er bei dem Mädchen für Schauspielerei hielt. Trotzdem richtete sich seine Verärgerung voll gegen sie.

»Donnerwetter, das hast du aber sauber gedeichselt. Zur Vorbereitung eine entsprechende Story von einem potentiellen Vergewaltiger. Und jetzt, o Wunder, stellt sich heraus, daß sich die schlimmen Befürchtungen noch am selben Abend bewahrheitet haben. Wirklich gut ausgetüftelt, findest du nicht? Aber, sag mal ... überschätzt du meine Gutgläubigkeit nicht ein wenig? Du hast das Märchen ja äußerst realistisch dargestellt, mit eigenhändig zerrissenem Slip und so. Kompliment. Und dann diese Schlammspuren ... Vondelpark, nicht wahr? Willst du unbedingt, daß ich eine Probe davon nehme und ins Gerichtslabor nach Rijswijk schicke? Nein, natürlich nicht, dann würde sich ja herausstellen, daß es ganz gewöhnlicher Straßenschmutz hier aus De Pijp ist, den du aus der Gosse gekratzt hast. Soll ich dir mal was sagen, du Spinnerin? Diese Schmutzstreifen, die sind dein wahres Make-up. Damit törnst du dich selbst an und hoffst, den anderen auch damit aufzugeilen. Alles nur ein Spiel, aber ein schmutziges. Du hoffst, daß ich sage: Komm her, mein Kleines, komm in meine Arme, dann werde ich dich diese brutale Vergewaltigung vergessen lassen ... indem ich die Sache subtil und gefühlvoll wiederhole. So ist es doch?«

Zwanet schüttelte ohnmächtig den Kopf. Jetzt kamen die Tränen und zogen eine Spur über ihre schmutzige Wange.

»Paß auf, dein Make-up verschmiert«, rief Quispel höhnisch.

»So glaub mir doch bitte! Wenn du mir nicht glaubst, ist alles noch viel erniedrigender. Ich hatte gedacht, daß sie einem bloß auf der Polizeiwache nicht glauben, wenn man Anzeige erstattet.«

»Na schön, wollen wir doch mal sehen. Wenn dich gerade einer rangenommen hat, dann muß dir der Beweis jetzt an den Schenkeln runterlaufen. Wie können wir den Täter sonst aufspüren? Aber nein, nichts. Das Höschen da ist so sauber wie meine Handfläche. Meiner Meinung nach hattest du es schon zerrissen in deiner Tasche, direktemang aus dem Trockner deiner Mutter ...«

Unter diesem neuerlichen Peitschenhieb kniff sie die Augen einen Moment lang fest zu, und Tränen rollten hell und glitzernd zwischen ihren Wimpern hervor. Wieder schüttelte sie den blonden Kopf.

»Er hat nicht ... er ist nicht ...«

Sie bückte sich und zog den Slip hoch, woraufhin sie die zerrissenen Enden mit Daumen und Zeigefinger am Oberschenkel zusammenhielt. Der Rock blieb hoch geschürzt.

»Ach nein, natürlich! Er hat nicht abgespritzt! Du hast ihn rechtzeitig rausgeschmissen. Oder, denk dir schnell was aus, er wollte keine Spuren hinterlassen, so daß er die volle Ladung ins Gebüsch gespritzt hat. Da hängen die Tropfen jetzt in den Spinnweben. Spielt alles keine Rolle. Es geht ja nur darum, denkst du, daß ich zwar bereit bin, mich von deinem Status als frischvergewaltigte junge Frau reizen zu lassen, daß ich aber – denkst du – keine Lust habe, den Schlammreiter zu spielen, wie das in einem bestimmten Amsterdamer Milieu heißt. So hast du in einem Aufwasch eine nicht nachweisbare Vergewaltigung daraus gemacht. Gesetzt den Fall, der Herr Anwalt könnte versuchen, dich zu einer Anzeige zu überreden!«

»Ich hab ihn in den Finger gebissen ... durch den Handschuh. Ganz doll. Er hat sich bestimmt behandeln lassen müssen. Mit Hilfe der Sanitätswachen könnte ...«

Sie schien das eher zu sagen, um ihm ein authentisches und überzeugendes Detail zu liefern, als aus dem Bedürfnis, den Täter aufzuspüren. Jetzt, als er genauer hinschaute, sah Quispel, daß es tatsächlich getrocknetes Blut war, was auf ihrer Unterlippe und dem Kinn klebte, und kein verschmierter Lippenstift. Auch davon ließ er sich nicht überzeugen, aber trotzdem war irgendwas anders geworden. Jetzt, da er eine Lügnerin und billige Tragödin in ihr sah, wurde sie für ihn noch wehrloser – und damit reizvoller –, als wenn sie wirklich übel zugerichtet zu ihm gekommen wäre. Sie log, sie spielte Theater ... und er durchschaute sie. Konnte sie wehrloser sein? Auf einen Schlag war sie verschwunden, die allzu selbstsichere, viel zu gutaussehende, abweisende junge Frau. Eine geheime, perverse Art von Attraktivität trat nun an die Stelle ihrer sichtbaren Schönheit.

Quispel merkte, daß er schon die ganze Zeit, seit ihren ersten Worten beim Betreten seines Zimmers, spitz auf sie war, und daß die Lust, mit ihr ins Bett zu gehen, mit jeder pikanten Lüge größer geworden war. Er öffnete die Tür eines Wandschranks, hockte sich davor und griff tief hinein.

Im hinteren Teil bewahrte er einen Stapel Unterhosen, die er selten getragen hatte, weil er sie zu bunt, zu schmal, zu »tuntig« fand, und die er jetzt gar nicht mehr trug; sie waren ihm bestimmt zu klein geworden. Quispel reichte dem Mädchen einen zart blauweiß gestreiften Herrenslip mit einem roten gestickten Anker vorn. Es war als Sühneopfer gedacht.

»Tut mir leid ... äh ... Zwanet, nicht wahr? Ich hab mich vorhin vergaloppiert. Ich bin über dein plötzliches Auftauchen erschrocken und über das, was du erzählt hast. Und mein Schreck nahm die Form von Boshaftigheit an ...« Jetzt war er selbst der Lügner. Er spielte das perverse Spiel bereits sehr gut mit.

Quispel zeigte dem Mädchen das schmale Badezimmer.

»Hier. Ich hab leider keine Wanne. Dafür, ganz untypisch für Amsterdam, ein Bidet – von der behinderten Frau, die hier vor mir gewohnt hat. Wenn du die Dusche benutzt, dann dreh zuerst kalt auf und dann erst den Warmwasserhahn. Der Boiler ist sehr heiß eingestellt. Die eingemauerte Bank da stammt auch aus der Zeit dieser behinderten Frau. Also, dann wasch jetzt mal alles gut von dir ab, Zwanet. Du kannst hier schlafen. Hier bist du in Sicherheit.«

Zwanet hielt ihr zerrissenes Höschen fest, bis sie mit der freien Hand die Badezimmertür hinter sich geschlossen hatte. So intensiv er auch lauschte, Quispel hörte kein Wasser laufen oder auch nur tröpfeln. Wusch sie sich nicht? Drehte sie nicht mal der Form (der Form des Spiels) halber den Hahn auf? Er horchte an der Tür. Er hörte sie leise weinen. Es hatte etwas Unechtes, Gespieltes. Selbst jetzt noch verdächtigte er sie, verzweifelt zu heulen, anstatt sich zu waschen, damit alles noch echter wirkte. Sie ekelte sich, sozusagen, zu sehr vor ihrem besudelten Körper, um ihn auch nur zum Zwecke der Säuberung zu berühren. O ja, Zwanet war gelähmt vom erlittenen Schreck, vor Zorn, vor Kummer. Mit ihren Tränen reinigte sie sich von seiner Ungläubigkeit, so war es.

Durch ihr Verhalten, das für Quispel durchsichtig blieb, verriet Zwanet erotische Vorstellungen, Wünsche, Perversitäten, die ihn in seinem noch immer vom Alkohol vergifteten Zustand so erregten, daß ihm schales Wasser im Munde zusammenlief. Die entbehrte sexuelle Befriedigung nach all diesen hitzigen Wochen voller Eroberungen (aber ohne Unterwerfungen) spielte ihm einen üblen Streich. Die Euphorie hielt ihn bekanntlich zum Teil keusch, auf eine völlig natürliche Art und Weise: Es war das Bedürfnis nach Allgegenwärtigkeit in der Stadt, das ihn ein Mädchenzimmer jedesmal rasch wieder verlassen ließ. Er suchte das erste unverkennbare Zeichen der Hingabe, nicht die Hingabe selbst. Der unaufhaltsame Drang nach sexueller Sättigung kam immer erst hinterher, wenn sich die Mädchen infolge des Verschwindens seiner exaltierten Stimmung deutlich weniger entgegenkommend zeigten. Es hatte wohl auch mit der fröstelnden Wehrlosigkeit zu tun, die ihn nach dem Höhepunkt seiner Trinkperiode überkam und um den Trost von Frauenbrüsten und -armen bat. Und wenn es auch eine umgekehrte Art des Säugens war – seinen harten Nippel dem feuchten, zahnlosen Mund der Frau dargeboten –, so hatte es doch Ähnlichkeit mit Säugen, es glich der heftigen Suche nach einem letzten Tropfen Muttermilch mit all seiner tröstenden und sättigenden Wirkung.

Als Zwanet aus dem Badezimmer kam, hielt sie den zerrissenen Slip zusammengefaltet in der Hand. Sie steckte ihn in ihre Tasche, die sie auf dem Tisch hatte liegen lassen und die – wiederum höchst seltsam – während der Überwältigung nicht verlorengegangen war. Sie hatte ihre sorgfältig mit feuchter Erde bearbeiteten Sachen noch an. Der Streifen auf der Wange war nicht weggewaschen, sondern von ihren Filmtränen zum Teil weggewischt. Quispel ergriff ihre Hand, die sie nicht zurückzog; sie fühlte sich sehr schmal und schlaff an.

»Hör zu, Zwanet ...« Seine Stimme zitterte etwas, das mußte von der unterdrückten Geilheit kommen. »Ich trete dir gern mein Bett ab. Dann leg ich mich auf eine Luftmatratze. Falls ich noch genug Puste habe, um sie aufzublasen ...«

Sie nickte nur und wartete, bis Quispel das große Licht gelöscht hatte, bevor sie sich beim Schein einer kleinen Schirmlampe auszuziehen begann. Für ein so geruchlos aussehendes Mädchen hatte sie einen relativ starken Geruch an sich. Sie hatte ja auch den ganzen Abend in der feuchten Hitze einer zum Platzen vollen Disco getanzt ...

Die Luftmatratze lag nicht weit von dem viel höheren Bett, in das Zwanet gekrochen war. Quispel hatte das Ding nicht genug aufgeblasen, vielleicht wegen der abgestandenen Luft, die ihm bei jedem Atemzug in die Mundhöhle strömte, eher jedoch, weil er wußte, daß er nicht die ganze Nacht darauf schlafen würde. Schon bei der geringsten Bewegung machte die Matratze »plopp«. Zwanet seufzte. Er konnte spüren, wie gespannt sie dalag. Und auf ihn wartete ... Das Spiel war noch lange nicht zu Ende. Bisher war erst die prickelnde Eröffnung über die Bühne gegangen. Auf Quispel hatte sie bis jetzt ihre Wirkung nicht verfehlt.

»Zwanet, hör mal.« Er flüsterte. »Ich weiß, daß du dich beschissen fühlst. Wie beschissen, das weißt nur du. Du bist von jemand säuisch behandelt worden, der sich nur um seinen eigenen Genuß gekümmert hat. Jemand, für den wahrscheinlich deine Erniedrigung, deine Schmerzen notwendig waren, damit er etwas davon hatte. Möchtest du darüber sprechen? Vielleicht, wenn du in allen Einzelheiten ...«

»Ich könnte es nicht.«

»Dann ... Vielleicht kann ich etwas wiedergutmachen, etwas in Ordnung bringen, bevor es zu spät ist. Bevor es dir unaufhaltsam im Kopf herumgeht und dich einfach nicht losläßt und du an den Folgen leidest, es dir das Genick bricht ... Laß mich jetzt mal im Gegensatz zu diesem anonymen Rohling lieb zu dir sein. Laß mich dich streicheln. Laß mich alles noch einmal machen, aber sanft, zärtlich, für dich. Vielleicht, weil es eben erst passiert ist, können wir so die Erinnerung daran auslöschen. Die Tat, die du nicht wolltest, lächerlich machen, für alle Zeiten in die Verdammnis schikken, in einen Fluch verwandeln, der diesen Kerl bis an sein Lebensende verfolgt ... Ja?«

Sie antwortete nicht. Quispel hatte den Eindruck, daß sie ihren Kopf ganz kurz bewegte.

»Wenn du im Dunkeln nickst, kann ich es nicht hören und nicht sehen.«

Noch immer keine Antwort. Diese Duldsamkeit ... seiner Meinung nach gehörte das alles zu dem perversen Spiel »Ich bin vergewaltigt worden, hilf mir«. Quispel verursachte ein gewaltiges Geknarze und Geploppe, als er von der Luftmatratze in das Einzelbett stieg. Das Mädchen rührte sich nicht. Keine Rede davon, daß sie ihn »empfing«, beispielsweise indem sie die Arme um ihn schlang. Allenfalls rückte sie ein kleines Stück von der Matratzenmitte. Um Platz zu machen? Es glich eher einer schwachen Form des Zurückschauderns.

Quispel streichelte Wange, Nacken, Schulter, Hüfte ... Sie kam ihm nicht entgegen. Natürlich, das gehörte alles dazu, war sorgfältig vorbereitet. Als er ihre Brüste berührte, durchlief sie ein kurzer, fast mechanischer Schauer wie bei einem Tier, das im Schlaf von einem Insekt gestochen wird. Das war alles. Doch in all ihrer Teilnahmslosigkeit hatte sie sich ihm völlig ergeben. Diese Passivität war die Voraussetzung für ihre Lust, die in dem Maße zunahm, wie sie nicht gezeigt werden durfte. Mit ihrer Ergebenheit, ihrer passiven Haltung wollte sie sagen: Du mußt dir vorstellen, daß ich gerade, vor einer halben Stunde, überwältigt worden bin und mich dabei gewehrt habe, gerungen, gebissen, geschlagen habe ... Stell dir vor, daß ein wildfremder Körper brutal in mich eingedrungen ist, mich unter sich hat winden lassen vor Schmerz und Erniedrigung, und daß ich mich jetzt in einem Zustand des Schocks, des Kummers, der Lähmung, Betäubung befinde und vor Schreck gelähmt warte, bis jemand, ein Mann, ein Mensch, mich mit seinem Körper aus diesem bösen Traum weckt, mir mit seinen männlichen Zärtlichkeiten klarmacht, daß es nicht wirklich geschehen ist. In einem Wort: ich bin verzaubert, verhext; komm und treib mir mit deinem strammen Körper den Dämon, den Schänder aus. Zermalme ihn mit zärtlicher Gewalt.

Quispel legte seine Hand so sanft wie gewichtslos auf ihren Bauch, daß er den Herrenslip sich an der Stelle wölben fühlte, wo zusätzliche Nähte Raum für das männliche Glied geschaffen hatten. Diese leere Form verkörperte für ihn den abwesenden Vergewaltiger, der sich so doch in ihrer Mitte befand. Die elastischen Ränder der Hose lagen so wenig stramm in ihrer Leistenbeuge, daß sie sie getrost anlassen konnte.

Er versuchte, ihr so präzise wie möglich zu geben, worum sie ihn mit den Einführungsregeln des Spiels angefleht hatte. Es erregte ihn maßlos, sie so passiv neben sich, unter sich zu haben, ohne Gestöhne, kaum atmend ... Ihre Beine gingen ausschließlich durch den Druck seiner Hand auseinander. Sie wehrten sich nicht, das war alles. Aber es ließ ihn fast beifällig aufstöhnen, daß sie zwischen den Schenkeln bereits weit und auch reichlich feucht war. Wieder dieser kurze, kreatürliche Schauer bei seiner Berührung. Sonst alles ohne einen Seufzer. Er stellte noch nicht einmal eine Beschleunigung ihres Atems fest.

Weit, angefeuchtet ... Zeichen der Erregung, die nicht synchron liefen mit ihrem Spiel. Ihre Erregung war wahrscheinlich bereits während des Gefingers mit dem zerrissenen Slip geweckt worden. Oder noch früher, auf dem Fahrrad hierher, als sie beim Strampeln ihre kühnsten Träume durchlebte.

»O, du hinreißende Schlunze, ich durchschaue dich«, hätte er ihr gern ins Ohr geflüstert. »Deine geheimen Absichten sickern bereits durch sämtliche Ritzen.«

Ihre Schauspielkunst war so subtil, daß sie nicht einmal davor zurückschreckte, bei seinem Eindringen einen kurzen Schmerzschrei da zu unterdrücken, wo der imaginäre Vergewaltiger sie mit seiner brutalen Penetration wundgescheuert haben konnte – eine Stelle, die er sich in Wirklichkeit als eine durch Reibung entstandene Blase vorgestellt hätte. Das war, sehr geschickt, ihr einziges Lebenszeichen. Herrlich, sie so passiv, wie in schwerem Halbschlaf, mit kühlem Körper (der sogar in seiner schleimigsten Höhle kühl schien), völlig schlaff unter sich zu haben. Er spielte ihr passives Spielchen meisterlich mit, indem er ihre Beine nicht weiter auseinanderzwang. Er drückte seine Knie, weit auseinander, von außen an ihre ausgestreckten Beine, und so blieb gerade genug Platz, um mit etwas abwärts gerichtetem Glied in ihr zu sein.

Kein Wehlaut, kein Stöhnen. Wohl aber hörte er sie nun atmen, mehr oder weniger im Rhythmus seiner Bewegungen, die langsam und fließend waren. Vage hatte er vielleicht noch erwartet, sie würde unter dem Einfluß der Forderungen, die ihre Lust stellte, ihre Passivität nach einiger Zeit aufgeben, womit sie das Spiel hinter sich gelassen hätten. Aber nein, sie blieb bis zum Schluß bei ihrer passiven Rolle, und diese

Haltung wirkte so suggestiv, daß Quispel sie sich mit zunehmender eigener Erregung immer besser als eine Frau vorstellen konnte, die gerade unter einem anonymen Männerkörper hervorgeflohen war, um halb gelähmt vor Schreck bei ihm, Quispel, Schutz zu suchen. Es erregte ihn, ganz vorsichtig, langsam in der Höhle auf und ab zu gleiten, in der vor noch nicht einmal einer Stunde roh und unbeherrscht, ohne die physischen Reaktionen des Mädchens abzuwarten, ein anonymes Glied herumgestochert haben konnte. Und um die Zeit, da sein Samen in einer wohligen, langsam aufkommenden Glut aufwärtsgedrückt wurde, lag er auf einer Frau, die ihre sich wehrenden, zuckenden und ungewollt mitkopulierenden Körperteile von vor einer Stunde in einer Haltung äußerster Passivität zur Ruhe gebracht hatte. Als er zum Orgasmus kam, war er der Vergewaltiger auf einem sich widerspenstig windenden und wehrenden Leib und zugleich der zärtliche Liebhaber, der ihren betäubten Körper wieder zu erotischem Leben erwecken mußte.

Sein heftiges Erschauern, als der Samen ihn verließ, war überall in diesem schlaff gehaltenen Körper zu spüren. Es war ihre einzige Reaktion – ein Zittern, das im Grunde sein Zittern war. Quispel blieb, seinerseits passiv geworden, eine Weile schwer atmend auf ihr liegen, während sein Geschlecht noch etwas nachzuckte, sich in dieser elastischen Abgeschlossenheit gleichsam mit kleinen Rucken aufzurichten versuchte. Es verlor schon bald seine Härte, und in Quispel kroch Ekel hoch.

Gewöhnlich wurden die Visionen, die erotischen Vorstellungen, die einen zum sexuellen Höhepunkt begleiteten, vom Orgasmus zerfetzt. In diesem Fall schien Quispel nach der Akme mitten hinein in die Wirklichkeit seiner Vision geschleudert zu werden. Er war sich auf einmal nicht mehr so sicher, ob er nicht doch »den Schlammreiter gespielt« hatte. Rührte dieser Zweifel von Zwanets anhaltender Passivität her, die sogar, falls es sich um eine Fortsetzung des Spielchens handelte, nicht mehr ganz glaubwürdig war? Quispel wurde von Ekel gepackt, weil eine echte Vergewaltigung plötzlich nicht mehr ganz auszuschließen war, ja, sogar immer glaubhafter zu werden schien.

Also doch ...

Er meinte, das schmierige, stinkende Fleisch des anonymen Mannes zwischen ihren Körpern zu spüren, und glaubte, es auch riechen zu können. Er konnte sich bereits, durch sie, dessen unregistrierten Tripper zugezogen haben, verdammte Scheiße.

Undeutlich erkannte er Zwanets trauriges Profil. Seine Stimme klang jetzt barsch besorgt. »Sag mal, du bist doch nicht wirklich ...« Er beendete den Satz nicht, fügte nur noch murmelnd hinzu: »Nein, natürlich nicht. Sonst ...«

»Was meinst du?« Sie drehte ihm den Kopf zu.

Er meinte: Sonst wärst du jetzt nicht so zugänglich gewesen. Weniger penetrierbar. Ergo: Daß ich mit dir gebumst habe, ist der Beweis dafür, daß du vor einer Stunde nicht vergewaltigt worden bist; es war nur eine aufgeilende Phantasie.

Daß er dann aber – sehr gründlich – das tat, was sie unterlassen hatte, nämlich sich waschen, sich säubern, bedeutete das nicht, daß er die andere Möglichkeit weiterhin in Betracht zog?

Wieder im Bett, hielt er es nicht lange neben ihr aus. Ihre von unechter Melancholie durchtränkte Fügsamkeit war unerträglich geworden. Quispel war mittlerweile aufs äußerste irritiert. Hatte er sich noch nicht weit genug auf ihre anspruchsvolle Phantasievorstellung eingelassen?

»Hast du noch immer nicht genug von deinen Vergewaltigungsphantasien? Du gehst wirklich zu weit, Zwanet. Ich war voll und ganz überzeugt ... jedenfalls so lange, wie's dauerte. Das heißt, exakt lange genug. Hör jetzt also bitte damit auf. Hebe den Rest in deiner Trickkiste für das nächste Mal auf, wenn wir alle genug Energie haben, das ganze Drehbuch noch mal runterzuspielen. Ich kann dir genau sagen, wie es heute nacht weitergeht. Tiefe Seufzer. Herumgewühle. Ersticktes

Schluchzen im Kopfkissen. Und dann, wenn du angeblich eingeschlafen bist – ein ›kurzer, unruhiger Schlaf‹ heißt so etwas –, dann sagst du Dinge wie: ›nicht‹, ›laß mich‹, ›setz wenigstens deinen Helm ab‹ und so weiter. In der Hoffnung natürlich, daß ich dir dann auch die letzten Heimsuchungen austreibe. Also, jetzt hörst du's: Bei mir kannst du mit deiner Komödie aufhören. Deine Tricks kenne ich jetzt, Schätzchen.«

Zwanet entgegnete nichts. Sie lag reglos – nein, fast unmerklich bebend – im Dunkel, das Profil zur Zimmerdecke gewandt. Quispel hatte Lust, sie zu schlagen. Er hätte nicht mehr genau sagen können, warum ihm ihre passive Haltung jetzt so zuwider war: wegen ihrer angeblichen Schauspielerei oder weil diese Haltung genausogut auf eine tatsächliche Vergewaltigung hinweisen konnte. Die beiden – konträren – Möglichkeiten mobilisierten gleichzeitig (oder abwechselnd) seinen Haß. Hinter seiner Gereiztheit verbarg sich natürlich eine große Angst – die Angst vor morgen, wenn die Euphorie ihn endgültig im Stich gelassen haben würde. Er war es, der jetzt tröstende Arme brauchte.

Das Kitschige an Zwanets Kummer trieb ihn, mit einem Fluch, auf die wulstige Luftmatratze.

Wie eine eiserne Faust wand sich am nächsten Morgen mit einer einzigen treffsicheren Schraubbewegung der Ekel aus seinem Zwerchfell nach oben. Er versuchte, sich seiner zu entledigen, indem er sich wieder in den versöhnenden Schlaf sinken ließ, doch als er die Luftmatratze unter sich schaukeln spürte, wußte er, daß allein das schon ihn wachliegen lassen würde. Erst dachte er – das kam während einer Periode durchaus vor –, man habe ihn, völlig betrunken, irgendwo in ein Bett gelegt. Dann erinnerte sich Quispel an den nächtlichen Besuch.

Er drehte sich zum Bett um. Das Mädchen war verschwunden. Er lauschte angespannt, hörte jedoch keine Geräusche im Badezimmer. Auch unten nicht das leiseste Geräusch: Die

Rechtsberatungsstelle öffnete erst um neun, und der Radiowecker zeigte 07:43. Draußen zeterte ein Anwohner über einen »Lastwagen auf dem Gehweg«. Quispel wußte, daß es sich um einen Kleintransporter der Autovermietung Bouke Aas handelte; er hatte den zitronengelben Wagen bei seiner Heimkehr vor der Tür stehen sehen. Das rasant gewachsene Unternehmen, das zuwenig Garagenplätze besaß, belästigte die nähere Umgebung, indem es permanent zu viele der spärlichen Parkplätze besetzte. Auch hiermit wurde die Rechtsberatungsstelle befaßt. Anwohner betrachteten es nur als einen Akt der Gerechtigkeit, beim nächtlichen Nachhausekommen die Scheibenwischer eines solchen Lieferwagens abzubrechen, die Außenspiegel mit einem gutgezielten Tritt zu entfernen und – wenn die Empörung alkoholbedingt besonders hoch gestiegen war – die Reifen zu zerstechen. Den Lack, zum Beispiel mit einem Schlüsselbund, zu zerkratzen war völlig normal. Mijnheer Knijn von gegenüber hatte sich neulich mit seinem Sicherheitsschlüssel an den Türen eines orangefarbenen Lieferwagens dermaßen ausgetobt, daß er danach nicht mehr in sein Haus kam. Das steigerte seine Wut auf Bouke Aas nur noch mehr, so daß er mit einem Tischbein aus dem herumliegenden Sperrmüll auf die Frontscheibe losging, die in der ruhigen Straße noch mindestens eine Stunde lang weitergeknackt und -geknistert hatte. Mijnheer Knijn hatte derweil seine Stammkneipe in der van Woustraat wieder aufgesucht.

Quispel stand auf und ging schwindlig und fröstelnd zum Fenster, um nachzusehen, ob auch Zwanets Fahrrad verschwunden war. Es lag nicht mehr halb auf dem Gehweg, halb im Rinnstein, doch Zwanet konnte es heute nacht, als Quispel die Treppe hinunterging, um die Tür aufzuschließen, irgendwo an eine Hauswand gestellt haben. Jemand hatte den zitronengelben Lieferwagen gestartet und versuchte, ihn zwischen zwei geparkten PKWs herauszumanövrieren. Noch bevor er wegfahren konnte, ließ jemand von oben einen Blumentopf auf das Wagendach fallen. Infolge der plötzlichen Beschleunigung verteilten sich Erde und Tonscherben weitflächig über das Dach, während die Pflanze mit dem Wurzelballen, der die Form des Topfes behalten hatte, zwischen zwei Stäben des Dachgepäckträgers hin und her rollte, als der Lieferwagen um die Ecke bog.

Dieses Bild einer überfüllten Welt, in der sich alle gegenseitig im Weg waren, gab der Angst und dem Ekel, mit denen er aufgestanden war, neue Nahrung, neuen Brennstoff. Auch wenn sein angeschlagener Magen dem noch widersprach, so wußte er doch, daß er heute früher als an den vorangegangenen Tagen mit dem Trinken beginnen würde – bis zur Bewußtlosigkeit. Heute war Herbstanfang.

Vor dem Misthaufen aus Bettzeug zögerte er doch einen Augenblick, bevor er in das von Zwanet benutzte Bett stieg. Zumindest konnte er nicht ohne Widerwillen auf das Papiermaché-Oval in der Mitte des zerknitterten Lakens sehen, was bedeutete, daß er der Tatsache Rechnung trug, daß sich dort seine und ihre Säfte zusammen mit denen eines wildfremden Mannes vermischt hatten und eingetrocknet waren, so sehr er sich auch jetzt wieder davon zu überzeugen versuchte, das Ganze sei lediglich eine gewalttätige erotische Phantasie gewesen.

Er versuchte, die Mitte möglichst zu meiden, doch nach einiger Zeit glaubte er den harten Fleck überall zu spüren. Er wurde, verformt von seinem vergifteten Hirn, immer deutlicher zu einem kleinen, schmutzigweißen Modell – aber wovon? Von einem Labyrinth vielleicht? Dem komplizierten Labyrinth von Zwanets perversem Spiel? Er versuchte zu schlafen, doch Angst und Reue bildeten eine Art Stacheldraht zwischen Müdigkeit und Schlaf. Ihm setzten Fernsehbilder aus einer Sendung zu, die er sich vor einiger Zeit gemeinsam mit John Vlacq im Zusammenhang mit einem dringenden Appell von Amnesty International angesehen hatte, Boykottmaßnahmen gegen ein gewisses verbrecherisches Regime in Südamerika zu ergreifen. Gezeigt wurde ein junger Freiheitskämpfer, der kurz vor der Filmaufnahme von feindlichem

Feuer getroffen worden war, von reaktionären Kugeln. Er wurde, schwerverwundet, von einem niederländischen Fernsehteam interviewt, dessen Tontechniker und Kameramann später umkommen sollten. Der kaum zwanzigjährige Guerillero flößte Quispel, der sich das John Vlacq gegenüber nicht zu sagen getraute, großen Abscheu ein. Stöhnend, leise wimmernd, mit ab und an geschlossenen Augen, Luft zwischen den Zähnen einziehend, hatte der Junge die in erbärmlichem Spanisch gestellten Fragen des Interviewers beantwortet. Quispel verdächtigte ihn, seine Verletzungen, deren Schwere maßlos übertrieben wurde, samt den dazugehörigen theatralischen Schmerzensäußerungen zu Propagandazwecken zu mißbrauchen. Wie er in entscheidenden Momenten während des Gesprächs die Augen schloß, sein Wimmern halb unterdrückte, Antworten mit der Mitteilung unterbrach, »die Schmerzen werden so schlimm« ... Plötzlich hatte Quispel zuviel gekriegt und war losgeplatzt: »Aber das ist doch das reinste Theater, John! Die lassen sich an der Nase rumführen von so einem simulierenden Latino, der vielleicht knapp oberhalb des Nabels eine kleine Schramme hat, um die sie ein komplettes, blutdurchtränktes kommunistisches Spruchband gewickelt haben ... Der glaubt, in etwa zu wissen, was für ein Gesicht er machen muß, um den Schmerz auszudrücken, der ihm von einem ultrarechten Gegner zugefügt worden ist. Genauso wie ein Bettler mehr oder weniger weiß, wie er den größten Schmerz und die bitterste Armut ausdrücken oder eine angeborene Behinderung vortäuschen muß. Aber es bewirkt genau das Gegenteil, wie man sieht.«

»Es steht ihm aber gut«, hatte Vlacq, der Feigling, ausweichend gemeint. Der war auch zu nichts nütze.

Was Quispel vor allem mit sinnloser Wut erfüllt hatte, war eine verfeinerte Art von Genuß, die er auf dem Gesicht des jungen Guerilleros beobachtete, ein Genuß, der im Gegensatz zu den Schmerzen tatsächlich authentisch schien. Wegen dieses schamlos zur Schau gestellten Genusses, der jedes wirkliche Opfer zu verhöhnen schien, hätte Quispel dem Freiheitskämpfer ins Gesicht schlagen mögen.

Noch einmal wiederholte der Guerillero nach einer mittendrin abgebrochenen Antwort, die Schmerzen würden »immer heftiger«, und dann erstarrte sein Gesicht – buchstäblich, denn das Bild wurde angehalten – in diesem abscheulichen theatralischen Ausdruck von Schmerz und Genuß, von Genuß durch Schmerz. Es war zweifellos als Anklage gedacht, dieses angehaltene Bild, doch für Quispel war es, wie er seinem Kollegen zurief, »die endgültige Entlarvung«. Im nächsten Augenblick glitt wie ein Band der folgende Text über Bildschirm und Gesicht:

++++ZWANZIG MINUTEN NACH DIESEN AUFNAHMEN
ERLAG CARLOS SEINEN VERLETZUNGEN++++
ER WURDE NEUNZEHN JAHRE ALT++++

Jetzt traute John Vlacq sich, Quispel höhnisch Kontra zu geben.

»Wer ist denn jetzt entlarvt? Mensch, mich überlief's eiskalt, als ich sah, mit welchem Eifer du versucht hast, die ganze Sache suspekt zu machen. Wenn der arme Junge nicht zufällig kurz danach ins Gras gebissen hätte, dann wärst du bei deiner Behauptung geblieben. In solchen Momenten frage ich mich, wie es um deine Haltung zu unserem Kollektiv bestellt ist.«

Worum es jedoch wirklich ging: Wahre Empfindungen – Schmerz, Todesangst, Erniedrigung – wirkten in ihrem Ausdruck oft unglaubhaft oder zumindest irreführend, weil die Zeichen zu dick aufgetragen schienen und damit theatralisch wurden. Oder weil diese Zeichen sich verzerrten und dann etwas völlig anderes auszudrücken schienen: Genuß anstelle von Schmerz oder, im Fall heftiger sexueller Erregung, Schmerz anstelle von Genuß.

Unablässig drängte sich ihm an diesem Morgen das Bild des verwundeten Soldaten auf, der in seinem Todeskampf um so einsamer wurde, je weniger ihm Quispel seine Schmerzen abgenommen hatte. Und dieses Bild hing natürlich mit Zwanet zusammen, der es ebenso ergangen sein konnte. Quispel hielt es auf einmal nicht mehr für ausgeschlossen, daß die abscheulichen Gefühle nach der wohl tatsächlich erfolgten Vergewaltigung Zwanets Glaubwürdigkeit beeinträchtigt, ihr Verhalten ungewollt theatralisch gemacht und ihr sogar falsch verstandene, als obszön und pervers gedeutete Absichten untergeschoben hatten.

Quispel saß schon längst aufrecht im Bett. Mein Gott, sind wir denn so von Theater, von Fernsehfilmen geprägt, daß wir nur dann noch bereit sind, an einen Mord, eine Vergewaltigung, an Angst und Schmerzen zu glauben, wenn die sie begleitenden Emotionen ihren vereinbarten Intensitätsgrad haben? »Wenn du wirklich traurig bist, dann tust du nicht so ...« In Wirklichkeit zeigen wir immer mehr oder weniger Trauer, als der moderne Film unter den gegebenen Umständen vorschreibt. Kompensierte Quispels Vorliebe für Theater und Oper seine Gleichgültigkeit gegenüber wahren Empfindungen? Fehlte den realen Gefühlsäußerungen die Poesie?

Der niedergeschossene Guerillero, die vergewaltigte Zwanet ... sie wurden beide noch einsamer, je mehr sich Quispel aufgrund ihres verzerrten Gesichtsausdrucks der Wahrheit näherte.

Russischer Fatalismus

Durch sein Schweigen hatte Quispel alles und jedes, die ganze Welt, gegeneinander aufgehetzt. Sämtliche Beschuldigungen, von allen an die Adresse aller gerichtet, wiesen im Grunde auf ihn. Es war schlimmer als die Vorhölle eines Deliriums, in der manchmal ganze Chöre anklagender Stimmen zu hören waren. Nach jedem Delirium oder einem Vorstadium dazu stellte sich früher oder später heraus, daß man das Opfer von Wahnvorstellungen war. Nach diesem Delirium jedoch, das er Ende April '85 durchgemacht hatte, erwies sich der Chor der anklagenden Stimmen als Wirklichkeit. Zwar beschuldigte jeder jeden, doch das war noch das Chaos: Bald würden alle Beschuldigungen auf Quispel zielen.

Es war eines jener seltenen Male, daß die Wirklichkeit zur Metapher des Deliriums wurde.

Was mochte nach einem neuerlichen Exzeß noch alles geschehen? Er bekam Angst. Er mußte diese verheerenden alljährlichen Euphorien mit Stumpf und Stiel ausrotten. Doch wie? Manchmal war ihm die Antwort vage bewußt: indem er ein »normaler«, regulärer Trinker wurde.

Quispel stellte das Auf- und Abgetigere ein. Er wunderte sich, wie leicht es ihm fiel, das Telefon zu sich heranzuziehen. Der Apparat fühlte sich auffallend leicht an. Er wählte die Nummer von *Het Devies*. Er ließ sich mit der Stadtredaktion verbinden. »Quispel hier ... Der Anwalt, ja. Haben Sie eine halbe Minute Zeit? Also, hören Sie. Ich kann Ihnen berichten, daß ich den wichtigsten Zeugen des Todes von Kiliaan Noppen gefunden habe.«

»O, nicht schlecht. Um wen handelt es sich?«

»Das erfahren Sie später.«

»Dürfen wir nicht wenigstens die Anfangsbuchstaben bringen?«

»Nein, fürs erste reicht das.«

»Aber so eine lapidare Meldung, Meester Quispel, die ergibt noch keine richtige Geschichte. Sagen Sie doch wenigstens, um was für eine Person es sich handelt. Einen Polizeibeamten? Einen Aufseher?«

»O, darüber werden Sie in der nächsten Zeit noch zur Genüge berichten können. Kann die Meldung heute nachmittag noch rein?«

»Na ... gerade noch.«

Kurz nachdem er aufgelegt hatte, klingelte das Telefon.

»Vlacq und Quispel.«

»Ja, Meester Quispel, *Het Devies* noch mal. Sie hatten gerade bei uns angerufen. Ist denn vielleicht ein Erstinterview mit dem betreffenden Zeugen drin?«

»Tut mir leid. Der Zeuge will vorerst anonym bleiben.«

»Das ist nicht das Problem. Dann bleibt er eben anonym. Es geht uns um die Story.«

Quispel seufzte tief. »Wer garantiert Ihnen denn, daß es ein ›er‹ ist? Na schön, ich werde ihn oder sie fragen. Aber versprechen kann ich nichts. Wenn er Geld verlangt, beziehungsweise sie, für das Erstinterview, bis wohin ziehen Sie mit?«

»Tja ... wenn ich das sage ... Wer garantiert mir denn, daß Sie ihr nicht verraten, wie hoch sie ihre Forderungen schrauben kann?«

»Es geht doch nichts über Vertrauen. Okay, dann warten Sie eben ab, was sie verlangt. Oder er.«

»Würden Sie so freundlich sein, Meester Quispel, ihn oder sie sofort anzurufen? Es eilt.«

Quispel legte auf und starrte eine Weile auf den Apparat. Fortschritt ... was bedeutete das in dieser Jahrhunderthälfte anderes, als die herausragenden Dinge aus der Vergangenheit willentlich und wissentlich nicht mehr zeitgemäß erscheinen zu lassen und damit auf den Schrottplatz zu verweisen? Häuser. Gebäude. Gebrauchsgegenstände. Kleider ... Der Telefonhörer war anfangs ein unhandliches, schweres Ding, bei dem die Sprechmuschel im rechten Winkel zum Handgriff stand. Er wurde immer weiter zu etwas Bananenförmigem stilisiert, das sich ganz natürlich zwischen Mund und Ohr krümmte und sich, wenn die Hand etwas notieren wollte, zwischen Kinn und Schulter klemmen ließ. Weiter ließ er sich nicht stilisieren, ebensowenig wie sich das Rad noch runder machen ließ, und trotzdem bastelte man immer weiter an ihm herum. Bis wir mit einem leichtgewichtigen rechteckigen Ding in der Hand dastanden, das wir jeden Moment wie eine Eistüte zu zerdrücken drohten und das Kratzer auf der Wange hinterließ. Ursache: Design. Fortschrittsglaube hat keinerlei andere Bedeutung mehr als »Kaufkrafterhalt«, »ein absolutes Muß« und »Angebot schafft Nachfrage« ... Er rief die Stadtredaktion von *Het Devies* ein zweites Mal an.

»Geht in Ordnung. Das heißt ... der Zeuge will nur von mir, seinem Anwalt, interviewt werden. Er ...«

»Es ist also definitiv ein ›er‹?«

»Nur sozusagen. Er ... sie ... er verlangt sechstausend Gulden für die Veröffentlichung.«

»So hoch gehen wir nicht. Nie.«

»Sonst wird aber nichts daraus, ich kann's auch nicht ändern. Sechstausend. In bar. Bei Ablieferung des Typoskripts im verschlossenen Umschlag an einen Mittelsmann auszuhändigen. In diesem Fall also an den Interviewer.«

»Ich bespreche es mit dem Chefredakteur.«

In der Halle des Hauptbahnhofs rannte mit offenem Regenmantel und wehender Klubkrawatte, eine zusammengerollte Zeitung schwenkend, ein Mann auf und ab – unmittelbar am Ausgang. Er hielt den Blick starr auf die Steinchen gerichtet, die in den Fußboden eingelegt waren. Seine Kiefer entspannten sich nur für eine Art Gemurmel, das im Bahnhofslärm unterging und auch für ihn selbst unhörbar war.

Jedesmal, wenn er mit seinem hämmernden Schritt an den Glastüren vorbeikam, sprangen sie automatisch auf, aggressiv einladend, mit viel Gewalt seitens des sich perfekt senkrecht teilenden Glases. Er hatte sich so in seine Gedanken verbissen, daß er nicht merkte, was er bei jedem Umdrehen anrichtete.

Als ob diese Tür, die kalte Zugluft ansog und an seinem Mantel und Schlips zerrte, ihn jedesmal, wenn er an ihr vorbeikam, darauf hinweisen wolle, daß es einen Ausgang gab, einen Fluchtweg, eine Lösung.

Quispel sah es nicht. Er blieb stehen: Die Türen blieben geöffnet. Zum soundsovielten Mal entrollte er die Zeitung: »LETZTE MELDUNG. Meester Quispel, der Anwalt der Familie Noppen, hat uns mitgeteilt, daß ein wichtiger Zeuge des Todes von Kiliaan Noppen (Dr. Nop) gefunden worden ist. Der Zeuge, von dem lediglich bekannt ist, daß es sich um keinen Beamten der Polizeidienststelle handelt, in der Noppen starb, möchte vorläufig anonym bleiben. Übermorgen bringt *Het Devies* ein Exklusivinterview mit dem Zeugen.«

Der Wind zerrte an der Zeitung. Quispel rollte sie zusammen und nahm sein Hin- und Hergetigere wieder auf. Reden lassen, diesen Zeugen? Ihm Schweigen auferlegen? Doch reden lassen? Mußte er verdammt noch mal die Knöpfe an seinem Mantel dafür abzählen? In der ganzen Stadt hing sein Bild samt vollständigem Namen und verdammt noch mal seiner neuen Adresse und seiner geheimen Privatnummer. Das Plakat klebte überall, an allen Stellen, an die ihn seine wiedergeborene Euphorie vielleicht gebracht hätte. Ja, so stellte er sich mit einigem Bedauern vor, daß die Stellen, an denen das Plakat klebte, zusammen die geheime Figur der Streifzüge bildeten, zu denen es jetzt nicht kommen würde. Er war darauf gemeinsam mit denen abgebildet, die seine Mitspieler zu sein schienen, als ginge es um die Ankündigung einer neuen Theaterattraktion. Ein Raunen war zu hören rund um die Laternenpfähle, an den blinden Plakatwänden, vor einer Litfaßsäule ... Alle Welt war gespannt. Man wartete auf die Premiere ... die ersten Zeitungskritiken ...

»Mißverständnis oder bitterer Scherz?« schrieb heute *Het Devies*. »Er ist schließlich ihr eigener Anwalt ...« Und in Quispels Morgenzeitung hatte gestanden: »Ironischerweise sind auch das Foto und persönliche Angaben ihres eigenen Interessenvertreters versehentlich auf dem Plakat gelandet.«

»›Auf los geht's los‹, rief der Papagei, als die Katze ihn die Treppe hinunterschleifte.« Quispel hatte diesen Spruch schon oft in bezug auf den Fatalismus im allgemeinen und den russischen Fatalismus im besonderen gehört. Aber niemand hatte jemals dazugesagt, daß ein Papagei eben nur ein Papagei ist und damit ein Nachplapperer. Er läßt diesen fatalistischen Spruch los, weil er ihn tausendmal aus dem Munde seines Herrchens vernommen hat. Wer sagt denn, daß im Gegensatz zu den andressierten Worten nicht heftiger Widerstand und große Angst in seiner sprachlosen Seele wüten?

»Auf los geht's los.« Quispel marschierte auf die Glastüren

zu – weiter hinten. Sie sprangen nicht auf. Verärgert stieß er an das Glas, sah dann den roten Aufkleber. Kein Ausgang. Eingang. Er mußte warten, bis jemand aus der anderen Richtung kam, bevor er auf den Bahnhofsvorplatz treten konnte. Für einen Moment war der Entschluß wieder dem Zweifel gewichen. Für einen Moment nur. »Ich möchte, daß der Fall wiederaufgenommen wird«, hatte Quispel der Staatsanwaltschaft vorgehalten. »Ich habe einen wichtigen Zeugen aufgetrieben, dessen Aussage vielen schwachen Punkten in den Berichten widersprechen und andere – wichtige – Punkte hinzufügen wird.«

Von Quispels Ersuchen, diesen nachträglichen Zeugen von der Kripo vernehmen zu lassen, wollte die Staatsanwaltschaft jedoch nichts wissen. »Die Untersuchung ist abgeschlossen. Es liegt ein Bericht vor.«

Überall biß er auf Granit. »Alles ist untersucht. Jeden möglichen Zeugen haben wir durchleuchtet. Wir müssen den Fall als abgeschlossen betrachten.« Hochgestellte Persönlichkeiten bis hin zum Bürgermeister versuchten ihn davon abzubringen – wie sie sagten, um ihn vor sich selbst zu schützen. »Denken Sie doch an Ihre Karriere ... Ihre Familie ...«

Einige gingen sogar davon aus, daß er mit den Nerven am Ende sei. Nun, dahin würde es bestimmt noch kommen. Die Hähne tauchten immer noch auf, um ihn auf ihre eigene grimmige Weise zu ermuntern. »'s Maul auftun. Nicht lokkerlassen. Uns glauben sie ja nicht.«

Es bedurfte eines von Quispel im Namen der Familie Noppen gestellten Antrags auf einstweilige Verfügung, um die Vernehmung des Zeugen durchzusetzen. Er erhielt auch die Zusage, daß die fragliche Person, die bis zu ihrer Aussage anonym bleiben wollte, in seiner Anwaltskanzlei von Angehörigen der Kriminalpolizei vernommen würde.

Ein Stupser

Stinkesenkel

Die Klingel schrillte so anhaltend und laut durch die stille Wohnung, daß die seit ihrer Entführung ohnehin sehr schreckhafte Kleine zu weinen begann, ganz hinten im Kinderzimmer, wo Zwanet sie gerade für einen Spaziergang anzog. Aber auch Quispel selbst, der schließlich seit einer halben Stunde oder noch länger auf nichts anderes wartete, schrak von dem Geräusch zusammen.

»Ruhig, ruhig, mein Kleines«, sagte er halblaut, als er mit langen Schritten durch die Diele zur Wohnungstür ging. »Ganz ruhig. Schließlich ist es deinetwegen, daß ich sie so laut klingeln lasse. Zu deinem Besten. Oder zu deinem Nachteil, das muß sich noch zeigen ... Ich tue mein möglichstes.«

Quispel hatte sich zu diesem Anlaß förmlich angezogen, mit gedeckter Krawatte und unauffälligem Einstecktuch, als würden sie ihn in einer wichtigen Angelegenheit abholen und nicht besuchen.

Er drückte auf die rote Taste der Sprechanlage neben der Tür. »Hallo?«

Aber als er unmittelbar darauf die schwarze drückte, um zu hören, was sie unten am Eingang sagten, vernahm er, abgesehen von einem vorbeifahrenden Auto und fernen Kinderstimmen und etwas, was wie eine durcheinandergeratene Blaskapelle klang, nur das Rauschen der Anlage. Verdammt, doch nicht wieder irgendein Streich. Der vereinbarte Zeitpunkt war bereits um eine halbe Stunde überschritten.

»Hallo ... ist da jemand? Sie haben bei Quispel geklingelt.«

Die schwarze Taste. Rauschen. Kindergejohle von der Straße. Von der kleinen Blaskapelle war nur noch die Tuba übrig.

»Ja, Mijnheer Quispel, machen Sie auf«, ertönte eine ruhige Männerstimme – nicht im Lautsprecher, sondern hinter der Tür.

»Anständige Leute hier«, fügte ebenso ruhig eine andere Männerstimme hinzu.

Sie waren also schon oben, vom Hausmeister eingelassen oder zusammen mit einem anderen Bewohner hineingewitscht. Das erklärte auch das laute Klingeln: Die sogenannte »Innenklingel« war, obwohl sie fast ausschließlich – kurz – vom Hausmeister benutzt wurde, viel lauter eingestellt als die sogenannte »Außenklingel«. Auf einmal befiel ihn etwas, was noch am ehesten mit Examensangst vergleichbar war. Nur eine Tür trennte ihn vom Unvermeidlichen.

Quispel ließ die Taste der Sprechanlage los, wodurch das Humpa-Täterä in der Stadt gelöscht wurde. Er öffnete die Tür. Auf dem Treppenflur standen zwei Männer. Ein bereits etwas älterer, ergrauender Endfünfziger, der unter einem offenen Regenmantel einen dunkelblauen Anzug trug, und ein jüngerer in Quispels Alter in veredelter Freizeitkleidung: Hose ohne Bügelfalten, offenes Hemd, hellbraune Nappajacke: der Schnurrbart verriet ihn als »Geheimen«. Ihr Lächeln – oder Grinsen – konnte die offenkundige Verwunderung über Quispels merkwürdiges Verhalten hinter der geschlossenen Tür nicht ganz verbergen.

»Kommen Sie herein ... meine Herren.«

Sie traten über die Schwelle und stellten sich dann vor. Als erster gab der Ältere Quispel die Hand. »Inspektor de Moei.«

»Quispel.«

»Ja, Mijnheer Quispel, wir wollten nicht schon gleich an der Eingangstür rumposaunen, daß wir von der Kripo sind. Um Sie nicht in Verlegenheit zu bringen. Daher die etwas geheimnisvolle Ankündigung.«

»Sehr freundlich von Ihnen.«

»Hanekroot«, sagte der Jüngere, nachdem er sich viel zu ausgiebig die Schuhe abgeputzt hatte. »Inspektor Hanekroot«, verdeutlichte er wie jemand, dem es schwerfällt, Rang oder Funktion zu nennen. Der Mann nickte in Richtung der Sprechanlage neben der Tür. »Es klingt despektierlich, aber ich hatte für einen Moment die idiotische Idee, Sie würden an einem Transistorradio rumdrehen.«

»Kein Ruhmesblatt für einen Beamten im Dienst«, sagte de Moei einigermaßen geniert. »Nein, Meester Quispel, es ist so: Unten stand die Tür auf. Irgendein Lieferant, der vielleicht noch etwas aus seinem Wagen holen mußte, hatte die Kokosmatte dazwischengeklemmt, und Ihr Hausmeister war gerade dabei, die unter ziemlichem Rumgeknurre durch einen Holzklotz zu ersetzen. ›Kommen Sie ruhig herein‹, hat er gesagt. ›Hier geht sowieso alles drunter und drüber.‹«

»Und das haben wir dann auch getan«, ergänzte Hanekroot, »denn wie Sie gemerkt haben, sind wir etwas spät dran. Man kommt heute einfach nicht durch die Stadt, mit diesem ganzen Brimborium von wegen dem Geburtstag der Königin. Alles proppenvoll.«

Erst in diesem Moment ging Quispel auf, welch ein Tag heute war. Auch Zwanet hatte ihn nicht daran erinnert. So angespannt waren sie also die letzten Tage gewesen ... Er verspürte plötzlich Erleichterung ob des absurden Gedankens, daß alle Wohnungen in der nächsten Umgebung verlassen waren und ihre Bewohner sich in der Innenstadt gerade gegenseitig auf die Füße traten. Hier, im vierten Stock, zwischen Wänden ohne Ohren, konnte an diesem Vormittag offen geredet werden.

Als Quispel Inspektor de Moei den Mantel abnahm, erschien Zwanet im Wohnzimmer. Sie schob den Wagen, in dem die kleine Cynthia, mit noch feuchten Wimpern, locker festgeschnallt war. Auf der Armlehne wippte ein kurzer, noch geschlossener Sonnenschirm.

»Sie haben Glück«, sagte Quispel. »Sie erhaschen gerade noch einen Blick auf die Damen, die jetzt in der Stadt flanieren wollen.«

Die Inspektoren lächelten. Als Cynthia in die Diele gefahren wurde, ging der sportliche Hanekroot sofort geschmeidig neben dem Kind in die Hocke. »So, so, unser Fräuleinchen geht spazieren.«

Die Kleine brüllte sofort wieder los. Der Inspektor schnellte hoch und gab wie sein Kollege Zwanet die Hand. Keiner von beiden erwähnte seinen Dienstgrad.

Das Kind weinte mit langen Schluchzern. »Oje, oje. Ich gehe jetzt besser«, sagte die Mutter. »Draußen, in der Sonne, werden sich die Regenwolken schon wieder verziehen. – Ernst, ich habe den Kaffee in den Filter getan, für sechs Tassen. Für jeden zwei. Okay? Du brauchst den Apparat nur noch einzuschalten.«

»Sechs geteilt durch vier: Das sind eher anderthalb Tassen pro Nase«, sagte Hanekroot, offenbar die Quasselstrippe von den beiden. Zwanet sah ihn verständnislos an.

Quispel machte dem albernen Herumgerechne ein Ende, indem er zu seiner Frau sagte: »Geh lieber nicht ins Zentrum, Schatz. Und auf keinen Fall in den Vondelpark. Bei dem schönen Wetter herrscht überall so ein Gedränge. Tia würde bestimmt wieder ganz durcheinandergeraten. Geh lieber in Richtung Beatrixpark.«

Er trat mit ihr auf den Treppenflur hinaus und öffnete die Tür des Fahrstuhls, der kurz zuvor die beiden Inspektoren abgeliefert hatte. Als Frau und Tochter schon im Lift standen, küßte er sie – ernst. »Tschüs, meine beiden Schätze. Viel Spaß.«

Sie versanken hinter der schmalen Scheibe in der Fahrstuhltür. Quispel war nicht ganz unbesorgt. Zwar hatte er nun die Gefahr abgewendet, da er die Forderung der Hähne erfüllte, doch solange die Zeugenaussage nicht auf dem Tisch lag, konnte noch alles mögliche passieren.

Als er wieder in der Diele stand, sagte Quispel: »Ist es recht, wenn ich den Herren jetzt in mein Büro vorgehe?«

»Ah ... zu Ihrem Zeugen, nehme ich an«, sagte Hanekroot und rieb sich etwas unpassenderweise die Hände.

»Ach so ... nein, nein«, antwortete Quispel leise. Er öffnete die Tür zu seinem Arbeitszimmer. »Bitte sehr.«

Die beiden sahen sich um, als ob sie erwartet hätten, hier jemanden anzutreffen, gingen dann (was jeder tat: »Das Concertgebouw! Das Rijksmuseum!«) zwischen den Schreibtischen und der Sitzecke zum Fenster, um die Aussicht auf sich wirken zu lassen.

»Boh!« rief de Moei aus. »Sie gucken ja direkt ins Rijksmuseum rein!«

»Und hier!« kam Hanekroot. »Sie brauchen ja nur den Arm aus dem Fenster zu strecken, Meester Quispel, dann können Sie auf der goldenen Harfe des Concertgebouw klimpern.«

Quispel stellte sich neben sie. Auf dem abgedeckten Dach des Concertgebouw, das gerade renoviert wurde, spazierten Arbeiter, unbeeinträchtigt von schräger Lauffläche oder Höhenangst, herum. Während die drei Männer nebeneinander standen und schauten, setzte sich auf dem Museumplein – langsam – das Riesenrad in Bewegung, zunächst noch mit leeren Gondeln, doch schon wurde, als wären es die Schaufeln eines Schaufelrads, das erste Häuflein Menschen in die Höhe gehoben, und dann noch eins und noch eins. Die kreisende Bewegung setzte bei Quispel etwas in Gang – nein, nicht den wehmütigen Gedanken an die Jahrmärkte seiner Kindheit, sondern etwas aus der jüngsten Zeit ... etwas, das vorübergehend blockiert war. Seine unterdrückte Euphorie. Sogar unter den gegenwärtigen Umständen brachte er es fertig, sein Verlangen in Richtung des sonnenüberfluteten, dichtbevölkerten Labyrinths zu lenken, das die Stadt am heutigen Tag war: der perfekte Ort, um seine ihn alljährlich überkommende Anwandlung auszuleben. Trotz allem fand an einer verborgenen Stelle in ihm noch ein Fest statt.

»Ja, ja«, sagte Inspektor de Moei nickend.

»Erst mal Kaffee, die Herren?« fragte Quispel.

»Na, wenn das möglich wäre«, sagte Hanekroot und rieb sich wieder die Hände. »Super.«

Sein Kollege beließ es bei einem »sehr gern«.

»Machen Sie's sich schon mal bequem.« Quispel deutete

auf die Sitzecke, wo vier Sessel ganz akkurat um einen Couchtisch mit diversen Rauchwaren von Hajenius gruppiert waren, insgesamt ein nicht unerheblicher Posten an Repräsentationsaufwendungen.

»Mm ... Sie haben mit uns gerechnet, sehe ich.« Das war wieder dieser Hanekroot.

»Greifen Sie ungeniert zu, bevor das Rauchen ganz verboten wird. Ich schalte schnell mal die Maschine ein.«

In der Küche wartete Quispel am Fenster, auf das Rad starrend, bis der Kaffee ganz durchgelaufen war. Als er mit dem vollen Tablett, auf dem die Kanne und vier Tassen standen, in sein Büro zurückkehrte, saßen beide Inspektoren mit einer nicht angezündeten Panatella in der Hand da.

»Wenn Sie nichts dagegen haben, und Ihr Zeuge auch nicht ...« sagte de Moei und hob die dünne Zigarre hoch.

»O nein, keineswegs.«

Die Inspektoren zündeten ihre Zigarren an, und Quispel servierte Kaffee. »Milch und Zucker nehmen Sie sich selbst, wie Sie möchten?«

»Ihr ... äh ... Zeuge kommt wohl erst noch, nehme ich an«, sagte Inspektor Hanekroot mit einem Blick auf die Tassen.

»Äh, ja ... ja, der ist im Anmarsch. Das heißt, er ist schon da und kommt gleich zu uns.«

Sie tranken alle drei ihren heißen Kaffee, und zwischendurch pafften die beiden Inspektoren vorsichtig an ihrer Panatella. Nach einiger Zeit fragte de Moei: »Wartet Ihr Mandant ... Ihr Zeuge, meine ich ... hier irgendwo in einem angrenzenden Raum?«

»Ja ... nein ... Also gut: Bevor ich diese Frage beantworte, möchte ich vorschlagen, das Aufnahmegerät einzuschalten.«

Die Inspektoren sahen sich kurz an, der Ältere nickte, und der Jüngere zog einen Recorder, nicht größer als ein Rasierapparat, aus der Innentasche seiner Jacke. »Warum nicht.« Er stellte ihn an, sprach die Worte »Liesje lehrte Lotje, längs der langen Lindenallee zu laufen«, spulte zurück und kontrollierte die Probeaufnahme. »Bestens.« Hanekroot stellte den kleinen Apparat auf die Tischmitte.

De Moei ergriff das Wort. »Mijnheer Quispel, Sie wollten uns etwas über den Zeugen erzählen, der bereit sein soll auszusagen.«

Erst nach einer kurzen Stille begann Quispel zu sprechen. »Ja, meine Herren, es ist so: Dieser Zeuge, der bin ich.«

Wieder sahen die Inspektoren sich flüchtig an. »Sie meinen«, sagte de Moei, »daß Sie im Namen des gefundenen Zeugen auftreten. Ich weiß nicht, ob ...«

»Nein, nein. Der wahre Zeuge sitzt hier vor Ihnen. Ich, E. M. Quispel, bin im Fall Kiliaan Noppen der Zeuge, der von Ihnen vernommen werden soll.«

De Moei erhob theatralisch die Stimme. »Der Anwalt, der sich selbst zum Zeugen erklärt, um einen praktisch abgeschlossenen Fall noch einmal aufzurollen ... Das ist doch wohl nicht Ihr Ernst?«

Sie froren für eine halbe Minute ein, alle drei. Nur der Zigarrenrauch bewegte sich.

»Dürfte ich Sie auch fragen, Meester Quispel« – das war wieder Hanekroot – »weshalb Sie einen so bedeutsamen Umstand, nämlich daß Anwalt und Zeuge ein und dieselbe Person sind, bis zu diesem Moment verschwiegen haben?«

»Ich wollte Spekulationen, die mich und meine Position in ein schiefes Licht rücken könnten, bis zu meiner endgültigen Aussage möglichst aus der Presse heraushalten. Ganz einfach.«

»Ganz einfach. – Entschuldigen Sie mal«, rief de Moei ungeduldig. »Was den von Ihnen angekündigten Zeugen betrifft, war doch immer die Rede von einem Mithäftling von Noppen? Jemand aus einer in der Nähe gelegenen Zelle? Oder war das auch eine bewußte Irreführung? Das gibt's doch wohl nicht!«

»Keineswegs.«

»Dann erklären Sie mal.« (Noch immer de Moei.)

»Ich war selber in der Nacht vor dem Tode von Dr. Nop –

von Kiliaan Noppen, wenn Sie wollen – im Polizeipräsidium in der Marnixstraat eingesperrt. In der Zelle B 22, um exakt zu sein. Fast genau gegenüber von Dr. Nop, der, wie Sie wissen, in Zelle B 19 saß.«

Hanekroot saß auf der Sesselkante und blickte, den Daumennagel zwischen den Schneidezähnen, auf den Recorder, als dächte er an irgend etwas ganz anderes. De Moei schien sich zu bemühen, eine aufkommende Verärgerung zu unterdrücken, was ihm erst zur Hälfte gelungen war, als er fragte: »Bei allem Respekt ... äh ... Meester Quispel, aber halten Sie uns nicht ein bißchen zum Narren? Ihre Anwesenheit dort, in der bewußten Nacht, die hätte doch von Anfang an bekannt sein müssen? So etwas bleibt in unserer Welt doch nicht unbemerkt?«

»Ich schäme mich, es gestehen zu müssen, aber ich habe nach meiner Festnahme einen falschen Namen angegeben. Wie ein Lausbub, der in der Straßenbahn beim Schwarzfahren erwischt wird. Den Namen hat man offenbar nicht überprüft. Außerdem hatte ich keine Ausweispapiere bei mir.«

»Sind Sie sicher«, fragte de Moei scharf, »daß es nicht mehr war als ein Lausbubenstreich?«

»Vielleicht. Darüber sollten wir uns aber nachher unterhalten, schlage ich vor.«

»Aber abgesehen davon«, schaltete sich Hanekroot ein. »Von den Polizeibeamten hätte Sie doch zumindest einer erkennen müssen. Sie haben da bestimmt schon manchmal Bereitschaftsdienst geschoben ...«

»Mehr als einmal. Aber ich befand mich an jenem Abend ... sagen wir mal ... in einem ziemlich verwahrlosten Zustand. Unrasiert. Zerlumpt. Also ziemlich unerkennbar, zumal in dem völligen Chaos, das an dem Abend nach der Räumung im Polizeipräsidium herrschte. Keiner machte sich die Mühe, mich etwas genauer zu betrachten.«

»Wenn ich Sie richtig verstehe«, sagte de Moei, »dann waren Sie, als Anwalt, zusammen mit den Besetzern der Havenstraat 6 A an den Ausschreitungen beteiligt, die auf die

Räumung vom 25. April letzten Jahres folgten.« Es war vor allem de Moeis Formulierungen anzumerken, daß sie schon eine Menge Material über diesen Fall in ihren Berichten verarbeitet hatten.

»Nein. Ich war an Ort und Stelle, aber ich habe mich nicht an den ... am Widerstand gegen die Räumung beteiligt.«

»Ihre Festnahme war also ein Irrtum«, folgerte Hanekroot.

»Was heißt Irrtum ... Ich bin an dem Nachmittag, wenn ich mich nicht irre, wegen öffentlicher Trunkenheit aufgegriffen worden. Ich war betrunken und ich befand mich auf einer öffentlichen Straße, das kommt also hin.«

Hanekroot lachte höhnisch auf. »Na, na, Meester Quispel: So schnell wird man heutzutage nicht mehr wegen Landstreicherei oder Trunkenheit oder ähnlichem am Schlafittchen gepackt.«

»Ich war ganz schön lästig an dem Nachmittag. Ich bin Ihren Leuten ordentlich vor den Füßen rumgelaufen.«

Ein kurzes Schweigen. Noch einmal sahen sich die Inspektoren an – beunruhigt, so schien es. »Und so«, sagte schließlich de Moei, während er die verbliebene Hälfte seiner Panatella im Aschenbecher ausdrückte, »sind Sie Zeuge dessen geworden, was sich in der Nacht vom 25. auf den 26. April vergangenen Jahres im Zellenblock des Polizeipräsidiums abgespielt hat. Die Frage ist natürlich, ob Ihre Aussage dem, was wir bereits wissen, noch etwas Wesentliches hinzufügen kann.«

Er war immer noch nicht fertig mit dem Zerbröseln seiner Zigarre.

»Hinzufügen ist nicht das richtige Wort«, sagte Quispel kühl. »Meine Aussage wird ein völlig neues Licht auf die Umstände werfen, unter denen Kiliaan Noppen, der heute vor einem Jahr beerdigt worden ist, starb.«

De Moei, der sah, daß er es ernst meinte, blickte ihn starr an. Er gab seinem Kollegen ein Zeichen, den Recorder auszuschalten. »Sind Sie sich ganz sicher, daß Sie eine derartige Aussage machen wollen? Es kann Sie Kopf und Kragen als

Anwalt kosten. Sind Sie sich darüber im klaren? ›Anwalt wegen öffentlicher Trunkenheit in Polizeizelle‹ – darüber sieht man in dieser Zeit verzeihlicher Schwächen, da sogar jeder Politiker jeden Bock, den er geschossen hat, hegt und pflegt, wohl noch hinweg. Aber ein Anwalt, der, und dazu noch in einem Prozeß, den er selbst angestrengt hat, den wichtigsten Zeugen zurückhält (oder besser gesagt, bis zuletzt aufhebt, wie ein Dessert) ... so ein Anwalt, von wem wird der noch ernst genommen? Von keinem. Und schon gar nicht, wenn sich herausstellt, daß er selbst dieser Zeuge ist. – Wie kommen Sie eigentlich dazu, den Fall jetzt noch aufzurühren, und vor allem zu Ihrem eigenen Schaden?«

»Vielleicht eine Sache des Gewissens?« Quispel sagte es spöttisch.

»Ich bin dienstlich hier ... sonst würde ich Ihnen dringend von diesem Schritt abraten.« De Moei war entschieden der väterliche Typ.

»Ich danke Ihnen für Ihre Sorge um meine Karriere, aber jetzt würde ich doch gern meine Aussage von Ihnen aufnehmen lassen.«

Die Versessenheit, seine Geschichte zu erzählen, hatte jetzt, da er so weit gegangen war und nicht mehr zurückkonnte, nur noch wenig mit dem Druck seitens der Hähne zu tun. An die Stelle des Widerstrebens war Gier getreten. Er würde ihnen kein Detail ersparen.

De Moei seufzte. »In diesem Fall, Meester Quispel, lassen wir das Band wieder laufen.« – Hanekroot schaltete das Gerät ein. – »Fangen wir am Anfang an. Die Räumung des Untersuchungsgefängnisses in der Havenstraat. Wie hat es Sie da betrunken ... äh ... hin verschlagen?«

Erst nachdem er noch einmal mit der Kaffeekanne die Runde gemacht hatte, fing Quispel zu sprechen an. »Erst dies, sozusagen als Einleitung: Ich leide an periodischem Alkoholismus ... ich weiß nicht einmal, ob man ihn als solchen bezeichnen kann ... einer ganz besonderen Art. Etwa einmal im Jahr, ziemlich unvorhersehbar, mache ich eine ausnehmend fröhliche Zeit von ungefähr zwei, drei Wochen durch, in denen ich unaufhörlich trinke. Es ist auch schon zweimal pro Jahr vorgekommen, aber nie öfter. Für den Rest des Jahres lebe ich ohne den geringsten Zwang mehr oder weniger abstinent. Wenn diese Euphorie sich nach fünfzehn bis zwanzig Tagen und Nächten ausgetobt hat, folgt darauf meist noch eine kurze Zeit des Niedergangs, der Verwahrlosung, und dann beginnen die Depressionen.«

Hier unterbrach ihn Hanekroot. »Moment mal, Mijnheer Quispel. Wir trinken alle mal gelegentlich einen über den Durst, nicht wahr, aber hat das denn etwas mit unserem Thema zu tun?«

»Laß den Zeugen ausreden, Henk«, sagte de Moei.

»Wie gesagt, eine kurze Zeit des Niedergangs und der Verlotterung, in der der seiner guten Laune beraubte Trinker sich erst recht an der Flasche festklammert, in dem Wahn, so seine verlorene Bravour wiederzugewinnen. Als ich mich, vor genau einem Jahr, in dieser Abwärtsphase meiner Trinkperiode befand, erfolgte die Räumung. Ich hörte davon durchs Radio, in einem Taxi. Dieses Taxi hat mich dann zum Untersuchungsgefängnis gebracht.«

»Sie sind sich doch hoffentlich dessen bewußt, daß Ihr Alkoholgenuß die Zeugenaussage gelinde ausgedrückt ... trübt?« fragte de Moei.

»Ich war betrunken und gleichzeitig über die Trunkenheit hinaus. Außerdem fand das, worum es geht, einen halben Tag später statt. Während dieser Zeit konnte ich, wie Sie einsehen werden, unmöglich noch Alkohol zu mir nehmen.«

De Moei verzog verdrießlich den Mund. »Haben Sie in die Räumung selbst eingegriffen?«

»Ich habe die Scharmützel vom Dach des Bahnhofs Haarlemmermeer aus verfolgt. Dort standen noch mehr Leute ... Den Verlauf der Räumung brauche ich hier nicht noch einmal in allen Einzelheiten nachzuerzählen. Von Bedeutung ist, daß ich auf dem Höhepunkt der Auseinandersetzungen mehrere Beamte der Mobilen Einheit mit Kiliaan Noppen alias Dr. Nop aus einem Container kommen sah.«

»Wenn ich Sie eben mal unterbrechen darf ...« Hanekroot wieder. »Haben Sie gesehen, daß dieser Dr. Noppen das Abwehrgeschütz bediente?«

»Dazu äußere ich mich nicht. Von Bedeutung für meine Zeugenaussage ist nur, daß der Junge festgenommen wurde.«

»Na schön«, sagte de Moei. »Dann erzählen Sie uns mal, wie Sie festgenommen wurden.«

»Ich rannte hinunter, den Polizeibeamten hinterher, und habe versucht, Dr. Nops Festnahme zu verhindern.«

»Warum?« fragte de Moei. »Ist da urplötzlich der Anwaltsinstinkt wach geworden?«

»Ach, ich hatte den Jungen auf Versammlungen recht gut kennengelernt, und er war mir sympathisch. Natürlich war auch eine Menge alkoholbedingter Übermut im Spiel und feige Rührseligkeit ... Jedenfalls gelang es mir nicht, die Festnahme zu verhindern. Ich habe es nicht einmal geschafft, daß man mich erkannte. Die haben mich nur als lästigen Typen und Suffkopp betrachtet. Und so landete ich selbst im Überfallwagen.«

»Im selben?« fragte de Moei.

»Im selben.«

»Das heißt, wenn Ihr Dr. Noppen, was ja unterstellt wurde«, – Hanekroot sprach jetzt irritierend langsam – »im Gefangenentransporter Heroin nahm, dann waren Sie dabei Zeuge?«

»Ja, es sei denn, ich hätte weggeschaut. Aber ich will Ihnen gleich sagen, daß so etwas unmöglich gewesen wäre. Wir lagen zu dritt – später waren es dann fünf oder sechs – flach auf dem Boden, und auf jedem von uns saß ein gesunder Polizist in voller Montur. Für die am Boden Liegenden war es schon so gut wie unmöglich, zu atmen, geschweige denn, sich zu rühren und komplizierte Handgriffe vorzunehmen. Ich lag neben Kiliaan Noppen.«

Quispel hatte versucht, ein paar Worte mit Dr. Nop zu

wechseln, aber infolge des Drucks auf seinem Rücken gelang es ihm kaum, mehr als einige Laute hervorzustoßen. Die Antwort des Jungen blieb Gestöhn. Er schien in übler Verfassung zu sein, aber nicht nur aufgrund des schweren Körpers, der auf ihm lastete. Er blutete nicht, zumindest soweit äußerlich erkennbar. Die Polizisten hatten es sich – so sagten sie selbst immer wieder zueinander – auf ihren lebenden Sesseln bequem gemacht. Sie rauchten, schwatzten – aber nur quasientspannt: So ganz konnten sie diese Quälerei nicht genießen. »Besen gibt's hier genug«, sagte einer und trat mit der Schuhspitze gegen Dr. Nops Hahnenkamm. »Können wir nachher die Kiste hier gründlich ausfegen.«

Der mit Hochprozentigem abgefüllte Quispel hatte sich nicht übergeben, aus dem einzigen Grund, weil das Erbrochene in seiner Speiseröhre steckengeblieben war.

So, fast ohne atmen zu können, waren sie unter Sirenengeheul durch den Berufsverkehr gerast. Quispel hatte das Gefühl, der einzige Zweck der rasanten Fahrt sei es, die Patienten so schnell wie möglich an ihren Bestimmungsort zu befördern, damit sie wieder Luft holen konnten.

»Und«, fragte Hanekroot mit fiesem Lächeln, »hat der Doktor seinen Anwalt aus dieser Nähe erkannt?«

»Er war nicht imstande, es ausdrücklich zu sagen, aber ich merkte, daß er mich erkannte.«

»Als einziger?« fragte Hanekroot.

»Als einziger im Wagen, ja.«

Und de Moei wieder: »Das heißt, der einzige Zeuge Ihrer Inhaftierung ist verstorben?«

»Ich weiß, worauf Sie hinauswollen. Aber vielleicht lassen sich noch ein paar stille Zeugen für meine Anwesenheit in dem umstrittenen Zellenblock finden.«

Dazu mußte er den Inspektoren eine kleine Geschichte aus seiner Kindheit erzählen. In der Schule konnte manchmal ein hinterhältiger Brandgeruch unter der Bank aufsteigen, was bedeutete, daß ein Klassenkamerad ein Streichholz an deinen Schnürsenkel gehalten hatte, bis das kompakte Zeug anfing zu schwelen. »Stinkesenkel«, hieß das. Natürlich wurde der Besitzer des höllisch stinkenden Schnürsenkels zum Sündenbock erklärt.

Während Quispel auf dem Polizeipräsidium zwischen einer Menge Hahnenkammträgern und sympathisierenden Kindern aus wieder anderen Welten darauf gewartet hatte, durchsucht zu werden, ging ihm die ganze Zeit der infantile Gedanke an »Stinkesenkel« durch den Kopf. »Offenbar wollte ich Aufsässigkeit demonstrieren, einen Protestakt vollführen, aber mir fiel nichts Besseres ein, als die Luft zu verpesten.«

Quispel wußte, daß er über kurz oder lang mit seiner Krawatte und anderen persönlichen Dingen (er hatte sonst nur »Handgeld« in der Tasche) auch seine Schnürsenkel würde abliefern müssen. Er würde sie schwelend überreichen. Wie aber bekam er, blau wie er war, die Dinger aus den Schuhen? Sollte er sich – auf die Gefahr hin, daß er umfiel – bücken, hinhocken oder eine Stütze für seine Füße suchen? Oder sollte er sich wie ein Storch auf ein Bein stellen? Mit der Spitze des einen Schuhs den anderen am Absatz runtertreten, war eine weitere Möglichkeit ... Schließlich hatte er ein weinendes Mädchen, das in dem Gedränge neben ihm stand, gebeten, es für ihn zu tun. Das Mädchen kniete sich heulend vor Quispels Füße, zog am rechten Spann die Schleife auf und überreichte ihm, immer noch weinend, das Band. Das andere bekam sie nicht auf: Das hatte sich am Abend zuvor, als ein ganz anderes Mädchen ihm viel zu hastig die Schuhe hatte ausziehen wollen, zu einem dicken, feuchten Knoten festgezurrt, woraufhin er diesen Schuh eben anbehalten hatte.

Quispel merkte, daß er auch während seiner Vernehmung nicht ohne Rührung an den Mann denken konnte, der sich so hilflos seiner alljährlichen Dosis Glück hingab.

»Ich frage mich«, sagte Hanekroot, »wie relevant diese Senkelgeschichte eigentlich ist.«

Feuer hatte das weinende Mädchen nicht, so sagte sie schniefend. Quispel wollte Dr. Nop danach fragen, aber Dr.

Nop, obwohl ganz nahe, erwies sich als unerreichbar. Mit halb verdrehten Augen und aschfahlem Gesicht lehnte er, etwas in sich zusammengesunken, an der Wand.

»He, Freund Nop, hast du Streichhölzer dabei?« Zerknautscht, stinkend, stand er vor dem Jungen mit einem dämlichen Schnürsenkel zwischen Daumen und Zeigefinger. Dr. Nop gab keine Antwort.

»Bist du okay, *dottore*?«

»Wo ist Sid«, fragte er tonlos. Er meinte seine Ratte, die er nach Sid Vicious von den Sex Pistols so genannt hatte.

»Leck mich am Arsch«, sagte Quispel, drehte sich um und bat einen jungen Polizeibeamten um Streichhölzer, die er sogar bekam. Der Beamte sah interessiert zu, wie der Mann das Ende seines Schnürsenkels anzündete, die Flamme mit naß gemachtem Daumen und Zeigefinger löschte und, wie ein Kind mit vollen Backen blasend, das schwelende Ende aufglühen ließ.

Ein Stupser

»Sie hatten es am nächsten Tag so eilig, mich aus dem Gewahrsam zu entlassen, daß ich meine Sachen nicht wiederbekommen habe. In irgendeiner Schreibtischschublade oder in einem Safe muß also noch eine graue Papiertüte auf den Namen Gerrit Vlekkert rumliegen. Inhalt: eine Krawatte, weinrot und mattgold gestreift, mit einer kleinen künstlichen Perle, plus zwei schwarze Schnürsenkel, der eine mit verbranntem Ende, der andere, verknotete, entzweigeschnitten. Das Geld, in Fünfer- und Zehner- und Fünfundzwanzigerscheinen, beläuft sich auf höchstens ein paar hundert Gulden und mindestens etliche Zehner. Alles stille Zeugen meines Aufenthalts im Polizeipräsidium.«

De Moei notierte sich das, jedenfalls sah Quispel ihn mit Kuli schnell etwas in sein Notizbuch schreiben. Er mußte jetzt an die erniedrigende Leibesvisitation denken, der er, wie ein Drogensüchtiger, nach dem Abliefern seiner Sachen unterzogen worden war. Die Scham drang noch durch seinen Rausch. Das Geraschel des Plastikhandschuhs hinter seinem Rücken war tausendmal peinlicher als das ernüchternde Rascheln eines Kondoms beim mechanischen Herumgeturne auf einer Nutte, bei der man schwer zum Orgasmus kommt. Gegen die brutale Penetration protestierten seine Hämorrhoiden, diese Früchte einer sitzenden Lebensweise. Der Finger irgendeines braven Familienvaters, der es auch nur des Geldes wegen tat, rührte in seinen Eingeweiden herum. Falten und Nähte der Plastikhülle schnitten scharf in die geschwollenen Krampfadern. Das Schlimmste waren jedoch das Geraschel und die kalte Berührung des Handschuhs unten am Gesäß. »Der hier blutet«, hörte er hinter sich, nachdem der behandschuhte Finger sich aus seinem Rektum zurückgezogen hatte. Das trug ihm noch den Verdacht ein, er habe »da wohl irgendwas versteckt gehabt«, das jetzt woanders hingekommen war.

»Uns interessiert natürlich ganz besonders, was Sie über den Zustand von Kiliaan Noppen erzählt haben. Haben Sie ihn noch weiter beobachtet, bevor er eingeschlossen wurde?«

»Beim Fotografieren. Man hat von uns allen ein Polaroidfoto gemacht. Kiliaan Noppen war ein völlig anderer Mensch als vor seiner Festnahme. Total benommen und mit einer – gelinde gesagt – unkontrollierten Motorik. Er mußte sich überall festhalten, sofern man ihn nicht überhaupt stützen mußte. Man hat ihn an eine Tür gelehnt, um ihn fotografieren zu können. Während der Fotograf den Apparat einstellte, rutschte Noppen langsam mit dem Rücken an der glatten Fläche hinunter. Das Polaroidfoto zeigt also Dr. Nop während seines langsamen Falls. Daraufhin haben sie ihn zu zweit hochgezogen und in seine Zelle gebracht, und danach wieder in einen anderen Raum für die sogenannte ›Gegenüberstellung‹ mit Beamten der Mobilen Einheit, die bestätigen sollten, daß sie ihn in Aktion gesehen hatten. Na ja, das sind die Dinge, über die Sie inzwischen besser Bescheid wissen als ich.«

»Haben Sie gesehen«, fragte Hanekroot, »daß er sich während der Wartezeit im Polizeipräsidium Heroin oder irgendein anderes Zeug gespritzt hat?«

»Nein, und ich bin davon überzeugt, daß er sich überhaupt kein Heroin selbst verabreicht hat. Damals nicht, und genausowenig zu irgendeinem Zeitpunkt davor. Ausgeschlossen. Ich kannte ihn gut genug, um zu wissen, daß er kein Heroin nahm, geschweige denn, daß er davon abhängig war. Möglicherweise hat er sich vor der Räumung von seinen Kampfgenossen etwas Speed aufdrängen lassen. Laut der ersten toxikologischen Untersuchung gab es ja Spuren von Amphetamin.«

»Ihre dezidierte Aussage steht in krassem Widerspruch zu den Ergebnissen des Gegengutachtens ... Worauf würden Sie seine Benommenheit und die gestörte Motorik, wenn sie nicht vom Heroin kamen, denn zurückführen?« fragte de Moei.

»Es sah mir noch am ehesten nach einer Gleichgewichtsstörung aus ...«

»Das ist keine Antwort auf meine Frage.«

»Ich weiß«, rief Hanekroot triumphierend. »Mijnheer wollen einen Stupser suggerieren. Da haben wir's wieder. – Haben Sie gesehen, Meester Quispel, daß Kiliaan Noppen von Angehörigen der Mobilen Einheit geschlagen wurde?«

»Nein.«

»Aber Sie suggerieren es.«

»Nicht einmal das.«

»Wie?«

»Suggeriert wird das vor allem von der Polizei selbst ...«

»Wie?«

»... und zwar dadurch, daß sie völlig krampfhaft von möglichen Schlägen ablenkt. Der Amsterdamer Polizeiapparat erinnert mich in diesem Fall an einen trunksüchtigen Vater, der im tiefen Rausch regelmäßig seine Kinder schlägt. Als er eines Morgens seinen kleinen Sohn mit einem blauen Auge sieht, denkt er: ›Ich schlage so oft. Dann wird's gestern abend wohl auch wieder so gewesen sein.‹ Und er sagt feige zu seinem Sohn: ›Du mußt unbedingt mal zum Augenarzt, du läufst ja überall dagegen.‹«

»Vielleicht können wir gleich noch mal darauf zurückkommen«, sagte de Moei diplomatisch. »Wollen wir uns erst mal auf die Ereignisse jenes Abends und jener Nacht im Polizeipräsidium beschränken. – Wo wurden Sie eingeschlossen?«

»Im Gang B. Ich kenne den Komplex recht gut aufgrund gelegentlichen Bereitschaftsdienstes. Als ich in meine Zelle gebracht wurde, hörte ich aus den Gängen A und C das Gekreische der Junkies. Es klang so angsterregend, daß ich dachte: Das blüht mir auch, wenn der Alkohol seine Wirkung verloren hat.«

»War der Anwalt, der damals Bereitschaftsdienst hatte, bei Ihnen?«

»Es wurde mir angeboten, aber ich habe es abgelehnt. Ich sah ihn den Gang entlanggehen. Ein mir vage bekannter Kollege. Er erkannte mich nicht. Ich habe gehört, daß er auch von den meisten Festgenommenen aus der Havenstraat abgelehnt wurde.«

»Ja, ironischerweise fragten etliche der Jungen nach Ihnen. ›Wir wollen unseren eigenen Anwalt.‹«

»Und keiner von ihnen sagte: ›Er ist hier, wir haben ihn gesehen?‹«

»Nein. In der Tat ein wichtiger Hinweis darauf, daß man Sie nicht als Meester Quispel erkannt hat«, meinte Hanekroot.

»Ich weiß nicht«, sagte Quispel. »Ich weiß nicht ... Kann es nicht sein, daß ihre ausdrückliche Fragerei nach mir bedeutete, daß sie mich sehr wohl im Polizeipräsidium gesehen hatten? Es sind in sich gekehrte Jungs, ziemlich einsilbig ... Ich habe Grund zu der Annahme, daß sie von meiner Anwesenheit wußten. Aber wenn Sie nichts dagegen haben, will ich im Moment darauf noch nicht eingehen.«

»Ihre Einschließung«, fuhr de Moei fort. »Es hat einigen Wirbel darüber gegeben, ob Bettzeug ausgegeben wurde oder nicht.«

»Ich mußte ohne Matratze und ohne Decken auskommen. Ich lag, genauso wie Dr. Nop gegenüber, auf einer nackten Betonpritsche. Weniger sparsam sind sie dagegen mit dem Licht umgegangen: Das blieb die ganze Nacht an. Und nicht nur eine kleine Nachtlampe. Meinen Rausch richtig auszuschlafen, davon konnte keine Rede sein. Ich wurde alle Viertelstunde wach, nicht zuletzt durch sehr kalte Luftströme aus einem Gitter. Was der Justizminister behauptet, nämlich daß in den Zellen eine angenehme Temperatur von rund zwanzig Grad herrscht, ist eine glatte Lüge. Die Temperatur lag auf jeden Fall unter zehn Grad Celsius.«

»Hat man in dieser Nacht noch nach Ihnen geschaut?« fragte de Moei.

»Ich habe niemanden gesehen.«

»Aber Sie waren nicht die ganze Zeit wach ...«

»Den Besuch eines Aufsehers hätte ich bestimmt bemerkt.«

»Ist Ihnen in dieser Nacht noch etwas Besonderes, mit Ausnahme des bereits Erwähnten, aufgefallen?«

»Zwischen drei und vier Uhr morgens hörte ich Dr. Nop singen.«

»Singen?« rief Hanekroot.

De Moei: »Aber das verträgt sich doch wirklich nicht mit seinem – von Ihnen konstatierten – erbärmlichen Zustand.«

»Es war ein Singen ... in Trance. Immer dieselben Fetzen desselben Lieds, falls man es überhaupt als Lied bezeichnen kann. Das erinnert mich an einen Onkel ... er litt an einem Gehirntumor ... einen Onkel, der auf dem Sterbelager immerzu ›Heidewitzka, los, gib Gas‹ sang. Ebenfalls in Trance.«

»Woher wußten Sie, daß der Sänger Kiliaan Noppen war?«

»Er sang Fetzen von *My way*, diesem Evergreen von Frank Sinatra, aber in der Version der Sex Pistols, falls Ihnen das was sagt. Mir hat es auch nichts gesagt, bevor ich die Jungs aus dem Untersuchungsgefängnis kennenlernte. Schrill, absichtlich falsch, mit verdrehtem Text. Es war Dr. Nops Lieblingsstück. Ich habe es ihn oft singen hören. So als ob es ihm unaufhörlich durch den Kopf ging. Es klang immer angsterregend, aber jetzt, in der Nacht, klang es noch angsterregender, ihn mit gekünsteltem Cockney-Akzent singen zu hören ›And then I face the final curtain ...‹ Es war unvermeidlich, daß dies sein Schwanengesang würde.«

»Und weiter?«

»Das Singen hörte auf, und ich habe weiter nichts bemerkt. Bis das Frühstück gebracht wurde.«

»Jetzt doch wieder Frühstück!« blaffte Hanekroot los. »Frühstück, kein Frühstück, dann doch wieder ... Mein Gott, man könnte meinen, da wird an der Rezeption eines Pariser Hotels hin und her verhandelt. Also gut, das Frühstück.«

Quispel hörte sie kommen mit ihrem Frühstückswagen. Jedes Aufklappen einer Türluke hallte wie ein Pistolenschuß durch den Gang. Rumgeschreie. »Frühstück! Bettzeug abliefern!« Geschimpfe. »Verdammt noch mal, alte Drecksau! Ein Frühstück willst du? Friß erst mal deine Kotze auf, du Dreckskerl!«

Es war fünf Uhr. Quispel wußte, daß den Vorschriften zufolge das Frühstück frühestens um halb sieben gebracht werden durfte. Den Wärtern, die sich die ganze Nacht über gelangweilt oder über die Räumung aufgeregt hatten, war offensichtlich nach Triezen zumute. Es hielt sie wach.

Nun waren sie bis zu Quispels Zelle gekommen. Gegenüber wurde eine Luke aufgeklappt. »He, Rinus«, hörte er einen Aufseher halblaut sagen, »hier liegt einer, der is ganz blau. Sind das Entzugserscheinungen?«

»Du kannst aber auch nix allein, Mann«, war von weiter oben im Gang zu hören. »Ich komm gleich und seh mal nach.«

Quispels Luke wurde aufgeklappt. Ein Wärter streckte den Kopf durch die Öffnung. »Schlafsachen abliefern!« Und schon war der Kopf wieder verschwunden.

Was war da schon abzuliefern? Die Betonpritsche? Quispel stand auf, schwindlig, mit Ohrensausen und einem klebrigen, sauren Geschmack im Mund. Das altvertraute »mea culpa« hämmerte ihm in der Herzgegend. Er hatte einmal ein Interview mit einem Zeichner gelesen, der erzählte, wie er mit einem Schriftsteller losgezogen war. Der Schriftsteller hatte ihm »one of his pills« aufgedrängt. Hinterher war ihm, »als hätte mir jemand mit einer Mistgabel das Gehirn umgegraben und dabei tüchtig in allen Ecken und Winkeln gekratzt«. So fühlte sich jetzt auch Quispel.

Er ging die paar Schritte auf die Luke zu und streckte den Kopf hinaus. Er schaute den Gang hinauf und hinunter. Der Wärter, der gerufen hatte, er komme »gleich nachsehen«, rief seinem Kollegen zu: »Zelle B 19? Das ist, glaub ich, der Typ von dem Abwehrgeschütz. Laß den mal schön schmoren.«

Ein Stück weiter schleppten tatsächlich zwei verschlafene Häftlinge (keine Hahnenkämme) eine Matratze und Bettzeug zu einem dafür bestimmten Wagen. Von einem kleineren Wagen, einer Art »Servierboy«, nahmen sie einen Becher Milch und abgepacktes Brot.

Schon der Gedanke an Milch drückte ihm den Magen hoch. *Mea culpa, mea culpa*. War dies nun das Resultat dieser herrlichen Wochen? Jedes Jahr von neuem mußte er sich diese Frage stellen. Doch noch nie war der Frage, wie jetzt, ein solch luzider Gedanke gefolgt. Vielleicht war es ein unbewußter Drang nach Hygiene, der ihn alljährlich in die Stadt trieb, um sich, im wahrsten Sinne des Wortes, mit allem vollaufen zu lassen, was geheime Wünsche einem eingeben können. Der sündige Rausch. Der dicke Tropfen Zuckerwasser eines Mädchens. Maßloses Glück ... Er brauchte im Grunde nur wenig Zeit – höchstens drei Wochen –, bis er den Zustand der Saturiertheit erreicht hatte und sich nach dem bescheidenen Glück daheim zurücksehnte. Und jetzt, während des Anfangsstadiums seines Katers, kam ihm dieser Gedanke: daß er in diesen drei Wochen im Jahr ein Gegengift schuf zu der Saturiertheit, die ihn im Alltagsleben bedrohte: dem zunehmenden Wohlstand, Zwanets verschwenderischer Schönheit, seinem Ansehen als Anwalt ... Er mußte einmal im Jahr in den Dschungel – ein kurzer, heftiger, raschelnder Ausflug –, bis er den Giftbiß bekommen hatte, der ihn, immun geworden für das kleine, schleichende Gift seines Alltags, wieder nach Hause trieb. Es lief darauf hinaus, daß er der Armut daheim entfloh, sich irgendwo anders in protzigen, aber rasch an Wert verlierenden Luxus stürzte, um völlig leer zum gestiegenen Wert des eigenen Hauses und Herdes zurückkehren zu können.

In diesem einen Gedanken faßte er sein Schicksal zusammen, und das war trockenen Auges nicht möglich. Seine alljährliche Eskapade war eine notwendige Teufelsaustreibung, die ihn zu einem besseren Ehegatten, einem besseren Anwalt und – demnächst – einem besseren Vater machte.

Quispel sah den Wärter auf sich zukommen und trat ein paar Schritte zurück in seine Zelle. Der Mann streckte den Kopf herein, schaute sich um, sah keine »Schlafsachen« und sagte: »Schon gut.« Kurz darauf stellte er einen Plastikbecher mit Milch auf die Luke, die nun als Tablett fungierte, und legte abgepacktes Brot daneben.

Quispel sah sich das Gefängnisfrühstück an. Scheiße ... diesmal war er in seiner alljährlichen Hygiene zu weit gegangen. Insgeheim hatte er immer eine Absprache mit sich selbst gehabt: während der Flucht ins Labyrinth der Stadt so unsichtbar wie möglich zu bleiben. Er schloß sich von den anderen ab, um sich das Gegengift zu verabreichen, so wie man sich für intime Angelegenheiten in einer Toilette abschloß. Jetzt hatten andere ihn eingeschlossen und damit in die Öffentlichkeit gebracht. Er stand nackt da. Um »ein besserer Anwalt zu werden«, hatte der Anwalt sich in eine Polizeizelle werfen lassen. Gut, er hatte einen falschen Namen angegeben, aber bald würde herauskommen, wer er in Wirklichkeit war. Er hatte sich selbst bloßgestellt.

Brot und Milch rührte er nicht an. Beides wurde auch nicht weggeräumt, und die Luke blieb offen.

»Das ist aber sehr ungewöhnlich«, sagte Inspektor de Moei. »Wenn das Frühstück nicht vom Brett runtergenommen wird, dann betrachten die Aufseher es als verweigert und nehmen es zurück. Die Luke darf nicht länger als unbedingt nötig offenbleiben.«

»Sie hatten auf einmal alle Hände voll zu tun mit dem Insassen der Zelle gegenüber, und das wird wohl der Grund dafür gewesen sein, warum sie mich und mein Frühstück vergaßen.«

Der Wärter, der zunächst vom »Blauwerden« des fraglichen Zelleninsassen nicht besonders beeindruckt gewesen war, hatte inzwischen Dr. Nops Zelle erreicht und wollte dessen unangerührtes Frühstück schon wegnehmen, als er hineinschaute und zu fluchen begann. »He, Jaap«, rief er seinen Kollegen. Er öffnete die Tür mit einem Schlüssel. Sie blieb offen, so daß Quispel von der Mitte seiner Zelle aus hinüberschauen konnte. Dort lag, nicht auf der Betonpritsche, sondern auf dem Fußboden eine Gestalt, in der Quispel Dr. Nop erkannte. Der Junge lag auf dem Rücken, mit kraftlos und willenlos zuckendem Oberkörper. Von seinem stolzen Kamm war nicht mehr viel übrig. Umgeknickte Büschel von steif gemachtem Haar ragten in alle Richtungen. Sein Kopf war eingesponnen in Fäden von Erbrochenem. Erbrochenes bildete auch eine Art vibrierende Haut zwischen seinen leicht geöffneten Lippen, wie schlaff gewordener Kaugummi, der sich nicht mehr aufblasen läßt. Seine Kleidung wies bizarre Schweißflecke auf. Der Aufseher kniete sich – fluchend – neben ihn. Jetzt betrat auch sein Kollege die Zelle. »Ich hab's dir doch gesagt.«

»Ja, aber du sagst so viel, wenn der Tag lang ist. Konnt ich doch nich wissen, daß es so schlimm ist.«

»Entzugserscheinungen?«

»Nein, glaub ich nicht. Ich hab im Krankenhaus genug mit Drogensüchtigen zu tun gehabt. Das ist keiner. Sieh mal.« Er streifte die Ärmel von Dr. Nops Jacke hoch. »Jedenfalls kein Fixer. Und auch sonst nix.«

»Was fehlt ihm dann?«

»Na ja, äußerlich seh ich nix. Aber es würd mich nicht

wundern, wenn er ’nen Stupser abgekriegt hätte. Das hab ich übrigens gleich gedacht, als ich ihn gestern sah.«

»Den Doktor holen?«

»Zu spät, Mensch. Das siehst du doch.«

Sie sahen zu, wie er starb. In wenigen Sekunden war es geschehen. Quispel fühlte sich gleichzeitig mit dem Jungen erstarren, versteinern. Es blieb nicht einmal Zeit zu rufen, sie sollten doch jemanden holen. Oder hielt er den Mund, um sich in seinem verlotterten Zustand nicht noch sichtbarer zu machen, als er ohnehin schon war?

Der Junge starb ohne äußerlich erkennbaren Widerstand. Sein mit abstehenden Haarbüscheln bestückter Kopf sackte äußerst langsam, fast theatralisch, zur Seite.

Zwei Zellen weiter, so sah Quispel jetzt, war noch eine Luke offengeblieben. Darin erschien für einen Moment der Kopf eines ihm vage bekannten Hahnenkamms aus dem Untersuchungsgefängnis in der Havenstraat. Der Junge, der offenbar etwas gehört hatte, versuchte zu sehen, was ein Stück von ihm entfernt los war, aber es gelang ihm nicht. Kurz bevor er den Kopf wieder zurückzog, entdeckte er Quispel und erkannte, daß dieser sehen konnte, was ihm gegenüber vor sich ging. Für einen Moment schauten sie sich direkt in die Augen.

»... machen sie uns zur Minna ...« schnappte Quispel auf. Die beiden Wärter sprachen jetzt in gedämpfterem Ton. Ein paarmal fiel noch der Polizeiausdruck »Stupser«. Der Wärter, der gesagt hatte »ich hab im Krankenhaus genug mit Drogensüchtigen zu tun gehabt«, beugte sich über Dr. Nop, hielt sein Ohr an dessen Brust und fühlte ihm den Puls.

»Der ist hinüber. So sicher wie das Amen in der Kirche.«

Der Mann unternahm noch halbherzige Reanimationsversuche, die er zweifellos ebenfalls von seiner Krankenhauszeit kannte. Alles vergeblich.

»Verdammte Scheiße, und jetzt? Der hat mit Sicherheit ’nen Stupser abbekommen. Wenn das rauskommt, sind hier alle dran, nicht nur wir. Dann geht’s hier rund.«

»Wir müssen irgendwas tun.«

Der andere, der wahrscheinlich eine Zeitlang Krankenpfleger gewesen war, sagte: »Du gehst jetzt sofort zum Wachhabenden und erklärst ihm kurz, was los ist. Bitte ihn um den Schlüssel zum Tresor. Da liegt noch das Heroin von neulich. Das bringst du mit. Und die große Spritze von Dr. van Klaveren, du weißt doch, wo seine Sachen liegen. In dieser Schublade … Bring auch 'nen Löffel oder so was mit. Aber fix. Fix, bevor er abgekühlt ist.«

Aufseher Jaap eilte davon, und Quispel trat wieder ein paar Schritte zurück, weiter in seine Zelle hinein. Noch immer hatte er freie Sicht auf Dr. Nops Körper und auf den knienden Wärter, der mit »Rinus« angesprochen worden war. Rinus beugte sich noch einmal mit ungläubiger, aber vor allem angeekelter Miene (wegen des Erbrochenen) über den Toten. Wieder fühlte er ihm den Puls und blieb nachdenklich, geistesabwesend, mit dem Handgelenk in der Hand sitzen, Nägel zwischen die Adern gedrückt.

Binnen zwei Minuten war Jaap mit den Sachen zurück und mit dem Wachhabenden, der zu fluchen anfing. Rinus begann sofort unter Zuhilfenahme des Löffels, eine in der Tat sehr große Injektionsspritze fertig zu machen.

»Schieb ihm den linken Ärmel noch mal hoch«, sagte Rinus zu seinem Kollegen.

»Willst du's ihm in die Vene spritzen?« fragte der Wachhabende. »Verteilt es sich dann noch im Körper?«

»Nein, ich mach nur ein paar frische Löcher mit der Nadel. Das Heroin spritz ich ihm direkt in die Leber.« Er hob den Arm dicht vor die Augen, offensichtlich, um die Vene, dieses Bett eines zum Stillstand gekommenen Flusses, besser sehen zu können. Der ehemalige Krankenpfleger piekste ein paar Löcher untereinander. Dann füllte er die »große Spritze von Dr. van Klaveren« mit dem in Wasser gelösten Heroin.

»Ist das Zeugs aus dem Tresor nicht zu rein?« fragte der Wachhabende. »Es war noch unverschnitten, als sie den Fang gemacht haben. Fällt das nicht zu sehr auf?«

»Das is ja gerade der Sinn der Sache«, sagte Rinus. »Schließlich isser dran gestorben, oder? Er hat sich offensichtlich verkalkuliert.«

»Von der Seite hatte ich's noch nicht betrachtet.«

»Zieh mal das Hakenkreuz hoch.«

Jaap schob Dr. Nops antifaschistisches T-Shirt hoch. DESTROY ... Der magere Oberkörper. Rinus zitterte. Er sagte zu seinem Kollegen: »Jaap, du mußt ihm die Spritze setzen. Mir zittern die Hände zu doll.«

»Ja, aber in die Leber ...« protestierte Jaap. »Ich hab im Wilhelmina Gasthuis nie jemand direkt in die Leber gestochen.« Anscheinend war auch Jaap Krankenpfleger gewesen.

»Etwas schräg unter der untersten Rippe durch. Schön tief. Kommt nicht so drauf an, Hauptsache, es landet in der Leber.«

Bei diesen Instruktionen dachte Quispel unwillkürlich an den Toreador, der versuchen mußte, die biegsame Klinge »um das Schulterblatt herum« ins Herz des Stieres zu stoßen. Jaap, der das Ungetüm von Spritze von seinem Kollegen bekommen hatte, trieb die Nadel Dr. Nop in die Seite. Beim ersten Mal stach er offenbar daneben, auf den Knochen, und so setzte er die Spritze neu. Der Wachhabende beugte sich, die Hände auf die Oberschenkel gestützt, vor und sah zu.

In dem Moment, als die Nadel tief im Fleisch des Toten verschwand, glaubte Quispel, einen Schauer durch Dr. Nops Körper laufen zu sehen ... als käme er mit dem Oberkörper vor Schmerz ein Stück hoch ... Fast hätte Quispel geschrien: »Er lebt noch!«

Noch nie während seiner Trinkerlaufbahn hatte Quispel Probleme mit seiner Leber gehabt. Jetzt, als er sah, wie die Spritze im Körper des Jungen leergedrückt wurde, verspürte er einen heftigen Schmerz in der Lebergegend, doch das war ein Detail, das er den Inspektoren von der Reichskriminalpolizei lieber vorenthielt.

Die Stille, die nach Quispels Bericht eintrat, benutzte Inspektor Hanekroot dazu, die Toilette aufzusuchen. Linkisch, Entschuldigungen brummelnd, erhob er sich; seine großen Füße stießen an die Möbel und an die Füße der beiden anderen.

Das rote Lämpchen brannte noch immer, doch das Band nahm nur bestürztes Schweigen auf, Füßescharren, Hüsteln und schließlich die Toilettenspülung nebenan. Hanekroot kam grinsend wieder ins Zimmer.

»Wie ulkig. Sie haben ja so'nen indischen Wasserstrahl im Pott.«

»Wie bitte?« Quispel wußte nicht, wovon der Mann sprach.

»So'n Ding, aus dem einem ein Wasserstrahl gegen den ... Wie früher in Niederländisch-Indien. Ich sah irgendwo einen Hahn aus der Leitung ragen ... ich dreh dran, und ... Volltreffer. Knallhart. Eiskalt. Aber es hat was.« Er sah das Gesicht seines Kollegen. »Schon gut.«

»Und dann, Meester Quispel«, fuhr de Moei aschfahl fort, »wurden Sie auf freien Fuß gesetzt ...«

»Nicht gleich.«

»Haben Sie sonst noch was gesehen?«

»Nicht gesehen. Nach der Spritzaktion ... ich meine, dem Hinbiegen der Todesursache ... wurde meine Luke auf einmal zugeknallt. Ich weiß nicht einmal, von wem. Ich sah eine Hand, das ist alles.«

»Oder vielleicht gehört?«

»Aus der recht heftigen Unterhaltung auf dem Gang konnte ich schließen, daß sie es langsam an der Zeit fanden, einen Arzt zu holen.«

Der Wachhabende entfernte sich dröhnenden Schrittes den Gang hinunter, um in seinem Büro das Gesundheitsamt anzurufen. Nach zehn Minuten traf der gewünschte Arzt ein. »Wieder Gemauschel. Ich hielt das Ohr an die Zellentür und konnte einen Teil des Gesprochenen verstehen. Jedenfalls genug, um zu wissen, daß es sich um Doktor Pomerans handelte. Derselbe, der am Abend zuvor festgestellt hatte, daß Kiliaan Noppen ›einen benommenen Eindruck machte‹. Trotz allem ein anständiger Mann, denn er weigerte sich, nach dieser erst kurz zuvor gestellten Diagnose eine Leichenschau vorzunehmen. Gut, Doktor Pomerans ließ einen anderen Arzt vom Gesundheitsamt anpiepen. Doktor van Klaveren. Er war innerhalb von fünf Minuten da. Aber bevor Doktor van Klaveren an die Arbeit gehen konnte, bekam er – das war deutlich zu verstehen – von seinem Kollegen Pomerans zu hören, daß es sich um einen Drogenabhängigen handele. Ein rechtschaffener Mann in der Tat, dieser Doktor Pomerans. Die Sache ging fix. Van Klaveren stellte förmlich den Tod fest. Die frischen Einstiche im Arm machten es für ihn offenbar überflüssig, die Leiche allzu genau zu untersuchen. Er hätte zum Beispiel nur mit den Fingern tasten zu brauchen, ob eine Leberschwellung vorlag, dann hätte er diese anderen Einstiche entdeckt. Die richtigen. Ich hörte diesen van Klaveren noch sagen, der toxikologische Teil der Obduktion werde die Todesursache schon zweifelsfrei ans Licht bringen. Er redete eindeutig unserem ach so objektiven Doktor Pomerans nach dem Mund. Warum hat er sich nicht gefragt, wie nach einem etwa sechzehnstündigen Aufenthalt in einer geschlossenen Zelle diese taufrischen Einstiche in Noppens Arm gekommen sein konnten?«

»Ja«, pflichtete de Moei bei. »Der wackere Leichenschauarzt hätte ja zumindest fragen können, ob man ein Fixerbesteck oder so was ... Nein, erzählen Sie weiter.«

»Ich habe nicht gesehen, was damit passierte, aber das Corpus delicti, die ›große Spritze von Doktor van Klaveren‹, war bestimmt schon weggeräumt. Und zwar gut. Und nicht von Doktor van Klaveren.«

»Waren Sie noch da«, fragte Hanekroot, eine Praline im Mund, »als unsere Leute die Leiche abholten, um sie nach Rijswijk zu bringen?«

»Nein. Da schlurfte ich schon wieder durch die Innenstadt. Ohne Krawatte und ohne Schnürsenkel in den Schuhen.«

Es war der Nieuwendijk, den Quispel im Freitagnachmittagsgedränge entlangtrottete, im Zickzack, mit Passanten zusammenstoßend. Er suchte eine kleine Seitenstraße mit einer geschützten Kneipe, die seiner Erinnerung nach *De Wendeltrap* oder *Het Keldergat* hieß, konnte den Eingang der Gasse jedoch nicht finden. Schon zum drittenmal ging er vom Dam zur Martelaarsgracht und spähte in alle Gassen, die zum Nieuwezijds Voorburgwal führten. Aus den Geschäften drang laute Rockmusik von Hilversum Drei. Wer hier entlangging, der verpaßte nichts vom Programm: Es kam von links und von rechts und wurde mit lediglich geringen Schwankungen der Lautstärke von einem Geschäft zum nächsten weitergegeben.

Wo war nur diese verdammte Kneipe? Er brauchte kaltes Bier, viel kaltes Bier. Seine Kehle brannte. Nach seiner Freilassung hatte Quispel den Schlüssel abgeholt, Geld aus seinem Gepäckschließfach genommen und in einem Spirituosenladen eine Flasche Kossack Wodka gekauft; damit hatte er sich irgendwo unten ans Wasser der Leliegracht, in der Nähe einer Brücke, verkrochen. Der falsche Wodka: Englisches Verdünnungszeug für Bloody Mary's. Er hatte die Flasche an den Mund gesetzt und das Zeug runtergluckern lassen. Gut die Hälfte, in einem Zug. Der Rest landete in der Gracht. Ungenießbares Gesöff, und dazu noch lauwarm.

Trotz des beachtlichen Quantums vertrieb der Alkohol seinen Kater nur zum Teil. Das Gift brachte irgend etwas an seinem Abflußsystem durcheinander. Seine Kehle war nicht nur einfach wund oder verätzt, nein, Ernst spürte nach einiger Zeit, wie der Kehlkopf fast obszön anschwoll. Versuchte er zu schlucken, so entstand eine schmerzhafte Barriere, die sein Speichel nicht überwand. Es machte ihm angst, und durch die Angst klärte sich sein Gehirn ein wenig und wurde dadurch noch ängstlicher. Das Schwellen erinnerte ihn an einen Fall –

den »Schullandheimfall« –, bei dem er Lehrer gegen den Vorwurf grober Fahrlässigkeit und sogar der fahrlässigen Tötung hatte verteidigen müssen.

Während des Aufenthalts mehrerer Amsterdamer Abiturklassen irgendwo in der Provinz Groningen war eines Nachts ein Junge verschwunden. Trotz widersprüchlicher Aussagen alkoholisierter Klassenkameraden machten sich zwei Lehrer auf die Suche nach ihm. Im Morgengrauen entdeckten sie eine Schlängelspur im Ackerschlamm und folgten ihr. Unterwegs stießen sie auf einen Schuh, dessen Schnürsenkel noch zu einer Schleife gebunden war. Den Jungen fanden sie schließlich, den anderen Schuh am Fuß, bäuchlings in einem Graben. Tot. Die Obduktion, bei der ein sehr hoher Alkoholgehalt im Blut festgestellt wurde, ergab, daß er erstickt war. Nein, nicht am Schlamm. Etliche Mädchen aus seiner Klasse sagten aus, daß der Junge – »aus Blödsinn« – die Flasche mit billigem Whisky immer wieder an den Mund gesetzt hatte, wobei sie seinen Adamsapfel hochhüpfen sahen, als ob er gierig Wasser tränke. Seine Kehle, wundgescheuert vom hochprozentigen Alkohol, mußte immer mehr zugeschwollen sein, so daß ihm immer weniger Raum zum Atmen blieb. Auf der Suche nach Luft – mehr Luft, reinerer Luft – war er in die Nacht und die Kühle hinausgelaufen, immer weiter. Je weiter er sich hinausbegab, um so weniger Luft bekam er. Bis die ungewollte Schwellung aufgrund seines Gehabes gegenüber den Mädchen ihren Höhepunkt erreicht hatte und er nicht mehr auf zwei ungleichen Füßen weiterzustolpern brauchte. Er hatte seinen Graben gefunden.

Auf einmal war der Nieuwendijk mit einer viel zu lauten Stimme gefüllt. Die »Pipse«, wie Quispel die elektronischen Töne, die stündlich die Nachrichten ankündigten, einen Discjockey gelegentlich hatte nennen hören, waren ihm entgangen. Die Sechs-Uhr-Nachrichten konnten es noch nicht sein: Kein Ladenbesitzer machte Anstalten, sein Geschäft zu schließen.

»... stellvertretende Polizeipräsident von Amsterdam,

Stielstra, hat soeben auf einer Pressekonferenz mitgeteilt, daß heute nachmittag um halb zwei ein achtzehnjähriger Kraker in einer Zelle des Polizeipräsidiums an der Lijnbaansgracht tot aufgefunden wurde. Der Kraker war gestern festgenommen worden, nachdem er bei der Räumung des ehemaligen Untersuchungsgefängnisses in der Havenstraat Widerstand geleistet hatte.«

Kraker ... sic! und noch einmal sic! Doch es war nicht diese Ungenauigkeit, weshalb Quispel vor den Nachrichten die Flucht ergriff. Was im übrigen sinnlos war. Jeder weitere Laden, an dem er vorbeihastete, warf ihm aus versteckten Lautsprechern die nächste Wahrheit oder Lüge zu.

Ein Lederwarengeschäft links: »Die vorläufige Obduktion hat ergeben ...«

Ein Modegeschäft rechts: »... keine Spuren von Gewalt.«

Der Coffee-Shop: »Todesursache mit an Sicherheit grenzender Wahrscheinlichkeit Überdosis.«

Das Transistorradio des Straßenkehrers: »... morgens noch normal gefrühstückt.«

Quispel floh. (Zwei gegenüberliegende Kneipen: »... kann die Identität erst bekanntgegeben werden, nachdem die Familie informiert worden ist.«) Er floh, um die Meldung nicht berichtigen zu müssen. Wenn er sich nur schnell genug auf die Socken machte, konnte er der Nachricht voraus sein, ja, brauchte sie nicht einmal gehört zu haben. Hätte er eine eigene Pressekonferenz einberufen wollen, so hätte der – inzwischen von neuem benebelte und angeschlagene – Anwalt gestehen müssen, daß man ihn wie eine besoffene Sau in eine Polizeizelle geworfen hatte. Es würde ihm stets als Makel anhaften. Eine Zeugenaussage, von der jeder Anwalt träumte ... für die er liebend gern einem Kollegen seine Rolle überlassen würde, um selbst in der Zeugenbank Platz zu nehmen. Doch danach würden die Leute die Nase über ihn rümpfen oder sich – noch erniedrigender – mit dem Zeigefinger an der Nasenspitze entlangfahren. »Der Quispel, der ist auch nicht ganz sauber.« »Die große Schau abziehen mit dem, was ihm rein zufällig, durch seine Schweinereien, in den Schoß gefallen ist.«

Ernst war betrunken genug, mit einer gewissen Leichtigkeit den Gedanken verdrängen zu können, daß er mit der Stimme seines Vaters zu sich sprach: »Diskretion, Repräsentanz über alles ...« Nein, Ernst Quispel hatte diesen Zellenblock nur von innen gesehen, wenn er Bereitschaftsdienst hatte.

Quispel rannte aus der Straße der Radios und bog in die Martelaarsgracht. Er bekam fast keine Luft mehr. In der Lounge des *Sonesta Hotels* fand er einen Hahn mit kaltem Bier, das an seiner geschwollenen Kehle Wunder wirkte. Er war noch nicht reif für einen Graben. Noch nicht einmal für die Gosse, diesen Graben der Städte ...

An einem Tisch nicht weit von der Bar saß eine Frau mit durchgedrücktem Rücken, die Ellbogen aufgestützt, und rauchte. Um ihre Schultern hing, halb hinuntergerutscht, ein weiter Mantel, wie Ernst noch nie einen gesehen hatte: aus schwerem, haarigem Stoff und abgesetzt mit langen Aufschlägen aus purpurrotem Samt oder Velours, aus dem auch die große Kapuze gemacht war. Die Farbe biß sich erregend mit ihren rostbraun gefärbten Locken, die hart und unecht wirkten. Zwischen diesen beiden Farben sorgte ihr Lippenstift für einen extra scharfen Knalleffekt: grellrosa. Die Frau sah in Quispels Richtung und zupfte sich einen imaginären Tabakkrümel von der Zunge. Sie beeilte sich nicht, den Kopf abzuwenden.

Na bitte: es funktionierte noch. Allein eine unglückliche Verkettung von Umständen hatte es zum Stocken gebracht. Eine Art Vorschau, an die er jetzt nicht mehr denken sollte. Quispel rutschte mit dem Glas in der Hand von seinem Hocker herunter, der dabei umkippte, aber am nächsten hängenblieb. Nicht so lässig wie gewollt ging er auf den Tisch zu, die richtige Frage bereits auf den Lippen: »In welchem exotischen, kalten Land tragen die Frauen solche Mäntel?«

Aber als er den Mund öffnete, rutschte seine Zunge in die

alte, ausgeleierte Rille, und Quispel hörte sich selbst fragen: »Darf ich Ihnen etwas zu trinken anbieten?«

»Eigentlich nicht ... aber bei Ihnen mache ich eine Ausnahme.«

Nachdem der Drink serviert war, wollte er endlich Ernst machen mit diesem Mantel. Er fragte, und sogar für eine dicke Zunge erwies sich die alte Rille als tief genug: »Wie darf ich Sie nennen?«

Jetzt, da das Gespräch mit den Inspektoren ihn über den Punkt hinausgeführt hatte, an dem seine Erinnerungen an dieses Wochenende endeten oder diffus wurden, und ihm die Antwort der Frau plötzlich wieder einfiel, verspürte Quispel fast das Bedürfnis, ihre Worte de Moei und Hanekroot gegenüber laut zu wiederholen, als könnten sie für die beiden von Belang sein. Hätte er sie nicht rechtzeitig hinuntergeschluckt, so hätte Ernst sogar den leichten Den Haager Akzent nachgeahmt.

»Autarchina. Für dich Oty ... wenn du ›du‹ zu mir sagst.«

Zurückspulen

»Hola! Hola!« rief der Untersuchungsrichter wie ein Fuhrmann. »Stopp. Spulen Sie das Band mal zurück – bis zum Frühstück. Das möchte ich noch mal hören.«

Er war aufgestanden, und der Techniker folgte seinem Beispiel.

Der Techniker machte sich an die Arbeit. Er spulte zurück und schaltete das Gerät wieder ein.

»... angsterregender, ihn mit gekünsteltem Cockney-Akzent singen zu hören ...« hörte Quispel sich selbst sagen.

»Nein, das ist zu weit zurück«, sagte der Untersuchungsrichter. »Über Frank Sinatra sprechen wir ein andermal. Ich will die ganze Frühstücksszene noch mal hören.«

Der Untersuchungsrichter ging aufgeregt hin und her. Der

Staatsanwalt, die Anwälte der Wärter, Quispels eigener Anwalt, Meester Merks –, alle sahen stumm vor sich, bestürzt, sichtlich in großer Verlegenheit durch das, was sie soeben gehört hatten. Das Gerät surrte. Quispel war für kurze Zeit davon erlöst, seiner eigenen Stimme zuhören zu müssen. Es war ihm ganz und gar nicht recht, daß bei den Vernehmungen im Rahmen der gerichtlichen Voruntersuchung zur Rolle der Wärter auch der Staatsanwalt zugegen war, ein reichlich merkwürdiger Vorgang. Und nicht irgendein Staatsanwalt, sondern derselbe, der seinerzeit, nach der ersten Untersuchung der Reichskriminalpolizei, der Ansicht gewesen war, »der Fall könne als abgeschlossen betrachtet werden«. Erniedrigend, daß ausgerechnet dieser Kerl hier jetzt aus erster Hand hören durfte, wie nachlässig Quispel gewesen war. Jetzt wurde Quispels Aussage doch noch in die gerichtliche Voruntersuchung einbezogen.

Der Techniker schaltete das Band erneut auf Wiedergabe.

»... möglich, daß Sie alles so gut sahen und verstanden?« Die Stimme von Inspektor de Moei.

»Wie gesagt« – Quispels eigene Stimme wieder – »die Luke mit meinem Frühstück drauf war noch auf. Wegen der plötzlichen Aufregung gegenüber vergaßen sie, sie zu schließen. Der Gang ist relativ schmal. Ich hatte, nicht zuletzt, weil die Tür gegenüber offenstand, gute Sicht auf alles, was in Zelle B 19 vor sich ging. Auch hören konnte ich fast alles ...«

»Halt. Stopp«, sagte der Untersuchungsrichter wieder. Der Techniker hielt das Band an. »Die Luke hat, wie ich annehme, nicht bis zu Ihrer Entlassung offengestanden ...«

»Nun, viel hätte nicht daran gefehlt. So eilig hatten sie es, mich nach dem Vorfall zu entlassen. Nachdem das Guckloch entdeckt war, dauerte es keine Stunde, bis ich nach Hause geschickt wurde. Sie vergaßen sogar, mir meine Sachen zurückzugeben. Na schön, ich vergaß selbst, danach zu fragen.«

»Sie suggerieren also ...«

»... daß ich als potentieller Zeuge so schnell wie möglich rausgesetzt wurde, ja. Anscheinend wurde nicht einmal mein falsch angegebener Name überprüft. Offenbar wollte man mich am liebsten ganz vergessen. Man hatte mich als Trunkenbold eingesperrt. Sie müssen wohl das Korsakow Syndrom als Diagnose gestellt haben.«

»Stopp!« Der Untersuchungsrichter dachte nach und sagte dann zu seinem Mitarbeiter: »Schreib mal auf: Verständlichkeit im Zellenblock testen. Von zwei gegenüberliegenden Zellen muß die eine Tür ganz aufstehen, von der anderen nur die Luke. Auch die Sicht muß unter diesen Bedingungen getestet werden.« Und zum Techniker: »Weiter mit dem Band.«

Nach einigen Minuten ließ der Untersuchungsrichter das Band nochmals anhalten. Er wandte sich an Quispel: »Wer garantiert uns, daß Sie nicht das Opfer alkoholischer Wahnvorstellungen waren?«

»Die Wirkung des Alkohols war vorbei, trotz des Schlafmangels. Mir war übel, ich war krank, ich zitterte – aber der Rausch war vorbei. Sie dürfen nicht vergessen: Zwischen meinem letzten Glas und dem, was mit Kiliaan Noppen passiert ist, lagen volle dreizehn Stunden. Außerdem: Die verschiedenen toxikologischen Berichte bestätigen meine Beobachtungen doch? Im Gerichtslabor wurde entgegen der Absicht der Wärter kein Heroin in der Leber gefunden. Die Gewebeprobe der Leber, die für das Gegengutachten verwendet wurde, befand sich offenbar näher an der Stelle, an der die Nadel gesetzt worden war. Schlußfolgerung: Überdosis fast reinen Heroins! Aber ... nur in der Leber. Nicht im Blut. Nicht im Urin. Obwohl bei der ersten, vorläufigen Obduktion doch ›frische Einstichlöcher‹ festgestellt wurden! Es ist mir im übrigen ein Rätsel, Herr Richter – aber ich bin kein Pathologe –, wie man im Arm Einstiche finden konnte, wohingegen der Einstich beziehungsweise die Einstiche an der rechten Seite übersehen wurde beziehungsweise wurden. Wenn ich in diesem Fall noch als Interessenvertreter auftreten könnte, dann würde ich ganz sicherlich per einstweiliger Verfügung verlangen, daß die Leiche zum Zwecke einer weiteren Untersuchung exhumiert wird.«

»Damit, Meester Quispel, sind wir zu einem wichtigen Punkt gekommen. Wenn Noppens Tod mit Hilfe einer Überdosis inszeniert worden ist, woran ist er Ihrer Ansicht nach wirklich gestorben?«

»Sicher bin ich mir nicht, aber ich denke, an einer Gehirnverletzung.«

»Sie haben viel gesehen. Haben Sie auch gesehen, daß Polizeibeamte Kiliaan Noppen geschlagen haben?«

»Nein. Ich habe lediglich einen Schlagstock dicht an seinem Kopf vorbeisausen sehen.«

»Sie nehmen der Einfachheit halber an, gemeinsam mit bestimmten Elementen unserer Presse, daß ihm die Polizei einen Stupser verpaßt hat?«

»Ich habe nicht gesagt, daß die Gewalt von der Polizei ausgeübt wurde.«

»So? Ein Stein aus den eigenen Reihen also ...«

»Auch nicht.«

»Gut. Gehirnverletzungen infolge von Gewalteinwirkung, aber die Gewalt kam nicht von der Polizei und auch nicht von seinen Mitstreitern. Was bleibt dann noch übrig?«

»Übrig bleibt, was der Vater und ich bei unserem Besuch in Rijswijk ... natürlich als völlige Laien ... an Spuren am Körper vorgefunden zu haben glaubten.«

Petterøe's Blanding

Der Picknickkorb

So wie ein Hund seinen Knochen wieder ausbuddelt ... Der Satz ging ihm schon durch den Kopf, seit der Wecker ihn um vier Uhr aus dem Schlaf gerissen hatte und ihm der Grund für das frühe Aufstehen wieder einfiel. Es war einer jener Sätze, die, mehrmals innerlich ausgesprochen, sehr gut eine resigniert-traurige Stimmung zum Ausdruck bringen können und oft mit »ach« anfangen. »Ach, als ob ihr Auto zu einem Blechknäuel zusammengedrückt würde ... und sie ... Ein Blechknäuel, mehr nicht.«

Ach, so wie ein Hund ... So sangen die Worte in ihm, als er sich duschte, als er sich anzog und auch noch, als er in der Morgendämmerung durch die stille Waalstraat fuhr. »Ach, so wie ein Hund seinen Knochen wieder ausbuddelt ... und mit einem Satz zur Seite die Erde abschüttelt.«

Tief über der Amstel lag, hier, gleich außerhalb der Stadt, dichter Nebel: Das war das Federbett, das der Fluß mitzog, über sich zog, während er sich in unruhigen Krümmungen vom Licht des neuen Tages wegwand, um sich bald darauf um so härter an den Grachtufern der Innenstadt zu stoßen, wo sein Schlaf endete.

... *und kopfschüttelnd die Erde* ... Vor dem Gittertor, hinter dem zwei Polizeibeamte auf und ab gingen, hatten sich im Morgenlicht ein Dutzend Journalisten und Fotografen eingefunden. Mit schlafbleichen Gesichtern sahen sie zu, wie Quispel sein Auto abstellte, wie er mit einem Köfferchen in der Hand ausstieg. Ein Fotograf zog den Reißverschluß seiner Umhängetasche auf und zog eine Kamera heraus. Er drehte am Objektiv und drückte ab.

»Bildunterschrift: ›Als erster traf Meester Quispel ein, der ins Ge ... der ins Gefecht marschierende Anwalt der Familie Noppen‹.« Das war Quispels Namensvetter, der lange Journalist von *Nederland op Zondag*. »Guten Morgen, Meester Namensvetter. Ein perfekter Tag, um ein bißchen Archäologie zu betreiben, nicht wahr?«

»Ins Gerede gekommene« hatte er natürlich sagen wollen, dafür kannte Ernst ihn gut genug.

»Ich dachte, du wärst dir zu gut für die Feld-Wald-Wiesen-Berichterstattung.«

»Hier steckt Großes drin.«

Mit Don Quijote hatte der Journalist nicht nur die Länge und die Anfangsbuchstaben seines Namens gemein. Am Oudezijds Achterburgwal hatte er sich vor einem halben Jahr auf einen dunklen Mann von kleiner Gestalt gestürzt, der kurz zuvor einer jungen Frau nach einem Handgemenge die Handtasche entrissen hatte. Don Quispel warf den Räuber zu Boden und blieb, dessen Armmuskeln mit seinen Kniescheiben plattdrückend, auf ihm sitzen, bis die Polizei eintraf. Noch am selben Tag war der Journalist vor seinem Haus am Groenburgwal von ein paar Männern von deutlich größerer Gestalt als ihr Auftraggeber zusammengeschlagen worden. Sie waren nicht auf ihm sitzen geblieben, bis die Polizei kam. Während der viermonatigen Rehabilitationszeit (gebrochene Hüfte, zerquetschter Brustkorb) im Zonnehuis hatte er genug Zeit gehabt, sich zu überlegen, wie unklug es gewesen war, die Ehre und Sicherheit einer Frau gegen deren eigenen Zuhälter zu verteidigen.

Noch ein Auto kam an, das neben Quispels geparkt wurde. In dem Mann, der aus ihm stieg, erkannte Ernst Doctorandus Kunkeler vom Naturwissenschaftlichen Laboratorium in Leiden. Kameras klickten lustlos. Der Toxikologe wurde von einem der Polizeibeamten durch das Tor eingelassen. Alles schwieg. Unter den Schuhen des anderen Polizisten, der weiter auf und ab ging, knirschte der Kies. *So wie ein Hund* ... Erst jetzt entdeckte Quispel unter den Reportern und Fotografen Albert Egberts. Der einzige, der nicht verschlafen aus den Augen schaute, höchstens etwas müde. Wahrscheinlich war er direkt von seinem Arbeitstisch hierhergekommen. Sie entfernten sich beide ein paar Schritte von der Gruppe.

»Welch ungewöhnliche Zeit, Albert, und welch merkwürdiger Ort, um mich zu fragen, wie's um deinen Fall steht. Urteil in zwei Wochen. Prognosen wage ich nicht abzugeben.« Er empfand eine fast feierliche Fröhlichkeit. Was sollte er damit, an diesem Ort?

»Mein Fall interessiert mich nur mäßig, wie du weißt. Nein, ich wollte mal einen Blick hinter den Zaun werfen, sehen, wie so etwas abläuft. Aber sie halten den Betrieb den ganzen Tag geschlossen, habe ich gehört.«

»Thjum wieder?«

»Och, na ja ... das Thema beschäftigt mich schon seit diesem Herumgezerre von Mengeles Leiche. Ich weiß nicht, ob es lebensfähig ist.«

»Unter deinen Händen immer. Ich meine, wenn es um Thjum geht ...« Plötzlich wurde ihm erst so richtig bewußt, wieviel dieser Albert ihm bedeutete. Ernst spürte, wie dick der Kloß in seiner Kehle war, als er hinzufügte: »Thjum fehlt bei dir ja nie.«

»Thjum? Der müßte dann in diesem Fall der große Abwesende sein. Der verborgene Charakter, der erst durch die Worte anderer zum Leben erweckt wird und schließlich deutlicher gegenwärtig ist, als es die Spieler im Stück sind. ›Durch Abwesenheit glänzen‹ heißt es doch? Nun, er muß durch seine Abwesenheit so glänzen, daß die Anwesenden verblassen. Natürlich würde mit der Zeit eine Puppe oder so in Erscheinung treten. Eine sterbliche Hülle, nicht mehr. Ein Skelett mit einigen wenigen Resten. Wahrscheinlich würde sich bei einer anatomischen Untersuchung sogar herausstellen, daß die sterblichen Überreste gar nicht die von Theodor Schwantje sind. Auch wenn sein Name auf dem Grabstein steht. Daß sogar das aufgefundene Skelett nicht ihm gehört, wird ihn nur noch mehr glänzen lassen ...«

»Diesmal also keine Rolle für Thjum ...«

»Doch. Insofern ... Er spielt sich selbst. Auf die einzig

mögliche Weise: als großer Abwesender. Indem er großartig abwesend ist. Er existiert dank der Worte, die die Spieler ihm widmen. Er befindet sich in ihrer Mitte, aber nicht als Fleisch und Blut. Er ist viel mehr als Fleisch und Blut. Eine Seele, die sich von der Sprache nährt, die ich anderen in den Mund lege. Ich bin jetzt ganz dicht dran. Ich schreibe ihm keine Rollen mehr auf den Leib. Das hat zu sehr zum Jahrmarkt der Ehrung, des Gedenkens, gehört. Es war unecht: Jemand von seiner Gestalt mußte die Rolle übernehmen. Jetzt lasse ich ihn auftreten, ohne daß ein Double notwendig ist.«

»*So wie ein Hund seinen Knochen ausbuddelt* ...«

»Hä?«

»Vielleicht ein geeigneter Titel. Komm, schauen wir mal, ob der Portier dich reinläßt.«

Sie gingen zum Tor.

»Guten Morgen. Quispel ist mein Name. Anwalt der Familie Noppen. Und ... äh ... das ist mein Assistent.«

»O. Ich habe keine Instruktionen bezüglich eines Anwalts. Aber ich werde mal nachfragen.«

Der Polizist bewegte sich schleppenden Schrittes, als leiste der Kies den größtmöglichen Widerstand, in Richtung des dunklen Backsteingebäudes weiter hinten. Wieder näherte sich ein Auto auf der Straße entlang dem Fluß.

»Die Familie, wie's aussieht«, hörte Quispel hinter sich. In die Gruppe der Journalisten kam Bewegung. Ernst und Albert drehten sich um. Kurz hintereinander hielten zwei Autos. Aus dem vorderen stieg das Ehepaar Noppen, das noch einer dritten und einer vierten Person beim Aussteigen half. Kameras surrten, klickten. In einem Mann mit grauem Bart erkannte Quispel den Zahnarzt wieder, der bei ihm einmal eine Wurzelbehandlung vorgenommen hatte, als sein eigener Zahnarzt in Urlaub war. Mijnheer Noppen wurden mehrere Recorder entgegengestreckt.

»Sie werden jetzt ...«

»Nein. Dafür haben wir einen Zahnarzt.«

»Warum sind Sie dann trotzdem gekommen?«

»Um darauf zu achten, daß alles rechtmäßig vor sich geht.«

»Dafür haben Sie doch einen Anwalt?« (Das war Quispels Namensvetter.)

»Kein Kommentar.«

Auf Noppens Glatze schien die Haut gesprungen, wie nach einem Sonnenbrand. Rosa Punkte wechselten sich auf der gelbbraunen Haut mit Sommersprossen ab. Seine Frau trug unter einem schwarzen Regenmantel dasselbe Patchworkgewand wie im vorigen Jahr und dieselben Stiefel; die Haare hingen ihr in einem langen Pferdeschwanz auf dem Rücken. Sie war hager geworden. Noch immer glühte eine Röte auf ihren Wangenknochen, doch sie war nicht länger mädchenhaft und ein Zeichen von Gesundheit, sondern eher krankhaft. Wie gräßlich, sie in dieser jugendlichen Aufmachung sehen zu müssen.

»Eine Säge ... wofür brauchen Sie die?«

Die Frage war an den Mann gerichtet, der aus dem anderen Auto gestiegen war. Er nahm eine Handkreissäge und eine Kabeltrommel aus dem Kofferraum; eine Thermosflasche ragte unter seiner Achsel hervor.

»Sehen Sie, Mijnheer ... Eine Schatzkiste auf dem Meeresgrund wird manchmal von den Armen eines Tintenfischs festgehalten. Hier gibt es Baumwurzeln, die die Sache manchmal nicht hergeben wollen.«

»Schon nach einem Jahr?«

»Mijnheer: In unserem Beruf geht man auf Nummer Sicher.«

Der Mann stellte sich bereitwillig mit dem Werkzeug in der Hand vor den Fotografen in Positur.

»Noppen. Mit Gefolge.« Die Gruppe wurde ohne Probleme eingelassen. Als Kiliaans Eltern an dem wartenden Quispel vorbeikamen, ignorierten sie ihn. Natürlich, die Leute lasen auch Zeitungen. Sie hatten ihm zwar nicht offiziell mitgeteilt, daß sie auf seine weiteren Dienste verzichteten, aber ... *wie könnte er noch länger ihr Anwalt sein*? Eine Sache der Selbstverständlichkeit. Nur: Wie hatte er diesen

Aspekt so mühelos verdrängen können? Insgeheim mußte er damit gerechnet haben, daß seine reuevolle Zeugenaussage und seine weitreichende Ehrlichkeit ihm doch noch eine Art moralischen Kredit bei seinen Mandanten verschaffen würden, sogar bei den Noppens. Sie hatten sich noch nicht einmal so weit herabgelassen, ihm das Mandat zu entziehen. Es war selbstverständlich.

Was hatte er da zu dem Polizisten gesagt? »Anwalt der ...« Das stimmte nicht. Das war nicht in Ordnung. Er war hier als Zeuge, als zu befragende Person, nicht als Rechtsbeistand.

Der Polizeibeamte tauchte wieder in der Tür des dunklen Gebäudes auf. Er ging über den Kies, wie jemand mit bloßen Füßen über einen heißen Strand geht. Er öffnete das Tor. »In Ordnung. Den Weg da entlang. Bis Sie das Zelt sehen.«

Ohne viel zu sagen, gingen Ernst und Albert um das Gebäude mit dem spitzen Dach herum hinter dem Mann mit der Säge her. Vögel lärmten in den Bäumen und Sträuchern. Der Verkehr, ebenso unsichtbar wie die Vögel, röhrte bereits lauter auf der Rozenoordbrug hoch über dem Fluß, hatte jedoch noch nicht die übliche Lautstärke erreicht. Hinter ihnen näherte sich das dumpfe, platschende Geräusch von Füßen, die nicht in normalem Schuhwerk stecken.

»He, Herman ... Manus!«

Albert und Ernst wurden von einem schwer atmenden Mann in hohen Gummistiefeln überholt. Er trug in jeder Hand einen Spaten. Er holte den anderen ein und ging neben ihm weiter.

»Du nicht in Gummistiefeln, Manus?«

»Sie hatte mir solche abgetragenen Dinger hingestellt.«

»Sieh mal einer an ...«

»Klasse Zirkuszelt.«

»*Neunzehnhundertsiebenundachtzig/entfaltet alles voller Pracht sich*. Ob die Pfadfinder meinen, Manus, daß das Jamboree doch stattfindet?«

»Komm, wir nehmen sie mal auf die Schippe, Henkie. Wir

erzählen ihnen, daß man sie zum falschen Zeltplatz geschickt hat.«

Ein paar Männer waren damit beschäftigt, zwischen den Bäumen ein großes Zelt aus schmutzigweißem Segeltuch aufzuschlagen, von der Sorte, wie man sie im Garten einer Dorfkneipe während der alljährlichen Kirmes sieht und in denen dann zur Musik einer kleinen Kapelle getanzt wird. Die Noppens und ihre Begleitung schauten aus einiger Entfernung zu, fast amüsiert.

»Warum ein Zelt?« wollte Albert wissen.

»Als Sichtschutz, denke ich.«

Albert ging zu den gerade entrollten Seitenplanen, die vom letzten Gebrauch noch feucht waren. Er roch daran, beschnupperte größere Flächen und kehrte dann wieder zu Quispel zurück.

»Biergeruch und Zigarrenrauch. Gestern noch Dienst getan bei einer Goldenen Hochzeit.«

»So was eröffnet natürlich Perspektiven.«

»Langsam verstehst du, worum es geht, Dip. Das Interieur eines solchen gemieteten Tanzzelts als Kulisse ... Der Vorhang geht zweimal auf. Erst der eigentliche Bühnenvorhang. Blick auf das Zelttuch, dahinter die Umrisse von zwei Männern mit Schaufeln. Großen Schaufeln. Hamletartiger Dialog. ›He, Manus, weißt du, was bei einem Zahnarzt draufsteht? ICH FÜLLE HIER MEIN LETZTES LOCH.‹ Zum Beispiel. Schließlich geht auch dieser Vorhang auf, wenn einer der Kerle mit einer Schubkarre herauskommt. Siehst du's vor dir, Dip? Und dann ...«

Ganz in der Nähe raschelte und knackte es laut. Aus einer Baumkrone drang lautes Fluchen. Ein großer Ast schlug, ohne ganz abzubrechen, an seinen letzten Lebensfasern hängend, nach unten gegen den Stamm. Eine Kamera mit Teleobjektiv fiel zu Boden – und da war auch der Fotograf selbst: zuerst nur die Füße, die vergeblich Halt suchten in der Luft, und schließlich er ganz, aufrecht fallend. Beim Aufkommen sackte er in den Knien ein und landete unsanft auf dem Steiß.

So saß er da, mitten auf dem Sandweg, und starrte mit wenig erbautem Blick auf das Grün in seinen Fingern, das er während des Falls, in einem letzten Versuch, sich festzuhalten, samt dem Zweig mitgerissen hatte. Ein Metallring, der sich von der Kamera gelöst hatte, rollte über den Weg. Ein Polizeibeamter half dem Fotografen schweigend auf die Beine, woraufhin sich dieser, während er den Apparat inspizierte und den Sand wegblies, fügsam zum Ausgang führen ließ.

Das Zelt stand. Nun wurden Lattenroste hineingelegt und darauf Tische auf Böcken gestellt. Jemand schraubte eine Videokamera auf einem Stativ fest. Die zehn oder zwölf Klappstühle in der einen Ecke waren mit Pflöcken und rotweiß gestreiften Bändern, wie man sie auch bei Straßenarbeiten sieht, vom restlichen Raum abgetrennt. Die Gesellschaft Noppen nahm etwas unbehaglich Platz. Der Toxikologe und der Pathologe saßen bereits da, nebeneinander, flüsternd. Auch Quispel und Egberts wurde ein Platz hinter dem Band zugewiesen, doch sie blieben noch zögernd in der Zeltmitte stehen, als sie sahen, wie die Männer, die sich gegenseitig mit Manus und Henkie angesprochen hatten, einen großen rechteckigen Kasten ohne Deckel und Boden hereintrugen.

»Wohin mit dem Bettgestell?« rief Manus in Richtung der öffentlichen Tribüne.

»Einen Moment, meine Herren.« Der Pathologe eilte nach vorn, in der Hand eine Art dünnen Schürhaken, den er in dem freien Raum zwischen zwei Grabplatten in die Erde steckte. Aus einem mit Instrumenten gefüllten schwarzen Leinenetui nahm er etwas, das wie eine Kinderschaufel aussah.

»Er schaut, ob der Boden noch gefroren ist«, sagte Henkie leise.

»Ja, neulich sind wieder Erdbeeren erfroren. Die Törtchen bleiben dieses Jahr leer.«

Nach allen möglichen scheinbar rituellen Handlungen und gemurmelten Worten richtete der Pathologe sich auf und meldete mit erhobener Stimme: »Boden für geeignet befunden.«

Henkie und Manus legten ihre Kuchenform zwischen die

beiden Grabplatten und drückten sie, indem sie sich mit ihrem vollen Gewicht an den Rand hängten, etwa fünf Zentimeter weit in die Erde. Als Quispel genauer hinschaute, sah er, daß die Umrisse des Grabes ganz exakt mit dünner Schnur und Pflöcken markiert waren. Hatten die Totengräber den Stein schon vorher weggenommen oder gab es – ein Jahr danach – noch immer keinen Stein? Die beiden verließen das Zelt, kamen jedoch gleich wieder mit je einer Schubkarre herein.

»Lange her, seit ich auf einer Beerdigung war«, sagte Albert leicht abwesend. »Bestimmt fünfzehn Jahre, als mein Vater ...«

»Das hier ist keine Beerdigung.«

»Na ja, sozusagen ... Mein Vater lebt übrigens noch.« Er sagte es schnell, fast erschrocken.

»Und damals bei Thjum?«

»Da kam ich zu spät. Ich wurde, zunächst auf unbestimmte Zeit, in Neapel festgehalten. Sogar sein Grab in der Heilig-Landstichting habe ich nie ...«

»Meine Herren, wenn ich bitten darf.« Ein Polizeibeamter brachte sie zu ihren Plätzen. Auf einem der Tische wurde eine Stechuhr eingestellt und in dem Augenblick – genau um sechs – gestartet, als innerhalb des »Bettgestells« der erste Spaten in den Boden drang. Sämtliche Einzelheiten der Operation wurden außer von der Videokamera auf dem Stativ auch noch von einer zweiten Kamera auf der Schulter eines Polizeibeamten festgehalten.

Seit der Bestattung damals, mitten in der Nacht, war Quispel nicht mehr hiergewesen. Als guter Anwalt hätte er sich natürlich am nächsten Tag davon vergewissern müssen, ob, abgesehen von der nächtlichen Bestattung selbst, keine Unrechtmäßigkeit stattgefunden hatte. In der Tat stellte sich heraus, daß aufgrund der Eile und der ungewöhnlichen Zeit zumindest administrative Fehler gemacht worden waren. Bevor als Konsequenz von Quispels Enthüllungen eine genauere Untersuchung der tatsächlichen Todesursache – in

Rijswijk – erfolgen konnte, mußte erst zweifelsfrei festgestellt werden, daß Kiliaan Noppen und kein anderer, auch kein leerer Sarg, in diesem Grab ruhte.

Henkie und Manus gruben und schaufelten nicht etwa wild drauflos. Sie verstanden ihr Fach. Mit äußerster Präzision wurde jeweils eine zwanzig Zentimeter dicke Erdschicht vom Grab abgehoben, die, ohne daß auch nur ein Klumpen danebenfiel, in der Schubkarre verschwand. Als sie das erste Mal voll war, packte Manus die Griffe und fragte seinen Kumpel: »Gleich sieben?«

»Sieben, fragt er. Alter Goldsucher.«

Die Schubkarre kippelte beängstigend auf ihrem einen Rad.

»Was jetzt, sieben oder nicht sieben?«

»Hat dich das Goldfieber gepackt? Nein, hier braucht nix gesiebt werden, alter Quatschkopf. Das hier is ein frischer. Jedenfalls kein Gekrümel.«

Die Erde wurde in einer Zeltecke auf eine große Plane gekippt. In diesen ersten Berg wurde eine kleine Tafel mit Angaben gesteckt. Dann wurde weitergegraben und -gekarrt.

»Nein, Spaß beiseite, Herman. Neulich mußte einer rausgeholt werden, also, von dem war wirklich nix mehr übrig. Nee, nich hier in Kommervlugt. Da ham'se nur an 'nem gebrochenen Zeh und 'nem Zahn zuviel im Oberkiefer erkannt, daß er es war. Oder nicht war, was weiß ich.«

Die noch tiefstehende Sonne warf soviel Schatten von Ästen und Zweigen und Blättern auf die Seitenwand des Zelts, daß das Tuch wie marmoriert aussah. Quispel konnte die Augen nicht abwenden. Vielleicht weil die Wand ihn an den stumpfen Marmor einer alten Kirche erinnerte, nahm das sonore Summen des Verkehrs auf den beiden Brücken automatisch die Form eines Männerchors an. Quispel konnte den Chor jede gewünschte Melodie summen lassen. Eine Bach-Kantate ... Fragmente aus *Boris Godunow* ... Der suggestive Gesang, der an keiner Stelle schwermütig klang (im Gegenteil), wurde genährt von Schlafmangel, Ermüdung und von noch etwas – etwas Nichtgreifbarem.

Nach knapp anderthalbstündigem sorgfältigen Abtragen der Erde ließ Manus das Geräusch von Metall auf Holz hören. »Die Black box ist gefunden«, meldete er seinem Kumpel mit gedämpfter Stimme, der daraufhin dem Untersuchungsrichter Bescheid sagte.

»Mein Kollege ist ... wir sind auf den mutmaßlichen Gegenstand gestoßen, mein Kollege und ich.«

Während der Toxikologe etliche Bodenproben aus der unmittelbaren Umgebung des Sarges entnahm, da die Wahrheit durch die porösen Wände in die Erde gesickert sein konnte, traf der Bürgermeister in Begleitung des Polizeipräsidenten und dessen Pressesprechers The Face ein. Sie setzten sich zur Familie Noppen. Der Bürgermeister würdigte Quispel keines Blickes.

»Sie können ausgraben«, sagte der Untersuchungsrichter.

Eine letzte Schubkarre; der soundsovielte – numerierte – Erdhaufen.

Der Sarg wurde mit Hilfe durch die Handgriffe geschlungener Stricke heraufgezogen, wobei die Totengräber von zwei Polizisten unterstützt wurden. Das nicht ganz lautere Gefühl, das Quispel bei diesem Zurückfordern des Toten empfand, kam Triumph noch am nächsten. Ja, nur mit Triumph ließ sich vielleicht dem zerreißenden Gefühl des Ausstoßens und des Verrats begegnen, mit dem Quispel damals der frischen Grube mit dem Leichnam von Kiliaan Noppen den Rücken gekehrt hatte.

Der Sarg wurde von den vier Männern auf den Tisch gestellt. Was Quispel vor einem Jahr mit glänzendem Lack im Lampenschein der Friedhofshalle gesehen hatte, war jetzt stumpf wie vom Meer ausgelaugtes Wrackholz. Das Furnier, sofern nicht ganz verschwunden, lag in länglichen Blasen – wie eine Art Beulenpest – auf dem Fichtenholzuntergrund.

Der Untersuchungsrichter ließ sich das kleine Metallschild mit der Registriernummer des Sarges zeigen.

L 15828-1985.

Ein Vertreter von Kommervlugt bestätigte, daß sie mit der

Nummer übereinstimmte, die in seinen Unterlagen mit dem Namen Kiliaan Noppen verbunden war. Ein anderer Friedhofsbeamter, den Ernst insgeheim »den Zeremonienmeister« nannte, weil er nach einem geheimen Protokoll anderen ihren Platz und ihre Aufgaben zuwies, bat den Zahnarzt und »Mijnheer Quispel«, nach vorn zu kommen, um bei der Sargöffnung Zeuge zu sein.

Der Deckel, der sich nicht mehr abschrauben ließ, wurde mit Beiteln und einem Kuhfuß vom Sarg gestemmt.

Quispel hatte sich schon im voraus gegen alles gewappnet, auch gegen den Gestank, aber er war nicht auf das Bild der weißen Nylonkapuze gefaßt, die das halb verweste Gesicht umkränzte und kleiner wirken ließ und die völlig unversehrt und sauber geblieben war. Der tote Körper steckte in einer Art Schlafsack ohne Daunen, der mit der Kapuze eine Einheit bildete. Der Reißverschluß war bis zu der zwischenzeitlich verschwundenen Unterlippe, das heißt bis an die Wurzeln der unteren Zähne, hochgezogen. Die Kapuze nahm kaum weniger von seinem Gesicht weg, als es eine Sturmmaske getan hätte. Trotzdem erkannte Quispel in dem teilweise verwesten Gesicht sofort das von Kiliaan Noppen.

Auf der öffentlichen Tribüne machte eine Flasche Eau de Cologne die Runde.

Ernsts Vater hatte als junger Mann, nicht lange nach der Befreiung, in den Dünen die Leiche eines Fallschirmspringers gefunden. Das Detail der Behaarung war Ernst von seiner Erzählung noch am besten erinnerlich. »Fast schon ganz verwest, aber unter dem Loch, wo seine Nase gesessen hatte, wuchs noch so ein mickriger Schnurrbart. Ja, weißt du: Haare wachsen noch eine ganze Weile weiter, nachdem der Tod eingetreten ist.«

An diese Begegnung seines Vaters mit dem Tod mußte Quispel denken, als er auf den flaumigen Schimmel dünner Haare blickte, der auf Dr. Nops pergamentartigem Gesicht lag. Weiter hinschauen, wie man ihn gebeten hatte, aber sich nicht derartigen Gedanken hingeben. Er würde sie betäuben, mit anderen, angenehmeren vertreiben. Wie machte er das beim Zahnarzt, wenn er mit offenem Mund im Stuhl lag? Sich in seine besten Erinnerungen verkriechen, deren Bilder mit zunehmendem Schmerz schärfer wurden. Meist endete er zwischen den Schenkeln einer Frau, die er gekannt hatte: Jedes Detail, jede feuchte Falte, jede Pore bot sich ihm dar, bis hin zu einer bläulich durch die Haut schimmernden Haarwurzel ... Nichts schien ein besserer Balsam für seinen Mund zu sein als dieses von Haut und Haar eingerahmte zarte Fleisch ...

Der Zahnarzt jedoch, der dicht neben ihm stand, war hierherbestellt worden, um bei der Identifizierung einer Leiche zu helfen, und so kehrten Quispels Gedanken wieder zum Sarg zurück. Er versuchte seinen Ekel zu unterdrücken, indem er in dem Verkehrslärm die Chöre weitersingen ließ. Er sah den Verrichtungen des Zahnarztes zu, der sich jetzt über den Körper gebeugt hatte; die Nylonkapuze war vorsichtig gelöst worden, mit fast ebenso zärtlichen Gebärden wie denen einer Mutter, die ihrem Kind den Regenmantel ausziehen hilft. Ja, in solchen Assoziationen wollte er sich verlieren ... Es betäubte. Es half, die Zeit schneller vergehen zu lassen.

Wenn Ernst auf dem Heimweg von der Schule durch den Regen radeln mußte, trug er immer einen wasserdichten Poncho, der, um nicht hochzuwehen, mit Bändern am Lenker festgebunden werden konnte. Die Kapuze zog er mit den dafür bestimmten Schnüren so fest, daß ein Abdruck auf Stirn, Wangen und Kinn zurückblieb. Sein Poncho war aus einem anderen Stoff gemacht als die seiner Klassenkameraden: Beim Naßwerden und später beim Trocknen verströmte das Ding einen unangenehmen Geruch, der an auf der Haut verriebenen Speichel erinnerte. Am Rückenteil, der mit einem Band um die Taille festgebunden werden mußte, war ein Winkelhaken, so daß Ernst immer mit einem nassen Fleck im Bereich seines linken Schulterblatts nach Hause kam. Seine Mutter half ihm in der Küche, sich seines Ponchos zu entledigen. Sie hängte das Kleidungsstück zum Trocknen ins Bad, die Kapuze über dem Duschkopf, und so sah Ernst es manchmal noch am nächsten Morgen dahängen. Im Wohnzimmer tranken sie gemeinsam Tee. »Ich find, das sind gräßliche Dinger, diese Ponchos. Wenn man fällt, hängt man an seinem eigenen Rad fest. Man fällt obendrauf.«

So konfrontierte jede idyllische Erinnerung ihn letzten Endes doch wieder mit dem Tod, der hier vor ihm in einem Sarg lag. Nicht nachgeben. Den Blick starr auf die Leiche gerichtet halten, aber innerlich wegschauen. Der Zahnarzt hielt ein Röntgenbild von der Größe eines Dias gegen das Licht der Filmlampe. Ernst schaute mitten hindurch und sah die für ihn denkbar schönste Szene – in Farbe. Ein Picknick mit Zwanet und Cynthia in den Dünen.

Es war der 16. Mai, ein Freitag. Am kommenden Dienstag war der erste Geburtstag seiner kleinen Tochter. Er hatte einen großen Geldbetrag in der Tasche, fast fünftausend Gulden. Wenn die ganze Geschichte hier gleich vorbei war, würde er in der P. C. Hooftstraat, bei Millburry's, einen Picknickkorb für Tia kaufen – so einen, der auf die Rückbank eines offenen Sportwagens gehörte und bei dem Besteck und Porzellanteller mit Lederriemen an die Innenseite des Peddigrohrdeckels geschnallt waren. Silberne Becher. Ein schottisches Plaid – getrennt davon – an einem Tragriemen. Es sollte ein Geschenk fürs Leben werden. Sie würden es zu Pfingsten zu dritt einweihen ...

Der Zahnarzt wies den Pathologen auf Besonderheiten an dem größtenteils entblößten und braun gewordenen Gebiß der Leiche hin. Sie waren sich rasch darin einig, daß hier die sterblichen Überreste von Kiliaan Noppen lagen. »Wir können nach Rijswijk.«

Eine Viertelstunde später fuhr ein Leichenwagen vor. Die Totengräber luden einen glänzenden neuen Sarg aus, in den der verwesende Körper gelegt wurde. Der Pathologe kündigte für nachmittags um halb drei eine Pressekonferenz an. Ein Polizist wiederholte die Nachricht vor den Journalisten am Tor. Albert Egberts war verschwunden. Laut sangen die Chöre, und Ernst tastete durch die Kleider nach dem Bündel Banknoten in seiner Innentasche. Es mußte sich austoben, aber nicht hier in Amsterdam, wo das Unglück auf der Lauer lag. Irgendwo anders, weit weg. Aber wiederum nicht so weit, daß er keine Hilfe herbeirufen konnte, sollte es nötig sein. Nein, nicht mit dem Auto. Das konnte hier vor dem Eingang stehenbleiben.

Mit der Motorik eines Gehers eilte Quispel zur Endhaltestelle der Linie 25. Eine Straßenbahn kam gerade angefahren, die andere war im Begriff abzufahren. »Hauptbahnhof, wieviel Zonen sind das?«

Er würde nie vergessen, wie der Bürgermeister das Wort »Exhumierung« ausgesprochen hatte.

Dritter Pfingsttag

Vor Jahren hatte Quispel im Fernsehen eine Sendung gesehen, die Arthur Rubinstein gewidmet war. Darin erzählte der alte Pianist von seiner Angewohnheit, morgens beim Frühstück – nicht am Flügel, sondern im Geiste – irgendein Klavierkonzert zu spielen, das er oft gespielt hatte und daher gut kannte. Chopin, Schumann, Beethoven, Brahms ... und das Takt für Takt, unter Berücksichtigung aller Instrumente, bis hin zum Schlußakkord, ohne dabei seinen Kaffee kalt oder den Toast zäh werden zu lassen. Welch ein Gehirn – aber das war noch nicht alles. Wenn der Maestro während des Frühstücks gestört wurde, zum Beispiel durch das Telefon, dann stellte sich heraus, daß das Klavierkonzert nach einem konzentrierten Gespräch von, sagen wir mal, einer Viertelstunde in seinem Kopf einfach weitergegangen und um genau diese Viertelstunde vorangekommen war, so daß der Pianist den Faden seines imaginären Spiels einfach wieder aufgreifen konnte, wenn auch diesmal mit abgekühltem Kaffee und zäh gewordenem Toast.

War es möglich, daß seine durch die Entführung und die Vernehmung abrupt abgebrochene Euphorie in der Tiefe seiner Seele *con sordino* fortgewirkt hatte? Ja, die Musik war noch da, nahm an Lautstärke zu, näherte sich nun aber rasch einem Höhepunkt.

Melancholie bei Männern, so hatte Quispel entdeckt, hatte auf Frauen die gleiche Wirkung wie übler Geruch. (Eine Ausnahme bildeten die Frauen, für die so ein deprimierter Mann ein gefundenes Fressen war. Die holten sich sozusagen einen vorbehandelten Kerl ins Haus, einen, den sie nicht mehr zu unterwerfen brauchten; sie konnten ihn mit ihrer Schmalspurpsychologie bemuttern und tyrannisieren, um ihm wieder auf die Beine zu helfen.)

Ein geheimes – aber sichtbares – Glück, nichtoberflächliche Fröhlichkeit machten einen Mann, so seine Erfahrung, für Frauen anziehend. Allerdings hatten sie oft ein feines Gespür für den Unterschied zwischen echter, entwaffnender Gutgelauntheit und einer forcierten, gespielten. Letztere konnte nie ansteckend wirken, konnte nicht mehr sein als die Tarnung von Schwermütigkeit und Unsicherheit.

Erst die Ansteckungsfähigkeit seines Glücks machte Quispel für Mädchen anziehend. Er mußte sie mit Fröhlichkeit infizieren. Das brauchte nicht unbedingt in einem Gespräch zu geschehen. Oft war es ihm während seiner Periode im Zug oder in der Straßenbahn passiert: Ohne selbst Augenkontakt gesucht zu haben, merkte er, daß eine Frau oder ein Mädchen ihn ansah, oft eindeutig gegen ihren Willen, fasziniert, gefesselt, neugierig ... Während des restlichen Jahres passierte ihm das selten oder nie.

Ein solches Mädchen saß im Zug nach Groningen, voll stiller Anbetung. Ein blasses, jungenhaftes Gesicht, ungeschminkt. Plötzlich stand sie auf, um zur Toilette zu gehen. Sie kam nicht wieder. Bestimmt schon eine halbe Stunde war sie weg, als die Fahrkarten kontrolliert wurden. Auf der Plattform zwischen zwei Wagen, die Quispel von seinem

Platz aus sehen konnte, wartete der Schaffner eine Weile vor der verschlossenen Toilette, klopfte, bekam aber keine Antwort. Schließlich öffnete er die Tür mit einem Spezialschlüssel. Quispel sah das Mädchen, gefolgt vom Schaffner, in den Wagen zurückkehren. Sie hatte ein rotes Gesicht und blickte eher ratlos als peinlich berührt zu Boden. Kein gültiger Fahrschein? Noch immer peinlich errötend, zeigte sie ihre Karte vor, wobei sie es vermied, den Mann anzusehen. Erst als Quispel selbst auf die Toilette mußte, erkannte er den Grund für ihre Verlegenheit. Auf der Klappe unten im Trichter lag eine Damenbinde. Nein, sie lag nicht: Als Quispel am Griff zog, um sie hinunterzuspülen, und die Klappe nach unten aufging, zeigte sich, daß die Binde mit ihren eigenen Klebestreifen festgeklebt war. So fest Quispel auch am Griff zog, sie wollte nicht fallen. Inzwischen war sie durch das viele Spülwasser monströs aufgequollen. Ernst konnte sich vorstellen, wie das Mädchen verzweifelt versucht hatte, das Ding verschwinden zu lassen, und in die Intimität dieses Kampfes war dann der Schaffner eingedrungen ... Mittlerweile füllte die Binde den Toilettenraum völlig aus, drückte das Mädchen am Spiegel fast platt und quoll hinaus, den Schaffner zurückstoßend ... Sie absorbierte alle Aufmerksamkeit, alle Blicke, jedermanns Mißbilligung und wurde so noch größer, nasser, unförmiger.

Als Quispel ins Abteil zurückkehrte, schaute das Mädchen noch immer beschämt zu Boden. »Jetzt hat er es auch gesehen.« Die Blicke, die sie zuvor gewechselt hatten, verursachten nun eine unerträgliche Spannung. Warum ging er nicht zu ihr, um sie zu trösten und zu beruhigen? Seine Zurückhaltung konnte nach all den innigen Blicken nur als Mißbilligung gedeutet werden. Reichte es ihm? Brauchte er nicht mehr als den Spalt, den ihre Seele bereits gezeigt hatte?

Seine tiefe Fröhlichkeit, die echte, mußte deutlich – und nicht nur in einem Lächeln oder Augenaufschlag – äußerlich sichtbar sein als die Summe seiner Gesten, Posen, Blicke. Leute konnten jemandem fasziniert, neugierig zuschauen, der sich insgeheim über etwas freute, und dabei den Reflex zeigen, mit seinem plötzlichen, unwillkürlichen, an niemanden im besonderen gerichteten Lächeln mitzulächeln. Noch unwiderstehlicher mußte der von einem Menschen ausgehende Impuls sein, auf dessen Gesicht sich nicht nur ein zufälliges, inneres Vergnügen spiegelte, sondern eine ganze innere Welt, ein brausendes inneres Meer an Glück und Fröhlichkeit.

Auf diese Weise kostete es Quispel, der sich sonst ziemlich unauffällig durchs Leben bewegte, wenig Mühe, die Blicke von Frauen (und von Männern, doch das waren in der Regel andere Blicke) auf sich zu ziehen. Es kam nicht durch die Art, wie er sich kleidete: Seine Kleidung war nicht so sehr die Ursache als vielmehr die Bestätigung dieses ungewohnten Interesses an seiner Person, ungefähr so, wie eine Diva sich schön anzieht, um sich für das hysterische Interesse zu »revanchieren«, das ihr wahrscheinlich ohnehin zuteil würde. Die Frauen kamen oft von allein auf ihn zu, da sie seine Bravour erkannten, sich begierig an seiner strahlend-frechen Laune labten.

Der Mann, der tief durchatmend über eine Angstschwelle trat, ein Zögern überwand und mit einstudiert selbstsicherem Gesichtsausdruck – nicht zu schnell, nicht zu langsam – auf eine Frau zuging, der war nichts für sie. Sie würde das ängstliche Sich-in-die-Brust-Werfen sogleich erkennen, die Unsicherheit riechen. Sie leckte Blut und ließ ihn fallen. Die gesunde Selbstgefälligkeit, die unbefangene Kraft, das Nichtflehende, Nichtzurückscheuende ... all das roch eine Frau auch, und sie würde so lange herummanövrieren, von einem Barhocker zum nächsten rutschen, bis sie sich in der Nähe der Quelle befand.

Im *De Drie Gebroeders*, am Grote Markt, wartete Quispel auf den Bus nach Lauwersoog, der nur wenige Male am Tag fuhr. Er hatte keine Eile. Lieber wäre er gar nicht weitergefahren. Groningen war die letzte Stadt auf dem Weg nach

Norden, die den Anforderungen seiner Periode noch in etwa genügte. Genug Labyrinth, um ihn zu verschlucken.

Es war drei Uhr. Das Publikum bestand in erster Linie aus Gymnasiasten. Ein Junge sang Tophits am Klavier. Es wurde viel mehr geraucht als in einem ausschließlich von Erwachsenen besuchten Lokal, während der Ober an den überfüllten Tischen jeweils höchstens zwei Bestellungen auf seinem ovalen Tablett zu servieren brauchte. Am Lesetisch, an dem Ernst saß, wurde nicht gelesen, nicht gelernt, sondern geredet, gedeutet, gespäht. Über so viel Jugend entzog der Nebel aus Zigarettenrauch die alten Gemälde und den matten Kronleuchter fast den Blicken.

Verliebtheiten wurden von Tisch zu Tisch signalisiert.

Dies war die Umgebung, in der seine Stimmung gedeihen konnte. Aber das durfte sie nicht, denn auch die andere, die nachfolgende schlechte Stimmung, gedieh hier nur allzugut. Er mußte in Quarantäne. Er durfte einen ganzen Picknickkorb verschlingen, doch ein Picknick hielt man nun einmal nicht in der Stadt ab. Hinaus …

Sofern Gefühle des Bedauerns ihn jetzt noch erreichen konnten, stand Ernst mit Bedauern im Herzen auf, um zum Busbahnhof zu gehen.

Die Straße wurde schlechter, die Reise holpriger. Quispel saß direkt über den Hinterrädern und bekam bei jeder Unebenheit einen Tritt in den Hintern, aber obwohl der Bus von einer Haltestelle zur nächsten leerer wurde, wechselte er den Platz nicht. Es war ihm nicht unangenehm, so hochgeworfen und durchgeschüttelt zu werden.

Langsam wurde auch die Landschaft leerer. Die Dörfer wurden kleiner, die Bauernhöfe dagegen größer, aber sie lagen immer weiter voneinander entfernt – bis es schließlich gar keine Dörfer oder Bauernhöfe mehr gab, sondern nur noch verlassenes Schilfland. Der Bus näherte sich der Nordküste des Landes, über der die gepunktete Linie der Watteninseln vage den äußersten Norden angab. Dazwischen weder Land noch Meer: die wahre Substanz der Niederlande beziehungsweise »die alte Sumpfmöse«, wie Albert sie mal genannt hatte.

Die Fähre fuhr von Lauwersoog aus in den Nebel hinein. Quispel ging alles zu langsam. Er hatte im *De Drie Gebroeders* angefangen zu trinken (beziehungsweise, er hatte das Trinken dort wiederaufgenommen), und auf dem Schiff konnte er nichts Stärkeres als Bier bekommen.

Als er am Nachmittag von Groningen aus im Hotel angerufen hatte, um ein Zimmer zu reservieren, hatte man ihm gesagt, er solle nach dem Anlegen am Veerdam nach einem »großen, schwarzen Amerikaner« Ausschau halten. Tatsächlich stand auf dem Parkplatz ein langer, schwarzer Schlitten und daneben, im schwarzen Anzug, ein etwas mürrischer Mann, der sich als der Hotelbesitzer vorstellte.

Er hatte Glück. Er hatte kein Glück. Es war ein wenig wie in dem Gedicht »Der Gärtner und der Tod«. Ernst landete mitten in einem Fest.

Die meisten Pfingstgäste würden erst am Samstag eintreffen: Im großen 18. Jahrhundert-Speiseraum des *Hotels Starkenborgh* aßen außer Quispel nur zwei überarbeitete Ferngesichter und eine junge Frau, die ganz allein drei Tische weiter, mit dem Gesicht zu ihm, saß. Sie hatte hellblaue Augen, die bei ihrem dunkelbraunen Haar gut zur Geltung kamen. Doch all die Schönheit oberhalb der Nase wurde durch eine Art Delle unter der Unterlippe in Kombination mit einem zu spitzen Kinn teilweise wieder zunichte gemacht, wodurch der untere Teil ihres Gesichts etwas Eingefallenes und Altjüngferliches bekam. Ein Omakinn ohne Furchen, Warzen oder Härchen. Nur von der Seite, wenn das Licht voll, ohne Schatten auf ihr Gesicht fiel, gab sie nichts von diesem weniger schmeichelhaften Zug preis.

Die Kalbsleber war angebrannt, und ansonsten war der Tisch überhäuft mit Schälchen grob bearbeitetem Gemüse und auf dreierlei Art zubereiteten Kartoffeln: gekochten, gebratenen und fritierten. Ernst stocherte hier und da mit der Gabel in einer Schale herum und beschränkte sich sonst auf den – ausgezeichneten – Saint-Julien. Da er gleich nach seiner Ankunft in der alten Schankstube des *Starkenborgh* die schlimmste Unruhe mit fünf oder sechs klirrenden Wyborowas verjagt hatte, konnte er den Wein jetzt ohne allzu große Gier genießen. Cynthias Picknickkorb war das reinste Füllhorn.

Ernst wollte gern irgendeinen Toast auf seine Tochter ausbringen und erhob zu diesem Zweck sein Glas in Richtung der jungen Frau (er schätzte sie auf vierundzwanzig), die gerade wieder in seine Richtung schaute. Es brachte sie in Verwirrung. Sie drehte ihr Weinglas, das noch verkehrt herum neben ihrem Teller stand, um und erhob es mit einem Schulterzucken. (»Sorry, kann nicht anstoßen.«) Ernst stand auf und ging mit der Flasche zu ihrem Tisch.

»Ein halbes ...«

»Nachher ein Kaffee mit Kognak? Hier gegenüber, in der *Tossbar*?«

»Hm ... äh. Gut, warum nicht. Ja, prima.«

Bis sie gemeinsam das Hotel verließen, wußte Quispel, daß die junge Frau Madelon hieß und sich ihren Unterhalt als Fotomodell verdiente. Draußen – es war noch hell – wurde ihre Aufmerksamkeit auf lauten Trubel aus der Richtung des Gemeindehauses gelenkt. Ernst hatte es eilig, in die Kneipe zu kommen, aber Madelon sagte: »Laß uns mal schauen.«

Sie gingen zu dem, was der Dorfplatz sein mußte. Unter reger Anteilnahme der anderen waren dort zwei junge Männer dabei, einen Korb oder Korbkäfig mit – dem ängstlichen Geraschel nach zu urteilen – einem Huhn an der Spitze eines Fahnenmasts zu befestigen, den man zu diesem Zweck umgelegt hatte. Nachdem vier Frauen den Mast mit grüner Seife eingeschmiert hatten, wurde er mit dem an der Spitze baumelnden Korb wieder aufgerichtet, woraufhin der Drehmechanismus verriegelt und versiegelt wurde.

»Nicht schön, aber laut«, sagte jemand, als die örtliche Musikkapelle zu spielen begann.

Quispel erkundigte sich links und rechts, doch über den genauen Hintergrund des Rituals konnte ihm keiner so recht Aufschluß geben.

»Es ist eine Tradition.«

»Jedes Jahr zu Pfingsten wird ein Hahn oben auf den Mast gesetzt.«

»Ja, und der kann dann das ganze Wochenende lang da oben protestieren.«

»Es wird wohl irgendein alter heidnischer Brauch sein«, sagte Ernst, während er Madelon am Ellbogen in Richtung *Tossbar* führte. »Um den Göttern die Fruchtbarkeit der Saat abzutrotzen.«

»Ich dachte, die fangen hier Fisch.«

Jedenfalls war damit zumindest ein heidnisches Trinkfest verbunden – am Dienstag nach Pfingsten, wenn der Hahn, völlig durchgedreht, wieder heruntergeholt wurde. Und wenn dieser »Dritte Pfingsttag«, wie das Gelage hieß, allseits gut angekommen war, dann wurde – vor allem, um den größten Schluckspechten die Möglichkeit zu bieten, trinkend wieder auf die Beine zu kommen – manchmal noch ein vierter drangehängt.

Ob er nun in tiefem Rausch lag oder nicht, während dieses ganzen langen Pfingstwochenendes schaffte das Hahnengeschrei es, bis zu Quispels Gehirn durchzudringen, egal zu welcher Stunde. Es handelte sich nicht nur um den verängstigten Hahn dort oben auf dem im Seewind hin und her schwankenden Fahnenmast, an den das Seil klappernd schlug, als wäre es ein Schiffsmast, sondern auch um die umwohnenden Hähne, die früher schon mal an der Reihe gewesen waren und für den Rest ihres Lebens verhunzt und verstört sein sollten, was sich unter anderem darin äußerte, daß sie aggressiv auf die Hühner einhackten. Alles Dritter-Pfingsttag-Veteranen.

Wenn er nachts ins Hotel zurückkehrte, sah Ernst manchmal Jungen, die sich vergeblich bemühten, den eingeseiften Mast zu erklimmen. Erst in der Nacht vom zweiten auf den dritten Pfingsttag gelang es einem, den Korb zu erreichen und den Hahn gegen ein weißes Huhn auszutauschen – eine tolle Leistung, denn mit dem Huhn auf dem Hinweg und dem Hahn auf dem Rückweg konnte er beim Klettern nur eine Hand benutzen. Der Hahn wurde irgendwo in den Dünen versteckt; für den Rest der Nacht war es relativ ruhig.

Gerade noch rechtzeitig, vor Anbruch des dritten Pfingsttages (sonst wäre die Ernte mißraten, oder der Fischfang), wurde das Huhn entdeckt und durch einen neuen Hahn ersetzt. Der alte blieb unauffindbar.

Petterøe's Blanding

Ernst öffnete die Augen. Das erste, was er vom neuen Tag zu Gesicht bekam, war vom denkbar lieblichsten Blau, auch wenn er nicht gleich erkennen konnte, was es darstellte: Auf seinen Augen lag ein trüber Film. Vorläufig genügte ihm die Farbe dieses formlosen Flecks dicht vor seinem Gesicht. Es gab ihm ein kindlich frohes Gefühl. Eine kleine Freudenexplosion in der Herzgegend. Es mußte genau das Blau sein von irgend etwas aus seiner Kindheit. Einem Spielzeug oder dem Kleid seiner Schwester.

Im nächsten Augenblick biß das Kind, als das er sich kurzfristig gewähnt hatte, buchstäblich in den Staub. Sein Mund war voller Sand. Es war kein Speichel da, um ihn auszuspucken. Sogar ein mißlungener Schluckversuch tat schon so weh, als schneide ihm eine Rasierklinge durch den Kehlkopf. Tränen traten ihm in die Augen, wodurch sein Blick etwas klarer wurde.

Dicht vor ihm, teilweise im weißen Sand versunken, sah er die Dose, deren Himmelblau ihm beim Aufwachen in die

Augen gesprungen war. Darauf war ein abscheulicher Hund abgebildet, eine kleine Bulldogge, die ihn direkt ansah.

PETTERØE'S BLANDING 3
SIGARETTSNITT

Es schien, als werde er erst durch das kleine Scheusal auf seine Kopfschmerzen, seine Übelkeit, seinen geräderten Zustand aufmerksam gemacht.

Rings um die Dose: Sand. Weißer Sand. Sein Hals war steif, aber auch wenn Ernst den Kopf, so weit es ging, hob, sah er nichts anderes als ebendiesen Sand – grauweiß und gleichzeitig so hell, daß es ihn blendete. Um sicher zu sein, daß es keine Sinnestäuschung war, versuchte er, danach zu tasten. Seine Hand hing wie ein geschwollener Klumpen schwer an seinem lahmen Arm: Er mußte mit dem ganzen Gewicht auf diesem Arm gelegen haben, so daß die Durchblutung abgeschnürt war. *Paralisi d'amore* nannte Zwanet das in ihrer Anfangszeit, wenn sie mit dem Arm unter Ernsts Hals oder Taille eingeschlafen war und beim Aufwachen kein Gefühl mehr darin hatte: »Liebeslähmung«. Wenn es in späteren Jahren dann und wann wieder vorkam, mußte Zwanet nach dem Wort suchen. Sie vertat sich dann und sprach von »Parfait-Amour«, der Name eines Likörs. Ach, Zwanet, hier liege ich nun. Allein. Es kann nicht mal eine Liebeslähmung sein.

Um das Blut wieder in Fluß zu bringen, versuchte Ernst, mit der abgestorbenen Hand Klavier zu spielen, doch seine Finger fühlten sich an wie ein Bündel Stopfwürste. Es gelang ihm nicht einmal, den Arm vom Sand zu heben – sofern es überhaupt Sand war und keine Sinnestäuschung. Ernst wälzte sich herum, so daß seine andere Hand, in der noch ein Rest an Tastsinn erhalten schien, in den Sand greifen konnte. Er fühlte sich kühl an, nicht feucht, ungefähr so, wie sich der Strand im Sommer, frühmorgens, mit nackten Füßen anfühlt. Er hatte sich also nicht geirrt: Die scheuernde, speichelsaugende Substanz, mit der seine Mundhöhle ausgekleidet war, mußte feiner Sand sein. Wenn er die Kiefer bewegte, knirschte es laut in den Ohren.

Jetzt, wo er auf dem Rücken lag, konnte er den Himmel sehen. Die hellgrauen Wolken ließen viel zuviel grelles Licht durch. Es stocherte in seinem Kopf, jagte ihm Schmerzen die Schläfen hinunter. Ernst schloß die Augen. Merkwürdig: Er befand sich am Strand, doch das Meer war nicht zu hören. Dafür hörte er Möwen, doch auch die schienen unwahrscheinlich weit weg. Als ob ihr Geschrei von der anderen Seite der Insel käme.

Ernst wußte, daß es seine Übelkeit nur noch verstärken würde. Trotzdem richtete er sich auf, auf die Ellbogen gestützt, von denen der eine noch immer gefühllos war, wenngleich etwas darin vom hindurchströmenden Blut zu kribbeln begann. Ekelhaft. Sand bis zum Horizont, wo Pünktchen von Möwen anzeigten, daß dahinter das Meer lag. Er sah sich um, mit zunehmenden Kopfschmerzen; es schien seinen Nacken zu brechen. Überall, soweit das Auge sah, derselbe ekelerregende Sand. Ganz in der Ferne konnte Ernst undeutlich die Dünen mit ihrem dunklen Rand erkennen.

Auf einmal wußte er: Er befand sich irgendwo mitten auf dem »Rif«, dieser schwindelerregenden Sandfläche, vor der er bereits am ersten Tag seines Aufenthalts in einer Art unvermuteter Agoraphobie zurückgeschreckt war. Ernst hatte sich geweigert, einen Fuß darauf zu setzen – und jetzt lag er mittendrin, Hunderte von Metern entfernt von jeglicher Unebenheit, jeglicher Vegetation, jeglichem Schutz. Mit einer blauen Zigarettendose als einziger Gesellschaft. PETTERØE'S BLANDING.

»Schau«, sagte er mit kehliger Stimme, an der seine sandige Zunge nicht beteiligt war, »ich bin hier, das steht fest. Ich liege hier im Sand, also muß ich auf irgendeine Weise hierhergeraten sein. Fragt sich nur: wie?«

Das Loch in seinem Gedächtnis schien ebenso groß und schwarz, wie das »Rif« weitflächig und weiß war. Immerhin erinnerte sich Quispel, was Tjarko von der *Tossbar* vor ein paar Tagen zu ihm gesagt hatte: »Im Sommer, mit den ganzen Deutschen hier, also, dann kann ich nach der Arbeit nicht gleich ins Bett. Ich würde nur rumwühlen und mich verrückt machen. Nein, dann radel ich so gegen drei mit einer Flasche Martini auf dem Gepäckträger zum Westerplas. Da lege ich mich auf eine Bank, gluckgluckgluck, und von dem Moment an können von mir aus die Vögel loslegen. Mann, da werde ich dann ganz ruhig. Wirklich ganz ruhig.«

Wenn das das »Rif« war, dann mußte der Westerplas irgendwo hinter den Dünen liegen. Konnte es sein, daß er da in der vergangenen Nacht mit Tjarko schon mal auf die kommende Hochsaison getrunken hatte? Es kam ihm nicht undenkbar vor, daß er beim Barkeeper auf dem Gepäckträger mitgefahren war, von links nach rechts schwankend, unter der einen Achsel den Martini und unter der anderen eine Flasche Moskovskaya, von dem Tjarko eigens für ihn auf dem Festland anderthalb Dutzend besorgt hatte. Konkrete Erinnerungen waren es nicht.

Sand. Er war sogar in Mund, Nase, Ohren und Augenwinkel gedrungen. Ernst versuchte ihn mit den Fingernägeln von Zunge und Gaumen zu kratzen, aber sobald er auch nur mit der Fingerspitze über die Lippen kam, überfiel ihn schon Brechreiz, und das durfte nicht sein. Brechen war Zugeben, Gestehen; es bedeutete die Kapitulation. In ihm steckten zwei bösartige Hände, zwei lästige Klauen: Die eine, auf seinem Hirn, drückte nach unten, die andere stieß von unten gegen den Magen. Zwei Hände, die sich aufeinander zubewegten und nichts lieber täten, als sich zu fassen.

Er mußte den Wodka mit Tjarkos Martini gestreckt haben, anders konnte er sich diese extreme Übelkeit nicht erklären. Vor Jahren, noch in seiner Studentenzeit, war er einmal unter ähnlichen Umständen auf einer Wiese am Fuße einer hohen Hecke wachgeworden. Hinter der Hecke, durch die man nicht sehen konnte, war jemand dabei, leere Flaschen zu zertrümmern. Das Geräusch zerbrechenden Glases, das mit einem Hammer oder einem Stück Holz zusätzlich noch in ganz kleine Scherben zerschlagen wurde, hatte seinen schmerzenden Kopf so angegriffen, daß Ernst den Magen auf dem Gras hatte umstülpen müssen. Er konnte nicht mehr aufhören. Das knirschende Glas reizte direkt seinen Magen und die Speiseröhre.

Das Pulverisieren von Glas hatte seitdem nicht mehr aufgehört. Quispel brauchte sich nur umzuschauen. Er lag todkrank mitten in einer Wüste aus allerfeinsten Glassplittern: weißem Sand. Und obwohl er sich so ruhig verhielt, griff es seinen Kopf und Magen nicht weniger an als vor fünfzehn Jahren.

Schlimmer jedoch noch als diese Sandfläche war die Leere, die auf ihr lastete. Die Leere beinhaltete vor allem die erdrükkende Abwesenheit der Stadt. Soweit war es also mit Ernst Quispel gekommen. Seine alljährlichen Flitterwochen neigten sich dem Ende zu, aber nicht länger standen hohe Häuser schützend um ihn. Er konnte sich nicht mehr in das Labyrinth verkriechen, um seine Wunden zu lecken und den Kater auszukurieren. Wenn Stimmen auf ihn einzureden begannen, hatten sie in dieser sacht rauschenden Stille freies Spiel; sie konnten nicht von Straßenbahnen und Sirenen und Marktgeschrei übertönt werden. Verstecken war nicht möglich: Hier kroch er auf einem riesigen, blendend weißen Spiegel umher, wie eine Fliege, die danach schreit, auf dem Glas totgeschlagen zu werden und Auge in Auge mit sich selbst zu sterben. Ein Tropfen Blut, nicht viel größer als der Fliegendreck daneben, das wäre alles, was auf dem Spiegel übrigblieb ...

Indem er seine Trinkperiode sich vorsichtshalber außerhalb der Stadt austoben ließ, hatte er sich erst richtig in Gefahr begeben. Ein Kode war verletzt. Nur die Stadt konnte das Brautbett seiner Flitterwochen sein. Alles war in diesem Jahr anders als sonst. Sein Kniefall vor dem Alkohol hatte diesmal nicht die Unausweichlichkeit früherer Male gehabt. Gut, diese Sache mit Cynthia war dazwischengekommen, wodurch das Bedürfnis »in den Untergrund« ging, um ihn Wochen später doch noch auf die Knie zu zwingen. Doch die

Angst vor dem unkontrollierten Ablauf hatte sich von seinen Glücksgefühlen nicht verjagen lassen, so daß ebendiese Angst ihn auf die Watteninseln getrieben hatte. Ein weiterer Hinweis, daß die Euphorie an Kraft verloren hatte.

Seine Gedanken führten eine Art Getschilpe in seinem kranken Kopf auf. Sie kamen zu viert, zu fünft, sich gegenseitig beiseite drängend, an Schrillheit übertönend. Gedanken, die hoch pfeifend mitten in einem Argument begannen und abrupt wieder abbrachen. Sie wurden von seinen Kopfschmerzen verzerrt, und seine Kopfschmerzen nahmen durch deren Auftreten an Heftigkeit zu. Ja, der Morgen begann mit dem Pfeifen der Vögel.

Diesmal hatte auch nicht die Euphorie und ihre Verbreitung im Mittelpunkt gestanden. Seine Fröhlichkeit wirkte viel weniger ansteckend als sonst. Okay, am zweiten Abend seines Aufenthalts gelang es ihm noch, in der *Tossbar* ein Mädchen für sich zu begeistern. Sie hatte Roman Polanskis Jungengesicht, in dem aus einer aufwärts zeigenden Nase zwei große Nasenlöcher ihn direkt ansahen – schwärmerisch, hätte er fast gesagt. Es rührte ihn. Er schaute ihr innig tief in diese beiden Höhlen. Immer inniger, und weil er auf diese Weise ihr größtes Handikap betonte, hatte Quispel das Mädchen auf die Dauer nervös gemacht. Als er nach der letzten Runde dann auch noch fragte, ob »meine kleine Polanski« in sein Hotelzimmer mitkäme, wurde sie sehr traurig. Ohne zu antworten, war sie von ihrem Barhocker gerutscht. Er fand sie wieder – allein – an einem Tisch hinten im Raum, wo sie mit dem Gesicht in den Händen dasaß.

»Hör zu. Ich habe damit nur gemeint, daß du im zweiten Bett in meinem Zimmer schlafen kannst. Und wenn dann ... heute nacht ... zum Beispiel deine Hand aus dem Bett hängen würde, dann würde ich sie festhalten. Das ist alles. Mehr nicht. Wirklich.«

Die kleine Polanski erwiderte nichts. Ja, doch: »Typen wie du können andere nur down machen.«

Nein, von Anfang an war es hauptsächlich Trinken um des

Trinkens willen gewesen. Die Euphorie als Folgeerscheinung hatte viel zu schnell die Euphorie als Ursache besiegt, was sämtlichen ungeschriebenen Gesetzen seiner Dipsomanie widersprach. Es galt, sie sich austoben zu lassen. Eine praktische Maßnahme, um wieder in den Alltag zurückkehren zu können.

Was konnte passiert sein, daß seine kostbare, zeitweilige Fähigkeit, Glück zu erzeugen und weiterzugeben, im Schwinden begriffen war?

Drei Wochen lang ein blinder Exzeß, und für den Rest des Jahres hatte Quispel Zeit, sich über diesen Exzeß zu wundern, zu erregen. Im Grunde beschäftigte er ihn bewußt noch etwa zwei, drei Monate, jedenfalls lange genug, um das Geschehene zu analysieren, zu erklären, dem Mechanismus hinter dem periodischen Rückfall auf die Spur zu kommen.

Ernst hatte die Ursache lange Zeit ausschließlich in dem gesucht, was er als seine »geistige Spannkraft« bezeichnete: den krankhaften, selbstauferlegten Zwang, seiner Aufmerksamkeit nichts von dem, was die Welt ihm zeigte, entgehen zu lassen, vierundzwanzig Stunden am Tag mit wachem Geist und wachen Sinnen bereit zu sein, alles, was die Wirklichkeit verschwendete, in sich einströmen zu lassen, zu sammeln. Tausendmal am Tag zu sich selbst zu sagen: »Ich lebe. Jetzt.« Eine derartig geschärfte Aufmerksamkeit mußte wohl von Zeit zu Zeit kompensiert werden. Daß die Entspannung, die »Ferien« sich auf wenige Wochen beschränkten, mußte wiederum mit Quispels leicht zu erregenden Gewissensbissen zusammenhängen. Er würde sich einfach nicht mehr an Trunkenheit zugestehen, lebensnotwendige Entspannung hin oder her.

Das klang gut, o ja. Jahre hatte er sich damit zufriedengegeben. Eine Erklärung, zwingend wie ein Korsett. Doch war damit auch deutlich, weshalb eine solche Periode der Entspannung unweigerlich in der größten Verlotterung und Schweinigelei, im schwärzesten Loch endete? Erst im vorigen Jahr, als er verdreckt in einer Polizeizelle aufwachte, glaubte er die Antwort gefunden zu haben. *Er mußte behütet werden vor einem saturierten Leben.*

Wenn sein kostbarer Exzeß diesmal nach nichts geschmeckt hatte, es sei denn nach dem Sand in seinem Mund, kam das dann vielleicht von einem Nachlassen der Aufmerksamkeit im vergangenen Jahr? Hatte er weniger als früher angespannt auf des Messers Schneide gelebt? War er zu sehr ein Trottel geworden, der mit dem Rest mitzockelte? Und hatte er so seine Flitterwochen ... das Geheimste und Schönste in seinem Leben ... verspielt?

Erst jetzt wurde ihm klar, wie sehr er seinen alljährlichen Exzeß stets als Belohnung empfunden hatte. Nachdem er fast ein volles Jahr lang über die Welt gewacht hatte, wurde er am Ende des Jahres von der Welt auf eine Traumreise mitgenommen. Verdiente er diese Belohnung nicht mehr, weil er seinen Posten hin und wieder verlassen hatte?

Möglich war es ... Nach der letzten Trinkperiode hatte er seine ganze Aufmerksamkeit dem Fall Noppen gewidmet. Nicht nur seine Aufmerksamkeit als Anwalt, sondern seine gesamte Aufmerksamkeit, auch den kostbarsten Teil, hatte er verbraucht, um seine Rolle als Zeuge zu verschleiern, sich selbst aus der Welt wegzudiskutieren. Zumindest war es eine Sache der Verleugnung.

Ernst sah sich um. Es schien, als habe er instinktiv die Landschaft ausgesucht, die zu diesem nach nichts schmeckenden Exzeß gehörte. Der Waterlooplein nach dem Abriß: Seijffardt und Egberts müßten sich das hier mal ansehen. Es war noch nicht einmal so sehr das Fehlen von Häusern und Straßen und Kneipen. Nein, es war die Leere, die sehr auffällig und massiv, fast greifbar, deren Platz eingenommen hatte. Man hatte das Gefühl, gegen diese Leere stoßen, sich an sie lehnen, mit dem Kopf auf sie einschlagen zu können ... Aber es gab keine Möglichkeit, sich in ihr zu verkriechen, zu verbergen. Sich in ihr zu verirren war nur auf eine einzige Art und Weise möglich, und für die hatte Quispel sich entschieden.

Plötzlich spürte er es. Er konnte spüren, daß die Insel sich, wie schon seit Jahrhunderten, über den Meeresboden schob und dabei auf der einen Seite abbröckelte und auf der anderen dazugewann. Hier, wo Quispel lag, wuchs sie. Er konnte sehen, wie sie wuchs. Hier sammelte sich immer mehr Sand, während weit hinter ihm, am »Balg« (wohin nur ab und zu eine kleine, von einem Traktor gezogene Touristenbahn vordrang), der Sand verschwand. Nur das Dorf blieb hartnäckig das, was es war. Unter den Fundamenten der Häuser schob sich die Insel langsam vor. Mit dem Rücken über dem Spiegel einer flachen See schleppte sie sich unendlich geduldig dahin, so lange, bis die steinerne Last abgeschüttelt wäre. In hundert Jahren würde das Dorf einsam, von keinem einzigen Baum beschützt, mitten auf der kahlen Sandfläche des »Balg« stehen. Und die geduldige Schildkröte, die Schiermonnikoog war, würde weiterkriechen, bis die Behausungen den Rand des Schilds erreicht hätten, bis der Kirchturm ins Wanken gebracht wäre und schließlich ins Meer kippte.

Auch Ernst blieb liegen, wo er lag. Unter seinem kranken Leib rollte die Insel einem fernen Ziel entgegen. Es ging schneller, als die Wissenschaftler dachten. Das Meer rückte immer weiter von ihm ab. Die Möwen folgten dem Meer; ihr Schrei wurde bereits schwächer. Das Dorf, das sich nicht rührte, geriet ins Hintertreffen. Es wartete ergeben, ohne auch nur die Glocke zu läuten, auf seinen Untergang. Sein Vorgänger war im achtzehnten Jahrhundert in den Wogen verschwunden. Ein Atlantis mit Glockengiebeln ... War es nicht ekelerregend?

Aus dem Geschnatter in seinem Kopf löste sich, noch unartikuliert, eine Stimme, die er erkannte. Es war die Stimme, die, ohne Gesicht, ohne Mund, jedes Jahr von neuem die heftigsten Ermahnungen und Beschuldigungen anderer Stimmen überbot. Keine Stimme, die ihn verteidigte (das war nie der richtige Moment, so kurz nach dem Rausch), sondern eine, die erklärte, argumentierte, auf die eine oder andere Weise sogar beruhigte, so kurz angebunden sie sonst auch klang. Die Stimme, die im vorigen Jahr ausführlichst, in immer wieder anderen Formulierungen, erklärt hatte, daß Quispels Exzesse eine hygienische Funktion hätten: ihn von einer ranzigen Saturiertheit zu reinigen, die seinem Alltagsleben anhaftete.

Es war dieselbe Stimme. Quispel war sich sicher, doch jetzt klang sie bissig, fast giftig und sprach, keine Widerrede duldend, direkt und scharf auf ihn ein. Eine Stimme, die zuschlug.

»... Bequemlichkeit, reine Bequemlichkeit. Das hat dir wohl gut in den Kram gepaßt, was, Quispel, diese Saturiertheit als Legitimation fürs Saufen ... nicht wahr? Was für eine Erkenntnis, mein Gott! Eine göttliche Erkenntnis! Also, den Spruch kennen wir mittlerweile. Vergiß ihn. Vergiß ihn bloß. So gut paßt die Wahrheit nie. Die Wahrheit ist kein Schuh, Quispel, in den du deinen Fuß mit einem Löffel gleiten läßt. Ja, so siehst du die Wahrheit, altes Schlitzohr. Nein, die Wahrheit ist bestenfalls ein Holzbein. Ein Kunstbein, wenn du Glück hast. Die Wahrheit stützt, aber sie hinkt auch. Sie humpelt. Sie beugt sich nicht. Willst du sie hören, die unbeugsame, lahmende Wahrheit? Muß ich dir erst den Sand aus den Ohren pusten? Also, na bitte. Dich, Quispel, haben die guten Dinge des Lebens nie saturiert gemacht ...«

Nein, die guten Dinge des Lebens hatten ihn nicht saturiert gemacht, sondern das, was einem als die guten Dinge des Lebens nur noch vorgespiegelt wurde. »Saturiert von einer Attrappe«, sagte die Stimme.

Wenn seiner Generation etwas gemeinsam war, dann das selten ausgesprochene, aber deutlich vorhandene unbehagliche Empfinden, das Nachsehen gehabt zu haben, für alles zu spät gekommen zu sein, insbesondere für die angenehmen Dinge dieser Welt. Das zeigte sich vor allem in den letzten Jahren. Ironie des Wohlstands. Jetzt, da die »angenehmen Dinge der Welt« für Leute wie Quispel, Vlacq, Egberts, Seijffardt zum Greifen nah schienen, erwies sich, daß es sie nicht mehr gab – oder nur noch als Konfektion, Furnier,

Imitation, Luft. Wo war jetzt, da das Geld vorhanden war, um die alten Kulturdenkmäler zu besichtigen, das alte Europa geblieben, die Alte Welt? Und wo, nun, da ein teures Flugtikket kein Problem mehr darstellte, die exotische Ferne? Der tropische Regenwald stand glattgeschmirgelt in John Vlacqs Wohnung; man konnte behaglich darin sitzen, aber nicht mehr dorthin reisen.

Saturiert zu sein, das hieß heutzutage: sich an einem Steak sattzufressen, das nicht einmal mehr entfernt nach Steak schmeckte. Keine Abstumpfung der Sinne, sondern Abstumpfung der Erwartungen. Verzicht auf weiteren Genuß? Verzicht auf weitere Wünsche! Ja, das Betrachten totrestaurierter Gebäude zwischen Neubauten, die noch nicht einmal lange genug dastehen würden, um irgendwann totrestauriert zu werden, das konnte einen auch saturiert machen. Moderner Wohlstand, das hieß, ein Diner in den Farben einer opulenten Mahlzeit vorgesetzt zu bekommen und danach die Sättigung eines mit zerkauter Pappe gefüllten Magens zu erleben. Quispel und die Seinen waren saturiert von einem überreichen Geschmack nach nichts – die neueste und schrecklichste Form von Saturiertheit.

Mehr noch als Essen und Urlaube schmeckte die moderne Kunst nach nichts, seit Talent von Ausschüssen mit Töpfern und Freien-Ausdrucks-Heinis als etwas betrachtet wurde, was sich demokratisch verteilen ließ, sogar unter Talentlosen – nein, vorzugsweise unter Talentlosen. Steck alles, was talentiert ist, unter die Erde! Laß es vermodern als Strafe für unfaire Zuteilung!

Saturiert von einem Zuviel an nichts, einem Zuviel an niemand, das war etwas anderes, als saturiert zu sein von getrüffelter Gänseleber oder Sinfonien in doppelter Besetzung!

Die Welt hatte ihren Geschmack verloren. Es blieb nichts, in das man die Zähne schlagen könnte.

Vielleicht lag darin eine Erklärung für die Krankheit des Fin de siècle: die Habsucht. Die Raff- und Krallsucht. Nun, da es dem Anschein nach keine Genüsse mehr zu kaufen gab, waren sie vielleicht mit mehr Geld zu kaufen. Das Loch wurde mit Geld gefüllt, der Geigenkasten mit Kartoffeln.

»Wenn du einmal im Jahr deine Genüsse bis zur tödlichen Besinnungslosigkeit steigerst, Quispel ... wenn du all deine Sinne wund scheuerst, sie erst überempfindlich machst und dann blind und abgestumpft werden läßt und zum Schluß dein ganzes Hab und Gut durch die Gosse jagst ... dann tust du das nicht, wie du dir so schön weisgemacht hast, um wieder mit geziemender Begierde zu Muttern zurückkehren zu können. Nein! das ist noch nicht einmal ein Viertel der Wahrheit! Quispel, es ist die Welt selbst, die du zwingen willst – zwingen unter Einsatz von allem, Sinnen, Körper, Geist, notfalls Moral, einfach allem –, wieder Geschmack und Farbe, wieder Zauber und Glanz anzunehmen.

Du willst selbst weniger werden als nichts? Ein Stück Dreck, jeden Genusses unwürdig? Du willst die antiperistaltische Bewegung vom Wohlstand zur Gosse durchleben? Und das alles, um zu lernen, wie man Genuß schon aus ebensowenig schöpft wie die reglose organische Materie, die allerniedrigsten Lebensformen, nämlich aus einem Minimum an Sonne, Feuchtigkeit, Luft?

Mann, vergiß es!

Die Welt läßt sich nicht zur Schönheit zwingen, Quispel – ebensowenig wie ein politisches System sich durch die Selbstverbrennung eines Studenten zur Reform zwingen läßt oder wie aus Krieg Friede wird, wenn sich ein Mönch mit Benzin übergießt und seinen Körper stoisch verkohlen läßt.«

Und dann, als wende sich die Stimme von ihm ab: »Was Ernst unternimmt, ist nichts anderes als eine Selbstverbrennung. Und eine sinnlose Selbstverbrennung obendrein. Schau, er rennt wie ein Besessener vor dem Feuer her, das er sich selbst angetan hat, Flammen wie Speerspitzen im

Rücken. Die Welt kümmert sich nicht darum. Die Welt zwingen, wieder Farbe und Geruch anzunehmen? Eine verkohlte Leiche und ein unerträglicher Gestank, das ist es, was Ernst der Welt aufdrängt! Nur für einen Augenblick ...«

Sofern Jugend an einer Erkenntnis sterben konnte, so starb dort, mitten in der Leere, seine Jugend.

Seine Tränen und das vom Weinen verzerrte Gesicht brauchte er hier vor niemandem zu verbergen – und dennoch tat er es. Ohne darüber nachzudenken, hatte Ernst die blaue Dose in die Hand genommen und sein Gesicht damit bedeckt, von der Nase bis zum Kinn. *Petterøe's Blanding*. Da drinnen roch es nach Rost und Meer.

Das Weinen schlug um in ein nervöses Lachen mit langen Schluchzern, als ihm bewußt wurde, daß er etwas Ähnliches schon mal in einem Film gesehen hatte, *Der letzte Tango in Paris*. Marlon Brando, heulend, die Nase in einem alten Lampenschirm. Erwachsenenkummer mit Maulkorb.

Jäh machte Ernst seinem Lach- und Heulkrampf ein Ende. Ganz in der Ferne glaubte er den panischen Hahn in seinem Korb krähen gehört zu haben, Töne, die er inzwischen aus Tausenden von Hähnen heraushören würde. Er lauschte atemlos, hörte jedoch nur die Möwen und die Stille und das Schlagzeug seiner Kopfschmerzen. Im nächsten Moment ging ihm auf, daß der gequälte Hahn schon längst heruntergeholt worden sein mußte. Konnte sein Notschrei vom Erdboden bis hierher, zum »Rif«, durchdringen?

»Genug, Kapaun!« sagte Ernst laut und kroch entgegen der Bewegung der Insel und seinem Gefühl nach genauso langsam in Richtung Dünen und Dorf los.

Während des Niedergangs nach der Apotheose hatte es immer einen Punkt gegeben, den er intuitiv als den absoluten Tiefpunkt erkannte, und nie hatte er die Anfechtung verspürt, sich auch noch darüber hinwegzutrinken.

Gestern war das anders gewesen. Es hing zweifellos mit der kurzen Dauer dieser – überfälligen – Trinkperiode zusammen. Seine Reserven waren offenbar noch nicht vollständig aufgebraucht. Auch der Verlauf war ein anderer gewesen als sonst: nicht die totale Läuterung, gefolgt von der totalen Vergiftung.

Und noch etwas war anders. Den Kater nach dem erreichten Tiefpunkt durchstand er immer zu Hause, unter Zwanets Augen. Er war dann sogar zu schwach, irgendwo anders die Scham über seinen verlotterten Zustand vor ihr zu verbergen. Außerdem wollte er sie in der Nähe haben, wenn, meist später am Tag, die Entzugserscheinungen und die sie begleitenden Ängste zu wüten begannen. Unter ihren Augen würde er es nie wagen, nach der Flasche zu greifen, um seinem desolaten Zustand ein Ende zu machen, nicht einmal, wenn der Kater und der Entzug unerträglich wurden. Wimmernd zu ihren Füßen knien, sich bei geöffneter Toilettentür lauthals erbrechen, wie ein Kind weinend seine Ängste eingestehen – das alles ging noch. Aber in ihrem Beisein feige vor einem Quantum Gegengift kapitulieren ... nein, einfach undenkbar. Dann lieber auf der Stelle sterben. Auch aus diesem Grund war Zwanets Anwesenheit unerläßlich.

Nun, da Quispel so weit von ihr entfernt seinen Tiefpunkt erreicht hatte, war er der Medizin erlegen. Halb und halb hatte er sich darauf vorbereitet, daß damit der endgültige Kater lediglich um einen Tag aufgeschoben wäre. Doch als er an diesem Tag gegen zehn Uhr vormittags wach wurde, nahm er in seinem Kopf nur ein mildes Schwirren wahr, das ganz neutral sagte: »Es wurde getrunken.«

Keine Übelkeit, keine übermäßig zitternden Finger.

Im großen Speiseraum war Quispel der einzige Gast. Soweit er erkennen konnte, war fürs Frühstück auch nur ein Tisch gedeckt – allerdings für zwei Personen. Die übrigen Tische wurden für das Mittagessen gerichtet; ein Kellner war damit beschäftigt, Servietten kegelförmig zusammenzurollen, woraufhin sie auf das Gedeck gestellt wurden.

Die beiden Frühstücksteller versetzten Quispel in Zweifel, und so blieb er zögernd am Tisch stehen, bis der Kellner in seine Richtung sah. »Kann ich mich hier hinsetzen?«

»Natürlich, Mijnheer.« Der Mann trat an den Tisch. »Ein oder zwei Personen?«

Nichts, gar nichts entging ihnen auf dieser Insel.

»Eine. Wie sonst auch.«

»Wie Sie wünschen, Mijnheer.« Er sagte es mit schiefem Kopfnicken, nicht von Herzen, als werfe er dem Gast dessen Launenhaftigkeit vor. Mit viel zu nachdrücklichem Besteckgeklapper nahm er den zweiten Teller und das bereits dastehende Ei weg und ebenso das Glas mit dem Orangensaft aus dem Karton.

Na schön, daß sie mit ihrem versalzten, nach Pikanterien dürstenden Inselbewohnerhirn allzu gierig unterstellten, er habe mit dem Fotomodell geschlafen, mochte ja noch angehen. Quispel gönnte es ihnen. Wie aber konnten sie annehmen, das Mädchen sei noch hier? Sie mußten doch gesehen haben, wie sie abreiste, um die erste Fähre zu erreichen?

Der Kellner rückte den Brotkorb beiseite. »Kaffee oder Tee, Mijnheer?«

»Kaffee, wie sonst auch.« Er sagte es gereizt, ungeduldig.

»Darf ich Mijnheer daran erinnern, daß Mijnheer seinen Kaffee nie getrunken hat? Darum dachte ich …«

Es stimmte. Quispel hatte zum Frühstück nie etwas anderes getrunken als eine Miniflasche Champagner gegen das Katergefühl.

»Haben Sie sonst noch einen Wunsch? Den Heidsieck?«

»Heute nicht.«

»Wie Sie wünschen. Guten Appetit.«

Alle Lust auf Alkohol war jetzt erloschen. Er hatte nicht einmal einen Kater, der ihm ein Verlangen nach Alkohol als Medizin einflößen konnte. Das stimmte nicht ganz. Es stimmte überhaupt nicht. Der Orkan dieses Jahres hatte sich ausgewütet, ihn jedoch nicht wie sonst völlig gebeutelt und umgeworfen. Er stand noch auf den Beinen. Alles war noch an seinem Platz. Oder sollte – heute abend, heute nacht – der große Schlag noch kommen?

In anderthalb Stunden würde Zwanet mit der Fähre eintreffen. Sie mußte jetzt im Bus nach Lauwersoog sitzen, mit Cynthia auf dem Schoß, die von Zeit zu Zeit mit unsicherem Zeigefinger auf die Landschaft deutete. »Dah ...?«

»Was sieht meine kleine Cincin da alles?«

»Dah!«

Wie völlig anders hatte er sich gestern gefühlt, als er sie um Hilfe bat. In seinem heutigen Zustand hätte er mit Leichtigkeit den Weg nach Hause gefunden – es sei denn, die Entzugserscheinungen hätten ihn unterwegs plötzlich doch noch überfallen.

Ihm war zwar nicht übel, aber Hunger hatte er ebensowenig. Trotzdem begann er, systematisch ein Käsebrot nach dem anderen hinunterzuwürgen. Zwanet mochte zwar annähernd wissen, was er in den vergangenen Tagen durchgemacht hatte, brauchte aber deshalb nicht den Fäkaliengeruch zu riechen, der aus seinem vergifteten Magen aufstieg.

»Was dagegen, wenn ich mich dazusetze?«

Das Fotomädchen. Sie stellte ihre große Tasche neben dem Frühstückstisch ab und setzte sich. »Ich habe verschlafen«, sagte sie munter. »Vielleicht sogar unabsichtlich absichtlich. Dann nehm ich eben die Halb-zwei-Uhr-Fähre, auch gut.«

Quispel hatte ihr aus der Macht der Gewohnheit eines Mannes, der bis zuletzt noch mit einer Eroberung rechnet, nicht erzählt, daß seine Frau mit der Halb-ein-Uhr-Fähre eintreffen würde. Der Kellner stellte mit einem Lächeln, das Quispel überhaupt nicht gefiel, einen Teller vor dem Mädchen auf den Tisch. Die beiden Teller mit dem Goldrand waren für diesen Inselburschen von nun an ihre Verlobungsringe. Morgen früh würde er hier mit Zwanet sitzen.

Madelon hatte sich nicht geschminkt, wodurch der Kontrast zwischen ihren auch ohne Make-up wunderschönen Augen und dem eingefallenen Omakinn noch krasser wurde. Quispel hatte sich oft gefragt, warum eine Frau wie Zwanet mit ihrer für jedermann sichtbaren, augenfälligen, nein, unausweichlichen Schönheit noch nie Angebote von Modefotografen erhalten hatte. Jetzt, mit Miss Kinnlade vis-à-vis, glaubte er zu wissen, warum. Dieser ganze Modebetrieb war eine Sache des Raffinements, der Kosmetika und von Filmlampen und Silberschirmen weggenommenen (oder aber angebrachten) Schatten. Es kam nicht auf Schönheit an, sondern auf Schönheit in Potenz oder, besser gesagt: auf den Untergrund der Schönheit, der sich noch spachteln, grundieren und nach Belieben – mit Farben, Strichen, Spots, gut in Szene gesetzten Gesichtsmuskeln – vervollkommnen ließ. Für jede Session eine andere knetbare Maske. Es kam vor allem auf Frätzchen mit dem richtigen Relief an, auf dem sich eine Maske gut anbringen ließ. Es kam auf Frätzchen an, die diese anpassungsfähige Maske von innen durch die richtigen Grimassen manipulieren konnten, ohne daß sofort Risse in der Oberfläche entstanden. Und auf noch etwas anderes: eine besondere Form von Exhibitionismus, will sagen, das begierige, mit frechen Augen Zurschaustellen von Qualitäten, die man nicht besitzt, die einem aber für diese Gelegenheit angeheftet wurden.

Abgesehen davon, daß Zwanet diese Gier und diese freche Fratze fehlten, besaß sie auch keine manipulierbare Schönheit. Nie würde eine Modezeitung auf die Idee kommen, sie unter Vertrag zu nehmen. Bei ihr stellten Äußeres und Inneres eine einmalige, außergewöhnlich harmonische Einheit dar. Zwanet besaß Adel.

Plötzlich störte und beunruhigte ihn das Bild, das sich aus diesem Gedanken ergab. Eine Zwanet, die überlegen schön, hochgewachsen, streng, mit natürlicher Selbstsicherheit von der Fähre kam, ihm stirnrunzelnd entgegentrat und ihn dann mit kühler Freundlichkeit wie einen kirre gewordenen Ausreißer nach Hause führte. Er wünschte, er hätte sie nicht eingeschaltet.

Madelon hatte, eingedenk der Worte des Hotelbesitzers (»ein langer, schwarzer Amerikaner«), bei der Ankunft auf der Insel nach einem großen Neger Ausschau gehalten, den sie sich in einem weißen Anzug vorstellte und der ihren Koffer tragen würde. Einen Neger sah sie nirgends. Dafür stand auf dem Parkplatz ein langer, schwarzer amerikanischer Wagen mit geöffneter Tür. Natürlich ... Wütend auf sich selbst wegen soviel Naivität streckte sie den Kopf hinein.

»Fährt der Wagen hier zum *Hotel Starkenborgh*?«

Der verwitterte Kopf mit der Chauffeursmütze drehte sich ihr zu. »Junge Dame, dieser Wagen fährt ausschließlich zur letzten Ruhestätte.«

Madelon wich zurück und ließ den Blick noch einmal über den langen, schwarzen ... Es war ein Leichenwagen. Am Rand des Parkplatzes entdeckte sie dann einen schwarzen Schlitten, bei dem alle sechs Türen offenstanden. Es saßen bereits Leute darin. Ein schmächtiger, blasser Mann verstaute Gepäck im Kofferraum.

So schwatzte das Mädchen in aller Ruhe auf Quispel ein. Über ihre Steuerprobleme nach einem »Topjahr« ... über ihre kleine Rolle in einem kürzlich in Venedig gedrehten Werbespot ... jedesmal mit dem Refrain, daß sie nicht vergessen dürfe, sich zu schminken. Dieser kleine Knacks in ihrer Makellosigkeit erschien Quispel immer reizvoller. Hatte der Kellner nicht ihre Verlobung vollzogen? In den Augen des Hotelpersonals war er ihr Lover, weshalb also sollte er nicht noch die Tat vollziehen, zu der er bereits ohne Bewährung verurteilt war und auf die er somit gewissermaßen ein Recht hatte?

War noch Zeit? Es würde schnell gehen müssen, in ihrem Zimmer, bevor das Mädchen mit dem Staubsauger kam.

Madelon würde mangels eines Frisiertisches ihren Beauty-case mit dem ausklappbaren Spiegel auf das ungemachte Bett stellen und sich, auf dem Bettvorleger kniend, zu schminken beginnen – nicht so kniend, daß sie mit dem Po auf den Absätzen ruhte, sondern vorgebeugt, die Ellbogen auf die Matratze gestützt. Ernst brauchte nur den unteren Teil ihres Kleides hochzuschlagen. Der Slip konnte bis knapp über die Knie heruntergestreift werden, das reichte. Und während Madelon mit ihren Pinseln und Stiften in den Fächern des Beauty-case herumhantierte, würde Ernst seine Faust zwischen ihre Schenkel zwängen. Erst am Bauch würde er die Finger spreizen – um die bewachsene Wölbung damit zu umfassen. Dann würde er seine Hand in einer einzigen langen Bewegung unter ihr durchziehen, wobei sein Mittelfinger sie aufkerben würde.

Ungeachtet der Tatsache, daß Madelon jetzt mit gesenkten Wimpern die Folie eines Minischälchens Aprikosenmarmelade abzuziehen versuchte, bemerkte Quispel, wie trocken und sogar etwas schilfrig die Haut an ihrem Gesäß im fahlen Licht des Hotelzimmers aussah. Er tauchte seine Fingerspitze in ihren Schleim und zog gleichzeitig mit dem Stift, mit dem sie sich sanft über die Wange fuhr, eine gebogene Linie über ihre Pobacke. Es wirkte genauso wie ein Finger, der gedankenlos einen Tropfen verschüttetes Bier auf der ansonsten trockenen und etwas staubigen Kneipentischplatte verschmiert. Jedesmal kehrt der Finger zu der kreisförmigen kleinen Pfütze zurück, wo das Glas gestanden hat, und zieht eine neue Linie, noch etwas bizarrer als die vorige. So bedeckte Quispel die trockene Fläche ihrer Pobacken mit einem bizarren Muster glänzender Streifen, eine vage Kopie des Make-ups, das er über Madelons Schulter hinweg im Spiegel entstehen sah.

Er wüßte genau, wann er in sie eindringen würde: in dem Moment nämlich, in dem durch das wiederholte Verstreichen ihrer warmen, weißlichen Farbe die Härchen ganz oben zwischen ihren Beinen in ähnlicher Weise zusammenklebten wie ihre Wimpern nach der Behandlung mit Mascara. Er würde von hinten in sie hineingleiten und über ihre Schulter hinweg zuschauen, wie im Spiegel die Maske allmählich ihre definitive Form annahm.

»Was starrst du so?« fragte Madelon, ihm gegenüber am Tisch.

»Starre ich?«

»Du hast mich auf einmal so angestarrt. Ja, ich weiß: Ich muß mich noch zurechtmachen. Ich sehe furchtbar aus.«

Aus dem Spiegel würde ihm nach einiger Zeit eine völlig andere Frau anschauen als die, mit der er nach oben gegangen war. Und auch dabei blieb es nicht. Mit jeder Wendung des angemalten Gesichts, jedem Zwinkern, bei jeder auch noch so geringen Veränderung des Lichteinfalls sah er im Spiegel wieder ein neues Gesicht. Mit jedem Aufwärtsstoß seines Fleisches in ihrem Fleisch besaß er eine andere Frau. All diese verschiedenen, einander folgenden Frauen hatten nur insofern etwas miteinander gemein, als ihr Gesicht im Spiegel nichts von dem verriet, was in ihrem Unterleib vor sich ging. Wenn eine sich mit der Zungenspitze über die Lippen fuhr, so deshalb, um das Gloss noch besser zur Geltung zu bringen. Verdrehte eine andere die Augen, so war es kein Ausdruck höchsten Genusses, sondern ein Test, wie der Kontrast zwischen dem Weißen im Auge und dem kiwigrünen Lidschatten ausfiel.

»Ich finde aber doch, daß du merkwürdig vor dich hin stierst. Ich nehm die letzte Scheibe Honigkuchen. Okay? Egal, ich nehm sie trotzdem.«

Jedes Gesicht befand sich gleich nah bei seinem Spiegelbild, aber kein einziges Mal ließ ein vor Erregung heftiger und heißer werdender Atem das Glas beschlagen. Während gleichzeitig das schmatzende Geräusch ihrer Säfte und die Art und Weise, wie sie den Rücken krümmten, um ihre Becken so zu kippen, daß sie ihn tiefer empfangen konnten, eine andere Sprache sprachen. Bei derjenigen schließlich, die im Namen all ihrer Vorgängerinnen den Orgasmus in Empfang nehmen durfte, stand in dem Moment, da Ernst ihre Kontraktionen spürte und ihr Hintern in schnellem Wirbel an seinen Bauch stieß, das Gesicht vollkommen unbeweglich und ausdruckslos, in der Tat wie eine Maske, im Spiegel.

Nun, da so viele verschiedene Frauen ihn zum Endpunkt gelotst hatten, brauchte sein eigener Orgasmus gewiß nicht kürzer zu sein als das Leeren einer vollen Blase.

Quispel merkte, spürte an seinem Gesicht, daß er die junge Frau gegenüber lächelnd ansah. Vielleicht war sein Gesichtsausdruck sogar noch vielsagender, als er dachte. Auch Madelon sah ihn jetzt anders an. Etwas verträumt.

»Ich überlege mir gerade ...« Sie ließ den Satz unbeendet, weil Quispel seinen Blick plötzlich über sie hinweg auf die zur Straße hinausgehenden Fenster richtete, wo der lange, schwarze Amerikaner gerade geräuschlos vorfuhr. Der Hotelier mußte ihn eben aus der Garage geholt haben, was bedeutete: Fahrt zur Landungsbrücke. Eine Wagentür schlug zu. Kurz darauf kam der Mann in seinem schwarzen Anzug, der an den Stellen glänzte, an denen er nicht verschossen war, in den Speiseraum. Steif wie immer, halb von den Angesprochenen wegschauend, murmelte er nach einem einleitenden Hüsteln nicht einmal unfreundlich: »Die Fähre kommt gegen halb eins und fährt wieder um halb zwei. Wenn Sie sich beide bereithalten würden ... Ich fahre heute mittag nur einmal zum Pier.«

Mit leicht hochgezogenen Schultern, schiefgelegtem Kopf und einem Zug um die Mundwinkel, der »schade, aber nicht zu ändern« ausdrückte, sah Madelon ihn an.

Quispel sagte: »Danke sehr.«

»Abfahrt in zehn Minuten. Ich warte hier nebenan auf Sie.« Der Hotelier ging in die Gaststube.

»Mist«, sagte Madelon. »So ein Mist.« Doch gleich darauf glitt ein breites Lachen über ihr Gesicht, das ihr Omakinn noch mehr eindellte. »Dann nehme ich eben die letzte Fähre, heute abend. Bleibt sich gleich. Dann ist noch genug ...«

Quispel schüttelte den Kopf. »Meine Freundin ... meine Frau kommt mit dieser Fähre an.«

»O.«

Während der Hotelier noch dabei war, das Gepäck seiner Gäste im Kofferraum zu verstauen, machte Madelon sich hinten im Wagen rasch zurecht. Quispel, neben ihr, hielt ihr gemäß ihren Anweisungen einen Taschenspiegel vors Gesicht und genierte sich.

»Etwas tiefer. Ein bißchen schräg. So, ja.«

Ein Ehepaar mit kleiner Tochter nahm auf der mittleren Bank Platz. Das Mädchen sah, auf dem Polster stehend, zu, wie Madelon ein flaches Döschen nach dem anderen aus ihrer Tasche hervorkramte und damit Stück für Stück das Mosaik ihrer Maske zusammensetzte.

»So, jetzt erkennen sie mich drüben wenigstens wieder.«

Der Hotelier rutschte hinter das Lenkrad, und kurz danach glitten sie fast geräuschlos auf schnurgeraden Straßen durch den alten Polder.

»Das muß ein Bild aus einem Film sein«, sagte Quispel, halb zu sich selbst. »Möglicherweise von Buñuel. Zumindest hätte Buñuel es sich ausdenken können ...«

»Was denn?«

»So ein langer, schwarzer Amerikaner, der nie etwas anderes als den Asphalt von Manhattan unter den Reifen gespürt hat und dann auf einmal durch den kahlen Polder fährt.«

»Ja, aber er würde so einen Wagen sofort vollstopfen mit Herren mit Melone und Regenschirm und Diplomatenkoffer.«

»Genau das meine ich. Mit dir kann man reden.«

Sie lachten, und da schwenkte der Wagen schon auf den Veerdam. Am Ende, neben der Fahrrinne, war die Landungsbrücke zu einem großen Plateau mit einem Parkplatz verbreitert. Grüppchen von Abholern standen neben ihren Autos. Taxis waren auch da. Die Fähre war in der Ferne, im »Gat van Schiermonnikoog«, bereits zu sehen, ein träges, plumpes

Ding, auf das sich immer wieder eine dichte Wolke Seemöwen stürzte wie ein Fliegenschwarm auf eine Kuh. Und wie durch das Wedeln eines imaginären Schwanzes ließen sie sich auch immer wieder vertreiben, um sich unmittelbar darauf wieder in Scharen fallen zu lassen, und so weiter. Bis das boshafte Gekreisch der Vögel lauter wurde und von dem Vergleich wenig übrigblieb.

Quispel trug Madelons Reisetasche, die er vom Hotelier entgegengenommen hatte. Plaudernd gingen sie in Richtung der Stelle, wo die Schiffe anlegten. Am Rand des Parkplatzes stand ein Anhänger mit Gepäck, das für die Fähre bestimmt war.

»Wirf sie hier dazu«, sagte Madelon. »Ich finde sie nachher schon wieder.«

Immer mehr Passagiere, die zum Festland wollten, gingen wie Quispel und Madelon in eine Reuse aus Gittern, bis sie an einer Absperrung nicht weiterkamen. Quispel stand mit dem Mädchen fast ganz vorn. Sie lächelten sich leicht gezwungen an, und das kam vor allem durch Ernst, dem seine Vision noch nicht ganz entglitten war.

Jetzt war der Name des weißen Schiffes zu lesen. Die *Kobbeduinen* fuhr durch die »Grote Siege«, eine Art Fluß auf dem Grunde des Wattenmeers. Unter den dichtgedrängten Passagieren auf dem Sonnendeck versuchte Quispel seine Frau zu erkennen. Seine Erinnerung durchsuchte gehetzt ihren Kleiderschrank nach den auffälligsten Sommerkleidern, bis ihm einfiel, daß sie wahrscheinlich ein Deck tiefer mit Cynthia im Aufenthaltsraum warten würde, aus Angst, das Kind könnte ihr im Gedränge aus den Armen gestoßen werden.

Auf einmal war sich Quispel sicher, daß seine Frau und seine Tochter nicht an Bord waren. Wie hatte er es noch gleich am Telefon ausgedrückt? »Eine Insel und gleichzeitig eine Halbinsel.« Etwas in der Richtung. Es sollte lediglich eine kryptische Anspielung auf den Namen sein. Jetzt fiel ihm ein, daß noch mehr Watteninseln in dem Sinne Halbinseln waren, daß sie bei Niedrigwasser mit dem Festland verbunden waren. »Verstanden«, hatte Zwanet nur gesagt. Sie mußte sich auf dem Weg nach Terschelling befinden, wo sie mehr als einmal ein langes Wochenende verbracht hatten. Sie hatte bestimmt keinen Augenblick an Schiermonnikoog gedacht. Ernst sprach ja sonst nie in Kryptogrammen ... Er roch seinen eigenen trüben Schweiß, der plötzlich durch die Kleider drang. Es war, als ob sich der Entzug samt Zittern und allen Ängsten jetzt doch noch manifestierte.

Die *Kobbeduinen* legte an, und nicht viel später verließ ein Strom von Passagieren das Schiff, an der Spitze der surrende Wagen mit dem Gepäck. Und da, ach herrje, tauchte auf einmal mitten in der Menge und ohne Cincin doch noch seine Zwanet, sein Zwaantje auf.

Hatte er Ausschau nach einem ihrer eleganten Kleider gehalten? Zwanet trug Jeans, mit engen Beinen, und irgendwie machte es sie weniger groß, vielleicht auch – aber das konnte Ernst von seinem Platz aus noch nicht richtig erkennen –, weil sie flache Schuhe dazu trug. So wirkte sie viel mädchenhafter. Sie glich dem Mädchen, das er nur kurz, aus der Ferne, gekannt hatte, und lediglich einen Abend aus der Nähe. O, schmutzige Schneenacht im September. Die Ähnlichkeit schien zusätzlich noch durch die Art, wie sie sich bewegte, unterstrichen zu werden, die sowohl ungehemmter als auch ungelenker als sonst war. Es mußte eine optische Täuschung sein, aufgrund der Entfernung. Vielleicht lag es auch am Fehlen des Kindes. Er sah Zwanet selten anders denn als Mutter.

Quispel mißtraute seiner eigenen Rührung, er, der gerade noch in das bunte Chaos seiner schändlichsten Ehebruchsvisionen geblickt hatte; er, der zudem nach seinen Katern so leicht zu rühren war. Gut, er mißtraute der Sache, aber daß er gerührt war, stand fest.

Zwanet blieb plötzlich stehen, so daß jemand von hinten gegen sie prallte, ging dann mit kleinen Schritten weiter, während sie ihre Augen mit der Hand gegen die Sonne abschirmte. Quispel hob die Hand, doch sie, dieses Dummchen, schaute hartnäckig in die falsche Richtung. Die falsche?

Die richtige. Er stand auf der falschen Seite: der der Abreisenden. Durch diese Tussi von einer Madelon hatte er sich in diese Reuse locken lassen. Eine Hand an der Stirn, suchte Zwanet, die immer wieder geschubst wurde, den Streifen der Abholer ab, über den die eben Angekommenen direkt zum Parkplatz gehen konnten; er verlief parallel zu dem der Nachwinker und war durch ein fünfzig Meter langes Gitter von ihm getrennt.

»Das blonde Mädchen da, mit der blauen Tasche«, fragte Madelon, die seinem Blick gefolgt sein mußte, »ist das deine Freundin?«

»Frau.«

»Hübsch ist sie.« Sie sagte es mit aufrichtiger Bewunderung, nicht mal von Berufs wegen.

»Ja, und ich stehe hübsch falsch.«

»O je. Ach herrjemine.« Madelon schlug die Hand vor den Mund. »Das tut mir aber leid. Das ist meine Schuld. Immer dasselbe.«

»Ich muß jetzt schnell dort rüber.«

»Nein, nicht. Laß doch.« Zum Abschied wollte er sie – keusch – umarmen, aber vielleicht, weil Madelon, früher als Ernst, Zwanet in ihre Richtung schauen sah, wehrte sie seine Küsse geniert so halb und halb ab, wodurch die Umarmung in ihrer Verkrampftheit stürmischer ausfiel als beabsichtigt. »Geh jetzt. Sie wartet auf dich.«

Als er das Mädchen losließ, sah auch Ernst, daß seine Frau zu ihnen schaute, in einigem Abstand vom Gitter hin und her ging, etwas hilflos und sichtlich nicht wissend, was sie tun sollte, weitergehen oder ihm winken.

»Nochmals, gute Reise und alles Gute«, rief er im Weggehen Madelon eine Spur zu laut zu, um dem Abschied rückwirkend noch einen neutralen Anstrich zu geben. Dann erst bedeutete er dem blonden Mädchen, das seine Frau war, daß sie auf dem Ankunftsstreifen Richtung Parkplatz weitergehen solle. Und so gingen sie dann ganz dicht, aber mit diesem gräßlichen Gitter zwischen sich, das kein Ende zu nehmen schien, obwohl er lange und Zwanet schnelle, kurze Schritte machte, nebeneinander her. Ein paarmal versuchte er, zwischen den Gitterstäben hindurch nach ihrer freien Hand zu fassen, wodurch sie beide jedesmal mit einem Ruck zum Stehen gebracht wurden.

»Ernst, was machst du denn ...! Hör zu, wenn du etwas gutzumachen hast, dann warte noch einen Moment. Verrückter Kerl.«

Ihre Worte waren leichter als ihr Ton. Sie lachte, aber mit gerunzelter Stirn. Es war doch wohl nicht schon wieder etwas mit ihrer Tochter? Die Hähne ... Es war, als schlüge jemand einen scharfen Haken um sein Brustbein.

»Wo ist Cynthia?«

»Bei Opa und Oma.«

»Alles in Ordnung mit ihr?«

»Ja, höchstens, daß sie uns jetzt vermißt.«

Diese kurzen Antworten, er hegte so seine Befürchtungen, auch wenn Zwanet nicht die Unnahbarkeit hatte, die sie normalerweise bei Reibereien ausstrahlte. Sie wirkte verletzlicher als sonst, wehrloser, und auch das erinnerte ihn – vage – an das Mädchen von vor langer, langer Zeit.

Sie hatten das Ende des Gitters erreicht, blieben stehen, umarmten sich jedoch nicht. Ernst suchte das schwarze Auto (es stand noch da), Zwanet sah in Richtung Fähre.

»Woher kenne ich das Mädchen bloß ...« Sie sagte es mehr oder weniger zu sich selbst. »Ich hab sie sofort erkannt. Aber woher?«

»Zwanet, das hat nichts zu bedeuten. Nichts, wirklich nicht. Ich habe sie ans Schiff gebracht, weil ... Oder eigentlich nicht einmal das. Ich kam, um dich abzuholen.«

»Danach habe ich nicht gefragt. Dieses Mädchen – ich kenne sie. Aber woher?«

»Ein Fotomodell. Sie war schon in verschiedenen Illustrierten.«

»Ach ja. In der *Charme*. Die hat mein Friseur. Phantastischer Farbdruck, aber ein Mistblatt.«

»Hör mal, Zwanet, ich kann das ganz einfach erklären. Ich habe gestern abend eine Weile mit ihr geredet. Weiter ...«

Seine Worte wurden von mehreren Lastwagen übertönt, die nacheinander von der Fähre rollten. Als sie vorbei waren, sagte Zwanet: »Brich dir bloß keinen ab, Ernst. Ich hab dich doch nach gar nichts gefragt, oder?«

Es kränkte ihn etwas, daß sie so wenig eifersüchtig zu sein schien. Quispel führte sie in Richtung des Schwarzen.

»Ich hatte übrigens erwartet, daß du neugieriger wärst nach dem Ergebnis der neuen Untersuchung. Oder hast du's in den Zeitungen verfolgt?«

Der Hotelier nahm Zwanets Tasche.

»Ich kenne nicht einmal das Ergebnis der Wahlen.« Ernst und Zwanet rutschten auf die mittlere Bank. Hinten saßen bereits ein paar Fernsehgesichter. »Aber das von der letzten Obduktion hätte ich dir schon vorher sagen können. Zwei mikroskopisch kleine Einstichlöcher in der rechten Seite, genau unterhalb der untersten Rippe. Zweifache Perforation des Lebergewebes. Unvorstellbar große Konzentration von ziemlich reinem Heroin in einem unvorstellbar kleinen Teil der Leber ...«

Der Hotelier startete.

»Stimmt soweit alles. Und weiter?«

»Was willst du noch? Das scheint mir mehr als genug für den Sturz eines halben Kabinetts.«

»Des alten oder des neuen? Das neue steht noch nicht.«

»Hauptstadtköpfe werden auf jeden Fall rollen. Dicke rollen gut.« Ernst fand sie ein wenig ... studentisch-keß, so wie sie möglicherweise in der Anfangszeit, als sie noch studierte, auch tatsächlich gewesen war, aber daran konnte er sich nicht mehr erinnern. Rühren tat es ihn trotzdem.

»Genau wie du gesagt hast. Bei der letzten Autopsie wurde neben allem anderen auch noch eine tödliche Gehirnverletzung festgestellt. Eine schwere Schädelbasisfraktur.«

»Also doch ...«

»Was dann ja erklärt, was sie mit dieser Portion Heroin vertuschen wollten.«

»Einen Stupser?«

»Einen Stupser, ja, das kann man wohl sagen«, meinte sie ganz leise und ein wenig spöttisch, während sie durch das Seitenfenster auf die Landschaft blickte. Es klang, als sei es nicht für seine Ohren bestimmt, aber als könne sie es auch nicht für sich behalten. »Einen Stupser. Mit 'nem lütten ...« So war sie sonst nie. Da war etwas Kesses an ihr, was ihm ausnehmend gefiel, ihn aber auch eine Spur beunruhigte.

»Was meinst du damit?«

Sie wurde rot.

»Nichts, gar nichts. Ich meine, es gibt keinerlei Beweise, daß Polizisten geschlagen haben. Keine Filmaufnahmen, keine Augenzeugen, gar nichts. Der einzige Hinweis auf polizeiliche Gewalt ist die bizarre Art und Weise, wie sie eine andere Todesursache suggeriert ... ja, geradezu inszeniert haben ...« Sie sprach nicht ganz mit ihrer eigenen Stimme.

»Auch das sagt nichts. Vielleicht haben sie im Polizeipräsidium ja nur ihre eigene Nachlässigkeit beim Kontrollieren der Gefangenen vertuschen wollen. Je größer die Überdosis, um so größer die höhere Gewalt, nicht wahr?«

»Jedenfalls ist es jetzt erst richtig losgegangen mit den gegenseitigen Verdächtigungen. Das letzte Jahr war nichts dagegen. Und dabei hatten wir doch gedacht, die Sache wäre mit deinem ... äh ... Bericht so in etwa ausgestanden. Von wegen. Die Reichskriminalpolizei stellt die Amsterdamer Polizei als einen Haufen hinterhältiger Duckmäuser hin. Wenn die ...«

Sie unterbrach sich, und wieder wurde sie rot. Es klang im Ansatz wie »wenn die wüßten«, aber ganz sicher war er sich nicht.

»Und die Amsterdamer Polizei«, fuhr sie fort, »hat ihrerseits eine reizende Bezeichnung für die Kollegen von der

Reichspolizei. Ich trau es mich gar nicht, laut auszusprechen ...«

»Kameradenarschaufreißer«, half Quispel nach, eine Spur zu laut. Der Fahrer sah prüfend in den Rückspiegel, wodurch er beinahe zu spät rechts ins Dorf abbog. Es wurde eine großzügige Kurve.

Vor ihnen ragte, hoch und weiß, das Hotel auf.

Einer der Bären, die ihm sein rechthaberischer Grundschullehrer seinerzeit aufgebunden hatte, war, daß Schiermonnikoog seinen Namen seiner Form verdanke, die »schier die eines Mönchsauges« sei. So glaubten sie ihm ein altes Wort für »beinahe« beizubringen, ihm aber blieb vor allem im Gedächtnis, daß Mönche andere Augen haben als normale Leute und so etwas wie Chinesen in härenen Gewändern sein mußten. An diesen Teil seiner schulischen Erziehung mußte er denken, als Schiermonnikoog sich nach Zwanets Ankunft mehr denn je als eine Insel der verformten Augen entpuppte. Schiefer Augen. Lauernder Augen. Aufgesperrter Augen. Und vor allem zwinkernder Augen. Alle zusammen sprachen sie eine Sprache, die Worte überflüssig machte.

»Sie hat wohl von irgendwas Wind bekommen, daß sie dich abholen kommt?«

»Das war knapp, was? Nur eine Fähre früher, dann wär' aber der Teufel los gewesen.«

»Mach dir keine Sorgen, alter Junge. Ich schweige wie ein Grab.«

»Mann, mich haut's um. Hat so'ne hübsche Frau und geht fremd ...!«

Nur der paranoide Fischhändler Floet, der sich mit seinem Wagen eigens genau vor den Eingang zum *Hotel Starkenborgh* gestellt hatte, konnte den Mund nicht halten. »Sag mal, alter Halunke, wo kriegst du sie bloß immer so schnell her? Wenn ich erst mal am Berenburger sitz, bring ich nichts, aber überhaupt gar nichts mehr zustande.«

Er bot dem Ehepaar einen Hering an.

»Nein, danke schön, Floet«, sagte Quispel. »Wir haben gerade gegessen.«

Zwanet, die von ihrem Mann bereits sanft weitergeschoben wurde, protestierte. »Sprich für dich selbst, du Egoist. Ich hätt gern einen Hering. Aber nicht in Scheiben geschnitten, mit diesen idiotischen Fähnchen drin ...«

Die Augen des Fischmanns wurden feucht. »Mevrouw: Bei Floet ißt man Hering ausschließlich am Stück.«

»Gut.« Floet war bereits dabei, den Hering auf seinem schmierigen Treibholzbrett sauberzumachen.

»Zwiebeln, Mevrouw?«

»Schwimmen muß er in Zwiebeln. Außer an der Schwanzspitze.«

Floet sah gerührt zu, wie Mevrouw mit in den Nacken gelegtem Kopf den Hering bis über die Hälfte in ihren aufgesperrten Mund gleiten ließ. Gräuliche Zwiebelstücke klebten rings um ihre geschminkten Lippen. Aus der Nase drang ein zufriedenes Stöhnen. So hingebungsvoll genießerisch kannte Quispel sie kaum. Es gefiel ihm, doch eine leichte Beunruhigung blieb.

»Du hast dir hier ja in kurzer Zeit einen tollen Ruf erworben, merke ich«, sagte Zwanet mit vollem Mund, als sie weitergingen.

»Ach, diese Inselbewohner sehen in jedem Stadtmenschen einen zynischen Abenteurer. Laß sie in ihrem Wahn.«

Sie ging nicht weiter darauf ein. Vielleicht hing seine Beunruhigung auch mit ihrer ungewohnten Gelassenheit zusammen, in auffälligem Kontrast zu ihrer sonstigen Art, die Dinge schwerzunehmen. Zwanet legte die Schwanzflosse auf den Rand des Papptellers und sah sich nach einem Abfalleimer um. »So, jetzt möchte ich mir irgendwo die Finger waschen. Und einen kleinen Genever, um den Geschmack runterzuspülen, will ich auch. Die *Tossbar* da drüben, ist das was?«

Sie gingen hinein. Es waren keine weiteren Gäste da.

Tjarko las auf einem Hocker hinter der Bar schläfrig im *Algemeen Dagblad.* Im Spülbecken plätscherte ein dünner Wasserstrahl.

»Bestell mir mal einen jungen Genever. Eiskalt, wenn's geht. Ich geh mir schnell die Hände waschen.«

Tjarko faltete rasch seine Zeitung zusammen und sah Zwanet nach, während er unter der Bar blindlings den kurzen Flaschenhals zu finden wußte. Mochten seine Augen hinter den Brillengläsern auch noch so verschlafen aussehen, bei ihm drückten sie ebenfalls spöttisches Einverständnis aus. »Und du, Ernst?« fragte er, während er ein Schnapsglas füllte. »'nen Moskovskaya?«

»Nein, nein. Jetzt nicht. Wart noch 'nen Moment.«

»Du hast doch nicht vergessen, daß ich das Zeug eigens für dich in Groningen geholt habe? Davon sind bestimmt noch vier Flaschen übrig. Hier werd ich sie an niemand los. Vielleicht, wenn noch mal ein russisches U-Boot auf das Sandriff läuft ...«

Zwanet kam mit bis über die Ellbogen hochgeschobenen Jackenärmeln von der Toilette zurück und wedelte mit feuchten Händen. »Die Handtuchrolle blockiert.« Sie nahm einen kleinen Schluck vom Genever und schloß einen Augenblick lang genießerisch die Augen. Quispel hatte sie selten oder nie Schnaps trinken sehen. Wenn er darüber nachdachte, konnte er sich an keine Gelegenheit erinnern.

»Trinkst du nichts?«

Sie wußte doch, daß das Trinken von selbst aufhörte, wenn er über den kritischen Punkt hinaus war, und daß es bis zur nächsten Periode dauern würde, ehe er wieder ein Glas anrührte, also, wer weiß, erst in anderthalb Jahren? Es schien so, als ob diesmal buchstäblich alles anders war als sonst. Vielleicht hatte Zwanet sich durch den dem Anschein nach stabilen Zustand täuschen lassen, in dem sie ihn hier vorgefunden hatte.

»Na? Willst du mir nicht Gesellschaft leisten?« fragte sie noch einmal. Sie sog noch etwas Genever ein und schluckte ihn mit einem kurzen Schaudern hinunter. »Tut das manchmal gut.«

»Du weißt doch, daß es jetzt nicht mehr geht.« Tjarkos wegen sprach er so leise wie möglich. »Es ist vorbei, kapier das doch.«

»So ist das immer. Bin ich mal in Stimmung, dann kneifst du wieder.« Zwanet hatte offenbar nicht das Bedürfnis, ihre Stimme zu dämpfen. Quispel gewann den Eindruck, daß sie im Hinblick auf den Barkeeper (der immer spöttischer lächelte, wie ein Wissender) ihren Worten einen absichtlich klagenden Ton gab.

Nein, sonst war sie nie so. Quispel dachte daran, was er sich vor noch nicht einmal einem Monat vorgenommen hatte: ein »normaler«, harmloser Trinker zu werden, um die Tyrannei des Alkohols in seinem Leben unschädlich zu machen. Er hatte erst wieder angefangen zu trinken, als er durch die immer noch wütende Euphorie dazu getrieben wurde. Er mußte es weiter versuchen. Er mußte sich dazu zwingen.

»Also dann, Tjarko, gib mir einen Wodka.«

»Bravo«, sagte Zwanet. »Vielleicht wird ja doch noch ein Mensch aus dir.« Auch über diese Äußerung erschrak Quispel etwas, doch als er seine Frau von der Seite ansah, war auf ihrem Gesicht keine Härte, keine Spur von Vorwurf zu finden.

Tjarko gab ihm den Wodka in einem Whiskyglas. »Der hier geht aufs Haus.« Er glaubte noch schnell durchklingen zu lassen müssen, daß diesem Wodka unzählige andere vorangegangen waren, so daß der gute Kunde jetzt mal einen gratis verdient hatte.

Es war ein Moment der Wahrheit. Das Glas stand vor ihm.

Er hatte nicht getrunken. Unmöglich, den magischen Kreis um das Glas mit der Hand zu durchbrechen, nicht einmal, um es umzustoßen. Das Trinken war vorbei. Jetzt hieß es warten, bis das nächste Zeichen – in einem Jahr, in einem dreiviertel Jahr, in vierzehn Monaten – das Embargo wieder für einige Zeit aufheben würde. Er wollte nicht daran denken.

Gestern war ihm in der Hellsichtigkeit des Katers klargeworden, daß ein Mensch allenfalls noch von vorgetäuschten Genüssen, dem »Verzehr eines hölzernen Schinkens« saturiert werden konnte. Wie war es dann möglich, daß Zwanet ihn heute, ohne daß er sich anstrengte, solche Genüsse erleben ließ, daß es schon weh tat? Nein, es waren keine sexuellen Genüsse: Sie zogen sich an diesem Nachmittag nicht ins Hotel zurück. Allein schon von Zwanets Anwesenheit in dieser neuen, lockereren Gestalt brannten ihm die Augen, wenn er sie ansah, versengte ihm der Atem, heiß geworden von all den hinuntergeschluckten zärtlichen Worten, die Kehle.

Erst als sie am nächsten Tag zur Fähre gingen und an der Stelle vorbeikamen, wo er vierundzwanzig Stunden zuvor in Verlegenheit gebracht worden war, wußte Ernst, was ihm fehlte, was diese glühende Beklemmung in seiner Brust zu bedeuten hatte.

Es war Liebe auf den ersten Blick gewesen. Bei ihrer Ankunft am Tag zuvor hatte er seine Frau nicht so sehr mit anderen Augen gesehen – *er hatte sie zum erstenmal gesehen.*

Später, auf der Fähre, das Gesicht in den Wind gedreht, der ihm zwei Tränen zu den Ohren trieb, sagte er sich: »Wir sind damals ferngetraut worden.«

Ohne seine Braut je gesehen zu haben, hatte er sie auf gut Glück geheiratet. Als er sie endlich von der Fähre abholte, hatte er sich in sie verliebt.

Der unterste Stein

Mas Djoliba

Ende Juni wurde Ernst Quispel vom Kontrollrat, dem Disziplinargremium der Anwaltskammer, für vierzehn Monate suspendiert »wegen der bewußten Täuschung von Personen, deren Interessen er in seiner Eigenschaft als Rechtsanwalt vertreten sollte, sowie der wissentlichen und willentlichen Unterschlagung von Informationen, die für einen ordentlichen Rechtsgang erforderlich waren ...«

Vierzehn Monate: exakt die Zeit, die seit dem Tode von Kiliaan Noppen vergangen war. Zufall oder Absicht? Wollten sie ihn damit spüren lassen, daß er seit diesem Tage den Beruf eines Rechtsanwalts zu Unrecht ausgeübt hatte? Es war ihm egal.

Außerdem wurden ihm wegen des zu erwartenden schlechten Einflusses alle Praktikanten bis auf weiteres verweigert. »Bitte sehr. Ich kann auf diese begriffsstutzigen Kinder gut verzichten.«

Ob Meester Quispel Mitglied der Anwaltskammer bleiben könne oder aus der Liste gestrichen werden müsse, sollte eine weitere Prüfung klären. In einem Zeitungsinterview erklärte Ernsts Bruder Max, Präsident der Anwaltskammer des Gerichtsbezirks Amsterdam und damit Vorsitzender des Kontrollrats, er plädiere für dessen Ausschluß. Ernst wußte, wie leicht er seinem Präsidentenbrüderchen eins auswischen könnte. Er brauchte lediglich beim Kontrollrat des angrenzenden Gerichtsbezirks Haarlem oder besser noch: Utrecht, zu beantragen, Meester Max Quispel künftig von Fällen auszuschließen, an denen sie beide beteiligt waren.

Trotz des Drängens von John Vlacq, der im Mai mit dem letzten Material für seine Dissertation über die Roten Brigaden aus Italien zurückgekehrt war, unternahm Ernst Quispel jedoch nichts dergleichen.

»Dip, jetzt hör doch mal ... Dip! Leg Einspruch gegen die Suspendierung ein, und du hast die besten Aussichten, mit einem halben Jahr davonzukommen. Vielleicht mit noch weniger, wenn du auf mich hörst. Hier, Dip, schau ... lies mal mit ... hier, diese Vorwürfe wird das Disziplinargericht auf jeden Fall für unbegründet erklären müssen, das steht ganz außer Zweifel.«

Vlacq war selbst schon einmal suspendiert worden, und zwar wegen zu hoher Gebührenrechnungen. Nach seinem Einspruch war von der Suspendierungszeit kaum genug übrig, um in Urlaub zu fahren.

»Und dein sauberes Brüderchen, das schaffen wir mit links, wenn du ...«

»Ach, John, laß den Brudermord sich doch vollziehen.«

Das Seepferdchen brauchte ihm nichts zu erklären. Quispel wußte besser als jeder andere, welche Wege ihm noch offenstanden, welches seine Chancen waren. Er hatte keine Lust, sie zu ergreifen.

»Wo ist der unerschrockene Dip geblieben? Hast du keinen Kampfgeist mehr?«

»›Auf los geht's los‹, kreischte der Papagei, als die Katze ihn die Treppe hinunterschleppte. Wie's kommt, so kommt's eben, John.«

»Wenn du mich fragst, Dip, dann hast du während meiner Abwesenheit eine ganz abscheuliche Midlife-crisis entwikkelt. Herrgott noch mal. Weißt du, was du tun müßtest? Dich mal himmelhochjauchzend verlieben. Wann warst du eigentlich zum letztenmal *Dip*?«

»Rutsch mir den Buckel runter.«

Quispel schlug nicht zurück. Er tat nichts. Seine Verliebtheit, so quälend sie auch war, machte ihn passiv. Er war ja schon verheiratet mit seiner neuen Liebe, hier gab es also nichts mehr zu erobern. Und wenn er jetzt noch ihr Herz gewinnen wollte, so nicht mit einer reparierten Karriere, nicht mit einem gesäuberten Namen, nicht mit aufs neue gesichertem

Wohlstand, sondern vielmehr nackt, und seiner aufrichtigen, unglücklichen Liebe als einziger Morgengabe.

Die Suspendierung, der drohende Ausschluß, das alles konnte ihm nichts anhaben. Es änderte nichts an seiner Tragik, oder höchstens insoweit, als es den bittersüßen Geschmack seiner Tragik vertiefte. Er war verliebt, verzweifelt verliebt in die Frau, die er bereits seit neun Jahren kannte, mit der er schon sechs Jahre zusammenlebte, Tisch und Bett teilte und ein Kind hatte. Er wagte es ihr nicht zu gestehen, aus Angst – so redete er sich selbst ein –, sich lächerlich zu machen mit seiner Liebeserklärung, die mindestens sechs Jahre zu spät kam, vor allem jedoch, weil er fürchtete oder sich eigentlich sicher war, daß die Liebe nicht gegenseitig sein konnte.

Liebte Zwanet ihn denn nicht? Ernst war davon überzeugt, daß sie ihn liebte –, aber so, wie man jemanden eben nach sechs (oder neun) Jahren liebt. Mit dem zerreißenden Gefühl, das er jetzt erlebte, hatte das nichts zu tun. Quispel war einsam eingeschlossen in seiner Verliebtheit. Seine beginnende Liebe zu Zwanet schloß ihn aus ihrer Ehe aus.

War so etwas möglich? Ernst lebte mit dem Objekt seiner Liebe unter einem Dach, schlief mit ihr in einem Bett, konnte ihr begegnen, sie sehen, berühren, soviel und sooft er wollte. Sie war seine Frau. Und doch schien sein Verlangen nach der Geliebten nicht weniger stark und nicht weniger einsam als bei einem Jüngling, der aus der Ferne anbetet. Je näher Zwanet ihm war, um so rigoroser trennten ihn seine Gefühle von ihr.

»Was meinst du, John? Kann das menschliche Leben sich auf lange Sicht selbst auflösen, einfach weil es ... nicht nur in technologischer, sondern auch in psychologischer Hinsicht ... zu kompliziert geworden ist? Kann es vom Erdboden verschwinden aufgrund einer Komplexität, die nicht länger lebensfähig ist?«

»Red mal konkret, würd ich sagen.«

»Also, ich frage mich gerade, ob die Kompliziertheit meines eigenen Lebens ... die Quartalsneigungen samt ihren Folgen, die Gesinnungslumperei im vorigen Jahr, meine unmögliche Verliebtheit ...«

»Wie bitte?«

»Erklär ich dir ein andermal. Was ich mich frage, ist, ob mein Leben in seiner Komplexität vielleicht doch weniger subjektiv ist, als man meinen möchte. Ich glaube eher, daß es ein Abbild dessen ist, was für die gesamte westliche Welt gilt. *Wir sind zu kompliziert geworden*, das ist es. Verdammt. Körperlich, geistig ... es ist kein Leben auf der Erde mehr möglich, weil es zu komplex, zu problematisch geworden ist. Zu vielseitig in seinen Problemen ...«

»Du sagst es.«

Ja, er befand sich in einer weitaus verfahreneren Lage als einer, der aus der Ferne liebt. Leiden ist aus einer solchen Entfernung nicht sichtbar, folglich kann es zum Ausdruck gebracht werden. Bei Quispel spielte sich alles in zu großer Nähe ab. Schreckliche Unruhe, wenn Zwanet aus dem Haus ging (einkaufen, mit Cynthia spazierengehen), doch das tödliche Herzklopfen begann erst, wenn er sie vom Balkon aus zurückkehren sah; es verschlimmerte sich beim Geräusch ihres Schlüssels im Schloß der Wohnungstür. Bei ihrem Eintreten spürte er, wie sein Gesicht, aus dem jeder Tropfen Blut verschwand, sich verzerrte. Es konnte Zwanet nicht immer entgehen. »Was machst du für ein Gesicht? Ist was?«

»Nein, nein.«

»Fühlst du dich nicht gut?«

»Doch.«

»Ich seh's doch. Ich bin doch nicht blöd, Ernst. Du versuchst dich tapfer zu halten, aber ich merke, daß du dir deine Suspendierung viel mehr zu Herzen nimmst, als gut für dich ist. Du hättest Johns Rat befolgen sollen. Ich sehe, wie du jeden Tag dünner wirst. Nicht, daß es dir schlecht steht ...«

Ernst belehrte sie keines Besseren. Er litt in Stille.

Zwanet war verändert. Oder hatte seine zum falschen Zeitpunkt eingetretene Verliebtheit sie verändert?

In dem Fall konnte seine Liebe nicht durch eine äußere oder innere Veränderung ihrerseits entstanden sein, vielmehr mußte in ihm irgendein Umbruch stattgefunden haben. Schließlich hatte sich auch etwas an seiner verheerenden Art, sich auszuleben, geändert. Beim letzten Mal war sein Satyrfest sang- und klanglos zu Ende gegangen. Es war eine halbherzige Trinkperiode gewesen, ein Freudenfeuer, das lange unter der Oberfläche seines Alltagslebens geschwelt hatte und nach dem erneuten Anfachen nicht mehr nennenswert aufgelodert war; es wurde auf dem »Rif« von Schiermonnikoog in Rauch und Nebel und Sand erstickt. Kein großer Kater. Visionen, Halluzinationen oder Schlimmeres – kaum der Rede wert. Eine weitaus irdischere Angst hatte ihn dazu getrieben, Zwanet zu Hilfe zu rufen. Und da war sie gekommen, sein rettendes Zwaantje, und er hatte sich mir nichts, dir nichts wie ein Jüngling in sie verliebt. Aber durch wessen Veränderung – seine oder die ihre?

Ja, er mußte sich selbst verändert haben. Wahrscheinlich schon vorher, durch Cynthias Entführung und seine Reaktion darauf. Alle Katastrophen, die großen wie die kleinen, auf die sein *zapoj* im Laufe der Jahre hinausgelaufen war, hatten sich ihm mit voller Wucht, bis in die schmerzhaftesten Details aufgedrängt. Vor allem die größte und mieseste und am stärksten verdrängte Katastrophe, die »Schneenacht im September«, meldete sich wieder. Er hatte immer mehr den Eindruck, die Entführung ihrer kleinen Tochter sei eine logische Folge – dann aber nach einer grauenvollen Logik – dieser früheren, fürchterlichen Erniedrigung Zwanets. Auch um dieses mit Macht heraufdrängende Ereignis zum Schweigen zu bringen, hatte Quispel sich als Zeuge gemeldet.

Das Mitleid, das ihn mit solch schneidender Schärfe durchfahren hatte, hatte ihn verändert – und durch sein Mitleid stand eine andere Zwanet vor ihm.

Nicht nur, daß sie öfter aushäusig war, es wurde auch mehr telefoniert: mit ihrer Mutter, ihrer Schwester, ihren Freundinnen; ihr war offenbar mehr als früher nach Reden zumute – aber nicht mit ihm. Er horchte an der Tür, um ihre Stimme zu hören, sie aber lauschte mit dem Hörer am Ohr manchmal zwanzig Minuten lang dem, was am anderen Ende gesagt wurde. Von ihr kamen meist nur kurze Sätze, die etwas bekräftigten.

»Schön.«

»Ich kann die Musik fast hören.«

»Ja, was hast du denn gedacht ...«

»Natürlich.«

»Also nicht weggeworfen ...«

Aufgrund seiner Suspendierung hatte er plötzlich Zeit im Überfluß, und Geld war auch noch genug vorhanden. Über eine Organisation, die häufig in Zeitungen inserierte, mietete er für die Monate Juli und August ein Haus in der Dordogne.

»Aber Ernst ... so lange.«

Es war eine *maison d'école*, eine aus einem einzigen Klassenzimmer bestehende ehemalige Dorfschule mit einer Lehrerwohnung im ersten Stock. An den Seiten des Hauses gab es überdachte Spielplätze, einen für die Mädchen, den anderen für die Jungen; sie fungierten jetzt als eine Art Kolonialveranda, von der aus man direkt in den Garten gelangte; dort stand auch eine Tischtennisplatte. Die schmale Landstraße endete am Haus. Manchmal drehte ein Autofahrer, der sich verirrt hatte, auf dem Hof.

Hier, in einem Strandstuhl im Garten oder unter der Überdachung des Spielplatzes, wenn Zwanet mit Cynthia am nahe gelegenen kleinen See war, hatte Ernst reichlich Zeit, über den Anlaß zu ihrer Heirat nachzudenken, der noch immer das große Rätsel innerhalb ihrer Ehe war.

Wenn Ernst sich in Anflügen großer Ehrlichkeit sagte, unerträgliche Gewissensbisse hätten zu ihrer Ehe geführt, so war das höchstens die halbe Wahrheit, denn es sagte nichts über Zwanets Motive.

Für ihn selbst galt jedenfalls, daß sich damals, nach der Schneenacht im September '77, seine Reue (die auch sonst, so kurz nach dem Exzeß, schon groß genug gewesen wäre) an den Fall Zwanet heftete. Verdammter Mist: Warum war er nicht wach geworden, als sie nach der nächtlichen Demütigung aufstand? Warum hatte er sie nicht aufhalten können?

Ja, er suchte sie überall, konnte sie aber nicht ausfindig machen. Auch Albert Egberts konnte ihm nicht weiterhelfen: Sooft Quispel an dem plastikbeschichteten Strick der Kuhglocke zog, er war nie zu Hause. Es brannte kein Licht. Eines Abends, noch in derselben Woche, traf er vor Alberts himmelblauer Tür einen schlanken, gutgekleideten jungen Mann von anscheinend türkischer Herkunft. Das charakteristische Geräusch der Kuhglocke, die an der Decke eines zur Straße gelegenen Nebenzimmers hing, hatte Quispel bereits aus einiger Entfernung durch die Abendstille gehört. Der Türke wollte zu Egberts.

»Verzeihen ... sagen Sie mir bitte ... wohnt hier ...?« Er nannte Quispel einen Namen, den dieser Albert schon öfter hatte benutzen hören, wenn er zögerte, seine Identität preiszugeben. Der Türke sprach ziemlich mühelos Deutsch.

»Nein, hier wohnt niemand, der so heißt.«

»Danke.« Würdevoll, geschmeidig ging der in einen gelben Sommeranzug gekleidete Mann zu seinem teuren Auto. Quispel hatte nicht den Mut, noch einmal an dem Glockenstrick zu ziehen, der durch Stahlösen an der Hauswand nach oben führte. Später erfuhr Ernst, daß Albert, um dem Türken zu entrinnen, bei Sux Cox untergetaucht war, einer Krankenschwester, die über der »Kunstgebiß-Reparatur« am Overtoom wohnte.

Quispel machte die letzten – düsteren – Tage seiner Trinkperiode durch. Er trank, erkundigte sich nach Zwanet, trank, suchte Zwanet, suchte Albert, trank, erkundigte sich ... stets, auch in der tiefsten Trunkenheit, von dem Bewußtsein durchdrungen, daß er die einzige, die ihm während des Ausklangs seines Exzesses ein Trost hätte sein können, Zwanet, auf die allermieseste Art und Weise von sich gestoßen hatte. Er trank sich auf den endgültigen Kater zu, auf das Elend der Abstinenz, auf einen Abgrund der Reue, der noch nie so tief gewesen war ... In diesem Zustand fand er Zwanet wieder, oder besser gesagt: sie ihn. Es war eine völlig veränderte Zwanet, härter, rachelustig. In zehn Tagen ein anderer Mensch ... was im übrigen auch für ihn galt. Er wurde vernommen. Die Polizei, die über sein nächtliches Zusammensein mit Zwanet im Bilde war, zog auch die Möglichkeit in Betracht, daß »der erste und der zweite Vergewaltiger« jener Nacht ein und dieselbe Person war. Der Verdacht hielt nicht lange stand: Der Taxifahrer, der ihm fünfundzwanzig Gulden für das Erbrechen in seinem Auto abverlangt hatte, war rasch gefunden und konnte Quispels Alibi bestätigen.

Er spürte, daß es keinen Sinn hatte, gegenüber dieser hart und kalt gewordenen Zwanet Vrauwdeunt weinerlich Reue zu bekunden; er beteuerte ihr lediglich, alles daranzusetzen, um den Vergewaltiger zu finden. Sie verabschiedete sich mit skeptischem Blick.

Quispels Bemühungen, von denen er Zwanet regelmäßig berichtete, ergaben nichts. Lag es auch an Albert Egberts, der sich in eine fremde, verschlossene Welt zurückgezogen hatte, daß Zwanets Abkühlung anhielt? Albert folgte im Herbst '77 seinem Freund Flix nach Neapel; Thjum reiste einen Monat später mit demselben Ziel ab. Nachdem sich in der Silvesternacht das Drama von Neapel vollzogen hatte und Albert – erst unter dem Verdacht der Beihilfe, später als Zeuge – noch mindestens zwei Monate in Italien festgehalten wurde, gab Zwanet ihren Job beim Zeitarbeitsbüro Quick Quick Slow auf. Sie ging nach Kanada – als Au-pair-Mädchen, dachte Quispel, bis sie in einem Brief (sie korrespondierten noch immer wegen der unaufgeklärten Vergewaltigung) erwähnte, daß sie – eine entschieden weniger ansprechende Position – als *nanny* arbeite. Aus ihren Berichten darüber, wie sie sich abrackerte, glaubte er manchmal schließen zu können, sie tue Buße. Warum verließ sie in manchen Briefen den Bereich des strikt Sachlichen und Juristischen zugunsten persönlicherer Mitteilungen? Hatten seine Anstrengungen, seine Findigkeit, sein psychologisches Verständnis sie beeindruckt, auch wenn das alles nicht zum Aufspüren des Täters führte?

Als Albert, mehr oder weniger clean, gegen Ende des Winters '78 nach Amsterdam zurückkehrte, schaute er noch am selben Tag in der Kanzlei vorbei. Die Sonne Süditaliens hatte seine Haut getönt.

»Ernst, habe ich dich eigentlich mal einem Mädchen namens Vrauwdeunt vorgestellt ... Zwanet?«

»Ja, vor langer Zeit.«

»Hast du sie in letzter Zeit gesehen?«

»Heulend vor deiner Tür, meinst du?«

»Na ja ...«

»Sie ist vor zwei Monaten nach Kanada gegangen. Für ein Jahr.«

Albert bat Quispel, etwas für Felix Boezaardt zu tun, der unter erbärmlichen Umständen in Neapel in Untersuchungshaft saß. Quispel zog John Vlacq hinzu, der sich »mit den Verhältnissen in Italien besser auskannte«. Vlacqs Trips nach Neapel, um Flix beizustehen, sollten ihn auf das Thema seiner Dissertation bringen: Während seines zweiten Besuchs im Mai '78 wurde Aldo Moro ermordet.

Eines Tages sah Quispel, wie der elegant gekleidete Türke aus Alberts Haus trat und in seinen glänzenden Wagen stieg. Für Quispel ging davon nichts Bedrohliches aus: Es war Anfang April, und er stand gerade am Anfang dessen, was die längsten und intensivsten Flitterwochen seiner Karriere als Quartalstrinker werden sollten. Genußmittel dienten nur dazu, ein starkes Glück, den Willen zu leben, in die richtigen Bahnen zu lenken ... Menschen wie er und Egberts waren stark genug, damit umzugehen. Um einem Bruder im Glück zu begegnen, ging er durch die blaue Tür, die Alberts türkischer Hausarzt nicht richtig hinter sich zugezogen hatte.

Oben fand er Albert Egberts vor, völlig klar und ruhig. Nicht angetörnt, obwohl verschiedene Anzeichen darauf hindeuteten, daß er sein Mittel gerade genommen hatte. Quispel sprach aufgeregt auf ihn ein. Albert schaute die ganze Zeit ruhig auf Ernsts Schritt, bis dieser – er war stehengeblieben – selbst an sich hinunterschaute. In dem hellen Stoff seiner Sommerhose, die er reichlich verfrüht aus dem Schrank genommen hatte, breitete sich rund um den Schlitz ein großer Blutfleck aus. Er wurde blaß und mußte sich setzen. »Albert, hast du keinen Wodka für mich?«

»Ich trinke nichts Hochprozentiges.«

Seine Finger zitterten fast zu stark, um den Schein aus der Innentasche zu ziehen. »Hier sind fünfundzwanzig Gulden. Könntest du mir im *Bierenbroodspot* eine Flasche holen?«

Schweigend kam Egberts seiner Bitte nach. Quispel ging um die Ecke, um sich über der Rechtsberatungsstelle eine andere Hose anzuziehen – eine dunkelblaue. Sein Geschlecht, bei dem die Vorhaut inzwischen aufgehört hatte zu bluten, umwickelte er mit einem sauberen Taschentuch. Weitere gebügelte Taschentücher verteilte er auf die verschiedenen Taschen seiner Kleidung. So begann, mit einer feuchten, in seiner Kleidung verborgenen Rose, sein Streifzug durch Amsterdam. Die halbherzige Suche nach der entjungferten Australierin und nach einem Arzt, der ihn aus seiner mißlichen Lage erlösen könnte. Wichtig war ihm nicht das Finden, sondern die langwierige Suche. Er hielt sich für einen Märtyrer des unbegreiflichen Glücks, das ihn auserkoren hatte, zur Welt durchzudringen. Aus dieser kleinen, verborgenen Quelle rann – warm und pulsierend – das Unfaßliche. Es war sein Stigma.

Die Australierin hatte etwas von einer Jugendherberge gesagt, einem *sleep-in* oder einem billigen Hotel ... Er klapperte alle ab. Er mußte sie beschreiben: einen Namen hatte er nicht behalten. Unauffindbar. An der Prinsengracht klingelte er, um das Taschentuch zu wechseln, bei einem Bekannten.

»Ernst, bist du aber blaß!«

»Ja, ich verliere Blut.«

Seine Geschichte klang so unwahrscheinlich, daß sein Freund sich vor Lachen kringelte. »Ernst, in Amors Bajonette gelaufen …!«

Über der makellos sauberen Toilettenschüssel wickelte er vorsichtig das vollgeblutete Taschentuch los. Ein Glück: Das bleiche, jetzt so unschuldig und wehrlos aussehende Organ hatte aufgehört zu bluten. Als er es mit dem Finger zu sich aufrichtete, um die Wunde von oben zu betrachten, sah er, wie ihm ein großer schwarzroter Tropfen entquoll. Er fiel in die kleine Wasserpfütze auf dem Porzellanplateau, wo kurzfristig so etwas wie ein rosamarmoriertes Oval entstand. Vorüberziehende Abendwolken im Handspiegel.

Sein Herz pumpte kein Blut, sondern pures Glück. Daß die Euphorie dieses unstillbare Bluten überdauerte, ja, dadurch sogar noch weiter entfacht wurde, war für ihn der Beweis der Kraft, der Echtheit dieser Euphorie. Mit dem blutenden Geschlecht in der Hand war er der absoluten Keuschheit sehr nahe.

Quispel war immer stolz darauf gewesen, daß er seine Arbeit in dieser Periode der Exaltiertheit – die fast zwei Monate anhielt – nicht versäumt, nicht vernachlässigt hatte. Im Gegenteil. Treffsichere Entscheidungen wurden gefällt, viele Erfolge in kurzer Zeit erzielt, auch wenn er mit Kopf und Herz nicht bei der Sache war.

Ernst war sogar stolz auf die Schulden, auf denen er noch gut ein Jahr sitzenblieb. Er bewahrte auch Reliquien. Die teure Lammlederjacke, die er nur – dann aber täglich; er schlief sogar darin – während dieser beiden überglücklichen Monate getragen hatte, schloß er in einem Tresor ein. Acht Jahre später hing sie noch da, so gut wie neu, allerdings mit eingefressenen Alkoholflecken an den Ellbogen und abgeschabten Stellen am Rücken vom letzten Kollaps. An seiner Vorhaut erinnerte eine Verdickung von wildem Fleisch an die Wiedereroberung seiner Keuschheit.

Zwanet blieb fast volle zwei Jahre in Kanada. Rund anderthalb Jahre hatte Quispel nicht mit seiner Dipsomanie zu kämpfen. Er begann das Trinken zu vergessen; es war mehr und mehr etwas aus der Vergangenheit. Vorzeichen, echte wie falsche, konnte er unbeachtet lassen. Er korrespondierte noch immer mit Zwanet. Ende November '79 entwickelte sich die Korrespondenz von seiner Seite explosionsartig. Doch all seine langen Briefe kamen mit dem Vermerk »zurück an Absender« zurück: Zwanet war, nachdem sie noch einige Wochen als Zimmermädchen in verschiedenen Hotels gearbeitet hatte, für einen langen Weihnachtsurlaub in die Niederlande heimgekehrt. Als Ernst die Briefe noch einmal las, war's schon passiert. Hinterher erkannte er den überschwenglichen Ton als Vorzeichen der nahenden Hypomanie. In seinem exaltierten Zustand schickte Ernst die Briefe in einem Sammelumschlag an die Adresse von Zwanets Eltern. Daß sie ihn daraufhin besuchte, wurde erst viel später zum Rätsel. In dem Moment selbst fand Quispel es nicht mehr als gerecht.

Zwanet Vrauwdeunt traf Ernst in aufgedrehter Stimmung in seiner Wohnung über der Anwaltskanzlei. »Du hast einen französischen Akzent«, sagte er, noch bevor sie den Mund aufgetan hatte. Es stimmte.

»Nein, verschluck ihn nicht, deinen Akzent. Es klingt hinreißend.«

Lange hielt er es in der Wohnung nicht aus. Er schleppte sie mit in die Stadt, von Kneipe zu Restaurant, von Restaurant zu Kneipe. Er bequatschte sie, begeisterte sie ... und sie, abgestumpft durch fast zweijährige Fron in Kanada, ließ sich mitreißen von seiner Begeisterung, seiner göttlichen Überdrehtheit, in der sie unmöglich sein Gift und seine Rage aus der Schneenacht '77 entdecken konnte. Und doch waren es alles Symptome seiner Dipsomanie. Nur kannte sie deren Wirkungsweise noch nicht. Er hatte sie in keinem seiner Briefe erwähnt. Sein Enthusiasmus kam ihr völlig aufrichtig vor; es war kein durchsichtiger Trick, um sie zu verführen.

Ohnehin unternahm er keinerlei Versuch in diese Richtung. Er war viel zu sehr mit Reden beschäftigt. Jeden Tag beschwatzte Ernst sie wieder, sich mit ihm zu treffen. Sie verabredeten sich in der Innenstadt, meist in Kneipen, wo Ernst bei ihrem Eintreffen unweigerlich in ein lebhaftes Gespräch verwickelt war. Etwas Neues in seiner Periode, diese festen Verabredungen. Es wunderte ihn selbst. Was sie nicht wußte und nicht wissen konnte, war, daß er, nachdem er sie im Taxi bis an die Tür ihres Elternhauses gebracht hatte, dem Fahrer den Auftrag gab, ihn wieder zurück ins Zentrum zu bringen.

Er sammelte Mädchen, ganz wie sonst. Auch das Trinken verlief wie gewohnt; höchstens hielt er sich in Zwanets Gesellschaft etwas zurück.

Weil sie nicht wußte, daß Ernst nach jedem ausgelassenen Beisammensein in die Stadt zurückeilte, um die ganze Welt in Begeisterung zu versetzen, kam der Moment, da Zwanet sein Verhalten mit Verliebtheit verwechselte. Als er es merkte, ließ er sie in diesem Wahn. Quispel ging in seinem Überschwang sogar so weit, ihr vorzuschlagen, Weihnachten gemeinsam in Florenz zu verbringen.

Sie zögerte. »Soweit bin ich noch nicht, Hochzeitsreise spielen ...«

»Wie hübsch das klingt in deinem französischen Tonfall ... Nein, keine Angst, das werden keine Flitterwochen. Wir teilen uns ein Zimmer, das ist alles. Wenn nachts deine Hand versehentlich aus dem Bett hängt, dann werde ich sie vielleicht mal kurz streicheln. Mehr nicht.«

Er spielte ein gefährliches Spiel. Für die Kapricen seiner Periode war Amsterdam die beste Stadt. Bereits im Nachtzug begann die Unruhe, die Beklemmung. Ernst brauchte Raum, mußte von einem Lokal ins nächste eilen können. Sie teilten sich das Abteil mit einem Italiener. Nach stundenlangem Schweigen wandte sich der Mann an sie. »Darf ich Sie beide etwas fragen? Sind Sie verliebt ineinander?«

Zwanet lächelte. Ernst nickte grinsend. Der Italiener, der

gerade Amsterdam besucht hatte, hob zu einem langen Lamento über die niederländische Küche an. Das einzige, das er ihr abgewinnen konnte – »*molto fresco*« – waren die »Rrrôôllmôppse ...« »Si, la rrrô-ôllmoppsè mi piace. Ansonsten war Ihre Küche zum *vomitare*.«

Nein, Florenz war nicht das richtige Labyrinth für die Apotheose. Setzte dadurch der Niedergang früher ein? In der Christnacht, als alle Kneipen geschlossen waren, fand Quispel im Dom, wo eine Weihnachtsmette zelebriert wurde, den geeigneten Raum, um seinen Gefühlen freien Lauf zu lassen. Die Orgel, der Chor bedienten alle Register seiner Euphorie. Wenige Tage später kam unweigerlich der Abend, an dem die große Begeisterung einen Rückschlag erlitt. Es war ihr letzter Abend in Florenz, kurz vor Silvester. In einer Cocktailbar am Arno trank Ernst ein Gemisch aus Wodka, Crème de cacao und Milch, das White Russian hieß. Für die letzte Nacht hatte er eine teure Suite in einem Luxushotel gemietet. Unter ihrem Tisch stand eine große Tüte mit Brötchen und verschiedenen Sorten Belag – für die Rückreise.

»Ernst, mir fällt gerade ein ... wir haben nicht mal ein Messer.«

»Dann kaufen wir eben eins.«

Hatte seine Stimme zum erstenmal in all den Tagen irritiert geklungen? Versuchte er, für seinen Stimmungsumschwung Zwanets Bemerkung verantwortlich zu machen? Er zahlte sofort. Auf dem Weg zum Hotel kaufte Ernst in einem Supermarkt ein scharfes Brotmesser mit Wellenschliff, das für die harten italienischen Brötchen besonders geeignet war.

Hatte er sich mit dem Luxushotel selbst beweisen wollen, daß das Jubilieren noch in vollem Gange war? Während er an jenem Nachmittag in einem luxuriösen Bad lag, machte Zwanet die Brötchen für den nächsten Tag fertig. Die Badezimmertür stand auf. Trotz des Schaums in seinen Ohren hörte er, wie die gewellte Schneide durch die harte Kruste sägte. Eine Frau, die ihn umsorgte ... Ernst spürte, wie die Glut in seine Brust zurückkehrte.

Aus dem Zimmer drang ein kurzer Aufschrei, eigentlich nicht mehr als das Geräusch, mit dem man den Atem anhält. »O, wie blöd von mir.«

»Hast du dich geschnitten?« Er merkte wieder, daß mehr Irritiertheit als Besorgnis aus seiner Stimme klang.

»Bleib, wo du bist. Ich frage unten, ob sie ein Pflaster für mich haben.«

Zwanet ging so schnell am Badezimmer vorbei, daß er kein Blut sah. Sein Bad war verdorben. Mißmutig, lustlos blieb er noch etwas liegen und stellte fest, daß die Jubeltöne, von denen er geglaubt hatte, sie seien zurückgekehrt, definitiv verstummt waren. Das laute Schnurren des Telefons. Triefend, voller Schaumflocken, stieg er aus der Wanne. »Pronto?«

»Signore Cuispelle? La signorina ...« Es irritierte ihn sogar, daß sie sie nicht für seine Frau hielten. Jetzt war Zwanet dran. »Ernst? Der Schnitt ist tiefer, als ich dachte. Jemand von der Rezeption bringt mich zu einer Apotheke.«

Irritiert antwortete er kaum. Das entschwundene Glücksgefühl konnte er jetzt mühelos ihrer Ungeschicklichkeit zuschreiben. Da stand er, tropfnaß, in einer Pfütze auf dem Parkett ... Sein Blick fiel auf das zuletzt durchgeschnittene Brötchen. Makelloses Weißbrot, das sich mit einem großen Tropfen frischen Bluts vollgesogen hatte. Die Regie hatte versagt. Es war vorbei.

Quispel trocknete sich ab, zog sich an. Er fuhr mit dem Fahrstuhl nach unten. Im Foyer wartete er auf Zwanet, ungeduldig, immer verärgerter. Zwischen den geparkten Autos sah er sie zurückkommen, die linke Hand in einem Verband, so weiß wie das Brot.

»Der Mann ... falls ich ihn richtig verstanden habe ... der Apotheker meint, es sei vernünftiger, zu einem *pronto soccorso* zu gehen und den Schnitt nähen zu lassen. Ganz schön tief, sag ich dir. Hier in der Nähe ist ein Krankenhaus.«

Quispel mußte ständig an seine sehr viel delikatere Verletzung vor anderthalb Jahren zurückdenken, die sein Glück nicht hatte zerstören können, im Gegenteil. Jetzt, da es um etwas weit Harmloseres ging, eine kleine Durchkreuzung ihrer Pläne, redete er sich ein, seine Stimmung sei dadurch irreparabel angeknackst. Er verstand die Warnung, fühlte sich aber zu schwach, ihr Gehör zu schenken. Es gäbe nur noch eine Möglichkeit, wie er sich an seinen Rausch der letzten Wochen klammern könnte.

Auf der Erste-Hilfe-Station dolmetschte Ernst – unwillig – zwischen Zwanet und dem jungen Arzt, der, wie sich herausstellte, wenig Englisch und gar kein Französisch konnte. Die Wunde wurde genäht. Zwanet, erleichtert, zog Ernst mit der gesunden Hand zu der Cocktailbar am Arno mit. Weitere White Russians. Die Euphorie schien sich wieder aufzubauen. Wodka pur, aus einer Art Reagenzglas, das in zerstoßenem Eis stand. O, er war wieder ganz der alte, Ernst. Sie aßen in Nello's Keller. Der Rotwein harmonierte gut mit dem Wodka. Ernst bestellte ein *bistecca alla Fiorentina*. Es wurde auf einer großen ovalen Platte gebracht.

»Das ist ja das reinste Dinosaurierkotelett«, sagte eine aufgedrehte Zwaantje.

Es wurde restlos vertilgt, und zum Schluß nahm Zwanet den großen Knochen zwischen die Zähne, um die roten Fleischreste abzunagen. »Das ist doch wohl erlaubt?«

»Aber unbedingt. So gehört es sich sogar.«

»Ich kann's einfach nicht lassen ...«

Sie hielt den Knochen, als wäre er zerbrechlich, mit spitzen Fingern, die kleinen abgespreizt; um sich den Mund nicht fettig zu machen, zog sie die Lippen so weit wie möglich von den Zähnen weg. Ihr Glas jedoch – ein gewöhnliches Wasserglas – wurde ganz undurchsichtig vor lauter fettigen Fingerabdrücken. So paßte sie wieder ganz in seine Flitterwochen. Nach der *zuppa inglese*, auf dem Rückweg zur Cocktailbar für weitere Reagenzgläser Wodka, blieb Ernst plötzlich mitten auf der Straße stehen.

»Du sagst nie, daß du mich liebst.«

Erschrocken blieb auch Zwanet stehen. »Du etwa?«

»Vielleicht nicht direkt, nein.« Er war dabei, sich selbst zu überschreien. »Aber implizit schon.«

Sie gingen weiter. Zwanet schwieg, fassungslos. Vor dem Palazzo Pitti blieb Ernst erneut stehen.

»Gut, ich werde dich – ganz explizit – spüren lassen, daß ich dich liebe.« Es klang zu heftig. »Wenn ich wüßte, du hältst das nicht für Blödsinn ... du sagst nicht von vornherein nein ... also, dann würde ich dich jetzt, hier, direkt vor dem Pitti bitten, mich zu heiraten.«

Zwanet erwiderte nichts. Vielleicht, dachte Ernst noch, schmerzt jetzt die Narbe der nachgespielten Vergewaltigung wieder. Im nächsten Moment, als Zwanet immer noch schwieg, begann er sein Gehirn danach zu durchforsten, was er eigentlich gesagt hatte. Hatte er denn gesagt, was er zu sagen glaubte? Und was hatte er geglaubt, ihr sagen zu müssen? Es entglitt ihm.

Später, bei *Le Giubbe Rosse*, wo der Wodka ebenfalls in Reagenzgläsern serviert wurde, sprach Quispel weiter erregt auf Zwanet ein. In dem Moment, da die Worte seinen Mund verließen, vergaß er ihre Bedeutung. Seine Exaltation war pure Form geworden: ein Mittel, den Niedergang, den bevorstehenden Verfall zu kaschieren. Zwanet hörte zu, halb amüsiert, halb besorgt. Er erinnerte sie immer mehr an den Ernst Quispel, der sie im September '77 in der Studentendisco angesprochen hatte, an den Ernst Quispel der Schneenacht. Vielleicht, um ihn daran zu hindern, wieder ganz der Dreckskerl von damals zu werden, zwang sie ihn, mit ins Hotel zurückzugehen. »Morgen die Rückreise, Ernst.«

Er steckte das schmale Glas in seine Jackettasche und ging mit.

Am nächsten Morgen, zum erstenmal in diesem schönen Monat Dezember, ein schwerer Kater. Wie sollte er sich rasieren? Wie sollte er die lange Bahnfahrt überstehen? Sie hatten nicht einmal Sitzplätze reserviert ... Er sah keine Möglichkeit, die Übelkeit runterzuspülen. In ihrer Suite gab es keine Minibar, aus der er hinter Zwanets Rücken kleine

Wodkafläschchen ins Badezimmer hätte schmuggeln können. Den Roomservice anzurufen, traute er sich nicht, aus Scham ihr gegenüber, wenngleich er in Erwägung zog, ihr eine Flasche Champagner »anläßlich des Abschieds von Florenz« vorzuschlagen. Aber Champagner, selbst wenn er dreiviertel der Flasche tränke, könnte diesen weißrussischen Kater niemals bezwingen.

Schon beim ersten Ansetzen schnitt die Rasierklinge in seinen Nasenflügel. Am schlimmsten an diesem Rasieren mit zittrigen Händen fand er jedoch das pergamentene Gesicht, das unter dem Stoppelbart zum Vorschein kam. Die bläulichrote Angst um die Augen ...

Ohne Medizin, ohne Gegengift stieg er mit Zwanet in den Zug. Es gab nur noch Platz zwischen zwei Wagen, wo Koffer und Rucksäcke an den Wänden aufgestapelt waren. Dort mußten sie stehen. Nachdem Ernst eine halbe Stunde lang zwischen den Gepäckstapeln hin und her geschlingert war, spürte er, daß er die Übelkeit nicht länger hinunterschlucken konnte. Auf der Toilette drohte der Porzellantrichter sich ihm jedesmal zu entziehen, wegzutanzen im Rhythmus des Zuges, so daß er den schmierigen Pott auf Knien umarmen mußte, um seinen Mitreisenden keine Tropfspuren zu hinterlassen. Aus der vertraulichen Geste, mit der er Zwanet nach dem Öffnen der Toilettentür zu verstehen gab, daß er sich hatte übergeben müssen, war alle Bravour der vergangenen Wochen verschwunden. Er sah es an ihrem schiefgelegten Kopf, der mitfühlenden Miene.

Zwanet führte ihn in die Erste Klasse, wo es noch Sitzplätze gab. »Wenn ein Schaffner kommt, zahl ich die Differenz. Du hast mich die ganzen Wochen über nie etwas bezahlen lassen.«

Er war krank, krank. Zwanet schlang den Arm um seinen Hals und zog ihn an sich. Er ruhte mit dem Kopf auf ihrer Schulter; sie fing die Stöße des Zuges für ihn auf. Er schlief ein. Nur wenn er zu laut schnarchte, so daß die Mitreisenden die Augenbrauen hochzogen, weckte sie ihn. »Du schnarchst.« Sie streichelte seine Wange. »Geht's schon etwas besser?« Ihre verbundene Hand lag in ihrem Schoß.

Mit der Übelkeit und den Kopfschmerzen meldeten sich auch die altvertrauten Aufräumer und Verabschieder seiner Trinkperiode wieder zur Stelle: Ekel, Reue, Selbstvorwürfe, Selbstmitleid. Und nicht zu vergessen das tiefe Bedürfnis nach Trost, nach Nicht-alleinsein-Müssen.

Als sich der Zug Mailand näherte, fragte Zwanet: »Was du gestern abend gesagt hast ... hast du das eigentlich ernst gemeint?«

»Was?« Er setzte sich auf und spürte sofort, wie sich die Zahl der Messer in seinem Kopf verdoppelte. »Was hab ich denn gesagt?«

Ihr Gesicht zog sich erschrocken zusammen. »Weißt du's nicht mehr?«

»Ach so, das ... Natürlich weiß ich das noch.« Was hatte er um Himmelswillen nur gesagt?

Mit unsicherem Lächeln fragte sie: »Was meinst du mit ›natürlich‹? Daß du es noch weißt ... oder daß du es ernst gemeint hast?«

»Beides ... beides.«

Die Scham, sich nicht mehr daran zu erinnern, was sie meinte, war so groß, daß er es blindlings bestätigte. Was es auch sein mochte, worum es auch gehen mochte, er würde sein Versprechen, seinen Eid, sein weiß der Himmel was, halten.

Zärtlich, aber auch prüfend, sah sie ihn an. »Wirklich?«

»Soll ich's schwören?«

»Sehr lieb von dir. Aber wir sollten die Sache noch eine Weile so lassen. Nichts überstürzen. Nichts forcieren. Ich bin erst so kurz zurück ... Wir müssen schauen, daß wir uns die nächste Zeit möglichst oft sehen.«

Da fiel es ihm wieder ein. Die sich selbst überschreiende Liebeserklärung, sein verkappter Heiratsantrag, geäußert, um der erlöschenden Euphorie neues Leben einzuhauchen. Sie war irgendwie verschwunden. Der Zug lief in die bedrohliche Überdachung des Mailänder Bahnhofs ein, und hier saß er: krank, ausgewrungen, ein anderer Mensch als gestern, und neben ihm diese schöne junge Frau, auf die er in den vergangenen Wochen sein ratloses Glück gerichtet hatte. Wäre sie jetzt nicht bei ihm gewesen, er wäre in seinem desolaten Zustand gestorben; andererseits stand sie zwischen ihm und der Medizin, die sein Leiden lindern, ja, für den Rest des Tages sogar verschwinden lassen konnte.

Aber Liebe ... nein, keine Liebe. Beinahe Liebe.

So hatte seine Beziehung zu Zwanet begonnen.

Nach Amsterdam zurückgekehrt, sagte Zwanet in Kanada alles ab. Sie sahen sich regelmäßig. Die klassischen Dinge. Essen gehen. Kino. Theater. Quispel liebte Zwanets Gesellschaft. Sie war so schön, daß Ernst manchmal auf die andere Straßenseite ging, um sie aus der Entfernung bewundern zu können. Er mochte es, wenn man sie als »schönes Paar« betrachtete, selbst wenn er es nicht so sah. Zwanets Schönheit, deren Allgemeingültigkeit er erkannte, erregte ihn nicht. Er konnte sie nicht aus der Nähe genießen. Aus der Nähe war sie eine andere Zwanet. Seine Überzeugung verfestigte sich: »Diese und keine andere.« In der Tiefe wuselten Gedanken wie: »Nachkommen? Dann mit ihr. Sie ist eine Rassefrau.«

»Diese und keine andere.« Aber sie, Zwanet? Wie war es bei ihr?

Nach ihrer Schneenacht im September hatte sie aufgehört, die Pille zu nehmen – »aus Haß«, wie sie selbst sagte. In Kanada hatte sie ihr nicht sehr gefehlt. Ernst drängte sie jetzt, zum Arzt zu gehen und sich ein neues Rezept zu besorgen.

»Gut, aber ich will erst was mit dir anfangen, wenn alles im Lot ist ... mit dem Hormonhaushalt, meine ich. Und selbst dann weiß ich nicht, ob ich schon wieder soweit bin ...«

Manchmal schliefen sie beieinander. Streicheln, weiter nichts. Er war damit völlig zufrieden, konnte es jedoch nicht lassen, Ungeduld vorzutäuschen, als sie einmal dicht beieinander lagen.

»Ernst, wenn du's nicht mehr aushalten kannst, dann kann ich mich ja mal auf den Bauch drehen. Ich habe keine Erfahrung damit ... so rum ... aber ich habe nichts dagegen. Jedenfalls kann so nichts passieren.«

Sie drehte sich tapfer auf den Bauch.

»Das ist lieb von dir.«

Ernst hatte diesen engen Eingang nie gemocht. Nur aus Neugier hatte er ein paarmal, bei verschiedenen Frauen, davon Gebrauch gemacht. Der kleinen Öffnung fehlte das Mysterium der anderen, geräumigeren. Keine übereinanderliegenden Falten, kein geheimnisvolles Erblühen, keine verborgene Quelle. Außerdem schnürte der straffe, elastische Schacht seinen Orgasmus ab. Aber er wollte Zwanets liebevolle Geste nicht mit einer Weigerung besudeln. Nachdem er einige Zeit zögernd ihre vollendeten – weichen und zugleich harten – Pobacken gestreichelt und dabei gespürt hatte, wie stark sie ihre Muskeln anspannte, ging er ins Bad, um etwas Nivea zu holen. Mit einem Gefühl, als hafte der Klecks lichtspendend an seinem Finger und schwebe selbständig durch die Dunkelheit zu ihr, kehrte Ernst ins Bett zurück. Als er die kalte Salbe – es war noch Winter – an diese glühende Stelle drückte, erschauerte sie kurz und kreatürlich auf die Art und Weise, die ihm noch von ihrer ersten, ernüchternden Begegnung her in Erinnerung war.

Schon bei seinem zweiten Versuch, sich ihr, den Daumen wie ein Bajonett vorgestreckt, zu nähern, rief sie flehend: »Ach nein, Ernst. Das ist nichts für mich. Bitte. Ich habe mich geirrt. Tut mir leid.«

Ohne Bedauern gab er auf, ließ sich danach aber – schweigend, als verbeiße er seine Enttäuschung – ihre unnötigen Entschuldigungen gefallen. Als er immer noch nichts erwiderte, sagte sie: »Also, dann tu's eben. Tu mir ruhig weh. Es ist meine eigene Schuld. Ich habe dich soweit gebracht. Laß mich ruhig schreien. Du brauchst nicht aufzuhören.«

Er weigerte sich. Machte er damit sein Verhalten von damals wieder gut? Suggerierte er ein größeres Opfer, als er in Wirklichkeit auf sich nahm?

In der Post, die er sich vom Hausmeister nachschicken ließ, befand sich Mitte August auch die Einladung zur Eröffnung des Muziektheaters am Dienstag, dem 23. September 1986. »... gleichzeitig Welturaufführung der Oper *Victor IV*. Musik: Arthur Seijffardt; Libretto: Albert Egberts.«

Quispel dachte an das letzte Mal, als er den »Schuhkarton« gesehen hatte. Er hatte dagelegen wie die rohe Form einer Torte, an der rundum noch der Abdruck des Konditormessers zu erkennen ist. Keine Früchte, keine Tupfer, keine Verzierungen ... und die würde es auch nicht geben.

Fast täglich nahm sich Ernst vor, »wie ein normaler Mensch« – so drückte Zwanet es aus – mittags etwas Wein zum Essen zu trinken. Doch das Glas, von Zwanet ungefragt gefüllt, blieb ungeleert auf dem Tisch stehen. Wenn es eiskalter Rosé war (den Zwanet bei warmem Wetter so mochte), schien der Kelch anfänglich wie aus Mattglas, so dicht standen die Tröpfchen an der Außenseite. Unangerührt wurde der Wein unter dem Einfluß des warmen Mittags in seiner Bonbonfarbe langsam klar. Das Glas und Ernsts Hand waren Magneten, die einander ihre abstoßende Seite zuwandten. Er schwitzte heftig bei dem Gedanken, einen Schluck nehmen zu müssen. Die Angst vor dem Risiko, danach weiterzumachen, hemmungslos, bis auf den Grund, und das hier in Frankreich ...

Beim Abräumen trank Zwanet es in zwei Zügen aus. »Lau, bah.« Er fragte sich, ob es von diesem zusätzlichen Glas – dem schnellen, das direkt in den Kopf steigt – komme, daß sie, was er an ihr nicht kannte, nach dem Essen so ... geil wurde. (Es war ein Wort, das eigentlich nicht zu ihr paßte.) So keusch und sittsam Ernst auch hier in der Dordogne blieb, gleichsam aus Achtung vor seiner frischen Verliebtheit, so hemmungslos waren nach einigen Wochen Zwanets – sehr physischen – Anfälle von Geilheit. Sie überfiel Ernst damit an brütend heißen Sommernachmittagen hinter verschlossenen Läden, wenn Cincin schlief und sie sich zu einem Mittagsschlaf hingelegt hatten. Es schien, als benutze sie Ernst zu ihrer Lust und Befriedigung. Es war nicht die Zwanet, in die er sich vor kurzem verliebt hatte, die hier mit schwingenden Brüsten unter dem T-Shirt über ihm aufragte und mit grausamem, gierigem Gesicht, das er gar nicht an ihr kannte, ihren Ritt auf seinem Körper vollbrachte. Er fühlte sich abgeritten, wie ein Pferd. Diese kleinen Exzesse machten sie noch unerreichbarer für ihn, steigerten sein Verlangen, mit ihr ins Bett zu gehen, aber dann auch wirklich mit ihr ...

Nach dem kurzen, stürmischen Beisammensein war Zwanet erschöpft und befriedigt. Sie schlummerte ein. Nach dem Aufstehen war sie abwesend und still; jedenfalls hatte er wieder die Zwanet vor sich, die seine jünglingshafte Verliebtheit brennen ließ.

Sogar diese unerwartete, schamlose Intimität brachte Ernst nicht zum Reden. Nein, es kam ihm unpassend vor, jetzt damit anzukommen.

Rührung, Stolz, Bewunderung, Wohlbehagen, Achtung, Respekt, Zufriedenheit, Bewegtheit, Vertrauen ... das alles hatte er im Laufe seiner Jahre mit Zwanet empfunden, verspürt. Aber Verliebtheit? Hatte es denn vorher nie etwas Derartiges zwischen ihnen gegeben, und sei es auch nur ganz kurz?

Zu nichts, so entdeckte Ernst, bekam die Erinnerung schwerer Zugang als zu Liebesgefühlen der Vergangenheit. Er suchte weiter – es war genug Zeit dafür –, selbst nach dem kleinsten Hinweis.

Im Sommer '83 hatten sie einige Wochen an der Côte d'Azur verbracht, an verschiedenen Orten. Zwanet hatte der Name eines Hotels in Antibes gelockt, und so waren sie im *Mas Djoliba* gelandet. Es lag idyllisch in einem Villenviertel hoch oben in der Stadt, doch die Atmosphäre war mysteriös und bedrückend, nicht zuletzt wegen der unwilligen, spröden Art des zuständigen jungen Mannes, der für seine Aufgabe absolut ungeeignet schien. (Er machte den Eindruck, kurz zuvor seine Eltern verloren zu haben und jetzt mit dem Erbe in Gestalt dieses Hotels dazusitzen.) Weitere Gäste waren eine merkwürdige Gesellschaft von drei oder vier Deutschen, möglicherweise alternde Homos. Wohl oder übel Freunde, die einander spürbar haßten. Manchmal schien es auch um einen wahnsinnig Gewordenen zu gehen, »den Willy«, der nicht ohne zwei oder drei Begleiter verreisen konnte. Der Gruppendepp äußerte sich stets in klagendem Ton; seine Kumpane ertrugen diese Weinerlichkeit recht stoisch. Zwanet graulte sich etwas vor seinem unheimlichen, flachen Hinterkopf und dem dumpfen und zugleich bohrenden, sinnlos fanatischen Blick.

Eines Abends fiel Zwanet plötzlich ein, daß ihre Mutter Geburtstag hatte. Sie versuchte, sie in Amsterdam anzurufen, konnte sie aber nicht erreichen. »Bestimmt essen gegangen.« Da hatte sie beschlossen, eine Pikkoloflasche Champagner aus der Minibar auf das Wohl ihrer Mutter zu trinken. Ernst, der natürlich nicht mittrank, leistete ihr am Rand des kleinen ovalen Swimmingpools Gesellschaft. Der Pool wurde vom Beckenboden aus beleuchtet. Im Wasser schwamm, in ständiger Bewegung, eine Art Staubsaugerschlauch, der blubbernd alle Bonbonpapiere und verdorrten Blätter aufsog. Ernst öffnete die Champagnerflasche für Zwanet; der Korken landete im Wasser und schaukelte langsam, aber sicher dem Mundstück des Schlauchs entgegen.

»Also, Mama, auf dich ...«

Ernst tickte mit seinem Glas Mineralwasser an Zwanets Flöte. Kurz darauf erschien einer der Irrenwärter, in Badehose; von der kleinen Treppe aus platschte er ins Wasser. Er ließ sich auf dem Rücken treiben, wodurch sein aus dem

Wasser ragender Bauch eigenartig rosa erleuchtet wurde, ja, eigentlich selbst Licht zu geben schien.

»Ohne die Aussicht auf diese Wampe wäre es hier noch schöner«, sagte Zwanet, die den Champagner sichtlich genoß. »Jammerschade, daß man mit dir nie einfach mal ein Glas trinken kann.«

Jetzt kam wütend und fast weinend der Idiot der Gesellschaft auf den Pool zugestiefelt. »Ach, Hermann, Hermann ...! Hör mal!«

»Tag, Willy.« Der im Wasser treibende Deutsche sagte es in einem unendlich geduldigen Ton, der auch unendlich müde klang. Er wußte, daß wieder etwas »kommen« würde.

»Ach, Hermann, diese alte Schlampe hat mein Messer gestohlen.« (Mit alte Schlampe war, wie sich herausstellte, das nicht mehr ganz junge Zimmermädchen gemeint.)

»Welches Messer, Willy?« Vorsorglich stieg er schon mal aus dem Wasser und begann sich abzutrocknen, denn er wußte aus weiß Gott wie langer Erfahrung, daß seine Dienste gefragt waren; es konnte durchaus ein langer, heißer Abend werden.

»Ach, du weißt schon, Hermann. Ich hab es seit Jahren, dieses Messer. Es ist nicht besonders schön, aber ich hänge sehr daran. O, diese alte Hure! Mein Messer. Sie hat es heute morgen gestohlen. Ich muß es wiederhaben. Tu was, Hermann!«

Sie verschwanden in Richtung ihres Appartements im Garten des Hotels, wo sie die Rezeption anrufen und um Klärung bitten wollten. Noch eine Weile fingen Ernst und Zwanet aus der Dunkelheit Worte wie »alte Schlampe« und »alte Hure« auf, und dazwischen beschwichtigende Laute des Begleiters. Danach war es wieder still. Zwanet goß sich den letzten Rest des Champagners ein und schaute auf den sich verflüchtigenden Schaum, auf ihrem Gesicht ein Lächeln, das Ernst selten gesehen hatte.

Die Deutschen mußten tatsächlich angerufen haben, denn plötzlich sahen sie den jungen Hotelier Richtung Gartenappartement verschwinden. Erneut setzte das Lamentieren ein. »Mein Messer ...!« Schließlich erschien der Hotelbesitzer mit seinem verrückten Gast im Lichtkreis des Swimmingpools. Er hatte den Arm um Willys Schulter gelegt. Der hatte einen Ausdruck auf dem Gesicht wie ein Kind, das endlich recht bekommen hat, aber noch auf seine Belohnung wartet. Wie kam es, daß der gleichgültige junge Mann auf einmal so fürsorglich zu seinen Gästen war? Der Blick, mit dem Zwanet Ernst ansah, steckte voller neuer Spekulationen.

Die beiden gingen ins Hotel. Durch die nächtliche Stille dröhnte kurz darauf das Geschepper eines riesigen Besteckkastens, der auf einem Marmortisch ausgeleert wurde. Gleich darauf erlosch die Poolbeleuchtung. So blieb Zwanet und Ernst kaum etwas anderes übrig, als in der Dunkelheit dem Gewühle in klirrenden Messern zu lauschen, begleitet vom unaufhörlichen Gejammer des Deutschen. »Es ist nicht da! Es ist gestohlen ...!« Er heulte fast.

Ja, damals war es dagewesen, das Gefühl. Bei ihm, bei ihr, unausgesprochen. Durch weiß der Himmel welche Kombination von Faktoren. Wer hätte je das laute Geschepper von Hotelbesteck in nächtlicher Dunkelheit mit heimlicher Verliebtheit in Verbindung gebracht? Und doch hielt das Gefühl genau die halbe Stunde an, die der jammernde Narr benötigte, um sein Messer zwischen den Tafelmessern zu finden. Er erschien in der erleuchteten Türöffnung mit immer noch gekränkter Miene, in den Händen sein geliebtes Messer. Zwanet, der die Sache nicht ganz geheuer war, stand als erste auf. Ernst folgte ihr. Als sie beim Eingang an dem Verrückten vorbeikamen, sahen sie, daß es ein ganz normales Bestecknesser war. Sie gingen hinein, und im Licht des Flurs mußten sie beide gespürt haben, daß es vorbei war.

'82, in Venedig, war es damals dagewesen?

Zu Tode erschöpft, war er in dem Jahr mit Zwanet in Urlaub gefahren. Er hatte das Gefühl, daß die Feuchtigkeit von Venedig direkt in seine Knochen drang, um ihn noch schlapper zu machen. Er suchte Ablenkung in Konzerten, weil er dabei sitzen bleiben konnte; Museen waren zu anstrengend. Eines Morgens, auf dem Weg zum Ca' Pesaro, um Karten für das Konzert am Abend zu kaufen, sahen sie auf einem leeren Innenhof einen Konzertgeiger. Sein Frack war ausgefranst und verschossen, aber es war ein Frack. Als er Ernst und Zwanet den ansonsten leeren Platz betreten sah, schaltete er rasch den großen Ghettoblaster auf dem abgedeckten Brunnen ein, den Zwanet immer für ein Taufbecken hielt. (»Warum stehen die Taufbecken hier überall draußen auf dem Platz?«) Was metallen und rauschend aus den Lautsprechern drang, war eine Art *Music-minus-one*-Aufnahme des Andante aus dem *Serenadenquartett* von Haydn. Der heruntergekommene Künstler schulterte seine Geige. Deren Klang war alles andere als ausgefranst und verschossen. Die Scham hatte sich bei dem Mann in die denkbar kleinste Ecke zurückgezogen, trat dort aber deutlich in Erscheinung: am Mundwinkel nämlich, wo ein Tic eine Falte von der Größe einer Kieme gebildet hatte, die sich schnell öffnete und wieder schloß. Dort seufzte kurzatmig seine Scham.

Sie blieben stehen – Ernst peinlich berührt wie der Mann, Zwanet voller Mitleid. Quispel sog die Szene durch seine Müdigkeit hindurch ein. Das alte Venedig, im Begriff, im Unrat zu versinken; der abgerissene Geiger mit seinem Kassettenrecorder ... Die Geige schien eher gegen das spitze, metallische Pizzicato anzuspielen, als sich von ihm begleiten zu lassen. Keine Symbole sehen, wo keine sind, Ernst, hielt er sich vor, während er eine zunehmende Erschöpfung spürte.

»Hast du noch Kleingeld?« fragte Zwanet. »Kleiner als fünftausend Lire, meine ich.«

Er gab ihr einen Fünfhundertlireschein, den sie mit entschuldigendem Lächeln, lieb, in den leeren Geigenkasten warf – aus einiger Entfernung, als ob sie sich aus Respekt dem Mann nicht weiter nähern wolle. Dadurch trudelte der blaue Schein neben dem Koffer aufs Pflaster. Der Mundwinkel des Geigers zitterte jetzt noch heftiger. Zwanet kniete sich hin und legte die fünfhundert Lire auf den zerschlissenen roten Samt. Fast unmerklich nickte der Mann, während er die letzten Takte des Andante spielte.

Im obersten Stock des Ca' Pesaro spielte ein ganzes Orchester. Ebenfalls Haydn: eine Probe der 47. Sinfonie, die abends aufgeführt werden sollte. Dadurch wurde der abgerissene Geiger, ein paar Brücken, Kanäle und Gassen von hier, erst richtig ausgeschlossen. Die Fenster standen dort zum Innenhof hin auf, wo sie Plätze für das Konzert reserviert hatten. Zwanet hockte sich vor zwei schwarzen Katzen hin, die ausgestreckt in der heißen Sonne lagen. Unter ihrem Streicheln knisterte das warme Fell. Sie gähnten, drehten sich selbstgefällig auf den Rücken. Eine alte Frau, vielleicht die Hausmeisterin, redete unaufhörlich auf Zwanet ein, die kein Wort verstand und nur mit lachendem Gesicht unter gelegentlichem Nicken zu ihr hochschaute.

»Ja, wissen Sie ... man möchte es nicht meinen, aber die Kleinere ist die Mutter der Größeren ... *che carina.*«

Diese Müdigkeit, dachte Ernst, kann nicht anders als tödlich sein. Er hatte die Empfindung, daß soviel Schönheit ringsum zum Paradieren und Tanzen und Klingen gebracht wurde, um ihn darauf hinzuweisen, daß er das alles in Kürze entbehren müsse. Seine normale Aufmerksamkeit war jetzt in eine extreme, fast unerträgliche Symbolempfänglichkeit umgeschlagen. Er würde noch sterben an den vielsagenden Zeichen.

Die Sinfonie Nr. 47 war erst nach der Pause dran. Das Konzert begann mit einer kleinen Mozart-Sinfonie, wonach Mozarts Klavierkonzert KV 271 gespielt wurde. Bereits während der Sinfonie brach über der Stadt ein Unwetter los, das die Musik störte. Zwischen den beiden Stücken berieten sich der Dirigent und der Pianist, Boris Bloch. Weiterspielen. Als das Allegro eingesetzt hatte, fiel nach einem lauten, scharfen Donnerschlag das Licht aus. Quispel sah die Lichtmaste vor sich, die, hintereinander im Wasser der Lagune stehend, in Bogen die Stromkabel vom Festland an die Stadt weitergaben.

Die Dunkelheit war absolut: Auch von draußen drang, abgesehen vom Aufflammen des Blitzes, kein Licht in den oberen Saal. Die ganze Stadt mußte ohne Elektrizität sein. Erst als die Oboe plötzlich schwieg, wurde Quispel die gar nicht so selbstverständliche Tatsache bewußt, daß Orchester und Solist einfach weiterspielten: Keiner konnte seine Partitur mehr lesen. Wie in der Abschiedssinfonie von Joseph Haydn brachen die Musiker einer nach dem anderen ab. Die Hornisten hielten noch am längsten durch. Als auch das letzte Horn – mit langgedehntem kläglichem Ton – schwieg, spielte nur noch der Pianist weiter. Er ließ keine Note aus, und jede bekam durch das Fehlen der orchestralen Unterstützung eine schlichte Eindringlichkeit. Zuweilen mußte sich Bloch auf ein Duett mit dem Donner einlassen: Dann änderte sich sein Spiel. Es wurde grimmiger, hämmernder. In der *Sala dell' 800* hörte man vom Publikum keinen Seufzer, kein Hüsteln. Ohne Orchester erreichte der Pianist die Kadenz, für die er kein Orchester mehr benötigte. Es wurde eine wundersam ausgesponnene Kadenz, wie man sie noch nie gehört hatte. Auf Plattenhüllen war oft zu lesen, daß Mozart »dieses Konzert für eine blinde Virtuosin« geschrieben habe, aber erst jetzt, da sie hier alle im Dunkel mit den Augen von Blinden beisammensaßen, da sie mit einem Knall und einem Blitz in diese Dunkelheit hineingeworfen waren, ging Quispel auf, was es bedeutete, blind zu sein und nach den Tasten zu tasten und die Dunkelheit zu Musik zu formen.

Ganz am Ende seiner Kadenz, wofür er das Orchester wieder brauchte, verstummte auch Boris Bloch. Für einen Moment blieb es still. Sogar der Donner schwieg. Dann ertönte ein Gänsehaut erzeugendes Quietschen und Scharren, mit dem das Publikum beim Aufstehen – richtiger: Aufspringen – wie ein Mann die Stühle zurückschob. Es gab keine andere Möglichkeit, den Pianisten wissen zu lassen, daß dies eine stehende Ovation war, als durch dieses Geräusch. Der Applaus, der nun losbrach, glich der befreienden Antwort des Regens auf die ersten Donnerschläge.

Nur Ernst und Zwanet waren sitzen geblieben, weil sie einander wie von selbst mit den Händen zurückhielten, die während des Spiels der blinden Pianistin nacheinander getastet und sich gefaßt hatten. So saßen sie den Applaus über da, selbst mit ihrer beider Blut mitapplaudierend, das in ihren verschlungenen Händen gegeneinanderpochte. Sie klatschten am lautesten, auf diese Weise. Sie heulten lautlos.

Und ja, da war es präsent, das Gefühl, die tiefere Verliebtheit, o ja. Für einen Moment. Noch bevor der Applaus zu Ende war, ging das Licht wieder an, und Ernst und Zwanet beeilten sich – beschämt –, an der stehenden Ovation teilzunehmen, wozu sie einander loslassen mußten. So verloren sie sich wieder: im Applaus, in dem dem Unwetter abgetrotzten Licht, in der Stimme des Dirigenten, der eine vorzeitige Pause ankündigte, in dem Chaos zurückgeschobener Stühle, in dem Gedränge, um etwas zu trinken zu holen ...

Der Guckkasten

»Ich will jetzt gleich das ganze Schlafzimmer für mich allein«, hatte Zwanet ausgerufen, als ihr neues Abendkleid gebracht wurde. Es verwunderte ihn, daß sie soviel Spaß an dem mondänen Gehabe hatte. »Troll du dich in dein Büro und üb mit deinem *tuxedo*. Ich schau nachher, ob deine Fliege richtig sitzt.«

Ernst war trotzdem noch Zeuge, wie sie im Schlafzimmer mit dem an sich gedrückten Kleid vor dem Spiegel eine Art strengen Tango tanzte. Zwanet vollführte abgezirkelte Viertelkreise mit gerunzelter Stirn und ernster Miene. Sie stieß mit dem Knie ans Kleid, damit es sich bauschte und aufschwang. Das Kleidungsstück erwachte zum Leben, folgte ihren gemessenen Bewegungen. Es rührte Ernst, wie sie die Wangen einsog, obwohl sie doch wirklich kein rundes Gesicht hatte.

»Es ist eine Oper, Schatz, kein Bücherball.«

»Du wolltest mir das Schlafzimmer überlassen. Geh du jetzt und stopf dir dein kugelsicheres Chemisett in die Hose.«

Etwas später mußte Ernst noch einmal ins Schlafzimmer: um den Schuhlöffel aus einer Schublade zu holen. Zwanet hatte ihn nicht gleich hereinkommen hören. Sie saß mit dem nackten Rücken zu ihm gedankenversunken auf dem Bettrand. Die eine Hand hing locker zwischen den Knien, die andere hatte sie ans Gesicht gehoben, das Ernst zum Teil in dem schwenkbaren Spiegel ihres Frisiertischs sehen konnte. Er sah, wie ihr Mittelfinger mit regelmäßigen Bewegungen die hochgezogene Augenbraue streichelte – nein, eher schrubbte, so wie man mit einer Bürste die Fingernägel schrubbt. Ihre Augen sahen nichts, sie starrten. Ihr Gesicht war traurig, resigniert. Ernst entfernte sich so leise wie möglich rückwärts und merkte erst im Wohnzimmer, daß ihm das Blut in die Wangen geschossen war. Nach all den Jahren hatte er es wieder gesehen. Ihren Tick. Ihren liebenswerten Tick, den er früher als »vage, noch unbewußte Lust zum Bumsen, zur Befriedigung« gedeutet hatte. Ihre Keuschheit lenkte ihre Hand zu einer harmlosen Stelle, immer derselben: der linken Augenbraue. Es war eine mädchenhafte Geste, die ihren Schönheitspanzer aufspringen ließ.

Wieder in seinem Büro, konnte Ernst nicht länger an sich halten. Seine Liebe überwältigte ihn. Er ging mit langen Schritten ins Schlafzimmer zurück.

»Zwanet ...«

Diesmal mußte sie ihn kommen gehört haben und hatte sich, etwas zerstreut, vom Bett erhoben. Zwanet trug einen ihm unbekannten Strumpfgürtel (sie trug so gut wie nie Strumpfgürtel) aus einer Art weißer Spitze mit passendem BH und glänzendem grauem Seidenhöschen. Offenbar hatte sie das Kleid probehalber schon einmal an- und wieder ausgezogen, denn ihre Füße steckten in den dazugehörigen Pumps. So, auf hohen Absätzen und mit hoch oben an den Strapsen festgemachten Strümpfen, transparent weiß auf eine Weise, die ihre Beine wie gepudert erscheinen ließen, wirkten ihre Beine unendlich lang. Um den Hals trug sie ein schwarzes Satinband mit einem ovalen Frauenbildnis aus Elfenbein in der Halsgrube. Dieser Schmuck, der das Bild eines hochgeschlossenen Gouvernantenkleids heraufbeschwor, machte sie nur noch nackter.

»Zwanet, ich muß es dir sagen. Jetzt.«

Sie sah erschreckt, wie ertappt auf, so schien es. »Was denn?«

»Ich kann es nicht mehr für mich behalten.«

»Was ist denn?«

»Zwanet, wenn ich dir jetzt sagen würde ... daß ich nach all den Jahren, die wir zusammen sind ... Es ist vor ein paar Monaten passiert. Auf Schiermonnikoog. Da habe ich mich in dich verliebt.«

Ernst schaute schnell weg von Zwanets bestürztem Gesicht und sah im Spiegel, was für ein Idiot da stand: ohne Hose, mit einem sehr langen Hemd und bis zur halben Wade hochgezogenen schwarzen Socken. Behaarte Knie. Unter dem Kragen hervorbaumelnde Fliege.

»Glaub nicht, daß ich dich davor nicht geliebt hätte. Es ist nur ... etwas hinzugekommen. Ich habe mich ... jetzt erst richtig ... in dich verliebt. Total, mit Haut und Haaren. Wie ein siebzehnjähriger Jüngling. Mit allem Schmerz, der dazu gehört.«

»Aber ...«

»Kannst du das verstehen?«

Zwanet nickte ängstlich.

»Also, ich nicht«, brach es aus Ernst heraus. »Ich kapiere das wirklich nicht. Ich habe das Gefühl, daß das Leben mich zum Narren hält. Das macht mich völlig kaputt. Mein Leben ist kaputt. Alles ist auf den Kopf gestellt. Die Frau, die ich schon so viele Jahre kenne ... die Mutter meines Kindes ... seit ein paar Monaten ist sie eine Wildfremde für mich ...«

»Ernst!«

»... eine Wildfremde, in die ich mich auch noch hoffnungslos verliebt habe. In jeder Verliebtheit, so einseitig sie auch sein mag, steckt ja wohl ein Fünkchen Hoffnung, daß sich die Liebe trotz der Ablehnung früher oder später doch noch als gegenseitig erweisen wird. Wie aber kann man erwarten, daß die Frau, die man schon fast zehn Jahre kennt, auch wenn sie einen aufrichtig liebt, eine derartig verspätete Anwandlung erwidert?«

»Aber Ernst, in der Anfangszeit ... neunundsiebzig, achtzig ... bist du da nicht verliebt gewesen?«

»Ich glaubte es. Ich empfand es auch so. Heute weiß ich, daß es nicht die wahre Liebe war, die unsinnige, schmerzliche ... Es ist eine Krankheit, genauso wie die Leidenschaft eines Mannes mittleren Alters für ein elfjähriges Mädchen. Ein Leiden, das von allein heilen muß. Vergehen muß.«

Zwanet war völlig verstört. »Oje«, hatte sie bereits ein paarmal gesagt, wie ein Mädchen. »Ich weiß nicht, was ich dazu sagen soll. Gerade jetzt ... ausgerechnet jetzt ...«

»Du brauchst nichts zu sagen. Ich hatte dir etwas zu sagen. Ich mußte dir diese ganze sinnlose Liebe gestehen, mit der ich mir allein keinen Rat wußte.«

Zwanets Beine standen noch immer stolz und gerade da – gespannt, gestreckt, Marmorwaden, eingedellte Oberschenkel –, aber ihr Oberkörper hatte etwas Gekrümmtes, in sich Zusammengesunkenes angenommen, etwas Mutloses und Niedergeschlagenes. Man sah es an den Schlüsselbeinen, die verschwommener wurden, ihre Konturen verloren. Ernst begehrte sie, aber nicht so, wie sie jetzt war. Er begehrte eine Zwanet, die sich ihm aus Leidenschaft hingäbe. Vor Elend hätte er flennen können (irgendwo zwischen seinem Herzen und der Speiseröhre steckte ein Schluchzer, den er nicht loswurde), aber gleichzeitig war da dieses brennende Gefühl, dieser willkommene Schmerz ...

Zwanet hatte sich wieder, nun aber auf der anderen Seite, auf den Bettrand gesetzt, und Ernst in seinem lächerlichen Hemdröckchen kniete sich vor sie. Als er den Kopf auf Zwanets Knie legte und seinen Arm um ihre Beine schlang, spürte er, denkbar schwach, etwas Widerspenstiges – den

Ansatz eines Sichzurückziehens, ihm Ausweichens, als habe sie Angst, daß seine Gefühle ihn übermannten und er versuchen würde, sie zu überwältigen, ausgerechnet jetzt, da sie große Toilette machte. Sofort korrigierte Zwanet diese abwehrende Haltung, indem sie die Hand auf den Kopf ihres Mannes legte. Ihre Finger, die sich durch sein Haar flochten, mit den Nägeln zwischen die Wurzeln packten, seine Kopfhaut kratzten, sagten ihm alles. Sie sagten, daß dieses Streicheln und Wühlen als Trost gedacht war, daß es jedoch, von einem unsicheren Herzen gelenkt, als Trost zu verkrampft, zu unsicher war. Versteh mich recht, Ernst: Wer auf diese Weise mit jemandes Verliebtheit konfrontiert wird, empfindet seine eigene Unzulänglichkeit, wenn diese nicht erwidert werden kann. Ihre Finger sagten: Wir finden zuwenig Halt an deinen kurzen Locken, um deinen Kopf zu Zwanet hochzuziehen, und darum drücken wir ihn streichelnd, wühlend, massierend in die Tiefe. Ertrinkende hochzuziehen ist gefährlich. Manchmal muß man sie von sich stoßen, um selbst den Kopf über Wasser halten zu können.

Ernst spürte ihre Haut nicht, erschnupperte auch nicht ihren Geruch. Was er berührte und roch, waren ihre Strümpfe, und das war nicht die Zwanet seiner schmerzlichen Jünglingsliebe, sondern die Zwanet, die allen gehörte, die die Bewunderung aller genoß.

»Ich ziehe mich jetzt weiter an.«

»Ich auch.«

»Bis gleich.«

»Ja, bis gleich.«

Das Taxi erreichte den Frederiksplein, und kurz darauf konnten sie von der Amstelbrücke aus in der Ferne das Muziektheater sehen, hellerleuchtet, gestützt – so schien es – von den Strahlenbündeln der Außenspots.

»Da isses, das Irrenkarussell«, brummte der Fahrer. »Jetzt hat Amsterdam sein Carré und ein Stück weiter sein Carrousel. Tolle Stadt, was?«

»Ja, das fällt mir jetzt erst auf«, sagte Zwanet leise zu Ernst. »Sie hätten die Oper besser *Das Drehkarussell* nennen können ...«

»... anstatt ›Schuhkarton‹, meinst du? Der Volksmund läßt sich aber nicht beeinflussen.«

»Nein, ich meine die Oper heute abend. *Der Guckkasten*. ›Drehkarussell‹ wäre treffender gewesen. Zumindest, insofern ...«

»Guckkasten? Sie heißt doch *Victor IV.*?«

»Nee, nee«, dröhnte der Fahrer. ›Guckkasten‹. Steht auf allen Plakaten. Überall in der Stadt.«

Sie fuhren an der Amstel entlang.

»Merkwürdig«, sagte Ernst, »daß sie den Titel geändert haben, ohne mir was zu sagen. *Victor IV.* ... das machte doch viel mehr her. Na ja, Undank ist der Welt Lohn. Da wird wohl wieder irgend so ein sturer Regisseur dahinterstecken. Übrigens, woher wußtest du das?«

»Keine Ahnung ... Bestimmt irgendwo gelesen.«

Das Taxi hielt an der Blauwbrug. Ein Stück weiter, zwischen den Modellbäumen am Wasser, war, einigen sich im Wind blähenden Spruchbändern nach zu urteilen, eine kleine Demonstration im Gange, doch für ein Auto war noch genug Platz, um den Theatereingang zu erreichen.

»Fahren Sie nicht weiter?«

»Ha! Ja! Haha! Wenn mir'n Schlaumeier sagt, wie. Sehen Sie die Pfosten da?« Er zeigte auf eine Art »Amsterdammertjes«, nicht braun, sondern rot und weiß, die unauffällig die Zufahrt zum Haupteingang versperrten und, den kleinen Vorhängeschlössern nach zu urteilen, nur unter besonderen Voraussetzungen zu entfernen waren. »Wieder eine von diesen bescheuerten Verordnungen. Stellen Sie sich mal vor ... die Musik spielt hier heute abend ja nicht zum letztenmal ... da kommen noch Abende mit Regen, Schnee ... Dann bin ich aber gespannt, wie die Damen hier in Abendkleidern durch die Pfützen waten, wennse im Taxi bis hierher gekommen sind. Das Pflaster is schon jetzt abgesackt. Das wird das reinste Schlammspritzerballett, sag ich Ihnen. Und wir, als einfache Taxifahrer, können uns die Verwünschungen anhören. – Zwölf sechzig, Mijnheer.«

»Großer Gott ...!« Der kleine, flotte Herr, der vor Quispel den Saal betreten wollte, schrak buchstäblich zurück, indem er einen Schritt zurücktrat, und stieß dadurch fast mit Zwanet zusammen. »Entschuldigung, Mevrouw, aber das ist doch ... Nach all den, kann man schon sagen, Hektar lachsrosa Teppich treibt einem das Rot dieser Stühle die Tränen so spontan in die Augen, Mevrouw, Mijnheer, daß man hier geradezu von einer psychologisch ausgetüftelten Farbkombination sprechen kann, die einem im Hinblick auf die bevorstehenden Liebesduette und Wahnsinnsarien die Tränendrüsen sozusagen schon mal schmieren soll. Sagen Sie doch selbst.«

Sie ließen sich vom Besucherstrom in den Saal schieben. Der Herr hatte nicht zuviel gesagt. Wäre es wenigstens Bordeauxrot gewesen oder die etwas weniger dunkle Farbe menschlichen Blutes ... hier aber herrschte das stechende Rot der Wut und des Wahnsinns. Trällernd stiegen die Klänge einer Oboe aus dem Orchestergraben. Immer wieder ein langgedehnter Ton, der auf »pèpèpèpèpè ...« endete, um dann von nicht weniger als drei Schlagzeugern weggefegt zu werden, jeder Herr über ein ungewöhnlich umfangreiches Instrumentarium, von dem offenbar sämtliche Trommeln und Becken und Schellen und Glockenspiele und sonstigen Perkussionsinstrumente ausprobiert werden mußten. Quispel konnte sich nicht erinnern, daß Seijffardt dem Schlagzeug soviel Raum zugedacht hatte.

Was man roch, war nicht der etwas muffige Plüsch, der die richtigen Erwartungen weckt, sondern der tote Geruch des Neuen.

Im Orchestergraben ging jemand (nicht der Dirigent) mit beschwörenden Gesten die Reihen der Musiker entlang, und ein Instrument nach dem anderen schwieg. Allmählich verstummte auch das Publikum. Irgendwo ganz oben flogen

Türen auf, alle Köpfe drehten sich um, und da kam die Königin mit ihrem Gefolge hereinmarschiert. Eine Wellenbewegung ging durch das Publikum, als es sich wie *ein* Mann applaudierend erhob. Breit lachend schritt das Staatsoberhaupt zur königlichen Loge. Sie trug ein langes blaues Kleid, das sich mit dem Rot und dem Lachsrosa nicht zu sehr biß. Die Königin setzte sich. Ihr Gefolge setzte sich. Das Publikum hörte auf zu klatschen und setzte sich. Langsam erloschen die Lichter.

Quispel fiel auf, daß der eiserne Vorhang vor der Bühne noch nicht entfernt war. Er war nicht altmodisch bemalt mit Bändern und Quasten und Fransen, sondern mattweiß wie frisch grundierte Malerleinwand. Auch die Orchestermitglieder saßen wieder. Der Dirigent stand mit ausgebreiteten Armen auf seinem Podest. Es war viel ruhiger als gewöhnlich zwischen dem Stimmen und der Musik. Nicht einmal ein Hüsteln war zu hören. Dies war ein historischer Augenblick.

Um sie an einen Konzertbesuch in Florenz zu erinnern, als eine italienische Dame in ihrer Nähe, die zeigen wollte, daß sie auf Zack war, die Musik kurz vor dem Erklingen vorgesummt hatte, summte Quispel seiner Frau die Anfangstakte der Ouvertüre ins Ohr, die er den Komponisten so oft auf dem Klavier hatte spielen hören. Er war außerordentlich gespannt, wie die mittlerweile vertrauten Noten orchestriert klingen würden. Er erinnerte sich an die prickelnde Spannung, als er *Bilder einer Ausstellung* von Mussorgski, ein Klavierstück, das er gut kannte, zum erstenmal in Ravels Orchesterfassung hören sollte. Zwanet zog als unbeabsichtigte Antwort die einer dünnen Ähre gleichende Braue hoch und rieb sanft mit der Spitze ihres Mittelfingers darüber. Sie ertappte sich selbst bei dieser Geste, hielt abrupt inne und sah auf ihren Finger. Aus dem Orchestergraben drangen schurrende Geräusche, langgedehnt und metallisch, von Becken und anderen Schlaginstrumenten, die Quispel nicht gleich einordnen konnte. Es folgte ein wütender Faustschlag mitten im Orchester: eine Kakophonie sämtlicher Schlaginstrumente gleichzeitig, wobei die Metalltöne vorherrschten. Trotzdem glaubte Quispel aus dem Getöse, das bei der ersten unsanften Bekanntschaft so willkürlich klang, eine Absicht herauszuhören. Irgend etwas, ein riesiger Gegenstand, wurde in seinem stockenden Fall dargestellt. Für einen Moment war es, als halte die Kakophonie den Atem an: Der fallende Gegenstand schwebte frei. Nur ein dünnes schurrendes Geräusch blieb hörbar: die mit sanften Besen bearbeiteten Bekken. Dann traf das Ding auf, nicht nur mit einem zehnfach verstärkten Paukenschlag, nein, es war, als ob der Orchestergraben zerspränge, als ob alles Metall (die Schellen, die Glokken, die Becken, die Triangeln) in den Saal flöge. Diese Klangexplosionen hatten mit der ursprünglichen Ouvertüre zu *Victor IV.* nichts gemein.

Die plötzliche Stille – um sie zu erreichen, mußte sich der Dirigent mit dem ganzen Oberkörper vorwerfen – schlug nicht weniger hart auf die Trommelfelle als die Perkussionsgewalt. Unmittelbar danach setzte sich der eiserne Vorhang, oder was Quispel dafür gehalten hatte, starr in Bewegung. Das monotone, leicht scheuernde Geräusch wurde vom Summen der Bässe und Celli unterstützt (oder verschleiert). Der hochgezogene Vorhang enthüllte eine halbkreisförmige Wand, in der in Augenhöhe kleine Fenster ausgespart waren. Hinter einigen wurden reglose, bebrillte Männerköpfe sichtbar, die übrigen blieben hinter einer weißen Abdeckung versteckt. In das Summen der Streicher hinein platzte mehrmals wie zu Beginn, nur viel gedämpfter, ein kurzer Ausbruch der Schlaginstrumente, woraufhin sich dann eines der Fenster öffnete und den Blick auf einen bebrillten Männerkopf freigab. So lange, bis alle mit Ausnahme von zweien offen waren.

Im Vordergrund drehte sich ein kleines Podest, eher ein rundes Bett mit Leopardenfellen, auf dem eine ausgestreckte Frau lag. Sie war fast nackt und etwas zu gut gepolstert. Quispel begriff jetzt, was der fallende Gegenstand aus dem Vorspiel gewesen war: eine Münze, ein Ein- oder Zweieinhalbguldenstück, nach dem Einwurf in den Automaten einer Peep-Show, hier freilich bis ins Groteske verstärkt. Und ja, natürlich: Der eiserne Vorhang hatte das – ebenfalls bis ins Absurde vergrößerte – Guckloch des Publikums verdeckt. Das Publikum war wie *ein* Mann mitschuldig, war Mitvoyeur, weitaus unentrinnbarer miteinbezogen als sonst. Es gab keinen Orchestergraben mehr, kein Rampenlicht; das Publikum war nach Entrichtung der klingenden Münze darübergeschritten und begaffte gezwungenermaßen das rotierende Nacktmodell. »Erzwungene Scham«, hatte der Regisseur wohl gekräht. Das alles war deutlich genug, doch was hatte dieses Glubschbordell mit Victor IV. und der Geschichte des Waterlooplein zu tun?

Inzwischen war, mitten durch das Schlagzeugchaos und kontrapunktisch in die Ouvertüre eingebettet, eine Art stilisierter Nachtclubmusik zu hören. Aus den Kulissen traten drei, vier Frauen, alle spärlich bekleidet, die sich äußerst träge zu dieser leicht nuttigen Musik bewegten. Dabei hantierten sie mit Tamburinen ohne Bespannung, aber fast so groß wie Fahrradräder, und es war offensichtlich, daß hier das Klingeln des Geldbeutels nachgeahmt wurde. Der Regisseur hatte offenbar bestimmt, daß die Sängerinnen, so beleibt sie auch waren, selbst schauspielern und tanzen mußten, was in dieser Szene ein heftiges Bauchfaltengewoge ergab. Quispel paßte genau auf. Kein Zweifel: Sie sangen selbst, es waren keine Doubles. Der Text war niederländisch, wie bei *Victor IV.*, doch was sie in diesem Eröffnungsquartett sangen, war nicht alles zu verstehen. Anscheinend waren es keine niederländischen Sängerinnen; sie retteten sich, so gut es ging, über die Runden. Die Worte, die Quispel auffing, waren reichlich frivol. Irgend etwas von harten, kalten Einwurfschlitzen da drinnen in den Kabinen ... und wie die Spanner nach dem Einwurf fühlen konnten, wie die Metallschlitze unter ihren Fingerspitzen warm und weich wurden ...

»Illusorisch! Illusorisch!«

... während sie, die begafften Frauen, fühlten, wie sie hart und kalt wurden wie ein Automat, ein eiserner Harnisch mit einem Schlitz drin. Ihre höhnenden Worte waren eindeutig nicht für die Ohren der Voyeure bestimmt, die hinter ihrer hermetischen Wand nur sahen, wie sich die Münder bewegten. Daß der Inhalt des Gesungenen in permanentem Widerspruch zu den Posen stand, die die Sängerinnen währenddessen einnahmen, und den Gesten und Bewegungen, die sie dazu machten, ergab einen Verfremdungseffekt. Ob sie nun die Zuschauer beleidigten oder häusliche Banalitäten austauschten, ihre Körper bewegten sich weiter in einem obszönen Tanz. Mit wabbelndem Hintern, schaukelnden Brüsten, wogendem Bauch, die Arme wie Schlangen an der Innenseite ihrer Schenkel entlangbewegend, verkündete die Diva in einem Rezitativ:

»Ich mach heute früher Schluß!
Ich muß noch einkaufen gehen ...!«

Diese Diskrepanz zwischen Gesang und Tanz, zwischen Wort und Gebärde, wirkte auf die Dauer halluzinierend. Bravo, Albert, bravo, Arthur: Das war mal was anderes als eine mit dramatischen Gesten unterstrichene Arie. Aber was war bloß in die beiden gefahren, daß sie hier auf einmal ein völlig anderes Stück präsentierten?

Die hohen Champagnergläser wurden von den Umstehenden so schnell von den Tabletts genommen, daß sich das Bild einer Stalinorgel aufdrängte. Quispel schlenderte schwitzend von Tablett zu Tablett, streckte ab und an die Hand aus, konnte sich aber nicht überwinden, ein Glas zu ergreifen. So gern er auch bei diesem milden gesellschaftlichen Trinken mithalten wollte, er konnte keinen Schluck herunterkriegen, ohne dazu den »Auftrag« zu haben. Schließlich nahm er einen Sherry von einem Tablett mit verschiedenen Getränken, beging aber den Fehler, daran zu riechen. Während des ganzen Empfangs blieb er mit dem vollen Glas in der Hand stehen. Vielleicht schaffte er ein paar Tropfen, wenn jemand an seinen Arm stieß.

Ernst und Zwanet sprachen kurz mit dem nervösen Komponisten.

»Was ist mit Victor passiert?«

»O, das ist eine lange Geschichte ... Der Intendant fand das Stück bei näherer Betrachtung zu lang und zu kostspielig. Statt dessen haben sie dann diesen Einakter genommen.«

»Aber ... die ganze Arbeit«, sagte Zwanet.

»Ja, was passiert jetzt mit dem ganzen phantastischen Material?«

»Ich erklär es euch ein andermal. Jetzt muß ich zur Königin.«

Die Königin stand ganz in der Nähe und unterhielt sich mit dem Regisseur und dem Dirigenten. Ernst und Zwanet konnten wörtlich mitverfolgen, wie der Komponist ihr von irgendeinem Zeremonienmeister vorgestellt wurde. Jeder aus der königlichen Gesellschaft schien von der obszönen Vorstellung peinlich berührt – außer ihr.

»Ah, Sie sind also Mijnheer Seijffardt«, sagte die Königin herzlich. »Tja, was soll ich dazu sagen ... Ganz schön viel Noten, nicht? Ich meine, für so ein relativ kurzes Stück ...«

Der Komponist blieb stumm. Sein Librettist, der ebenfalls in der Nähe stand, sprang ein. »Exakt so viele wie nötig, Majestät.«

Der Zeremonienmeister beeilte sich, Albert Egberts der Königin vorzustellen. »Mijnheer Egberts hat das Libretto verfaßt.«

»Ah, Sie sind also der Bühnenautor.«

»Zu Diensten, Majestät.«

»Man kann ja nicht behaupten, Mijnheer Egberts, daß Sie im vergangenen Jahr nicht von sich haben reden machen. Ihr Stück wurde ja sogar vor Gericht aufgeführt, wenn ich mich nicht irre.«

Unter ihrem transpirierenden Gefolge erklang höfliches Lachen.

»Majestät: Ich kann nicht klagen. Übrigens, es war nicht persönlich gemeint.«

»O, ich fand es sehr einfallsreich. Obwohl ... auch etwas anachronistisch.«

»Ja, und Sie haben auch keinen Bruder. Aber sehen Sie sich mal die historischen Stücke von Shakespeare an, die Königsdramen, welche Freiheiten er sich da erlaubt hat.«

»Das ist mir bekannt.«

Quispel sah vom einen zum anderen. Am Tage ihrer Krönung hatte Albert hier mit einem Stein in der Hand gestanden; jetzt hielt er die Hand der Königin. Aus dem konfusen weiteren Verlauf des Gesprächs meinte Quispel schließen zu können, daß die Königin und der Bühnenautor von verschiedenen Stücken sprachen, *Benjamin* und *Der Guckkasten*. Das führte zu einer wahren Sprachverwirrung. Der Komponist hörte zu, ergriff aber kein einziges Mal das Wort. Erst als der Prinzgemahl sich mit der Mitteilung zu ihm niederbeugte, er habe seinerzeit Seijffardts Sinfonie für Streicher sehr genossen, lächelte Arthur und sagte: »Ich danke Ihnen, Hoheit. Ich fühle mich sehr geehrt.« Danach standen die beiden Herren noch eine ganze Weile da und nickten sich verlegen zu.

Ihrer Majestät wurde auch noch der Bühnenbildner vorgestellt. Nachdem die Königin erfahren hatte, daß Boezaardt von Beruf Bildhauer war, bedrängte sie ihn mit einer Reihe technischer Fragen.

»Mit welchem Material arbeiten Sie?«

»Mit der lebenden Materie. Davon mache ich einen Gipsabdruck.«

»Wie bearbeiten Sie den dann weiter?«

Flixens Miene wurde immer beklommener. Er versuchte, auf alles eine Antwort zu geben, mußte jedoch allmählich das Gefühl bekommen, wieder vor Gericht zu stehen.

»... dann geht Ihr Realismus, so geschickt Sie ihn auch untermauert haben, mir aber doch eindeutig zu weit.«

Quispel hatte nicht den Eindruck, daß sie etwas von Boezaardts Tragik wußte. Flix wurde durch eine Handbewegung des Zeremonienmeisters von seiner Befragerin erlöst. Limousinen fuhren vor, und die gesamte königliche Gesellschaft bewegte sich dem Ausgang zu. Der Empfang war nicht länger eine Einheit mit der Königin als Mittelpunkt, sondern zerfiel in unzählige Grüppchen. Zwanet sprach mit Albert Egberts, sehr ernst, sogar etwas ängstlich, schien es. Albert reichte ihr ein Glas Champagner. Ernst wechselte seinen Sherry zum wiederholten Mal in die andere Hand. Mochte seine Kehle vom Betrachten Zwanets auch noch so trocken sein, er würde nicht davon trinken.

Zwanet kam zu ihm, den Rand ihrer Flöte voll Lippenstift. Sie schaute nicht weniger ernst und ängstlich drein als eben. »Albert fragt, ob wir mit ihm und Arthur in der Stadt noch was trinken gehen. Um den Erfolg zu feiern ...«

Ernst hob die Hand mit dem Sherry und seufzte.

»Verstehe«, sagte sie leise.

Den Mantel bereits über dem Arm, kam in Begleitung von Arthur Seijffardt und zwei Sängern Albert auf sie zu. Hatte Zwanet unmerklich den Kopf geschüttelt? »Ich versteh's«, sagte Egberts und schlüpfte in seinen Mantel. »Hör mal, Dip, ich bin morgen früh mit zwei Inspektoren von der Reichskripo verabredet. De Moei und Hanekroot, dir wohlbekannt. Ich möchte ihnen etwas zeigen und hätte gern, daß du auch dabei bist. Morgen früh um zehn. Hast du Zeit? Ich treffe mich mit ihnen beim *Huis van Haring*. Dort folgen weitere Instruktionen. De Moei und Hanekroot kommen mit dem Auto, wir haben also ein Transportmittel. Kann ich auf dich zählen?«

»Ich bin baff. Aber schön, warum nicht. Ich komme.«

»Sieh an, Meester Quispel. Das ist aber lang her. Ich hab schon befürchtet, daß Sie Vegetarier geworden sind.«

»Stimmt. Aber mir wurde langsam so flau.«

»Also 'nen neuen?«

»Prima. Ohne Zwiebeln.«

Die Inspektoren waren bereits da. Hanekroot saß vor einem Brötchen mit Krabbensalat und hatte sich den Regenmantel bekleckert. »Sie hier, Mijnheer Quispel? Was für ein Zufall.« Und mit einem Nicken zur gegenüberliegenden Straßenseite, wo der neue Flügel fast fertiggestellt war: »Wollten Sie sich die Situation noch mal ansehen?«

»Zufall? Ihre Anwesenheit war mir bekannt. Ich bin von Mijnheer A. Egberts hierherbestellt worden. Worum es geht, weiß ich nicht.«

»Wir auch nicht«, sagte de Moei, der eben sein Aalbrötchen bekam. »Außer daß es ... schon wieder ... mit Noppen zu tun hat.«

»Weiß der Himmel, wen wir hier noch alles erwarten können«, sagte Hanekroot mit vollem Mund. »Gleich ist der Laden voll, und Mijnheer Egberts lacht sich schief in seinem Bett.«

»Solange der Treffpunkt hier ist«, sagte der Heringsmann, »liebe ich solche Scherze.«

»Wir erleben solche Faxen jeden Tag«, sagte ein Taxifahrer. »Da bestellen sie sechs Taxis gleichzeitig zu einer bestimmten Adresse, und dann stehen sie an der Straßenecke und lachen sich tot. Jetzt fährt immer erst einer hin und sieht sich die Sache an ... Vor einiger Zeit hatte ich einen Typ mit 'nem Kontrabaß in meinem Wagen. Mußte zum Leidseplein. *Café Americain*. Das Ding paßte nicht mal ganz rein. Das Fenster mußte offenbleiben. Ich komm an ein paar Kollegen vorbei. Was glaubst du? Fast alle mit so'nem Kontrabaßspieler hintendrin. Kommen wir zum Leidseplein, stehen vor'm *Americain* gut und gern vierzig von diesen Typen, alle mit so'nem

Leichenkasten im Arm. Hat irgendein Scherzkeks sämtliche Kontrabaßspieler in Amsterdam angerufen, angeblich wegen 'nem kleinen Job. ›Komm zum Leidseplein. Wart da und da, bis du abgeholt wirst.‹ Drin im *Americain* hockt natürlich so'n Vogel und lacht sich 'nen Ast. Es war noch 'n furchtbarer Zirkus, bis wir die ganzen Musiker mitsamt ihren Koffern wieder nach Hause geschafft hatten.«

»Schade«, sagte Inspektor de Moei. »Vierzig Kontrabässe. Das hätte ein einzigartiges Konzert geben können.«

Der Taxifahrer kannte noch mehr solcher Fälle. Hanekroot hatte auch mal »so was Ähnliches, aber doch wieder anders« erlebt. Die Anwesenden waren sich darin einig, daß die Sache keinen Spaß machte, wenn man nicht auch die Gesichter der Veräppelten vor sich hätte.

»Ah«, rief der Heringsmann plötzlich, »da haben wir unseren größten Fan. Unseren größten Oranier-Fan, meine ich.« Herein kam Albert Egberts, eine zusammengerollte Morgenzeitung in der Hand. Er wirkte ziemlich aufgeregt. »Hab ich Sie vorige Woche, als das Parlament eröffnet wurde, nicht mit einem Dreispitz neben der goldenen Kutsche gesehen?«

»Ausgeschlossen. Ich saß oben auf dem Bock.« Albert sagte es automatisch, ohne Spaß am Rumblödeln. Es war Viertel vor elf. Er sah verkatert aus, mit dicken Tränensäcken unter den Augen.

»Bitte tausendmal um Entschuldigung, die Herren. Heute nacht, nach der Premiere, ist es spät geworden.«

Quispel beneidete ihn darum. Für Albert bedeutete eine durchzechte Nacht nie den Anstoß zu einer Verwandlung, die wochenlang anhalten konnte.

»Aber es sieht so aus, als hätten wir zu früh gefeiert. Das heißt, ich hab sie zwar erst flüchtig durchgeblättert, aber es klang nicht gerade überwältigend.« Er schlug die Zeitung auf und suchte nach der Kunstseite.

Von der Rezension, die Albert jetzt mit Verachtung in der Stimme vorzulesen begann, drang kein Wort zu Quispel durch. Er hatte nur Augen für das Foto, das neben dem Artikel abgedruckt war. Albert Egberts. Die Königin. Zwanet. Er selbst. Dieses Foto erklärte alles. Er wußte jetzt, was sie auf Schiermonnikoog so anziehend für ihn gemacht hatte. Auf einmal kannte er den Grund für seine leidenschaftliche Verliebtheit.

Albert bestellte einen Becher Milch und beugte sich zum Heringsmann. Er flüsterte etwas. Quispel hatte den Eindruck, daß Albert von dem Fischgeruch, den er jetzt aus nächster Nähe einatmete, noch um eine Schattierung bleicher wurde. Sogar darum beneidete er ihn: um die normale Übelkeit, die bald verging. »Schon seit Ewigkeiten nicht mehr«, sagte der Heringsmann. »Das ist bestimmt schon ein Jahr her.«

Albert drehte sich um. »Gut. Meine Herren, darf ich Sie bitten, mich zu begleiten?«

De Moei und Hanekroot sahen einander an, zuckten mit den Achseln. Sie bezahlten ihre Brötchen. Albert wartete bereits draußen und massierte sich Stirn und Schläfen gegen die Kopfschmerzen. Quispel folgte den Inspektoren automatisch; seine Gedanken waren bei dem Zeitungsfoto.

Der Wagen von Inspektor de Moei stand neben dem Bürgersteig. Alle vier stiegen ein. »Wohin soll's gehen?« fragte de Moei, sich zu Egberts umdrehend.

»Amstelveenseweg Richtung Vondelpark. Ich sag dann Bescheid, wenn wir rechts abbiegen müssen.«

Quispel hatte oft genug vom Brückengeländer der Oranje Nassaulaan aus zu dem Gebäude geschaut, aber immer auf die Rückseite, und ohne sich je zu fragen, wozu es diente. Der riesige Wintergarten lag an (eher noch in) einem der beiden nierenförmigen Teiche, die sich als Ausläufer der sich durch den Vondelpark ziehenden Seen auf der Südseite des Parks, so schien es, zwischen die Bebauung gezwängt hatten. Daß sich der Eingang an der Waldeck Pyrmontlaan befand, wurde ihm erst klar, als Egberts dort klingeln wollte. Es wunderte Quispel nicht, daß Inspektor de Moei Alberts Arm festhielt und selbst auf den kupfernen Knopf drückte. Nachdem Albert ihnen im Auto seine Story erzählt hatte, übernahm er jetzt das Kommando: Er war die Obrigkeit.

Auf Bänken im Vorgarten saßen sehr alte Frauen in der Herbstsonne, dazwischen eine stickende Pflegerin. »Die Tür ist offen«, sagte die Pflegerin, die vielleicht dachte, sie wollten einen Familienangehörigen besuchen.

»Sie können doch nicht einfach jeden hineinlassen«, hörte Quispel eine alte Dame zu ihr sagen. Die Pflegerin lächelte. »Gehen Sie ruhig rein.«

De Moei drückte die gefirnißte Tür auf. Hinter ihm betrat Hanekroot die Eingangshalle, gefolgt von Egberts und Quispel. Auch hier mit alten Leuten, zumeist Männern, besetzte Bänke. Es war merkwürdig, einen alten Mann in Schlafanzug und Morgenmantel am Stock herumgehen zu sehen. Es gab ihm etwas Verirrtes, vor allem, weil er dazu auch noch einen Hut trug. Eine große Pflegerin trat auf die vier Männer zu. »Meine Herren, was kann ich für Sie tun?«

De Moei übernahm das Wort. »Wir suchen einen Herrn Godefroit. Cornelis Godefroit.«

Die Pflegerin sah gespannt auf ihn herab, als erwarte sie, daß noch mehr käme. Schließlich sagte sie: »O, Mijnheer Gode*freud* meinen Sie.« (Der Inspektor hatte den Namen französisch ausgesprochen.) »Ich habe ihn vor einer Weile in den Speisesaal gehen sehen. Da müßte er eigentlich noch sitzen.«

Sie ging, ohne nach dem Grund ihres Kommens zu fragen, den vier Männern zum Wintergarten voraus, der Quispel aus der Entfernung immer so fasziniert hatte. Das Sonnenlicht hatte aus den vielen Glasleisten ein Netz geknüpft und das, hie und da mit dem Schatten einer Hängepflanze verstrickt, treffsicher schräg in den Saal geworfen. Im rechten Teil des Wintergartens, wo sich eine Sitzecke befand, saß auf einer Chaiselongue aus vergangenen Zeiten der alte Herr Godefroit mit dem gewichtslosen Netz über sich. Mit all den grauen und rostfarbenen Pigmentflecken hatte er eine gewisse Ähnlichkeit mit einem Fisch.

»Mijnheer Godefreud, Besuch für Sie«, rief die Pflegerin.

»Gode*froit*. Wie oft muß ich Ihnen das noch sagen?«

»Gut. Mijnheer Godefra-ha-h-aaa ... Besuch für Sie!«

Der Alte sah vom einen zum anderen. »Ich kenne die Herren nicht. Sie müssen hier falsch sein. Bringen Sie sie wieder weg, Schwester. Ich bin zu alt, um noch neue Freundschaften zu schließen.« Er wandte seine wäßrigen Augen wieder ab, zum Teich.

Jetzt war es die Pflegerin, die mit hochgezogenen Augenbrauen vom einen zum anderen schaute.

»Reichskriminalpolizei«, sagte de Moei. »Inspektor de Moei. Dies ist mein Kollege Hanekroot. Die anderen Herren sind Zeugen. Ich würde Mijnheer Godefroit gern ein paar Fragen stellen.«

»Sie bereiten ihm doch hoffentlich keine Unannehmlichkeiten? Er ist alt, wissen Sie. Täuschen Sie sich nicht.«

»Man ist so alt ... wie man sich fühlt«, sagte Godefroit streng. »Und ich fühle mich zufällig sehr, sehr alt. Aber das ist noch kein Grund ...«

»Wir werden ihn mit größter Schonung behandeln, Schwester. Sie können sich auf uns verlassen. Lassen Sie uns jetzt einen Augenblick mit ihm allein.«

Die große Pflegerin ging wortlos, wobei sie sich noch ein paarmal umsah. Auf dem Teich bewegte sich eine Art Wasserscooter, gesteuert von einem Angehörigen des Parkdienstes, der hier und da Wasserpflanzen abschnitt. Im Wintergarten roch es plötzlich nach Verwesung.

»Mijnheer Godefroit ...«

»Zu Diensten.« Der Alte versuchte, seine Zufriedenheit ob soviel Aufmerksamkeit hinter Hochmut zu verbergen. »Was gibt's, junger Mann?« (Dies zu de Moei, der fast sechzig war.)

»Waren Sie am 25. April vorigen Jahres, zum Beispiel als

Zuschauer, bei der Räumung des ehemaligen Untersuchungsgefängnisses in der Havenstraat zugegen?«

»Havenstraat? Ich kenne keine Havenstraat.«

»... das ehemalige Untersuchungsgefängnis gegenüber vom ehemaligen Bahnhof Haarlemmermeer.«

»Junger Mann, ich höre von Ihnen nun schon zum wiederholten Mal das Wort ehemalig. Das wundert mich keineswegs. Vieles in dieser Welt ist ehemalig. Der Bahnhof Haarlemmermeer, ja, an den erinnere ich mich sehr wohl. Jetzt fahren da Straßenbahnen. Ja, ja.«

»Schon gut, Opa«, mischte sich Hanekroot ungeduldig ein. »Aber erinnern Sie sich noch an die Räumung des Untersuchungsgefängnisses dort gegenüber, vor anderthalb Jahren?«

»Das Untersuchungsgefängnis am Amstelveenseweg ... an das soll ich mich nicht erinnern, also hören Sie mal! Da habe ich im letzten Krieg selber gesessen. Unter dem Vorwurf illegaler Tätigkeit. Ich kenne da jeden Stein. Jetzt sitzen da diese Kahlköppe mit ihren Schlabbergewändern drin. Diese halben Indianer mit ihrem *harekrishna, harekrishna*. Und die Verbrecher, die laufen frei rum. Ich gehe nie mehr unbewaffnet auf die Straße.«

»Die Räumung, Mijnheer Godefreud«, sagte Hanekroot irritiert. »Ich habe Sie nach der Räumung gefragt.«

»Ja, natürlich, man hat die Häftlinge in diese Hochhäuser in Bijlmermeer gebracht. Ich hab ihn gesehen, den Auszug.«

De Moei machte eine beschwichtigende Geste zu seinem Kollegen und übernahm wieder die Befragung in ruhigem Ton. »Mijnheer Godefroit, darf ich Sie mal was fragen ... Verschicken Sie manchmal ein Päckchen mit der Post?«

»Nie«, lautete die stolze Antwort. »Der Post kann man nicht trauen. Die tun heutzutage so wenig Gummierung auf die Briefmarken, daß sie unterwegs einfach vom Briefumschlag flattern. Sehen Sie den Mann da auf dem Moped im Wasser? Der fischt regelmäßig ganze Säcke voll Post raus.«

»Dürfen wir mal Ihr Zimmer sehen?«

Auf dem Gesicht des Alten erschien ein verachtungsvoller

Zug. »Zimmer, Zimmer ... nennen Sie das ein Zimmer, meine Herren Inspektoren? Loch wäre eine bessere Bezeichnung. Nichtsdestotrotz will ich Sie mal hinführen.«

Er erhob sich mühsam, schritt dann aber kerzengerade, und ohne sich wirklich auf seinen Stock zu stützen, vor seinen Befragern die Flure des Pflegeheims entlang. Beinahe federnd, stieg er die Treppe hinauf. Albert und Ernst gingen nebeneinander, schweigend: Dem einen setzte sein Kater zu, dem anderen seine neue Wahrheit.

»Hier ist es. Bitte sehr. Ich dachte, die kommen nie mehr zum Inspizieren. Sehen Sie sich erst mal in Ruhe um, meine Herren. Dann nenne ich Ihnen meine Beanstandungen.«

Das kleine Zimmer, mit einem Tisch, zwei Stühlen und einem Einzelbett, ging zur Straße hinaus. Auf einem niedrigen Bücherschrank mit Glastüren lag ein unordentliches, längliches Päckchen; das Packpapier war verblichen und zerknittert. Darum war eine speckige Schnur gebunden. Die dreieckigen Briefmarken wellten sich an den Ecken, aber im Poststempel waren Datum und Ortsname noch deutlich zu lesen: *Melbourne* 6 11 79.

»Was ist das, Mijnheer Godefroit?«

»Ein Päckchen, würde ich sagen. Ein Päckchen, das mit der Post gekommen ist.«

»Es ist an Sie adressiert.«

»Fein beobachtet, sit venia verbo. Es kommt von meinem Sohn in Australien.«

»Warum haben Sie es nicht aufgemacht?«

»Dazu hatte ich noch keine Veranlassung. Diese Hetze der modernen Welt, das ist nicht mein Stil.«

»Aber es ist schon vor Jahren abgeschickt worden. Sind Sie nicht neugierig, was drin ist?«

»Alles zu seiner Zeit.«

De Moei wandte sich an Albert. »Mijnheer Egberts, ist dies das Postpaket, mit dem Sie Mijnheer Godefroit am Nachmittag der Räumung, am 25. April 1985, haben herumfuchteln sehen?«

»Mit größter Wahrscheinlichkeit, ja«, antwortete Albert müde. »Jedenfalls ist dies das Päckchen, das Mijnheer Godefroit in der Zeit immer bei sich trug. Meester Quispel kann das zweifellos bestätigen.«

»Ja«, sagte Ernst widerwillig. »Ich habe es verschiedene Male aus der Nähe gesehen. Unter anderem in dem Fischladen in der Havenstraat. Ich erkenne die Briefmarken wieder.« Es interessierte ihn kaum mehr.

Inspektor Hanekroot nahm das Päckchen vom Bücherschrank. Quispel sah, wie sich sein Gesicht erstaunt verzog. »Du meine Güte, das ist ja bleischwer. Mijnheer Godefreud, meinen Sie nicht, es ist langsam an der Zeit, es aufzumachen? Das scheint mir auch netter gegenüber Ihrem Sohn.«

»Dann schau ich mal, wo ich mir eine Schere leihen kann«, sagte der Alte nicht sehr begeistert. »Mit den Zähnen bekomme ich es nicht auf.«

»Lassen Sie nur.« De Moei zog sein Taschenmesser hervor.

»Aha«, sagte Godefroit. »Sie sind auch so einer, der nicht unbewaffnet auf die Straße geht, sehe ich. So was weiß ich zu schätzen.«

De Moei schnitt die speckige Schnur durch.

»Sind Sie auch vorsichtig, Herr Gesundheitsinspektor? Da kann was Zerbrechliches drin sein. Mein Junge schickt mir oft delikate Sachen.«

Der Alte schaute mit gespielter Neugier zu. Aus dem Packpapier und der Noppenfolie kam ein rotbrauner Backstein zum Vorschein.

Eine Weile blieb es still.

Schließlich sagte Hanekroot: »Zerbrechlich, in der Tat.«

»Da macht man was mit«, sagte der alte Herr matt.

»Also, Sie wollen behaupten, daß Sie diesen Stein aus Australien bekommen haben?«

»Das sehen Sie doch an den Briefmarken.«

De Moei zählte das Porto zusammen. »Umgerechnet etwas mehr als fünf Gulden. Viel zuwenig, um so ein schweres Ding von Melbourne nach Amsterdam zu schicken, sogar vor sieben Jahren.« Schwarz gewordene Klebebandspuren sagten etwas über den ursprünglichen Umfang des Päckchens. Es mußte wesentlich größer gewesen sein: Das Papier war mehrere Male um den Stein gewickelt.

»Was war da ursprünglich drin?«

»Ach, Herr Inspektor, das ist schon so lange her. Mein Sohn lebt ja schon gar nicht mehr.«

»Warum haben Sie den Stein darin verpackt?«

»Sag ich doch. Man kann heutzutage nicht mehr unbewaffnet auf die Straße. Sie müßten das doch wissen. Eine einfache Schlagwaffe im Zimmer, erlaubt das die Gesundheitsinspektion auch schon nicht mehr? Gut, dann sollen sie mich eben im Bett ermorden.«

»Ich bin nicht von der Gesundheitsinspektion. Ich bin Inspektor de Moei von der Reichskriminalpolizei.«

»Und wer ist dieser Herr da?« Der Alte zeigte auf Hanekroot.

»Mein Kollege, Inspektor Hanekroot. Auch von der Reichskriminalpolizei.«

»Und der da? Ein Briefmarkensammler?« Er wies auf Albert Egberts.

»Dieser Herr«, antwortete de Moei, »hat am 25. April vorigen Jahres beobachtet, wie Sie mit diesem Päckchen nach einem Festgenommenen ausgeholt haben. Ich frage Sie daher: Mijnheer Godefroit, haben Sie mit diesem Backstein, in diesem Papier verpackt, den fraglichen Festgenommenen, bevor oder nachdem er gefesselt von der Polizei abgeführt wurde, auf den Kopf geschlagen?«

Quispel sah Egberts an, der gelangweilt wirkte. Albert zeigte sich nicht besonders interessiert an der Auflösung des Falls. Mit seiner Zeugenaussage wollte er lediglich eine Sache, die ihm zum Halse raushing, zum Abschluß bringen. Oder steckte mehr dahinter? Hatte er sich mit seinem Augenzeugenbericht an Quispel rächen wollen? Hatte Albert zu dem, was er Ernst bereits genommen hatte, auch noch die Auflösung des Falls Noppen stehlen wollen?

»Was für ein Festgenommener?« fragte der Alte.

»Kiliaan Noppen. Achtzehn Jahre alt. Am Morgen nach seiner Festnahme an einer Gehirnverletzung gestorben.«

»Ach, so ein halber Glatzkopf mit Indianerfedern und einem orangenen Schlabbergewand, der immer barfuß rumrennt und harekrishna, harekrishna singt? Kann sein, ja. Es ist doch ein Verbrechen, den Brüdern das Hirn nicht einzuschlagen? Ihr Oberboß sitzt in Amerika mit hundert Rolls-Royces, und die tun hier, was sie wollen. Mir haben sie mein Erspartes abgenommen ...«

Der enthauptete Park

Schweigend standen sie zu viert auf dem Bürgersteig vor dem Eingang des Pflegeheims. Ein Stück weiter die Straße hinauf waren Stimmen zu hören, noch weiter weg lärmte die Stadt. Wenn alle wüßten, was sie jetzt wußten, würde die ganze Stadt schweigen. Dann wäre es hier so still und ausgestorben wie am 4. Mai um acht Uhr abends.

Während sie noch zögernd herumstanden, gaben sie für die Nachbarschaft sicher kein ungewöhnliches Bild ab. Familienangehörige, drei Söhne und ein Bruder, eines im Pflegeheim Verstorbenen, die auf den Krankenwagen warteten.

»Was machen wir jetzt mit dem Alten?« fragte Hanekroot seinen Kollegen, wahrscheinlich eher, um irgend etwas zu sagen, als wegen der Dringlichkeit der Angelegenheit.

»Ich habe Bescheid gesagt, daß sie jemanden hierher abstellen. Das nützt zwar nicht viel, aber es gibt nun mal Vorschriften.«

»Und weiter?«

De Moei seufzte. »Wir fahren jetzt ins Büro und machen eine Pressemeldung fertig.« Und an Ernst und Albert gewandt: »Kann ich die Herren irgendwo absetzen?«

Albert öffnete bereits den Mund, aber noch bevor er

etwas sagen konnte, antwortete Quispel: »Nein, danke. Wir gehen durch den Park nach Hause.«

»Wie Sie wollen.«

Wieder tat Albert den Mund auf, aber in dem Moment traf sein Blick den von Ernst, und er schluckte hinunter, was er hatte sagen wollen. Er nickte. Er hatte verstanden.

Sie begleiteten die beiden Inspektoren bis zu deren Wagen. Allgemeines Händeschütteln. De Moei bedankte sich bei Albert für dessen »Informationen«, aber sehr herzlich klang es nicht. »Seit der Begegnung mit diesem Alten fühle ich mich wie siebzig«, sagte de Moei, während er ächzend einstieg. Hanekroot saß bereits am Steuer und war für seine Verhältnisse sehr schweigsam. Quispel und Egberts winkten ihnen nicht gerade überschwenglich nach, als sie davonfuhren.

Schweigend gingen sie die Waldeck Pyrmontlaan hinunter Richtung Vondelpark, den sie durch den Eingang am Amstelveenseweg betraten. Selbst jetzt, da sich trotz des nahenden Herbstes noch kein Blatt verfärbt hatte, wirkte der Park eher schwarz als grün. Weithin waren alle Rasenflächen verschwunden. Mit Bulldozern wurden große Erdberge verteilt, um den Boden aufzufüllen, der im Laufe von hundertfünfzig Jahren ungefähr einen Meter abgesackt war. Viele ausgewachsene Bäume waren umgesägt und, sofern nicht nur eine Mulde mit Holzspänen davon übriggeblieben war, durch junge ersetzt worden, dünne Schößlinge, die durch einen Pfahl gestützt werden mußten. Quispel mußte an den üppigen, geruhsamen Park denken, den er in dem langen Sommer des Jahres 1976 gekannt hatte, während jener Periode grundlosen Glücks, die nie zu Ende zu gehen schien. Nichts war schmerzlicher, als zu sehen, wie diese ungestüme Herbstsonne Erdhaufen und in Stücke gesägte Bäume beschien. Und was es noch schlimmer machte: Man konnte die Erde riechen.

Albert hatte bereits ein paarmal zur Seite geschaut. Früher oder später würde Ernst etwas sagen müssen. Erst ließ er einen mit schwarzer Erde beladenen Lastwagen vorbei.

»Wie lange schon?«

»Du weißt doch, daß Zwanet und ich ... früher ...«

»Natürlich weiß ich das. Red nicht drum rum. Wann hat es wieder angefangen?«

»Als du weg warst.«

»Auf Schiermonnikoog?«

»Ich wußte nicht, daß du auf den Watteninseln warst. Nur, daß Zwanet dich irgendwo abholen sollte.«

»Ist es ... ernst?«

»Das war es damals schon, siebenundsiebzig, vor neun Jahren. Ich habe jetzt erst von Zwanet erfahren, was damals passiert war. In der Nacht ...«

»Deiner berüchtigen Schneenacht im September, ja. Hat sie dir auch erzählt, welche Rolle ich dabei gespielt habe?«

»Um dich zu schonen, könnte ich jetzt sagen: ›Nein, wieso?‹«

»Gut, dann weißt du das also auch.«

»Ernst, deinen verächtlichen Ton kannst du dir sparen. Schließlich warst du es mit deiner krankhaften Ungläubigkeit, der sie zum Schweigen verurteilt hat. In dieser Nacht ...«

Albert schwieg jetzt. Sie gingen an den Rosengärten vorbei, jedenfalls an dem Teil, wo sich früher, vor den Auffüllarbeiten, die Rosenbeete befunden hatten. In der ungleichmäßig über das Gelände verteilten Erde war hier und da noch – andeutungsweise – das Honigwabenmuster der Blumenbeete zu erkennen. Lag es an ihren gemeinsamen Gedanken an eine beschädigte Zwanet, daß sie jetzt beide, düster und schweigend, auf das schmutziggraue Gelände blickten, das trotz seiner Kahlheit noch die Erinnerung an gelbe und rosa Teerosen heraufbeschwor?

»Ernst«, fuhr Albert fort, als sie diesen Teil hinter sich gelassen hatten, »du hast mich eben gebeten, nicht drumherumzureden. Also: Sie ist in jener Nacht zweimal vergewaltigt worden. Und ich ... ich habe bis vor kurzem nichts davon gewußt. Ich habe nie verstanden, warum sie mir gegenüber plötzlich so abweisend wurde.«

»Gleich wirst du mir noch erzählen, daß du dadurch eine leichte Beute jener ... jener anderen Heldin wurdest.«

»Etwa nicht?«

»Darauf falle ich nicht herein. Man kann mir ja eine Menge vorwerfen, aber das nicht. Noch bevor irgend etwas passiert war, Albert, hattest du den ersten Schritt in deine spätere Abhängigkeit getan. Während Zwanet, wohlgemerkt, noch in dieser Studentendisco auf dich wartete ...«

»Zwanet hätte mich nach diesem ersten Schritt ... diesen ersten Schritten, wenn du willst ... vor weiteren bewahrt. Auch ohne daß sie was davon wußte. Einfach dadurch, daß sie da war. Daß sie in meinem Leben war und blieb. Ihre Abweisung, die ich falsch gedeutet habe, hat mich ...« Seine Hand beschrieb eine ohnmächtige Bewegung in der Luft, und er schüttelte den Kopf. »Nein, ich bin nicht ganz ehrlich.«

Albert preßte die Lippen zusammen. Er schüttelte immer noch den Kopf, sagte jedoch nichts mehr. Langsam änderte sich das Gesicht des Parks. Er wurde voller, grüner. Hier hatten Bulldozer und Kettensägen ihr Werk noch nicht getan, allerdings waren hier und da bereits große Erdberge hingekippt, die drohend zwischen dem Grün lagen. Eigentlich spazierten sie hier bereits zwischen totem Holz. Quispel sah auf die Uhr. Halb eins. Zwanet mußte jetzt mit Cynthia auf dem Spielplatz des *Melkhuis* sein. Er hatte versprochen, »um die Mittagszeit« auf die Terrasse zu kommen.

»Wenn ich ganz ehrlich wäre«, fuhr Albert fort, »dann würde ich zugeben, daß ein Vorsatz in den Schritten steckte, die mich in die Sucht führten. Du hast das vielleicht nicht gemerkt, damals war unser Verhältnis ja noch nicht so eng, aber mich ließ in jener Zeit die Idee von Stillstand und Bewegung im Leben einfach nicht los. Ich hatte jahrelang gegen die Bewegungslosigkeit in meinem Leben gekämpft. Doch es war ein Kampf ohne Bewegung. Ich kam nicht voran. Als ich nach jener Nacht im September '77 einen hartnäckigen Pusher am Hals hatte, wurde ich neugierig, wie es wohl wäre, jeden Tag von neuem diesen Hunger stillen zu müssen – einen unendlich drängenderen Hunger als den eines Penners, der nichts zu essen hat. Ich glaubte eine Möglichkeit entdeckt zu haben, wie ich eine primitive, authentische Art von Bewegung in mein tägliches Leben bringen könnte. Die notwendige Bewegung der Jagd ... Schau, ohne Zwanets Verschwinden hätte ich mein Experiment nie so weit geführt, aber es gab einen Moment, an dem ich noch zurückgekonnt hätte und trotzdem den endgültigen Schritt tat. Bei vollem Bewußtsein. Vor allem im nachhinein betrachtet, kommt es mir fast wie eine philosophische Entscheidung vor. Eine Entscheidung für die Bewegung, koste es, was es wolle. Eine Entscheidung, koste es, was es wolle, gegen den erzwungenen Stillstand, der uns von diesem Jahrhundert der Geschwindigkeit auferlegt wird, falls du verstehst, was ich meine. Manchmal muß man aus lauter Selbsterhaltungstrieb Hunger schaffen anstatt stillen.«

»Und ... angenehme Jagd gehabt?«

»Das war erst der wahre Stillstand. Jeden Tag exakt derselbe kleine Kreis ... Es war die Bewegung eines Uhrzeigers: mörderisch gleichmäßig, mit Hilfe eines Aufziehmechanismus, während die Uhr selbst regungslos am Kamin gekreuzigt hängt. Stillstand in der Bewegung, das hatte ich mit meinem unter hohem Einsatz durchgeführten Experiment erreicht. Und dann schau mal, wie du da wieder runterkommst.«

Als ob sie sich abgesprochen hätten, waren sie vom Weg auf den leicht abschüssigen Rasen getreten und zum Wasser gegangen. Jenseits des Teiches lag, halb verborgen hinter Bäumen und Büschen, der Spielplatz, der zum *Melkhuis* gehörte. Quispel erkannte sofort das Kleid, das er Zwanet an diesem Morgen hatte anziehen sehen. Die kleine Cynthia hatte gejuchzt, vielleicht, weil ihre Mutter gerade dieses Kleid häufig trug, wenn sie in den Park oder in den Zoo gingen. Ernst sah, wie sich seine Frau zum Sandkasten herabbeugte, aus dem sie im nächsten Moment Cynthia hob.

»Was hast du mit mir vor?«

Albert verstand nicht gleich. »Was meinst du?«

»Was hast du mit ihr vor, meine ich. Das ist das gleiche.«

»Du bist mit ihr verheiratet. Es wird so aussehen, als ob ich sie dir wegnehme. Aber wenn ich ganz ehrlich sein soll, Ernst: Ich habe mehr Recht auf sie als du. Wegen dir ist sie mir damals vor neun Jahren entwischt. Die ganze Zeit über war sie mir versagt.«

Sie schauten sich nicht an. Beide hatten den Blick auf die gegenüberliegende Seite des Teichs gerichtet, aber Ernst wußte genau, daß Albert Zwanet nicht sah. Sie war mit Cynthia zur Terrasse zurückgegangen, wo sie das Kind jetzt im Buggy unter dem kleinen Sonnenschirm festschnallte. Sie selbst saß auf einem Stuhl aus geflochtenem Kunststoff. Noch vor gar nicht so langer Zeit hatte er der Anfechtung fast nachgegeben, die Rückseite ihrer Oberschenkel zu streicheln, auf denen er das Relief vermutete, das die Sitzfläche eines ähnlichen Terrassenstuhls dort hinterlassen hatte.

»Albert, hast du schon mal von einem gehört, der sich nach sechs, sieben Ehejahren in seine eigene Frau verliebt?«

»Eine vorübergehend auflebende Verliebtheit, meinst du? Das hört man öfter, ja.«

»Nein, ich meine jemanden, der seine Frau, sagen wir mal, schon seit zehn Jahren kennt, etwa fünf Jahre mit ihr verheiratet ist, ein Kind mit ihr hat, und so weiter, und nach all der Zeit unverhofft von einer heftigen, nie dagewesenen Verliebtheit in sie überfallen wird. Durch die Heftigkeit seiner Gefühle erkennt er, daß das, was er seinerzeit, am Anfang ihrer Bekanntschaft, für Verliebtheit gehalten hat, nicht mehr als Sympathie oder eine oberflächliche Rührung gewesen sein kann.«

»Und sie hat keine Ahnung davon ... Eine dramatisch interessante Sache. Vielleicht etwas für ein Stück.«

»Das ist mir mit Zwanet passiert.«

»Tut mir leid, ich dachte, du kommst mir gleich mit irgendeiner Parabel. – Wann?«

»Vor kurzem. Um genau zu sein: als Zwanet nach Schiermonnikoog kam. Das heißt, nachdem du ... nachdem ihr ...«

»Verdammt noch mal, da hast du's wieder. Was sind das für perverse Gespinste dieser Scheißweiber? Ausgerechnet ...«

»Nix ausgerechnet. Verschon mich mit deinen Schicksalsgöttinnen. Man merkt wirklich, daß du nicht auf dem Gymnasium warst, sonst kämst du mir nicht mit diesem Kitsch an. Nein, nix höherer Zufall. Ich verstehe erst heute, durch dieses Foto in *de Volkskrant* und durch dein Geständnis, daß all das während meines Ausflugs ins Wattenmeer passiert ist, daß ich meine Verliebtheit nichts anderem zu verdanken habe als ihrer neu aufgeflammten Liebe zu dir. Ich habe mich dort wie ein Teenager in eine neue Zwanet verliebt. Wahrscheinlich in das Mädchen, das sie vor dieser ›Abweisung‹ war, von der du die ganze Zeit sprichst. In rührend durchsichtige Stellen ihrer Seele ... in etwas Unbeholfenes, das an die Stelle ihrer aristokratischen Selbstsicherheit getreten war. Kurz und gut, seit heute morgen weiß ich, daß das, was meine Verliebtheit in Zwanet geweckt hat, sie gleichzeitig absolut unerreichbar für mich und meine Liebe gemacht hat. Du, Albert Egberts. Ganz einfach.«

»Hast du es ihr erzählt? Mir hat sie nie etwas davon ...«

»Erst gestern abend. Vor der Premiere.«

»Und?«

»Sie hat sich zu Tode erschrocken. Jetzt versteh ich erst, warum.«

»Aber ... hatte sie denn nichts an dir bemerkt? Du bist doch kein so kalter Frosch, daß du ...«

»Irgendwas muß sie wohl an mir bemerkt haben, das ist gar nicht anders möglich. Aber sie wird die Veränderung falsch gedeutet haben. Hör zu, Albert. Zwanet hat dir bestimmt erzählt, daß wir nicht oft miteinander geschlafen haben, auch in der Anfangszeit nicht ... Nein«, – Ernst merkte, daß Albert protestieren wollte – »auch das brauchst du nicht zu leugnen. Ich weiß genau, daß sie dir das erzählt hat. Nun, und das hat durch meine jünglingshafte Verliebtheit dann fast ganz aufgehört, obwohl wir wie gewohnt nebeneinander lagen. Ich wurde keusch, verstehst du. Ein verliebter Teenager, der keine Gelegenheit hat, sich mit seinem Mädchen zurückzuziehen, könnte nicht keuscher leben als ich, der ich das Objekt meiner Liebe neben mir hatte, im Bett. Als ob meine Verliebtheit, die meiner Meinung nach genauso stark und genauso rein war wie die eines Siebzehnjährigen, mich zwang, wieder ganz von vorn anzufangen. Am Anfang. Gesehnt habe ich mich genug, aber ich wartete auf die richtige Gelegenheit, um – sozusagen zum erstenmal – mit meinem Leib in ihren einzudringen. Und daß ich es nicht fertigbrachte, ihr das zu erklären, ihr meine Liebe zu gestehen, muß ebenfalls etwas mit meiner verspäteten Pubertät zu tun gehabt haben. Oder vielleicht sollte ich es so ausdrücken: Insoweit ich ein Teenager war, hatte ich mit meiner Schüchternheit zu kämpfen, und als Erwachsener schämte ich mich. Sie muß meine Keuschheit falsch verstanden haben. Als Desinteresse, erloschenes Verlangen ... Zweifellos hat es sie von einer Menge Schuldgefühle erlöst, was ihr Überlaufen zu dir betrifft.«

Wieder suchte er mit den Augen Frau und Kind jenseits des Teiches. Zwanet war sich ihrer so nahen Anwesenheit vollkommen unbewußt. Und Albert hatte sie noch immer nicht auf der Terrasse entdeckt. Es scheint ja geradezu, dachte Quispel mit einemmal bitter, daß ich diesen Ort für die Übergabe ausgesucht habe – wie es bei einem Geiselnehmer geschieht, nachdem man seine politischen Forderungen erfüllt oder das Lösegeld gezahlt hat. Gut, dann soll's eben so sein.

»Da, Albert, schau, wo ich hinzeige ... dieser gestreifte Sonnenschirm dort drüben. Siehst du? Da sitzt sie. Wie verabredet, wartet sie da auf mich. Wenn du jetzt an meiner Stelle hingehst, weiß sie, daß sie im Grunde auf dich gewartet hat.«

»Aber Ernst ...«

»Das enttäuscht dich nun, nicht wahr? Gerade jetzt, wo ich

dir von meiner irrsinnigen Verliebtheit erzählt habe, hast du wohl erwartet, daß ich mit härteren Bandagen kämpfen würde, um sie zu behalten, nicht wahr? Nein, mein Junge, ich habe verloren. Schlicht und ergreifend verloren. Ich merke, daß es mich sogar erleichtert, meinen Verlust einzugestehen, so völlig durchdrungen bin ich von diesem Verlust.«

Quispel hatte Albert am Ellbogen gepackt, in der offensichtlichen Absicht, ihn zum Eingang der Terrasse zu führen, aber Albert schüttelte die Hand ab. »Hör zu, Ernst, wir haben doch noch mit keinem Wort über eine Scheidung gesprochen ...«

Wieder faßte Quispel Alberts Arm. Albert stemmte die Füße fest auf den Boden.

»Ich weiß, daß es darauf hinauslaufen wird. Ich spüre es. So idiotisch es auch klingen mag, ich spüre es an der Kraft meiner eigenen Verliebtheit, denn die speist sich ganz aus ihrer – in dich. Ich bin der Verlierer. Um meinen Ruf nicht mit dem geringsten Makel zu behaften, um meiner Karriere und damit meiner Familie nicht zu schaden, habe ich damals – du weißt es seit kurzem – diese fatale Quartalstrinkerei vertuscht. Mitsamt allen Konsequenzen. Ich habe das Rechtsempfinden vieler Menschen verletzt, ich habe meine Glaubwürdigkeit verloren, ich bin aus der Anwaltskammer geflogen ... und mit alldem habe ich das Wohlergehen meiner Familie noch mehr gefährdet. Das jüngste tolle Ergebnis meines Quartalssäufertums ist das, was sich daheim abspielte, während ich auf dieser Insel war, um eine neue Trinkperiode sich austoben zu lassen. Meine Familie ist jetzt vom Erdboden verschwunden. Einmal im Jahr auf Sauftour ... das war schon von vornherein die Garantie für eine Menge Elend. Du mit deiner jahrelangen Heroinabhängigkeit, die dreimal am Tag befriedigt werden mußte, hast viel weniger Unheil angerichtet. Wirklich, Albert, mir bleibt kein anderer Luxus, als in meiner Niederlage zu schwelgen.«

Über das Wasser wehte nun Boogie-Woogie-Musik heran. Quispel wußte, daß es der Leierkasten mit den musizierenden

Affen war, der dort mit der Rückseite zum Teich stand. Zwanet nahm Cynthia aus dem Wagen und ging mit ihr zu dem Automaten. Albert sah jetzt auch, wie die Kleine ungeduldig die Ärmchen danach ausstreckte.

»Verdammt noch mal, Ernst – und dein Kind?«

»Es wird wohl auf die übliche Regelung hinauslaufen. Alle vierzehn Tage ein Wochenende bei Papa. Später einmal im Monat und zum Schluß nur noch für einen Teil der Ferien. Zumindest wenn man mir das wegen meines Alkoholleidens nicht abspricht.«

»Für dich, Dip, scheint es offenbar festzustehen, daß ich sie heirate: *ein* Kind kein Hindernis?« Zum erstenmal in diesem Gespräch benutzte Albert Quispels beziehungsreichen Spitznamen. Er wurde rot, als er es merkte.

»Spielt keine Rolle. Sie wird von mir wegwollen. Ich war es bereits, aber jetzt bin ich erst so richtig der große, böse Mörder eurer Liebe. Komm ...«

Nun ließ Albert sich doch mit sanftem Zwang zum Weg zurückführen. Langsam gingen sie um den Teich herum auf den Eingang zur Terrasse zu.

»Da wir so weit gekommen sind«, sagte Quispel, »will ich dir auch etwas gestehen.«

»Gut, jetzt bist du dran.«

»Nach dem, was jetzt passiert ist ... daß das Mißverständnis eurer Liebe, um es mal so zu nennen, aufgeklärt ist ... wage ich erst zu glauben, daß Zwanet damals tatsächlich vergewaltigt worden ist.«

»Das mußt du mir aber wirklich mal ...«

»Ich bin jetzt gezwungen anzunehmen, daß es keine bizarre Lüge war, um sich mir aufzudrängen, sich Zugang zu meiner Wohnung zu verschaffen ... kein perverser Vorwand, um mich sexuell zu reizen ... Durch meine hartnäckigen Bemühungen damals, ihr zu helfen, den Täter zu finden, und durch meine sonstige Hilfe habe ich schließlich ihr Vertrauen gewonnen. Nachdem sie in Kanada wieder zur Ruhe gekommen war, haben wir geheiratet. Ich habe sie danach nicht als einen Menschen kennengelernt, der zu solchen Phantasien und Inszenierungen imstande ist. Und trotzdem habe ich insgeheim nie glauben können, daß Zwanet tatsächlich das Opfer einer Vergewaltigung geworden war. Ich dachte, daß ihrer obsessiven Lüge möglicherweise ein anderes Problem zugrunde lag.«

»Ernst ...!«

»Warte, es ist alles noch viel schrecklicher. Sogar ihr Jawort bei unserer Hochzeit habe ich manchmal als Beweis dafür ausgelegt, daß sie unmöglich vergewaltigt worden sein konnte. Schließlich – so argumentierte ich –, hätte die Überwältigung tatsächlich stattgefunden, dann hätte sie doch niemals denjenigen geheiratet, der diese abscheuliche Tat zunächst überhaupt nicht glauben wollte ... der sie dermaßen erniedrigt hatte ... Erst seit heute morgen bin ich davon überzeugt, daß sie damals, in jener Septembernacht am Ende des Sommers, die grauenvolle Wahrheit erzählt hat. O, verdammt, wenn ich diesen Vergewaltiger bloß gefunden hätte. Aufgrund meiner versteckten Zweifel am Wahrheitsgehalt ihrer Worte habe ich natürlich nicht mein möglichstes getan ... auch wenn es mir noch immer so vorkommt, als hätte ich in jenem Herbst ganz Amsterdam und Umgebung durchkämmt.«

»Gerade deswegen wollte sie es dir nie sagen.«

»Was?«

»Wer der Täter war. Sie hat es mehr oder weniger durch Zufall erfahren, nachdem du deine Nachforschungen bereits eingestellt hattest. ›Definitiv unauffindbar‹ oder so etwas Ähnliches hattest du zu ihr gesagt. ›Versuch, es zu vergessen.‹«

»Stimmt.«

»Nicht lange danach hatte sie Gewißheit. Um dich nicht zu verletzen, um dich mit all deiner Mühe nicht zu beschämen, hat sie es verschwiegen. Auch der Polizei gegenüber. So ist Zwanet. Es genügte ihr, Gewißheit zu haben.«

»Also, wer war es?«

»Wenn sie es dir nicht selbst erzählt hat, wer bin ich, es in ihrem Namen zu tun?«

»Kenne ich ihn? Ach, laß. Ist nicht mehr wichtig. Geh jetzt. Es ist alles gesagt. Du weißt, wo du sie findest.«

»Nein, nicht bevor ich dir nicht auch etwas gebeichtet habe. Ich habe das große Bedürfnis, deiner Orgie der Ehrlichkeit etwas entgegenzusetzen.«

»Tu's nicht, Albert. Es nützt dir jetzt mehr als mir, wenn du deine Würde behältst.«

»Ich entblöße mich nicht aus Edelmut. Ich will nur deine Geständnisorgie etwas abschwächen. Du schwelgst mir etwas zuviel in deiner Position als *loser*. Glaub mir, wir unterscheiden uns gar nicht so sehr.«

»Ich will's nicht hören. Ich kotze mich selbst schon genug an.«

Ernst versuchte sich von seinem Gefährten loszumachen, der aber zog ihn an sich. Sie blieben stehen.

»Moment, Meester Dip. Dies noch. Als du mich 1980 in dieser Baartscheer-Sache verteidigt hast, hast du dich für meine antifaschistischen Überzeugungen stark gemacht. Es war nicht einfach ein Anwaltstrick, um die Aufmerksamkeit von ganz anderen Motiven abzulenken. Du hast selbst felsenfest daran geglaubt, und dieser Glaube hat dein entscheidendes Plädoyer beflügelt. In einem bestimmten Moment, als du nach meinem Gefühl die Richter etwas zu sehr auf unserer Seite hattest, habe ich versucht, dein heiliges Feuer ein wenig zu dämpfen. Ich wollte absolut keinen Freispruch. ›Ernst, dieser Pistolenschuß war eine Tat, mit der ich ein Maximum an Aufmerksamkeit auf einen gesellschaftlichen Mißstand lenken wollte. Wenn ich jetzt dank deiner ansonsten hochgeschätzten Anstrengungen mit ein paar Hundert Gulden Geldstrafe davonkomme, sieht das hinterher alles wie eine Bagatelle aus. Nichts, worüber sich das Publikum aufregen könnte. Ich will hier nicht den großen Märtyrer raushängen, aber ein wenig bitteren Nachgeschmack muß die Sache doch wohl bekommen, auch wenn ich schlecht gezielt habe.‹ Weißt du noch?«

»Worauf willst du hinaus?«

»Hör zu, Ernst. Es war natürlich kein Zufall, daß ich mir so einen Baartscheer ausgesucht hatte, der die glühende Kugel abkriegen sollte. Mein Hirn machte mir in seiner Verrottung weis, daß ich die Welt, zumindest die Niederlande, von jeder Form des Neofaschismus säubern und dafür, falls nötig, auch als Märtyrer im Gefängnis landen wollte. Aber ... es hat, als ich schon fast nicht mehr zurückkonnte, *einen* klaren Moment gegeben, in dem ich erkannte, was meine wirklichen Motive waren. Oder besser gesagt: die tieferen Motive hinter den eher vordergründigen. Ich wollte wie ein ängstlicher Vogel, der sich in der freien Welt nicht behaupten kann, in den Käfig flüchten. So einfach war die Chose. Ich hatte Angst vor der Welt, Angst vor der Freiheit – einer Freiheit, die ich in Sucht umgesetzt hatte, einer Freiheit, mit der ich nicht umgehen konnte. Ich wollte die erzwungene Unfreiheit des Gefängnisses, um von meiner Sucht loszukommen und so meine Freiheit, meine Entscheidungsfreiheit, zurückzugewinnen. Alles ganz simpel – aber ich wählte den kompliziertesten Weg. Ich schämte mich für mein Zurückschrecken, für diese Ängstlichkeit eines aufgescheuchten Vogels, und darum wollte ich nicht auch noch so halbherzig und feige sein, mich aufgrund eines Feld-Wald-Wiesen-Vergehens einsperren zu lassen. Ich versuchte, meinem Einzug ins Gefängnis einen glorreichen, einen heroischen Anstrich zu verleihen. Ich wollte in den Augen der Welt ein Märtyrer sein, kein gewöhnlicher Autoknacker hinter Schloß und Riegel, sondern so etwas wie ein politischer Gefangener. Baartscheer, soviel stand fest, besaß die falsche politische Gesinnung. Und zwar eindeutig – auch wenn ich trotz meines vom Heroin zermürbten Hirns nicht der naiven Meinung war, der Neofaschismus, die Viking-Jugend, die Nederlandse Volksunie und wie diese Parteien auch alle heißen, stellten eine ernstzunehmende politische Macht in den Niederlanden dar. Ich erkannte auch, daß meine Tat eher dazu angetan war, diesen Baartscheer in seiner Viking-Jugend-Uniform zum Märtyrer zu erheben – allerdings von der falschen Partei, was viel schlimmer war. Soviel habe ich aufs Spiel gesetzt, Ernst, um den wahren Grund meiner Sehnsucht nach dem Gefängnis – daß ich mich nämlich nur ein bißchen verstecken wollte – zu verbergen. Du siehst, es ist schwer, heutzutage noch einen Helden zu finden. Da brauchen wir nur an den armen Mijnheer Godefroit zu denken. Und wofür ist dein tragischer Dr. Nop nun eigentlich gestorben?«

Quispel schwieg. Sie gingen gemeinsam weiter in Richtung des eisernen Tors. Sie hatten Opfer ausgetauscht. Opfer, die von Selbstquälerei nur so qualmten. Sie waren quitt.

Neben dem Eingang kakelte das Huhn mit den Plastiküberraschungseiern in seinem gläsernen Automaten. Ernst und Albert sahen eine Weile zu, wie ein kleiner Junge das soeben gelegte Plastikei aufzubekommen versuchte. Darin befand sich ein kleines durchsichtiges Döschen, gefüllt mit zitronengelbem Pulver. Das Kind schien enttäuscht, und auch die Mutter wußte nicht, was es war. »Traubenzucker«, sagte Ernst. »Traubenzucker mit Zitronengeschmack.«

Die junge Frau sah ihn argwöhnisch an, zog dann ihren kleinen Sohn mit.

»Also, ich geh dann«, sagte Quispel. »Albert, wir sehen uns.«

»Ernst, ich kann dich doch nicht einfach ... Was wirst du jetzt tun?«

Quispel hatte ein feines, bitteres Lächeln im Gesicht, als er antwortete: »Erst mal kurzen Prozeß machen mit dem großen Verführer in meinem Leben, dem Urheber allen Übels. Der alljährlich wiederkehrenden Euphorie. Ich werde ihr den Garaus machen. Jetzt. Es wird ein großer Kampf ... ein Kampf auf ihrem eigenen Terrain. Was ich noch nie getan habe: Ich werde sie aus der Reserve locken.«

Albert streckte die Hand aus, aber Ernst hob die seine nur kurz – eher ein Abwinken als ein Gruß. Albert wandte ihm den Rücken zu und trat behutsam auf den staubigen Kies der großen Terrasse. Ernst blieb noch einen Moment stehen, doch Albert sah sich nicht mehr um. Die Affenmusik war zu

Ende. Zwanet hatte ihre kleine Tochter wieder in den Buggy gesetzt. Sie korrigierte die Stellung des Sonnenschirms, indem sie ihn etwas mehr zur Sonne hin neigte, und lehnte sich dann selbst mit geschlossenen Augen auf dem Stuhl zurück. Jetzt stand Albert an ihrem Tisch. Ernst sah, wie er den Mund bewegte. Zwanet schrak hoch, sprang halb auf. Sie sah Albert, schaute sich rasch um, ohne jedoch ihren Mann zu sehen. Es war nicht schwer zu erraten, was sie jetzt wohl sagte: »Albert, das geht nicht! Ich erwarte Ernst jeden Moment hier.«

Oder war ihr, einzig und allein durch Alberts unerwartetes Auftauchen, mit einem Schlag alles klar? Albert, der wahrscheinlich mit der Möglichkeit rechnete, daß Quispel noch dastand, umarmte sie nicht. Er setzte sich auf einen freien Stuhl, unbequem vorn auf die Kante, das Gesicht starr lächelnd auf das Kind gerichtet. Zwanet griff in ihre Tasche, stand auf. Einen Moment lang dachte Ernst erschreckt, sie sei auf dem Weg zu ihm, doch sie ging, immer noch ohne ihn zu sehen, in den Selbstbedienungsladen, zweifellos, um für alle drei etwas zu trinken zu holen.

Quispel drehte sich um und ging Richtung Innenstadt. Ein Stück weiter kam er am enthaupteten Standbild Vondels vorbei, Symbol für dessen verunstalteten Park. Quispel zuckte mit den Achseln und dachte: Was von meiner Familie übrig ist, sind weiße Tintebuchstaben auf den schwarzen Seiten eines Fotoalbums, die durch Spinnwebpapier schimmern. Nicht mehr und nicht weniger.

Der Große Vogelfänger

»Soll ich'n großes Pils dazustellen, Meester? 'ne Roßkur, zugegeben, aber manchmal hilft's doch, das Zeugs runterzuspülen.«

»Hüpft's doch«, sagte der Wirt eigentlich, anstatt »hilft's doch«, aber der offensichtlich beabsichtigte Witz wurde von seiner rauhen Morgenstimme und dem muffligen Gesicht zunichte gemacht, das noch bleich und faltig war von einem wahrscheinlich tiefen alkoholischen Schlaf. Und dann dieses »Meester« ... War es eine Angewohnheit von ihm, seine Gäste so anzusprechen, aus Spottlust, oder hatte er Quispel als diesen Anwalt von den Plakaten oder aus der Zeitung erkannt? Ernst glaubte, eigens eine Kneipe gewählt zu haben, in der seine Anonymität gewahrt bliebe. Nicht die Art von Lokal, auf die er während seiner offiziellen Trinkperioden verfallen wäre, wenn es ihm vor allem auf volle Räume ankam, in denen er leichter Seelen für das »in der Luft hängende« Gratisglück fangen konnte. In dieser Kneipe im Stadtteil Jordaan war er der einzige Gast.

Wie lange saß er schon da und starrte mit zweifellos mißbilligender Miene auf seinen unangerührten Wodka? Einen gefrierfachkalten gab es nicht. »Würd sich nich lohnen, Meister. Nach dem Zeugs fragt hier nie keiner nich. Aber ich kann Ihnen 'nen Eiswürfel reintun. Eis ist gefrorenes Wasser, das kostet nix.«

Der Wodka kam aus einer staubigen Flasche, die in die hinterste Reihe des Regals vor dem gleichfalls staubigen Spiegel verbannt worden war. »Ich hab mir gedacht: Ich stell'n vor'n Spiegel, weil die Bolschewiken schreib'n in Spiegelschrift. Glaubense bloß nich, das hätt was geholfen. Im Spiegel kommt och bloß wieder so'ne Art Russisch bei raus. Genausogut könnt da ›Chlorwasser‹ draufsteh'n.«

Die Eisschale hatte anscheinend monatelang im Gefrierfach des alten, rundbäuchigen Kühlschranks gestanden, denn in den Fächern lagen nur noch eine Art viereckiger Tabletten, von denen der Wirt so viele wie möglich mit dem Daumen in das Wodkaglas drückte. »Wolga mit Eisschollen, Meister, mehr is nich drin. Aber ich leg jetz die Flasche für Sie ins Gefrierfach. Man kann ja nie wissen.«

Ernst hatte sich jedoch nicht einmal überwinden können, dieses eine Glas anzurühren. Er sah, wie das Eis zu immer dünneren, immer runderen Scheiben schmolz und sich unter Zurücklassung grauer Kalkreste auf dem Boden schließlich ganz in dem farblosen Getränk auflöste. Er bemühte sich nicht einmal, sich einzureden, sein Widerwille gegen den Wodka sei auf diese unappetitlichen Abschilferungen zurückzuführen, die ihn an Kopfschuppen erinnerten. Nein, ihn ekelte es. Ihn ekelte sein Vorsatz, mit dem Trinken zu beginnen, ohne daß irgend etwas in ihm, in seinem Körper oder im Geist, danach verlangt hätte. Quispel mußte das erste Glas einer Trinkperiode von diesem mysteriösen Machtzentrum tief in ihm aufgedrängt werden. Dem gingen undurchschaubare Vorbereitungen voraus. Alles an und in ihm stellte sich darauf ein, diesen einen Schnaps wie die vielen, die ihm zwangsläufig folgen mußten, aufzunehmen. Er konnte nicht einfach aufs Geratewohl hochprozentigen Alkohol in sich hineinschütten: Damit störte er eine fast göttliche Ordnung, eherne Gesetze, die irgendwann einmal aus extremen Gewissensbissen heraus entstanden waren.

»Soll ich'n großes Pils dazustellen, Meister?«

In den Augen des Kneipenwirts, der sich selbst sichtlich alle erdenkliche Mühe gab, mit dem ersten, heilkräftigen Schnaps des Tages so lange wie möglich zu warten, war Quispel natürlich einer, der dringend Gegengift benötigte, dabei aber noch zu angeschlagen war, um es hinunterzukriegen. Ernst beneidete den Mann fast, für den der Alkohol zum Tagesablauf gehörte. So einer lebte vom Ausschank, trank dabei, ohne einen Strich für jedes Glas zu machen, nach Bedarf mit den Stammgästen und fing den nächsten Tag dann mitunter etwas verkatert an, so daß er hinter dem Rücken seiner Frau rasch zwei Kurze kippen mußte, um mit der Arbeit beginnen zu können. Nie aber, wahrscheinlich nie war er drei Wochen pro Quartal oder pro Jahr verschwunden gewesen, um erst wieder zurückzukommen, wenn im Leben einer Reihe von Menschen und damit auch in seinem eigenen nicht wiedergutzumachender Schaden angerichtet war.

»Na schön, ich kann's ja mal versuchen«, sagte Quispel, ohne von seinem Glas aufzuschauen.

Nicht nur, daß das Bier nicht half, den Wodka »runterzuspülen«, es blieb ebenfalls im Glas, wo es den Schaum verlor und schal wurde, bis es aussah wie abgestandener Urin.

»Will heut' nich so recht, was?« rief der Wirt munter. Er selbst hatte sein Quantum inzwischen intus.

»Ich geb's auf. Es geht nicht.«

»Kann jedem passieren.«

Ernst stand auf und ging zum Tresen, um zu zahlen, doch der Wirt wollte davon nichts wissen. »Schon in Ordnung, Meister. Dieses russische Chlorwasser, ach, das stand da schon so lange rum. Und mit dem Pils muß irgendwas nich in Ordnung gewesen sein, das ist zu schnell abgeschlafft. Wir sind quitt. Aber bringense 's nächste Mal 'n ordentlichen Durst mit. So is das doch nix.«

Als er von draußen durch das Fenster die beiden unberührten Gläser auf dem Tisch stehen sah, mußte Quispel plötzlich wider Willen kichern, als ihm eine Anekdote einfiel, die Albert Egberts ihm erzählt hatte. Wie er einmal zusammen mit seinem Freund Thjum auf dessen Drängen hin versucht hatte, den Alkohol zu bannen, indem sie den ganzen Abend hindurch immer wieder zwei Genever bestellten, ohne sie dann zu trinken. Schließlich war so etwas wie eine Schachaufstellung aus unausgetrunkenen Gläsern entstanden, und der Wirt hatte Ärger gemacht. Geholfen hatte es nicht die Bohne, denn kurz vor Schluß waren die Schnäpse doch noch in ihren Kehlen verschwunden, und die beiden waren nur knapp an einer Alkoholvergiftung vorbeigekommen. Thjum war jetzt trotzdem tot.

Natürlich, das war es. Er hätte es mit Genever versuchen müssen. Wodka gehörte zu sehr zu seinen euphorischen Exzessen. Wodka war das Instrument des alljährlichen Terrors. Kein Wunder, daß Angst und Widerwille ihn daran gehindert hatten, das Glas auch nur an die Lippen zu heben. Auch wenn der Geruch nicht aufdringlich war, er löste doch zu viele Assoziationen mit Gefühlen der Glückseligkeit aus, die unweigerlich zu irgendeinem Unheil führten.

In der nächsten Kneipe, an der er vorbeikam, war anscheinend schon einiges los, wenngleich sich das unter den Rüschen der weit herunterhängenden Gardinen schwer feststellen ließ. Er ging hinein. Er hatte sich nicht getäuscht. An den meisten Tischen saßen alte Männer in grauen Anzügen, einige mit einer gestrickten Weste darunter. Hie und da trug einer sogar eine Mütze. Es roch nach Zigarren, und überall blinkten die bekannten kelchförmigen Gläschen. Nur an der Bar, an der sich ein paar Bauarbeiter drängten, wurde Bier getrunken.

Unter der Billarduhr fand Quispel einen winzigkleinen Tisch, der noch nicht besetzt war. Der Kellner mit seiner ausgeblichenen dunkelroten Weste leerte den Aschenbecher und fragte nach seinem Wunsch.

»Einen jungen.«

In Sekundenschnelle stand das Geneverglas vor ihm auf dem falschen Perser, der hart war wie eine Kokosmatte. Glänzend, betaut und, wie es sich gehörte, bis zum Rand gefüllt. »Ein junger für den Herrn.«

Der Anblick des triefenden Glases, das er und er ganz allein leeren mußte, war nicht weniger ekelerregend als der des Limonadenglases, halbvoll mit Wodka, in der vorigen Kneipe. Ernst begann zu schwitzen. Er spürte einen eisernen Ring um den Magen.

Quispel sah sich in der Wirtsstube um. Überall trinkende Männer, einige gierig, die meisten bedächtig. War unter ihnen auch ein Quartalstrinker, der gerade seine »Periode« hatte? Quispel hätte ihn erkannt. Woran? Er hätte es nicht genau sagen können. Am unerschrockenen Bechern. Einer extremen Heftigkeit in Wort und Geste. Augen, die unnatürlich glänzten ... Ernst sah, wie ein alter Mann sich mit wackelndem, ja fast zitterndem Kopf auf dünnem Hals zu seinem Schnaps vorbeugte, um mit vorgestülpten bläulichroten Lippen den ersten Schluck abzusaugen, wozu er sich halb von seinem Stuhl erheben mußte. Sein Stock, den er an die Rükkenlehne gehängt hatte, fiel zu Boden. Ein anderer, ihm gegenüber und mindestens ebenso alt, demonstrierte, wieviel fitter er noch war, indem er mit fester Hand, und ohne einen

Tropfen zu verschütten, das volle Glas an den Mund führte, nachdem er zuvor, nicht im mindesten durch die Zigarre zwischen Zeige- und Mittelfinger behindert, prostend eine gewagte Bewegung in der Luft beschrieben hatte. Gesund war sie sicherlich nicht, ihre Trinkerei, aber sie hatten gelernt, damit zu leben.

Plötzlich, als ob er mit dem Kopf eine Barriere durchbräche, beugte Ernst sich vor, stieß das Kinn in Richtung Glas und biß in den Genever, so daß seine Zähne den Glasrand berührten. Gegen allen sofort aufkommenden Widerwillen sog er die Hälfte des Inhalts ein und schluckte sie sofort hinunter. Nicht schmackhaft gemacht durch welche Ekstase auch immer, teilte sich ihm das Getränk in seiner wahren Zusammensetzung mit, beißend, flammend, stark parfümiert ... Widerlich. Alkohol war ein Hilfsmittel für seine Euphorie, ein Verstärker, und verlor außerhalb der offiziellen Trinkperiode jeglichen Zauber, das war ihm jetzt klar.

Doch ebendiese Macht des Zaubertrunks galt es zu brechen ... Er konnte nicht noch einmal willenlos warten, bis seine unberechenbaren Sterne die Zeit für den nächsten Exzeß mit ungewissem Ende für gekommen hielten. Rasch trank Quispel, den widerlichen Geschmack (der auch der Geschmack der Schuld und Reue war) verbeißend, das Glas aus und winkte dem Kellner. »Noch einen jungen. Und ein großes Pils.«

Sogar mit großen Schlucken Bier hinuntergespült, schmeckte der zweite Schnaps nicht weniger eklig, doch darum ging es nicht; Hauptsache war, daß es ihm diesmal schon besser gelang, sich durch seinen Widerwillen durchzubeißen. Trotzdem fühlte sich Quispel nach dem krampfhaften Leeren der Gläser so besudelt, daß er rasch zahlte und das Lokal verließ, um sich an der frischen Luft zu überlegen, ob das, diese mutwillige Selbstvergiftung ohne jeglichen Zauber oder Glanz, wirklich das war, was er suchte. Sein Widerstand gegen den forcierten Rausch mußte mit seiner noch immer merkwürdigen Jünglingsverliebtheit in Zwanet zusammenhängen. Seinen Bemühungen, den alljährlichen Höhenflug in etwas Alltägliches umzuwandeln, standen seine Gefühle für Zwanet im Weg. Man konnte nicht eine allesverzehrende Verliebtheit in Ehren halten und gleichzeitig, sozusagen in einem anderen Raum der Seele, dem Hang zu Ekstase und Entrückung aus Angst vor den Folgen willentlich und wissentlich den Garaus machen.

Aber, andererseits: Wie vollkommen sinnlos und lächerlich war seine Liebe jetzt, da er Zwanet mit größter Wahrscheinlichkeit verloren hatte! Genaugenommen hatte er sie einer solchen exaltierten Periode oder, besser gesagt, deren Nachwirkung zu verdanken, aber durch genau so eine Periode – und das wog schwerer – würde er sie jetzt auch wieder verlieren. Tat er nicht besser daran, seine ungelegene, puerile Verliebtheit im selben Zug wie diesen teuflischen Hang zur Exaltation auszumerzen?

Alle Greuel, die auf seine Trinkperioden zurückzuführen waren, drängten sich ihm nun auf. Nicht nur seine brutale Verkennung dessen, was Zwanet seinerzeit zugestoßen war, nicht nur die Narbe in ihrer Ehe, sondern auch all die anderen Wunden, die er, wie beiläufig, geschlagen hatte. Der in einer Polizeizelle krepierte Junge, das zur Hure beförderte Fotomodell, seine entführte Tochter ... In keinem der Fälle war er selbst der direkte Aggressor gewesen (der Junge war von einem alten, senilen Mann erschlagen worden, in dem Freund des Mädchens steckte bereits ein Zuhälter, und seine kleine Cincin hatten die Hähne entführt), aber er hatte, nach der definitiven Vergiftung, durch seine deformierte Persönlichkeit, durch seine Lügen und feigen Entscheidungen, das Schicksal dieser Menschen auf gemeine Weise geprägt, ihren Charakter beeinflußt, ihren Namen oder ihr Andenken besudelt ...

Erst die beiden letzten Trinkperioden hatten sich auch und in erster Linie gegen ihn selbst gekehrt, und das nicht nur in Form von Katern und Entzugserscheinungen.

Begonnen hatte es mit dem Aufmarsch eines ständig wachsenden Heers von Hähnen, und ein vorläufiges Ende schien es in seinem Ausschluß aus der Anwaltskammer gefunden zu haben. Dann aber, während er glaubte, sich auf sichere Distanz zu seiner verletzbaren Umgebung begeben zu haben, um dort seine lebensgefährliche Sauflust sich austoben zu lassen, war das denkbar Schrecklichste passiert: Zwanet hatte ihre Jugendliebe wiedergefunden. Und er, Ernst Quispel, der Trottel, der Unglücksrabe, hatte es daraufhin fertiggebracht, sich hilflos in seine eigene Frau zu verlieben, ohne zu erkennen, daß sich seine Augen und sein Herz für sie öffneten, gerade weil sie einen anderen liebte.

Er bekam Angst. Die Liste der solchermaßen halb bewußt heraufbeschworenen Katastrophen war beeindruckend. Wo hörte das auf? War er beim nächsten Mal imstande, einen Menschen zu töten? Wenn jemand wie Albert Egberts, obwohl dessen Tat gescheitert war, schon nicht davor zurückgeschreckt war, dann Ernst Quispel sicherlich nicht, wenn seine Persönlichkeit nach drei Wochen ungezügelten Giftschlukkens wieder hinlänglich deformiert war.

In diesem Teil des alten Viertels Jordaan waren halbe Straßen durch Neubauten ersetzt worden, für die dem Architekten unmöglich etwas anderes als der »pädagogisch wertvolle« Baukasten seines kleinen Sohnes als Vorlage gedient haben konnte. Er selbst wohnte zweifellos in einem prachtvoll umgebauten doppelten Lagerhaus an der Brouwersgracht. Nicht, daß Quispel sich selbst für weniger zynisch hielt als den Architekten, doch die spielerisch gedachten Farbflächen der kleinen Wohnungen führten in diesem Viertel zu einer gedrückten Atmosphäre, zumal jetzt, da die Septembersonne so verschwenderisch schien. Ernst suchte das alte Jordaan und darin eine Kneipe »wie ein warmes Bett«, in der er unauffällig seiner geheimen Obsession den Garaus machen könnte.

An einer kleinen Gracht unweit der Westerkerk fand er eine. Draußen, auf einer ins Wasser hinausgebauten Terrasse, an der Boote anlegen konnten, saßen einige Touristen in der Sonne und tranken, drinnen jedoch war es dämmrig und kühl, und es roch genau richtig. Wieder war Ernst der einzige Gast in der Wirtsstube. Von seinem Platz aus konnte er sehen, wie der Wirt, von der Terrasse zurückkehrend, die Straße überquerte; mitten auf der Fahrbahn drehte der Mann sein triefendes Tablett um. Als er gleich darauf die Hähne der Zapfanlage bediente, fragte er Quispel, ohne aufzublicken: »Und was darf's für Sie sein?«

»Einen jungen und ein kleines Helles.«

Er sprach sogar schon wie ein normaler Trinker. Der Wirt, nicht weiter verwundert, stellte ihm einen Augenblick später auf dem Weg nach draußen das Gewünschte hin. Ernst nippte erst ein paarmal an dem schmalen Bierglas, woraufhin der Genever schon weniger beißend hinten über seine Zunge floß.

Wenn meine Zunge jedes Jahr drei Wochen lang solche irrsinnigen Wodkamengen vertragen kann, so hielt Quispel sich vor, dann beißt mir der Alkohol wohl ins Gewissen anstatt in die Mundhöhle. Meine Zunge ist das Instrument meines Gewissens. Dann muß das Gewissen auch auf dem Wege über die Zunge zu betäuben sein.

Als der Wirt wieder zurückkam, bestellte Ernst den nächsten jungen Genever. Bier hatte er noch. Der Kneipier, der nicht gleich wieder hinausmußte, füllte ihm das Glas aus der Flasche nach. Doch die Flasche war leer, bevor das kelchförmige Schnapsglas voll war.

»Verflixt, ein Amsterdammertje«, sagte der Mann einigermaßen verdattert. »Ist mir seit Jahren nicht mehr passiert.« Er friemelte den Korken mit der Schenktülle ab, aber auch die letzten Tropfen reichten nicht aus, das Schnapsglas bis zum Rand zu füllen. »Mit der Zeit weiß man genau, wie man eingießen muß, damit zum Schluß ein ganzer Schnaps rauskommt. Na ja, trinken Sie schnell aus, dann fangen wir einfach von vorn an.«

An der Bar öffnete er eine neue Flasche, steckte den

Schenkkorken hinein und kehrte sofort zu Quispels Tisch zurück, der nun gezwungen war, das fast volle Glas in zwei raschen Zügen zu leeren. Mit einem schnurrenden Geräusch füllte die Tonflasche es wieder.

Die Glut des Alkohols verbreitete sich jetzt schnell – bis zum Scheitel – und ließ sein Hemd am Rücken kleben. Es wirkt schneller als in den Zeiten des legitimen Trinkens, schloß er daraus. Keine Sorge: Ich mache eine Studienreise. Ich bringe mir bei, wie ein normaler durstiger Mensch zu trinken, um so den Alkoholismus in meinem Leben zu bekämpfen. So einfach ist das.

Es lief gut, denn nicht nur brauchte diesmal keine schon bestehende Euphorie durch den Alkohol weiter entfacht zu werden – von sich aus wirkte der Alkohol ebensowenig euphorisierend. Dagegen merkte Ernst, daß der Schmerz in ihm – der Schmerz um Zwanet – durch das Trinken heftiger wurde und zugleich süßer. Nicht erträglicher, sondern ... heroischer.

Es war kaum zu glauben, er hatte alles verloren, was man verlieren konnte. Er hatte buchstäblich nichts mehr zu verlieren. Nichts? Aber wovor sollte er dann noch Angst haben? Warum, so sagte er sich, versuche ich dann so krampfhaft, den Teufel auszutreiben? Was gibt es für den Teufel noch zu tun, wenn alles Unheil bereits passiert ist?

Die Sonne, tief im Südwesten, hing genau über der Gracht und schien unter den Baumkronen durch. Es sah aus, als fiele das Licht nur auf das grüne Wasser und die Grachtufermauern. Auf der Brücke, unter der die kleine Gracht in die viel breitere Prinsengracht mündete, befand sich bereits seit geraumer Zeit ein Kamerateam des westdeutschen Fernsehens (der Name des Senders stand deutlich sichtbar auf der Tür eines mitten auf der Brücke geparkten Mercedes). Zwar rannte da eine Art Regisseur mit Stiefeln und Lederweste und Schnäuzer wild gestikulierend herum, doch was eigentlich genau gefilmt wurde, blieb unklar. Als ein kleines Motorboot mit zwei Männern und einem Hund in die Prinsengracht einbog, wurde ihnen von Angehörigen des Kamerateams zugewinkt und -gerufen. Es folgten Verhandlungen. Im Rückwärtsgang tuckerte das Boot wieder die kleine Gracht hinauf bis vor die Anlegestelle, woraufhin die Szene des Unter-der-Brücke-Durchfahrens etwas dramatischer wiederholt werden konnte. Der Hund stand jetzt bellend auf dem Dach des Steuerhauses, und die Männer sahen grimmig-entschlossen von der Kamera weg. Als sie auf der anderen Seite der Brücke wieder zum Vorschein kamen, machte der Regisseur mit Daumen und Zeigefinger das *Pico-bello*-Zeichen.

»Wunderbar!« rief eine Frau mit einem Mikrofongalgen.

Der Wirt, der vom Ufer aus zugeschaut hatte, kam wieder herein und zeigte über die Schulter. »So eine Szene fügen sie dann in einen Film über Drogen in den Niederlanden ein, hauen 'nen Text drunter ›in der Amsterdamer Innenstadt wird Rauschgift offen im Boot transportiert‹. Ganze Lagerhäuser voll, Mijnheer. Dieses Land geht vor die Hunde durch seinen schlechten Ruf.«

Die »Umwandlung« von Kiliaans Leiche in die sterblichen Überreste eines Drogentoten ... das alles war jetzt sehr weit weg. Es kam ihm absurd vor, daß er seine Zeugenaussage so lange verschwiegen hatte, und noch absurder, daß er aufgrund der unvorhergesehenen Folgen jetzt hier saß und dem Quartalstrinker in ihm den Garaus machte. Trotzdem bestellte Ernst noch einen Genever.

Fiel dem Wirt langsam etwas an seiner Verbissenheit beim Trinken auf? »Immer mit der Ruhe, Mann. Es ist noch lang hin bis zum Abend.«

Quispel wurde das Glas nicht mehr so schnell nachgefüllt wie bei den vorigen Malen. Um so schneller trank er es aus. Es schmeckte schon besser. Sein Gaumen hatte noch Probleme damit, doch im Moment befand sich der Geschmackssinn in seinem Blut. Ernst mußte dasitzen wie ein nach der Vorstellung des Kneipenwirts vielleicht etwas zu hastiger, ansonsten aber normaler Trinker. Innerlich jedoch, und das hätte ein normaler täglicher Trinker nie verstanden, stellte er eine wüste Höhle voll zersplitterter Schwellen und zerrissener Ketten dar. Ernst hatte seinen Widerwillen nicht so sehr besiegt als vielmehr, mit viel innerer Gewalt, vernichtet.

Nein, als Sieg konnte man das nicht bezeichnen. Quispel ließ die Perioden der vergangenen zehn Jahre im Geiste noch einmal an sich vorüberziehen. Fast liebkosend ließ er den Blick über diese bizarren, in der Landschaft seines Lebens verstreuten Erhebungen wandern. Die Sommereuphorien, die Wintereuphorien ... die große Frühjahrseuphorie des Jahres '78, die Florenzer Euphorie Weihnachten '79, die verregnete Euphorie vom Juli '80. Er nannte sie leise, fast zärtlich, bei ihrem geheimen Namen. Jede hatte ihre eigene Form, Farbe, ihren Glanz, ihr Relief – doch gemeinsam war ihnen, daß sie alle, diese Unebenheiten, das gleiche herrliche Licht einfingen, während die Landschaft ringsum dumpf und flach und dunkel blieb. Sein Leben bestand geradezu aus diesen wenigen Erhebungen. Sie waren das Schönste, so sah er jetzt im Dämmerlicht der alten Kneipe, was sein Leben bisher hervorgebracht hatte. Dort, auf diesen Gipfeln, drei Wochen im Jahr, hatte er sein Genie auf sein Leben angewandt. Euphorien ... eine Art einmaliger Kunstwerke, die – unberührbar – in der Vergangenheit glänzten.

Weshalb versuchte er dann jetzt so krampfhaft, sich seinen Hang zur Fertigstellung derartiger Kunstwerke auszutreiben?

Weil sie wie echte Kunstwerke ihre diabolische Seite hatten, ihre Schattenseite – doch die lag in seiner Gesamtvision in allen Fällen von ihm abgewandt.

Warum dies alles? Was war der Sinn seines Quartalstrinkens? Wie oft war er nicht schon mit einer Erklärung und mit Variationen dieser Erklärung gekommen. Ja, sie mußten ihm einmal im Jahr die Höhen und Tiefen des Lebens in aller Schärfe vor Augen führen, diese Gelage, die nackte Freude und das nackte Leid, die höchste Trunkenheit und die grauenvollste Vergiftung, den Rausch und den Bodensatz, so daß er durch und durch krank und gesättigt und von alldem durchtränkt in sein Alltagsleben, sein Eheleben zurückkehren konnte, in dem sogar die Saturiertheit unecht gewesen war und aus Sättigung durch Pappe bestand.

Ja, das alles war nur allzu wahr. Und seit die Schrecken aus der alljährlichen Periode herausgetreten waren, um in sein Alltagsleben einzudringen und dort seine Frau und sein Kind zu bedrohen, hatte er sich, anfänglich ohne Erfolg, von seiner Sucht befreien wollen. Die teuflische Euphorie genügte nicht mehr, also weg damit. Soweit war alles klar, aber ...

Quispel bestellte sich einen neuen Schnaps, der ihm noch unwilliger eingeschenkt wurde. Begann der Alkohol sein Gesicht zu verzerren? Warum wurde sein Denken dann immer klarer? Die Kneipe füllte sich langsam; bald würden die Stammgäste ihn dem Blick des besorgten Wirts entziehen.

... er erkannte, daß er eines immer übersehen hatte. Den Tod. Quispel war danach, sich wie ein Idiot vor den Kopf zu schlagen. »Wie konnte ich das nur vergessen ...!«

Der alljährlich wiederkehrende Anfall hatte ihn vor der Vulgarität und Saturiertheit des täglichen Lebens bewahrt – vor dem normalen Leben also –, aber, und das war ein bislang übersehener Aspekt, ebenso vor dem Tod. Ernst sah auf sein Glas, das Glas des »normalen« Trinkers. Es sah gleich viel weniger harmlos aus.

Warum, so hatte sich Quispel früher manchmal gefragt, wenn der Exzeß wieder einmal sehr heftig gewesen war, warum nicht häufiger als dieses eine Mal im Jahr, und dann so extrem? Die Antwort hatte er stets in seiner Studentenzeit zu finden geglaubt, als Scham und Reue und die Angst vor Scham und Reue jeden nachfolgenden Exzeß immer weiter vor ihm her schoben und damit das neue Trinkgelage, das sich – irgendwann, irgendwie – manifestieren würde, immer stärker aufwerteten und immer verlockender machten.

Als sich die Befriedigung seiner alkoholischen Anfechtungen schließlich zu einem Zeitraum von etwa drei Wochen pro Jahr zu verdichten begonnen hatte und noch tolldreister wurde als zuvor, schrieb er auch das seinem Gewissen zu. Es war die Obsession für Exzesse und in engerem Sinn für Alkohol, die, im Zusammenwirken mit seinem starken Gewissen, das Nachgeben, das Schwachwerden auf die denkbar schmalste Zeitspanne zurückgedrängt hatte – wodurch man erst recht von einer Obsession sprechen konnte.

Diese Obsession nun, die ihn in denkbar größte Schwierigkeiten gebracht hatte, hatte er dadurch bannen zu können geglaubt, daß er das unausrottbare Trinken aus dieser schmalen Zeitspanne in sein Alltagsleben zurückholte. Heute hatte er sich nicht einfach bewiesen, daß es möglich war, nein: Unter großer moralischer Anstrengung war der wichtigste Kodex, nach dem er lebte, durchbrochen worden. Er wußte, spürte, daß es unwiderruflich war, daß er so weitermachen würde. Und ausgerechnet jetzt – oder vielleicht sollte er sagen: notwendigerweise jetzt –, nach diesem wahrscheinlich unwiderruflichen Schritt, wurde ihm klar, daß diese Zusammenballung seiner abgründigsten Neigungen in eine so kurze Zeitspanne nicht nur vom Gewissen verursacht war.

Die neue Erkenntnis bewirkte – im wahrsten Sinne des Wortes – einen derart bitteren Geschmack in seinem Mund, daß er ein Glas Bier bestellte. Aber sie ließ sich nicht fortspülen. Sie steckte so tief in seinem Gehirn, wie der Genever in die Poren seiner Zunge gedrungen war. Draußen glitt gerade das letzte Sonnenlicht von den Häusern. Es war, als ob eine Art Weihnachtsbeleuchtung in den Baumkronen plötzlich erlösche. Der Anlegeplatz lag verlassen da. In der Kneipe wurde es immer voller.

Ein Drang nach Selbsterhaltung, darum ging es. Reiner Überlebenstrieb, was sonst? Daß er nicht früher darauf gekommen war ... Sein Organismus, der die potentielle Selbstzerstörung spürte, hatte aus Selbsterhaltung von Anfang an, in einem bitteren Kampf gegen die Sucht nach Alkohol, die Befriedigung dieser Sucht immer weiter zurückgedrängt – bis auf diese schmale Spanne von zwei, drei, höchstens vier Wochen, die sich nicht weiter erobern ließ. Eine Art Selbsttrockenlegung, freilich mit Konzessionen von seiten des Organismus.

Natürlich konnte man sich auch in drei Wochen zu Tode trinken oder zumindest um den Verstand saufen, aber trotzdem war dieses Risiko gering, weitaus geringer als bei chronischen Alkoholikern. Die Gefahr dieser wenigen alkoholgetränkten Wochen lag daher auch nicht in der Attacke auf Hirn, Leber, Herz, Nieren oder Bauchspeicheldrüse, sondern im Verlust der Fähigkeit, das Geschehen in den Griff zu bekommen. Der früher oder später eintretende Stimmungsumschwung barg den gefährlichsten Moment jeder Trinkperiode. Das forcierte Sichklammern an einen langsam oder plötzlich, jedenfalls unwiderruflich verschwindenden Zustand der Glückseligkeit führte bei Quispel zu einer Bewußtseinsverengung, so daß er keine Situation mehr richtig einschätzen konnte. An derartigen Wendepunkten hatte er die tiefsten Narben in sein Leben gekerbt. Und in das Leben einiger anderer Menschen.

Einen solch unvorhersehbaren Umschwung fürchtete er inzwischen mehr als damals, da ihm, dem beginnenden Trinker, unbewußt die physischen Auswirkungen des normalen Trinkens Angst eingeflößt hatten. Aber – und das sah er erst jetzt, in dieser Kneipensituation, die so gar nicht stimmte, die so gar nicht seinem Leben entsprach ... – aber, du großer Dummkopf: Nach dem ungeheuren Widerwillen und dem ungeheuren psychischen und physischen Widerstand zu urteilen, den du von Anfang an gegen das normale, reguläre Trinken an den Tag gelegt hast, muß sich in dir, Ernst Quispel, eine andere Erklärung ist nicht möglich, ein potentieller chronischer Trinker von Format verbergen. Einer, der, solltest du ihn loslassen, eine große Gefahr für dich darstellen würde, ja, lebensgefährlich für dich wäre. Jetzt habe ich dich!

Nun, da es so voll in der Kneipe geworden war, mußte Ernst sich sehr anstrengen, von seinem Platz aus die nächste Bestellung loszuwerden. Schließlich ließ er sich das Glas an der Theke nachfüllen. Auf dem Rückweg zu seinem Tisch mußte er sich zwischen miteinander redenden Leuten durchschlängeln, so daß ihm der Genever über die Finger tropfte. Auch stand er plötzlich, tapsig von einem Fuß auf den anderen wechselnd, vor der Zeitungsverkäuferin, die gerade das Lokal betreten hatte. Ernst kannte das Mädchen von anderen Kneipen und war sich sicher, daß sie damals, vor anderthalb Jahren, die erste Frau gewesen war, die ihn – im *De Engelandvaarder* – prüfend angesehen und seine goldene Stimmung erkannt hatte. Jetzt erkannte sie ihn höchstwahrscheinlich nur als den Anwalt, dessen Bild sie manchmal zusammen mit den übrigen Nachrichten in den Kneipen verkaufte. Auch sie schob, wie er, abwechselnd den einen und dann den anderen Fuß vor, bis sie beide geniert voreinander stehenblieben. Sie lachte.

»Schon gelesen, Mijnheer Quispel?«

»Nein, danke. Heute brauche ich Gott sei Dank nichts zu lesen.«

»O, Sie wissen es natürlich schon ...«

Das Mädchen ging mit den Nachmittagszeitungen, die ihr wie gestärkte Tücher über den Unterarmen hingen, weiter in das Lokal hinein. Quispels Platz war frei geblieben. Er leckte sich den Genever von den Fingerspitzen, sog das Glas zur Hälfte leer. Der Schnaps war nicht so kalt wie vorhin, zweifellos infolge der gestiegenen Wärme im Raum; die Flasche verschwand natürlich nicht mehr im Tiefkühlfach.

Jetzt mal der Reihe nach. Nicht drumherumreden. Wenn ich mich, indem ich mich bemühe, ein täglicher Trinker zu werden, gegen diese spezielle Form des Quartalstrinkens zur Wehr setze, die nur in einem der vier Quartale auftritt, setze ich mich im Grunde gegen mein eigenes geheimes Abwehrsystem zur Wehr, gegen ein brillantes System aus Selbsterhaltungstrieb und Überlebensdrang. Dann setze ich mich gegen meinen Widerstand zur Wehr! Dann ist jegliche Verteidigung dahin ... Denn dieses periodische Trinken ist mein Abwehrsystem gegen den alkoholbedingten Untergang. Eine geniale Erfindung meines Organismus, um meine unheilbare Abhängigkeit zu kanalisieren, um dem Alkohol seine lebensbedrohende Rolle zu nehmen ...

»Die Nachmittagszeitungen ...!« hörte er das Mädchen hinten in der Kneipe rufen.

Natürlich, er konnte sich selbst weismachen, daß er, indem er ihn achtlos und in kleinen Mengen zu sich nahm, den Alkohol von seinem tyrannischen Thron stieß und popularisierte, doch machte er ihn damit auch, was die kürzer- oder längerfristigen physischen Folgen betraf, unschädlich? Was gab ihm die Garantie, daß er auf diese Weise nicht der Selbstzerstörung Tür und Tor öffnete? Daß er durch die Beendigung des Quartalstrinkens nicht den Anfang zu einem langsamen, umständlichen Selbstmord gemacht hatte? Einem karikaturhaften Selbstmord, wohlgemerkt, bei dem sich das Heben des Giftbechers endlos wiederholte und die Zahl der geleerten Becher in schmieriger Kugelschreiberschrift notiert wurde ... in einer langen Reihe schludrig hingekritzelter Panflöten ...

»Die Nachmittagszeitungen«, rief das Mädchen jetzt etwas näher. »*Het Devies* ... *NRC* ...«

Sie stießen auf kein großes Interesse in dieser Kneipe, in der wie an einem Dorfbrunnen die Neuigkeiten mündlich übermittelt wurden. Das Mädchen versuchte es jetzt anders: »Letzte Meldung: Bürgermeister zurückgetreten.«

»Der von Staphorst bestimmt«, schrie Onkel Jan aus röchelnder Kehle.

»Nein, der von Amsterdam. Aber hallo«, lachte das Mädchen.

»Da schlägt's ... Und heute morgen der Polizeipräsident. Es wird leer in der Stadt.«

»Wenn das nicht zur Anarchie führt ...«

Jetzt wurde sie ihre Zeitungen doch noch los.

»Ja, zum Teufel, hier steht's ... Im Zusammenhang mit diesem Döskopp in der Polizeizelle. Unser Bürgermeister hat gewisse Dinge zu gründlich unter den Teppich gekehrt.«

»Und hier, Leute: ›Rücktritt des Innenministers binnen

vierundzwanzig Stunden erwartet‹. Leck mich am ... Der Bürgermeister, der Polizeipräsident, der Minister, das nimmt ja kein Ende. Was so'ne Rotznase nicht alles hinkriegt, da oben im Himmel. Die totale Anarchie.«

Eine Weile vertieften sich die Kommentatoren in die erste Seite der hochgehaltenen Zeitung. Nur das monotone Brummen halblaut lesender Stimmen war zu hören, das hin und wieder von einem lauten Ausruf übertönt wurde. »Die haben alle Dreck am Stecken, so scheint's!«

»Muß die Königin nicht zurücktreten? Die war gestern in einer Peep-Show, lese ich hier.«

Das Zeitungsmädchen blieb an Quispels Tisch stehen, schlug die einzige übriggebliebene Zeitung auf den Seiten 2 und 3 auf, faltete sie sorgfältig und legte sie dem Anwalt hin. »Die bekommen Sie von mir geschenkt. – Tschau.«

Backstein Ursache der Schädelverletzung Kiliaan Noppen

Amsterdam, 24. Sept. – Wie sich erst jetzt aufgrund einer neuen Zeugenaussage herausgestellt hat, ist der Hausbesetzer (sic) Kiliaan Noppen an einem Schlag gegen den Kopf mit einem Backstein gestorben. Der verhängnisvolle Schlag, der binnen vierundzwanzig Stunden zum Tod führte, wurde ihm von einem hochbetagten Mann versetzt, der bei der Räumung des Untersuchungsgefängnisses in der Amsterdamer Havenstraat am 25. April vorigen Jahres zugeschaut hatte. Der alte Mann, der Anzeichen von Demenz aufweist, gab an, aus Verärgerung über »diese kahlgeschorenen Schlabbergewänder« gehandelt zu haben, »die den ganzen Tag barfuß herumrennen und *harekrishna, harekrishna* singen und abends von unseren Ersparnissen im Rolls-Royce herumfahren«.

Das Corpus delicti, das der Täter, um es verschwinden zu lassen, per Post an seinen Sohn in Australien schicken wollte, war beim Eintreffen der Reichspolizei ordentlich in Packpapier und darunter einer Schicht Noppenfolie verpackt. Das verwendete Verpackungsmaterial könnte erklären, weshalb das Opfer zwar eine Schädelverletzung, aber keine sichtbaren äußeren Kopfwunden erlitten hatte.

Der Hochbetagte war, als er mit seinem Stein in Richtung Hausbesetzer (sic) Noppen ausholte, vom Bühnenautor A. Egberts beobachtet worden, der vom Dach des ehemaligen Bahnhofs Haarlemmermeer aus zusah, wie das Untersuchungsgefängnis II, in dem er eine Arbeitszelle nutzte, von der Mobilen Einheit geräumt wurde. Es ist nicht bekannt, weshalb Egberts, der kürzlich von der Anklage der Majestätsbeleidigung freigesprochen wurde, seine Aussage so lange zurückgehalten hat. Der Fall Noppen hatte bereits zuvor eine unerwartete Wende durch die rund ein Jahr nach dem Vorfall gemachte Aussage des Anwalts der Familie Noppen, Meester E. Quispel, genommen, die schließlich (siehe unseren Bericht in dieser Ausgabe) zum Rücktritt des Polizeipräsidenten von Amsterdam sowie des Bürgermeisters von Amsterdam führte. Meester Quispel wurde aufgrund eines Urteils des Disziplinargerichts der Anwaltskammer aus dieser ausgestoßen, weil er aus Eigennutz Informationen in einem Fall zurückgehalten hatte, in dem er die Interessen der Familie Noppen vertrat.

Auch die Position des Justizministers ist durch dessen Anteil an den Mißverständnissen im Fall Noppen unhaltbar geworden. Sein Rücktritt wird in den nächsten Tagen erwartet.

Daß die Ermittlung des Täters im nachhinein Einfluß auf die Schritte haben wird, die zum Rücktritt der genannten Personen geführt haben, gilt als unwahrscheinlich, da der Ex-Bürgermeister und der Ex-Polizeipräsident als Verantwortliche unehrenhaft in diesem Fall gehandelt haben, in dem so vieles unter den Teppich gekehrt wurde. Daß der Täter vor Gericht gestellt wird, ist angesichts seines hohen Alters und seines geistigen Zustands ebenfalls nicht wahrscheinlich, so ein Sprecher der Reichskriminalpolizei. Er wurde vorläufig unter Bewachung und Hausarrest gestellt.

Der Rücktritt des Bürgermeisters ... Es stand als Meldung da, die uns trotz der fetten Lettern aufgrund ihrer Alltäglichkeit und Selbstverständlichkeit nur allzu vertraut vorkommt und dadurch kaum zu uns durchdringt. So als wüßten wir es bereits.

Unter dem Bericht über den Rücktritt des Bürgermeisters las Quispel, daß es seinem Nachfolger im Fall Noppen gelungen war, den Bürgermeister und den Polizeipräsidenten von Amsterdam auf »Täterschaft im Amt« festzunageln. Die Stadt war in dieser Angelegenheit schließlich eine – öffentlich-rechtliche – Rechtsperson ...

»Artikel 51 Strafgesetzbuch«, murmelte Quispel. »Nutzloses Wissen.«

»Mehr zum Fall Noppen: S. 7.«

»Der nationale Ombudsmann, der den Fall Kiliaan Noppen untersucht hat, kommt zu dem Schluß, daß die Polizei keine Schuld an dessen Tod trägt. Allerdings seien, so der Ombudsmann, schwerwiegende Fehler begangen worden. So sei zu wenig Personal in dem betreffenden Zellenblock ...«

Nachdem er den Bericht gelesen hatte, fiel sein Blick auf ein großes Foto vom Empfang nach der *Guckkasten*-Premiere. Mittelpunkt war eine breit lachende Königin, die sich mit dem Komponisten Seijffardt und dem Librettisten Egberts unterhielt. Doch etwas weiter im Hintergrund war auch er, mit einer sogar auf diesem körnigen Foto phantastisch aussehenden Zwanet neben sich, deutlich zu erkennen. Das Sherryglas, aus dem er nicht getrunken hatte, hing mit gefährlicher Schlagseite in seiner Hand. Bildunterschrift: *Königin unterhält sich mit Komponist.* (Aber in Wirklichkeit war es Albert Egberts, der das Wort an sie richtete und über den sie lachte: »Ganz schön viel Noten.« »Exakt so viele wie nötig, Majestät.« Der Komponist machte ein ernstes Gesicht.) Auf dem Foto sah Ernst mit einem Lächeln des geheimen Einverständnisses zu Zwanet, die ihrerseits gespannt – fast besorgt – in Albert Egberts' Richtung schaute, als fürchte sie, er könne etwas Unziemliches zur Königin sagen. Wie weit war Quispel bereits von der Szene auf diesem Foto entfernt? Dort, in Schwarzweiß und schon gedruckte Geschichte geworden, war vieles noch unklar, uneingelöst: Die unwahrscheinliche Verliebtheit in seine eigene Frau schien noch eine Chance zu haben, die mysteriöse Macht des Quartalstrinkens war (siehe das volle Glas in seiner Hand) noch ungebrochen, und Alberts sonderbarer Augenzeugenbericht vom Schlag mit dem Backstein steckte noch in dessen eigenem Kopf …

Jetzt saß er hier, trank ein Glas nach dem anderen ohne den Zwang einer euphorischen Stimmung, und Zwanet hatte den Abstand zu Albert Egberts überbrückt. Wo waren sie jetzt? Was taten sie? In Gedanken sah er sie noch immer auf der Terrasse des *Melkhuis* sitzen, mit Cynthia, aber das war natürlich nicht möglich. Albert mußte heute abend möglicherweise wieder ins Muziektheater, für den Fall, daß es noch ein Wort zu ändern oder hinzuzufügen galt. Und Zwanet? Zwanet würde jetzt wahrscheinlich mit ihrer kleinen Cincin beschäftigt sein, um sie gleich, gegen acht, ins Bett zu stecken. Den Rest des Abends würde sie nervös auf das Kommen ihres Mannes warten. Er würde nicht kommen.

Unter dem Foto stand eine Kritik von *Der Guckkasten*.

Welturaufführung Operneinakter Seijffardt
bei Eröffnung des umstrittenen Muziektheaters
Ein Guckkasten mit mäßiger Akustik

Es ging ihn schon nichts mehr an. Er trank sein Glas aus, wobei er das Zeitungsfoto bekleckerte, so daß der Text auf der Rückseite in Spiegelschrift durch die Toilette der Königin drang.

In der Zeitung war auch noch zu lesen, daß Meester Quispel jetzt endgültig aus der Anwaltskammer ausgeschlossen werde. Der Ausschluß war von seinem eigenen Bruder betrieben worden, also de facto von der Familiensozietät *Quispel, Quispel & Quispel.* Es überraschte Ernst daher, etwas später auf dem Bildschirm des Kneipenfernsehers während der Acht-Uhr-Nachrichten den Kopf seines Vaters zu sehen und ihn sagen zu hören: »Ich habe ihm bereits meinen juristischen Beistand angeboten.«

Die Geschichte vom verlorenen Sohn. Angeboten? Das mußte dann Post sein, die zu Hause ungeöffnet auf ihn wartete.

»Obwohl Sie Streit miteinander haben ...«, versuchte ihn der Fernsehreporter auszuhorchen.

»Das spielt keine Rolle. Verteidigen heißt verteidigen.«

»Ja, aber halten Sie das nicht für ein allzu schönes Märchen? Vater zwingt abtrünnigen Sohn auf die Knie, indem er ihm juristischen Beistand leistet ...«

»Ich bin seit fast vierzig Jahren Strafverteidiger der unterschiedlichsten Angeklagten ... der schwersten Kriminellen ... Warum sollte ich dann nicht auch mal einem abtrünnigen Sohn als Anwalt beistehen?«

»Ihr Sohn hat sich durch seinen Alkoholismus in Schwierigkeiten gebracht. Würden Sie so weit gehen und irgendein Versagen Ihrerseits – als Vater also, in Ernst Quispels Jugend – als mögliche Ursache seiner Trunksucht anführen, das heißt als mildernden Umstand?«

»Wenn es sein muß: ja, natürlich.«

Der Wirt, der beim Gläserspülen war, sah wegen Quispels lautem Lachen auf. Bis auf ihn war die Kneipe leer.

Schon wieder vorbei. Schon keine Nachricht mehr. Der alte Quispel räumte den Bildschirm für den alten Präsidenten der Vereinigten Staaten, der von Reportern gefragt wurde, ob er am 8. August 1985 seine Zustimmung zu Waffenlieferungen an den Iran erteilt habe.

»Ich fordere jeden auf«, sagte der Präsident mit seinem heiligsten Gesicht, »der sich erinnern kann, was er am 8. August 1985 gemacht hat, *to raise his hand.*«

Die Kamera registrierte keine einzige erhobene Hand. Nur Quispel sprang mit hochgestreckter Hand auf – nein, nicht wie ein Schuljunge, der die Antwort weiß, sondern wie Zwanet am Tag zuvor bei ebendiesen Bildern, als sie sich beide in Abendkleidung, während sie auf das Taxi warteten, noch schnell die Nachrichten ansahen. Und in der ausgestorbenen Kneipe wiederholte er mit erhobener Stimme ihre Worte gegenüber dem Präsidenten.

»Ich ...! Ich weiß es noch! Die *Mistral*! Die Terroristen!«

Doch Ernst brach nicht wie sie in Tränen aus. Übrigens, auch dieser Punkt war schon wieder vorbei und keine Nachricht mehr.

»Bißchen manierlich, ja?« rief der Wirt, der mit seinem Geschirrtuch herumfuhrwerkte.

Merkwürdig, daß ihm die von seinem Organismus souverän getroffene Entscheidung, seiner Sucht nach Alkohol nur einmal im Jahr zu frönen, nie auch nur ansatzweise bewußt gewesen war, während sich diese Entscheidung doch jeder verletzlichen Körperzelle, jeder bedrohten Faser mitgeteilt haben mußte. Eine göttliche Eingebung, denn weniger war es nicht, hatte ihn, ohne daß er es selbst wußte, dazu gebracht, den Teufel zurückzudrängen, ihm immer mehr Terrain zu entreißen und ihn schließlich zu unterwerfen und in einem Kerker einzusperren, aus dem er ein paar Wochen im Jahr, wenn er wirklich nicht mehr zu bändigen war, freigelassen wurde. Oder besser gesagt: Dann durfte er ausbrechen, der Dämon, während sein designierter Bezwinger kurzfristig wegschaute. Drei Wochen lang durfte der Teufel sich wie unsinnig gebärden, um schließlich wieder – erschöpft, folgsam, halb gelähmt durch das eigene Gift – eingeschlossen zu werden.

Es sieht so aus, als nähme ich dem Teufel seinen Käfig. Ich bin schon dabei, ihn abzureißen. Ich kann fühlen, wie er, losgelassen, kriecherisch um mich herumschwänzelt, mir die Hand leckt ... doch er wird mich langsam, aber sicher, mit munteren Hüpfschritten, zum Abgrund führen.

Quispel war sich jetzt sicher, daß er nie ein »normaler«, regulärer Schnapstrinker werden konnte. Er würde sich auf die Dauer zu Tode trinken.

War dies das Schicksal, das er beim Anblick der vor seinem Bürofenster Wache stehenden Hahnenkammjungen vorhergeahnt hatte, nachdem sie in der Nacht bereits in sein Schlafzimmer eingedrungen waren? *Hell is empty/And all the devils are here*. Nach einem weiteren Bild von Shakespeare hatte er bei dieser Gelegenheit gesucht, war aber nicht fündig geworden. Jetzt, da er ihre borstige Erscheinung wieder ganz scharf vor sich sah, fiel es ihm wieder ein. Es stammte aus *Heinrich VI*. Doch so oft er die Serie Langspielplatten mit der BBC-Aufnahme auch schon gespielt hatte, so oft er die brechende Stimme des Erzbischofs auf dem Sterbelager die Todesvision auch schon hatte aussprechen hören, das Zitat wollte ihm in seinem genauen Wortlaut nicht einfallen. Es lief darauf hinaus, daß der Tod ihm als eine Art Struwwelpeter erschien, mit senkrecht in die Höhe stehenden Haarbüscheln, die den Sterbenden an Leimruten erinnerten, dazu gedacht, seine entfleuchende Seele zu fangen. So ungefähr. Dahin hatten sie ihn mit ihren angsterregenden Hahnenkämmen also getrieben: zu ihrem Ebenbild, dem Großen Vogelfänger. Quispel kicherte hörbar in der leeren Kneipe. Zum Vogelfangen brauchte es Geduld: So war es ein geduldiger Tod, ein Trödler; und das traf sich gut, denn Quispel hatte keine Eile. Er stand gerade erst am Anfang seines Selbstmords – Schluck für Schluck.

Inhalt

ERSTES BUCH
Die Euphorie

ZWEITES BUCH
Saturiert

»Kleine Fluchten« für weite Reisen im Kopf

Lily Brett
Einfach so
Roman. Übersetzt von Anne Lösch
st 3221. 446 Seiten

A. F. Th. van der Heijden
Der Anwalt der Hähne
Roman. Übersetzt von Helga van Beuningen
st 3223. 620 Seiten

Angeles Mastretta
Emilia
Roman. Übersetzt von Petra Strien
st 3225. 414 Seiten

Eduardo Mendoza
Die Stadt der Wunder
Roman. Übersetzt von Peter Schwaar
st 3226. 504 Seiten

Yann Queffélec
Barbarische Hochzeit
Roman. Übersetzt von Andrea Spingler
st 3227. 318 Seiten

Mario Vargas Llosa
Tod in den Anden
Roman. Übersetzt von Elke Wehr
st 3228. 384 Seiten

NF 282/1/11.00

